Herança

Nora Roberts

Romances
A pousada do fim do rio
O testamento
Traições legítimas
Três destinos
Lua de sangue
Doce vingança
Segredos
O amuleto
Santuário
A villa
Tesouro secreto
Pecados sagrados
Virtude indecente
Bellissima
Mentiras genuínas
Riquezas ocultas
Escândalos privados
Ilusões honestas
A testemunha
A casa da praia
A mentira
O colecionador
A obsessão
Ao pôr do sol
O abrigo
Uma sombra do passado
O lado oculto
Refúgio
Legado
Um sinal dos céus
Aurora boreal
Na calada da noite
Identidade roubada
Refúgio em Black Hills
Jogos mentais

Saga da Gratidão
Arrebatado pelo mar
Movido pela maré
Protegido pelo porto
Resgatado pelo amor

Trilogia do Sonho
Um sonho de amor
Um sonho de vida
Um sonho de esperança

Trilogia do Coração
Diamantes do sol
Lágrimas da lua
Coração do mar

Trilogia da Magia
Dançando no ar
Entre o céu e a terra
Enfrentando o fogo

Trilogia da Fraternidade
Laços de fogo
Laços de gelo
Laços de pecado

Trilogia do Círculo
A cruz de Morrigan
O baile dos deuses
O vale do silêncio

Trilogia das Flores
Dália azul
Rosa negra
Lírio vermelho

Nora Roberts

Herança

Trilogia
A maldição das sete noivas

Volume 1

Tradução
Marta Fagundes

1ª edição

BERTRAND BRASIL

2025

CIP-BRASIL. CATALOGAÇÃO NA PUBLICAÇÃO
SINDICATO NACIONAL DOS EDITORES DE LIVROS, RJ

R549h

Roberts, Nora, 1950-
Herança / Nora Roberts ; tradução Marta Fagundes. – 1. ed. – Rio de Janeiro : Bertrand Brasil, 2025.
(A maldição das sete noivas ; 1)

Tradução de: Inheritance
ISBN 978-65-5838-305-5

1. Ficção americana. I. Fagundes, Marta. II. Título. III. Série.

CDD: 813
25-99883.0 CDU: 82-3(73)

Carla Rosa Martins Gonçalves – Bibliotecária – CRB-7/4782

Texto revisado segundo o Acordo Ortográfico da Língua Portuguesa de 1990.

Direitos exclusivos de publicação em língua portuguesa somente para o Brasil adquiridos pela:
EDITORA BERTRAND BRASIL LTDA.
Rua Argentina, 171 — 3º andar — São Cristóvão
20921-380 — Rio de Janeiro — RJ
Tel.: (21) 2585-2000,
que se reserva a propriedade literária desta tradução.

Para Benita,
porque ainda ouço sua risada maravilhosa.

PARTE UM

Traição

"Ele era o seu homem, mas estava lhe fazendo mal."

— Frankie e Johnny

Prólogo

1806

Eu sou uma noiva. Sou uma esposa.

É emocionante saber que minha vida finalmente começou, pois não sou mais Astrid Grandville.

Agora sou a senhora Collin Poole.

Quando nos conhecemos, há pouco mais de um ano, eu me apaixonei. Amei não apenas seu belo rosto, pois seu irmão gêmeo, Connor, tem as mesmas feições, mas também o sorriso que iluminava seus olhos verde-escuros, o timbre de sua voz e sua inteligência obstinada.

Amei seu senso de justiça, seu conhecimento do mundo, a risada espontânea, e a dedicação à família e à empresa que construíram.

Meu marido é construtor naval, tal como o pai fora um dia. Convivi com Arthur Poole por pouquíssimo tempo, mas sofri quando uma queda de cavalo lhe tirou a vida.

Agora seus filhos comandam o leme da empresa que o pai criou.

No entanto, não hoje. Hoje é feriado para todos os habitantes de Poole's Bay, e, na casa que o pai construiu, há música e dança, comida e vinho, amor e risadas.

Neste penhasco inóspito acima da vastidão do mar, onde Arthur construiu seu sólido castelo de pedras, meu amado e eu faremos nosso lar.

Vamos encher nossa casa com crianças, frutos do mais puro amor. Talvez até criemos essa primeira centelha de luz esta noite. A noite do nosso casamento.

Arabelle, minha amiga mais querida, que se tornará minha concunhada quando se casar com Connor no outono, perguntou se eu estava nervosa por — assim como ela ficará quando chegar sua vez — ir para o leito nupcial como uma donzela.

Não. Ah, não... Estou ansiosa, desesperada para saber o que há além dos beijos que fazem meu sangue ferver e despertam minhas paixões.

Com meu corpo, eu o adorarei. Cumprirei meus votos.

Olho para o espelho naquele que agora será nosso quarto como um casal, e vejo uma mulher diferente da garota que já fui um dia.

Contemplo o cabelo que Collin diz parecer uma seda ensolarada sob a grinalda de rosas, com um véu curto flutuando às costas, como minha mãe tanto pediu. Vejo o vestido branco com o qual me preocupei em demasia. Ele esvoaça por meu corpo, do jeito que eu queria, a partir do laço de seda que orna a cintura alta.

Sei que não sou uma beldade, mesmo que Collin insista que sim. Mas estou encantada, ainda mais hoje, dia em que a menina se torna mulher, em que a noiva se torna esposa.

Vislumbro o brilho da aliança que Collin me deu ao pedir a minha mão, quando ele disse: "Eu te amo com todo o meu coração. Minha querida Astrid, nunca amarei outro alguém, mas te amarei por toda a minha vida, e te amarei mesmo depois que a morte me levar."

Agora aquele brilho, aquela promessa, aquele compromisso se encontram em minha mão direita, e a aliança de ouro, o círculo infinito, está na esquerda.

A mulher que estou me tornando o amará por toda a vida, até mesmo quando a morte a levar.

Agora devo voltar, após este breve momento de reflexão. Devo voltar à música, ao salão de dança e à festa que Collin insistiu em dar para tornar este dia marcante.

Dançarei com meu marido. Abraçarei sua família como se fosse minha, pois é o que são. Ao som dos músicos e suas gaitas, celebrarei o primeiro dia da longa e feliz vida que construiremos juntos.

Ou assim eu acreditei.

Eu me viro para cumprimentá-la quando ela entra no quarto. Ela me parece familiar, mas, antes que eu fale qualquer coisa, a mulher avança em minha direção. Então vejo a faca por um breve momento antes que me apunhale.

Ah, a dor! Jamais a esquecerei. O choque brutal da lâmina dilacerando a pele, uma, duas vezes. De novo e de novo.

Retrocedo em meus passos, incapaz de gritar, incapaz de falar quando ela larga a faca aos meus pés.

— Ele jamais será seu — diz ela. — Morra em seu vestido de noiva sabendo que ele será meu. Ele será meu, ou, pelo teu sangue em minha língua, noiva após noiva se juntará a você na morte.

Para meu completo horror, ela lambe meu sangue de seu dedo. Enquanto desabo no chão, ela arranca minha aliança de casamento.

E este gesto, de alguma forma, é pior do que a dor.

— Um casamento não é considerado casamento até ser consumado. Apenas uma noiva, para sempre um fantasma. Eu te amaldiçoo, Astrid Grandville.

Ela me deixa ali, morrendo aos pés do leito nupcial que nunca compartilharei com meu amado. Mas minha aliança... minha aliança de casamento. Como posso deixar este mundo sem ela?

A mancha de sangue se espalha pelo tecido branco do meu vestido à medida que o desespero me faz tentar levantar. Agonizando, cambaleio até a porta. Minhas mãos, escorregadias com meu sangue, mal são capazes de abri-la.

Mas preciso encontrar Collin. Preciso da minha aliança. *Com esta aliança eu te prometo*... Minha visão escurece; cada fôlego tomado é um tormento.

Alguém grita, mas o som parece vir de outro mundo. Um mundo que estou deixando.

Eu o vejo, apenas ele, enquanto tudo ao redor desvanece — a música, os belos vestidos e trajes masculinos, os semblantes embaçados, os gritos sendo silenciados.

Ele corre até mim, gritando meu nome. E me segura em seus braços fortes quando minhas pernas cedem.

Quero falar com ele. Meu amor, minha vida. Mas o círculo infinito, a promessa de uma vida longa e feliz, foi roubado.

Sinto suas lágrimas caírem em meu rosto, e vejo o medo e o sofrimento naqueles olhos verde-escuros.

— Astrid, meu amor. Astrid. Não me deixe. Não me deixe.

Quando tudo escurece, digo minhas últimas palavras, fazendo do meu suspiro final uma promessa:

— Eu jamais o deixarei.

E não o fiz.

Capítulo um

DIAS ATUAIS

Planejar um casamento podia se igualar à insanidade. Sonya chegou à conclusão de que, uma vez que você aceitasse esse fato incontestável, poderia simplesmente seguir em frente.

Se dependesse dela, já teria abandonado aquele circo de horrores havia tempos. Teria comprado um vestido fabuloso que seria capaz de usar em outra ocasião, e convidaria os familiares e amigos mais chegados para uma cerimônia no quintal, breve e adorável, partindo depois para uma festa incrível.

Nada chique, sem formalidades, estresse ou tumulto, apenas diversão. Mas Brandon queria o lance chique, as formalidades e o tumulto.

Então, ela havia encontrado um vestido fabuloso — que tinha custado o equivalente a dois meses de hipoteca —, e o usaria por apenas algumas horas antes de mandar para a lavanderia e depois devolvê-lo à loja.

Reservaram um hotel elegante em Back Bay para a lista de convidados que já passava de trezentas pessoas. Lista essa que poderia chegar a quatrocentas pessoas até os convites serem enviados.

Sonya havia feito toda a arte do convite — era designer gráfica, afinal de contas. Mas Brandon também era, e deu palpites no design. Talvez os convites tivessem ficado mais formais do que ela havia imaginado, mas estavam lindos.

Alguns meses antes, tinham feito um anúncio da data para os convidados, com direito a fotógrafo especializado em fotos de noivado e tudo.

Sonya queria chamar uma amiga para tirar fotos espontâneas, casuais e divertidas, e ficou magoada quando Brandon vetou a ideia. Ainda assim, as fotos tinham ficado lindas. E sofisticadas. Uma espécie de anúncio garboso para o casal perfeito, feliz e bem-sucedido.

Os dois passaram dias decidindo qual seria o cardápio da festa — servido à mesa e com toda a formalidade, lógico. Depois, qual seria o bolo. Ela gostava de bolo, e acreditava que havia algo muito errado com quem não gostava.

Mas, minha nossa... Quem poderia imaginar que a confecção de um bolo de casamento — sabores, recheio, cobertura, design, camadas e topo adequado — poderia se tornar um "Ensaio sobre a frustração"?

Agora ela sabia.

E isso nem englobava o bolo do noivo. Ou os *petit fours* com as iniciais douradas de ambos no topo.

Ainda tinha as flores, a música, a marcação de assentos, as cores e os temas, então, apesar da eficiência e paciência inacreditáveis do chefe do cerimonial, a coisa toda se resumia a um pesadelo.

Sonya mal podia esperar para que tudo acabasse. E isso, provavelmente, fazia dela uma aberração.

Não era esperado que as noivas quisessem esse alvoroço e esses aborrecimentos? Uma noiva não deveria querer que o dia do seu casamento fosse especial, incomparável, um conto de fadas?

Ela *queria* que fosse especial, incomparável, e desejava muito o "felizes para sempre".

Mas...

E esse "mas" vinha pipocando com muita rapidez nas últimas semanas. *Mas* não parecia ser o dia dela, o dia especial, incomparável e gloriosamente emocionante. De jeito nenhum. De alguma forma, as coisas tinham fugido do controle. Quando se lembrou de que aquele dia também era de Brandon e que ele deveria opinar na festa, Sonya se deu conta de que apenas as vontades *dele* tinham sido feitas.

Nada ali refletia os desejos de Sonya. Tudo refletia, nitidamente, as vontades de Brandon.

E, se os desejos dos dois eram assim tão diferentes, será que isso não era um sinal de que eles não tinham sido feitos um para o outro?

Se ficasse matutando muito, Sonya acabaria preocupada. Do mesmo jeito que tinha se preocupado quando eles passaram três sábados à procura de uma casa e Brandon havia pressionado para que escolhessem uma mansão elegante e de estilo contemporâneo, enquanto ela teria preferido uma casa antiga, espaçosa e charmosíssima.

Mas...

Se ela não ficasse matutando sobre o assunto, se ela se lembrasse dos últimos dezoito meses de relacionamento, não veria motivos para se preocupar.

O dia do casamento era apenas um dia, e por que Brandon não podia ter todo o alvoroço que ele queria? Uma casa? O que se colocava *dentro* do imóvel é o que deveria contar. Eles encontrariam um meio-termo e fariam da casa um lar.

Tensão Pré-Nupcial, disse a si mesma. A realidade inevitável estava se concretizando. E ela tinha a prova — literalmente — do convite de casamento dentro da bolsa.

Aceitando a TPN, Sonya cancelou o horário com a florista — não conseguiria lidar com aquilo no momento — e foi para casa.

Como Brandon tinha algum compromisso de noivo, Sonya teria a casa todinha para si, e decidiu que desfrutaria de algumas horas de tranquilidade.

Quando ele chegasse, abririam uma garrafa de vinho; depois revisariam as provas dos convites para bater o martelo e finalizariam a lista de convidados que não parava de crescer. Por fim, encomendariam os convites e pronto, assunto encerrado, já que Brandon havia contratado um calígrafo para endereçá-los.

Sonya poderia muito bem ter se encarregado dessa tarefa, mas, ei... não seria ela que reclamaria de se ver livre de endereçar centenas de convites.

O trânsito de sábado em Boston era tranquilo. Sonya foi dirigindo com as janelas abertas e o rádio nas alturas. Em oito semanas, pensou, as cores do outono pipocariam por todo lado — sua estação favorita. E toda aquela tensão ficaria para trás.

Sonya tinha 28 anos, beirando os 29 e o fim de mais uma década de vida. Estava prestes a sossegar, começar uma família. E, em oito semanas, se casaria com o homem que amava.

Brandon Wise — inteligente, talentoso e romântico. O homem que fez questão de agir com calma e tranquilidade quando ela teve receio de começar um relacionamento com um colega de trabalho.

Ele a conquistou... e ela adorou ser conquistada.

Os dois quase nunca discutiam. Ele era supergentil com a mãe dela, e isso era muito importante para ela. Brandon também gostava dos amigos de Sonya, e ela curtia os dele.

Lógico que ela poderia pensar em um monte de coisas sobre as quais eles divergiam. Ele iria tranquilamente a festas, coquetéis, jantares e vernissages — qualquer evento social — todas as noites. E ela precisava espaçar esse tipo de atividade, ficar em casa, quietinha, de vez em quando.

Brandon tinha mais sapatos do que ela — e ela *amava* sapatos.

Quando ele comentou sobre comprar uma casa, falou sobre contratar uma grande equipe de jardinagem, ao passo que Sonya se imaginava cortando a grama e cuidando do próprio jardim.

Mas quem gostaria de se casar com um clone? As diferenças espantavam o tédio.

Ao estacionar o carro, arrependeu-se na mesma hora de ter desmarcado o compromisso com a floricultura. Era melhor ter resolvido logo o assunto. Flores, assim como bolo, deveriam fazer uma noiva feliz.

Ela compensaria isso preparando algo para o jantar. *Uma artimanha para evitar comer fora?*, considerou enquanto caminhava para o seu lado no duplex conjugado. Talvez, mas Brandon chegaria com a refeição já sendo preparada, uma garrafa de vinho, e seria uma boa barganha.

Os dois comeriam, beberiam e, por fim, terminariam a maldita lista de convidados.

Riscar aquilo da sua lista de tarefas seria um alívio. Com isso resolvido, poderiam passar o sábado inteiro pelados na cama.

Sonya ouviu música assim que abriu a porta e adentrou o vestíbulo. E viu, alguns passos adiante, no limiar da sala de visitas, um calçado feminino.

Um sapato vermelho de salto alto.

Ela colocou a bolsa na mesinha ao lado da entrada e deixou as chaves na tigela que mantinha ali. E, devagar, se abaixou para pegar o sapato.

Fazia par com o outro largado perto do canto que levava em direção ao quarto, junto a um vestido branco sem alças.

A música ressoava do quarto, um ritmo tranquilo e sensual marcado com os gemidos ofegantes de uma mulher.

Brandon adorava transar ouvindo música, pensou Sonya na mesma hora. Na verdade, ele fazia questão. Ela chegou a achar encantador. No passado.

Como não tinham se incomodado em fechar a porta, ela entrou, passando por cima do vestido largado, e chutou a camisa e a calça para longe.

Quem diria que o amor poderia se apagar como a chama de uma vela em uma brisa forte? E sem deixar vestígios. Nenhum sequer.

Observou a bunda do noivo se contrair à medida que ele penetrava a mulher abaixo dele. A mulher cujas pernas enlaçavam sua cintura enquanto gritava o seu nome.

Sonya olhou para o sapato ainda em sua mão, então olhou novamente para a bunda do cretino traidor.

Quando arremessou o salto e atingiu o alvo, pensou: *Ah, isso aí. Vai deixar marca.*

Ele se ergueu e tomou um susto. A mulher soltou um grito agudo e tentou se cobrir com o lençol todo embolado.

— Sonya.

— Cala a boca — disse Sonya, com rispidez, para Brandon. — Pelo amor de Deus, Tracie, você é minha *prima*. É uma das minhas madrinhas!

Soluçando, Tracie se enrolou ainda mais com o lençol.

— Sonya, olha…

— Eu disse pra calar a boca. Estou no meio da droga de uma cena clichê. Os dois podem se vestir e dar o fora daqui.

— Me desculpa. — Ainda aos prantos, Tracie pegou o sutiã e a calcinha do chão. — Eu sinto mui…

— Não fala comigo. Nunca mais me dirija a palavra. Se a sua mãe não fosse minha tia, e uma pessoa por quem tenho muito carinho, eu daria uma surra em você, sua vagabunda. Fica de bico fechado e dá o fora da minha casa.

Tracie pegou o vestido enquanto saía correndo, vestindo-o às pressas e sem se incomodar em colocar as roupas íntimas. Não deu a mínima nem para os sapatos.

E também não fechou a porta ao sair.

— Sonya, me perdoa. Eu cometi um deslize, e…

— Entendo. Você cometeu um deslize, escorregou, e as roupas de vocês simplesmente saíram voando pelo quarto enquanto você caía pelado em cima da minha prima. Sai daqui, Brandon. Você pode ir do jeito que está ou vestir alguma roupa antes. Mas sai da minha casa agora.

— Nossa casa — disse ele.

— É o meu nome que está na hipoteca.

— Querida…

— Você tem a cara de pau de me chamar de querida? Repete e eu juro por Deus que você vai sair daqui sangrando. Eu disse pra você sair da minha casa agora.

Ele vestiu a calça.

— Precisamos conversar. Você só tem que se acalmar um pouco e eu… Aonde você vai?

— Vou buscar meu celular. — Sonya foi até a bolsa e pegou o aparelho. — E ligar pra polícia vir te tirar da minha casa.

— Qual é, Sonya! — Ele usou o tom de voz que considerava fofo. — Você não faria isso.

Sonya ficou ali parada, com o celular na mão, olhando para Brandon. Corpo sarado, cabelo loiro-escuro bagunçado pelas mãos de outra mulher. O rosto impecável e belo, os olhos azuis envolventes.

— Se você acha mesmo que não, então você não me conhece nem um pouco. — Ela pegou o molho de chaves dele e tirou a chave da casa do aro, jogando o resto pela porta. — Dá o fora.

— Preciso de sapatos.

Ela abriu o armário de casacos, pegou um par de chinelos e arremessou na direção dele.

— Se vira. Vai embora *agora* ou eu vou começar a gritar pedindo socorro até que os vizinhos liguem para a polícia.

Ele se inclinou e calçou os chinelos devagar.

— Vamos conversar quando você tiver se acalmado.

— Conversar sobre isso? Sobre você? No dia de São Nunca.

Ela bateu a porta com força assim que Brandon saiu, girando a trava de segurança.

Esperou pelas lágrimas, pelo desespero, pela tristeza. Nada disso, decidiu, era capaz de sobrepujar a raiva.

Em seguida, olhou para o celular em sua mão.

Respirando fundo, foi até o sofá e se sentou. Começou a digitar uma mensagem, mas percebeu que não conseguiria fazer isso com as mãos trêmulas. Em vez disso, ligou.

— Oi!

— Cleo, será que você pode dar um pulo aqui? Preciso que seja agora.

— Crise pré-casamento?

— Tipo isso. Por favor, vem.

O tom de brincadeira se transformou em preocupação.

— Você está bem?

— Na verdade, não. Você pode vir?

— Lógico. Estou a caminho. Seja lá o que for, Sonya, nós vamos dar um jeito. Me dá dez minutinhos.

Eu já dei um jeito, Sonya pensou, largando o celular.

Já em sua segunda taça de vinho, Cleo zanzava pela sala de estar. As pernas longas andavam de um lado para outro. Seus cachos castanho-claros estavam arrumados em seu penteado clássico de final de semana em casa.

Os olhos felinos faiscavam.

Quanto mais indignada ela ficava, mais os vestígios de sua infância na Louisiana se mostravam. E mais calma Sonya se sentia. Aquilo, ela refletiu, era amor.

— Aquele cretino... mentiroso de uma figa, traidor, filho da puta. E a Tracie? Não tenho nem xingamentos o suficiente. A desgraçada é sua prima! E essa peituda miserável, essa vagabunda dos infernos, estava me ajudando a planejar o chá de panela!

— Ela chorou um bocado.

— Aposto que não o bastante. Nem de longe o bastante. Nossa, essa vaca vai se ver comigo. Pode acreditar que ela vai sentir o peso da minha ira. Vadia duas caras!

— Eu te amo, Cleo Fabares. Você é a melhor.

— Ah, querida. — Sentando-se de uma vez no sofá, Cleo largou a taça e puxou Sonya para um abraço de urso. — Eu sinto muito. Sinto muito mesmo.

— Eu sei.

— O que você quer fazer? — Cleo se afastou um pouco, encarando a amiga com os olhos castanhos. — Me diz o que você quer e eu farei. Assassinato? Decapitação? Castração?

Pela primeira vez desde que entrou em casa, Sonya sorriu.

— Você usaria a espada samurai do seu tataravô Harurto?

— Com o maior prazer.

— Tá, vamos deixar essa carta na manga.

— Mas, amiga, falando sério agora... Por que você não está aos berros? Por que você não está chutando alguma coisa? Tipo, *eu* quero chutar alguma coisa. Quero dar um belo chute nas bolas do Brandon e... Não, antes eu quero comprar um coturno bem pesado para fazer isso direito. E depois vou comprar um soco-inglês e esmurrar a cara nojenta da Tracie. Mas isso sou *eu*... — disse ela, pegando seu vinho outra vez. — Mas o que *você* quer fazer?

— Já estou fazendo. Estou aqui sentada, tomando um vinho e vendo minha melhor amiga ficar puta da vida por mim. — Sonya segurou a mão livre de Cleo. — Ela chorou pra cacete; eu, não.

— Eu estou aqui, caso precise de um ombro amigo pra chorar.

— Cara, eu não preciso, e não faço ideia do que isso quer dizer. Lá, na hora, foi como se eu estivesse em uma cena de filme. A otária da noiva encontra o noivo e uma das madrinhas pelados na cama às vésperas do casamento.

— Você não é otária.

— Eu não fazia a menor ideia de que isso estava rolando, então... Estava tocando "Video Phone", da Beyoncé, acredita?

— Qual é...

— Sério.

Cleo tentou abafar a risada.

— Desculpa.

— Não precisa se desculpar. Quando eu penso que... Se eu não tivesse cancelado com a floricultura, se não tivesse flagrado os dois...

Agora era Sonya quem andava de um lado para outro, dando voltas na sala. Ela gesticulava com a mão que segurava a taça de vinho, enquanto a outra se entremeava pelo cabelo. Decidiu arrancar o elástico que prendia o cabelo castanho-claro liso em um rabo de cavalo.

— É isso que me mata, Cleo. De verdade. Eu teria ido até o fim. Teria me casado com aquele cretino traidor. E tudo teria sido do jeito *dele*, isso acaba comigo. Era o salão de festa que ele queria, a cerimônia chique e ostentosa que ele queria, o bolo de casamento de cinco andares que ele queria, com cobertura e detalhes em açúcar dourado que ele queria. Como diabos eu me perdi desse jeito?

— Ao menos parece que agora você se encontrou. Eu gostava dele, Sonya. Gostava mesmo, e isso também *me* mata. Tipo, não vou mentir, eu achei que o casamento estava meio exagerado, conhecendo você e tal, mas, cacete, é o grande dia, né? Então, por que não? Mas... e antes que eu explique o "mas", deixa eu dizer que é bom demais te ver encontrando alguma raiva dentro de si.

— Ah, ela está aqui o tempo todo. Eu só estava adorando ver a sua ira assumindo o comando por um tempo.

— Tá, beleza. Mas o que importa é: você desmarcou o compromisso, entrou aqui, deu de cara com os dois e agora você não vai mais se casar com aquele filho da puta. O destino está a seu favor.

— Se o destino estivesse a meu favor, eu teria me livrado do Brandon há muito tempo.

— Você precisa de mais vinho.

— Ah, eu vou beber. E um monte.

Sonya pressionou os dedos contra as pálpebras, não para segurar as lágrimas, mas por pura frustração.

— Cleo, tenho que cancelar tudo. As reservas do hotel, o fotógrafo, o cinegrafista, o bolo, as flores… Meu Deus, tem aquele quarteto de cordas idiota que ele queria, a banda… Vou perder tudo que já foi pago. Puta merda… A gente acabou de receber as provas dos convites. Quando penso nas horas e horas que passei trabalhando no design dessa porcaria…

— Fica com os convites. Podemos jogar um feitiço neles e enterrar com uma cueca do Brandon em uma noite de lua cheia. E aí, toda vez que ele pensar em enganar outra mulher, o imbecil vai ter uma crise de urticária no saco.

— Isso é a cara da sua avó de Louisiana.

— *Bien sûr.* Com toda a certeza. Eu vou te ajudar a cancelar tudo. Quem sabe a gente consegue recuperar os depósitos. E aí você pode cobrar o resto do cretino. Nunca gostei desse negócio de você abrir o bolso tão fácil.

Depois de soltar um suspiro irritado, Cleo tomou o restante do vinho de um gole só.

— E, quando penso sobre o assunto, sabe o que eu percebo? Que eu não gostava tanto dele quanto pensava.

— Ele estava pagando o jantar do ensaio, a lua de mel… Enfim, não importa. Lição aprendida. Eu vou adorar a sua ajuda com os cancelamentos. Ai, meu Deus, a lista de presentes!

Por causa do nervosismo, Sonya pressionou a mão contra a barriga.

— Tínhamos acabado de fechar a lista de presentes. E marcamos horários amanhã para visitar duas casas.

— O que vamos fazer agora é beber mais vinho. E pedir pizza. Você vai me emprestar uma roupa para dormir, e então vamos revisar tudo que precisa ser feito.

— Você vai ficar?

— Sempre que a minha melhor amiga, minha companheira de dormitório de faculdade, minha parceira no crime e irmã de coração encontra o noivo na cama com a prima, eu durmo na casa dela.

Pela primeira vez, Sonya sentiu os olhos marejados. Mas não por tristeza ou sofrimento, e, sim, por gratidão.

— Obrigada, Cleo. Só de pensar em resolver tudo isso já me faz querer me esconder em um buraco. Não — corrigiu. — Me faz querer enterrar Brandon em um. Eu... — Ela parou assim que ouviu a batida à porta, olhando para trás. — Você não acha que...

Os olhos felinos de Cleo cintilaram.

— Eu vou atender. Nossa, como eu queria meus coturnos novos agora. Mas uma joelhada no saco já resolve.

Capítulo dois

Mas, quando Cleo abriu a porta de uma vez, pronta para a batalha, foi a mãe de Sonya, Winter, que entrou de supetão. Depois de apertar a mão de Cleo com carinho, ela foi direto para a filha.

— Ah, querida, meu amorzinho, eu sinto muito. — Ela envolveu Sonya em um abraço apertado, balançando-a de um lado para outro. — Não chora. Não chora. Ele não vale a pena. — Virou a cabeça para depositar um beijo na bochecha da filha. — Eu sei que você amava o Brandon, mas...

— Não. Eu parei. Não sei se isso é normal, mas eu já parei de amar.

— Também não sei. — Winter recuou um pouco, segurando o rosto da filha entre as mãos e a observando com atenção. — Mas, se for verdade, fico feliz. Qualquer um que machuque a minha filhinha não merece um pingo de amor. Que bom que você veio, Cleo.

Winter estendeu a mão para a amiga da filha.

— Como você ficou sabendo? — perguntou Sonya.

— Tracie... que vai se ver comigo em breve... foi direto para a casa da mãe. Chorando sem parar. Posso tomar um pouco desse vinho aí?

— Lógico! Vou pegar uma taça — disse Cleo.

— Depois de acalmar Tracie e descer o sermão nela, Summer me ligou. Sonya, você sabe o tanto que a sua tia te ama, e espero que você não coloque a culpa nela. Ela está furiosa, envergonhada, arrasada, tudo junto.

— Não a culpo, mãe. Lógico que não. Tracie é uma mulher adulta. E uma vagabunda.

— Ela... Tracie... alegou que simplesmente aconteceu. Obrigada, querida — agradeceu Winter quando Cleo lhe entregou a taça de vinho.

— Papo-furado. Ir parar na cama com o noivo da prima não é algo que simplesmente acontece. E ainda por cima na casa da prima? Na *cama* da prima?

— Saltos vermelhos, vestido decotado sem alça e lingerie sexy. Simplesmente aconteceu, o cacete! Eles se merecem.

— Posso te garantir que ele não será bem-vindo na casa da sua tia. Vou agora mesmo arrancar aqueles lençóis da sua cama.

— Já fiz isso, mãe. Pouco depois de ligar pra Cleo. Pensei em queimar tudo, mas são roupas de cama muito boas. Vou mandar para a lavanderia, porque eu me recuso a lavar aquela porcaria. Depois vou doar.

Winter abraçou a filha e a balançou de um lado para outro novamente.

— Essa é a minha garota. Você está bem mesmo?

— Ah, mãe. Eu estou muito puta. Estou com ódio de mim mesma por não ter visto quem ele é de verdade.

— Eu também não enxerguei. Justo eu, que me acho ótima em julgar o caráter das pessoas, não percebi. Você sabe o que dizem sobre ver as coisas em retrospecto, né? A gente pode até olhar para trás e dizer "Ah, teve aquele sinal", e blá-blá-blá. A gente acha que devia ter desconfiado. Mas de que adianta pensar nisso? Preciso me sentar.

Winter desabou no sofá.

— Eu estava tão preocupada achando que encontraria você arrasada que nem dei vazão para a raiva. Mas, agora que sei que você está bem, ele que vá para o inferno.

— Ele que se dane — ecoou Cleo, brindando com Winter.

— Isso aí. — Sonya também brindou com a mãe. — Ele que se dane.

— Você precisa trocar as fechaduras.

— Eu peguei a chave dele, mãe.

— Troca do mesmo jeito. Pra onde você acha que ele vai?

— Não sei. — Sonya brindou novamente. — Não estou nem aí.

— Não, sério. Estou com outra garrafa de vinho no carro. E um monte de caixas que o jovenzinho simpático da loja de bebidas me deu. Podemos empacotar as coisas dele, fazer uma limpa. Eu deixo tudo com ele.

— Ah, mãe, não precisa.

— Ah, minha amada e única filha, eu insisto. — Uma fúria fervente se mostrou nos olhos cor de mel da mãe. — É provável que ele tenha ido para a casa do Jerry, não é? Padrinho, amigo mais chegado. Posso dar um pulo lá, a caminho de casa, e despejar as tralhas dele.

— Eu te amo, Winter. — Cleo se sentou ao lado dela e a abraçou. — Amo a minha mãezinha e amo você. Sonya e eu tiramos a sorte grande com nossas mães. Talvez, quando a gente estiver embalando as tralhas dele, alguns daqueles suéteres de caxemira que ele tanto adora... acabem com alguns rasgos e furos. E seria uma pena se uma ou duas daquelas jaquetas de couro, sei lá, por acaso esbarrassem em algo afiado, não é mesmo?

— Nada como uma melhor amiga — disse Winter. — Podemos fazer isso, ou podemos deixar pra lá, sabendo que ele perdeu a melhor coisa que poderia ter na vida. Mas aposto que ele já sabe disso.

— É, mas eu ainda quero enterrar uma cueca dele em noite de lua cheia e jogar a praga da urticária.

Winter sorriu.

— Acho bem justo. Vamos pegar as caixas lá no carro.

Embalaram tudo. Os dois tablets, o notebook, a Alexa. A coleção de relógios e abotoaduras. Um monte de sapatos.

Sonya se lembrou do conjunto de malas dele — da luxuosa marca britânica Globe-Trotter, lógico —, nas quais foram enfiando camisas, casacos, suéteres, ternos e roupas de academia.

As três empacotaram os itens de higiene pessoal dele.

— Ele tem mais produtos de pele e cabelo do que eu. — Cleo ergueu uma embalagem fechada de hidratante. — Isso aqui custa uma fortuna! E ele tem um pote reserva lacrado?

— Pega pra você — disse Sonya. — Pode ficar com tudo que você quiser.

— Só se estiver fechado. Não quero ter contato com os germes dele. Tem certeza de que você não quer?

— Absoluta. Não quero nada disso.

— Então vou pegar. Winter, o que acha de a gente dividir o que ainda estiver lacrado? Temos gel e máscara para os olhos... sérum. Já usei uma amostra desse sérum uma vez e é fabuloso. Estou pegando um monte de coisa.

Winter apenas assentiu, recuando alguns passos, com as mãos nos quadris. Estava usando um dos elásticos de cabelo de Sonya para prender o cabelo — que ela usava na altura do queixo e tinha quase a mesma tonalidade que o da filha — em um rabo de cavalo curto. Os olhos cor de mel, em contraste aos verdes de Sonya, examinavam a bancada do banheiro.

— Vamos precisar de mais caixas.

— Esquece as caixas — decidiu Sonya. — Tenho sacos de lixo. Ele tem coisa demais! Onde eu estava com a cabeça esse tempo todo? Por que não notei que eu tinha metade do espaço que ele ocupava? O armário do quarto de hóspedes era todo dele, e mais da metade do armário da suíte. E, de alguma forma, ele tomou conta da escrivaninha do quarto de hóspedes e eu acabei tendo que trabalhar na mesa da sala de jantar.

— Erosões ocorrem aos poucos. — Winter acariciou os ombros de Sonya. — Uma rocha pode ser forte, mas não percebe que a água está desgastando a superfície.

— Vocês duas são tão parecidas... — murmurou Cleo. — O formato do rosto meio oval, a cor do cabelo. Essa pele acetinada e cor de pêssego que me diz que preciso muito mais desses produtos caríssimos de cuidados com a pele do que qualquer uma de vocês.

— Sua pele é linda — disse Winter a Cleo. — Esse marrom glorioso que é um presente da sua maravilhosa e diversificada ancestralidade. Minha filhinha tem os olhos do pai.

Winter deu um breve abraço em Sonya.

— Ele teria dado uma surra em Brandon. E eu provavelmente não tentaria impedir. Andrew MacTavish era um homem gentil, mas, quando era provocado... — Ela deu outro abraço na filha. — Sai de perto.

Então, assentiu.

— Sacos de lixo. É, parece mais do que justo.

— Eu pego os sacos. E peço pizza — ofereceu Cleo. — Estamos quase terminando.

— Ela é um tesouro — disse Winter quando Cleo saiu.

— Eu sei. Ela disse que foi obra do destino termos sido colegas de quarto na faculdade.

— E o que você acha?

— Acho que foi o acaso, mas eu tirei a sorte grande.

— As duas tiraram. A arte de vocês, o trabalho de cada uma, não foi em vão. Agora ela é ilustradora, e você é designer gráfica. Estou orgulhosa de vocês.

— Tenho que ir trabalhar na segunda. E ele também. Eu não devia ter me envolvido com alguém do trabalho.

— Pare. — Winter fez com que ela se virasse. — Não deixe que o que ele fez, o que ele é, abale quem você é ou o que faz. Você o amou o bastante para planejar uma vida juntos. Pensou que ele te amasse o suficiente para fazer o mesmo.

— E errei.

— Errou — concordou Winter. — Mas o erro não foi se apaixonar. Ele não foi fiel, e você deu um fim nisso. Sabe o que não ouvi você dizer? *O que fiz de errado? Por que não fui o bastante? O que ele viu nela que não viu em mim?*

— Eu… mãe…

— Sabe por que não ouvi essas coisas? Porque você é esperta demais para cair nessa cilada. Você sabe que isso não é sobre você, mas sobre ele, o caráter dele. Você acreditou no cara, ele provou que você estava errada, e pronto. Então, é ponto-final, página virada e porta trancada. Ou melhor — corrigiu-se —, mude as fechaduras antes de trancar.

— Vou ligar para o chaveiro amanhã. Eu tenho certeza de que na segunda de manhã o Brandon vai tentar me encurralar no trabalho.

— E você vai lidar com isso.

— Vou mesmo. — Sonya fechou os olhos. — Nossa, que vergonha.

— Eu sei, filha. Mas é normal, qualquer pessoa estaria com vergonha, mesmo sem ter culpa de nada. E é por isso, Sonya Grace MacTavish, que eu sugiro que você faça com que a vergonha seja toda dele.

Winter depositou um beijo na testa da filha.

— Isso, ainda mais para alguém como Brandon, com certeza vai ser mais doloroso do que urticária nas partes baixas.

A pizza chegou. Sonya e Cleo seguiram no vinho, mas Winter optou por trocar sua bebida por chá gelado. Juntas, as três traçaram um plano. Em seguida, colocaram as caixas de papelão, as malas e os sacos de lixo no porta-malas do carro.

Na segunda viagem, a vizinha do apartamento ao lado do de Sonya apareceu.

— Oi! Precisam de ajuda aí? O Bill está em casa e pode dar uma mãozinha.

Winter deu um sorriso genuíno.

— Obrigada, Donna. Se ele não se importar, ainda temos algumas tralhas para carregar.

— Imagina. Bill! Vem cá dar uma força para a Sonya.

Donna colocou a mão na cintura. Com três filhos adultos, ela e o marido tinham vindo para uma moradia menor cerca de um ano antes. Eram um casal simpático, Sonya pensou, vizinhos amigáveis, mas não invasivos, o que a seu ver eram qualidades importantes quando se compartilhava uma parede.

Bill saiu trajando sua camiseta do Red Sox e uma bermuda cargo que deixava à mostra os joelhos ossudos.

— Vai abandonar a gente? — perguntou ele, sorrindo.

Sonya percebeu que já tinha bebido vinho o bastante.

— Estou colocando o Brandon pra fora. Ou melhor… já coloquei, quando o peguei na cama com a minha prima.

Por trás do cavanhaque desgrenhado, a boca de Bill se abriu em choque. Por outro lado, a da esposa, Donna, se contraiu em uma linha fina.

— É aquela loira peituda?

— Por acaso é ela mesma. Você deve ter visto ela sair fugida daqui algumas horas atrás, descalça e segurando as roupas íntimas.

— Ah, que pena, perdi essa cena. Sinto muito por isso, Sonya. Mas tenho que dizer que já tinha visto ela por aqui umas duas vezes antes, quando você não estava em casa. Pensei que eles estivessem organizando alguma surpresa pra você, sei lá, para o casamento. Mas... não vou mentir que imaginei outras coisas também.

— Duas vezes antes de hoje?

— Que eu tenha visto, sim. Sábado passado, quando eu estava limpando as janelas, e cerca de três semanas atrás. Fui levar uns biscoitinhos para a Marlene, do outro lado da rua. O filho dela adora meus biscoitos de canela e açúcar. Eu estava voltando pra casa e... É, isso mesmo, também rolou num sábado, há três semanas.

— Nós fomos ao salão — disse Cleo —, para a prova de penteados para o casamento, e também fomos comprar os sapatos para a cerimônia.

— Eu lembro — murmurou Sonya.

— Sinto muito por isso, querida — repetiu Donna. — Mas estou feliz por você ter descoberto. Antes tarde do que nunca! Bill, vai lá e traz o resto das tranqueiras do babaca. Se pudermos te ajudar em algo mais — acrescentou —, é só pedir.

— Aconteceu pelo menos três vezes — disse Sonya, quando colocaram os últimos itens no bagageiro. — Agora eu vou ter que me livrar da cama. Talvez do sofá. Eles devem ter transado no sofá. E só Deus sabe onde mais...

— Não, senhora. Não precisa fazer nada disso. Vou purificar o lugar todo com sálvia branca.

Sonya olhou para Cleo.

— Tá falando sério?

— Seríssimo. Devo ter algumas na minha bolsa. Se não tiver, vou em casa buscar. Vamos expurgar a energia dos dois daqui. E de qualquer outra vagabunda que ele tenha comido aqui dentro também. Desculpa, Son, mas é uma possibilidade.

— É... — Embora estivesse um pouco nauseada, Sonya assentiu. — É uma possibilidade.

E, naquele momento, se deu conta de que precisaria fazer exames, somando mais um item à humilhação. De qualquer forma, faria o exame por garantia.

— Agora, sim, eu queria ter feito uns rasgos naquelas jaquetas de couro. E vou ter mais uma conversinha com a Summer. Mas antes vou largar as coisas dele na casa do Jerry, ele estando lá ou não.

Winter deu outro abraço de urso na filha.

— Vamos considerar que você escapou por um triz. Foi um livramento muito bem-vindo.

— Se ele estiver lá — disse Cleo —, você pode dar um chute bem no saco dele?

— Talvez eu dê, sim. Amanhã eu volto e a gente começa a cancelar as coisas.

— Obrigada, mãe.

Quando o carro de Winter se afastou, Cleo colocou o braço sobre os ombros da amiga.

— Mais vinho?

— Com certeza. Você acha que podemos enterrar os sapatos de vagabunda da Tracie junto da cueca dele? Quem sabe emanar umas infecções nas partes íntimas dela?

— É assim que se fala.

Na manhã de segunda, Sonya caprichou na roupa. O terninho vermelho ajudou a fazê-la se sentir poderosa, no controle. Arrumou o cabelo em um coque elegante, que lhe dava uma aparência tranquila e desinteressada.

Sensações opostas ao que tinha sentido no domingo, quando Brandon enviara mensagens de texto — quatro —, antes de Sonya dar ouvidos aos conselhos de Cleo e da mãe e bloquear o número dele.

> Precisamos conversar. Não podemos desistir do que temos só porque cometi um erro terrível. Você sabe que eu te amo. A gente precisa conversar. Você tem que me deixar explicar.

Cada mensagem aumentava mais a raiva. E a raiva fazia Sonya se sentir fraca e burra.

Naquela manhã de segunda, ela teria que encará-lo. Ela precisava se sentir poderosa, tranquila e desinteressada.

Escolheu joias ousadas, caprichou na maquiagem, saiu do quarto e foi até onde Cleo estava sentada, meio que cochilando em cima do café.

— E então?

Sonya deu uma voltinha.

— Eita… Um arraso, Son. Do tipo: "Olha aqui o que você nunca mais vai ter, babaca."

— Essa era a minha intenção.

— Acertou em cheio. Escuta, vou ficar com a sua chave reserva e o fichário do casamento. Vou tentar cancelar as coisas que não conseguimos no sábado.

— Ah, Cleo, você já desperdiçou o final de semana comigo.

— E não vou embora até o chaveiro aparecer aqui hoje e trocar as fechaduras. Feito isso, eu vou para casa com o fichário e a cópia da chave. Meu projeto está bem adiantado, posso passar mais algumas horas de boa finalizando o restante das ligações. Sobre o vestido… Acho que esse não deve dar para devolver, por causa dos ajustes.

— Política de não devolução… E foi a minha mãe quem pagou por aquele vestido, Cleo. Foi o olho da cara.

— Eu sei. Mas aposto que essa não deve ter sido a primeira vez que a loja viu algo assim acontecer. Então não custa nada ligar e ver o que dá para fazer. Lojas de aluguel, eBay, sei lá… Talvez eles conheçam alguém que poderia comprar com um desconto. Vou resolver isso e o que mais for possível. Você faria o mesmo por mim.

— Faria mesmo. E, quando tudo isso acabar, vou te levar para uma viagem de fim de semana. Num spa. A mamãe também. E a sua, se ela conseguir um voo pra cá. Uma viagem de garotas em vez de uma lua de mel.

— Estou dentro. Mas e aí, pronta para arrasar e chutar umas bolas?

— Não são coturnos, mas os saltos vão servir.

Enquanto enfrentava o trânsito matinal caótico de segunda em Boston, Sonya revisava o plano. Em teoria, parecia bem simples.

Ela pediria alguns minutos para conversar com ambos os sócios e donos da By Design, e seria bem breve. Tinha decidido cancelar o casamento após perceber que Brandon e ela não eram tão compatíveis assim e não estavam prontos para isso. Não seria necessário entrar em detalhes.

Dado o estresse de tal decisão, pediria aos sócios para que ela e Brandon não fossem designados aos mesmos projetos, ao menos pelos próximos meses.

Brandon era designer sênior. Embora ela trabalhasse havia sete anos na empresa, contando com o período de estágio, ele já estava lá havia uns dez. No entanto, ambos tinham subido na carreira, possuíam salas próprias, frequentemente encabeçavam projetos e alinhavam as equipes para trabalharem juntas.

Ele se especializou em publicidade — outdoors, televisão e anúncios de internet. E era bom no que fazia, ela não podia negar. Brandon era muito, muito bom. Aquele idiota.

Embora arte digital — sites, banners e mídias sociais — compusesse a maior fatia do trabalho de Sonya, ela também criava projetos visuais para empresas e clientes individuais. Elaborava estilos — consistentes — em logomarcas, cartões de visita, papéis timbrados, websites, e letreiros físicos e digitais.

Ainda assim, a By Design era uma empresa pequena e de capital fechado — o tipo no qual Sonya sempre sonhou em estar —, e ela e Brandon costumavam trabalhar em diferentes etapas de um mesmo projeto.

Ela apenas pediria um pouco de espaço. E prometeria manter um relacionamento cortês e profissional com Brandon no ambiente de trabalho.

Simples, pensou Sonya. Razoável e claro.

É óbvio que, em uma empresa tão pequena, haveria fofocas, mas tudo bem. Na verdade, apesar das objeções de Cleo, Sonya decidiu que assumiria a culpa.

Era mais simples dizer que havia percebido que não estava pronta, que ela e Brandon tinham objetivos de vida diferentes. O dele era traçar a prima dela, mas não fazia sentido mencionar o fato.

E em poucas semanas o assunto morreria, sendo substituído por outro drama qualquer.

Sonya poderia esperar.

No entanto, tinha certeza de que Brandon encontraria um jeito de encurralá-la nesse ínterim. Então, ela enfrentaria logo de cara. Deixaria evidente para ele, em uma conversa particular, que o relacionamento estava acabado. E faria isso com tranquilidade, sem grandes emoções.

Ela sabia que isso deixaria ele com ódio e sorriu, enquanto parava no estacionamento dos funcionários da fábrica reformada de dois andares que abrigava a By Design.

Sonya entrou pela porta lateral, direto na área das baias. Ela havia começado ali, assim que se formou na faculdade, em uma daquelas estações de trabalho. E a maioria dos que estavam ali naquele momento, trabalhando em suas tarefas, dando assistência aos designers, esperando fazer o próprio nome, seria tão ingênua e ávida quanto ela tinha sido um dia.

Alguns cresceriam, alguns sairiam, outros se arriscariam em empreender por conta própria.

Sonya havia progredido na empresa, feliz com o ritmo e as nuances de seu local de trabalho. De assistente de produção de arte a projetista e, atualmente, líder sênior da área de design gráfico.

Sonya decidiu chegar cedo de propósito, seguindo direto para a sua sala. Não era nada grandioso, mas a janela deixava o ambiente com boa iluminação natural, e lá havia colocado sua amada violeta-africana, Xena. Era recompensada com belas flores cor-de-rosa e folhas verdes aveludadas.

Deixou a pasta sobre a mesa e deu uma olhada em seu painel semântico. Tinha o hábito de sempre criar um painel físico para todo projeto, além do digital. O digital era fácil de compartilhar e atualizar, mas o físico significava que ela poderia trabalhar de pé, se mover, estudá-lo de diferentes ângulos.

O que tinha diante de si era a visualização de uma start-up. A Baby Mine, fundada por irmãs habilidosas, criava roupas de bebê feitas à mão — sem custo para personalização, se desejado. Os tamanhos iam de prematuros — sob medida para as necessidades dos bebês da UTI neonatal — até os 18 meses.

Para a logomarca, Sonya havia desenhado um bebê em um berço antigo com um móbile acima contendo o nome da companhia em letras um pouco arredondadas, em um tom pastel discreto.

Suave, meigo — exatamente o que todos os pais desejavam.

O visual do site seguia o tom, acrescentando a facilidade com os cuidados, os acessórios fofos e feitos à mão, com fotografias não apenas dos produtos, mas também dos bebês usando as roupinhas ou dos pais com as cobertas e paninhos de boca.

O layout das redes sociais potencializaria esses elementos visuais de maneira consistente, e o blog pessoal das criadoras também havia sido pensado nos mínimos detalhes.

Recentemente, as sócias tinham transferido a pequena empresa do ambiente doméstico para um ateliê, e o design seria aplicado em seu novo espaço físico. Alguns ajustes finais, e estariam prontas para funcionar.

Sonya preferia começar a semana trabalhando nesses ajustes finais do que expor sua vida pessoal para os chefes.

No entanto, tinha que ser feito, e Sonya decidiu resolver logo o assunto.

Havia vozes no escritório, os designers iniciantes chegando na área das baias ou na copa para pegar um café antes de começar o dia.

Sonya subiu a escadaria de metal em direção ao segundo andar. Era ali que ficavam as salas dos diretores — de arte, design e criativos —, e os ambientes de trabalho de seus assistentes, a sala de reuniões onde os designers apresentavam seus conceitos e projetos finalizados à diretoria, além das salas dos donos da empresa e uma sala de descanso elegante.

Como tinha sido contratada por Laine Cohen, foi à sala dela que Sonya se dirigiu primeiro, batendo à porta.

— Pode entrar!

Ela avistou a chefe sentada à mesa. Laine usava o cabelo castanho-escuro em um corte moderno, e seus óculos de leitura estavam pendurados na corrente prateada ao redor do pescoço. O sócio se encontrava do outro lado, na mesa em L.

Pela janela às suas costas, a vizinhança do Boston Common exibia um perfeito dia de verão. Inúmeros pôsteres de designs criados internamente figuravam nas paredes. Laine os trocava a cada poucos meses.

Havia um de Sonya exposto naquele momento. Assim como um de Brandon.

Quando Laine e Matt Berry olharam para ela, Sonya percebeu que os dois já sabiam.

Matt, esguio e usando uma calça de algodão e camisa polo cor-de--rosa, deslizou da mesa. Como de costume, o cabelo loiro sedoso estava preso em um rabo de cavalo. Uma argola de ouro adornava a orelha esquerda.

— Posso falar com vocês um minutinho? — começou Sonya.

— Claro, claro. — Matt gesticulou para que entrasse. — Feche a porta e se sente. Como você está, Sonya?

— Estou bem, obrigada. Eu...

— Laine e eu estávamos falando agora mesmo sobre você tirar uns dias de folga.

Brandon chegou antes, pensou Sonya. *E contou a versão dele.*

— Ah, eu agradeço, mas não é necessário. Pretendo finalizar o projeto da Baby Mine ainda hoje, e espero apresentar alguns projetos gráficos iniciais da Kettering até o fim do dia.

A simpatia silenciosa nos olhos de Matt e o ar de especulação nos de Laine fizeram com que Sonya descartasse o plano inicial.

— Imagino que vocês já estejam sabendo.

— Brandon me ligou ontem à noite. — Ainda emanando simpatia e em tom de consolo, Matt esfregou de leve o braço de Sonya. — Ele está chateado, é lógico, mas acha, e eu concordo, que você precisa de um pouco de espaço, de tempo. Planejar um casamento pode ser um pesadelo. Ainda me lembro bem de como eu me irritava o tempo todo com Wayne quando planejamos o nosso.

— Espera. Brandon entrou em contato com você, nosso chefe, em um domingo à noite, para dizer que eu estava estressada com os preparativos para o casamento?

— Não somos só chefes de vocês, Sonya. Somos uma família. Esperamos que todo mundo saiba que nossas portas estão abertas sempre que surgir um problema. Não é, Laine?

— É lógico. E, de fato, planejar uma festa de casamento é estressante. Ajudei minha filha no ano passado, então sei muito bem. Mas já vi você lidar com inúmeras situações de estresse, Sonya, então confesso que fiquei surpresa quando Matt me contou que você teve uma crise nervosa por causa dos preparativos.

— Uma crise? — *Errou feio, hein, Brandon*, pensou Sonya, *tentando me fazer passar por histérica*. Então, Sonya decidiu seguir com o plano B, elaborado ali, de improviso. — É, talvez seja esse o nome.

— E não há motivo para se envergonhar — disse Matt, tranquilizador. — Tira uma folga, um tempinho pra você. Tenho certeza de que vocês vão resolver tudo.

— Não vai rolar, Matt. Essa minha crise, já que é assim que estamos chamando, aconteceu quando cheguei em casa mais cedo, no sábado à tarde, e encontrei Brandon na cama com a minha prima. Imaginem a minha surpresa. E imaginem a surpresa maior ainda quando fiquei sabendo que aquela não foi a primeira vez... Então, seguindo esse raciocínio, não vai mais haver casamento. Eu não preciso e nem quero um tempo de folga. Cheguei aqui hoje sem intenção de contar os detalhes sórdidos dessa situação, decidida a apenas dizer que mudei de ideia em relação ao casamento. Também queria pedir que, dada essa situação constrangedora, Brandon e eu não fôssemos designados para os mesmos projetos por um tempo.

— Eu... Você tem certeza sobre... sobre as circunstâncias?

— Ah, por favor, Matt. — Laine revirou os olhos para o sócio. — Acho que a Sonya tem certeza do que viu. Sinto muito por ouvir isso, Sonya.

— Sim, sim. Meu Deus... Sinto muito também, Sonya — disse Matt. — Quer beber alguma coisa? Posso fazer um chazinho pra você.

— Não, obrigada. Estou bem, Matt. De verdade. Sei que parece estranho, mas vocês têm minha palavra de que vou agir de maneira profissional no ambiente de trabalho.

— Acreditamos em você — disse Laine. — E esperamos o mesmo de Brandon. Vocês acabaram de concluir um projeto.

— Foi há duas semanas. Não temos projetos em comum no momento.

— Então vamos manter assim, por enquanto. Mas eu reforço, Sonya: se quiser um ou dois dias para relaxar e lidar com o que sei que deve ser uma série de cancelamentos, pode ter certeza de que está tudo bem por nós. — Laine ergueu as mãos. — Além de qualquer ajuda que possamos oferecer.

— Obrigada, Laine. De verdade. Minha mãe e minha melhor amiga estão me ajudando com essa burocracia, e, pra ser sincera, prefiro trabalhar. Sinto muito por trazer tudo isso para vocês.

— Relacionamento em ambiente de trabalho. — Laine deu um sorriso singelo. — Quem nunca passou por isso? A oferta continua de pé, Sonya… Se decidir que precisa tirar um tempinho, é só falar, ok?

— Obrigada mais uma vez. — Sonya se levantou. — Agora vou voltar para a minha sala. Preciso começar meu dia de trabalho.

Zero surpresa ao encontrar Brandon à sua espera entre as salas e a escada.

— Precisamos conversar.

Quando ele tentou tocar o braço dela, Sonya recuou.

— Não encosta em mim.

— Não vamos ter essa conversa aqui fora. — Ele gesticulou em direção à sala de apresentações. — Prefiro manter meus assuntos pessoais em particular.

— Então você não devia ter ligado para o Matt ontem à noite e mentido na cara dura.

Entraram na sala.

— Eu não menti. — Ele fechou a porta com um baque. — Eu disse a ele que você tinha cancelado o casamento. Que estava chateada e estressada.

— Só esqueceu de dizer o porquê.

Brandon teve a graciosidade — ou a artimanha, ela pensou — de parecer envergonhado e arrasado.

— Escuta, Sonya, ninguém está se sentindo pior do que eu com o que aconteceu, ok? Cometi um erro grave e magoei você. Fui fraco, burro. Entrei em pânico.

Ela riu.

— Pensei que você tinha cometido um *deslize*…

— Sonya, por favor.

Ele estendeu a mão para ela novamente.

— Encosta a mão em mim e você vai ser notificado por assédio e comportamento inadequado no ambiente de trabalho hoje mesmo. Experimenta.

— Sei que você está magoada, está zangada. E tem todo o direito de estar. O que eu fiz... em um momento de fraqueza. O pânico que eu senti. O casamento, todos aqueles detalhes, decisões... Tudo começou a pesar e eu me apavorei. Daí, a Tracie apareceu, e ela... ela partiu pra cima de mim. Com tudo. E eu... não consegui me conter.

Brandon colocou a mão sobre o lado esquerdo do peito.

— Estou implorando que me perdoe. Me dá outra chance de provar o quanto você significa pra mim.

— Você cometeu um deslize, entrou em pânico, não se conteve... e transou com a minha prima na cama que a gente dividia enquanto eu estava fora, pegando as provas dos convites do nosso casamento. E eu só fiquei sabendo porque cancelei o horário com o pessoal da floricultura.

— Foi um erro terrível, meu amor. Vou passar o resto da minha vida tentando te compensar. Por favor, me perdoa. Foi apenas um grande erro. Ela não significa nada pra mim. Você significa tudo. Foi apenas sexo.

Sonya olhou para ele, de fato olhou, e viu muito além do que toda aquela beleza loira. E por ter visto o traidor, o mentiroso, sentiu o estômago embrulhar novamente.

— Estou impressionada por você pensar que isso daria certo, Brandon. Realmente surpresa de você achar que eu sou tão burra.

— Estou pedindo perdão. — Vergonha e tristeza se transformaram em indignação. — Como você pode ser assim tão fria, tão implacável? Você mandou a sua mãe até a casa do Jerry com todas as minhas coisas, pelo amor de Deus. Você colocou tudo em sacos de lixo, como se nunca tivéssemos compartilhado nada.

— Eu não tinha caixas e malas suficientes.

— Você foi correndo para a sua mãe para contar nossos assuntos particulares. Isso é patético.

— Não, na verdade, foi a Tracie quem correu para a mãe dela... Que, por acaso, é irmã da minha mãe. Mas, que seja, você já está com todas as suas coisas, e nós terminamos.

— Não é de admirar que eu tenha me rendido a uma pessoa mais calorosa, mais apaixonada, quando você é fria pra caralho.

— Foi uma sorte para nós dois, não é? Aliás, já que você tentou sua manobra com o Matt, contei tudo para ele e a Laine. Não era minha intenção, eu só ia dizer que decidi cancelar o casamento. Mas me recuso a deixar você jogar a culpa toda em mim. Dei minha palavra de que me comportaria de maneira profissional com você, e eles esperam que você faça o mesmo.

A indignação de Brandon retornou, dessa vez genuína.

— Você mal podia esperar para me difamar para os nossos chefes, não é? Eu sou um ser humano, Sonya. A Tracie me encurralou, deu em cima de mim, e eu fui humano.

— Daquela vez? E a outra, no sábado anterior? Ou duas semanas antes disso? Você só estava sendo humano enquanto se esfregava nela sem roupa também?

— Você me *espionou*? É assim que você resolve os problemas, as nossas diferenças? Me espionando? Isso é desprezível.

— Nem precisei fazer isso, Brandon. Você e a Tracie não cobriram muito bem os seus rastros. Agora chega. Eu só quero seguir em frente com a minha vida, e sugiro que você faça o mesmo.

— Se você pensa que vai sair impune espalhando isso para a empresa...

— Não pretendo falar nada disso por aí. Você pode fazer como quiser. Eu cancelei o aluguel do local, a banda e tudo mais. Vou te mandar o valor a ser pago pela metade dos depósitos não reembolsáveis.

— Te desejo sorte ao tentar arrancar um centavo de mim.

— Já imaginava. Sem problemas. Vou considerar como um péssimo investimento financeiro. Agora sai da minha frente, tenho que trabalhar.

— Você não está usando a aliança que eu te dei. Eu quero de volta.

Quando ela sorriu, um sorriso genuíno, sentiu-se bem demais.

— Vou devolver seu desejo de boa sorte de pouco antes. Legalmente, a aliança é minha. Vou vender e doar o dinheiro para um abrigo de mulheres. Sai da minha frente agora, Brandon, ou eu vou ligar para a Laine e te denunciar.

Ele chegou para o lado.

— Você vai se arrepender — disse ele, quando Sonya abriu a porta.

— Não vou, não. Mas sinto muito por ter desperdiçado um ano da minha vida com alguém como você.

Sonya considerou o assunto encerrado.

E teve um dia produtivo concluindo os projetos gráficos para a Baby Mine. Feito isso, ela seguiu para o projeto da Kettering e criou o painel semântico a ser compartilhado com o diretor.

Notou os olhares — sobretudo daqueles que fingiam não olhar. Reparou nas pausas constrangedoras das conversas sempre que entrava ou passava por algum lugar.

Ela suspeitava que Brandon estava fazendo exatamente o que a tinha acusado de planejar fazer. Ele devia estar distorcendo a história, jogando a culpa nela e mentindo na cara de pau.

Sonya decidiu que não se deixaria afetar e que tudo se acalmaria em uma semana ou duas.

Uma semana, depois duas. Um mês. E mais duas semanas.

Toda vez que ela achava que as coisas haviam se acalmado, ele dava um jeito de ressuscitar tudo outra vez.

Sonya ouviu um boato de que *ela* o havia traído. Outro circulou dizendo que a organizadora do casamento a tinha apelidado como Noiva dos Infernos.

Ao contrário de como havia feito com Tracie, Brandon agora fazia questão de cobrir seus rastros e os rumores pareciam surgir do nada. E persistiam.

Alguém arranhou o carro dela.

Sonya chegou um dia de manhã e descobriu que um design em que havia trabalhado tinha sido deletado do seu computador, além de ter seu backup corrompido.

Ela passou quinze horas seguidas refazendo tudo, e, quando finalmente saiu do escritório tarde da noite, seus quatro pneus estavam vazios.

Saber que Brandon estava por trás daquilo não significava nada, já que ela não podia provar.

Mas Sonya havia chegado ao limite.

Na manhã seguinte, bateu à porta de Laine.

— Oi, Laine. Desculpa interromper, mas você tem um momentinho? Preciso falar com você.

— Entre e se sente. Você parece cansada.

— Eu *estou* cansada. Trabalhei até meia-noite no projeto da The Happy Pet. O arquivo em que trabalhei, que estava quase pronto, desapareceu. Foi apagado do meu computador. Meu backup estava corrompido. Acho que você sabe o quanto eu sou cuidadosa, não é, Laine? Não foi um erro meu. Mas mesmo assim tive que refazer tudo, talvez até tenha melhorado… Porém, no fim do dia, quando saí, meu carro estava com os quatro pneus vazios.

— Meu Deus do céu, Sonya.

— Sei que você também ouviu as fofocas. A maioria das pessoas não acredita, mas sempre tem alguém que dá ouvidos. Eu sou capaz de lidar com esse tipo de coisa, como tenho feito desde que tudo começou. Mas agora isso está afetando o meu trabalho, um trabalho árduo. Se eu não tivesse conseguido refazer tudo rápido, poderíamos ter perdido o projeto, sabe? Meus pneus não foram rasgados. Alguém os esvaziou. De qualquer forma, tive que pegar um Uber e ligar para uma oficina vir aqui cuidar dos pneus.

— Sinto muito, Sonya. Vou falar com o Brandon, pode ter certeza.

— Por favor, não faça isso. Não tenho como provar que tudo isso é culpa dele, e nem vou tentar. Ele vai ficar chocado, horrorizado. Por que teria feito isso se já seguiu em frente? Ele não está saindo com outras mulheres? — Sonya deu de ombros. — Mas isso não vai parar enquanto nós dois trabalharmos aqui.

— Sonya, não posso demitir Brandon por causa da possibilidade… e vou levar isso como uma probabilidade… de que ele teve alguma parte nisso.

— Não estou pedindo que faça isso. E nem espero isso de você. Eu sei que ele faz um trabalho excepcional.

— Ele faz, assim como você. Acho que é hora de convocar uma reunião com toda a equipe.

— Não, Laine, é hora de eu pedir demissão. Achei que conseguiria suportar isso, mas agora estou com medo de vir trabalhar. Eu amava trabalhar aqui, e agora estou apavorada.

— Vamos encontrar uma maneira de resolver isso, Sonya. Você sabe o quanto te valorizamos.

— Eu sei, mas não quero que você conserte isso, Laine. Você e o Matt construíram uma empresa maravilhosa e eu sempre serei grata por ter feito parte dela. Só que simplesmente não consigo mais trabalhar aqui, então pensei em cumprir um aviso-prévio de duas semanas, tudo bem? Posso até ficar mais tempo, se precisar. Mas a Gina Tallo está pronta, e poderia ser promovida. Eu poderia trabalhar com ela durante essas duas semanas e tal. Mas preciso ir embora... por mim, Laine. Eu preciso ir.

Laine se recostou na cadeira.

— Isso é uma droga. Um saco.

— Também acho. Mas, Laine, eu estou infeliz demais e não quero passar por isso no trabalho. Não quero acordar todo dia com um aperto no peito porque tenho que vir trabalhar. Eu preciso partir para outra.

— Para a concorrência. Vou odiar isso, mas o Matt e eu daremos as melhores e mais sinceras referências. Não queremos que você seja infeliz, e eu estou puta da vida que tenham feito você se sentir assim.

— Acho que vai ser melhor para mim. Mas não planejo ir para um concorrente, pelo menos por enquanto. Vou trabalhar como *freelancer*. Preciso de tempo, distância. E preciso descobrir o que consigo fazer por conta própria.

Com a cabeça inclinada para trás, Laine encarava o teto.

— Vamos perder clientes. Vou odiar isso.

— Fica tranquila, eu não vou atrás dos clientes da By Design.

— Se não for, vai estar sendo burra. Não seja burra. Pegue o projeto da Baby Mine, eles vão longe. É um presente meu — disse Laine, antes que Sonya pudesse pensar no que dizer. — Não é um presente tão grandioso, considerando que eles vieram por sua causa, pela indicação de outro cliente que você cuidou. Mas estou dizendo que esse projeto é seu, e o Matt vai concordar comigo.

— Obrigada. De verdade, é mais do que eu poderia pedir.

— E quanto à Gina, já estávamos de olho nela. Precisa ser um pouco lapidada, é lógico, mas vamos correr atrás disso. Agora, em nível pessoal, queria te dizer uma coisa, já que tenho uma filha da sua idade...

Você tem duas semanas de férias que não foram usadas na lua de mel, e pode comemorar por não ter ido. Pegue esses dias. Tire o dia de hoje para finalizar quaisquer projetos até o ponto em que possam ser passados adiante. Então, saia daqui e seja feliz.

— Ah, Laine. Não vou deixar você na mão e...

— Não vai deixar. Ah, caramba, lógico que vai deixar, quer você saia hoje ou em duas semanas. Você é uma mulher talentosa com uma ética de trabalho sólida, mas o Matt e eu vamos assumir os seus projetos... Ainda sabemos como fazer isso. E vamos dar o treinamento de que Gina precisa. Mas saiba que sentiremos muito a sua falta.

Laine acenou a mão, antes de dizer:

— Sem chorar, senão vai me fazer chorar também. Finalize seu dia. E mantenha contato.

— Pode deixar. Eu devo demais a você e ao Matt.

— Você pode nos recompensar nos deixando orgulhosos.

Quando Sonya saiu da sala, Laine se recostou à cadeira e encarou o teto novamente.

Depois de um longo suspiro, soltou:

— Porra.

Capítulo três

Sonya finalizou o dia de trabalho. Embora tenha pulado o almoço para se concentrar nos projetos e deixar todos em boas condições para quem os assumisse, teve tempo para bater papo com alguns colegas na sala de descanso.

Em tom descontraído. Como de costume.

Enquanto seguia o fluxo, em sua mente, em seu coração, notou que já havia seguido em frente. E, por já ter feito isso, o estresse se dissipou.

No fim do dia, empacotou objetos pessoais, materiais de escritório, barrinhas de cereal de emergência, carregadores sobressalentes, o obelisco de fluorita que Cleo havia lhe dado de presente, sua violeta-africana, e todas as coisinhas que por muito tempo fizeram de seu local de trabalho uma espécie de lar.

Uma única caixa, pensou, para guardar os sete anos — dois como estagiária — da sua trajetória profissional na By Design.

O todo, até aquele momento, de sua carreira.

Deu uma última olhada ao redor da sala e viu Matt se aproximando da porta.

— Eu queria esperar até... Laine disse que sua decisão está tomada, e por bons motivos. Mas eu sinto que não fui solidário o suficiente com você, Sonya. Acho que eu devia ter encontrado outra solução.

— Não. Não. A situação criou um clima difícil. E ficou insustentável para mim. Eu não teria condições de tentar trabalhar como *freelancer* se não fosse por você e a Laine.

— Prometi a ela que não insistiria para você ficar, e não vou. Eu quero, mas não vou. Me deixe levar isso pra você.

Pegando a caixa de suas mãos, Matt a acompanhou porta afora, passando pelas salas e baias.

— Acho bom você sentir saudade da gente.

— Já estou sentindo.

Do lado de fora, a brisa fresca do outono a envolveu. Sonya percebeu que, naquele momento, deveria estar no meio de sua lua de mel em Paris, não fosse por aquele compromisso cancelado.

— Se precisar de alguém para conversar — disse Matt —, de um ombro amigo, de um parceiro de bar... é só me ligar, ok? — Ele colocou a caixa dentro do carro de Sonya. — Me dá um abraço.

— Vem cá.

Matt lhe deu um abraço apertado por um longo tempo.

— Eu não devia dizer isso, mas vou dizer mesmo assim. Ele não vai durar aqui, Sonya. O Brandon pode ser talentoso e perspicaz, mas mostrou ser desonesto, mesquinho e, puta merda, vingativo. Ele não vai ficar com a gente por muito mais tempo.

— Gostaria de dizer que não dou a mínima, mas estaria mentindo.

— Vai lá e brilha, ok? — Matt deu um passo para trás. — E eu sei que você vai. E quando quiser voltar a brilhar aqui, as portas estarão abertas.

— A primeira vez que entrei por aquelas portas, como estagiária no meu último ano de faculdade, você estava usando uma gravata-borboleta de bolinhas.

— Ah, sim, a fase da gravata-borboleta. Talvez seja hora de voltar a usar.

— E você me disse que, sempre que eu não soubesse uma resposta, devia perguntar. Desde o começo ficou evidente que eu poderia te perguntar qualquer coisa.

— E ainda pode.

Sonya deu um beijo na bochecha de Matt antes de entrar no carro, chorando ao se afastar.

Em vez de ir para casa, dirigiu para longe do centro da cidade, em direção ao sobrado aconchegante da mãe com seu quintal minúsculo. Havia crescido naquela vizinhança arborizada. Tinha brincado muito naquele quintal. Quando ficou maior, aprendeu a cortar a grama.

O pai a tinha ensinado a andar de bicicleta com rodinhas pela calçada — e ela se lembrava muito bem disso.

Estou com você, Sonya. Pode pedalar, meu amor! Não vou te soltar.

E ele cumpriu a palavra, correndo ao lado dela até que Sonya gritou:

Pode soltar, papai! Eu consigo! Pode soltar!

Ele deve ter visto a cena toda. Será que sentiu aquela pontada de orgulho, de medo, talvez até algum arrependimento enquanto ela se equilibrava na pequena bicicleta cor-de-rosa com cestinha branca de plástico?

Podia vê-lo nitidamente nesse momento, correndo até onde ela havia parado — com o rosto corado e cheia de si —, no fim da calçada.

A brisa suave da primavera esvoaçando o cabelo dele — um tom escuro de loiro que jamais se tornou grisalho. Um homem alto, meio desengonçado, no auge da vida, braços e pernas compridos, mãos esguias, como as dela. Mãos de artista, como as dela.

Um homem que morreria três anos depois.

Um acidente trágico. Ele havia começado a pintar um mural em um prédio no centro. O andaime arrebentou. Sua mãe de repente viúva.

Sonya estacionou na garagem estreita, logo atrás do carro da mãe, se perguntando por que de repente estava tomada por lembranças. *Talvez por eu estar meio pra baixo*, concluiu. Pedir demissão não era comparável à morte, mas era uma mudança brusca. O bordo vermelho diante da casa em estilo colonial parecia estar em chamas com as folhas do outono. Algumas já haviam caído, e, antes que outubro acabasse, os galhos estariam nus.

Montes de crisântemos amarelo-canário banhavam de cor um dos cantos da parte da frente da casa. E como Winter MacTavish amava todos os feriados, imensas abóboras alaranjadas ladeavam a porta branca da entrada.

Quando o final do mês chegasse, a mãe as esculpiria no formato das lanternas características do Halloween, tiraria do sótão o velho esqueleto e a velha bruxa montada em uma vassoura, vestiria uma fantasia e distribuiria barras de chocolate Hershey's às crianças que passassem pedindo doces ou travessuras.

Sonya não bateu à porta — nunca precisou bater.

Lá dentro, a sala de estar cheirava ao perfume das flores de outono em um vaso e à fumaça da lareira crepitante. Na cornija, uma das pinturas do pai, no mesmo lugar de sempre — ao menos de acordo com as lembranças de Sonya.

Uma floresta enevoada, sombreada em verde-escuro com a luz se infiltrando e formando um caminho em tons dourados. À direita da trilha iluminada, cintilava um riacho cujas águas correntes desciam sobre rochas em cascatas que iam do branco ao prateado.

Ela queria saber para onde aquele caminho levava, e, quando perguntou ao pai, ele disse: "Para onde você quiser."

Talvez eu esteja no caminho agora, pai. Talvez eu acabe descobrindo.

Conhecendo a mãe, Sonya foi em direção à cozinha, anunciando sua presença.

— Sonya? Que surpresa boa!

Winter havia trocado a roupa do trabalho para uma calça confortável e tênis, e cumprimentou a filha com um abraço rápido.

— Estava aqui pensando no que fazer para o jantar. Já comeu?

— Não. Vim direto do trabalho.

— Agora tenho a desculpa perfeita para descongelar a sopa que fiz em excesso na semana passada. Frango com legumes, que tal?

— Parece ótimo.

— Por que você não pega uma garrafa de vinho da adega? Podemos tomar uma taça enquanto a sopa descongela.

— Parece melhor ainda.

— Daí você pode me dizer sobre o que precisa falar.

Sonya pegou a garrafa de vinho da adega embutida, um dos acréscimos que a mãe havia feito quando reformou a cozinha.

A única mudança significativa que Winter tinha feito desde a morte do marido.

— Não posso apenas aparecer para ver a minha mãe?

— Pode, e às vezes você aparece mesmo. Mas… — Winter cutucou o nariz de Sonya com a ponta do dedo — eu conheço essa carinha.

Preparando-se para o momento, Sonya pegou o saca-rolhas e as taças.

— Você sabe que tive uns probleminhas no trabalho, né? Eu consegui ignorar na maior parte do tempo, e a maioria das pessoas com quem trabalho é bem legal, mas estava sendo difícil no dia a dia. Mais uma vez, são coisinhas, alfinetadas sutis.

— Ele se revelou um homem horrível, não é?

— Ele é muito bom nisso, mãe. — Com uma risada desprovida de humor, ela bebericou o vinho. — Tão lisonjeiro, sempre cuidadoso em ser educado comigo, e tão profissional. Mas...

Sonya bebeu mais um gole, reclinada sobre a bancada central.

— Ao mesmo tempo implacável. Simplesmente implacável. Parece questão de honra para ele me dar o troco, uma, duas, mil vezes, pelo que ele acredita ter sido um constrangimento que *eu* causei. Ontem um projeto que eu tinha concluído na véspera *desapareceu* do meu computador.

— Isso não é ser implacável, isso é ser cruel.

— Pra piorar, o backup estava corrompido. O painel semântico ainda estava na parede, até porque mexer nele teria sido muito óbvio. Mas meus esboços iniciais também sumiram. Tive que reconstruir o projeto quase todo de cabeça. Trabalhei até meia-noite.

— Não me admira essa cara de cansada. Meu Deus, ele é um cretino. É óbvio que foi ele.

— Sem dúvida, mas não tenho como provar. Assim como não posso provar que foi ele quem esvaziou os pneus do meu carro... todos os quatro... enquanto eu estava fazendo hora extra.

— Meu Deus do céu, Sonya! Isso é criminoso! Você chamou a polícia?

— Chamei um Uber, mas, sim, também registrei a ocorrência. Só que não vai dar em nada, mãe. Era para eu ter devolvido a aliança em vez de vender e doar o dinheiro. Talvez ele tivesse deixado isso pra lá. Mas eu quis esfregar na cara dele, então...

— Você não tem culpa. Não quero ouvir você assumindo a culpa por nada disso, ouviu?

— Não é bem culpa... Um erro de estratégia, talvez? E, pelo amor de Deus, mãe, não fique decepcionada comigo.

— Como se isso fosse possível.

Respirando fundo, Sonya segurou o fôlego antes de dizer:

— Eu pedi demissão.

— Ah, meu bem...

Winter largou a taça e puxou a filha para o calor de seus braços.

— Eu achei que poderia suportar, mas não consegui, mãe. Não consegui. Deixei ele vencer.

— Pare com isso. — Recuando um pouco, Winter sacudiu os ombros de Sonya. — Você não deixou ele vencer coisa nenhuma. Isso não é uma maldita competição. Você fez o que era melhor pra você. Mas, nossa, como eu queria que tivessem demitido esse cretino!

— Por qual motivo? Por me trair? Você é assistente administrativa em um escritório de advocacia, mãe. Sabe muito bem que isso não é motivo suficiente para demitir um funcionário. E, em relação às outras coisas, ele foi muito cuidadoso para não deixar rastros.

Balançando a cabeça, ela se afastou e colocou sua taça na bancada.

— E o Matt e a Laine... Os dois fizeram tudo que podiam. Tenho certeza de que conversaram com o Brandon, e talvez isso tenha piorado ainda mais as coisas. Mas eles me deram um projeto, de uma empresa start-up na qual trabalhei, e estão me deixando tirar as duas semanas do aviso-prévio como se fossem férias remuneradas. Eles não precisavam fazer nada disso.

— Não é culpa deles. De ninguém, a não ser do Brandon. O que você vai fazer agora?

— Vou fazer uns *freelas*. Andei matutando a ideia nas últimas semanas, e o que rolou ontem foi a cereja do bolo. Tenho algum dinheiro guardado, experiência, contatos. E a By Design deixou eu ficar com a Baby Mine, caso elas precisem dos meus serviços. É uma empresa pequena e bacaninha, e fiz um bom trabalho para elas. Vou te mostrar.

Sonya pegou o tablet da mãe de cima do balcão e abriu o site.

— Ah, que gracinha! — exclamou Winter, rolando a tela. — Olha só essas roupinhas! Agora preciso de um bebê para poder comprar tudo. Espera! A Sylvia, do meu trabalho, vai ganhar a primeira netinha no início de dezembro. Vou mandar o link pra ela.

— Por favor, faça isso.

— E tudo feito à mão. Gente, olha só esses gorrinhos! Gorros de gatinhos!

Sonya sentiu seu humor melhorar conforme via a mãe navegando pelo site. Era muito fácil de acessar e explorar, eficiente até em dispositivos móveis.

— Vou mandar para a Sylvia agora mesmo. Você é muito talentosa, filha. Herdou o talento artístico do seu pai.

— Queria saber pintar como ele.

— Você pinta muito bem quando quer, mas não é a sua paixão. Isso aqui é. E é maravilhoso — disse Winter, finalizando o e-mail para a amiga. — Pronto, a Sylvia vai adorar. Sua cliente vai receber uma encomenda gigante. Agora, vamos tomar uma sopinha e falar sobre os planos para a sua nova empresa.

— Não sei se dá para chamar uma pessoa só de "empresa".

— Dá, sim. E, não que eu esteja defendendo o direito de vingança, mas sabe o que dizem sobre isso?

— O que dizem sobre o quê?

— A melhor vingança. — Winter arqueou as sobrancelhas. — É o sucesso. E você vai arrasar, querida.

— Vou dar o meu melhor. Mas, antes de me jogar de cabeça, eu preciso de uns dias em um spa.

— Concordo plenamente.

— E vou levar junto a minha mãe, a minha melhor amiga e a mãe dela, se ela puder ir.

— Ah, Sonya, você não pode bancar algo assim. Ainda mais agora.

— Não estou fazendo compras em Paris, estou? Também não desembolsei outros milhares de dólares em um casamento extravagante e chique que eu nem queria. Vendi aquele maldito vestido de noiva por 60% do valor que você pagou. E Cleo deu um jeito de recuperar quase oito mil dólares de alguns depósitos antecipados.

— Garota esperta.

— Então, sim, eu vou levar a minha mãe, a garota esperta e a mãe da garota esperta para um final de semana em um spa. É um agradinho pessoal e bastante necessário. Você está proibida de dizer "não".

— Sendo assim, não vou dizer. É melhor mandar logo uma mensagem para a Cleo, para ela perguntar se Melly também pode.

— Vou criar um grupo de mensagens agora mesmo. Depois, vou tentar agendar uma data pra gente no Ripe Plum.

— Esse não é aquele resort no litoral? Uau! Quando minha garota decide se dar um agrado, ela faz com estilo.

— Pode apostar que sim — disse Sonya. — Tenho andado tão infeliz, mãe. Vai ser bom demais ficar feliz, só pra variar, sabe? A sopa está com um cheiro delicioso.

Estimulada pela visita, pela sopa e pelo otimismo — e pelo fato de que, mesmo com os finais de semana lotados no Ripe Plum, ela ainda conseguiu reservar três dias durante a semana —, Sonya se jogou na cama pouco depois das nove e dormiu por doze horas seguidas.

Acordou revigorada e com um plano. Primeiro passo: entrar em contato com as meninas da Baby Mine.

Uma ligação e vinte minutos depois Sonya estava pulando de alegria.

Elas não só estavam dispostas a continuar trabalhando com Sonya, como, bem ao seu estilo, também a indicariam para dois potenciais clientes.

Disseram que retornariam em uma hora. O que lhe daria tempo para criar o logo, o projeto gráfico de seu cartão de visitas, o site de trabalho, as redes sociais e tudo mais.

No meio da tarde, uma batida soou à sua porta.

— Trouxe muffins de abóbora e *macchiatos*. — Cleo trocou a embalagem de delivery de mão e inclinou a cabeça para o lado. — Olha só você… Não vejo essa expressão no seu rosto há semanas. Meses.

— Que expressão?

— De alegria. Do tipo radiante. E eu achando que ia encontrar você mergulhada na fase do "O que foi que eu fiz?".

— Eu sei muito bem o que eu fiz — disse Sonya, puxando Cleo para dentro de casa. — Consegui dois clientes, com uma grande chance de ter arrumado um terceiro.

— Já?

— Aham. E acho que defini o logo. A que vou usar nos contratos, no layout do site e tudo mais. Quero sua opinião sincera, ok? Espera aí.

Sonya voltou correndo para o escritório e Cleo tirou os copos de café e os muffins da embalagem.

— Sem mais delongas, *voilà*!

Ela abriu o caderno de desenho onde criava os esboços. Via-se um círculo espesso com pétalas curvas em cores vibrantes — vermelho, azul, amarelo e verde —, dispostas em camadas que as destacavam em duas dimensões. Acima do círculo, em caligrafia fluida e centralizada, estava escrito Visual Art. E, no meio do círculo: by Sonya.

— Não é para me dizer o que eu quero ouvir, ok? Fala a verdade. Quero que seja perfeito.

— Desculpa, mas vou te dizer o que você quer ouvir, sim. Está perfeito, Sonya. Eu amei demais. O círculo... um símbolo forte e com as cores intensas. As pétalas dão profundidade, chamam atenção. Usar a fonte cursiva, fluida, meio que ornou tudo. É equilibrado, interessante e usa muito bem o espaço em branco.

— Eu não queria ângulos retos, mas ao mesmo tempo também não queria que ficasse muito "slim", sabe? Nem muito extravagante, nem muito tradicional. Não queria algo fofo ou delicado demais, mas gostei do toque feminino com as pétalas.

— Acertou na mosca. Puta merda, Son, você já começou com tudo.

— Vou reprojetar um site para uma escritora. O primeiro livro dela vai ser lançado em novembro e o site que ela tem no momento é uma bosta. Também estou tentando convencê-la a me deixar refazer o layout das redes sociais. Que também são uma bosta. Espero que o livro dela não seja igualmente bosta. Ela disse que vai me enviar um exemplar antes do lançamento.

— Se for uma merda, você mente.

— Você veio mesmo me ajudar?

— Aham, embora eu esteja vendo que não tem nenhuma necessidade. Mas eu trouxe café e muffins! Você pode fazer uma pausa?

— Com certeza. Obrigada, Cleo. Pelo incentivo, pelo café e pelo muffin — agradeceu Sonya, já emendando outro assunto. — Dei uma reorganizada aqui no escritório para instalar um projetor. Agora consigo projetar meu trabalho todo, tipo como se estivesse fazendo uma apresentação para mim mesma. Quer ver?

— Só se você me garantir que seguiu o *Feng Shui* para instalar.

— Cleo, sabe de uma coisa? Não fica com raiva do que vou dizer, mas acho que o Brandon me fez um favor, sabia? Porque, em outras circunstâncias, eu nunca teria feito isso. E, neste momento, eu sinto de verdade que estou fazendo a coisa certa. Que eu já devia ter feito isso.

— Eu não exageraria a ponto de dizer que foi um *favor*, mas vamos dizer que a imbecilidade dele te deu um empurrãozinho na direção certa.

— Isso basta. Agora vem ver.

Três semanas depois, o site novo da cliente escritora — cujo livro não era uma bosta — estava a pleno vapor. Sonya também criou posts de Natal e Ano-Novo para a Baby Mine e a arte dos convites de casamento (o que foi uma grande ironia) para a sobrinha de uma vizinha.

No Natal, ela já estava com três projetos de sites em andamento, duas capas de livros e mais alguns anúncios de campanhas de marketing digital.

Estava encerrando muito bem aquele que julgava ser o pior ano da sua vida.

A redução no orçamento incomodava um pouco, lógico, além da perda de alguns benefícios e o custo de arcar com todo o material e os equipamentos necessários. Mas, para uma profissional de volta ao mercado havia menos de três meses, ela até que estava se saindo muito bem.

E estaria melhor ainda se não fosse pelo problema no encanamento uma semana antes do Natal, que custou a bagatela de 1.600 dólares.

Mas tudo bem.

Nesse primeiro momento, Sonya precisou cobrar um pouco menos dos clientes, para aumentar a clientela e o portfólio de projetos. Ela lembrou a si mesma de que estava economizando na gasolina — já que não precisava se deslocar, o que minimizava a deterioração natural do carro.

Sentia falta do clima de camaradagem dos colegas? Às vezes. Por outro lado, gostava de trabalhar sozinha. E vestindo o que bem entendesse.

Poderia arranjar um cachorro, ou um gato, talvez. Como ficava de oito a dez horas em casa todos os dias, poderia muito bem ter um bichinho de estimação.

Companhia.

Gastos com ração, veterinário... Se fosse um cachorro, ainda teria banho e tosa... Teria que pensar, se planejar melhor.

Mas, acima de tudo, apertar um pouco o cinto não era nada comparado à satisfação de fazer o que amava, da maneira como adorava fazer.

Não estava preocupada.

Ainda.

Na metade do mês de janeiro, enquanto Boston congelava sob uma camada de quase um metro de neve e a demanda de trabalho tinha diminuído um pouco — embora fosse acelerar novamente em breve —, alguém bateu à sua porta.

Um sujeito na casa dos 50 anos, pelo pouco que Sonya conseguia distinguir de sua fisionomia sob o casaco pesado e o gorro com protetores de orelha. Com uma pasta de couro em uma das mãos enluvadas, ele sorriu. Um sorriso tranquilo, genuíno e charmoso. Sob sobrancelhas escuras e marcantes, seus olhos suaves, em um tom quase esquisito de tão azul, a observavam por trás das lentes dos óculos prateados. A armação combinava com as mechas do cabelo grisalho que escapavam sob o gorro.

— Senhorita Sonya MacTavish?

— Sim. Posso ajudar?

— Meu nome é Oliver Doyle e sou advogado do falecido Collin Poole. Seu tio.

— Tio? Eu não tenho tio. Quer dizer, a não ser o marido da minha tia, Martin. Mas não conheço ninguém chamado Collin Poole.

— Collin Poole era irmão do seu pai.

— Acho que está enganado, senhor Doyle. Meu pai não tinha irmão.

— Creio que ele não fazia ideia de que tinha um irmão. Gêmeo, aliás. Seu pai se chamava Andrew MacTavish, nascido no dia 2 de março de 1965, certo?

— Sim, mas…

— Seu pai foi adotado, ainda bebê, por Marsha e John MacTavish.

— Senhor…

— Doyle. Entendo que seja confuso, atípico. E entendo se não se sentir à vontade para me convidar a entrar e explicar melhor, senhorita MacTavish. Estou hospedado no Boston Harbor e ficarei feliz em encontrá-la no local de sua preferência. Permita-me entregar o meu cartão. E isso.

O homem tirou do bolso um porta-cartões e uma fotografia.

— Este é Collin Poole. Collin era um amigo próximo, de longa data. Ele faleceu pouco antes do Natal.

— Meus sentimentos, mas…

Sonya parou de falar assim que encarou a fotografia.

— Minha esposa tirou essa foto minha e de Collin há quase trinta anos. Já vi fotografias do seu pai com a mesma idade. Eles eram gêmeos. Não exatamente idênticos, mas muito parecidos, não é mesmo?

— Não estou entendendo…

— E como poderia? Suponho que a senhorita nunca tenha feito um exame de DNA, certo?

— Não.

— Collin e seu pai nasceram no Maine, na casa que pertence à família Poole há mais de duzentos anos.

Sonya tinha fotos do pai naquela idade. As diferenças entre ele e o homem da foto eram visíveis — Andrew usava o cabelo mais comprido, era um pouco mais alto, mais magro, tinha o queixo mais quadrado. Mas, fora isso, ela poderia jurar que estava olhando para o pai dela naquele retrato.

— É melhor o senhor entrar.

— Fico grato. Também sou do Maine, mas este vento é cruel. Permita-me dizer que a senhorita tem os olhos dele. Como disse, já vi fotos do seu pai, e eu conhecia Collin muito bem. Você tem os mesmos olhos verde-escuros da família Poole.

O termo *família* parecia errado. Impossível.

— Vou guardar seu casaco, sr. Doyle.

— Obrigado.

Quando ele tirou o gorro, Sonya reparou nas sobrancelhas pretas quase se mesclando aos cabelos grisalhos.

— Gostaria de um café?

— Adoraria. Com apenas um pouquinho de leite no meu.

Sonya se sentia entorpecida enquanto preparava a bebida. Como seu pai poderia ter um irmão — um gêmeo — e não saber do fato? Como seus avós não contaram a ele? Como poderiam ter separado os bebês? Ficado só com um?

E por que aquele tio nunca havia entrado em contato com ela, ou com o pai dela, se ele sabia de tudo?

Quando ela retornou, o sr. Doyle permanecia de pé, observando os porta-retratos sobre as prateleiras, ao lado de objetos bonitos e interessantes escolhidos a dedo por Sonya.

— Você deve estar cheia de perguntas... Vou tentar responder a todas. Podemos nos sentar aqui, à mesa? É que tenho outras coisas para te mostrar, alguns documentos.

— Podemos, sim.

Ela colocou a xícara de café diante dele e se sentou.

— O senhor disse que ele morreu mês passado. Ele estava doente?

— Muito gentil da sua parte perguntar. Vou tentar explicar isso também. Primeiro, devo dizer que Collin não sabia que tinha um irmão, pelo menos não durante muito tempo. A informação foi ocultada dele. Collin só teve ciência disso pouco tempo antes da morte de Andrew. Soube por mim. O estudo de genealogia é um hobby meu, uma espécie de paixão, na verdade. Decidi pesquisar a árvore genealógica de Collin como um presente para ele. Fazer a árvore completa, já que parecia que algumas peças faltavam... ou ramos inteiros, por assim dizer.

Doyle abriu a maleta.

— Esta é a foto do pai de Collin. O pai do seu pai também. E esta era a mãe deles. — O sr. Doyle colocou a fotografia sobre a mesa, dando um sorrisinho. — Nos anos 1960.

A mulher — garota, na verdade — tinha cabelo loiro longo e liso e usava uma faixa colorida. Um rosto bonito, Sonya pensou, com um delineado marcado nos olhos azuis. Magra, usava camiseta e calça jeans boca de sino com cintura baixa. Dois dedos estavam erguidos no clássico sinal da paz, a mão adornada por inúmeros anéis.

— Esta é Lilian Crest, embora, ao que parece, fosse chamada de Clover quando a foto foi tirada. O parto doméstico acabou se complicando, e sua avó morreu ao dar à luz os gêmeos. Na ocasião, uma tempestade acabou com a eletricidade e a comunicação por telefone durante dois dias. A casa... a mansão... fica em um lugar um pouco remoto. Não inacessível, mas a alguns quilômetros da cidade de Poole's Bay.

— Ela era tão jovem.

— Tinha apenas 19 anos quando morreu. Saiu de casa aos 17. Ela e Charles passaram a morar na mansão. Os pais dele, o irmão gêmeo e uma irmã moravam fora de Poole's Bay, naquela época.

— Parece que a genética para gêmeos é forte na família.

— De fato. Segundo relatos, Charles ficou devastado com a morte de Lilian, e receio que não tenha desejado manter laços com os filhos, a quem culpava por tudo. Ele tirou a própria vida pouco tempo depois. Mas, antes disso, a irmã dele levou Collin e o adotou. Seu pai foi entregue a um lar adotivo e colocado para adoção. Fora do estado, como pode ver. Pelo que consta nos documentos, a família Poole insistiu para que a família adotiva não tivesse qualquer informação sobre os pais biológicos.

— Eles não sabiam... — Uma sensação de alívio tomou conta de Sonya. — Meus avós. Eles não sabiam que o papai tinha um irmão gêmeo... Ou teriam ficado com os dois. São pessoas muito boas. Amorosas.

— Não sei o motivo pelo qual os Poole separaram os bebês. O que sei é que Patricia Poole, avó do seu pai, era uma mulher muito severa. E que o tio de seu pai, Lawrence, trancou a mansão após a morte do irmão, e o local permaneceu fechado até Collin reabri-lo, quando fez 18 anos. Na época, o tio dele havia morrido quatro anos antes sem deixar herdeiros, e a mansão ficou para ele como herança. Seu café é ótimo.

— Aceita mais?

— Eu jamais recusaria um cafezinho. Senhorita MacTavish, sei que é muita informação para assimilar — disse ele, enquanto Sonya ia até a cozinha. — E que talvez você não tenha interesse em saber dessas histórias...

— É tudo novidade para mim. Acho que preciso saber.

— Collin e eu crescemos juntos em Poole's Bay. Ele foi meu padrinho de casamento... Farei trinta e três anos de casamento na próxima primavera. E eu fui padrinho dele.

— O senhor se casou jovem.

Doyle riu.

— Não tão jovem assim, mas a gente sabe quando é para sempre.

— Imagino que sim.

— Obrigado — disse ele ao receber a xícara reabastecida. — Collin não tinha muito interesse na história da própria família, mas amava a mansão. Não sei nem dizer quantas vezes nós, junto a uma turma, invadimos o lugar quando garotos. Ela é meio mal-assombrada.

— Como é de se esperar.

Diante do tom divertido da voz de Sonya, o advogado olhou para o café em suas mãos.

— Seja como for, é uma história cheia de detalhes, mas o interesse de Collin era em arte. Como o seu pai. Como você.

— Ele era artista?

— Arte era a vocação dele, a paixão, embora tenha sido forçado a assumir os negócios da família, na área de transporte marítimo e construção naval. A família Poole fundou um negócio de construção de navios de madeira, que depois virou uma fábrica e acabou dando origem à cidade que hoje recebe seu nome à beira da baía. A maior parte original da mansão foi construída por esse primeiro Poole, em 1794.

Ao se dar conta, o homem ergueu as mãos.

— Uma história cheia de detalhes, como eu disse, e espero que se interesse em algum momento.

— Ele nunca soube nada disso... meu pai. Ele nunca soube que tinha um irmão, um gêmeo.

— Não, e sinto muito por esse fato. Quero assegurar que Collin era um bom homem, um bom amigo, e, se tivesse tido a oportunidade, não tenho a menor dúvida de que teria sido um bom irmão. Teria sido um bom marido e pai.

— Você disse que foi padrinho do casamento dele.

— Sim, cinco anos depois de ele ter sido o meu.

— E ele teve filhos?

— Não. Johanna teve uma morte bastante trágica no dia do casamento deles.

— Isso é… — Sonya sentiu um nó na garganta, o coração apertado. — É horrível.

— De fato. Ela caiu ao descer as escadas na festa de casamento. Não havia nada que qualquer um pudesse ter feito. Collin nunca mais foi o mesmo. Ele quase não saía da mansão. Meu amigo entrou em luto profundo, senhorita MacTavish.

— Por favor, me chame de Sonya — murmurou ela. — Não dá nem para imaginar quão horrível deve ter sido para ele.

— Ele passou o resto da vida lamentando a perda de Johanna, isolado do mundo. Minha família e eu éramos bem-vindos, e acabamos nos tornando a família dele. Mas Collin se afastou dos próprios parentes. Quanto aos negócios, o trabalho foi deixado em grande parte nas mãos dos primos, mas foi a avó de Collin quem administrou tudo com mão de ferro até o dia em que morreu. Como advogado dele, eu cuidava de seus interesses financeiros na empresa, e, como um Poole, ele detinha esse interesse financeiro, mas passou o restante da vida pintando e cuidando da mansão que ele e Johanna tanto amavam. O lar onde planejavam passar a vida juntos. A casa — continuou Oliver —, e tudo que há dentro dela, ele deixou para você.

Capítulo quatro

Choque era uma palavra branda demais para descrever o que Sonya estava sentindo.

— Desculpa... O quê? Isso é loucura. Ele nem me conhecia.

— Você é a única filha do irmão dele.

— Mas... você disse que os primos dele assumiram os negócios da família. Não faz sentido ele deixar a casa para uma desconhecida.

— Para ele, você não era uma desconhecida. Você é da família. E, embora Collin tenha sido um homem recluso nas últimas décadas, ele mostrava interesse por você, pela sua carreira. Ele admirava o seu trabalho.

— Meu... meu trabalho?

Oliver deu um sorriso tranquilizador.

— A mansão tem um Wi-Fi excelente, então Collin via tudo. Ser recluso não significa ignorar tecnologia nem modernidades. Como eu disse, quando ele ficou sabendo sobre a existência do seu pai, irmão gêmeo dele, pela minha pesquisa, Collin tinha intenção de entrar em contato. Então, outra tragédia ocorreu. Meu amigo lamentou muito a morte de seu pai também, Sonya, apesar de terem sido separados dias após o nascimento. Você é o que sobrou do irmão, e a única descendente biológica do pai deles.

Pela primeira vez na vida, Sonya compreendeu de verdade o que era sentir a cabeça girar, zonza.

— Olha, eu fico grata pela consideração. Até a estranheza cinematográfica de receber uma herança de um tio distante.

Oliver soltou uma risada diante das palavras.

— Ele teria gostado de você. Acho que você também teria gostado dele.

— Talvez, mas, além da gratidão e da estranheza, existem os aspectos práticos. Estou começando a estabelecer a minha empresa. O que eu vou fazer com uma propriedade no Maine? Uma mansão, pelo visto — acrescentou ela. — Não serei capaz de bancar ou manter uma propriedade desse porte.

— Há um fundo para essa finalidade.

— Como é que é?

— Collin abriu uma espécie de poupança para a manutenção da mansão. É muito bem financiado e abrangente. Posso garantir, já que sou eu o fiduciário. Aspectos práticos como taxas de serviços públicos, impostos e seguros continuarão a ser pagos com esse crédito. Reformas, quaisquer mudanças necessárias ou desejadas, como pintura, por exemplo, ou outros cuidados e repaginações por gosto pessoal? Você verá que o fiduciário é bem acessível, de acordo com as instruções do meu cliente.

— Eu...

— Como herdeira, você ficará com o restante dos bens, incluindo 5% das empresas Poole. Esse percentual é simbólico, a perpetuação de uma tradição. Ele deixou o restante dos proveitos para os seus primos, e é algo bem substancial.

Doyle fez uma pausa, ajeitou os óculos.

— Sua herança está condicionada a você residir na mansão por um período maior do que três anos, por pelo menos quarenta semanas ao ano.

— Morar? Lá? — As informações chocantes não paravam de chegar. — Tipo, simplesmente pegar as minhas coisas e me mudar? Para o Maine?

— Você pode contestar o testamento. Sou um bom advogado, Sonya, então posso lhe dizer que as cláusulas são bastante restritas, de acordo com os desejos do meu amigo e cliente. É lógico que você pode contestar e quem sabe até vencer, mas saiba que isso custaria muito dinheiro e tempo. Cá entre nós, eu adoraria que ele tivesse seguido o meu conselho, como amigo e advogado, e entrado em contato com você.

— Posso simplesmente dizer não. Posso recusar tudo.

— É lógico que sim, mas espero que não o faça. — O sr. Doyle pegou dois envelopes grossos da pasta. — Tenho aqui uma cópia do testamento, dados financeiros, informações sobre os negócios, a casa. Fotos, um inventário de todos os pertences da mansão.

O homem sorriu para ela.

— Um monte de inutilidades jurídicas que ficarei feliz em explicar assim que você tiver tempo de assimilar tudo.

— Acho que isso pode levar anos...

— É uma casa linda, Sonya. Ao longo dos anos, os Poole a ampliaram, mas mantiveram a estrutura original nos mínimos detalhes. É uma mansão repleta de história. A sua história. Seu tio tinha esperança de que você aceitasse esse legado e o levasse adiante.

Ele se levantou.

— Meus dados, incluindo o número do meu celular, estão nos envelopes. Por favor, entre em contato, ou peça ao seu advogado, que a aconselho a contratar, para que me ligue. Ficarei muito feliz em conversar com vocês. Estarei na cidade até quinta-feira. Posso voltar quando for conveniente para você, ou podemos marcar uma reunião no meu escritório, talvez na mansão, ou em qualquer outro lugar que desejar.

Sonya se levantou para pegar o casaco de Doyle no armário.

— Você sabe que tudo isso é loucura, certo?

— Collin estava em seu perfeito juízo. Lúcido o bastante para deixar seus desejos e termos de forma bem clara. — O advogado vestiu o casaco e recolocou o gorro. — Você não perguntou sobre valores. Quanto vale a casa, o fundo fiduciário, sua participação nos negócios e assim por diante. Acho muito interessante.

— Não pode ser verdade. Ou pelo menos não parece ser.

— Prometo que é tudo verdade. Dê uma lida em todos os documentos, tire um tempo para pensar e contrate um bom advogado. — Ele estendeu a mão para um cumprimento. — Até logo.

Assim que fechou a porta, Sonya ficou ali parada. Esperando acordar. Mas não tinha sido um sonho, admitiu para si mesma. Não tinha sido uma alucinação, não quando os envelopes ainda estavam em cima da mesa.

Embora mal conseguisse sentir as pernas, Sonya voltou à cozinha e abriu um dos envelopes. Retirou uma pasta azul volumosa, típica de papelada jurídica, intitulada "Testamento e última vontade de Collin Arthur Poole".

Sonya percebeu que nunca tinha visto ou lido um testamento antes.

Sentou-se, e, embora estivesse com uma dor de cabeça latejante, leu tudo.

Collin havia deixado — seu legado — algumas coisas para seu amigo de longa data. Uma pintura intitulada *Meninos no mar*, um jogo antigo de xadrez, um exemplar da primeira edição do livro *A máquina do tempo*, de H.G. Wells.

Outros legados — uma tigela de cornalina e brincos antigos de pérolas — foram para Corrine Whitmer Doyle. Provavelmente a esposa do amigo, Sonya refletiu. Outros itens foram deixados para o amigo, Oliver Henry Doyle II, e para Paula Mortimore Doyle. Outra pintura e algumas joias.

Algumas coisas para Oliver Henry Doyle III, que devia ser o filho do sr. Doyle. Um taco de beisebol — uma edição limitada de um Louisville Slugger com a assinatura de Mickey Mantle — e oito carrinhos da Matchbox, datados de meados de 1975. Para Anna Rose Doyle, um colar de pérolas.

Diversos legados financeiros, somando 45% dos 50% que detinha em participação na empresa de transporte marítimo da família.

E, para o grande choque de Sonya, brincos de diamante e safira, que eram antiguidades, para Winter Rogan MacTavish… sua mãe.

Quando finalizou a leitura, Sonya pressionou as pálpebras com os dedos.

Ela não sabia o que pensar. Como poderia *assimilar* todas aquelas informações?

Tudo mais havia ficado para Sonya — incluindo a mansão e o terreno de 3.358 hectares. E o que havia lá (inventariado em um documento separado), um fundo para custear a manutenção da referida propriedade, tudo incluído.

Apólice de seguro de vida, contas de corretagem, investimentos e muito mais coisas que ela mal conseguia compreender.

Mas, acima de tudo: seu pai tinha um irmão. Um gêmeo. Ele teve uma família da qual nunca ficou sabendo.

Assim como ela.

Sonya pegou o celular.

— Cleo, preciso que você vá comigo até a casa da minha mãe. Agora.

— O que houve? Ela está bem?

— Sim, está tudo bem com ela. Aconteceu uma coisa, mas eu explico no caminho. Vou te buscar em dez minutos. Por favor.

— Me dá pelo menos uns quinze minutos. Pelo amor de Deus, Sonya, pela sua voz, parece que você viu um fantasma.

— Talvez eu tenha visto. Chego aí em quinze.

Sonya calçou as botas e vestiu o casaco, então se lembrou do frio que estava fazendo do lado de fora e colocou também um cachecol e um gorro de lã. Em cinco minutos, saiu porta afora com os dois envelopes em mãos.

A mãe precisava saber, e não podia ser por telefone. E ela precisava que Cleo a ajudasse a entender tudo aquilo.

E, puta merda, ela precisava mesmo de um advogado.

Sonya duvidava que estivesse sendo coerente durante o percurso até a casa da mãe. Deus era testemunha de que ela não se sentia nem um pouco coerente. A reação de Cleo, como esperado, foi de choque, surpresa, suspeita e até mesmo certa revolta.

— Que tipo de projeto de ser humano desalmado separa irmãos desse jeito? Você sabe que seus avós teriam adotado os dois bebês.

— Foi exatamente o que eu disse. Meu Deus, por que sempre tem esse trânsito infernal?

— E, pelo que você me disse, parece que a avó do seu tio e do seu pai tinha condições financeiras para ficar com os dois.

— Acho que sim, mas não tenho a menor ideia de por que fizeram isso. Tive a impressão de que a família escondeu tudo: o parentesco, os gêmeos… Não sei o motivo, e nem sei o que fazer.

— Fico me perguntando se o seu pai sabia. Quer dizer, não saber de fato, mas sentir, sabe? Tipo esse lance que falam sobre gêmeos. E, ai, coitado do irmão… perder a noiva, o amor da vida dele, bem no dia do casamento. Sonya, ele era artista, como o seu pai! Eles tinham um vínculo, mesmo sem saber. Onde diabos fica essa tal Poole's Bay?

— Não faço ideia.

— Vamos descobrir. — Cleo pegou o celular e começou a pesquisar no Google. — Tudo bem, é um lugar bem pequeno, um desses rochedos ao longo da costa do Maine. Deve ser bem bonito, pitoresco.

— Não importa. Isso não faz o menor sentido, Cleo.

— Lógico que faz. Pensa comigo. O tal Collin Poole não sabe da existência do seu pai até um determinado momento. De repente, depois de uma pesquisa minuciosa feita pelo melhor amigo, ele descobre e planeja entrar em contato com o irmão. Aí esse irmão, seu pai, morre. Mais um golpe para ele.

Cleo estendeu a mão e acariciou o braço da amiga.

— Pense só. Você acaba de descobrir que tem um irmão, um irmão gêmeo que a sua família escondeu de você. Porém, antes que você consiga entrar em contato, ele morre. É devastador. Mas acho que ele devia sentir a força do vínculo, e por isso decidiu deixar a casa para a única filha do irmão, além de praticamente tudo que possuía, pelo que você me contou.

— Mas por que ele não entrou em contato com a minha mãe, ou comigo?

— Talvez ele não tenha conseguido suportar a ideia de sofrer outra decepção. E se vocês tivessem mandado ele ficar longe? Ou, sei lá, tivessem só chegado e falado "Beleza, o que a gente ganha com isso?"?

— Eu nunca teria feito algo assim.

— Eu sei, Son, mas talvez o tio Collin estivesse emocionalmente fragilizado demais para lidar com algo assim. Parece que, no fim das contas, mesmo sem precisar, ele tentou fazer a coisa certa. Ele teria morrido e você nunca ficaria sabendo. E, mesmo que você tivesse feito um exame de DNA e descoberto tudo, ainda assim ele não seria obrigado a nada.

— Tá vendo por que eu te chamei? — Um pouco do aperto no peito de Sonya aliviou. — Por que eu precisava que viesse comigo?

— Quando conversar com a sua mãe, assim que se acalmar um pouco, você precisa descobrir tudo que puder a respeito de Collin Poole. E sobre essa história toda.

— Eu preciso de um advogado.

— Precisa. Deixa eu pesquisar o outro cara... Oliver Henry Doyle II, pelo que você disse. Poole's Bay. Tá, beleza, vamos lá. Ele tem 57 anos...

— Sério? Eu podia jurar que ele tinha uns dez a menos quando tirou o gorro e eu vi aquele monte de cabelo preto com uns poucos fios grisalhos.

— Parece que o pai dele criou o escritório de advocacia da família uns cinquenta anos atrás, o que é um tempão. Casado, dois filhos. O mais velho, Oliver III, tem 32 anos, e a mais nova, Anna, tem 28 anos, ou seja, é da nossa idade. Tudo verdade, pelo visto. E gostei do fato de esse tal sr. Doyle ter te aconselhado a contratar um advogado. Qual é a pior coisa que pode acontecer? — questionou Cleo. — Você acabar com uma casa na costa do Maine. Morar por lá por alguns anos... Você pode trabalhar de qualquer lugar, não pode?

— Você acha que eu devia...

— Acho que você devia considerar a proposta, sério. Caramba, Sonya, é uma aventura, sabe? E você merece. Além disso, você descobriria mais coisas sobre a origem da sua família. É lógico que seus avós sempre serão seus avós. Nada mudará esse fato. Isso é só um extra, uma chance de resolver pendências e descobrir o que tudo isso te reserva.

Sonya parou o carro na entrada da casa da mãe.

— Minha vida é aqui, minha casa é aqui. Você e a mamãe moram aqui. Estou tentando fazer a empresa dar certo...

— Pelo amor de Deus, Sonya! Você é capaz de fazer sua empresa dar certo seja lá onde estiver. Sua mãe e eu sempre estaremos por perto, o Maine não fica em outro planeta. Você tem o duplex, que eu sei que foi um marco importante para você, mas, neste momento, sua vida aqui se resume ao trabalho.

Cleo apertou novamente a mão de Sonya.

— Mas, entre ir ou ficar, vamos descobrir as implicações disso tudo. E o primeiro passo é contar para a sua mãe.

Quando elas entraram, Winter estava colocando uma tora de madeira na lareira.

— Opa, olha quem está aqui! Estava pensando em jantar um queijo-quente, e agora virou uma festinha.

De repente, ela notou a expressão da filha.

— Tem alguma coisa errada.

— Não, não tem nada errado. Mas eu queria conversar.

— Você está me assustando, meu amor.

— Não era essa a intenção, mãe. Não é nada assustador, mas vamos nos sentar um pouquinho?

Sonya se livrou do casaco e do gorro.

— Um homem apareceu lá em casa hoje. Um advogado do Maine.

— Um advogado? Você está com algum problema?

— Não, mãe. Calma. — Depois de colocar os envelopes volumosos na mesinha de centro, Sonya segurou as mãos de Winter, puxando-a para se sentar no sofá. — Esse advogado veio me contar que meu pai tinha um irmão gêmeo.

— O quê? Não tinha, não. Meu bem, isso deve ser alguma espécie de golpe, porque...

— Meus avós não sabiam, mãe. Eu já vou explicar tudo. Mas o papai tinha um irmão gêmeo, sim. A mãe biológica deles morreu no parto, e o pai deles não suportou o sofrimento... e acabou se suicidando.

— Sonya...

— Só me escuta, por favor. A família separou os dois... Não sei por quê. A tia ficou com um, e o outro... meu pai... foi colocado para a adoção. Uma adoção sigilosa. Você sabe que meus avós adotaram ele desse jeito, sem receber qualquer informação sobre os pais biológicos do bebê. O irmão, o gêmeo, também não sabia de nada. O nome dele era Collin Poole. E, como ele descobriu tudo pouco antes de o meu pai morrer, não teve tempo de entrar em contato.

— O que esse homem quer de você, Sonya?

— Nada, mãe. Ele morreu no mês passado. O advogado veio me procurar porque Collin Poole me deixou... bem... praticamente tudo.

— Como assim?

— Ele me colocou como herdeira... no testamento. Essa herança constitui uma casa no Maine e uma pequena porcentagem nas ações da empresa da família. Além de tudo que faz parte da casa, tem um fundo fiduciário para a manutenção da propriedade, contas bancárias. Ele deixou pra você um par de brincos de diamante e safira.

— O quê?

— Acho que ele quis deixar alguma coisa para a esposa do irmão, uma relíquia de família. O advogado... o sr. Doyle... e Collin Poole eram amigos de infância. Collin nunca teve filhos; a esposa morreu. Então, sendo a única filha do irmão dele... sou a única sobrinha.

Sonya tirou do envelope a fotografia que Oliver havia mostrado antes.

— Este é o sr. Doyle, e este é Collin Poole.

— Meu Deus do céu! Jesus amado! Tem certeza de que é verdade?

— Parece que sim.

— Preciso... — Winter se levantou e foi até a janela, depois à lareira, voltando para o sofá. — Seu pai tinha uns sonhos recorrentes. Em um deles havia um espelho, mas o reflexo que ele via não era bem o dele. O homem no reflexo falava alguma coisa, só que seu pai não conseguia ouvir. Ele teve esse sonho a vida inteira. Um garoto quase igual a ele o encarando no espelho. De vez em quando, ele desenhava o que via no sonho e me mostrava. Era este rosto aqui.

— Um vínculo de gêmeos — murmurou Cleo.

— Era sempre o mesmo espelho. De corpo inteiro, isolado em um canto e com moldura ornamentada. E era esse rosto aqui que olhava para ele. Não com as mesmas roupas, mas sempre da mesma idade.

Com os olhos marejados, Winter olhou para a filha.

— Se tivéssemos tido um menino, ele queria dar o nome de Collin.

— Você acha que ele sabia, de alguma forma?

— Não sei. Para ser honesta, nem sei o que pensar. Sei que ele teria adorado ter um irmão. Queria que ele tivesse tido a chance de saber disso.

— Você acha que a gente deve contar para os meus avós?

— Ah, sim. Com certeza. Eles têm o direito de saber. Os dois amavam muito o Drew, e seu pai os amava demais. — Winter se recostou no sofá, fechando os olhos por um segundo. — Você disse que o irmão dele morreu mês passado.

— Antes do Natal, pelo que o sr. Doyle disse. Nem pensei em perguntar como foi...

— E ele deixou uma casa para você?

— No Maine, em uma cidadezinha no litoral chamada Poole's Bay. Parece que os Poole criaram uma empresa de construção naval, construíram a casa… ou a estrutura original. O sr. Doyle chamou de mansão, na verdade. Disse que a residência foi ampliada ao longo dos anos. Ele tem um monte de fotos, mas ainda não olhei. Só li o testamento e liguei para a Cleo para que viéssemos aqui.

Sonya abriu o segundo envelope.

— Talvez estejam neste. No outro eram basicamente documentos. O testamento, fundos de investimentos, seguro de vida, avaliações… — Ela retirou a papelada do pacote. — Tem mais desse tipo de documento aqui também. Caramba, quanta coisa! Ah, aqui estão elas… Uau! Meu Deus…

Boquiaberta, Sonya encarou as fotografias da casa, que ficava no alto de um penhasco. A construção em pedra marrom de diversas tonalidades, o contraste com o revestimento azul-escuro, as duas torres gêmeas de topos cônicos ladeando uma espécie de bastião ao centro. Chaminés se projetavam do telhado, cuja plataforma era cercada por grades.

Era um terraço tradicional das mansões na costa dos Estados Unidos, em um estilo popularmente conhecido como "mirante de viúva".

Os galhos nus de um salgueiro-chorão pareciam tremular acima do manto branco formado pela neve.

— É linda — disse Cleo, por cima do ombro de Sonya. — Um estilo gótico assustador e magnífico. Gótico vitoriano. Olha só essa foto da parte dos fundos. Imagino que tenha alguns anexos modernos, mas a vibe gótica da arquitetura está bem presente. Essa parte coberta e projetada aqui, com a fileira de janelas e o topo em formato de cone, se ligam total com o visual das torres. O deque acima do telhado plano parece um acréscimo na estrutura. Eu também amei a mistura de janelas arqueadas com essas mais altas e retangulares. Bem diferente. Vou ter que aproveitar esse design algum dia. Só preciso arranjar o livro certo para ilustrar com essa pegada.

— Seu pai desenhou essa casa.

— O quê?

— Não sei se ele chegou a pintar em tela. Quer dizer, se pintou, eu nunca vi o quadro. Mas ele fez um desenho dessa casa. Um segundo, já volto.

Ela se levantou e correu escada acima.

— Tudo bem, primeiro o rosto no espelho, e agora isso? Lembranças sensoriais, sanguíneas. Algo do tipo. — Cleo colocou a mão no ombro da amiga. — Vou abrir uma garrafa de vinho e pedir comida chinesa. Acho que temos muito o que conversar.

Quando Winter voltou, Cleo já estava com o vinho aberto, três taças servidas e o pedido da comida feito.

— Talvez existam outros — começou Winter. — Encontrei o desenho nesses dois cadernos de esboços, mas pode haver mais.

Ela colocou os cadernos abertos na mesa e pegou uma das taças.

— Na primeira vez em que vi esses esboços, perguntei onde ele tinha visto essa casa. Porque é magnífica. Ele me disse que viu em um sonho. Disse que se lembra da casa, do som das ondas batendo, da sensação do vento.

Winter tomou um longo gole.

— A gente riu, é óbvio. Ele contou que tinha sonhado com a casa perfeita, mas que havia uma mulher usando um vestido branco nesse mirante de viúva, ou que estava acontecendo uma festa, com um monte de mulheres em vestidos longos e homens em ternos clássicos e antigos passeando pelo jardim. Disse que talvez tenha avistado um homem, o mesmo do espelho, parado à janela e olhando para ele lá de cima.

Sonya olhou para o caderno do pai de novo, depois para as fotografias da casa.

— Como isso é possível?

Winter se sentou.

— O que você pretende fazer, querida?

— Não faço a menor ideia, mãe. Talvez meu pai tenha visto essa casa quando era criança e a imagem ficou gravada na mente dele, talvez tenha ficado impressionado. Mas, para ele sonhar assim, para desenhar... e mais de uma vez... só podia significar alguma coisa. Só que se ele nunca chegou a descobrir do que se tratava, e agora eu tenho como fazer isso... — disse Sonya, e logo acrescentou: — Acho que preciso de um advogado.

— O pessoal do escritório pode ajudar com isso... o meu chefe.

— Eu sei, e vou mesmo jogar essa peteca no colo dele. Quero dar uma olhada nos cadernos de desenho do meu pai, para ver se acho mais ilustrações da casa. Também vou checar os rascunhos que ele fez do tal espelho.

— Você vai para o Maine — disse Cleo, de forma objetiva. — A não ser que o chefe muito inteligente da sua mãe seja contra e apresente motivos concretos, você vai. E você vai querer fazer exatamente isso — acrescentou —, porque seu pai tinha uma conexão visceral com esse lugar. Porque essa casa é a sua cara, Son. E, por último, porque você precisa entender essa história.

Sonya pegou o caderno de desenhos do pai.

— Preciso.

— Vou ligar para o Marshall.

— Ah, não, mãe... Não precisa ligar para o telefone pessoal dele. Não tem pressa.

— Acho que você vai dormir mais sossegada esta noite só de saber que ele vai cuidar do assunto. Ao menos *eu* vou ficar mais tranquila. Vão lá pra cima, vocês duas, e vejam o que conseguem encontrar. Eu aviso assim que a comida chegar.

O pai de Sonya tinha transformado o sótão no que ele, carinhosamente, chamava de "cafofo". Sonya se lembrava de subir aqueles degraus íngremes e estreitos, adentrando o ambiente iluminado que cheirava a tinta, óleo e solvente. Ela se lembrava do pai diante do cavalete — calça jeans surrada, usando suéter no inverno e no verão, camiseta. A cabeleira de fios loiro-escuros brilhando à claridade das janelas, a luz se infiltrando pelas claraboias.

E o olhar concentrado em seus olhos verdes que se transformava, inevitavelmente, em um sorriso quando ele se virava para vê-la.

Vamos arranjar uma coisa para você, macaquinha.

Ele nunca a mandava embora, nunca dizia que estava muito ocupado. E ele a ensinou, com a mesma paciência com que ensinava os alunos do ensino médio, a utilizar o espaço, cor, ausência de cor; a como acrescentar textura e dimensão, luz e sombra.

Após a morte do pai — meses e meses depois, quando conseguiram lidar com o assunto —, ela ajudou a mãe a guardar ou doar tintas e pincéis, a empacotar os cadernos de desenho.

Alguns dos quadros que ele havia pintado foram para galerias de arte, vendidos em algum momento.

Outros, inacabados, ainda estavam recostados na parede.

— Eu sempre adorei subir aqui. — Cleo abraçou a cintura de Sonya. — Nunca o conheci, mas, quando subia aqui, sempre sentia como se eu tivesse conhecido.

— Eu sei. — Sonya recostou a cabeça na de Cleo. — Quando penso no passado, eu me lembro de quanta paciência e bondade meu pai dedicou a mim. Não só passando tempo comigo, mas se mostrando interessado de verdade em fazer isso. Quando eu tinha uns 10 anos, mostrei um desenho para ele. Era um cartaz para um trabalho da escola. Depois de analisar, ele olhou pra mim todo sério. Estava tão sério que eu pensei na hora "Nossa, é um desenho bobo, besta e sem graça". Aí ele me disse para voltar no sábado, pois ele pegaria o cavalete e me deixaria usar o ateliê. E foi naquele momento, quando ele olhou pra mim, quando disse aquilo, que eu soube que seria artista. Que a arte faria parte da minha vida não apenas como um hobby. Ele mudou a minha vida naquele dia.

Balançando a cabeça, ela passou a mão sobre o cavalete que ainda se encontrava sob a claraboia.

— Ele não teve tempo suficiente. A arte dele estava começando a evoluir, mas ele partiu cedo demais.

Ela se aproximou de uma das caixas que guardavam os cadernos de desenho do pai.

— Mamãe e eu não mexemos nestes aqui. A gente falou que faria isso depois, mas nunca aconteceu. Mas o que faríamos com eles? Jogar fora não era uma possibilidade. Não íamos vender, mesmo se pudéssemos. Ela nunca usou esse espaço aqui em cima, nem para guardar tralhas.

— Alguns amores são eternos.

Elas se sentaram no chão, cada uma com uma pilha de cadernos. À medida que passava as páginas, Sonya entendia o real significado de pungente. Sofrimento e reconforto vinham ao mesmo tempo, tirando a poeira de velhas tristezas e criando uma nova onda de alegria.

— Ele era tão talentoso. Olha, é a mamãe me abraçando quando eu era bebê. Nós duas estávamos dormindo abraçadinhas.

— Aqui tem outro desenho seu… com quantos anos, uns 6 ou 7? Brincando com seu jogo de chá no quarto. Awn! Usando uma tiara! Eu preciso de uma tiara. — Ela colocou o caderno de lado e pegou outro. — Ah! Sonya, olha esse!

Um esboço do sonho, pensou Sonya. Não a mansão. O espelho.

O pai dela, usando a calça jeans surrada, um suéter salpicado de tinta. Ele segurava um pincel em uma das mãos, a paleta na outra.

No espelho, o reflexo — o homem, o irmão — de pé em suas botas rústicas, uma camisa xadrez folgada sobre uma camiseta. Ele, também, segurava um pincel e uma paleta.

O cabelo do pai de Sonya estava afastado do rosto em um rabo de cavalo curto, do jeito que usava quando passava muito tempo sem cortar. O homem que sem dúvida era Collin mantinha os fios compridos quase na altura dos ombros.

Animais rosnavam na moldura grossa do espelho comprido. Lobos, com presas afiadas; um falcão com as asas abertas e as garras encurvadas; um cervo, com as galhadas pontiagudas como navalhas; uma cobra enrolada; um dragão de duas cabeças; um urso erguendo-se sobre as patas traseiras; e um puma em pleno salto.

— Ele viu isso, Sonya. Está tudo tão detalhado. E, minha nossa, esse espelho é assustador. Tem mais desenhos aqui. O mesmo espelho, mas eles estão usando roupas diferentes e… as idades são diferentes também. Alguns são quando mais jovens, outros quando mais velhos.

— Neste aqui eles são muito novinhos, dois garotos. Ele desenhou isto de cabeça. Só pode ter sido. O mesmo espelho, mas eles não devem ter mais de 6 ou 7 anos. O papai está segurando um carrinho. Mas, neste, é Collin quem está com o brinquedo. O mesmo carrinho, Cleo. Não é?

— Parece o mesmo. Será que ele passou para o irmão através do espelho?

— Impossível.

— Em um sonho tudo é possível.

— A comida chegou! — gritou Winter lá de baixo.

Ela insistiu que comessem à mesa e em pratos, em vez de direto da embalagem.

— O Marshall entrou em contato com o sr. Doyle, que vai enviar os arquivos por e-mail. Os dois marcaram de se encontrar amanhã.

— Já?

— Ele queria marcar a reunião logo, e o sr. Doyle, de acordo com o que meu chefe disse, estava mais do que disposto. Você vai poder tomar uma decisão mais acertada assim que o Marshall revisar os documentos e se encontrar com o advogado de Collin Poole.

— Fico muito grata, me tira um peso enorme dos ombros.

— Viu? Vamos dormir bem melhor agora.

Sonya não acreditava muito naquilo.

— Encontramos um caderno do papai com um monte de desenhos daquele espelho do sonho. Alguns retratavam os dois ainda na infância.

— Seu pai disse que teve esse sonho a vida toda.

— O espelho é um pesadelo — interveio Cleo, pegando um bolinho frito com os palitinhos. — Decorado com aves de rapina, animais, répteis. Nada que eu gostaria de ter na decoração do meu espelho pra dar uma conferida na minha bunda.

— O papai não tinha um monte de carrinhos? Uns carrinhos de brinquedo?

— Os amados carrinhos Matchbox dele? — Winter sorriu entre uma garfada e outra. — Você brincava com eles quando tinha uns 2, 3 aninhos, mas depois perdeu o interesse. Você também não brincava muito com bonecas. Só queria saber de artes e trabalhos manuais.

— Isso, os carrinhos Matchbox. Você ainda tem eles?

— Dei tudo para o seu primo Martin. E parece que ele cuidou bem deles, porque comentou que deixou o filho brincar quando nasceu. Eu adorei saber. O Drew realmente amava aqueles carrinhos, como se fosse um tesouro.

— Collin Poole deixou a coleção de carrinhos Matchbox dele para o filho do sr. Doyle, no testamento.

— Sinergia de gêmeos. — Cleo arregalou os olhos. — É um lance real.

— Em um dos esboços, que retrata a infância, o papai está com um carrinho na mão. No desenho seguinte, Collin está segurando o mesmo carrinho. Fico me perguntando se Collin também tinha os mesmos sonhos. Acho que agora não teremos mais como saber.

— Você poderia tentar uma sessão espírita.

Diante do olhar atônito e idêntico de Sonya e Winter, Cleo deu de ombros, de forma exagerada.

— Tudo bem, acho que isso é meio que ir longe demais até pra mim. Não acho que seja uma boa ideia mexer com esse tipo de coisa. Mas eu não ficaria surpresa se Collin tivesse tido os mesmos sonhos. Você disse que ele e o advogado eram amigos desde meninos, então acho que poderia perguntar se o advogado sabe sobre o assunto.

— Talvez eu pergunte. Eu gostaria de ficar com o caderno de desenhos, mãe, e com aquele que tem os esboços da casa, se estiver tudo bem por você.

— Lógico, filha. Vou ligar para os seus avós de manhã, ok? Pode deixar que eu resolvo isso. Eles vão ficar chateados quando descobrirem que o Drew tinha um irmão e que não foram informados. Vão querer falar com você, mas vamos deixá-los assimilar a notícia primeiro.

— Não foi culpa deles.

— Não mesmo. Uma das coisas que eu quero descobrir, independentemente do que você decidir fazer, é de quem foi a culpa.

Capítulo cinco

No final da semana, Sonya teve a reunião marcada com Marshall, no escritório dele. Ela já tinha ido lá antes, lógico, e gostava muito do ambiente com decoração antiquada em couro.

No entanto, nunca havia se sentado como cliente naquelas imensas poltronas de couro.

Marshall Tibbets jogou o cabelo castanho, que começava a ficar grisalho, para trás — de um jeito dramático, como ela sempre pensou —, afastando-o do rosto envelhecido mas ainda atraente. Nunca dispensava os ternos clássicos Armani, feitos sob medida para seus ombros largos.

Recostado em sua cadeira, com o céu nublado às costas, ele a observava com os astutos olhos castanhos.

— Você passou por um monte de reviravoltas nos últimos seis meses, hein?

— Acho que essa última supera todo o resto.

— De fato, essa se destaca. Antes de começarmos, quero saber como você está. De verdade. E, lembre-se, o que me disser não sai desta sala, ok, Sonya? Questão de ética.

— Obrigada, Marshall. Para ser sincera, não sei como estou. Certos dias, sinto falta do meu antigo emprego. Mas, na maioria, fico empolgada com a minha empresa. É pequenininha, mas minha. Tem horas que sinto muita raiva do Brandon, mas tem dias, até semanas, em que sequer penso nele. Estou preocupada de não conseguir arranjar trabalhos o suficiente para manter minha empresa funcionando, mas estou bem. Não muito, mas… bem. E isso é o bastante para mim. Agora, essa história da casa?

— Ela ergueu as mãos. — Isso fez tudo virar de cabeça para baixo, e não faço ideia de como resolver esse problema.

— O Escritório de Advocacia Doyle tem uma ótima reputação, assim como Oliver Doyle II. O pai dele, que ainda advoga, começou os negócios há cinquenta anos. A administração do patrimônio de Collin Poole foi feita meticulosamente. Existem alguns detalhes incomuns relativos aos últimos desejos do cliente, mas isso é normal em testamentos. No entanto, ele foi cuidadoso em resguardar esses aspectos peculiares.

— Então, isso é bom?

Ele começou a tamborilar com os dedos na mesa.

— Depende, Sonya. Se você quisesse contestar os termos, esses detalhes peculiares do testamento... poderíamos até ter sorte, já que tenho alguns truques na manga. Mas seria uma batalha bem longa, e, para ser sincero, o mais provável é que perderíamos.

— Não estou nem considerando contestar. Por mais estranho que pareça, eram os últimos desejos do irmão do meu pai. Não tenho o direito de contrariá-los e ainda tentar receber tudo que ele me deixou.

— Caso a aceite, você tem noção da magnitude da sua herança?

— Tentei assimilar, mas só a avaliação da casa... ultrapassa oito milhões de dólares. Oito milhões. Por uma casa.

— A casa, o terreno, a localização, o valor histórico... E, com a astúcia do sr. Doyle, o fideicomisso cobre todas as despesas com impostos, seguro e manutenção.

— Isso eu entendi, mas admito que, só de pensar em ser responsável por uma casa daquelas... É intimidante e assustador. E ainda deve ter os impostos relacionados à herança e tudo mais.

— Que foram devidamente levados em consideração pelo sr. Doyle e seu cliente. Desde a morte do seu pai, Collin Poole deixou em seu nome o montante máximo anual isento de impostos. Também há uma conta bancária separada, em seu nome, com excelente rendimento. Além disso, a apólice do seguro de vida, bem como as contas de investimento do sr. Poole, não apenas cobrem os impostos sobre o valor da herança, como permitirão que você viva com bastante conforto. Como encarregado pela execução do testamento, o sr. Doyle já calculou os impostos. Na verdade, o pagamento do seguro de vida cobre a maior parte disso.

Ela havia entendido que, se aceitasse os termos do testamento, se tornaria — na mesma hora, de certa forma — rica. Nunca, em sua vida inteira, sequer imaginou ou sonhou com isso.

E, por mais que se esforçasse, ela não sabia como se sentia a respeito.

— O que você acha que eu devia fazer?

— Cabe apenas a você decidir, Sonya. Mas confesso que, para mim, seria difícil aconselhar uma cliente, que sequer fez 30 anos, a virar as costas para uma herança desse porte. Se o fato de residir na casa é o ponto em que você discorda, eu negociei com o sr. Doyle a instituição de um período de três meses, como um teste. Você passa a morar lá, e, durante esse período de experiência, caso você decida que não quer, é só ir embora.

— Três meses.

— Assuntos patrimoniais, ainda mais os dessa magnitude, não se resolvem da noite para o dia. Mesmo quando são administrados nos mínimos detalhes. Por três meses, você seria uma inquilina, sem pagar aluguel, enquanto as engrenagens dos aspectos burocráticos e legais giram. O sr. Doyle e eu concordamos que você merece esse tempo para decidir se a casa, o lugar e todo o resto atendem às suas necessidades.

— E se não atenderem, posso dizer: "Obrigada, mas não quero."

— Exatamente. E, caso você aceite os termos do testamento, tudo passa a ser seu.

— É um bom acordo. Um ótimo negócio. Eu aceitaria, porque quero... preciso... descobrir mais sobre a história do meu pai. Coisas que não permitiram que ele soubesse. Mas isso tira todo o peso e a pressão de cima de mim.

— Acredito que Oliver Doyle será um grande aliado.

— Espero que sim, já que ele é a única pessoa que eu conheço em um lugar onde vou morar ao menos três meses.

Sonya enviou flores para a mãe, um agradecimento por ter sido tão sábia em trabalhar para um advogado perspicaz. Depois, fez uma vistoria minuciosa em seu duplex.

Ela não precisaria levar nenhuma mobília, mas havia algumas coisas ali que queria. As pinturas do pai — as duas que escolheu manter depois da morte dele. A maior parte de seu escritório. Algumas lembrancinhas e presentes, que não só a fariam se lembrar de casa, como também das pessoas a quem amava.

E, então, Sonya se deu conta de que tudo que queria ou precisava levar para o período de experiência caberia em seu carro.

Após pesar os prós e contras, ela entrou em contato com um corretor de imóveis. Decidiu não deixar sua casa vazia por três meses. A ideia, que era colocá-la para alugar — toda mobiliada — em contratos mensais, acabou se transformando em um contrato de aluguel mínimo de seis meses.

Mas, mesmo que decidisse virar as costas para a mansão e voltar para casa depois de uma semana, ela poderia morar com a mãe durante o período em que o apartamento estivesse alugado.

Rede de apoio, pensou ela. Toda mulher precisava de uma.

Não vou me acovardar, disse a si mesma. Ora, Poole's Bay ficava a apenas três horas de distância de carro de Boston. A mãe dela poderia visitá-la, Cleo também. Sonya poderia vir passar um final de semana com as pessoas que amava.

Seria como uma aventura, prometeu a si mesma, enquanto ajeitava as últimas coisas e começava a fazer as malas. Ela viveria uma aventura — e, no fim de tudo isso, talvez acabasse se tornando dona de uma propriedade maravilhosa.

Como fazia com frequência, Sonya abriu um caderno de desenhos do pai para observar os esboços.

Ela gostava mais da visão dele do local do que das fotografias que tinha recebido.

Ela conseguia se ver lá? Talvez. Talvez.

Além do mais, não era aquilo o que queria quando ela e Brandon estavam procurando por uma casa? Algo com história, personalidade e charme. Não uma construção elegante, novinha em folha.

Se a ideia de morar lá sozinha se tornasse incômoda, ela tentaria se lembrar de que já morava sozinha antes. Só que em um lugar bem menor.

Ela empacotou os cadernos de desenho e saiu para um jantar de despedida com a mãe e Cleo.

E mal conseguiu dormir na noite anterior à sua viagem.

Sonya se agasalhou. Se estava frio em Boston, quem dirá para onde ela iria! Ela optou por um suéter de caxemira vermelho que havia ganhado de Natal da mãe, calça jeans preta e botas.

O coração estava a mil quando ela guardou com o maior cuidado sua violeta-africana dentro de uma caixa. Ambas tentariam florescer em um lugar novo.

Ela havia guardado quase tudo no carro na noite anterior — incapaz de dormir —, e, naquele momento, com sua bolsa de viagem e apenas uma caixa em mãos, lançou um olhar ao redor.

— Não é como se eu nunca mais fosse voltar... Mas é o que parece.

Ela conduziu a mala de rodinhas até a porta, e, quando a abriu, se deparou com Cleo do lado de fora, prestes a bater.

— Surpresa! Eu precisava vir me despedir de novo. — Ela abraçou Sonya. — Já estou com saudade.

— O que vou fazer sem você pertinho de mim?

— Nós vamos trocar mensagens, falar ao telefone e fazer videochamadas. Aliás — ela segurava uma garrafa envolta em uma sacola de presentes de veludo —, isto aqui é champanhe. E dos bons.

— Sério?

— Você vai mandar mensagem pra mim e pra sua mãe assim que chegar lá. Daí, à noite, você e eu vamos fofocar pelo FaceTime e tomar champanhe enquanto você faz um tour pela casa. Comprei uma garrafa pra mim também.

— Mas você vai lá me visitar, certo?

— Pode apostar que sim. Aqui, pega a garrafa e me passa a caixa. A Xena tá aí?

— Aham. Ela está um pouco nervosa.

— Mas não devia. Oi, Donna.

— Oi, gente — cumprimentou Donna, vizinha de Sonya. — Fiz uns biscoitinhos pra você levar na viagem, Sonya.

— Ah, que gentileza.

Vizinhos, pensou Sonya. Ela não teria nenhum vizinho próximo no lugar para onde estava indo.

— Vou sentir saudade de você e do Bill.

— Nós também. Não estou nem aí se a própria rainha de Sabá se mudar pra cá; ela nunca será tão adorável quanto você. Faça uma boa viagem, querida.

— Obrigada, de verdade.

— Nem inventa de chorar — murmurou Cleo —, senão vou chorar junto. Hoje é o primeiro dia da Incrível Aventura de Sonya.

Sonya e Cleo guardaram a mala, a caixa, a garrafa, e, em seguida, se abraçaram.

— Desde que nos conhecemos, você nunca morou a mais do que dez minutos de distância — disse Sonya, enfiando o rosto no cabelo de Cleo.

— Me manda mensagem assim que chegar, ok?

— Pode deixar. Tenho que ir antes de começar a chorar. Eu te amo.

— Eu te amo mais. Aceite a mudança de braços abertos, Son.

— Vou tentar.

Conforme se afastava, Sonya guardou com carinho a imagem de sua amiga acenando vigorosamente.

Tinha enchido o tanque na noite anterior, para não ter que parar no caminho, mas acabou precisando fazer isso de qualquer jeito, por causa da bexiga nervosa e da vontade insaciável por cafeína.

Com o estômago embrulhado demais para arriscar comer, ela bebericou uma Coca-Cola e deixou o GPS guiá-la até seu destino.

A paisagem mudava à medida que ela dirigia para o Maine e seguia pela rodovia litorânea. O oceano e praias arenosas e rochosas. Cidades pequenas que mais pareciam vilarejos.

Florestas e descampados. Era lindo, não tinha como negar.

Sonya sempre tinha sido uma criatura da cidade. E, embora achasse incríveis as enseadas, as baías e a extensão interminável do Atlântico, além de fascinante o charme das cidades litorâneas, ela se perguntava se conseguiria se adaptar.

Nada de idas rápidas ao mercado. Nada de passeios repentinos a algum restaurante ou barzinho. Nada de vizinhos amigáveis na porta ao lado ou crianças andando de bicicleta nas calçadas.

Precisaria lembrar a si mesma o tempo todo de que não era covarde. A ansiedade a consumia.

Após três horas, Sonya entrou na cidade (vilarejo? Aldeia?) de Poole's Bay.

Construído em um trecho de terra na baía, o lugar era, de fato, uma gracinha. Uma baía prateada sob o céu cinzento. Construções de madeira — brancas, azuis e amarelo-claras — ladeavam o que o GPS indicou ser a High Street.

Prédios com alpendres cobertos e persianas, alguns com fumaça saindo pelas chaminés.

Sonya avistou dois restaurantes: Lobster Cage e Gino's Pizzeria.

Fome ela não passaria.

Ela também avistou uma livraria, que se chamava A Bookstore.

Pessoas andavam pela calçada estreita em seus pesados trajes de inverno.

Em menos de um minuto, Sonya estava fora da cidade novamente, e prometeu a si mesma que, depois, exploraria o outro lado do vilarejo, as ruas secundárias e a baía.

Naquele momento, continuou vagando ao longo da costa e subindo.

A pacífica baía havia ficado para trás, e o mar se revelou arrebentando contra a praia rochosa, revolvendo-se sob penhascos assustadores.

A estrada foi ficando tão estreita que Sonya se perguntou se dois carros conseguiriam passar sem que colidissem. Em seguida, ela ziguezagueou até diminuir a velocidade ao se deparar com os penhascos e o mar agitado de um lado e, do outro, uma mata fechada, imersa em sombras e coberta de neve.

O sr. Doyle não estava brincando quando disse que o lugar era remoto, pensou ela. Alguém tinha limpado o caminho depois da nevasca, pois a estreita estrada que subia, serpenteante, estava desobstruída.

Não que Sonya tivesse medo de dirigir durante o inverno, mas sua experiência no assunto se limitava à cidade grande. Pensou que, desde que a estrada permanecesse limpa, ficaria bem. E o GPS informou que ela chegaria em…

Sonya fez uma curva e lá estava a casa, erguendo-se nos penhascos sob o céu ameaçador. Maravilhada, ela freou.

Pensou que estivesse preparada. Tinha visto as fotografias, os desenhos do pai. Mas lá estava, coberta de neve, no topo do terreno escarpado e acima do mar revolto.

A mansão parecia ter saído direto das páginas de um livro, pensou Sonya, ou de um filme de terror clássico, com suas torres gêmeas e inúmeras janelas, o revestimento azul-escuro contra as pedras que pareciam douradas na penumbra.

Imponente, os galhos do grande salgueiro-chorão estavam encurvados sob o peso da neve cintilante.

Ao fundo, a floresta era um paredão verdejante.

Fumaça subia em espirais das chaminés, e alguém havia limpado as passagens pavimentadas. Uma conduzia ao amplo pórtico coberto da entrada.

Sonya estava apaixonada.

Por mais bobo que fosse, ela sentiu que a casa a esperava e que estava mais do que pronta para recebê-la. Superado o nervosismo, tomada por uma alegria repentina, ela avançou pelo caminho.

Parou bem ao lado de uma grande caminhonete preta estacionada na parte mais distante da passagem principal. Sonya desceu do carro e ficou parada ali, sob o vento cortante, observando o que, por destino ou um golpe de sorte, em breve poderia ser dela.

Avistou uma sombra se movendo atrás de uma janela no segundo andar. Devia ser alguém observando sua chegada. Quando estava prestes a erguer a mão para acenar, as portas da entrada se abriram.

Ela esperava o sr. Doyle, mas o homem que saiu, usando uma parca por cima de uma camisa de flanela, era mais jovem. O vento agitou sua abundante cabeleira preta enquanto ele ia até ela com suas botas marrons surradas.

Sonya reparou na semelhança de imediato — o formato do rosto, o nariz afilado e os lábios esculpidos, curvados em um sorriso tranquilo.

E não teria como ignorar os olhos, aquele azul fascinante.

Diante do olhar do homem, Sonya retribuiu o sorriso.

— Oi, eu sou a Sonya. Você se parece com seu pai. Oliver Doyle III? — perguntou ela, enquanto estendia a mão.

Esperava a mão macia de um advogado, mas a dele estava mais para a de alguém acostumado a serviços braçais.

— Eu mesmo. Seja bem-vinda à Mansão da Noiva Fantasma.

— Desculpa... Mansão da Noiva Fantasma?

— Esse é o apelido que os moradores daqui deram há alguns séculos. Como foi a viagem até aqui?

— Tranquila.

— Que bom. E você conseguiu vencer a neve! Vamos sair dessa ventania. Depois venho buscar suas malas.

— Não me importo com o vento e não trouxe muita coisa, mas agradeço se puder me dar uma ajudinha. — Ela abriu o porta-malas. — Vou pegar minha bolsa no banco da frente.

Ela abriu a porta e pegou a bolsa, assim como a vasilha intocada de biscoitos.

— Seu pai está na casa? — perguntou ela, conforme puxava sua mala pequena de rodinhas.

— Não. Ele queria ter vindo para te receber e mostrar a casa, mas está um pouco indisposto.

— Ah, sinto muito.

— É só um resfriado. — Ele tirou a bagagem do porta-malas como se não pesasse nada. — Mas minha mãe mandou ele descansar. É só isso? — Ele gesticulou para as três caixas lacradas e etiquetadas.

— Só isso.

— Volto pra buscar depois.

Ela assentiu em concordância e olhou para a casa.

— É bem impressionante. Fala por si só.

— E o que ela diz a você?

— *Estou aqui* — disse Sonya, enquanto os dois seguiam com a primeira leva de bagagens até a entrada. — *Eu vejo. Eu sei. E sou espetacular.*

Ela parou e olhou ao redor.

— Dá para ver a baía, a marina e o vilarejo. Ah, olha, um barco lá longe! Estou surpresa de não conseguir ver a Groenlândia daqui. Tomara que o meu quarto tenha vista para o mar.

Ele lançou um olhar para Sonya, curioso.

— Pode escolher o quarto que quiser, mas imaginamos que você gostaria de ficar na suíte principal. E, sim, ela tem vista para o mar.

— Meu Deus, olha só essas portas!

Sonya passou a mão pela madeira entalhada.

— Tudo original. Arthur Poole, o primeiro deles, mandou trazer o mogno e ele mesmo as fez.

— Sério?

Duzentos anos, pensou ela. Era história que ela queria? Pois bem. Ali estava, na palma de sua mão.

— São incríveis — elogiou ela. — E foram feitas para durar.

Quando entrou na casa, estava tão empolgada que sentiu um zumbido repentino nos ouvidos e ficou toda arrepiada.

O piso do amplo saguão brilhava. A escadaria só poderia ser definida como "grandiosa", já que quatro pessoas poderiam facilmente subir os degraus lado a lado. Um imenso lustre de ferro iluminava os três andares.

Duas cadeiras de espaldar alto, com assentos de tapeçaria, flanqueavam uma longa mesa recostada à parede, entre dois umbrais. Sobre a mesa, havia uma coleção de castiçais de estanho. Acima, pendiam espelhos de formatos e tamanhos variados.

Do outro lado da mesa, havia um sofá curvo azul-escuro com almofadas em ponto-cruz. A pintura acima retratava uma mulher jovem, com o cabelo loiro-claro preso e adornado com flores. Diamantes cintilavam em suas orelhas, e um colar de safiras em formato de lágrimas adornava seu pescoço.

Ela trajava um longo vestido branco, de cintura alta, com bordados na bainha e nos punhos das mangas bufantes. À primeira vista, Sonya pensou que as mãos estivessem desprovidas de joias. Então, ela avistou a aliança dourada na mão esquerda, e um anel de diamante na direita.

— Astrid Grandville Poole. A primeira noiva. Tem uma lareira na sala da frente. — Ele apontou para a direita, na direção da porta que se via além do retrato. — Vou buscar o restante das suas coisas.

Sonya assentiu e permaneceu onde estava, enviando mensagens para a mãe e Cleo enquanto observava a pintura.

O artista era tão talentoso que era possível contemplar o movimento da saia. Será que a tristeza no olhar da mulher era intencional? Os olhos tão azuis quanto as safiras que ela usava.

E a maneira como ela estava parada, o jeito com que segurava o pequeno buquê ao lado, com os botões de rosa brancos e rosa pendendo?

Sonya sentiu a tristeza daquela mulher, uma onda súbita, como se aqueles olhos de safira olhassem diretamente para ela.

Oliver chegou com o restante de suas coisas.

— Como ela morreu? — perguntou Sonya.

Livrando-se da parca, ele olhou para a pintura.

— Ela foi assassinada, esfaqueada, no dia do próprio casamento.

— A noiva fantasma — murmurou ela. — Não é à toa que ela parece tão triste.

— O marido fez com que pintassem o quadro e o pendurassem bem aí, para que qualquer um que entrasse na mansão pudesse vê-la e se lembrar dela.

— Suponho que não tenha sido ele o assassino.

— Não. Foi uma mulher enciumada. Posso pegar seu casaco?

— Sim, sim. Obrigada. Oliver...

— Trey — disse ele. — Meu avô é o Ace, o primeiro, meu pai é o Deuce, o segundo, e eu sou o Trey, o terceiro.

— Genial — disse ela, a onda de tristeza dando lugar ao divertimento. — Bem mais simples que Oliver um, dois e três. Trey, você conheceu Collin Poole... meu tio?

— Sim. Ele era uma espécie de tio pra mim e minha irmã. Era da família. Vou colocar os casacos junto das suas coisas por enquanto, mas tem um armário na sala de visitas. Collin usava para guardar casacos de inverno e equipamentos para atividades ao ar livre.

— Tem uma sala de estar na frente *e* uma sala de visitas?

— Se estiver em busca de design aberto, veio ao lugar errado. A casa é um labirinto. Vou te mostrar tudo. Por onde quer começar?

— Pode ser por aqui mesmo.

Ela se virou na direção do que ele chamou antes como sala da frente.

Sonya achou o cômodo bem aconchegante a contar pelo tamanho, e o fogo crepitando da lareira sofisticada e entalhada em madeira escura proporcionava mais vivacidade ainda.

Um trio de janelas oferecia vista para o gramado frontal coberto de neve, além do muro de pedra e do mar adiante.

Outro lustre — também de ferro, mas bem menor — pendia de um arranjo em medalhão do teto. Os sofás, poltronas, todos suavemente desbotados, podiam acomodar com facilidade cerca de vinte pessoas. Assim como os pisos, as superfícies das mesas reluziam. Bem como um piano posicionado em um canto.

— Ele tocava? Collin?

— Sim, e tocava muito bem. E você?

— O máximo que consigo tocar é "O Bife". — Ela deslizou a mão pelo piano enquanto perambulava pela sala. — E você?

— Consigo até improvisar um boogie-woogie se tiver bebido o suficiente. Sabia que a maioria das pinturas aqui são obras de Collin?

Sonya observou que o tio havia retratado o mar em diferentes contextos e paisagens.

— Soube que seu pai também era artista.

— Sim. O estilo deles é bem parecido. Não sei se isso é reconfortante ou perturbador.

— Entendo. É muita coisa para lidar.

Ela detectou o tom de alento na voz dele, e aceitou de bom grado.

— Estou me esforçando — disse ela, então mudou de assunto. — Confesso que achei este cômodo mais amigável. Eu não fazia ideia do que esperar.

— Por aqui tem outra sala de estar menor, depois há o solar. — Ele liderou o caminho.

— Ah! O térreo da torre, que lindo. Eles não a deixaram quadrada.

As altas janelas arredondadas permitiam que a luz se infiltrasse no ambiente. Ali havia poltronas estofadas no mesmo tom de azul-escuro, uma namoradeira também na mesma cor com listras cor-de-rosa. As mesas deviam ser antiguidades, ela pensou.

E plantas. Uma árvore envasada repleta de minúsculas frutinhas que se pareciam com laranjas, outra com limões. Outra planta com folhas brilhantes exibia um par de largas flores brancas.

Ela identificou a planta de jade, pois sua mãe possuía uma, mas a que adornava o pedestal era três vezes maior.

— E entra muita luz, mesmo com esse dia escuro. Confesso que agora estou apavorada, com medo de matar as plantas.

— Collin tinha um dedo verde.

Ela endireitou a postura depois de cheirar uma das flores brancas, tão fragrante que seu coração chegou a suspirar.

— Sinto muito, Trey. Por sua perda. Eu devia ter dito isso bem antes. Vocês eram próximos, imagino que tenha sido difícil.

— Obrigado. Foi mesmo difícil.

Eles continuaram o tour. Outra sala de estar, outro espaço que ele chamou como sala matinal, uma de música com outro piano — dessa vez, menor, além de inúmeros instrumentos, como uma harpa, uma viela de roda (misto de um violino e uma gaita de foles) e um violoncelo.

— Esta é uma coleção de vários Poole ao longo dos anos — explicou Trey. — Em muitos aspectos, a casa é um museu da história da sua família. Sala de jantar formal.

— Com certeza. Caramba.

Uma dúzia de cadeiras de espaldar alto e curvo se alinhava em ambas as laterais da mesa imensa, enquanto outras duas se situavam nas extremidades opostas. Outra lareira, com fogo crepitante. E a sala ainda tinha bastante espaço para alocar duas mesas de bufê. Obras de arte e espelhos estavam dispostos ao longo das paredes revestidas em papel estampado com grandes gerânios brancos sobre o fundo azul-escuro.

Ela imaginou que os pares de candelabros servindo como peças centrais da mesa fossem de prata pura.

— Sabe, eu estava nervosa durante todo o percurso até aqui. Não consegui nem beliscar os biscoitinhos de canela e açúcar que minha vizinha me deu para a viagem.

— Você tem biscoitos de canela e açúcar?

— Tenho — respondeu ela, rindo de leve. — Vou te dar alguns como pagamento pela visita guiada. Enfim, o nervosismo desapareceu assim que vi a casa, mas ele acabou de voltar, e em grande estilo!

— Você não é o tipo de mulher que oferece jantares formais para vinte pessoas?

— Sou mais do tipo "vamos pedir uma pizza". Suponho que a pizzaria que vi no centro não entregue por aqui...

— Ah...

— Era o que eu temia. Bem, é uma sala muito bonita. De um jeito aterrorizante.

Ele a conduziu por outra porta.

— Ah. Eis aqui o meu suspiro de alívio.

— Sala de jantar da família e cozinha. Essa cozinha foi construída por volta dos anos 1920, eu acho. Mas Collin deu uma repaginada. Algumas vezes.

— Mas ainda combina com a casa, não acha? Não é tããão moderna. E ainda tem essa lareira pequenininha.

Ela passou pela bela mesa e suas oito cadeiras razoáveis e adentrou a cozinha com armários em madeira escura, alguns com portas de vidro jateado, contra paredes que a fizeram se lembrar das sombras da floresta. Os eletrodomésticos brancos impediam que o cômodo parecesse sofisticado demais. Havia um nítido contraste dos armários escuros com os beges na ilha central. As bancadas eram de granito cinza-claro e cobriam toda a superfície ao lado da cuba quadrada e funda que compunha a pia.

— Ele era um cozinheiro de mão cheia.

— Sério?

— Sim. Ele e a minha mãe, que também é uma excelente cozinheira, costumavam trocar receitas. Você cozinha?

— Depende da sua definição de "cozinhar".

— Ah. — Ele enfiou as mãos nos bolsos. — Eu também me enquadro nessa categoria. Ainda bem que minha amiga é a chef de cozinha do Lobster Cage, no vilarejo, e eu também posso comer na casa dos meus pais e dos meus avós. Enfim, em todo caso, abastecemos a geladeira e a cozinha auxiliar.

— Tem uma cozinha auxiliar — disse ela, chocada, antes de suspirar.

— Com um elevador monta-cargas.

— Mentira!

Ela continuou andando até o canto da cozinha principal. Mais armários, outra pia, uma adega refrigerada e uma máquina de gelo sob o balcão.

Trey abriu a porta de um dos armários inferiores.

— Collin deu uma reformada, mas queria manter o toque original. Isto aqui desce até a antiga cozinha.

Ele pressionou um botão, e o tampo do fundo começou a baixar com um zumbido mecânico.

Aquilo a fez rir.

— Eu nunca tive um monta-cargas! Para que Collin usava isso?

— Ele reformou uma parte da área de serviço. — Após apertar o botão para trazer de volta o elevador, Trey fechou as portas do armário. — Soube aproveitar bem o espaço.

— Ele devia adorar esta casa, né? Obrigada por ter feito compras pra mim. Não queria dar trabalho.

— Não foi trabalho nenhum. Ainda mais porque vou pegar uma Coca-Cola.

— Aproveita e pega uma pra mim? — Ela voltou para a cozinha, parando diante da janela acima da pia. — Então... um deque sobre o... É um porão?

— Não é bem um porão. Foi um acréscimo que Collin fez, para funcionar como uma espécie de apartamento independente e completo. Ele teve um casal morando aqui até uns seis, sete anos atrás, acho. Era a governanta e um zelador. Os dois se aposentaram, e depois disso nunca mais ninguém morou aqui. Quer um copo?

— Não, bebo de boa da garrafa.

— Tenho uma lista de contatos para te passar: pessoas que fazem faxina, consertos, jardinagem...

— Ah, eu não estava pensando em contratar ninguém.

— Sonya, a casa é imensa — salientou ele. — Imagino que você vai manter alguns cômodos fechados, mas ainda assim... Tem um limpador de neve e um cortador de grama no galpão, mas é uma trabalheira.

— Hum, ok. Vou pensar no assunto.

Eles voltaram à parte da frente da casa. Outro lavabo — ela havia usado o primeiro que viu assim que o encontrou. Um recanto — e a primeira TV que viu na casa.

— Ele jogava? — perguntou ela, reparando no videogame.

— Na verdade, não. Ele colocou isso aí pra mim e pra minha irmã, e a gente trazia colegas.

— Você passava muito tempo aqui.

— Depois que a esposa dele morreu…

— Outra noiva morta.

— Pois é. Meu pai diz que, antes disso, Collin era extrovertido, gostava de viajar. Você viu que algumas das pinturas retratam paisagens da Europa, ou de toda a Costa Oeste. Mas, depois da morte dela, ele se fechou. Ele gostava que viéssemos aqui; minha família e alguns dos meus amigos e da Anna. Mas quase nunca saía de casa, ou da propriedade, ainda mais nos últimos anos. Se quisesse ir a algum lugar, ele fazia isso pela internet. Pelo menos era o que costumava me dizer. Ele usava este local como escritório.

Ela poderia trabalhar ali, Sonya pensou ao entrar no cômodo. Uma mesa de boa qualidade, bastante espaço para colocar seus painéis semânticos, uma lareira para aquecer e alegrar o local. Iluminação natural decente — ou o suficiente nos dias mais claros. Um armário para guardar suprimentos, ela deduziu.

E, então, Sonya viu. Logo acima da lareira.

A mansão retratada sob o resplendor mágico de uma lua cheia. Sombria e radiante, uma luz sutil, sombras acentuadas, o reflexo contra as janelas de vidro das torres.

— Essa pintura é do meu pai.

A voz de Sonya soou embargada conforme se aproximava.

— Tem certeza? Não sei como isso…

— Eu conheço a arte do meu pai. Essa é a assinatura dele. MacT… Era como ele assinava suas obras. No canto inferior esquerdo. Está bem ali.

— Estou vendo. Confesso que eu nunca tinha reparado — disse Trey, colocando a mão no ombro dela. — Sempre pensei que Collin tinha pintado. Não li todos os detalhes do inventário.

— Quando ele arranjou isso? Há quanto tempo será que tinha?

— Não sei. Acho que está aí desde sempre. Meu pai deve saber, vou perguntar pra ele.

— Meu pai sonhava com este lugar — murmurou Sonya.

— Sonhava?

— Minha mãe me contou que eram sonhos recorrentes. Ela me disse logo depois que mostrei as fotos da mansão. Eu trouxe alguns esboços que ele fez. Mas ela não se lembra de ele ter pintado um quadro. Só que, pelo visto, ele pintou, sim... — disse ela, baixinho. — Ele pintou, e está aqui. Bem aqui. — Ela recuou um passo. — É meio perturbador e reconfortante saber disso.

— Eu também não sabia nada sobre você, ou seu pai, até a morte de Collin. Mas é de se imaginar que ele tenha mantido essa pintura aqui, em seu espaço privado, porque era algo importante. Ele queria que você ficasse com isso, porque era importante.

Simples e verdadeiro, pensou ela.

— Bem que eu queria que ele tivesse conseguido fazer contato com a gente antes de morrer, mas não mudaria em nada. Acho melhor... vermos o restante.

Trey a conduziu pelo resto do primeiro andar, e então pegou as malas do chão.

— Coloco no seu quarto?

— Sim, obrigada. — Sonya pegou a mala menor. — É muita coisa. — Suspirou. — Muita coisa para assimilar.

Ele parou no patamar e pressionou a mão na parede... que se abriu.

— O quê? Uma passagem secreta? — indagou ela, a alegria ressurgindo. — Minha nossa!

— Não exatamente. Era uma passagem para a época em que havia criados. A cozinha, o refeitório e as áreas de trabalho deles ficam escada abaixo. Os dormitórios ficavam no terceiro andar, na ala norte.

— Ala — murmurou ela. — Este lugar possui alas.

— Você vai conseguir saber mais da história com o meu pai, mas tenho quase certeza de que eles pararam de usar isso para esse fim nos anos 1930. Collin instalou uma sala multimídia lá embaixo — explicou Trey. — Ele adorava filmes, e o monta-cargas era bem útil lá. Tem uma academia lá embaixo também. Ele se mantinha em forma. Os andares superiores ou estão fechados ou são usados para depósito. Os Poole colecionaram um bocado de coisas ao longo dos últimos dois séculos. — Ele deu um sorriso tranquilo. — Achei que isso te animaria.

— Achou certo. Não estou triste... não de verdade. Só um pouco sobrecarregada. Mentira. Estou muito sobrecarregada. O que vou fazer com este lugar imenso, Trey?

— Sugiro que você use os cômodos que quiser e feche o restante.

— Um homem pragmático.

— Quase sempre — disse ele, com uma risadinha. — Então, segundo andar: quartos, incluindo o principal, que é uma suíte. De novo, obra de Collin. Alguns dos outros aposentos também têm banheiro, e ainda tem um mais completo ainda, com sala de visitas. Esse é o meu preferido.

Ele abriu um conjunto de portas corrediças para o que ela já sabia que seria o quarto de uma das torres. Na mesma hora, ficou boquiaberta.

Capítulo seis

Sob um teto elevado, uma biblioteca de dois andares, com paredes curvas, ostentava estantes repletas de livros. Acima da lareira de pedra maciça, a cornija talhada em madeira grossa servia de apoio para castiçais de tamanhos variados. No meio deles, um relógio oval emoldurado marcava as horas.

Uma escada em espiral levava ao segundo piso. Através das janelas arqueadas, Sonya reparou que havia voltado a nevar.

Assentos acolchoados à janela ofereciam um cantinho aconchegante para leitura, e sofás de couro marrom-escuro serviam para se deitar com um livro ou para um cochilo.

No meio do aposento, uma mesa belíssima e antiga, suavemente curva, se situava sobre o tapete redondo com estampas esmaecidas em rosa e verde.

— Isso é… é *maravilhoso* demais. Eu poderia morar aqui, e acabo de encontrar o meu local de trabalho.

— Você é designer, certo?

— Aham. Pode parecer um anacronismo colocar um computador nessa mesa incrível, mas é o que vou fazer. Amei tudo neste lugar. A… como é mesmo que chama? Carpintaria! É tudo muito maciço, entalhado, escuro. O pé-direito… Minha nossa, contando com o segundo piso, isto aqui é do tamanho da minha casa toda. Talvez até maior. Vou precisar de uma tela grande, mas vou prender em um suporte de mesa. Não ousaria tocar nessas paredes.

— Tem uma TV de tela plana enorme ali em cima.

— Não acredito! — Ela subiu a escada às pressas. — *É isso!* Cheguei a pensar em escolher um dos quartos ou uma sala, talvez até mesmo o escritório de Collin, para montar meu espaço. Mas isto aqui...

Sorrindo, ela olhou para Trey no andar inferior.

— É isso?

— É. Vou dar um jeito. Posso fazer dar certo. Aqui é o seu cômodo preferido? — Ela deu um giro antes de descer. — Porque é o meu. Com certeza.

— Foi essa impressão que tive de você quando te vi saindo do carro.

— Como assim?

— Uma pessoa feliz. Animada com tudo.

— Eu me apaixonei assim que vi a casa e... *Booom!* Agora me apaixonei de novo.

— Tem mais coisas pra ver.

— Nada vai superar este lugar.

O quarto dela — na torre gêmea (oba!) com vista para o mar — chegou perto de roubar o lugar em seu coração.

Contava com sala de visitas própria, o que a fez se perguntar o motivo para as pessoas se sentarem tanto, e se abria para um aposento com a grande cama de dossel, outra janela com assento à beira. A lareira crepitava. Um par de portas corrediças se abria para uma pequena varanda de paredes abauladas. As paredes pintadas em tom azul-claro exibiam quadros serenos que retratavam florestas enevoadas e prados floridos.

Flores recém-colhidas estavam sobre a cômoda cujo espelho oval refletia o quarto.

— É simplesmente lindo.

— Minha irmã mudou algumas coisas. Ela disse que a decoração estava masculina demais.

— Está perfeito. Diga a ela que eu agradeci.

— Isso aqui é o divã da síncope... de acordo com Anna. — Ele apontou para a chaise-longue comprida com estampa listrada em azul e dourado ao pé da cama. — Para o caso de um mal-estar.

— Se eu desmaiar, vou me certificar de chegar a tempo para desfalecer em cima disso. O banheiro é igual à cozinha.

— Essa é a primeira vez que escuto algo do tipo.

— O que eu quis dizer é que ele é moderno, mas sem perder a personalidade do passado. Banheira com pés, mas com boxe enorme para o chuveiro. Esse lindo pedestal da cuba, só que com esse velho armário-gaveteiro convertido em penteadeira com pias duplas. E os azulejos parecem pedras, com suportes do tipo... bem... para arandelas. Collin Poole tinha muito bom gosto.

— Você tem razão. Ele amava este lugar e deixou tudo pra você exatamente por isso.

Eles visitaram o restante dos quartos e subiram até o aposento que Trey disse que antigamente se tratava de um salão de festas — imagine só —, atualmente usado como depósito.

Mais lugares para depósito no que havia sido a ala dos criados — imagine isso também.

Ela subiu até o mirante da viúva, abraçando o próprio corpo contra o frio conforme a neve caía um pouco mais espessa.

— Em um dia claro... sem ser igual a hoje, que parece que vamos congelar... dá até pra escutar e avistar baleias.

— Está começando a parecer um sonho de novo.

— Ah, para! Qual é a dificuldade? Vejamos, há poucas semanas você descobriu que seu pai tinha um irmão gêmeo de quem foi separado ao nascimento, que morreu e te deixou uma mansão gigante e velha no alto de um penhasco, uma porrada de dinheiro, sem falar nas antiguidades e obras de arte. A única condição era que você se mudasse para cá, onde não conhece ninguém. — Ele deu de ombros. — É supernormal. O tipo de coisa que acontece o tempo todo.

Rindo, ela esfregou os braços.

— Colocando dessa forma...

— Vamos entrar, você está congelando.

Trey foi mostrando mais coisas. O apartamento, a sala multimídia e a academia. E o quarto da torre do meio, onde, assim como o pai dela, Collin montou seu ateliê.

No entanto, tudo começou a se embaralhar.

— Você está parecendo exausta — observou Trey —, mas realmente preciso repassar alguns lances mais práticos antes de te deixar descansar. Que tal se formos para a sala de jantar? Não aquela assustadora.

— Tudo bem. Acho que preciso de um biscoito. Você quer?

— Não confio em ninguém que responda "não" a essa pergunta.

Ela pegou os biscoitos e o champanhe.

— Ganhei da minha amiga Cleo. Vamos fazer uma videochamada mais tarde e beber champanhe enquanto faço o tour virtual com ela.

— Santa tecnologia, né? — comentou ele, pegando uma maleta de couro que, assim como suas botas surradas, parecia antiga.

— Você continua não se parecendo com um advogado — disse ela enquanto seguiam para a sala de jantar da família. — Seu pai também não, para ser sincera. Minha mãe trabalha com um monte, sei como eles são.

— Já me disseram isso antes.

— Os caras com quem ela trabalha... eles, sim, parecem advogados, com seus ternos Armani e gravatas Hermès. Relógios Tag Hauer, Rolex...

Não foi apenas um sorriso demorado dessa vez, ela pensou, mas uma risada breve e autêntica. E uma tirada que se seguiu:

— Quando tenho audiência, sigo com camisa de flanela, mas coloco gravata. Sinal de respeito.

— Aposto que fica bem em você. — Na cozinha, ela abriu a geladeira para guardar o champanhe e arregalou os olhos. — Puta merda. Vocês fizeram uma compra enorme.

— Os Doyle nunca fazem as coisas pela metade.

— Acho que preciso de um café. — Sonya encarou a cafeteira. — Só que não tenho a menor ideia de como usar essa máquina aí.

— Para sua sorte, eu tenho. Seu tio amava um bom café. — Ele deixou a maleta sobre a mesa. — Observe e aprenda, ok? Considere isso como uma das primeiras coisas práticas que tenho que te passar.

Ela observou as mãos largas e os dedos compridos fazendo toda a magia. E, para ser sincera, esperava decorar tudo aquilo.

Os dois se sentaram à mesa com café e biscoitos.

— Na escala de biscoitinhos de canela, estes aqui são nota dez.

— São a especialidade da minha vizinha. Ela e o marido são vizinhos fantásticos. Espero que os novos inquilinos gostem deles. E acabo de me dar conta de que é a primeira vez que não tenho vizinhos por perto.

— Você pode considerar todo mundo em Poole's Bay como seus vizinhos. Não estamos ao lado — Trey tirou do bolso da calça um estojo de cartões de visita, de couro surrado como a maleta —, mas aqui tem meu número de celular e o do escritório. Qualquer coisa é só ligar ou enviar uma mensagem.

— Obrigada.

Trey abriu a maleta e pegou uma pasta de arquivos.

— Mais números de telefone.

Ele entregou a Sonya um papel com uma lista de nomes.

— Hal Coleson é o delegado. A mansão fica na jurisdição de Poole's Bay. Também tem o número do xerife do condado. Aqui tem os números de Ace, Deuce e o meu. Tem também o do encanador, o do eletricista, do auxiliar de serviços gerais, de uma empresa de limpeza, de uma de jardinagem e de um serviço de guincho e mecânico se tiver qualquer problema com seu carro. O John Dee vai limpar a estrada pra você, além do deque e das calçadas. Você vai ouvi-lo trabalhando lá fora antes de anoitecer, e de manhã cedo, caso tenha acúmulo de neve. Ah, ele é bem chegado a um cafezinho, se você estiver disposta a oferecer.

— Lógico.

— Aqui também tem nomes de alguns restaurantes, do mercadinho, da farmácia e da lavanderia. O carteiro, se você tiver correspondências, passa por aqui por volta do meio-dia, quase sempre. Nós temos dois médicos no vilarejo, e dois dentistas. E contamos com um pequeno pronto-socorro. Dois bancos locais. O que Collin usava está destacado na lista. Aqui tem o número do salão de beleza da Jodi, para cabelos e unhas.

— Ah. — Por instinto, ela tocou o próprio cabelo. — Eu corto com a mesma cabeleireira há cinco anos.

— Bem que minha irmã falou que você ia dizer isso. Mas está na lista de todo jeito. Loja de bebidas. Collin tinha uma excelente coleção de vinhos, e tem uísque para degustação e por aí vai. Está tudo na despensa.

Aqui tem o número do provedor de internet — continuou ele. — O serviço pode ficar meio instável durante as tempestades.

Trey tirou outra folha da pasta.

— A senha do Wi-Fi. Você pode trocar, se quiser.

— Mansão da NF — leu Sonya. Mansão da Noiva Fantasma. — Essa senha está ótima.

— Senha para o computador de Collin. A combinação do cofre que está no escritório.

— Doze-seis-nove-seis.

— O dia, mês e ano em que a esposa dele morreu. Johanna.

— Você devia ser bem pequeno para se lembrar dela, ou do dia em que ela morreu.

— Eu tinha uns 4 anos. E estava lá, assim como a minha irmã. Ela era recém-nascida, mas, é... eu não lembro mesmo.

— Que tristeza. Em um dia tão especial... o dia do casamento. Bastou um tropeço, uma queda nas escadas e...

Em algum lugar da casa, uma porta fechou com um baque.

— Acostume-se com isso por aqui.

— Tudo bem. É uma casa bem velha. — Sonya esfregou os braços ao sentir um frio repentino. — Olhando ela de fora hoje, ao vivo e em cores, é óbvio que logo pensei naquelas mansões clássicas dos filmes de terror. E, lógico, cheguei a ter a impressão de ter visto alguém em uma das janelas no andar superior.

Ele não disse nada por um instante.

— Você se assusta fácil?

— Não sei. Acho que não. — Ela tentou dar um sorriso. — É o tipo de casa onde acontecem coisas esquisitas à noite, não é?

— Exatamente. Você tem meu número se precisar.

Sonya inclinou a cabeça de leve para o lado.

— Seu pai disse que é mal-assombrada.

— Isso mesmo.

— "Isso mesmo" porque seu pai disse ou para o fato de ser mal-assombrada?

Ele a encarou por um longo tempo, com aquele sorriso tranquilo.

— As duas coisas. Nunca testemunhei nenhuma... aparição... por assim dizer, na mansão, que fosse qualquer coisa além de um tanto quanto travessa.

— Travessa... Você está falando sério? Acredita mesmo em fantasmas?

— A questão aqui é se *você* acredita ou não. Você me parece ter bastante personalidade. Então... Collin nunca instalou um sistema de segurança, nunca viu necessidade. Mas podemos providenciar, se você quiser.

— Não vai adiantar de nada, já que pelo jeito vou precisar de um serviço de caça-fantasmas — disse ela. Em seguida, deu de ombros. — Mas vou pensar no assunto.

— Come outro biscoito — disse Trey.

— Estou com cara de quem precisa de outro?

Ele a surpreendeu ao estender o braço e apertar sua mão.

— Come, vai.

Logo depois, Trey tirou uma caixa de charutos — uma de verdade — de dentro da maleta.

— Vai harmonizar com um charuto?

— Quem dera. São chaves.

Quando ele abriu a caixa, Sonya se recostou na cadeira.

— Minha nossa, quanta chave!

— Todas estão etiquetadas e codificadas por cores. Olha só: portas que dão para a área externa; frente, lado sul, lado norte, fundos e apartamento. O pequeno galpão... Não te levei lá. Você tem trator cortador de grama, limpador de neve, pás, motosserra e inúmeras ferramentas. Tem um gerador lá fora. Se a energia elétrica cair, o gerador liga na hora. Você não vai ficar no escuro.

— Ai, que bom!

— O controle para abrir a porta da garagem independente. E o chaveiro para a caminhonete.

— Que caminhonete? Tem uma aqui?

Ele pegou outro biscoito e, enquanto mordiscava, a observou.

— Você leu o inventário todo?

— Eu meio que me perdi em algum momento.

— Você herdou a F-150 dele.

— O que é uma F-150?

— Uma caminhonete. Igual à minha.

— Você está falando daquela coisa gigantesca lá fora? — Dizer que ela estava horrorizada era eufemismo. — Eu nunca dirigi uma coisa daquelas na vida!

— Seu Hyundai tem tração nas quatro rodas, mas você não está mais na cidade grande. Mesmo com o serviço do John Dee, pode ser que você acabe achando bem útil usar essa coisa gigantesca.

Ela se levantou e foi até uma janela.

Tudo lá fora se encontrava em silêncio, todos os sons abafados pela neve que caía suavemente. Era como uma fotografia, uma pintura, um cartão-postal.

E seu nervosismo havia voltado com força total.

— Você disse que tinha vinho.

— Tem, sim.

— Acho que seria bem-vindo agora. Aceita uma taça?

Ele se levantou.

— Lógico. Afinal, que tipo de homem eu seria se deixasse uma dama beber sozinha? Qual você quer?

— Qualquer um. Não importa.

— Então, deixa que eu escolho.

— Parece que já estou deixando você resolver praticamente tudo, né? — disse ela, enquanto ele seguia até a cozinha auxiliar. — Você é um anjo. Isso é coisa de advogado ou faz parte do pacote?

— Pode ser os dois.

— Está nevando e você provavelmente quer ir pra casa. Talvez voltar pra sua bela esposa e seus adoráveis filhos.

— Vou precisar de uma máquina do tempo para isso. Para encontrar a esposa, que seria linda mesmo, e os adoráveis filhos, que você esqueceu de dizer que são geniais, que se encontram no futuro.

— Talvez eles estejam passando um tempo com meu marido lindo e sexy, e com meus três adoráveis e geniais filhos, além do nosso cachorro amável, porém travesso.

— Três, hein? Que raça de cachorro?

— Ainda a ser definida. E tem um gatinho fofo. E todos nós moramos em uma casa antiga maravilhosa de estilo vitoriano... que não seria tão grande quanto esta... Uma casa que meu marido lindo e sexy e eu teríamos que reformar pelo resto da vida, mas que nós amamos.

— Parece bem bacana. Mas eu já tenho o cachorro.

— Você tem um cachorro?

— Mookie. É uma mistura de Labrador com Golden Retriever.

— Mookie?

— É, por causa do Mookie Betts — explicou ele, voltando com duas taças e uma garrafa de vinho. — Ganhador de inúmeras Luvas de Ouro. Jogou para o Red Sox, e foi para os Dodgers em 2020. Mas o pobre coitado não tem culpa disso.

— Não mesmo. E eu sou de Boston, então conheço Mookie Betts. Obrigada — disse ela quando ele entregou a taça com o vinho branco de cor dourada.

Sonya bebeu metade de um só gole.

— Uau. Parabéns.

— Ok. — Ela soltou um suspiro. — Por que você não trouxe? O Mookie?

— Eu não sabia se você curtia cachorros. Vou trazê-lo na próxima vez.

— Pode trazer, eu adoro cachorros. Estava até pensando em adotar um antes... de tudo isso, porque não estava passando o dia inteiro no trabalho. É bem provável que ele seja um bom cachorro, o Mookie, já que você parece ser uma boa pessoa. Eu vou gostar dele. Gosto de você. Gosto do seu jeito paciente e de como não se parece com um advogado. É menos intimidador. E acho que tenho um fraco por olhos azuis. Eu quase me casei com um cara... um babaca... de olhos azuis. Mas nem eram tão bonitos quanto os seus.

— Tá aí uma história que eu gostaria de ouvir.

— Talvez na próxima. Deixa eu ver essa caixa — pediu ela, e se sentou novamente. — Meu Deus, quanta chave!

Ele repassou tudo outra vez, então fechou a caixa e a colocou de lado.

— Não vejo motivo para você trancar a maior parte das portas internas, mas você tem chaves para as que possuem trancas. Collin guardou alguns arquivos no escritório com manuais de instruções e garantias de todos os aparelhos. Mas, se precisar de ajuda com alguma dessas coisas, é só pedir.

— Tudo bem.

— As lareiras da suíte principal e dos outros cômodos funcionam à gás, mas a maioria das outras lareiras é à lenha. Você sabe mexer com esse tipo de lareira?

— Sim, de boa. Minha mãe tem uma, mexo desde pequena.

— Beleza. Tem uma pilha de lenha do lado de fora, além de uma boa quantidade armazenada no pequeno galpão.

— Nossa. Precisa de tanta lenha assim?

— Os invernos no Maine são longos. Se precisar de mais, fala comigo ou com o John Dee, ok? Tem um cortador de toras, mas me faça o favor de não mexer nele, beleza?

Ela pousou a mão sobre o coração.

— Dou minha palavra de que não vou mexer nesse troço.

— Algo mais que eu não tenha dito e você queira saber? Você tem alguma pergunta?

— Espero não esquecer metade das coisas que você disse, mas acho que estou bem. Pelo menos bem o suficiente. Mas, sim, tenho uma pergunta... Seu pai não me disse a causa da morte de Collin.

— Ele caiu das escadas. As mesmas escadas de onde Johanna caiu quase trinta anos atrás. Ele tinha tomado remédio pra dormir. Só um comprimido, de acordo com o legista, mas foi suficiente para deixá-lo meio grogue. E também tinha tomado uns comprimidos para gripe, desses que não precisam de receita, porque estava com um resfriado chato, que não passava. Por algum motivo, ele se levantou no meio da noite e caiu. Minha mãe tinha feito uma canja pra ele e me ofereci pra trazer. Quis aproveitar e ver como ele estava.

— Foi você que o encontrou.

— Sim.

Por um segundo, ela imaginou ter sentido o perfume, apenas uma nuance da loção pós-barba que seu pai usava. Porém, desapareceu.

— Nossa, deve ter sido péssimo.

— Ele era da família. E, sendo assim, isso também te torna parte da minha família.

— Eu entendo que ele era como alguém da família pra você e vice-versa. Mas não entendo por que ele deixou tudo isso pra mim em vez de ter deixado pra você e sua irmã, seu pai.

— Ele queria você aqui — disse Trey, de um jeito simples. — E conseguiu. Na minha opinião, acho que você vai acabar ficando.

— Por quê?

— A mansão meio que lança um feitiço. Estou vendo acontecer com você neste exato momento. Vou deixar você se acomodar em paz. — Ele se levantou. — Se precisar de alguma coisa, ou tiver mais perguntas, já sabe como me achar.

— Leve metade dos biscoitos. Você mais do que mereceu.

Ela pegou um punhado para si e estendeu a lata para Trey.

— Aqui tem bem mais do que a metade.

— Oferece uns para alguém.

Sonya o acompanhou até a porta da frente.

— Está nevando mais forte agora. Espero que você não tenha que ir para muito longe.

— Eu moro no terceiro andar acima do escritório de advocacia da minha família. Não é tão longe.

— Conveniente. Sem deslocamento para o trabalho. Eu também me acostumei com isso.

— Você vai ouvir o John Dee e o limpador de neve em breve. É bem capaz que ele espere para limpar suas calçadas pela manhã.

— De qualquer forma, estarei com o café a postos — disse Sonya. — Obrigada por tudo, e deseje melhoras ao seu pai.

— Por nada, e pode deixar que digo. — Já vestido com sua parca, mas sem um gorro, ele tomou a mão de Sonya. — Você vai ficar bem.

— Você parece bem seguro disso.

— Porque estou. Bem-vinda ao lar.

— Trey — disse ela, assim que ele abriu a porta, dando passagem ao vento e aos flocos de neve. — Só uma pergunta: você já viu mesmo um fantasma?

Ele a encarou por um longo momento, com o sorriso tranquilo de sempre.

— Aham.

— Aqui na mansão?

— Aí já são duas perguntas. Mas a resposta é a mesma. Ela estava no mirante da viúva, vestida de branco.

Ele a deixou à porta, toda arrepiada. Sonya esperou que ele desse partida na caminhonete e saísse da garagem.

Em seguida, ela fechou a porta e se recostou à superfície. E, olhando para o retrato de Astrid Grandville Poole, murmurou:

— Puta merda.

O melhor a fazer — e o mais inteligente —, pensou ela, era subir, desfazer as malas e dar tempo para o champanhe gelar.

Então faria a videochamada com Cleo e depois ligaria para a mãe.

Prepararia alguma coisa para comer — Deus era testemunha, de acordo com o estoque na geladeira, que os Doyle tinham providenciado suprimentos suficientes para um mês.

Sonya subiu as escadas, tentando não pensar nas duas pessoas que haviam morrido ali, e atravessou o longo corredor em direção ao seu novo quarto.

Ela foi até a janela. E a vista a deixou fascinada.

A cortina de neve flutuando com o mar cinzento ao fundo. A mesma brancura que escondia a baía e o vilarejo. E que a enclausurava ali.

Mas o fogo da lareira aquecia e iluminava o quarto, que cheirava a flores frescas.

Eu vou ficar bem, disse a si mesma. E ela poderia ser feliz naquela casa, se desse uma chance.

Abriu uma das malas e deu início à tarefa de tomar posse do cômodo. Roupas dobradas nas gavetas ou penduradas nos armários. Os cremes e cosméticos dentro das gavetas da penteadeira, que seria organizada mais tarde. O tablet sobre a mesinha de cabeceira, carregando. A escova antiga e o espelho de prata que pertenceram à bisavó estavam ao lado dos três lindos frascos que ela e Cleo encontraram em um antiquário. E o quarto frasco contendo o perfume que ela havia comprado, como um agrado, após o término com Brandon.

Pronto, assim estava mais a cara dela.

Pela manhã, ela montaria seu escritório naquela biblioteca maravilhosa.

Penduraria os quadros do pai lá.

Junto ao que já estava lá. Como será que Collin havia conseguido aquilo? Esta era uma pergunta para a qual Sonya precisava de uma resposta.

Ela estava na metade do caminho escada abaixo quando sentiu uma rajada de vento frio e se virou, meio que esperando ver alguém atrás dela.

— Casa velha — murmurou. — Correntes de ar acontecem do nada.

Ela foi até a cozinha, fez um sanduíche de frios que comeu diante da pia, observando a neve cair.

Sentiu uma animação ridícula quando ouviu o ruído que indicava que devia ser o tal John Dee e seu limpador de neve.

Vasculhou depressa e encontrou uma caneca com tampa, e encheu-a de café. Tinha aprendido a usar a máquina.

Agasalhada, Sonya saiu com a caneca cheia, a fim de conhecer mais um vizinho. Quando uma sombra se moveu à janela, ela sequer reparou.

Capítulo sete

Depois da viagem de carro, do tour pela casa com Trey, de desfazer as malas, do breve tour virtual com Cleo, e de beber uma boa parte da garrafa de champanhe, Sonya decidiu ir para a cama mais cedo.

Às dez, ela já estava deitada, em uma escuridão tão completa que era como se a luz no mundo inteiro tivesse sido apagada. Fechando os olhos com força, ouviu o ruído da arrebentação das ondas, o lamento do vento, e os murmúrios e rangidos da casa antiga.

Dois minutos depois, ela acendeu a luz do abajur e se levantou, regulando a lareira do quarto para uma temperatura mais agradável.

Uma pessoa poderia acabar dando de cara com a parede, ela disse a si mesma, ou, óbvio, despencar das malditas escadas.

Não tenho medo de escuro, Sonya fez questão de se assegurar ao voltar para a cama. Mas havia uma diferença gritante entre o escuro e o breu.

Satisfeita com a claridade suave da lareira, desligou o abajur.

Ela compraria algumas lâmpadas com sensor de presença; instalaria uma no quarto e outra no patamar das escadas. Talvez...

Sonya pegou no sono.

Em algum momento durante a noite, sonhou. Música ressoando, o murmúrio de vozes. A mulher retratada na pintura dançava com um homem de cabelo escuro. Ele usava fraque, camisa engomada de colarinho alto e, assim como em um filme de época, calça justa.

Os dois riam enquanto se encaravam; os lábios sorridentes se juntaram em um beijo recatado.

Mesmo na morte, não nos separaremos.

À medida que foram valsando, uma mancha vermelha se espalhava pelo vestido branco. A música se tornou um lamento, e a escuridão encobriu a luz. Às sombras ela jazia, o vestido branco encharcado de sangue. E ele pendia acima dela, com uma corda enrolada no pescoço.

Por toda a casa, um relógio soou a hora. Uma. Duas. Três. Por um instante, o fogo baixo da lareira irrompeu, crepitou, rosnou e, logo em seguida, se aquietou.

No vestíbulo, o retrato da mulher chorou.

Quando Sonya acordou, a luz do sol se infiltrava pelas janelas. Piscando contra a claridade, ela se sentou.

— Aqui estou eu, segundo dia.

Ela se levantou, alimentou o fogo da lareira e foi até a janela.

O sol invernal cintilava sobre a neve fresca, como se alguém tivesse lançado diamantes pelo chão. Um pássaro mergulhou e pousou sobre um galho do salgueiro esquelético coberto de flocos de neve e cantou com entusiasmo.

O mar ostentava um tom azul intenso sob um céu de onde o vento varrera as nuvens.

Decidiu encarar todos aqueles sinais como um bom presságio.

Pronta para dar início ao primeiro dia inteiro na nova residência, ela pegou seu tablet e desceu em busca de café. A quietude e claridade da casa a deixaram surpresa.

A escuridão realmente havia sido intensa.

Não havia ruído de trânsito, nem de cachorros latindo no quintal de algum vizinho. Apenas o som do rugir das águas agitadas contra o penhasco, dependendo do local em que estivesse na casa.

Ficou um tempo parada diante da janela, contemplando a neve cintilante. A muralha dos bosques verdejantes tinha neve salpicada em seus galhos. E alguma coisa se moveu em meio às sombras, ela percebeu, sentindo o coração quase saltar pela boca.

Logo depois, um cervo emergiu da vegetação, sua pelagem escura e desgrenhada pela estação invernal, os passos lentos e graciosos. Fascinada,

Sonya o observou ali de pé sob a luz do sol, farejando o ar, antes de se embrenhar novamente em meio às sombras e desaparecer como um fantasma.

Talvez ela pudesse usar alguns materiais de pintura de Collin. A inspiração se encontrava em todo lugar. Por que não se distrair tentando pintar algumas paisagens?

Não era sua paixão, lógico. A mãe estava certa sobre isso. Mas poderia ser divertido quando sobrasse um tempinho.

No entanto, o trabalho era prioridade, e Sonya tinha um monte de coisas a fazer.

A primeira era organizar seu escritório. Ela até poderia se livrar do aluguel pelos próximos três meses, mas isso não significava que não precisava trabalhar.

Havia uma demanda para finalizar — e tinha que arranjar outros projetos.

Em algum momento, teria que ir até os cômodos que serviam como depósito para ver exatamente o que havia por lá. E também precisaria ir à cidade, se familiarizar e fazer alguns contatos.

Sonya não se importava em morar sozinha, mas não fazia o estilo eremita.

Depois de ajeitar tudo, poderia convidar os Doyle para jantar. Parecia a coisa mais educada a se fazer — com o benefício adicional de descobrir mais informações sobre a casa, sua história e a de quem viveu ali.

Ou de quem *morreu* ali.

Com uma segunda caneca de café, preparou ovos mexidos, e, ouvindo a voz da mãe em sua mente, sentou-se à ilha central em vez de comer em pé.

Conferiu seus e-mails, aliviada e satisfeita ao se deparar com um novo pedido de orçamento encaminhado pelo formulário do site.

Um serviço de bufê que havia acabado de começar. Eles precisavam de um projeto gráfico para o site, incluindo cardápios, valores, área de atendimento etc.

— Adoro um empreendimento novinho. Então, mão na massa.

Ela respondeu o e-mail na mesma hora, fazendo uma lista de perguntas que ajudariam, tanto a ela quanto ao potencial cliente, a tomar decisões. Acrescentou também algumas sugestões com cautela, só para sondar.

Depois de concluído, ela lavou a louça e subiu para tomar o banho para o qual esteve cansada demais para usufruir na noite anterior.

A água quente fluía com abundância da ducha do chuveiro, que tinha o dobro do tamanho do que ela tinha em seu duplex.

— Nossa, que saudade de transar no chuveiro... — Ela ergueu o rosto para o jato de água. — Que saudade de transar. Bem, prioridades, né?

E, de qualquer forma, não era como se ela tivesse muitos candidatos para uma transa no chuveiro.

Ela sorriu ao se lembrar da conversa que teve com Cleo, quando a amiga exigiu que ela dissesse três palavras para definir Trey Doyle, fazendo o mesmo com John Dee.

Paciente, cativante e gostoso para Trey. Bem-humorado, casado e gay para John Dee.

Sonya começou a imaginar como seria transar no chuveiro com Trey, mas deixou o assunto de lado. Esse caminho, concluiu Sonya, era bem perigoso.

Além do mais, ele já devia ter alguém. Talvez mais de um alguém. E, embora o sexo fizesse falta, ela não sentia saudade de estar em um relacionamento. Ainda não. E também não se sentia pronta para topar sexo sem compromisso.

Riscou completamente o assunto da lista por ora.

Saiu do boxe e estendeu a mão para pegar a toalha, franzindo a testa ao reparar na porta do banheiro.

Sonya podia jurar que a havia fechado — como de costume —, mas estava aberta. De toda forma, ela a fechou naquele momento, pois, mesmo estando sozinha na casa, a porta do banheiro aberta a fazia se sentir exposta.

Depois de envolver o corpo com a toalha, ela enrolou o cabelo com uma menor. Abriu uma gaveta da penteadeira e franziu a testa mais uma vez ao se deparar com todos os seus produtos de beleza organizados com primor.

Ela pensou que tivesse apenas despejado tudo ali dentro para organizar depois, mas... Será que estava tão desorientada assim quando desfez as malas?

Pelo jeito, sim.

Após usar o que queria, ela pendurou as toalhas para secar e vestiu o roupão que havia deixado em um gancho.

Por causa da voz insistente da mãe em sua mente, foi arrumar a cama. E a encontrou toda feita, com os travesseiros ajeitados.

Desorientada, disse para si. Ela devia ter arrumado tudo no piloto automático. Como passaria o dia arrumando seu espaço no escritório, optou por um moletom como uniforme de trabalho.

Sonya se aproximou da cômoda e, quando estava prestes a abrir uma das gavetas, um arrepio intenso a percorreu inteira.

Os três belos frascos que possuía estavam alinhados diante do espelho; a escova e o espelho de mão prateados se encontravam ao lado, à esquerda do vaso de flores, que estava bem no meio.

Ela havia posicionado os frascos perto do canto, como se estivessem em um triângulo, para equilibrar a presença das flores do lado oposto, com a escova e o espelho no meio.

Disso ela tinha certeza.

Muito champanhe?, perguntou-se.

No entanto, ela não tinha bebido nada antes de desfazer as malas. O mais óbvio era que tivesse mudado a posição dos objetos depois disso, quem sabe quando se arrumou para dormir.

Ela rearranjou tudo do jeito que queria. Com um aceno de concordância diante da organização, logo depois pegou uma calça e seu adorado moletom da universidade de Boston.

Após prender o cabelo molhado em um rabo de cavalo, calçou os tênis e se considerou pronta para o dia.

Apagou o fogo da lareira antes de sair do quarto, seguindo direto para a biblioteca. Depois de conectar seu tablet, Sonya programou uma playlist. O silêncio era bom, mas muito silêncio poderia ser um pouco demais.

Próxima tarefa do dia: acender outra lareira.

Os Doyle tornaram o processo bem fácil, ela observou. Havia madeira já no suporte — depois ela poderia buscar mais —, uma tora de acendimento e fósforos de cabo longo.

Satisfeita quando o fogo começou a crepitar, contemplou as chamas por alguns instantes. *Agora*, pensou Sonya, *decisões*.

Ela poderia montar tudo no piso mais baixo, e se e quando precisasse ou quisesse conferir seu trabalho em uma tela maior, levaria o notebook para o andar de cima. Ou ela poderia simplesmente montar tudo lá em cima mesmo.

— Essa escolha é fácil, já que este cômodo é tudo de bom.

Abriu as caixas que ela e Trey haviam colocado ali no dia anterior e pôs a mão na massa.

Levou tempo, mas isso era algo que ela tinha de sobra.

Com o computador configurado e, graças a Deus, funcionando, além de seu bloco de rascunhos ao alcance, Sonya guardou o restante dos materiais nas gavetas. Lápis, marcadores, réguas, blocos de rascunho extras e arquivos de clientes.

Como tinha bastante espaço, pensou em usar o computador no escritório do andar principal para seus assuntos pessoais. Era uma forma legal de separar vida pessoal de trabalho, pensou.

Colocou Xena à janela que ficava virada para o lado sul.

— Vamos florescer aqui.

Ao abrir uma cômoda, Sonya encontrou alguns decantadores — uísque em um, conhaque no outro, de acordo com seu nariz apurado. Copos menores para uísque, longos para coquetéis e abaulados para conhaque se alinhavam em duas prateleiras. Ela poderia guardar tudo aquilo e usar o espaço para armazenar mais suprimentos, mas conseguia facilmente ver o homem com a fisionomia de seu pai sentado à lareira com um livro e um copo de uísque na mão.

Não teria coragem de desarrumar aquilo.

Assim como não tinha coragem de colocar sua impressora perto daquela mesa tão magnífica. Sem dúvida haveria uma mesa robusta ou um suporte em algum outro lugar, mas isso arruinaria o visual da sala.

Ela poderia conectar o computador com a impressora do escritório, mas... seria inconveniente.

Perambulando pelo aposento, Sonya buscava opções. Colocou mais uma tora na lareira, e então subiu a escada em espiral.

Mais livros, outra vista deslumbrante, uma mesa menor e mais delicada, um grande sofá de couro cor de vinho. A imensa tela plana e um armário logo abaixo.

Ela abriu uma das portas e se deparou com um aparelho de DVD, junto a uma impressionante coleção de filmes. Somados aos que tinha visto na sala multimídia, era nítido que Collin era um verdadeiro cinéfilo. Havia filmes de todos os gêneros.

Filmes, livros, arte, antiguidades. Crianças? Ele instalou um videogame para os filhos do amigo, então, sim, havia coisas de criança.

— Tão parecido com o papai. Na verdade, acho que vocês eram idênticos. E acho… acho que teriam gostado muito um do outro. Vocês deviam ter tido a chance de descobrir isso.

De repente, a música terminou e deu lugar a uma melodia que ela reconhecia como sendo do The Byrds, "Turn! Turn! Turn! (To Everything There Is a Season)", porque seu pai colocava isso pra tocar direto, além de outros discos antigos que ele mantinha no ateliê.

— Acho que a trilha se encaixa perfeitamente no momento — murmurou ela.

Porém, voltando ao mais importante, ela poderia arranjar espaço no armário, colocar sua impressora ali em cima, junto de seu papel timbrado.

Lógico, isso significava ter que carregar uma impressora de peso considerável até ali, por uma escada em caracol. Bem, por mais que doesse admitir, isso teria que esperar até que ela tivesse alguém com mais músculos e uma coluna bacana para levar a coisa para cima.

No início da tarde, Sonya já tinha feito tudo que estava ao seu alcance, tanto pessoal quanto profissionalmente, em relação ao escritório.

Era hora de fazer uma pausa, pensou, ponderando se faria algo para comer ou limparia outro cômodo e depois se aventuraria no vilarejo.

Antes que pudesse decidir, três badaladas quase retumbaram escada acima. Quando seu coração parou de martelar e ela percebeu que se tratava da campainha, ouviu o som do badalar novamente.

— Meu Deus, já entendi!

Esperava de verdade que fosse Trey ou John Dee — músculos, colunas boas — enquanto descia as escadas para atender à porta.

Uma mulher, de cabelo curto e preto coberto por um gorro colorido de tricô, estava de pé diante do pórtico, ostentando um belíssimo par de botas que iam até os joelhos. Ela segurava uma travessa de bolo.

— Oi! Eu sou a Anna. Anna Doyle. Bem-vinda a Poole's Bay.

— Ah, obrigada. — Ela conseguia enxergar a semelhança, mas os olhos eram de um tom cinza-azulado e o rosto em formato de coração. — Entre.

— Espero não estar atrapalhando. Trey disse que você talvez estivesse trabalhando ou arrumando seu escritório.

— Acabei de montar tudo. Ou quase tudo.

— Trouxe pra você. Bolo de café. Gosto de assar bolos quando preciso pensar.

— E eu gosto de comer quando preciso pensar — disse Sonya, com uma risadinha. — Poxa, muito obrigada. Posso guardar seu casaco?

Um maravilhoso casaco de veludo vermelho.

— Se você não se importar que eu invada seu espaço por alguns minutos.

— Não, de forma alguma.

Anna entregou o casaco, o gorro e o cachecol lindo de lã supermacia.

Por baixo, ela usava uma túnica branca de inverno e calça legging marrom que destacava ainda mais as botas que Sonya estava cobiçando.

Alta e magra como o irmão, com cabelo curto e elegante e a pele impecável, parecia ter saído de uma revista de moda.

— E aí, está se adaptando? — perguntou Anna, enquanto Sonya pendurava o casaco no armário. — Esta casa é espetacular.

— Estou fazendo progresso.

Mas preciso fazer amigos e contatos, pensou.

— Por que não levamos esse bolo para a cozinha para comermos um pedaço? Vou fazer um café.

— Eu adoraria... mas posso trocar por um chá? Já tomei minha única e mísera caneca de café do dia. — Ela colocou a mão sobre a barriga protuberante enquanto seguiam para a cozinha. — Só isso que foi permitido pra gente.

— Ah! Meu Deus... meus parabéns.

— Obrigada. Estamos bem empolgados. Entrei no segundo trimestre, tudo correndo bem. Então, além da minha família, da do meu marido Seth, e de pouquíssimos amigos, você está sendo a primeira a saber. — Ela parou do lado de fora do escritório. — Trey disse que esse quadro foi pintado pelo seu pai.

— Pois é.

— Eu sempre adorei essa pintura. Sinto muito que Collin e ele não tenham tido a chance de ser irmãos.

— Eu também sinto muito. Estava pensando nisso agorinha, em como eles teriam gostado um do outro. Estou descobrindo que os dois tinham muita coisa em comum. Minha amiga diz que isso se chama sinergia de gêmeos. Acho que vi chá em algum lugar por aqui.

Anna apontou para um armário.

— Eu ajudei a minha mãe a abastecer sua cozinha. Você se importa?

— Imagina, vai em frente. Estou muito grata por tudo que a sua família fez para facilitar a minha vida.

— Imagino que não deva ser fácil. — Anna abriu o armário e escolheu o chá entre um pacote com uma dúzia de opções. — Descobrir que você tinha um tio, e da forma como foi. Ter que se mudar e se ajustar a um lugar como este. — Ela encheu uma chaleira de cobre enquanto falava, obviamente se sentindo em casa. — Nós éramos a família de Collin, então queremos fazer o que pudermos por você. Estamos torcendo para que decida ficar. Primeiro, porque era esse o desejo dele…

Ela pegou dois pratos de sobremesa, uma faca de bolo e garfos.

— E, segundo, porque tanto meu pai quanto meu irmão gostaram de você. Pensei em dar uma passada aqui pra ver se eu teria a mesma impressão.

Se Cleo pedisse que Sonya descrevesse Anna Doyle com apenas três palavras, ela diria: atrevida, despojada e deslumbrante.

— E como estou me saindo?

— Bem, você me convidou pra entrar, já foi um bom começo.

— E olha que fiz isso mesmo com você parecendo uma modelo chique de revista, e eu vestida com um moletom velho. Eu devia ganhar mais pontos.

— Eu até daria, mas você fica muito bem nesse moletom velho. Então, é um empate. — Ela cortou duas fatias generosas do bolo tipo mármore. — Além disso, eu trouxe bolo. E estou disposta a fofocar se você quiser saber qualquer coisa sobre Poole's Bay. O Trey é mais discreto.

— Vou lembrar dessa oferta quando conhecer mais pessoas. Até agora só conheci o John Dee.

— Ele é um querido, e o marido dele também é um amor. Kevin é o dono da lojinha onde vendo minhas cerâmicas. Ou melhor, ele é dono da loja em Poole's Bay onde vendo uma parte dos meus artesanatos.

— Você é ceramista?

Quando a água ferveu, Anna despejou o líquido sobre os dois saquinhos de chá em cada xícara.

— Sou. Começou como um hobby e acabou se tornando minha paixão. Como está o bolo?

— Você poderia ser confeiteira.

— Imagina. Como eu disse, gosto de fazer bolos sempre que preciso pensar ou relaxar. E essa receita é mesmo gostosa pra caramba. Mas me fala sobre a sua profissão. Não entendo muito bem sobre arte gráfica, desenho gráfico... Confesso que dei uma espiadinha no seu site. É bem impressionante.

— Que bom que achou, caso contrário eu não teria trabalho.

— Você trabalhou para uma agência antes...

— Sim, em Boston. Mas estou como *freelancer* há alguns meses.

— É meio assustador administrar a própria empresa, né? Eu admito que tenho certa segurança financeira. A família de Seth é dona do hotel Bayside. É pequeno, mas estiloso — acrescentou. — Podemos não ser nenhuma Bar Harbor, mas recebemos muitos turistas. Mesmo assim, é um pouco assustador cuidar do meu próprio negócio.

Anna bebericou o chá.

— Depois que vi o seu site... encontrei outro motivo pra passar por aqui. Queria saber se você aceitaria outra cliente.

— Você?

— Meu site é meio... Ah, não é legal. Eu sei que, se tivesse um site mais eficiente, poderia engajar melhor na internet, receber mais encomendas on-line. Do jeito que ele está, só com muita sorte eu consigo vender uma ou duas peças por mês.

Sonya pegou seu celular no bolso.

— Vamos ver. Digita aqui o endereço.

— Ai, vai ser ainda mais triste se acessar de um celular.

— Se o que você quer é tráfego, seu site tem que funcionar direitinho em dispositivos móveis.

Os ombros de Anna se curvaram e depois relaxaram.

— Posso te garantir que não funciona.

— Eu montei meu escritório na biblioteca, não sei se o Trey disse.

— Ah, excelente escolha.

— Vamos lá dar uma olhada?

— Sério? Você não se importa?

— Eu comi bolo. Preciso de clientes. E como eu detesto um site ruim!

— Acho que você provavelmente vai ter que começar do zero.

Anna se levantou ao mesmo tempo que Sonya.

— Veremos. Mas pode ser que no fim você mesma queira começar do zero. Um visual novo e repaginado. A empresa já tem perfil nas redes sociais?

— Mais ou menos. De um jeito meio desleixado.

— Temos que mudar isso. Vou te mostrar o site de outro cliente para quem criei todo o projeto gráfico. Do zero. O nome da empresa é Baby Mine. Trabalha com produtos de bebês a crianças pequenas: roupinhas, acessórios, bichinhos de pelúcia... Vai te deixar de queixo caído na hora.

— É meio injusto me provocar com coisinhas de bebê.

— Se fecharmos negócio, vou provocar outras pessoas com as *suas* coisas.

— Vou me juntar ao papai e ao Trey nesse lance de gostar de você. Agora, me fala, esse cômodo aqui não é o mais maravilhoso que você já viu? — comentou Anna assim que entraram na biblioteca. — E o seu monitor na mesa só acrescentou um charme a mais. Cadê o seu computador?

Sonya deu um tapinha em uma caixa pequena ao lado do teclado.

— O quê? É essa coisinha? Isso funciona? Se funcionar, quero um igual.

Sonya ligou o computador.

— Me dá o endereço do site.

Depois de digitar, Sonya ficou observando a página com o banner quadrado escrito "Pottery by Anna" em uma fonte estilizada e com tons pastel. Ela clicou na aba da loja.

E esperou.

— Leva um tempão pra carregar.

— Já me disseram isso.

Quando finalmente carregou, Sonya analisou as imagens na tela.

— Foi você quem fez o vaso que está no meu quarto.

— Sim! Observadora.

— E fez os candelabros que ficam na cornija da lareira da sala da entrada.

— Nossa, observadora mesmo.

— Gosto do seu trabalho; as fotos são boas, mostram bem as peças, mas não estão organizadas e parecem muita informação com essas cores de fundo. Você tem vasos... Adorei este. — Sonya moveu o cursor sobre a peça. — Que estão misturados com tigelas, bandejas, assadeiras — continuou, e esperou enquanto a página seguinte carregava. — Panelas com canecas e jarros de cerâmica para vinhos. Enfim, falta uma lógica. Eu posso te ajudar com isso.

Já visualizando o resultado, Sonya assentiu.

— Você e seu trabalho não são pálidos e confusos. Você precisa de uma identidade mais marcante, mais artística. E precisa de um formato melhor. As imagens têm que carregar rápido, porque as pessoas não têm paciência. Temos que revisar a aba da loja — murmurou ela. — Podemos acrescentar uma aba "Sobre a artista". Colocar algumas fotos suas no ateliê, confeccionando as peças.

— Modelando. É assim que nos referimos no mundo da cerâmica.

— Isso. Podemos mostrar uma foto de cada etapa do processo. Tipo, de um monte de argila até a peça pronta.

— Ah, gostei disso.

— Tem Facebook e Instagram?

Anna soltou um muxoxo e deu de ombros.

— Vou dar um jeito nisso também. Cartões de visita?

— Não.

— Beleza. Alguns fôlderes também. Pequenos e coloridos, de três dobras, daí você pode deixar nos balcões das lojas locais, e no hotel do seu marido. Já é um ponto garantido. Então, seguinte: vou montar um painel semântico e um protótipo para o site, ok? Sem custo nenhum.

— Mas o tempo que você...

— Considere como uma espécie de agradecimento sincero por ajudar a abastecer a minha cozinha. Você vai dar uma olhada, e, se gostar, a gente segue a partir disso. Se não curtir, não se sinta obrigada a topar.

— Tenho a impressão de que vou curtir muito.

— Ah, eu sou boa no que faço.

— Eu também. — Com as mãos dentro dos bolsos, Anna observou a tela do computador. — E você está certa: as peças não estão bem divulgadas.

— Vamos nos sentar no que acabei de configurar como meu cantinho de consultoria. — Depois de pegar o tablet, Sonya apontou para o sofá de couro que ficava diante da lareira. — Antes de tudo, me passa os seus contatos para que eu possa te enviar algumas opções.

Assim que se sentaram, Sonya anotou o número de Anna no celular e seguiu para a próxima fase.

— Vamos lá. Primeiro, quero sugerir uma mudança no nome da sua empresa.

— Sério? — Nitidamente em dúvida, Anna hesitou. — É que eu não quero nada muito fofo, sabe? Quero que seja uma coisa simples, sobre a arte em si, sobre a cerâmica em si.

— Exatamente. Suas peças precisam ser exibidas como arte, mas, pelo que vi no seu site e aqui na mansão, você cria arte com um propósito, arte utilitária. Arte Prática.

Sonya abriu o aplicativo de desenho, e, usando a caneta digital, estilizou as primeiras letras de cada palavra com uma curvatura em destaque, mantendo o restante em caligrafia cursiva e concisa.

— Nossa, isso ficou muito bom.

— É só uma primeira ideia, mas já diz a que veio de uma forma simples. Diz que a pessoa pode ter uma peça linda e útil ao mesmo tempo. Vou brincar com a fonte, mas algo assim, com uma cor intensa, acaba tendo mais impacto.

— Pensei que a escolha de cores suaves passaria uma imagem mais acolhedora.

— Pode até ser, mas, neste caso, os tons pastel não dizem: "Dá para usar esta peça, é bonita e durável." A personalidade do artista precisa transparecer na criação. Você não é pastel.

Anna se recostou, assentindo com a cabeça.

— Continue.

Sonya passou a hora seguinte fazendo perguntas, respondendo outras tantas, brincando com a logomarca e entendendo as necessidades de sua nova cliente.

— Já tenho o suficiente pra começar. Eu imprimiria algumas dessas ideias mais básicas pra você levar e pensar a respeito, mas ainda tenho que bolar um jeito de levar a impressora ali pra cima. Encontrei uma cômoda em que dá pra colocá-la meio fora de vista.

— Ah, é mesmo, a cômoda dos DVDs. Posso te ajudar com isso?

— Mesmo que você não estivesse grávida, não daria. É uma coisa monstruosa.

— Você devia ligar para o Trey.

— Acho que ele já tem um monte de coisas pra fazer. Vou pensar em um jeito, e, enquanto isso, vou trabalhando nessas opções pra você. Se gostar, a gente faz um orçamento e segue.

— Eu já gostei. Você já me fisgou com o Arte Prática. Nunca um bolo de café me trouxe tantas coisas boas — disse Anna, rindo e ficando de pé. — E espera só até as futuras vovós darem uma olhada nessa Baby Mine. Agora, vou te deixar em paz pra você trabalhar.

— Eu devo ter algo pra mostrar em um ou dois dias — disse Sonya, acompanhando Anna escada abaixo.

Quando chegaram ao piso inferior, música, que Sonya havia desligado ao atender à campainha, voltou a tocar.

— Nossa, que estranho... — Sonya olhou para as escadas. — Devo ter clicado sem querer no aplicativo ou algo assim.

— Talvez. Acho que não conheço essa música.

— É muito estranho, na verdade. — Sonya pegou o casaco de Anna. — Essa música é uma das favoritas da minha mãe. Ao que parece, meu pai colocou pra tocar quando ela entrou no meu trabalho de parto. É antiga, se chama "All for Love".

— Elas devem ter gostado de você — comentou Anna, de forma casual, enquanto vestia o casaco.

— Elas?

— As noivas fantasmas. E os outros também. Escolheram uma música que tem um significado especial pra você.

— Oi? Você acha que algum espírito colocou a música? Não vai me dizer que acredita em fantasmas, vai?

Anna apenas colocou o gorro e sorriu.

— Me pergunte isso de novo depois de morar aqui por uma semana. Obrigada por me receber. Percebo agora que eu preciso de você mais do que imaginei. A gente se fala em breve.

Quando ela fechou a porta, Sonya continuou encarando a escadaria. A música seguia.

Alguma falha de tecnologia, disse a si mesma. Esse tipo de coisa acontecia; não esse lance de fantasmas.

Talvez Sonya tivesse demorado um pouco mais para subir novamente, mas enfim subiu. E voltou a trabalhar.

Capítulo oito

1828

Acredito piamente que sou uma mulher sensata. Recebi uma excelente educação, sou fluente em francês, toco piano muito bem e também sou a mais competente na harpa. Como a filha mais velha, aprendi a administrar uma casa, como eu deveria fazer, é óbvio, assim que arranjasse um bom casamento.

Acima de tudo, tenho o prazer de dizer que meu pai me instruiu, desde muito nova, sobre o funcionamento dos negócios da família. Alguns diriam que uma jovem não tem necessidade de entender assuntos comerciais.

Eu não considero essas pessoas sensatas.

Meu pai, o mais jovem dos gêmeos por sete minutos, herdou a mansão e as cotas de seu irmão nas empresas da família Poole quando, no outono de 1806, meu tio tirou a própria vida depois da morte trágica — um assassinato — de sua noiva, ocorrida poucas horas depois do casamento.

Meus queridos pais, já comprometidos na época, casaram-se na primavera seguinte. Eu nasci dez meses depois.

Tenho dois irmãos e duas irmãs. Embora eu seja a mais velha, devo aceitar que a mansão um dia ficará com meu irmão Horatio, de acordo com a tradição familiar.

O que não importa, uma vez que, com meu bom casamento, eu terei minha própria casa.

Sendo uma mulher sensata, não concordo — como minhas irmãs volúveis — com os romances de Jane Austen, que, embora sejam divertidos, mostram uma visão irrealista de que o amor romântico deve, pode ou deveria influenciar um casamento.

Afinidades, respeito mútuo e, lógico, posição social são muito mais importantes para um casamento bem-sucedido.

Encontrei tudo isso em William Cabot. Em quem, para minha surpresa, também encontrei o amor.

Nosso namoro começou por causa das afinidades, e a atração física recíproca, devo admitir, acrescentou mais emoção. Essa atração desabrochou e se transformou em amor.

O dia em que aceitei seu pedido de casamento, com a bênção do meu pai, foi o mais feliz da minha vida.

Até o dia do nosso casamento.

Eu, uma noiva de inverno (nós não queremos esperar!), profiro meus votos. Eu, uma mulher sensata, visto seda branca, com bordados de estrelas na bainha e adornada com arminho e uma faixa de cetim na cintura.

Graças à estação, as mangas são longas e franzidas, com estrelas dando forma bufante nos ombros.

Nunca me considerei bela (embora William diga que sou), mas me sinto bonita em meu vestido de casamento, com meu cabelo preso em um penteado no alto da cabeça, sob o véu, e com o colar de pérolas da minha avó em meu pescoço.

E William, em seu fraque preto, tão lindo ao olhar no fundo dos meus olhos e colocar a aliança de ouro no meu dedo.

Eu retorno à mansão como esposa, para celebrar esse matrimônio que é tudo que meu coração deseja. Danço com meu marido, com meu pai e meus irmãos. Abraço minha mãe e beijo as lágrimas de felicidade que deslizam pelo seu rosto.

Como esperaremos a travessia de primavera para nossa lua de mel na Europa, passamos nossa noite de núpcias na minha casa de infância. E eu me torno mulher nos braços de William.

Ele me mostra o que é o amor noite adentro, e não vejo nenhuma sensatez no ato. Tudo se resume a sentimentos e descobertas, paixões despertadas.

E acho que sonho quando, enfim, adormecemos. Sonho em estar perambulando pela casa na qual passei minha infância, usando uma camisola e segurando uma vela para guiar meu caminho.

Vejo abertas as grandes portas construídas pelo meu avô. Passo por elas e vou de encontro à primavera, em meio às flores desabrochando com exuberância sob a luz do sol. Eu, uma mulher sensata, rio e largo a vela, que se apaga em contato com a neve que não vejo nem sinto.

Sigo caminhando pela brancura, pelo vento furioso, e sinto apenas a grama macia e a brisa amena.

Vejo uma mulher parada diante da amurada do mar, acenando para mim.

Quando me aproximo, me deparo com uma estranha me encarando com um olhar ensandecido. Ela agarra minha mão com força, e sinto na mesma hora a pontada amarga de um frio que se alastra pela minha pele e se infiltra em meus ossos.

— Ele escolheu a morte em vez de mim. Ele escolheu a morte para ficar com ela. Malditos sejam eles, e agora você. Junte-se a eles, Catherine Poole. Para sempre uma noiva — diz ela.

Tento fugir, mas o vento me golpeia. Tropeço na neve. Ouço a risada da mulher, mais amarga que o vento, enquanto caio e tento me levantar, apenas para cair mais uma vez.

O mundo é todo branco agora e está girando. O vento é como um tufão ensurdecedor que sopra meus pedidos de socorro desesperados para o mar.

Penso em William, dormindo em nosso leito nupcial, e grito para que ele me salve.

Estendo a mão em direção à mansão, minha casa, mas está longe, perdida em meio à neve que me cobre como uma manta gélida. Vejo minha mão, em carne viva, quase roxa. A aliança que William colocou em meu dedo desapareceu.

Eu me deixo levar. Adormeço no frio e na neve.

E morro.

Sonya trabalhou até a hora do jantar, e fez uma pausa quando percebeu que estava zonza de fome.

Foi até a cozinha, mas se negou a fazer um sanduíche. Esquentou uma lata de sopa e preparou uma salada. Enquanto comia, brincou com mais algumas ideias em seu tablet.

Respondeu a uma mensagem de texto da mãe.

> **Tudo bem por aqui! Quase tudo organizado, e trabalhei a maior parte do dia. Conheci Anna Doyle, filha do advogado, e tenho quase certeza de que será minha nova cliente. Iuhuuu! Ela é artesã, ceramista, e das boas. Estou tomando sopa e comendo uma saladinha, então, não estou passando fome. Também estou planejando dar um pulo no vilarejo amanhã… ou no máximo depois de amanhã… Não quero que achem que sou uma eremita. Te amo infinito.**

As duas trocaram mensagens por mais um tempo, e, quando se despediram, Sonya enviou uma mensagem para Cleo.

> Oi! Conheci a irmã do Trey — Anna. Mais linda ainda. Ela é ceramista e está precisando de um projeto gráfico completo, então… Iuhuuu! Mandei mensagem pra mamãe, e ela acha que vai conseguir vir em breve pra passar uma noite. Você tem que vir também!

E, como sabia provocar a amiga, acrescentou:

> A mansão não é só incrível, dizem também que é mal-assombrada. Tem um retrato do século XIX no vestíbulo. Uma ancestral da família Poole, assassinada no dia do casamento. Siniiiiistro!

A resposta veio depressa, como Sonya sabia que aconteceria.

> **Noiva fantasma! Nossa, você sabe que tô dentro. Me dá só umas semanas pra colocar uns trabalhos em dia e vou passar um final de semana aí. Vamos à caça dos fantasmas.**

Aham, lógico, Sonya pensou sarcasticamente. No entanto, enviou um emojizinho com os polegares pra cima.

Depois de arrumar a cozinha, voltou a trabalhar por mais uma hora. Estava cedo demais para dormir, pensou, mas teve que admitir que o cérebro estava exausto.

Poderia repassar tudo de novo na manhã seguinte, e, se ainda estivesse achando bom, enviaria as opções para Anna. Em seguida, poderia ir ao vilarejo, explorar um pouco mais.

Porém, cansada demais para continuar trabalhando e muito agitada para dormir, Sonya decidiu tomar uma taça de vinho e assistir a um filme. Afinal de contas, tinha dezenas de DVDs e uma tela gigante bem ali em cima.

Escolheu uma comédia romântica, descontraída e alegre, e se esparramou no sofá imenso.

Conseguiu consumir quase toda a taça de vinho e assistir a quase o filme inteiro antes de apagar.

O badalar do relógio a acordou às três da manhã. Ainda deitada, confusa e meio sonhando, sentiu o coração acelerar. E, naquele momento, ouviu a música. Uma música tocada ao piano. Devia estar rolando algum problema com o tablet, pensou, esfregando os olhos.

Então teve a impressão de ter ouvido alguém chorar.

Com certeza tinha desligado a TV antes de pegar no sono, concluiu. E acendeu o abajur do outro lado da sala. E também se cobriu com a manta que a envolvia.

Mais cansada do que imaginava, e ainda se ajustando a uma casa estranha com seus cômodos estranhos, Sonya procurou pelo celular para levar para o quarto e colocar para carregar durante a noite.

Ou o que restava da noite.

Não estava sobre a mesinha. Bocejando, enfiou as mãos nos bolsos do moletom. Um momento de pânico a acometeu quando notou que estavam vazios. Ela se colocou de pé de um pulo, sacudiu o cobertor e começou a vasculhar por entre as almofadas do sofá.

Tentou se acalmar, se convencer de que não era uma daquelas pessoas que dependiam do celular, mas... A vida dela estava naquele telefone.

Sonya se agachou no chão, vasculhou sob o sofá, sob a mesa. E reparou que a taça de vinho e o controle remoto não estavam mais ali.

Será que ela tinha se levantado antes de pegar no sono?

Ela abriu a gaveta da mesinha de centro e lá estava o controle remoto, no mesmo lugar em que o havia encontrado.

— Beleza, então, eu guardei. Este é o tipo de coisa que todo mundo poderia fazer e esquecer quando está caindo de sono.

Ela se levantou e foi até a escada, espiando o andar inferior.

O fogo ainda crepitava na lareira — não deveria estar apagado àquela altura? —, e avistou na mesma hora o celular sobre a mesa, conectado ao carregador. O tablet também estava ao lado, carregando.

Aliviada, ela desceu a escada em espiral.

A música parou e, por alguma razão, o silêncio repentino a fez sentir calafrios.

Deixou o tablet no mesmo lugar, pegou o celular agora recarregado e seguiu para o quarto.

E lá encontrou o abajur aceso ao lado da cama e o edredom e o lençol suavemente afastados para alguém se acomodar.

— Sonambulismo? Ansiedade pode provocar isso, e estou me sentindo bem ansiosa.

Depois de colocar o celular sobre a mesa de cabeceira, ela se deitou, ainda de moletom. Mas deixou a luz acesa.

Por via das dúvidas, pensou. Só por precaução.

Assim que fechou os olhos, ela ouviu — ou pensou ter ouvido — uma porta se fechar com suavidade.

Pela primeira vez na vida, Sonya cobriu a cabeça com o cobertor para conseguir dormir.

Quando a claridade da manhã invadiu o quarto, Sonya se convenceu de que havia imaginado coisas. *É só ansiedade*, pensou de novo. Ela não tinha se permitido admitir o tanto de estresse que aquela mudança implicaria.

Tanto que tinha dormido de roupa e tudo.

Nada de mais. Ela faria um pouco de café — e comeria mais um pedaço do bolo de Anna — e daria uma conferida no trabalho, mexeria no que precisava ser mexido. Depois tomaria um banho, se arrumaria um pouco e dirigiria até o vilarejo.

Ela precisava sair, passar no banco e abrir uma conta, visitar algumas lojas e dar uma olhada mais de perto na enseada.

Sonya foi direto para a cozinha, e viu a taça de vinho ao lado da pia.

— Tudo bem, já chega. Nada mais de cochilos na frente da TV.

Depois que fez o café e cortou um pedaço do bolo, levou o prato e a caneca para a biblioteca. Repassaria o trabalho enquanto comia.

Como planejava trabalhar somente pouco mais de uma hora, ela nem se preocupou em acender a lareira.

Acabou ficando ali mais de duas horas, mas sabia que o resultado estava bom. Bom pra caramba.

Como não eram nem nove da manhã, ela tomaria um banho, vestiria roupas limpas e daria um tempinho antes de repassar tudo uma última vez e enviar para Anna.

Quando a campainha soou, ela quase arremessou longe as pantufas velhas.

— Minha nossa! Tenho que checar se posso trocar essa coisa.

Quando desceu e abriu a porta para Trey, seu primeiro pensamento foi: *Por quê? Por que não tomei um banho e troquei de roupa antes?*

— Bom dia — cumprimentou ele. — Fiquei sabendo que você está precisando de uma mãozinha pra carregar uma impressora.

— Ah... a Anna não devia ter te incomodado com isso. — Ela deu passagem para que Trey entrasse. — Não é nada urgente.

— Estou indo encontrar um cliente, e passaria por aqui no caminho de qualquer forma. Cadê a impressora?

Sonya ficou em silêncio por um instante, sentindo o perfume gostoso dele — cheiro de ar puro e floresta. Já o dela, no entanto, devia estar o oposto de frescor.

— Primeiro piso da biblioteca. Eu quero colocá-la no segundo. Aceita um café?

— Não, obrigado. Vou tomar bastante logo mais. Meu cliente bebe litros e litros.

Desejando que tivesse ao menos penteado o cabelo, ela o afastou do rosto.

— E o seu pai, como está?

— A chefia liberou ele pra trabalhar hoje, então, ele está bem.

— A chefia, por acaso, é sua mãe…?

— Bingo. Anna disse que você vai refazer o site dela.

— Aham. Estou bolando um projeto que espero que ela goste. — Sonya foi subindo as escadas ao lado dele. — Conectei meu computador com a impressora de Collin, só para começar, mas não é muito prática para o dia a dia. É útil para imprimir algumas imagens do design, para implementar meu painel semântico.

— Painel semântico. — Trey assentiu ao entrar na sala e se deparar com o painel em questão. — Beleza, saquei. Vai ser uma mudança radical pra Anna.

— Achou exagerado?

— Não sei se isso é relevante… mas eu gostei.

Ele enfiou os polegares nos bolsos frontais da calça e observou o painel com atenção. Avaliou com cuidado, Sonya reparou. Sem pressa.

— É, gostei mesmo. Foi uma amiga da faculdade que fez a maior parte do site que ela usa agora. Mas, a meu ver não tinha muito… sei lá, impacto, acho, e era um saco navegar e carregar as imagens. Esse aqui parece que vai ser bem impactante.

— Também vai carregar mais rápido e ter uma navegação melhor.

Os dois ficaram ali parados, lado a lado, observando o trabalho de Sonya.

— Aquilo é um logo? Ela não tem um de verdade.

— Pois devia. Criei essa opção. Ela disse que quer algo simples, então pensei em um esboço de vaso e um castiçal, em cores mais intensas. São objetos com formatos diferentes, mas ambos no estilo dela. Achei melhor um esboço do que uma imagem em si, mas podemos trocar também, pra ver se funciona.

— Você fez bastante coisa em pouco tempo. — Ele olhou ao redor. — Acho que este lugar está te fazendo bem. Tem certeza de que não quer a impressora aqui embaixo? Não é mais fácil?

— Está vendo aquilo ali? — Ela apontou para a máquina. — É eficiente, mas nem um pouco bonita. Esta sala é linda demais pra ter aquele monstro bem aqui. Tem uma cômoda no piso de cima.

— Aham, na qual ficam os DVDs. Vamos levar pra lá, então.

Ele começou a erguer a impressora, mas lançou a Sonya um olhar que fez com que o riso borbulhasse em sua garganta.

— Eu falei que era um monstro! Olha só, dá pra esperar numa boa. Depois eu peço para o John Dee fazer isso.

— Agora você está ofendendo a minha masculinidade. — Ele tirou o casaco e o jogou sobre uma cadeira.

Dessa vez, ele não estava com uma camisa de flanela, e, sim, um suéter azul-marinho e calça preta. Sonya chegou a apertar as próprias mãos quando ele ergueu a impressora.

— É pesada demais. Sério, a gente pode esperar até...

— Deixa comigo.

Trey começou a carregar o trambolho escada acima, e ela o seguiu.

— De que lado?

— Esquerdo. — Ela correu para abrir a porta do armário. — Coloquei todo o resto do outro lado, e a extensão de energia está bem aqui. Nossa, muito obrigada.

— Deixa eu conectar na tomada, já que estou aqui mesmo.

Enquanto ele o fazia, Sonya lançou um olhar para o sofá. A manta, dobrada, se encontrava sobre o encosto.

— Quer deixar ligada?

— O quê?

— A impressora. Quer que ligue?

— Ah, sim. Por favor. Você é mais forte do que aparenta.

Quando ele endireitou a postura, sorriu para Sonya.

— E como eu aparento ser?

— Hum... esguio. Tem mais porte de corredor do que de levantador de pesos.

— Dá pra fazer os dois.

— Pelo jeito, sim. Tem certeza de que não quer um cafezinho? Ou bolo de café?

— O bolo de café da Anna é uma tentação, mas preciso ir. Tenho que encontrar meu cliente.

— Eu agradeço mesmo por você ter desviado o caminho pra me ajudar.

— Não foi nada — disse ele, conforme os dois desciam a escada. — E como estão as coisas? Está se adaptando? Tem dormido bem?

— Indo aos poucos. E dormir não está sendo um problema, já que apaguei legal por duas noites seguidas. Só tem sido meio esquisito porque tenho trocado as coisas de lugar quando estou sonolenta.

Observando-a com atenção, Trey vestiu o casaco.

— É mesmo?

— Aham. Tipo, não me lembrava de ter colocado o celular pra carregar, mas... olha lá ele... carregando. Coisas de cabeça avoada, o que indica que tenho que dar uma espairecida. Vou dar um pulo na vila hoje, me situar um pouco por lá.

— Boa ideia.

Ele olhou para ela, Sonya pensou, do mesmo jeito com que fez com o painel. Sem pressa.

— Se estiver disposta, você poderia dar uma passada no escritório para conversar com meu pai. Ele vai querer saber como você está.

— Eu poderia, sim. — *Deveria*, corrigiu ela mentalmente. — Vou ligar pra marcar um horário.

— Deixa isso comigo. — Trey pegou o celular. — Estou com a agenda dele aqui, já que Ace e eu cuidaríamos dos compromissos dele se a chefia não o tivesse liberado hoje. Ele tem horário às onze e meia, uma e meia e às três.

— Humm... Pode ser às três?

— Fechado. O escritório é em Bayview, um quarteirão distante da High Street no lado norte do vilarejo.

— Valeu. De verdade.

— De nada. De verdade.

Assim que Trey saiu e ela fechou a porta, a música começou a tocar.

— É sério isso?

"Hooked on a Feeling". Sonya subiu as escadas revirando os olhos. Ela nem sabia que tinha isso em sua playlist, mas reconheceu a música como parte da trilha sonora de *Guardiões da Galáxia*.

— E eu não estou viciada em sentimento nenhum só porque ele tem aqueles olhos azuis e todo o resto. Além disso, vou parar de falar sozinha. Agora mesmo.

Calculando o tempo, decidiu que era melhor acender a lareira. Ela poderia desfrutar de algumas horas, imprimir o que queria, revisar o trabalho para Anna mais uma vez, e, só então, enviar por e-mail antes de se arrumar e seguir para a vila.

Quando chegou à lareira, se deparou com tudo limpo e preparado e a pilha de toras já prontas para queimar.

— Gente, mas quando é que eu arrumei isso?

Tentou recordar, pensando em tudo o que fez antes, mas não conseguia se lembrar de forma alguma.

— Enfim — murmurou. — Só estou sendo eficiente.

Ela acendeu a lenha mais fina que servia como pavio e esfregou os braços ao recuar alguns passos.

— Estou me adaptando a um monte de coisas. E por que eu não devia falar sozinha? Quem se importa?

Sonya voltou à mesa, imprimiu os modelos para o fôlder projetado, o cartão de visitas e o projeto gráfico de um possível anúncio.

Colocou tudo no painel semântico, sentou e abriu o site inativo no computador, no tablet e no celular.

— Eu realmente quero aquelas fotos das etapas, desde a argila até o objeto finalizado. Um vídeo em câmera rápida ficaria muito legal, né?

Não faria mal algum ter fotografias do vilarejo na aba de biografia da artista, refletiu. Sonya poderia tirar algumas fotos com seu celular por lá, depois as passaria para o computador e veria como ficaria.

O essencial do processo ficaria ótimo em um celular, pensou, passando pelas imagens em seu telefone. A tipografia, as cores e formas. Lógico, haveria fotos para baixar, o carrinho de compras para configurar, mas, sim, coisas essenciais.

Satisfeita, redigiu um e-mail para Anna e enviou os links.

Se ela não gostasse do resultado, bem, ela estaria errada, mas tinha esse direito.

Sonya desligou o tablet e o deixou carregando. Pegou seu celular e foi para o quarto.

Onde o fogo na lareira crepitava.

Ela não se lembrava de ter acendido *aquela* lareira. E, com toda a certeza, não se lembrava de ter arrumado a cama.

Pressionando os olhos com os dedos, fez um esforço para respirar com calma diante do nervosismo súbito.

Ela só precisava dar uma saída e respirar ar puro. Caminhar lá fora.

Depois de um banho, se sentiu mais calma e optou por vestir um suéter verde-escuro e um colete de lã cinza. Maquiou-se sem pressa. Planejava conhecer alguns lojistas e moradores locais, então, precisava estar arrumada, para causar uma boa primeira impressão.

Melhor, definitivamente melhor, ela pensou. Sua aparência era amigável, profissional. E equilibrada.

Fazendo questão de memorizar o ato, apagou a lareira. Lá embaixo, pegou o casaco e o gorro e ajeitou um pouco mais o cachecol. Não só para se manter aquecida, mas também para ficar estilosa.

Quando estava prestes a pegar as luvas, ouviu o ranger de uma porta se abrindo — ou fechando. Sem se importar com aquilo, pegou as chaves de casa e saiu.

O ar puro — e frio — a atingiu em cheio, um vento intenso soprando do mar. A vista do horizonte infinito, o som maravilhosamente impetuoso da água se chocando contra a faixa costeira rochosa... Sonya se sentiu cheia de contentamento.

Ela precisava sair mais, nem que fosse só para uma caminhada. Atravessou a calçada até o carro, agradecendo em pensamento a John Dee por ter limpado todo o acesso depois da tempestade de neve.

A estrada também não estava tão ruim, ela notou enquanto navegava cuidadosamente pelas curvas. Em algum momento, teria que dar uma conferida na caminhonete dentro da garagem. Mas por enquanto o carro estava se saindo muito bem.

Tinha uma hora e meia antes do compromisso com o sr. Doyle, e decidiu que faria bom uso do tempo.

Sonya gostou dos vislumbres que teve da enseada e do vilarejo enquanto descia a estrada, além do farol branco com telhado vermelho na extremidade mais distante.

Ali estava algo que valia a pena visitar depois — talvez quando o clima estivesse mais ameno. Naquele dia, ela encontraria um local para estacionar e daria um pulo em algumas lojas. Conheceria algumas pessoas e compraria uma coisinha ou outra, para mostrar que apoiava o comércio local.

Poderia almoçar por ali. Será que a pizzaria vendia fatias? Ela ficaria feliz com uma fatia de pizza.

Ela dirigiria rumo à baía e tiraria algumas fotos. Possivelmente para o site de Anna — caramba, até para o site dela mesma. Mas, acima de tudo, para enviar para a mãe e Cleo.

À medida que seguia até o vilarejo, ela suspirava de alegria. Era exatamente do que precisava. Pessoas, lugares e movimento. Depois de apenas alguns dias na mansão, já tinha começado a entender como seria fácil se tornar uma pessoa reclusa — como o tio havia sido.

Com tudo por lá — espaço amplo, a vista deslumbrante, o inverno rugindo do lado de fora —, por que não permanecer naquele ambiente sossegado e acolhedor?

E continuar falando sozinha, pensou Sonya.

A pessoa que cuidou da limpeza das ruas tinha feito um bom serviço, e foi possível estacionar na calçada bem em frente à livraria.

Decidiu anotar os nomes dos comércios da cidade. Daria uma conferida nos sites e nas redes sociais. Quem sabe?

Uma mulher com uma biblioteca de dois andares dificilmente precisava de livros, mas, na cabeça de Sonya, nada mantinha a trama de uma comunidade mais coesa do que uma livraria.

Ela avaliou o letreiro — a placa era bem-feita em termos gráficos — e subiu os três degraus para o alpendre coberto. Sinos tocaram assim que ela abriu a porta.

O lugar cheirava a livros, café e casca de laranja fresca.

O longo balcão à esquerda abrigava uma pequena cafeteria, o caixa e uma estação de trabalho com um monitor. À direita, muitos livros dispostos em estantes independentes, alguns em pilhas bem equilibradas sobre as mesas. Junto a eles havia expositores para marcadores de livros e cartões comemorativos.

Uma mulher de cabelo castanho com mechas claras, preso em um rabo de cavalo bem alto, olhou para Sonya do monitor.

— Oi, bem-vinda a A Bookstore. Posso te ajudar em alguma coisa?

— Obrigada, vou só dar uma olhadinha. — Ela foi até o balcão e estendeu a mão. — Me chamo Sonya MacTavish. Estou morando na mansão.

— Ah, sim. Você é a sobrinha de Collin Poole. — A mulher desceu da banqueta e cumprimentou Sonya com um aperto de mão. — É um prazer te conhecer! Diana Rowe. Todo mundo aqui estava se perguntando quando você viria à vila. O que acha de um café, chá ou chocolate quente? Por conta da casa.

— Eu adoraria um café.

— O *mocha* de chocolate branco é nosso sabor do mês.

— Quem sou eu para recusar algo assim? Sua livraria é bem legal.

— Tem mais nos fundos. Livros, lógico — disse ela, enquanto ia até a cafeteria. — E outras coisinhas que combinam com o ambiente. Velas de soja artesanais, camisetas e ecobags para livros. Sinta-se à vontade para dar uma olhada. Essa é minha sócia, Anita; esta é a Sonya, sobrinha de Collin Poole.

— Ah! Bem que eu vi. Você tem os olhos do seu tio. Bem-vinda a Poole's Bay, Sonya.

— Obrigada.

Anita tinha o cabelo volumoso e comprido, castanho-claro, e um aperto de mão firme.

— Está se adaptando? A mansão é um lugar incrível.

— É mesmo. E estou começando a me adaptar.

— A biblioteca! — comentou Anita, em tom reverente.

— É meu cômodo favorito — disse Sonya.

— Collin lia bastante. — Diana chegou com o café por trás do balcão e o ofereceu. — Ele costumava vir aqui pelo menos duas vezes por mês. Não muito nos últimos anos.

— Ele sempre ligava para encomendar alguma coisa — continuou Anita. — Deuce Doyle, que é quem cuida do patrimônio e você já conheceu, passava para buscar e levar os livros pra ele. Ou o Trey, filho do Deuce, fazia isso quando o pai não podia.

— Sei que você não chegou a conhecê-lo — disse Diana —, mas seu tio era muito querido. Nós adorávamos ele, não é, Anita?

— Sim! Sentimos muita falta dele. Quer dar uma olhadinha no restante da loja?

Quando a porta foi aberta e os sinos tocaram, Diana gesticulou para que seguissem em frente.

— Pode deixar que eu atendo.

— Você é designer gráfica, não é?

— Sou, sim. Nossa, que lindo.

Duas poltronas aconchegantes estavam diante de uma lareira elétrica. Mais livros, e uma seção infantil com algumas cadeiras pequeninas. Um armário de canto aberto expunha velas artesanais e difusores. Outro continha camisetas coloridas e bolsas para livros.

— Vocês têm mais espaço do que pensei vendo pelo lado de fora. E conseguiram deixar tudo bem aconchegante. — Depois de bebericar um gole de café, Sonya arqueou as sobrancelhas. — Onde esta coisa deliciosa esteve durante toda a minha vida?

— Diana tem o dom. O café é torrado localmente. O povo de Poole's Bay se apoia. Já conheceu seus primos?

— Ainda não.

— Você nem deve ter tido tempo de desfazer as malas, né? Bem, os Poole ainda fabricam os melhores veleiros do Maine, na minha opinião. Barcos de fibra de vidro e outros materiais também, mas eles mantêm a tradição do fundador. Enfim, agora vou te deixar em paz para dar uma olhadinha por aí. Se precisar de alguma coisa, é só chamar a mim ou a Diana.

Sonya acabou saindo dali com três livros, dois marcadores de páginas e uma ecobag bonita para carregar tudo.

Ela comeu uma fatia de pizza — maravilhosa — no balcão da pizzaria, conversando com o pizzaiolo responsável, que jogava a massa para cima em busca da aprovação da clientela do almoço.

Ela passou na loja de presentes que vendia as peças de cerâmica de Anna e bateu um papo sobre o tio com o subgerente, que lhe vendeu um dos vasos de Anna. Um vaso de verdade, que exibiria Xena com perfeição.

Outra parada lhe rendeu um cachecol de tricô do qual não precisava, mas era tão macio e bonito que ela teve que comprar. Além disso, tinha feito mais um contato, mais um momento de bate-papo antes que dirigisse até a enseada.

Sonya ficou parada sentindo a brisa de inverno, tirando fotos e observando barcos e boias oscilando nas ondas. A vista da mansão no alto do penhasco ao norte era deslumbrante.

Ao sul, com o farol acima, havia os prédios de tijolos aparentes que davam lugar à empresa de construção naval dos Poole.

Iria até lá um outro dia, talvez. Afinal, ela não fazia ideia de como os "primos" se sentiam com o fato de ela ter herdado tanta coisa.

Daria um pouco mais de tempo, um pouco mais de privacidade.

Talvez Oliver Doyle pudesse orientá-la melhor sobre o assunto, sobre eles.

Sonya olhou de relance para o telefone. E percebeu que estava mais do que na hora de descobrir aquelas coisas.

Sob uma nova rajada de vento, ela voltou para o carro e pegou o caminho até o local de seu compromisso.

Capítulo nove

O lado bom das cidades pequenas, Sonya descobriu, era que era preciso se esforçar muito para se perder.

Um quarteirão a oeste da High Street, e lá estava ela.

O escritório de advocacia ficava na esquina, em outro edifício de estilo vitoriano.

Não tinha o tamanho ou a magnitude da mansão, mas ainda assim era encantador.

As paredes do incrível prédio de três andares eram verde-sálvia e as molduras na cor creme. Um alpendre coberto ficava de um lado das portas de entrada e uma torre oblíqua do outro.

Os telhados eram pontiagudos, formando um par de sótãos, no que ela considerou como sendo uma torrezinha no lado mais distante do terceiro andar.

Devia ser o apartamento de Trey, ela pensou, e possivelmente tinha uma vista maravilhosa da enseada, dos limites do vilarejo e do farol.

Tinham cedido uma vaga para Sonya no estacionamento, mas, como parecia quase lotado, ela acabou encostando o carro na calçada e seguiu pelo caminho até a escadaria curta com corrimãos em ambos os lados.

Sem sombra de dúvidas, aquele lugar já havia sido uma residência, e, se tivesse continuado assim, ela teria batido à porta. No entanto, lembrando que era uma empresa, testou a maçaneta da porta.

E adentrou um ambiente com um burburinho de escritório.

A indispensável lareira crepitava e as inúmeras janelas ofereciam ainda mais claridade.

Dava para ver que tinham se preocupado em manter ali o aconchego de um lar, ainda que a carpintaria em madeira escura e as poltronas em estofado vinho e azul-marinho dessem o toque de sobriedade. Uma mulher na casa dos 50 anos estava sentada à mesa da recepção. Mesmo que estivesse havia poucos dias na mansão, Sonya soube reconhecer a peça de mobília como uma antiguidade.

A mulher tinha o cabelo grisalho em um corte curto, maxilar e queixo definidos e óculos de leitura posicionados na ponta do nariz.

Os dedos que voavam no teclado — não havia como definir de outra maneira — pausaram.

— Boa tarde.

E ali estava, Sonya pensou, o sotaque do leste que ela tanto queria ouvir.

— Boa tarde, tudo bem? Eu sou Sonya MacTavish. Tenho um horário marcado com o senhor Doyle às três. O segundo sr. Doyle.

— Você se parece com Collin. Tem os olhos verdes da família. Mas é melhor ganhar um pouquinho mais de peso, se não quiser sair voando com um vento mais forte. Sente-se. Vou avisar ao Deuce que você chegou.

— Obrigada.

Sonya escolheu uma poltrona e reparou em outra mesa — sem ninguém, no momento — do outro lado da sala.

— Eia, a sobrinha de Collin está aqui — disse a mulher, fazendo com que Sonya tivesse que conter o sorriso.

Ela desligou o telefone e, quando se levantou, Sonya deduziu que estivesse sentada em almofadas, já que mal tinha um metro e meio de altura.

— Vou acompanhar você.

— Obrigada. A senhora conheceu o meu tio?

— Lógico. Nós estudamos juntos.

Ela a conduziu por um corredor largo e parou diante de duas portas corrediças.

— Foi o primeiro garoto que beijei. Nenhum dos dois gostou de verdade, mas a gente só sabe dessas coisas quando experimenta. — Ela abriu as portas. — Você não vai tomar café até que tenha bebido o chá todinho. E vou ficar sabendo se mentir pra mim.

Deuce empurrou os óculos para a posição correta no nariz.

— Eu bebi, Sadie, e está tão horrível quanto da última vez que tomei.

Ela ficou parada ao umbral da porta, encarando o homem. Em seguida, assentiu.

— Certo, muito bem. Vou trazer um café, então. E você, como quer o seu? — perguntou ela a Sonya.

— Para dizer a verdade, acabei de tomar um café na livraria...

— Água, então. Pra se manter hidratada.

Deuce se levantou enquanto Sadie saía.

— Sadie comanda minha vida aqui, e minha esposa comanda em casa. O que eu preciso é passar uns dias isolado numa cabana de caça. — Ele cruzou a sala e segurou as mãos de Sonya. — Peço desculpas por não ter ido até a mansão lhe dar boas-vindas.

— Está tudo bem. Fico feliz que esteja se sentindo melhor.

— Foi só um resfriado, mas, de acordo com as duas mulheres que comandam a minha vida, daria pra se pensar que eu estava com peste bubônica. Sente-se. Me diga como você está.

Ele se acomodou em uma das duas poltronas de frente para a mesa.

— Me disseram que você está fazendo um trabalho pra Anna.

— Pois é. Hoje mesmo mandei umas opções de projeto para ela. Mas vim aqui agradecer a você, e à sua família, por tudo que fizeram por mim.

— Collin teria feito o mesmo por mim. Mas, me diga, o que achou da mansão?

— Sei que é bem clichê, mas as fotos não fazem jus à beleza. A pintura do meu pai...

Ele estendeu a mão e segurou a de Sonya.

— Pra ser sincero, não tinha reparado que era uma obra do seu pai, e não sei como isso me passou despercebido. Sempre achei que Collin tivesse pintado aquele quadro.

— O estilo dos dois era muito parecido.

— Gostaria de poder dizer como e quando Collin comprou, mas não sei. Estávamos com uns vinte e poucos anos quando Collin se mudou para a mansão. E, sendo honesto, não me lembro de aquele quadro não estar no escritório dele desde que ele começou a usá-lo.

Sadie voltou com uma caneca de café e um copo de água.

— Sadie, Collin e eu estudamos juntos.

— Eu tentei namorar com os dois. Não funcionou nem com um nem com outro. No fim das contas, acabei percebendo que gosto mesmo é de mulher. — Ela saiu e fechou a porta.

Deuce balançou a cabeça.

— Ela marcha no ritmo dela... e leva você junto. Mas eu não seria ninguém sem essa mulher gerenciando tudo. Ela e Maureen estão juntas há quase trinta anos. Estavam entre as poucas pessoas que realmente fizeram companhia a Collin nos últimos quatro ou cinco anos, então, talvez as duas possam preencher algumas lacunas, caso você queira.

— Ela é um pouco assustadora, mas posso arriscar depois.

— Pouco? Você está sendo delicada — disse ele, com uma risada. — Mas Sadie adorava seu tio. Ah... Trey te passou as informações sobre os bancos da cidade, médicos e tudo mais. Você precisa de alguma ajuda?

— Vou abrir uma conta esta semana. Era para eu ter feito isso hoje, mas resolvi só dar uma... olhada por aí. Vou usar o mesmo banco que meu tio usava. Parece mais simples.

— Excelente escolha. E soube que você montou seu escritório na biblioteca! Outra escolha genial. É um cômodo magnífico.

— De fato. Tudo naquela casa é. Não sei como lidar com isso. Quer dizer, não pensei que fosse amar tanto. E, ao mesmo tempo, é tudo tão intimidador.

— É mais ou menos o que sinto em relação a Sadie. Você está preocupada por ficar lá sozinha?

— Não exatamente. Eu gosto do sossego, e ficar sozinha me ajuda a concentrar no meu trabalho, que, se Deus quiser, vai expandir. Queria perguntar sobre os Poole, os primos, se ficou algum ressentimento deles em relação a mim e à herança. Não é só por causa da mansão, que já é valiosíssima, mas por causa do dinheiro.

— Collin deixou tudo para eles, com exceção dos seus 5% em ações da empresa, e isso é bem substancial. Nenhum deles, nem mesmo os advogados, questionaram as cláusulas do testamento. Owen, a quem conheço muito bem, e que é um grande amigo de Trey, administra os negócios da família aqui. A parte prática, por assim dizer. O primo dele, e seu também, cuida da publicidade, outro cuida do negócio em si, outro dos designs, e ainda tem o que mora em Londres e administra a filial de lá. Sua participação na empresa é mínima, Sonya, e não muda nada para qualquer um deles.

— Ah, que bom, então. Não quero ressentimentos. Acho que eu devo saber mais sobre a história da família.

— Posso ajudar com isso. Eu fiz um livro para Collin, está no escritório dele. Deve ter também uma versão digital da árvore genealógica da família em alguma pasta do computador. Tem também um livro de registro familiar, na biblioteca, mas não é muito preciso. — Ele gesticulou para Sonya. — Já que você está bem aqui.

— Por que você acha que eles fizeram isso, sr. Doyle? Por que separaram os irmãos?

— Patricia Youngsboro se casou com Michael Poole e, como alguns agregados da família, se tornou fanática pelo sobrenome. Embora tenha se recusado a morar na mansão.

— Sério?

— Até onde sei, ela nunca colocou os pés lá. Ela era uma mulher severa, Sonya. Imagino que tenha levado Collin e o deixado aos cuidados da filha dela apenas para manter a linhagem intacta. Ela não tinha qualquer motivo para ficar com os dois bebês, pelo menos não na cabeça dela.

— Mas algumas pessoas sabiam.

— O dinheiro pode esconder muita coisa. A história divulgada, e na qual Collin acreditou pelas primeiras décadas de vida, foi que ele nasceu fora do casamento e que o pai havia morrido no Vietnã antes que pudesse se casar com a mãe. Gretta foi uma mãe diligente.

— Diligente?

— Subjugada por uma mãe dominadora. Nunca se casou. Collin foi criado na casa de sua avó, onde ele e a mãe moravam. O avô tinha pouco interesse nos negócios, mas Patricia compensou isso mais do que o suficiente. Michael viajava o tempo todo, se entregando ao que mais gostava: mulheres, bebida e aventuras. Ele pilotava aviões, saltava deles, disputava corridas de barco, mergulhava e escalava montanhas. Ele morreu aos 58 anos enquanto escalava em Denali, no Alasca.

— Senhor Doyle...

— Me chame de Deuce. Sr. Doyle ou Oliver pode acabar causando confusão por aqui.

— Deuce. Você disse antes que ela, Patricia, se recusou a morar na mansão e que a manteve fechada por anos. Por que ela não a vendeu?

— Pelo simples fato de que não era dela para vender. Michael deixou a mansão para o filho, Charles, e ele, por sua vez, deixou para o irmão, Lawrence.

— Entendi. Vou dar uma olhada minuciosa no livro e também na árvore genealógica. A filha... a mulher que criou Collin... ainda está viva?

— Sim, mas não está bem de saúde. Ela está com Alzheimer, que acabou gerando demência. Ela vive em uma clínica de repouso especializada para pacientes com perda de memória, em Ogunquit. Mesmo que ela não o reconhecesse mais, Collin a visitava duas vezes por mês. Ela foi uma mãe diligente — reafirmou Deuce —, mas ao mesmo tempo uma mulher infeliz, que sofria de depressão e enxaquecas, e que, à medida que envelhecia, passou a enfrentar uma ansiedade social extrema.

— Patricia Poole deixou uma marca duradoura.

— Exatamente.

Sonya começava a enxergar uma dinâmica familiar conturbada.

— Sou muito grata por tudo que você está fazendo, e por tentar me ajudar a entender o que, obviamente, é uma história familiar complicada.

— Você é a sobrinha do meu melhor amigo. Estou mais do que disposto a responder tudo que eu puder. Assim como fiz com o seu avô.

— Como é?

— O pai do seu pai me ligou. Ele e sua avó estão muito chateados, o que é compreensível, com a descoberta de que o filho tinha um irmão do qual nunca ficaram sabendo no ato da adoção.

— E estão bravos.

— O que também é compreensível. No entanto, neste momento, tenho a sensação de que a maior preocupação deles é com você. Se está segura e sendo bem cuidada aqui.

— Ah, bem…

— Estou prestes a ter minha primeira neta. — Ele sorriu ao dizer isso. — Então, tenho um vislumbre desse tipo de preocupação. Seus avós e eu tivemos uma ótima conversa. Considerando tudo, Sonya, acho que seu pai foi o irmão mais sortudo nessa história toda. Acredito que dificilmente "diligente" seria o adjetivo que você usaria para descrever sua avó, a mulher que criou seu pai.

— Não mesmo. Minha avó sempre foi amorosa e solidária, com ele, com a minha mãe e comigo. Vou ligar para eles quando chegar em casa. — Ela se levantou. — Deuce, preciso de um pouco mais de tempo para me organizar, mas gostaria de convidar você e sua família para jantarem comigo em breve.

— Será um prazer.

— Assim espero. Não sou lá muito boa de cozinha, mas vou me esforçar. Ah, mais uma coisa… Se eu ficar por aqui, acho que vou adotar um cachorro. Gosto do silêncio, não me importo de ficar sozinha, mas, às vezes, é bom ter barulho e companhia por perto. Tem algum abrigo de animais na região?

— Tem, sim. O cachorro de Trey veio de um abrigo. Posso te passar o contato.

— Agradeço muito. — Ela estendeu a mão. — De verdade.

— Você deu um salto no escuro, Sonya. Admiro muito isso.

Quando Deuce a acompanhou até a porta, um homem estava sentado à segunda mesa. Devia ter a mesma idade dela, Sonya deduziu. Um homem muito bonito de blazer e suéter, que usava tranças twists curtas.

Outro homem estava às suas costas, espiando por cima do ombro, e ali não havia como confundir a semelhança. *Aquele* Doyle tinha cara de advogado, da ponta da cabeleira abundante e branca como a neve à ponta dos sapatos sociais engraxados. Ele usava um elegante conjunto de terno risca de giz cinza-escuro.

— Agora, sim, é o que estamos procurando, Eddie! — Ele deu um tapinha no ombro do homem à mesa.

Ele olhou para cima e ajeitou os óculos de armação escura, lançando a Sonya um olhar demorado.

— Você deve ser Sonya MacTavish. — Ele se aproximou, segurou a mão dela e deu um aperto breve e firme. — Ace Doyle. Você é uma belezura, hein?

Ela nunca havia pensado em si daquela forma, mas sentiu o sorriso se espalhar pelo rosto.

— Você também.

Ele riu com gosto.

— Rápida no gatilho também.

Ele tinha olhos azuis, deslumbrantes mesmo por trás das lentes bifocais, com as sobrancelhas pretas e angulosas acima. Devia estar com uns setenta e tantos anos, talvez no início dos oitenta, mas, assim como o filho, aparentava bem menos.

— Está gostando da mansão? Todo mundo lá está te tratando bem?

— Estou gostando muito, mas sou só eu por lá.

Ele deu uma piscadela.

— Nunca é só você na Mansão da Noiva Fantasma.

— Ace.

Então, sorriu para o filho.

— Ora, fantasmas são apenas pessoas que não estão prontas ou não foram capazes de seguir em frente ou recomeçar. Pode apostar que vou assombrar este escritório quando chegar a minha vez. — Ele apontou para Sadie. — Já vai se acostumando.

— Você já assombra este lugar.

Diante da resposta seca dela, ele soltou outra gargalhada.

— Me ligue da próxima vez que vier à vila. Vou te levar para almoçar. Gosto de levar moças bonitas para almoçar, me deixa com a mente afiada. Eddie, dê um oi para a sobrinha de Collin Poole. Eddie é minha vítima mais recente.

— Oi — disse ele, e sorriu para Sonya. — Ace, você tem uma reunião por videochamada em cinco minutos.

— Trabalho, trabalho, trabalho. — Ele deu à mão de Sonya mais um aperto breve e firme. — Não suma, hein?

Ele saiu dali transbordando energia.

— Uau — Sonya começou a dizer —, ele é...

— Uma figura? — concluiu Deuce.

— Eu ia dizer incrível.

— E mais uma cai nos feitiços de Ace. Fica esperta, senão ele vai arrancar toda a sua história e seus segredos mais profundos em menos de cinco minutos.

— Aposto que ele conseguiria mesmo. Obrigada mais uma vez, Deuce. Acho que é melhor eu voltar para a minha mansão mal-assombrada.

Ela percebeu, assim que saiu, que não era totalmente brincadeira. E que era melhor deixar o assunto de lado.

Depois de dar uma conferida no horário, Deuce deu meia-volta, passou pela sala do pai, pela da assistente do filho, onde Jill digitava em um teclado, e entrou no que já havia sido a cozinha da casa onde cresceu. O cômodo fora transformado no escritório de Trey e tinha vista para o quintal. Trey estava sentado à mesa que Collin lhe deu de presente quando passou no exame da Ordem dos Advogados. Uma mesa do sótão da mansão, que o próprio Trey havia restaurado com o maior amor.

Trey ergueu o dedo indicador enquanto falava ao telefone, então, Deuce se sentou. Assim que o fez, o cachorro que cochilava ao lado da mesa se levantou, se espreguiçou com vontade e foi em busca de carinho.

Enquanto acariciava as orelhas de Mookie, Deuce lembrou-se da mão à beira do velho fogão, mexendo na panela o mingau de aveia que supostamente lhe daria sustância para caminhar até a escola. Viu a si mesmo sentado ao lado do pai à mesa da cozinha, tomando sua primeira cerveja — legalmente.

Viu ele e Collin roubando biscoitos do pote em cima da bancada. No local onde a bancada esteve, agora havia uma estante cheia de livros de direito.

Era uma casa muito boa, ele pensou, e, como as casas boas deveriam ser, era repleta de lembranças. Agora ela era usada para outro fim, criando novas recordações que tinham quase a idade de seu filho.

E ele estava mais do que feliz por isso.

Trey encerrou a chamada e soltou um longo suspiro.

— Heidi Gish levou outra multa por excesso de velocidade.

— Pé de chumbo.

— Ela quer processar o policial rodoviário que fez o flagrante a mais de 150 quilômetros por hora porque, segundo ela, o cara foi grosso. Ela vai ter a carteira suspensa desta vez. E não está nem aí pra isso nem pra nada. Só que agora vai custar mais caro tentar reverter judicialmente do que aceitar. Enfim. Como foi seu dia?

— Acabei de me encontrar com Sonya.

— Ah, é. — Trey conferiu o relógio. — Tinha me esquecido disso.

— Não dá pra criticar a forma como ela está lidando com tudo. Mas, no fundo, estou irritado com meu falecido amigo por não ter entrado em contato com ela, explicado a situação e respondido todas as perguntas possíveis antes de morrer.

— Talvez ele tivesse feito isso mais tarde. Ele deve ter pensado que teria mais tempo.

— Será?

Trey se recostou na cadeira.

— Pai, não há nada que aponte que a morte dele não tenha sido um acidente.

— Nada além de olhar as coisas em retrospecto. Nas últimas conversas que tivemos… — Distraidamente, Deuce acariciou a cabeça de Mookie quando o cachorro se apoiou em seu joelho. — Eu te disse, ele sempre falava dela, me pediu para convencê-la a vir aqui, de assumir a mansão. Ele não estava triste, e eu nunca cogitei que tivesse pensamentos suicidas, mas ele estava… ausente, de certa forma. Como se já tivesse partido deste plano. Ainda assim, eu não consegui convencê-lo a entrar em contato com Sonya. Ele apenas sorria e me dizia que faria isso quando chegasse a hora.

— O que mais uma vez nos leva a crer que ele devia pensar que teria mais tempo.

Deuce apenas assentiu.

— É. Enfim. Você vai continuar cuidando dela.

— Eu não chamaria dessa forma. Aposto que ela não gostaria disso também.

— Tem razão. Mas continue vendo como ela está de vez em quando. — Ele segurou o rosto do cachorro e fez uma carícia. — Leve esse carinha aqui na próxima visita. Ela me disse que está pensando em adotar um cachorro. Passe as informações de onde arranjou esse vira-lata aqui.

— Pode deixar.

— Ótimo. Agora vou te deixar trabalhar em paz.

— Pai — disse Trey, assim que o pai se levantou. — Ela me parece uma mulher bem autossuficiente.

— Sim. E precisará ser mesmo.

O telefone de Sonya tocou assim que ela chegou à mansão. Ela o atendeu enquanto estacionava o carro, e prendeu o fôlego ao ver o nome de Anna na tela.

— Oi, Anna.

— Oi, Sonya. Tudo bem? Eu estava trabalhando, por isso não atendi sua ligação. Daí, quando eu peguei o celular e olhei pra tudo aquilo, tive que olhar de novo. E de novo. Eu amei! Você é um gênio!

Sonya soltou um longo suspiro.

— Isso é verdade, mas é sempre bom ter minha genialidade reconhecida, lógico.

— Eu quero a primeira opção, o pacote completo. Amei as cores, o estilo minimalista que ainda consegue passar uma vibe amigável. E, caramba, tudo fica lindo no meu celular!

Sonya ergueu um punho em comemoração, porque também esperava que a escolha fosse a primeira opção.

— Vou te colocar no viva-voz, ok? Estou tirando as sacolas de compras do carro.

— Ah, posso te ligar depois.

— Não, não. Tudo bem. — Ela pegou as sacolas do banco traseiro e teve que equilibrar tudo, além do celular, enquanto procurava as chaves da casa na bolsa. — Preciso que você me mande todas as fotos e descrições para criar as páginas na aba da loja, e depois criar o carrinho de compras. Precisamos finalizar o texto da sua bio também e por aí vai... Aquela listinha que te dei, e, daí, estaremos prontas para...

Ela interrompeu as palavras quando algo chamou sua atenção. Assim como no primeiro dia, ela avistou uma sombra à janela. Sonya podia jurar que a cortina se moveu. Pouco depois, ao mudar uma sacola de mão, a sombra desapareceu.

— Prontas para...?

— Desculpa, eu me distraí.

Deve ter sido somente por causa do ângulo em que a luz incidia na janela, Sonya refletiu, e seguiu em direção ao pórtico de entrada.

— Prontas para lançar nas redes sociais.

— Ai, esse é meu ponto fraco.

— Posso colocar tudo para funcionar e manter atualizado para você. Desde que você me passe todas as informações. Mas você precisa estar presente nas redes.

Ela abriu a porta e largou as sacolas.

— Vamos começar com fotografias — disse ela, se livrando do casaco — e com a biografia.

— Arrastei a minha mãe para o ateliê hoje, para que ela tirasse fotos minhas na roda e modelando uma peça até a queima. Ela é uma fotógrafa sensacional. Alguns trabalhos dela estão na mesma lojinha onde vendo os meus.

— Eu passei na loja hoje e comprei um dos seus vasos.

— Obaaa!

— Me manda as fotos, ok? — Após pendurar o casaco, Sonya voltou para buscar as sacolas e subiu as escadas. — Vamos começar por aí, e então eu finalizo o projeto dos panfletos.

Quando entrou no quarto, ela sentiu na hora o cheiro de perfume. O novo que ela havia comprado depois que jogou fora o que Brandon tinha dado de presente no Dia dos Namorados do ano anterior.

O frasco estava ao lado dos outros três que serviam de decoração, e não ao lado do espelho de mão prateado.

— Sonya?

— Desculpa, eu não te ouvi.

— Deve ser porque estou falando muito e bem rápido. Me manda o contrato. Estou de acordo com o pacote completo, e vou te enviar as fotos. Vou pedir ajuda ao meu marido com o texto da biografia. Ele escreve a maior parte dos textos publicitários do hotel.

Sonya foi até a cômoda e recolocou o perfume no lugar onde ela queria. Estava meio grogue de manhã, ela pensou. Tinha andado bem avoada nos últimos tempos.

— Vou te enviar à tarde. É bom você pedir aos seus três advogados bonitões para darem uma olhada. Posso resolver a parte da impressão dos seus cartões de visita, se você quiser.

— Já conheço alguém que faz isso para o hotel, então não é problema. Tudo está sendo melhor e mais fácil do que imaginei, Sonya. E muito mais rápido. Eu amei tudo, de verdade.

— Você vai amar ainda mais quando estiver tudo finalizado. Me manda as fotos que você já tem. Vamos precisar de uma das peças que você produziu hoje quando estiver pronta.

— Deve ficar pronta em algum momento amanhã, mas vou te enviar o restante. A gente se fala mais tarde.

— Maravilha. Até mais.

Depois de uma dancinha da vitória, Sonya desembrulhou a tigela que queria para a mesa do segundo andar da biblioteca e a vela que comprou para a pia do banheiro.

Tirou um dos livros da sacola e o colocou sobre a mesa de cabeceira junto de um marcador de páginas. Após pegar o cachecol para guardar lá embaixo, levou os outros livros e a tigela para a biblioteca.

Em vez de pôr os livros em uma prateleira da estante, os colocou em uma mesinha ao lado do sofá, e, já que iria trabalhar, ajeitou a lenha e acendeu o fogo.

Sonya levou a tigela para o segundo piso, admirou o visual e desceu de novo para buscar uma Coca-Cola na cozinha.

— Meu Deus, este lugar tem tanta escada! Acho que nem vou precisar de academia se continuar subindo e descendo isso tudo todo dia.

O lado dela que queria explorar o que ela ainda considerava como passagens secretas duelava contra o lado que temia ficar presa em algum lugar por lá. De alguma forma.

— Talvez amanhã. Vou levar meu celular, e, se eu ficar presa, posso ligar para alguém me ajudar. Vou me sentir uma idiota, mas e daí?

Além disso, ela precisava dar uma boa olhada no que estava guardado em todos aqueles depósitos.

No final de semana, ela disse a si mesma. Como uma profissional. Semana de trabalho, final de semana.

— Vou começar a descer e subir lá no sábado.

À medida que subia as escadas para ir trabalhar, uma música começou a tocar.

Elton John entoou:

Está ficando tarde, você viu meus amigos?

Mãe, me avise quando os garotos chegarem aqui.

— Ah, pelo amor de Deus!

Ela subiu correndo o restante dos degraus e seguiu para a biblioteca.

Sir Elton John ainda cantava a plenos pulmões no iPad.

— Qual é o seu problema? E que volume é esse?! Meu Deus! — Ela abaixou o volume e, balançando a cabeça, se sentou.

Ok, tudo bem, ela teria colocado música de qualquer maneira. Antes de tudo, ela baixou todas as fotos que Anna tinha acabado de enviar.

— Aí, sim! Estas estão ótimas. Na verdade, estão perfeitas. Exatamente o que eu quero. Bom trabalho, mãe da Anna. Então, aqui vamos nós.

Ela abriu o arquivo do contrato e o enviou, voltando a se concentrar nas fotos.

À medida que avançava no layout, ela se deu conta de que cantarolava a música.

— Sábado, sábado, sábado... — Ela se interrompeu e encarou o tablet. — Isso é estranho, não é? Tipo, esquisito pra caramba que eu estava pensando no sábado e essa música começou a tocar.

Ela sentiu um frio na barriga e esfregou as coxas.

— É só uma música... Uma música e um aplicativo bugado. Tenho que me concentrar no trabalho.

E, dessa vez, ela não tinha certeza se estava falando apenas consigo mesma.

* * *

Naquela noite, o relógio soou às três horas. Sonya sonhou que estava caminhando pelos longos corredores da mansão enquanto em algum lugar ecoava o som do choro de uma mulher.

No sonho, ela estava diante de um espelho emoldurado com figuras de predadores que pareciam rosnar e dar o bote. Mas, em vez de ver seu próprio reflexo no espelho, ela viu o de outra pessoa.

No sonho, viu uma mulher de cabelo castanho-escuro, tão longo que quase alcançava a cintura da camisola comprida e branca.

Enquanto observava, a mulher saiu pelas grandes portas da mansão em meio a uma nevasca. No sonho, Sonya ouvia o ruído estrondoso das águas e o uivo indomável do vento, mas a mulher, sorrindo, caminhava pela neve com os pés descalços.

Outra mulher esperava ao quebra-mar, trajando um vestido preto que o vento sequer parecia tocar, o cabelo escuro caindo às costas como ondas.

As duas conversavam, mas Sonya não conseguia ouvir suas vozes. Ela apenas enxergava a fúria no olhar da segunda mulher e o medo na de cabelo castanho quando a mulher sombria agarrou suas mãos.

De repente, a jovem que trajava a camisola tremia de frio e tentava correr de volta para a mansão, com pés descalços que deviam estar congelando.

A mansão obscurecida contra a neve rodopiante, com suas grandes portas firmemente fechadas.

Ela caiu enquanto a outra observava. Seus lábios foram se tornando azuis conforme se esforçava para se levantar, apenas para cair outra vez.

Os olhos verdes, como os dos Poole, derramavam lágrimas que se transformavam em gelo em suas bochechas.

Ela caiu uma última vez, a neve a cobrindo como um sudário.

No sonho, Sonya caminhou de volta pelos longos corredores e se deitou na cama novamente.

Ela se debateu em seu sono. E chorou.

Capítulo dez

Pela manhã, Sonya já havia se esquecido do sonho. Ela acordou ansiosa para trabalhar. Começou a rotina matinal com café, sentada ao balcão com seu tablet.

Mais um pedido de orçamento tinha chegado por e-mail. Uma recomendação do pessoal da Baby Mine — abençoados sejam.

Com os dedos mentalmente cruzados, Sonya respondeu.

O e-mail seguinte era de Trey, com informações sobre uma ONG de resgate de animais.

> Eles têm fotos, e informam tudo que sabem da história do cachorro. Essa ONG é só de cachorros. Idades, temperamento, raças (ou o mais perto disso possível). Mookie e eu gostamos muito deles. Eles são de âmbito nacional, mas Lucy Cabot trabalha com o pessoal do condado e ainda acolhe animais em sua casa em Poole's Bay. Me avise se você quiser/precisar de mais infos.
>
> Trey

Ela pairou o cursor sobre o link, quase clicou. Então, recuou.

> Obrigada. Não vou nem dar uma olhada, porque sou molenga e ainda preciso de um tempo pra me organizar antes de adotar um cachorro. Que acabei de perceber que quero desesperadamente. Espero conseguir me segurar e não espiar as fotos por uma semana.

Além disso, comentei com o seu pai que gostaria de convidar toda a sua família para jantar. Não posso garantir a qualidade da refeição, mas quero começar com o pé direito. Tem algum vegano ou vegetariano, ou alguém com alguma alergia alimentar ou aversão extrema a algum tipo de comida? Mas sem pressa! Preciso de tempo pra isso também.

Muito obrigada mesmo,

Sonya

Ela subiu com sua caneca de café para trocar de roupa e parou de supetão quando viu a cama perfeitamente arrumada e o fogo crepitando baixinho na lareira.

— Eu não fiz isso. Tenho certeza de que não fui eu. — Como a caneca tremia em sua mão, ela a colocou sobre a mesa. — Eu não estava grogue. Não posso ser tão esquecida assim. Posso?

Quais eram as possibilidades? Havia um intruso que gostava de arrumar camas, ela mesma tinha feito aquilo no piloto automático, ou a casa era mal-assombrada. Com fantasmas que arrumavam camas.

— Vou ficar com a segunda opção. É isso. Arrumar a cama é um hábito. Obrigada, mãe.

Por se sentir subitamente desconfortável em trocar de roupa, decidiu trabalhar de pijama mesmo. Não tinha nada de errado nisso.

Levando o café e o tablet, ela seguiu pelo corredor, passou pela escadaria e entrou na biblioteca. Depois de conectar o tablet, atravessou o cômodo para acender a lareira.

Que já estava limpa e com as toras alinhadas.

Será que a pessoa que fazia faxina para Collin poderia ter entrado e feito algumas tarefas? E isso, ela admitiu, alcançava a escala do ridículo tanto quanto intrusos que arrumavam camas ou fantasmas.

Piloto automático.

Ela acendeu o fogo e tomou um gole do café para se acalmar. Quando se virou para voltar à mesa, o tablet começou a tocar uma música disco: "She Works Hard for the Money".

Depois de uma risada involuntária, ela estremeceu.

Só mais um obstáculo, ela pensou. Alguém estava tentando assustá-la. Talvez Deuce estivesse errado sobre os primos dela. Talvez alguém a quisesse fora dali, desejasse que ela abrisse mão da herança. E por isso encontraram um jeito de pregar peças nela.

— Não vai funcionar. Vocês só estão me deixando irritada. Tenho trabalho a fazer, ok? Me deixem em paz.

Ela pegou o atiçador da lareira e o deixou encostado contra o canto da mesa.

Só por precaução.

O trabalho a acalmava. Era onde ela se sentia confiante, criativa. Sonya passou a manhã imersa no layout de Anna, organizando tudo por tipos e propósitos, e coordenou tudo com o menu suspenso que adicionou na aba da loja.

Ela testou, ajustou e testou mais uma vez. Então, começou a criar o carrinho de compras.

— É assim que se faz.

Sonya fez uma pausa e desceu para pegar uma Coca-Cola e uma laranja. Quando voltou, já planejando os próximos passos, seu tablet sinalizou a chegada de um e-mail.

Eu espiei as fotos. Dos cachorrinhos. Você está ferrada.

E, quanto ao jantar, obrigado desde já. Somos todos carnívoros vorazes e ninguém tem alergia ou aversão a nada. Diga a data e estaremos aí.

Só pra você saber, Anna me mostrou o protótipo do site. Na mosca. Bom trabalho.

Trey

Ela respondeu na sequência.

Não vou espiar... ainda.

Beleza. Vou pensar em algo adequado para carnívoros vorazes e tentar tornar comestível.

Fico feliz que você tenha gostado do protótipo. Mais feliz ainda que Anna amou, mas sua opinião é valiosa. Se o Escritório de Advocacia Doyle algum dia decidir dar uma atualizada no mundinho digital, já sabe com quem falar.

Sonya

Outro e-mail chegou enquanto ela enviava a resposta a Trey. Anna mandou as fotos do vaso comprido que ela havia moldado no dia anterior, depois do que ela chamou de "queima prévia". Ela enviaria mais, escreveu no texto, do processo de esmaltação, e quando estivesse completo. E, após a queima final, ela enviaria as imagens da peça concluída.

Junto aos anexos, ela enviou a biografia com permissão para editar o texto, se necessário.

— Maravilha.

Sonya respondeu e disse à sua cliente que esperasse uma hora e meia, daí ela poderia checar as abas da loja e de biografia do site.

— Agora, vamos ver o que temos aqui e o que podemos fazer com isso.

Quarenta e cinco minutos depois, ela enviou uma mensagem para Anna, pedindo que estendesse o prazo para duas horas.

Precisava ficar perfeito.

Depois de testar em todos os dispositivos, ela se recostou na cadeira.

— Está muito bom. Realmente bom. Hora de dar um tempinho e depois ajustar.

Uma tora caiu entre as chamas, fazendo-a pular de susto.

Ela jogou outra lenha na lareira e decidiu dar uma caminhada. Pegar uns dez minutos de ar puro. Sonya achava que conhecia Anna o suficiente para saber que não levaria muito mais tempo para que ela conferisse o site de novo.

Quando se levantou, Sonya avistou a neve caindo pela janela. Não a neve tempestuosa como antes, porém mais suave e bela.

Poderia dar um passeio sem problemas.

Depois de acrescentar mais uma lenha na lareira, ela se lembrou de que ainda estava de pijama. Já que considerou um passo ousado demais caminhar lá fora com roupa de dormir, decidiu trocar por um suéter e uma legging forrada, própria para o inverno. Lá embaixo, calçou suas velhas botas forradas e o restante das roupas mais reforçadas.

Em vez de levar a chave de casa, Sonya destrancou a porta da frente. E adentrou no país das maravilhas.

A neve caía tão macia quanto algodão, grudando nos galhos. Por enquanto, permanecia fina sobre o pavimento e flutuava sobre o quebra-mar. O vento apenas murmurava enquanto ela seguia pelo calçamento que circundava a mansão.

Sonya sentiu o cheiro da fumaça das chaminés e do frescor gelado da neve, do acentuado aroma dos pinheiros.

As florestas pareciam uma pintura, em tons intensos de verde e branco. Pensou que veria o cervo que tinha avistado antes, mas nem sinal dele.

Se adotasse mesmo um cachorro, seria por ali que dariam uma voltinha, apreciando tudo em meio ao silêncio. Ela subiu os degraus do deque que levava ao terraço acima do apartamento e contemplou a vista.

Ela identificou a vasta fileira de hortênsias, os galhos envelhecidos como ossos acumulando flocos. O que achava que eram azaleias, altas e largas o suficiente para se elevarem acima do piso coberto de neve.

Precisava aprender mais sobre plantas, já que a maior parte do que sabia se aplicava a Xena. Ou então precisaria ceder e contratar uma equipe de jardinagem.

Sonya desceu e continuou a seguir pelo calçamento, fazendo um círculo, e disse a si mesma que criaria novos hábitos.

Idas ao vilarejo, passeios ao ar livre — mais demorados, esperava, assim que a primavera chegasse. Ela amava o trabalho, e trabalhar era necessário, mas reservaria um tempo para estas atividades. Além de dedicar tempo para explorar os outros cômodos da casa.

Ela havia adiado isso, e poderia muito bem admitir. Porque parecia grande demais, opressor demais, e limitar-se a poucos cômodos era menos intimidante.

A casa merecia coisa melhor.

Caramba, ela também merecia.

Permaneceu ali parada por mais um instante, contemplando o mar, ouvindo o barulho das ondas.

Talvez fosse hora de tomar um chocolate quente. Com fé em Deus, os Doyle deviam ter comprado algum chocolate instantâneo. Um chocolate quente junto à lareira em uma tarde com neve parecia glorioso.

Ela se virou e apertou a trava da maçaneta de ferro da porta da frente.

Que nem sequer se moveu.

Sonya tentou mais uma vez, e outra, e sentiu os primeiros formigamentos do pânico fechando sua garganta. Tinha destrancado a porta. Destravado e conferido duas vezes para ter certeza.

Agora ela puxava a alça de ferro com força, quase esmurrando a porta.

O vento começou a rugir, gélido de repente, soprando o que se pareciam com agulhas de gelo em seu rosto. E, com isto, as imagens flutuaram em sua mente — caminhando descalça em meio a uma tempestade de neve, trajando apenas uma camisola. Em direção a uma mulher parada ao quebra-mar.

Ela olhou por cima do ombro, quase temendo ver a mulher parada ali. A mulher vestida de preto.

No entanto, viu apenas a neve e o mar atrás da amurada.

Trêmula, pegou o celular no bolso. Trey. Estava morrendo de vergonha, mas...

Enquanto procurava pelo contato dele, ouviu um leve baque. Como o som de uma trava sendo aberta.

E quando tentou a maçaneta de novo, a porta se abriu com suavidade.

Sonya correu para dentro, fechou a porta com força e a trancou. Ao se recostar contra a superfície de madeira, o coração martelava, e tinha certeza de que seus olhos estavam arregalados e assustados. Ela os fechou por um momento.

— Deve ter travado. Só isso. Eu destranquei, e estava destravada, daí ficou emperrada por um minuto. E quanto ao resto, foi só um pânico besta.

Ela tirou as botas e as levou para o armário ao lado da porta, em seguida pendurou o casaco e se livrou do cachecol. Embora tivesse perdido a vontade de tomar chocolate quente, decidiu fazer mesmo assim.

Não encontrou nenhum pacotinho comum de achocolatado instantâneo dentro dos armários ou da despensa. No entanto, achou uma lata chique com instruções, então pegou uma panela e seguiu as orientações. Também não havia um creme industrializado comum, mas sim uma embalagem de chantili. Ela não iria tão longe. Decidiu tomar um chocolate quente simples.

Voltou para a biblioteca sentindo-se um pouco melhor. Por algum motivo, aquele aposento parecia ser dela. Sentada junto à lareira, Sonya saboreou seu chocolate.

O celular tocou. Alerta de recebimento de mensagem. Era de Anna.

De alguma forma, dei um jeito de não trabalhar à espera da sua grande revelação. Estou pasma! E olha que não costumo ficar pasma com facilidade. As páginas de compra são uma espécie de milagre. Eu sei que você não terminou ainda, mas tudo está tão maravilhoso e funcionando tão bem, meu Deus. A página de biografia me deixou impressionada comigo mesma! Eu adorei você ter usado as fotos que minha mãe tirou ontem.

Maravilha. Agora me mande um vídeo com áudio. Vou fazer um atalho.

E, Sonya pensou, usar esse recurso para lançá-la no TikTok em algum momento… Mas por ora não havia necessidade de assustá-la.

Não sei pra que serve esse negócio de atalho, mas estou dentro. Vou fazer o vídeo. Quando estiver tudo pronto, vou te levar pra almoçar. Sério, se eu não fosse casada e não estivesse grávida, eu me casaria com você e teria um filho seu.

Embora seja muito tentador, vamos nos ater ao almoço. Vou colocar suas redes sociais pra funcionar em algum momento nos próximos dez dias, então, fique de olho nisso.

Pode deixar. Obrigada.

Esse foi um bom dia, Sonya pensou. Apesar da porta travada, foi um bom dia. Quando ela colocou os pés sobre a mesinha de centro, o tablet começou a tocar "Home", de Michael Bublé.

— Tá, tá. Que seja.

À noite, ela decidiu passar um tempo estudando a árvore genealógica da família Poole, acompanhada de uma taça de vinho. Depois, talvez começasse a ler um dos livros que comprou, ou assistisse a um filme.

Como Deuce tinha dito, ela encontrou o livro da árvore genealógica da família no escritório de Collin. Era no estilo daqueles livros que ficavam em cima de mesinhas de centro, encadernado em couro marrom.

Um amigo atencioso, ela pensou, levando o livro e a taça de vinho para a biblioteca.

Ela leu o prefácio em que Deuce explicava seu interesse em genealogia e sua esperança de que o livro pudesse prover uma conexão para os descendentes da família.

O material começava com a árvore genealógica, meticulosamente documentada em uma página dupla, datando do início dos anos 1600.

— Puta merda, eles tiveram onze filhos! Dois morreram bebês, outro antes de completar 5 anos e mais um aos 16. Como se supera algo assim?

Sonya seguiu lendo por alto. Daria uma olhada nos detalhes mais tarde. E lá estava o pai dela e o irmão gêmeo. O nome da mãe dela e a data do casamento. A data em que o pai dela morreu.

A mulher com quem Collin se casou — a mesma data em que faleceu.

E, bem ali, o nome dela, conectado aos de seus pais.

Havia tanta gente nos ramos da árvore... E ela nunca tinha pensado nessa possibilidade. Por muito tempo Sonya achou que era a filha única de um filho único. Ela tinha apenas uma tia e três primos por parte de mãe.

Agora havia muitos mais.

— O papai teria adorado isso — murmurou ela.

Distraída, sequer reparou quando o tablet começou a tocar "We Are Family".

Tantos nascimentos, ela refletiu, e tantos gêmeos. Tantas mortes.

Ela virou a página.

Deuce havia se aprofundado em sua pesquisa, o que ficou nítido após mais de uma hora lendo tudo sobre os antepassados no século XVII. Havia lordes e damas, soldados e fazendeiros em sua linhagem, e sua cota de triunfos e tragédias.

Quando estava prestes a chegar ao século seguinte, decidiu preparar um chá — uma raridade para ela — e levar o livro para a cama. Aconchegada, o fogo bruxuleante, foi avançando até Arthur Poole, de Liverpool, que construiu sua casa no Maine e fundou a empresa da família. Um homem aventureiro, pensou, com os olhos começando a pesar.

Singrando os mares aos 17 anos, indo em direção a um corajoso mundo novo, deixando o que ele conhecia para trás. Construtor de embarcações por ofício, após anos de aprendizado.

E, aos 24 anos, abriu a própria empresa, se casou com uma jovem e rica herdeira, Leticia Armond, e começou a construir o que viria a se tornar a Mansão da Noiva Fantasma.

Amor por Leticia, ou pelo dinheiro?

Tiveram filhos gêmeos e depois mais três filhas, e permaneceram casados por quase vinte e cinco anos até a morte dele.

Uma queda de cavalo.

Então, seu filho, Collin, herdou a mansão e deu continuidade à expansão que o pai havia começado na construção original enquanto ele e o irmão administravam a empresa.

Alguns meses depois, Collin Poole se casou com Astrid Grandville. E a tragédia aconteceu.

Sentindo o cansaço bater, Sonya fechou o livro e o colocou ao lado. Desligou a luz e adormeceu de imediato.

O relógio badalou às três horas, e a música, suave e triste, se infiltrou em seus sonhos. Ela se viu no espelho, a noiva jovem e feliz em seu longo vestido branco. Uma música animada ecoava do piso inferior, onde o marido dela — ah, que palavra maravilhosa! — entretinha familiares e amigos em comemoração. Entrando pela janela aberta, a brisa primaveril agitava as cortinas.

Do outro lado do espelho, Sonya sorriu para ela. *Você está linda*, ela pensou.

A noiva retribuiu o sorriso.

— Eu sempre serei linda. Jovem e linda. Uma noiva para o meu noivo, uma esposa para o meu esposo. A senhora da mansão. E sempre voltarei a este dia, em que segurei amor verdadeiro e alegria em uma das mãos, desespero e tristeza na outra.

Aconteceu muito rápido, a mulher irrompendo com a faca. Do outro lado do espelho, Sonya gritou, mas o som não era capaz de penetrar pelo vidro. Enquanto a lâmina era cravada no corpo da noiva, Sonya empurrava e golpeava o espelho para tentar atravessá-lo de algum jeito. Mas só o que conseguiu foi ver, horrorizada, o sangue se espalhar em uma mancha vermelha pelo longo vestido branco.

À medida que a jovem noiva caía, a outra mulher a amaldiçoava. A assassina arrancou a aliança da noiva à beira da morte e a colocou no próprio dedo.

Por um breve instante, a escuridão a inundou e dominou todo o quarto.

E, então, ela desapareceu.

A noiva, com o sangue escorrendo por entre os dedos que pressionavam a ferida em seu ventre, se levantou com dificuldade. Através do espelho, ela encontrou o olhar de Sonya.

Vez após vez, repetidamente, ano após ano, e noiva após noiva. Encontre as sete alianças. Quebre a maldição.

Assim como a mulher de preto, a noiva ferida desapareceu. A música, suave e triste, animada e alegre, foi com ela.

Com o sonho desvanecido, Sonya acordou logo após o amanhecer com o ruído do soprador de neve. Lembrando-se de seu dever, desceu para fazer o café e levou um pouco para John Dee.

Do tamanho de um urso, com barba e cabelo castanho, o homenzarrão sorriu para ela.

— Te acordei?

— Sou uma mulher trabalhadora. Também preciso começar meu dia. Nossa, que céu azul incrível.

— Não é? Devemos ter um período de dias claros em breve. Só tivemos uns quinze centímetros de neve com essa última nevasca.

Os dois ficaram em silêncio por um tempo, bebericando o café; ele vestido com seu macacão azul-marinho, ela ainda de pijama.

— Fiquei sabendo que você deu um pulo na vila.

Ela começou a rir.

— Nossa, virou notícia?

— Quase tudo que acontece em Poole's Bay vira notícia. Foi a esposa do meu irmão que te vendeu o cachecol. E a amiga da filha da minha mãe que fez.

— É um trabalho primoroso.

— Você devia estar usando. Está frio pra caramba. — Ele terminou de beber o café e entregou a caneca. — Obrigado pelo café. Que tal eu empilhar mais lenha e deixar perto da porta dos fundos? Você está usando bastante.

— Ah, seria ótimo. Muito obrigada.

— De nada. Vou voltar ao trabalho. — Ele deu uma piscadela. — Sou um rapaz trabalhador.

— Um brinde aos trabalhadores do Maine.

Sonya destrancou a porta e colocou as chaves no bolso traseiro.

Quando o soprador de neve voltou a funcionar, a porta se abriu suavemente.

— Então, tá.

Uma mulher trabalhadora fazia tudo melhor com rotina. A dela começava com um café da manhã rápido e uma conferida nos e-mails e mensagens. A solicitação do dia anterior tinha avançado para uma reunião no final da manhã. Dedos cruzados.

Um banho, moletom, sua garrafa de água.

Ela se recusou a pensar na cama arrumada enquanto se vestia. Naquele dia, não; ela tinha que se concentrar.

Levou consigo o livro da genealogia da família Poole para a biblioteca e o colocou sobre a mesinha de centro antes de acender a lareira.

O suporte ao lado já estava abastecido. Como bem observara John Dee, ela estava usando bastante, então, deveria estar vazio. As lenhas já estavam na lareira, arrumadinhas, só esperando pelo fósforo.

Talvez fosse bom comprar uns suplementos ou fitoterápicos — qualquer coisa — que ajudassem com a memória.

Mas ela não pensaria nisso. Pelo menos não naquele dia.

Nem mesmo quando o iPad começou a tocar a música "Good Morning Good Morning", dos Beatles.

Sonya se sentou e deu início ao processo de refinamento do design do site de Anna.

Fez uma pausa para a reunião. Comemorou com um pulo na cadeira quando fecharam contrato.

Pouco depois do meio-dia, Anna enviou a última foto e um bônus — o vídeo de 68 segundos.

Anna na roda de oleiro — com uma aparência belíssima — segurando um tipo de lâmina fina na argila em rotação, e explicando que teria uma nova peça, inspirada na última nevasca, exposta em seu site em poucos dias.

Esperta, Sonya refletiu.

Ela acrescentou o vídeo ao site inativo e testou.

Quando fez outra pausa, vestiu os trajes de inverno e saiu para dar uma volta, dessa vez se aventurando até o quebra-mar sob o céu azul.

De posse de seu sanduíche de geleia com manteiga de amendoim — sempre uma boa pedida —, ela se sentou sobre as pedras e observou alguns barcos ao longe. Barcos de pesca, pensou, realizando seu trabalho enregelante e árduo.

Quase deixou o sanduíche cair quando, bem ao longe, uma baleia emergiu, seu corpo maciço apontando para o céu. Água esguichou acima e escorreu enquanto ela subia, brilhando sob o sol intenso.

Quando mergulhou novamente, o mar se revolveu. E logo se acalmou.

— Eu vi uma baleia. Estou aqui comendo um sanduíche... e acabei de ver uma baleia.

Sonya se arrependeu de não ter pegado o celular para tirar uma foto.

— Na próxima.

Mesmo assim, enfiou a mão no bolso e pegou o telefone para o caso de acontecer de novo. Esperou até ter que admitir que estava frio demais para permanecer sentada ali na amurada de pedra, torcendo para ver outra baleia.

Ela não avistou a sombra à janela de novo, e dessa vez a porta não lhe deu trabalho.

— Já é um progresso. Estou me situando.

Sonya observou o retrato de Astrid enquanto tirava as botas.

— Eu li sobre você ontem à noite — disse ela para a mulher na tela. — Sobre você e o seu Collin, e a doida varrida que te esfaqueou. Hester Dobbs. Matou ele também, se pensar no assunto, já que ele se enforcou porque, pelo visto, não podia viver sem você.

Ao pendurar o casaco, a música "Lover", de Taylor Swift, começou a tocar na biblioteca.

— Tudo bem, já estou me acostumando com isso.

Sonya passou o restante do dia no projeto de Anna, e mudou o foco brevemente para dar início ao painel semântico do próximo cliente.

À noite, leu um pouco mais sobre a história da família Poole.

Pelo que parecia, Hester Dobbs fugiu da cela em que estava, pouco antes de ser enforcada pelo assassinato de Astrid Poole. E o fez apenas para saltar para a morte ao pular do quebra-mar da mansão após saber do suicídio de Collin Poole.

Vários artigos de bruxaria foram encontrados na cabana em que ela morava.

— Que divertido.

Sonya passou a ler sobre Connor, gêmeo de Collin, que herdou a mansão após a morte do irmão.

E, de acordo com todos os relatos, ele teve uma vida feliz, desde a infância até o próprio casamento — com um assassinato horroroso e um suicídio no meio. Ele também expandiu a mansão e os negócios, enquanto criava cinco filhos.

Sendo que um desses cinco filhos, ela reparou, morreu no dia do casamento. Muito sinistro.

Ainda assim, Connor morreu aos 72 anos, no próprio leito, cercado pela esposa, pelos filhos e netos.

Sonya decidiu encerrar a leitura da noite ao ler aquele acalento de informação.

Em seguida, maratonou três episódios de uma série nova da Netflix e resolveu dar a noite por encerrada.

— Tudo como de costume — murmurou ao se acomodar na cama e adormecer.

O relógio badalando às três horas não a acordou, nem os rangidos das portas, ou a música suave, ou o choro sofrido de uma mulher.

PARTE DOIS

A mansão

"Todas as casas onde homens viveram
e morreram são mal-assombradas."

— Henry Wadsworth Longfellow, "Casas mal-assombradas"

Capítulo onze

Sonya conseguiu sobreviver aos dias que se seguiram. Talvez tivesse optado por ignorar certas coisas, mas seguiu em frente. E com a assinatura do contrato com a nova empresa de bufê, Sonya tinha muita coisa para resolver.

No sábado de manhã, munida de seu celular e uma lanterna — só por precaução —, atravessou o corredor "secreto" dos criados. As escadas rangiam com seus passos, mas a luz indicava o caminho, então ela enfiou a lanterna no bolso traseiro.

Ela não conseguia se imaginar sentada sozinha na sala multimídia. Não que o lugar não fosse legal. Era aconchegante à sua maneira, com poltronas confortáveis e uma tela gigante.

Seu tio tinha até instalado um pequeno bar. Talvez o mantivesse abastecido com bebidas e lanches.

Será que Collin se sentava ali, sozinho, naquela grande casa vazia, mergulhando em outros mundos através de uma tela? Será que ria de comédias, ficava com o coração acelerado com filmes de suspense?

Será que comia pipoca e assistia a filmes antigos e clássicos como ela costumava fazer?

Era tão estranho não ter conhecido aquele homem e ver, nitidamente, que tinham tanto em comum. O talento e amor por arte, por histórias — livros e filmes. Admiração por casas antigas imersas em história e personalidade.

Os irmãos, se tivessem tido a chance, teriam se aproximado? Será que teriam passado feriados juntos? Compartilhado histórias engraçadas de família?

Quanto mais tempo passava morando na casa, mais Sonya pensava que sim. Ela nunca teria certeza, mas sentia que seria verdade. O pai e o tio teriam se tornado uma família, mesmo que tivessem se conhecido na vida adulta.

Ela saiu da sala multimídia e entrou na academia. Ali, havia um suporte de halteres, uma esteira e uma bicicleta ergométrica reclinada. E mais uma TV na parede.

O homem gostava mesmo de ver televisão.

Havia elásticos de exercício e tiras de ioga pendurados em ganchos. Havia também uma bola suíça, *medballs* e até uma barra fixa para elevações. Então ele levava mesmo a sério o lance de se manter em forma.

Distraidamente, ela pegou dois halteres, postou-se diante do espelho e fez algumas flexões de braço.

Talvez ela pudesse se convencer a frequentar aquele espaço. Sonya sentia falta de sua antiga academia — da qual desistiu porque Brandon a frequentava.

Ela poderia muito bem colocar alguns treinos na TV e voltar a praticar exercícios.

— Melhor não deixar para depois o que eu posso fazer agora — decidiu ela, e passou os trinta minutos seguintes lembrando a si mesma do quanto odiava agachamentos.

Massageando a bunda — que sentia o peso do esforço —, voltou a fazer o tour pelos cômodos que serviam como depósitos, e encontrou um monte de artigos de decoração para os feriados. Halloween, Natal, 4 de julho.

— Você e minha mãe teriam se dado bem também.

Ela se deparou com outra escada e espiou o lugar escuro.

— O porão do porão — concluiu. — Nem morta eu vou subir.

Aquilo ali passava a vibe da sala da caldeira de *O Iluminado*. Fechou a porta.

Então continuou a perambular, e, para seu total prazer, encontrou um painel de sinetas. Talvez não tivesse a mesma paixão do tio por filmes e TV, mas já tinha visto aquele tipo de coisa em obras de época.

Cada sineta era conectada a um cômodo e sinalizava quando a equipe de criados deveria atender. Já não havia conexão com o restante da casa, mas a antiga estrutura foi mantida ali embaixo.

Sonya tocou uma das sinetas.

— O sr. Poole deseja seu chá matinal na sala de estar. — Ela balançou a cabeça.

Que vida.

Sonya subiu e desceu escadas, refletindo sobre a mansão. Entrando e saindo daqueles corredores ocultos para que a família ou seus convidados não tivessem que ver os criados.

Será que poderia ser considerada uma vida boa ou ruim?

Havia uma cama quente para dormir à noite, estômago cheio, salário decente?

Alguém teria sido feliz trabalhando ali, ou era um trabalho árduo demais?

Enquanto Sonya subia para o terceiro andar, a sineta, bem lá embaixo, a que se conectava ao Quarto Dourado, tocou.

Mas, como tinha entrado em outro aposento de depósito, ela não ouviu.

Ali, Sonya encontrou mobílias — mesas, escrivaninhas, cadeiras e o que imaginou um dia ter sido um armário de partituras musicais. Ela encontrou uma vitrola antiga e uma porção de discos de vinil junto.

Por pura diversão, ela girou a vitrola e escolheu um disco aleatório. Billie Holiday — embora soubesse quem era, Sonya não havia escutado as músicas da artista.

Depois de posicionar a agulha com cuidado, ouviu por alguns segundos o ruído arranhado de um jazz tocado ao piano e um trompete.

E, então, a magia.

— Tudo bem — murmurou ela, enquanto a voz ressoava pelo cômodo. — Entendi por que já ouvi falar de você, mesmo que você tenha gravado isso quase sessenta anos antes de eu nascer.

Estava decidido: a sra. Holiday, a vitrola e todo o resto precisavam encontrar um lugarzinho na sala de música. Assim que Sonya descobrisse um jeito de descer com tudo aquilo.

Quando abriu a primeira de uma série de arcas, quase deu um grito e suspirou de prazer ao deslizar a mão pelo tecido de seda e renda do corpete de um vestido.

Camadas cuidadosas de embalagem de tecido e o revestimento de cedro ajudaram a preservar o material verde-escuro. Ela não fazia ideia de que período ou época devia ser, mas era deslumbrante.

Com medo de estragar a peça, ela ergueu uma pontinha e avistou mais vestidos abaixo, também cuidadosamente embalados.

Eles deveriam ir para um museu, ela pensou. Ela precisava que alguém entendido em moda e período histórico fosse ali e analisasse.

— Talvez eu pudesse ficar com alguns — considerou Sonya. — Isso seria incrível em uma festa à fantasia. E se a mansão não é o lugar perfeito para uma festa assim, onde mais?

Sentada sobre os calcanhares, Sonya se deu conta de que não havia levado três meses. Não havia levado nem três semanas.

Ela já tinha decidido ficar.

Um por um, Sonya abriu todos os baús. Mais roupas — tanto femininas quanto masculinas. Sapatos e chapéus, tudo embalado com o maior carinho.

Um museu, pensou de novo. Ou, se não fossem dignos disso, ao menos deveriam ir para uma loja de roupas vintage.

— Meus antepassados usavam essas coisas todas. Elas precisam ser vistas, admiradas e usadas outra vez.

Ela se levantou e olhou ao redor.

Por impulso, escolheu outro disco de vinil — "In the Mood", porque meio que conhecia a música e, bem, o título combinava com seu estado de espírito.

Será que era estranho, ela se perguntou, estar ali parada, ouvindo música antiga em um aparelho mais antigo ainda, cercada por tantos objetos do passado?

O passado da família dela.

Lençóis brancos como fantasmas cobriam a maior parte dos móveis. Não tinha tanta poeira acumulada ainda — e ela precisava agradecer aos Doyle e ao inventário meticuloso por aquilo.

Mas tinha tanta coisa armazenada, escondida... Coisas que poderiam e deveriam ser usadas e apreciadas. Relíquias herdadas, sim, mas...

Talvez os primos quisessem alguma coisa. Ou pelo menos uma ou duas peças. E a mãe dela... Sim, a mãe sem dúvida deveria ficar com algo.

Não se tratava de vender, pois, por alguma razão, vender não parecia certo. E muito do que havia ali, talvez a maioria, deveria ser guardado para as futuras gerações.

A história da família em madeira e vidro, em sedas e cetins, em discos velhos de vinil.

Levaria dias para que ela — sendo mais realista, semanas e meses — conferisse tudo aquilo. Ler a lista do inventário não era o mesmo que ver, tocar.

Sentir, ela admitiu.

— Beleza, então. Arrumar tudo isso aqui vai para a lista de afazeres. E também contratar uma empresa de serviços de limpeza, porque, numa boa, sozinha não vou conseguir manter esse lugar do jeito que ele deve ser mantido.

Ela anotou quais peças queria levar para baixo, acrescentou na lista que precisava encontrar um consultor de moda especializado em roupas vintage, além de escolher um serviço de limpeza. O mais prático a ser feito, ela pensou enquanto vagava por ali, seria manter fechada a maior parte da casa, talvez o terceiro andar inteiro e o sótão. Depois que ela mostrasse tudo à mãe e aos primos. Uma limpeza esporádica seria suficiente por ali.

Sonya entrou na torrezinha — o ateliê de Collin. A luz se infiltrava pelas janelas dos três lados do cômodo, derramando-se sobre o piso polido de madeira.

Ele mantinha seus materiais em prateleiras na parede dos fundos, e havia uma mesa de trabalho. Alguns cavaletes encontravam-se dobrados por ali, mas outro estava aberto no meio do semicírculo iluminado pela claridade.

— O que vou fazer com as suas coisas, hein? Talvez eu possa usar algumas delas, eventualmente, mas...

Ela passou a ponta do dedo pelas cerdas dos pincéis em um dos suportes. Pincéis para pintura a óleo, acrílica, aquarelas. Modeladores de cor, espátulas de alisamento e para paleta em um suporte próprio.

Cadernos de rascunho, lápis, carvão.

Seu pai tinha praticamente a mesma configuração de materiais.

E também usava o mesmo limpador de pincéis, o óleo de linhaça prensado a frio, os solventes minerais.

O cheiro ali devia ser igual ao do ateliê do pai, e, ao pensar naquilo, os olhos de Sonya ficaram marejados.

— Não tenho talento nem tempo pra isso. Ou talvez mamãe esteja certa… não tenho a paixão. Mas o que vou fazer com as suas coisas? Talvez dar para um dos primos? Ou para Cleo?

Incerta, Sonya abriu a porta ao lado da mesa de trabalho. E ficou sem fôlego na hora.

O retrato em tamanho real estava emoldurado em madeira escura simples. Embora não fosse tão grande quanto o de Astrid Poole, exercia o mesmo impacto.

A mulher estava de pé, novamente trajando um longo vestido branco. Não era o mesmo vestido, mas, sem sombra de dúvidas, era um vestido de noiva, com o decote em formato de coração, a saia ampla e volumosa. A mulher usava uma tiara de botões de rosa com uma fita que pendia sobre o cabelo castanho-avermelhado, que caía em ondas até os ombros. Alegria irradiava de seus olhos azul-claros.

Com a mão direita, na qual um anel de diamante cintilava em seu dedo, ela segurava um buquê de hortênsias azuis e folhagem leve. Na mão esquerda, uma aliança de platina com mais diamantes.

O mar se espalhava às suas costas.

— Você é a Johanna. Tem que ser, e não vou te deixar aqui trancada desse jeito. — Ao estender a mão para pegar o quadro, a porta do armário quase se fechou com força às suas costas. — E também não vou ficar trancada aqui.

Ela pegou uma jarra quase cheia de solvente mineral da prateleira e a usou como suporte para deixar a porta aberta. Em seguida, deu um jeito de tirar a pintura do armário e a colocou no cavalete.

— Só por enquanto. Na verdade, gostei de você aí com essa moldura mais simples, sem frescura, sem entalhes. Vou encontrar um lugar pra você, ok? Não sei por que ele não fez isso.

Ela ofegou quando uma porta se fechou com força, então uma segunda e uma terceira.

Com um frio repentino, Sonya saiu apressada.

— Vou fechar o terceiro andar — disse a si mesma. — E checar se todas as portas estão fechadas e isolar os cômodos de depósito o mais rápido possível.

A ideia de fazer um café — para se aquecer — desapareceu de sua mente assim que chegou à cozinha.

Todas as portas dos armários estavam abertas.

— Ok, pra mim deu. — Talvez a voz tenha saído um pouco vacilante, mas ela disse novamente: — Já chega. — E fechou todas as portas com brusquidão.

Ela fez menção de correr para buscar o casaco, pegar suas coisas e sair dali. E quando estendeu a mão para pegar o casaco, deu-se conta de que, se fosse embora naquele momento, com as mãos trêmulas, talvez nunca mais voltasse.

— A casa é minha. É minha, caramba.

Ela faria, sim, seu café e trabalharia um pouco. Antes de ir trabalhar, ela tiraria algo do congelador. Talvez frango. E, mais tarde, prepararia qualquer coisa que não fosse salada, sanduíche ou sopa enlatada.

— Eu vou trabalhar aqui, e dormir aqui, e comer aqui e morar aqui. Porque é a casa dos meus sonhos, cacete.

Naquela noite, ela deixou o livro da família de lado. Fez uma videochamada com a mãe para que jantassem juntas, e o mundo pareceu voltar um pouco aos eixos.

— Vamos ver, seu primeiro jantar na mansão... — considerou Winter. — Você está no Maine, no inverno, com um grupo considerável de carnívoros. Carne assada.

— Hum, não sei. Parece... meio complicado de fazer.

— Confie em mim, não é. Você dá conta. Só precisa de uma panela de ferro com tampa. E vou te passar a lista de ingredientes e enviar a receita. Você junta tudo, meu amor, e o resto acontece por si só.

— Se você diz...

— Pode confiar. Anota aí.

Quanto mais comprida a lista ficava, mais Sonya considerava a ideia de simplesmente levar a família Doyle para jantar fora.

— Nem pense numa coisa dessas. Você vai convidá-los para a sua casa, e vai cozinhar uma refeição deliciosa para eles. Lembra do cheiro gostoso que ficava quando eu fazia carne assada?

— Sim... era incrível. Mas era você a cozinheira.

— Você consegue.

Talvez, Sonya pensou logo após se despedirem, e deu mais uma olhada na lista — enorme. Mas ela não apostaria naquilo.

Estava na hora de fazer um chá — algo que descobriu que dava uma tranquilizada à noite —, vestir seu pijama e começar a ler o romance que estava na mesa de cabeceira.

A agenda para o dia seguinte já estava toda planejada em sua cabeça. Ela começaria o dia cedo, faria uma caminhada ao meio-dia, então voltaria ao trabalho.

Sonya parou diante da sala de música, examinando o aposento com o chá em mãos.

Sim, sem dúvida era o lugar perfeito para a vitrola e o armário de partituras. Daria um jeito de colocá-los ali.

— E sabe de mais uma coisa? Aquela pintura de natureza-morta é um pouco formal demais pra mim. Johanna poderia ficar no lugar. Talvez ela tivesse tocado um instrumento. Nota mental: perguntar ao Deuce.

Sonya voltou para o quarto e sentiu o estômago embrulhar. O fogo crepitava e a cama estava preparada. E, dessa vez, um pijama limpinho se encontrava dobrado com esmero no espaço entre os travesseiros, e o edredom estava levemente afastado.

— Eu tenho que conversar com alguém sobre isso. Mas como vou falar sem parecer louca? Talvez eu seja. Só que não me acho louca.

No entanto, sentiu-se inquieta o suficiente para trancar a porta do quarto.

* * *

Sonya passou o início da semana concentrada no trabalho, sem se distrair com qualquer outra coisa. Se as portas rangiam ao abrir ou se fechavam com um baque, ela não ligava. Quando o iPad a saudava com uma música, ela dava de ombros, indiferente.

Na quinta-feira, começou a realizar o ciclo de testes finais para o site de Anna, suas redes sociais e tudo mais.

Incrível o que ela era capaz de alcançar com longas horas de trabalho e pouca dispersão.

Mas, naquele dia, ela encerrou o expediente bem mais cedo. Cleo chegaria no dia seguinte — ela mal podia esperar —, e Sonya precisava ir ao mercado.

E, já que isso significava uma ida à vila, ela aproveitaria para abrir a conta bancária. O Lobster Cage tinha um cardápio sensacional. Ela pediria alguma coisa para viagem e comeriam em casa.

A caminho do carro, ela fez um desvio e usou o controle remoto para abrir a garagem.

A caminhonete de Collin era tão grande e intimidante quanto ela havia imaginado.

Pensou que poderia muito bem vendê-la sem a menor culpa.

Ela avistou o par de pás para limpar neve que, graças a John Dee, Sonya ainda não tinha precisado usar. Um grande armário vermelho de ferramentas ficava ao lado da bancada de trabalho; uma bicicleta de doze marchas estava pendurada na parede. O que ela deduziu que fosse um compressor se encontrava no canto mais distante.

Fechou a porta outra vez.

Tomaria alguma providência em relação à caminhonete, daí, pelo menos, ela conseguiria colocar o próprio carro na garagem.

A ida ao banco levou mais tempo do que esperava. Não só por causa da burocracia, mas pelas conversas.

Calhou que a assistente do gerente era uma prima bem distante — do lado Oglebee, descendente de George Oglebee, que se casou com Jane Poole, filha de Hugh Poole, lá pelo fim dos anos 1800.

— Mary Jane. — Ela ajustou os óculos de armação vermelha. — Mas todo mundo me chama de MJ. A cidade toda ficou muito abalada com a morte de Collin. Mas agora estamos felizes por ter um Poole na mansão novamente. Eu odiava ver aquele lugar fechado e vazio como ficou por um tempo depois que Charlie Poole morreu em... Quando foi mesmo? Acho que 1965 ou 1966. Minha mãe deve saber certinho. Ela conheceu Charlie.

— Ainda estou me familiarizando com a história da família.

— A gente também! Ninguém fazia ideia de que Collin tinha um irmão gêmeo, ou que os dois eram filhos do Charlie. Minha mãe diz que não ficou nem um pouco surpresa, mas é típico dela dizer isso. Se quer saber minha opinião, é tão triste que seu pai e Collin nunca tenham se conhecido.

— Também acho.

— E coitadinha da Gretta Poole, vivendo com aquela mentira a vida toda. — Estalando a língua, MJ balançou a cabeça. — Era a mãe dela quem mandava naquela casa, pode acreditar.

— Você conhece ela? Gretta Poole?

— Ela era correntista. Mas era quase sempre Collin quem fazia as transações por ela. Já faz uns dez anos que ela não está bem de saúde. Mas ele cuidava dela, cuidava muito bem.

Sonya guardou a informação enquanto finalizava a abertura da conta — justamente antes de o banco encerrar o expediente.

A lista do mercado estava anotada no celular — ingredientes frescos para a salada, frutas, ovos e leite, café, manteiga. Era só entrar e sair, prometeu a si mesma.

Mas, no mercado, ela acrescentou bagels e batatas chip. E porque não conhecia muito bem o lugar ainda, acrescentou mais coisas.

Calculando o tempo, foi adiantando o pedido no restaurante pelo telefone. E, já que o mercado ficava a apenas alguns passos da floricultura, por que não?

Flores para o quarto de Cleo, para o dela e para o vestíbulo. Para a biblioteca também. Afinal de contas, ela não passava a maior parte do tempo lá?

Além disso, ela precisava fazer contatos! Bateu papo com a florista que estava de serviço.

— Você está atualizando o site da Anna, pelo que ouvi dizer.

— Está mais para refazendo do zero, mas, sim.

— Ela me disse que já viu e que é bem incrível.

— Eu também acho.

— Sabia que temos um serviço de pedidos on-line, e que entregamos na mansão, né?

— Eu não sabia. Vocês têm um cartão da loja?

— Aham. E você, pode me dar o seu?

As duas trocaram cartões, e quando Sonya saiu da loja, com um monte de flores, ela pensou: *Quem sabe...*

Ela dirigiu até o Lobster Cage, seguiu a seta indicativa para o estacionamento e parou ao lado do que reconheceu como a caminhonete de Trey.

Mais conversas, ela pensou, mas das boas. Sonya tinha algumas perguntas a fazer. A não ser que ele estivesse em um encontro. Embora fosse cedo para isso.

Mas, se fosse mesmo o caso, ela os cumprimentaria e, potencialmente, conheceria outra pessoa. O passeio à vila havia lhe rendido uma funcionária do banco, a atendente do mercado e uma florista.

Ela entrou na área do bar, um ambiente aconchegante e rústico com uma parede de tijolos aparentes atrás do balcão e mesas altas e baixas espalhadas. Embora a ampla abertura que conduzia ao salão de jantar mostrasse que o local estava bem vazio, a área do bar estava animada e movimentada.

Ela avistou Trey sentado ao balcão comprido, com uma garrafa de cerveja, enquanto conversava com um homem ao lado.

Trey a viu, sorriu e girou na banqueta em que estava sentado.

— Posso te pagar uma bebida, bonitinha?

— Tentador, mas não. Pedi comida pra viagem e estou com um monte de coisas no carro.

— Espera um minutinho. Conheça seu primo Owen.

— Ah...

Owen se virou e a encarou com os olhos verdes mais claros que os dela, salpicados com pontinhos dourados. O cabelo era de um tom castanho mais escuro que o dela, e caía desordenadamente sobre um rosto de traços marcantes e uma barba por fazer.

Ela supôs que, se olhasse com bastante atenção, poderia enxergar alguma semelhança.

— É um prazer conhecer você, Owen.

A mão que tocou a sua era tão dura quanto uma tábua.

— O prazer é meu. Que surpresa.

— Digo o mesmo. Na verdade, eu meio que esperava te encontrar. Dei uma conferida nos cômodos que estão servindo de depósito, durante o final de semana, e me perguntei se você poderia querer alguma coisa.

— Querer o quê?

— Tem um monte de coisas guardadas. Muitas mesmo. Pensei que você ou os outros primos que eu nem sabia que tinha poderiam querer algo dali.

— Não consigo pensar em nada de imediato, mas... obrigado.

— E tem também a caminhonete dele.

— Você quer se desfazer da caminhonete de Collin?

— Não considero como me desfazer... É só que eu nunca dirigi uma caminhonete.

— Você devia aprender. — Owen olhou para Trey. — Ela devia aprender.

— Sim. Talvez seja melhor não se precipitar com isso, Sonya. E, Owen, seria bom você dar um pulo na mansão em algum momento, dar uma olhada nas coisas guardadas. Eu te entendo total — disse ele para Sonya. — É uma pena que tanta coisa esteja trancada lá.

Quando Owen deu de ombros, ela insistiu:

— Eu gostaria muito que você fosse. Eu fico lá a maior parte do tempo, pois trabalho em casa. É só me avisar. — Ela entregou um de seus cartões ao primo. — E pode dizer o mesmo aos outros.

— Claro. Vou dar o recado.

— Ótimo. E, Trey, você conhece alguém que possa carregar algumas coisas pra mim? Encontrei uns itens que quero levar para o andar de baixo. E tem uma pintura que também quero trocar de lugar.

— Você tem dois homens fortes bem aqui. Por que não damos uma passada por lá este fim de semana, Owen? Você mata dois coelhos com uma cajadada só.

Ele deu de ombros mais uma vez.

— Não é muita coisa. Só algumas peças e uma pintura da Johanna em seu vestido de noiva.

Trey tomou um gole demorado da cerveja.

— Que pintura da Johanna?

— A que encontrei no armário do ateliê de Collin. É lindíssima, e não devia ficar escondida lá em cima.

— No armário da torre menor?

— Isso mesmo.

— Tudo bem. — Com os olhos focados nos dela, Trey bebericou a cerveja.

— Teria que ser depois das três — disse Owen.

— No sábado, depois das três, então?

— Perfeito. E muito obrigada. Agora preciso ir pegar o meu pedido. Fiquei feliz de te conhecer, Owen.

— Não se desfaça da caminhonete. Se ela estiver atrapalhando, posso estacioná-la perto do cais.

— Ah, agradeço. Quem sabe. Vejo vocês no sábado.

Owen observou Trey olhando Sonya se afastar. Então tomou um longo gole da bebida.

— Ela pode não conhecer essa sua cara, mas eu conheço. Não tinha pintura nenhuma no tal armário, não é?

— Não até algumas semanas atrás, e eu me lembraria se houvesse um retrato de casamento de Johanna Poole no inventário.

— Parece que alguém quer que ela fique com o quadro.

— Pelo visto, sim.

Bebericando a cerveja distraidamente, Owen observou quando Sonya saiu com sua embalagem de comida.

— Você acha que ela vai durar lá pelos próximos três anos?

— Eu não apostaria contra.

— Ela faz o seu tipo.

Surpreso e achando graça, Trey se virou para o amigo.

— E desde quando eu tenho um tipo?

— Desde que *ela* entrou na jogada.

— Humm. Talvez. Mas acho melhor manter as coisas como estão.

— Por quê?

— Não só porque ela já está lidando com um monte de coisas no momento, mas também porque estava noiva, a semanas do casamento, no último verão.

— Minha vez de dizer "humm". Ela não me pareceu do tipo volúvel.

— Não acho que seja.

— Pode ser que tenha mau gosto para homens. Isso faz com que você tenha uma chance.

Trey retribuiu o sorriso zombeteiro de Owen.

— Vamos pedir uns nachos? E outra cerveja.

— Estou dentro.

Sonya precisou de duas viagens para levar as flores e compras do carro até em casa. Tinha exagerado, obviamente. Mas talvez não fosse tanto assim, se conseguisse convencer Cleo a ficar por mais alguns dias.

O tablet que havia deixado na escrivaninha no andar de cima começou a tocar a música "Thinking Bout You", de Ariana Grande.

— Talvez você não devesse pensar — murmurou ela.

Quando ela entrou na cozinha, todas as portas dos armários estavam abertas.

Ela largou as flores e as compras em cima da ilha.

— Beleza! Eu me rendo. Já entendi que a casa é mal-assombrada. Está feliz agora?

Sonya arrancou o casaco e o jogou em uma banqueta. Tirou o gorro e jogou para o lado também antes de enfiar os dedos pelo cabelo.

— Estou enlouquecendo — murmurou. — Perdendo a cabeça total.

Ela guardou as compras, fechando as portas à medida que fazia isso.

— Tudo bem, preciso de vasos.

Ouviu um leve ruído, um rangido, da despensa. Ela se aproximou com cautela e avistou algumas portas abertas dos armários acima da pia.

— Eu vou enfrentar isso. — Agarrou as flores e entrou pisando forte. — Não vou a lugar algum, ok? Pode ir se acostumando.

Depois de escolher os vasos, ela se concentrou em ajeitar as flores.

Ela seguiria com a vida, disse a si mesma. Uma vida normal, produtiva e razoavelmente lúcida. Naquela mansão imensa e mal-assombrada.

Para provar o argumento, colocaria o camarão ao molho scampi para esquentar e comeria com acompanhamento de uma taça de vinho. Levaria as flores que ficariam no andar de cima, e se certificaria de que o quarto que havia preparado para Cleo estivesse pronto para ela.

Dedicaria uma hora ou talvez duas ao trabalho. Depois deitaria na cama para ler um pouco antes de dormir.

Normal.

— Esta casa é minha agora — disse ela, servindo o vinho na taça. — Então, pode ir se acostumando.

Mais tarde, naquela noite, um barulho a acordou. Sonya despertou na marra e afastou a coberta para o lado. Alguém estava batendo à porta de entrada, pensou. Ela ainda ouvia, acima do vento uivante, o barulho estrondoso do mar.

Pela janela, viu que a neve — veloz, densa e rodopiante — caía lá fora.

Uma tempestade havia começado e alguém precisava de ajuda.

Ela saiu correndo, grata pelas luzes noturnas que havia instalado no corredor.

Alguém devia ter ficado preso na nevasca. Ou talvez se tratasse de um acidente, um carro quebrado.

Enquanto descia correndo as escadas, pensou ter ouvido alguém gritando por socorro. Mas o barulho — do vento, das ondas — rugia por toda parte.

Sem fôlego, ela girou o ferrolho e abriu a porta. E se deparou com uma noite fria, calma e clara.

Não havia nenhuma tempestade feroz; nenhum viajante desesperado pedindo ajuda.

Chocada, ela quase deu um passo adiante. Mas se lembrou da porta travada (trancada?) naquele primeiro dia em que saiu para dar uma caminhada, então, recuou.

Não era uma noite de tempestade, mas estava frio pra caramba. Ela não se arriscaria a ficar trancada fora de casa no meio da noite.

Tremendo, ela fechou a porta. Talvez pela manhã ela se convencesse de que havia sonhado com aquilo. Mas, naquele momento, era tudo muito real.

Será que Collin havia ouvido batidas à porta? Será que tinha corrido para ajudar alguém e caiu das escadas? Uma queda que o levou a perder a vida?

Isso era uma diferença enorme, gigantesca, de colocar música, abrir portas e arrumar a cama.

Enquanto ela ficava ali de pé sozinha no vestíbulo, a casa permanecia em silêncio. Como se estivesse esperando.

— Estou certa de minha decisão. Não vou a lugar algum.

A voz de Sonya pareceu ecoar de volta enquanto ela andava até a escadaria. Ao começar a subir, o relógio badalou três horas.

Capítulo doze

Na manhã seguinte, tudo continuava muito real. Sonya sabia que não tinha sonhado com aquilo.

Ela tinha visto o que viu, ouvido o que ouviu. E havia lidado com o assunto.

Porque queria continuar morando ali. Queria trabalhar na biblioteca e acordar com o nascer do sol sobre o mar. Queria ver baleias emergindo e avistar cervos na floresta.

Sonya torrou um bagel, fez café e sentou-se à bancada com seu tablet para responder e-mails e mensagens.

Uma conferida no aplicativo do clima mostrou que provavelmente nevaria — de cinco a dez centímetros — até o meio da tarde.

Com sorte, Cleo chegaria por volta do meio-dia, como havia planejado.

Depois de encher a garrafa de água, Sonya voltou para o quarto no andar de cima. A ideia era tomar um banho, colocar uma roupa decente e trabalhar até Cleo chegar.

A cama arrumada e os travesseiros afofados quase não a assustaram dessa vez. Ignorando tudo, ela foi para o banheiro e fechou a porta com firmeza.

Ela precisava conversar com Cleo, pensou durante o banho. Se havia uma pessoa com a mente totalmente aberta para... fantasmas, espíritos, assombrações — qualquer coisa mesmo —, esse alguém era Cleopatra Fabares.

Ou, talvez, ter uma companhia por alguns dias pudesse... ajudar a amenizar as coisas.

De alguma forma.

Sonya pendurou a toalha e pegou uma outra para enxugar o vapor que havia se formado no espelho. Feito isso, encarou a mensagem escrita na superfície.

7 se foram

— Sete o quê? — Tão irritada quanto trêmula, ela limpou o espelho. — Não sei desvendar enigmas.

Já que a noite maldormida estava estampada em seu rosto, Sonya fez uma maquiagem para disfarçar. Vestiu calça jeans, um suéter e até colocou brincos.

Achou sua aparência ótima. Alegre e sã.

Na biblioteca, colocou o tablet sobre a mesa e foi até a lareira para acender o fogo.

O tablet a saudou com uma música de Steve Holy, "Good Morning, Beautiful".

— Isso não vai limpar sua barra depois da noite passada.

O fogo pegou na lenha com um estalo. A neve podia cair mais tarde, mas, por enquanto, o sol brilhava.

Após os testes de ontem no site e nas redes sociais de Anna, Sonya queria fazer pequenos ajustes antes de conferir tudo outra vez.

Então, ela queria a opinião de Cleo no projeto.

Ela perdeu a noção do tempo e trabalhou quase a manhã inteira.

Sonya levou um susto com a campainha. Xingou, pulou da cadeira, desceu as escadas correndo e abriu a porta de supetão.

E abraçou a amiga com força.

— Você está aqui! Estou tão feliz por você ter vindo.

— Levei uns dez minutos pra conseguir recolocar os olhos nas órbitas depois que vi a casa, mas estou aqui. Você está bem, Son?

— Sim, sim. Só estou feliz de verdade em ver você.

Sonya a puxou para dentro da casa, com a mala e a bolsa.

— Meu Deus do céu… Uau.

— Lindo, né?

— Vale repetir. U-a-u. Isso aqui parece co… Não, esquece. Não tem nada igual. Olha só essa escadaria! Esse lustre! Esse piso… meu Deus do céu, tudo! Eu sei que você fez um tour virtual comigo, mas, puta merda, Sonya, ver tudo ao vivo e em cores…

— Eu senti o mesmo. Quando acho que estou me acostumando, me dou conta de que não… Não estou nem um pouco.

— Eu quero ver tudo. — Cleo tirou o gorro, e o cabelo lindo se soltou. — Cada pedacinho. E aquela é a noiva assassinada. Nossa, ela era tão jovem e bonita.

Enquanto tirava o casaco, Cleo se aproximou do quadro.

— Ele deve tê-la amado demais, de verdade, para ter pintado logo depois.

— E ter se enforcado assim que concluiu — acrescentou Sonya.

— O que é horrível. Trágico em todos os aspectos. Mas ela ainda está aqui, não está? Jovem e linda. Então, por onde começamos?

— Pela sala de estar da torre. Armário de casacos.

Sonya não tinha acendido a lareira lá, nem na sala da entrada. Mas, em ambos os aposentos, o fogo crepitava alegremente conforme ela guiava Cleo.

— Tenho que encontrar uma palavra melhor que "uau", mas vou ficar com ela por enquanto.

— Vamos levar sua mala lá pra cima, pra você ver onde vai dormir. Podemos perambular pelo restante do térreo mais tarde. Eu escolhi o seu quarto — disse Sonya, enquanto as duas subiam —, mas você pode escolher outro, se quiser. Temos de sobra.

— Imagino que sim. Nossa, a biblioteca! Meu Deus, é simplesmente perfeita. Que lugar maravilhoso para se trabalhar, Son. Estou apaixonada.

— Eu também. — Mas o lugar a estava fazendo perder a cabeça também. Nem tudo eram flores. — O meu quarto é do lado oposto, no final do corredor.

— Vamos começar por lá, daí a gente volta. Jesus amado, olha o tamanho desse corredor! A cor, com esse rosa-escuro incrível, os arcos. Isto é arte dele?

— Grande parte das pinturas — disse Sonya, conforme seguiam. — Mas, pelo visto, o talento artístico é de família. Encontrei algumas obras assinadas por Arthur Poole, Jane Oglebee, que também era uma Poole, e Leticia Poole Bennett, e por aí vai.

— O talento está no sangue. E você tem portas duplas. Que sensacional.

Cleo assentiu enquanto vagava pelo quarto de Sonya.

— Collin Poole soube como honrar a história deste lugar, hein? Viveu em grande estilo. E olha só esta vista. Eu ficaria aqui me imaginando como a heroína de um daqueles romances góticos. E você ainda tem sua própria sala de visitas, que é tanto chique quanto adorável, além desta cama elegante com vista para diversas pinturas. — Ela se virou e sorriu. — Mandou bem. Vamos ver onde você me colocou.

— Você tem um monte de opções. — Sonya a conduziu de volta ao corredor. — Mas escolhi esse de cara.

— Tem uma sala de estar?! Gente, olha só esse papel de parede. — Cleo traçou o dedo sobre um pássaro azul em pleno voo.

— Este aqui está catalogado como Azulão. Todos os quartos da casa têm nomes.

— Lógico que têm. Este é simplesmente lindo. O divãzinho curvo, aquelas luminárias fofas. E a cama. Eu tenho uma cama de dossel, gente! E esta vista...

O quarto com vista para o mar era todo decorado em tons escuros de azul e rosa, com uma lareira, que Sonya havia acendido bem antes, com uma ampla cama de dossel aberto e drapeado nos mesmos tons.

Os lírios brancos e os botões de rosa rosados que Sonya colocou em um vaso fino azul-cobalto se encontravam sobre a cômoda com pernas curvas e entalhadas.

— Estou me sentindo uma celebridade. Uma celebridade e heroína gótica. Com seu próprio banheiro maravilhoso.

— Tem um outro no qual pensei em te colocar... Fica virado para a floresta, que é maravilhosa também. Daí...

— Nananinanão. — Com um sorriso sonhador, as mãos nos quadris, Cleo girou em um círculo. — Este aqui é meu. Já reivindiquei.

Para provar o argumento, ela se jogou na cama e encarou o teto através do tecido diáfano do dossel.

— Posso te ajudar a desfazer as malas.

— Ah, não estou nem aí pra isso. Mais tarde. Quero ver mais coisas. — Cleo se sentou. — Tem algum porão sinistro?

— Tem, sim.

— Quero ver também.

— Nessa aventura você vai sozinha. Eu estava morrendo de saudade, Cleo.

— Eu também, Son. Sério, parece que se passaram meses em vez de algumas semanas. — Ela se levantou. — Anda, me mostra mais. Depois escolhemos um cômodo para ficar e abrimos uma garrafa de vinho.

Sonya mostrou mais aposentos da casa à amiga, e sentiu os resquícios da ansiedade se esvaindo diante da reação encantada de Cleo a tudo. Quando as duas estavam tremendo de frio no mirante da viúva, a neve começou a cair.

— Imagine ficar aqui de pé, olhando ao longe, sem saber se seu amado voltaria para casa.

— Os Poole não só construíam embarcações, como as navegavam — disse Sonya. — Então, acho que mais de uma pessoa ficou aqui de pé contemplando o horizonte e se perguntando a mesma coisa.

— Agora entendi o que você disse sobre a floresta. É mágica. Tudo aqui parece encantado. — Ela abraçou a cintura de Sonya. — Minha melhor amiga, vivendo em um conto de fadas. Eu amei, Sonya. Estou feliz demais por você.

— Vamos lá tomar um vinhozinho.

As duas desceram e abriram uma garrafa. Por ora, Sonya reparou, o iPad permanecia quieto. E as portas dos armários da cozinha continuavam fechadas.

Se tinha mesmo imaginado tudo aquilo, talvez precisasse de um médico.

Levaram o vinho — escolhido por Cleo — para o solário, de forma que pudessem se sentar em um ambiente aconchegante entre as plantas enquanto observavam a neve cair.

— Agora, vamos lá... — Cleo se recostou. — A gente se conhece há vinte anos. O que está te preocupando?

— Nem estou tão preocupada agora que você está aqui. Acho que esse tempo todo sozinha aqui nesta casa enorme começou a me fazer perder a cabeça. Eu estou amando de verdade estar aqui, algo que eu não esperava. Não esperava estar tão determinada a ficar. Morro de saudade sua, da mamãe. Às vezes, sinto falta da cidade grande. Mas quero muito ficar aqui.

— É tudo seu, Sonya. E não é apenas uma casa; é a sua história e a de gerações da sua família. É algo que você está transformando em um lar. Já dá pra ver você aqui e ali, não só na biblioteca, embora aquilo ali já esteja a sua cara. Você não ama este lugar só porque é incrível, e é mesmo. Você ama porque é você.

— Eu sou uma casa grande e antiga na costa do Maine?

— Não estou falando necessariamente da localização, e sim de todo o resto. Você sempre quis algo assim. — Cleo ergueu um dedo e assinalou. — Disso eu tenho certeza.

— Eu queria mesmo. Parece meio estranho saber que eu queria.

— Quando aquele babaca, cujo nome não vou citar a não ser que seja em uma maldição, queria olhar casas para comprar, você queria algo exatamente assim. Um pouco menor, lógico, mas uma casa que tivesse uma história por trás, personalidade, com peculiaridades. Enquanto ele queria uma casa grande quadrada e sofisticada exalando status social por toda parte.

— Você está certa.

— Vou ficar aqui até segunda de manhã. — Recostando-se de novo, Cleo brindou a taça à de Sonya. — Eu sei que sua mãe vem pra cá daqui a algumas semanas. E eu venho mais vezes também. Pode ter certeza. Sinto muito a sua falta. Além do mais, eu amei este lugar.

— Você pode ficar, se quiser.

— Tenho uma reunião na segunda à tarde...

— Não, estou falando de ficar *mesmo*. Mudar pra cá...

Os olhos cor de topázio de Cleo se arregalaram.

— Me mudar... pra cá?

— Por que não? Você pode trabalhar de qualquer lugar, assim como eu. São só três horas de distância daqui até Boston, caso você tenha reuniões presenciais. Sua família pode vir e ficar aqui a hora que quiser. Sempre. Você pode ficar naquele quarto, ou no apartamento, se quiser mais espaço.

As palavras saíram depressa.

— Você sabe que somos tranquilas dividindo espaço. Fizemos isso por quatro anos na faculdade. E essa casa é enorme. É capaz de passarmos dias sem nos ver se quiséssemos.

— Puta merda, Sonya. — Mais do que surpresa, Cleo passou a mão pelo cabelo. — E lá vem outro "Uau".

— Você poderia pensar no assunto, que tal? Só pensar. A vila não chega aos pés de Boston, lógico, mas é charmosa, e tem alguns restaurantes e lojas. Bebe um pouco mais — disse Sonya, quase em desespero já — e só pense no assunto.

— Você está falando sério mesmo?

— Estou falando seríssimo.

E ela queria aquilo mais do que gostaria de admitir para si mesma.

— Você se apaixonou pelo ateliê de Collin quando te mostrei no tour virtual, e quando passamos por lá de novo. É seu. Ou você poderia escolher qualquer lugar que quiser, mas você sabe que dá pra trabalhar daqui. E ter espaço e tempo para pintar mais. Você agora só pinta no verão, do lado de fora, porque seu apartamento não tem luz nem espaço suficiente. Aqui você teria tudo isso.

Com os olhos semicerrados, Cleo apontou para a amiga.

— Você está jogando sujo com essa oferta da torre.

— Cleo, ela foi feita pra você. Tudo que você precisa fazer é considerar a ideia.

— É meio difícil pensar em qualquer coisa neste momento.

— Ótimo. Isso é muito bom. — Tomando coragem, Sonya deu um longo gole em seu vinho. — Porque preciso te contar que ou estou tendo alguma espécie de surto, ou tenho um tumor no cérebro, ou a mansão é mal-assombrada.

Cleo não disse nada por um instante, então pegou a taça de vinho.

— Estas são palavras que nunca esperei ouvir da minha amiga mais pragmática.

— Eu sei, eu sei... Mas...

Cleo ergueu a mão.

— Você não está surtando e também não tem um maldito tumor no cérebro. E é lógico que a mansão é mal-assombrada.

— Não sei como lidar com... — De repente a respiração de Sonya acelerou. — Como você sabe que é mal-assombrada? Eles não fizeram nada desde que você chegou.

— Ah, Son, eles estão aqui. Senti a presença assim que entrei. Pelo menos um dos meus "uaus" foi por causa disso. — Cleo inclinou a cabeça de leve. — O que eles estão fazendo?

— Eles... eles... Meu Deus, não consigo ficar sentada. — Sonya se levantou e começou a andar ao redor das plantas. — Eles abrem e fecham portas. Mudam as coisas de lugar. Música começa a tocar do nada no meu iPad. Às vezes, eles abrem todas as portas dos armários da cozinha. Eles limpam as cinzas das lareiras e posicionam as lenhas lá dentro... Acho que eles até trazem lenha pra dentro de casa. Eles arrumam a minha cama de manhã e deixam tudo preparado para quando vou dormir.

— Você agradece?

Sonya a encarou com os olhos arregalados.

— Oi?

— Se alguém arrumasse a minha cama e deixasse prontinha para a hora de dormir, eu agradeceria.

— Não, nunca agradeci porque eu não...

— Não quer acreditar que eles existem.

— Aham. E por que eu devia? — Exausta com o desabafo, Sonya tornou a se sentar. — Por que qualquer pessoa iria querer acreditar que talvez esteja morando em uma casa mal-assombrada? Noite passada... — Ela fechou os olhos e respirou fundo. — Noite passada, alguém bateu na porta da frente. Acordei com o barulho e, quando olhei pela janela... juro, Cleo... estava rolando uma nevasca. Neve, um vento uivante.

Só que, quando abri a porta, não tinha nada. Não tinha neve nenhuma, ventania nenhuma. Não tinha *ninguém*. Eu não sonhei com isso tudo, sabe?

— Tudo bem. — Com um aceno de cabeça, Cleo tomou outro gole de vinho. — Vou precisar de duas ou três semanas para conseguir resolver tudo e me mudar pra cá.

— Você... — Sonya cobriu o rosto com as mãos e caiu no choro.

— Ô, amiga. Não chora... — Levantando-se, Cleo trocou de cadeira e abraçou a amiga. — Está tudo bem. Vamos morar juntas de novo. Só que agora teremos quartos enormes. Você não achou que eu ia deixar essa casa mal-assombrada só pra você, achou?

— Eu te amo tanto.

— Eu também te amo muito.

— Tem certeza? Não sobre me amar, mas sobre se mudar pra cá...

— Tenho. E espero que seja lá quem for o encarregado pela arrumação das camas também arrume a minha.

— Se eles não arrumarem, eu arrumo.

Com uma risada, Cleo se afastou.

— Nós vamos nos divertir muito. De qualquer maneira, se o fato de amar a minha melhor amiga e adorar fantasmas não tivesse me convencido, aquele ateliê na torre fez isso. Fiquei obcecada com aquele lugar desde a nossa videochamada.

— Você quer ficar no apartamento?

Rindo, Cleo esbarrou com o ombro em Sonya de brincadeira.

— Você acha que vou abrir mão do Azulão? De jeito nenhum. Vamos lá... Me dá uma ajudinha pra desfazer as malas.

As duas guardaram as roupas, então terminaram de beber o vinho sentadas à lareira de uma das salas de visita. Jantaram sopa de tomate em lata com queijo-quente — um clássico dos tempos da faculdade.

Depois de outra garrafa de vinho, aninharam-se no sofá da sala de estar principal, dividindo uma tigela de pipoca enquanto faziam planos.

Quando finalmente subiram, Sonya puxou Cleo para entrar em seu quarto.

— Viu? Tá vendo? Você sabe que eu não vim aqui em cima, e ainda assim o fogo está aceso e o cobertor está afastado.

— Diga obrigada.

— Obrigada? Eu…

— Agora vamos ver se recebi a mesma cortesia.

Quando Cleo entrou e viu a lareira a gás já acesa e os cobertores afastados, ela reagiu com palmas e uma risada.

— É isso aí! Que coisa mais fofa. Obrigada!

— Tem alguns comportamentos seus que nunca vou entender, juro.

— Nascida na roça, né? — disse Cleo.

— Mas você não nasceu na roça.

— Mas minha vozinha nasceu. Ai, ai. Vou pra cama, dormir como uma rainha. Até amanhã.

Sonya talvez tenha balançado a cabeça enquanto voltava para o quarto. Mas, quando se deitou, um sorriso despontou só de saber que Cleo estava dormindo a poucos quartos de distância.

— Sonya! Acorda!

Com a voz sussurrada ao ouvido e a mão sacudindo o ombro, Sonya se sentou de supetão, acordando de um sono profundo no susto.

— O quê? O que foi?

— Shhh! Escuta! — Cleo agarrou o ombro da amiga.

A música ao piano pareceu flutuar escada acima.

— Está ouvindo? — Sob a claridade suave oferecida pela lareira, Sonya agarrou as mãos de Cleo. — Me diz que está ouvindo.

— É lógico que estou. Por isso estou aqui, te acordando às três da manhã. Temos que ir lá conferir.

— Temos que ir lá conferir — repetiu Sonya, lutando contra o medo enquanto saía da cama.

— Você conhece essa música? — perguntou Cleo, ainda sussurrando e puxando Sonya para fora do quarto. — Parece meio familiar. Sei lá.

— Achei que estava sonhando.

— Bem pouco provável que nós duas estejamos tendo o mesmo sonho enquanto saímos da sua sala de visitas.

À medida que se aproximavam da escadaria, a música se tornava mais nítida.

— Espera.

Sonya correu para a biblioteca, direto para a lareira, e pegou o atiçador.

— Son, não acho que um fantasma pianista esteja caçando briga. Além disso, o que você vai fazer com isso? Vai matar um fantasma?

Segurando o atiçador com força, Sonya lançou um olhar de "não discuta comigo".

De fininho, elas desceram as escadas, e, quando chegaram à base, Sonya acenou com a cabeça em direção à sala de música. Uma luz tremulava de lá, como se fosse de velas ou das chamas da lareira.

A música prosseguia conforme se aproximavam. Então um longo suspiro ecoou, distintamente humano, e desapareceu.

Armada com o atiçador, Sonya disparou para a entrada. Ela não viu nada, a não ser silhuetas e sombras no escuro. Praguejando, ela tateou a parede em busca do interruptor.

Sob o brilho do lustre, não havia ninguém ao piano. Exceto pelos instrumentos e a mobília, a sala estava vazia.

— Isso é palhaçada. Eu vi uma luz aqui, e ainda estou sentindo o cheiro de velas. Ouviram que a gente estava chegando e se mandaram.

— Sonya, nós estávamos quase na porta quando ficou tudo escuro e a música parou. Ninguém poderia ter passado por nós sem que nós víssemos.

— Deve ter uma passagem secreta. Outra passagem, igual à que os criados usavam. — Decidida, ela colocou o atiçador no chão e começou a procurar pelas paredes. — O lambrim, o... como se chama mesmo? O rodamelo. Pode ter algum botão ou alavanca embutido.

— É tipo um *Arquivo X* reverso. Você não quer acreditar.

— É óbvio que eu não quero acreditar. — A voz dela subiu duas oitavas. — Não quero acreditar que algum fantasma sentiu vontade de tocar piano. Ainda mais às três da manhã! Anda, me ajuda a procurar.

Obedecendo, Cleo assumiu a busca na outra parede.

— Você prefere acreditar que alguém está entrando escondido na casa, abrindo portas, mudando as coisas de lugar e tocando piano de madrugada? E que essa pessoa também consegue apagar as velas e se enfiar em uma passagem secreta em questão de segundos?

— Pelo menos assim eu poderia dar uma boa pancada com o atiçador e mandar sair da minha casa. Então, sim, eu preferiria acreditar nisso. — Sonya parou e esfregou o rosto com as mãos. — E não, eu não acredito nisso de verdade. Antes de você chegar aqui, eu estava dividida entre aceitar que tem algo na casa ou que estou enlouquecendo. Alucinando. Talvez seja mesmo um tumor cerebral.

— Eu estou aqui, e posso garantir que você não está louca e nem alucinando. — Cleo foi até ela e colocou o braço sobre os ombros de Sonya. — Tem mais do que "algo" nesta casa. E o que estava tocando piano era uma mulher.

— O suspiro. Eu ouvi também.

— Ela está triste.

— Acho que muitas pessoas não ficam felizes por estarem mortas.

— Talvez seja Astrid. Ser assassinada no dia do casamento é de deixar qualquer um triste. A música… — Caminhando até o piano, Cleo tentou dedilhar as teclas. — É alguma coisa assim, não é? Notas básicas. Acho que já ouvi antes, mas não consigo identificar.

— E essa é a coisa mais importante nestas circunstâncias?

— Pode ser uma pista. — Cleo se animou. — É como se fôssemos a Nancy Drew e este fosse O Caso do Piano Mal-Assombrado.

— Vou voltar a dormir.

— Boa ideia. A cera da vela ainda está meio mole — disse Cleo, cutucando uma delas.

— Você não está nem um pouco assustada.

— Ainda não. Neste momento, estou fascinada pra caramba. Ei, não se esqueça do seu atiçador.

— Rá, rá. Você teria ficado feliz por eu ter trazido se tivéssemos dado de cara com o assassino do machado.

— Um assassino do machado que faz uma pausa para tocar piano? Um assassino do machado que gentilmente deixa as camas preparadas à noite? Esse assassino?

Sonya soltou um longo suspiro e segurou a mão de Cleo enquanto subiam as escadas.

— Estou feliz que você esteja aqui.

— Estou mais feliz a cada segundo que passa por estar aqui também. Ah, quando eu estava quase pegando no sono, pensei numa coisa.

— Não me diga que tem algo a ver com procurar uma equipe paranormal para analisar a casa.

— Nada a ver. Quando o advogado e o primo vierem amanhã para carregar aquelas coisas que você quer, posso pedir pra eles levarem mais alguma coisa, se eu vir algo interessante?

— Sem problemas. Você viu alguma coisa?

— Antes da conversa sobre eu ficar de vez e trabalhar naquela torre fabulosa, a gente deu só uma olhada geral, né. Pensei em dar uma olhada mais detalhada, agora que decidi me mudar pra cá. De qualquer forma, é só amanhã.

As duas pararam diante da porta do quarto de Cleo.

— Tem uma escrivaninha muito boa. A que você usa agora é útil, mas você poderia ter algo melhor. E precisa de uma cadeira.

— Já estou fazendo uma listinha na cabeça, e tenho outras coisas em mente. Amanhã — repetiu Cleo. — Vamos receber a visita de homens, então tenho que dormir para não parecer uma bruxa.

— Isso é impossível.

— Se você ouvir algo e eu não, me chama.

— Pode deixar. Espero que tenhamos uma boa noite.

Sonya imaginou que teria o mesmo sono agitado após ter sido acordada às três da manhã, como na noite anterior, mas adormeceu em segundos.

E acordou com a luz suave da manhã.

Já que esperava que Cleo dormisse por mais umas duas horas, no mínimo, ela desceu para fazer café. Daria um jeito de trabalhar um pouquinho, e depois fariam uma espécie de brunch antes de saírem em busca do que Cleo poderia usar para montar seu ateliê — e qualquer outra coisa que ela quisesse.

A ideia de ter a amiga morando ali a deixou com o ânimo renovado. E era bom saber, de verdade, que ela não havia imaginado ou esquecido coisas.

Sentou-se à mesa cheia de otimismo.

Mesmo com o tablet decidindo tocar "Come Saturday Morning", o sentimento não diminuiu.

Pouco depois das onze, Cleo apareceu.

O cabelo em cachos perfeitos. As pálpebras dos olhos castanho-claros com um pouco de sombra bronze aplicada. Ela usava uma calça jeans preta e justa com um suéter cuja cor variava de um lavanda até o tom mais escuro de roxo.

— Nossa, você está toda produzida.

— Teremos visita. De homens. — Cleo fez uma pose. — A primeira impressão é o que fica. Além disso, minha melhor amiga comprou este suéter pra mim, porque ela sabe direitinho do que eu gosto. Está trabalhando? — perguntou. — Posso deixar você quietinha.

— Eu estava até você acordar. — Sonya conferiu o horário. — Eles não chegam antes das três, então ainda tenho tempo de me arrumar.

— Que ódio de você, que está sempre bonita sem se arrumar. Sempre te odiei por causa disso, embora meu amor seja mais forte.

No momento certo, a música mudou para "You're My Best Friend", do Queen.

Cleo riu, encantada.

— Você tem um fantasma que é DJ. Isso é legal demais.

— Vou fechar tudo aqui, e então podemos fazer um brunch só das meninas.

— Calma. Antes, me mostra o que você fez para a ceramista. Nem chegamos a fazer isso ontem.

— Estou fazendo os testes. Vou deixar tudo pronto e funcionando para a semana que vem.

— Que rápido.

— Tempo de sobra pra trabalhar aqui. Primeiro, olha o que ela usava antes.

Cleo deu a volta e espiou por cima do ombro de Sonya.

— Tudo bem, gostei do trabalho dela. O site não é tão medonho.

— Mas o carregamento de imagens é péssimo, não abria de jeito nenhum no celular. Você viu o painel semântico lá em cima. E aqui está o que projetei e foi aprovado por ela e que estou testando agora.

Cleo riu alto e deu um soquinho no ombro de Sonya assim que o site abriu na tela.

— Ok, meu amor, isso aí é harmonia pura. Elegante, mas ao mesmo tempo acessível. Artístico, mas prático. Cores fortes criando um impacto maior. Boa ideia com o vídeo curtinho. Dá pra ampliar?

— Dá, sim. Ela tem um formato de rosto lindo, o cabelo destaca isso. Acho que vou ter que esboçar um desenho.

Sonya clicou na aba da loja.

— E vou mudar o verbo "gostei" para "amei" o trabalho dela. O novo formato do site realmente destaca isso.

— O vasinho da Xena é obra dela.

— O quê? — Cleo foi até a janela. — Como assim eu não notei o novo look dela? Adorei. E a Xena parece bem feliz.

— Ela já está com uns brotinhos despontando.

— Estou vendo.

— Chega de trabalho. Estou acordada desde as oito, e estou morrendo de fome.

— Eu quero comer lá naquela sala de jantar enorme.

— Sério?

— Sério. Vamos ser chiques. Você tem uma casa gigante, amiga, então vamos usá-la.

— Cara, como eu precisava de você!

— E vamos conversar sobre uns termos.

— Termos? — Sonya desligou o computador. — Você não vai pagar aluguel, Cleo. Eu não pago, então você também não vai pagar.

— Entendo. Sério mesmo, entendo e sou grata. Mas vou contribuir. Eu faço as compras do mercado, com nossas listinhas semanais. Cozinho melhor que você, e olha que isso não quer dizer muita coisa, mas posso fazer o jantar… digamos que cinco noites por semana. Mais ou menos.

— Vamos resolver tudo.

— Com certeza. — Cleo sorriu enquanto desciam as escadas. — É o que fazemos.

Capítulo treze

Diante da insistência de Cleo, Sonya se "produziu" depois do brunch. Parecia um desperdício, já que, provavelmente, ela ajudaria a tirar móveis do lugar, mas, naquele momento, se Cleo tivesse pedido para ela fazer estrelinhas no vestíbulo, ela teria tentado.

Então, com uma calça de camurça mostarda e uma blusa cinza de gola alta, ela conduziu Cleo mais uma vez até os aposentos que serviam como depósitos.

— Esta escrivaninha.

Sonya teve que se contorcer toda para chegar até a amiga, que vibrava de emoção com uma luminária em formato de sereia segurando uma bola de cristal.

— Quero esta luminária no ateliê.

Sonya passou a mão pelo cabelo, concordando.

— Eu devia ter imaginado.

— Ela é perfeita. Estou ilustrando um livro de sereias.

— E eu não sabia disso?

— Nem comecei ainda. É o assunto da reunião de segunda-feira. Um livro para adultos. — Ela contornou a luminária. — Um livro de mesa de centro, com ilustrações retratando várias crenças, várias culturas.

— Bem a sua praia.

— Total. A escrivaninha. Meu Deus do céu! — Ela foi dançando até a mesa.

— Deve pesar uma tonelada — considerou Sonya. — E vai dar um pouco de trabalho para carregar até lá embaixo, considerando que é em formato de L.

— Com força de vontade, tudo é possível. Ela é mesmo maravilhosa. — Com reverência, Cleo passou a mão pela superfície e o tampo acoplado de couro. — Que madeira é essa?

— Não faço ideia. Mas tem gavetas para os materiais, espaço para o seu monitor e você ainda pode usar a extensão para seus desenhos manuais.

— Beleza, eu quero isto e a sereia. A cadeira vou trazer de casa, porque já me acostumei. A mesma coisa com a minha luminária de mesa. Provavelmente vou precisar de um sofá pequeno, um divã. Algo curvo seria bom, por causa do formato arredondado da torre. E pelo menos uma cadeira pra quando a minha melhor amiga for lá passar um tempo comigo.

Rindo, ela olhou ao redor.

— Meu Deus, Sonya, isso aqui é o mesmo que fazer compras de graça em um antiquário fabuloso.

Uma tábua rangeu no piso de cima.

— É o sótão — murmurou Sonya.

— Eu lembro... Tem aqueles baús de roupas e tudo mais. Vamos lá ver.

Hesitante, Sonya enfiou as mãos nos bolsos.

— É bem frio lá em cima.

— Eu vi ontem. Não deu nem pra olhar direito.

As duas subiram e Cleo logo apontou.

— Eu queria um sofá pequeno e curvo, e lá está ele.

— Você sabe que ele estava coberto com um lençol ontem... e quando passei por aqui antes também.

— Tudo bem, mas não está coberto agora, e é perfeito. — Completamente encantada, Cleo rodeou o sofá. — Adorei essa cor azul-escura. É de veludo, e olha só esses corações entalhados na estrutura de madeira. Tão lindos! Vai ornar muito bem com o ateliê. Uma cadeira, umas duas mesas e... tcharam! Uma sala de visitas, uma área de trabalho, aquela vista e espaço suficiente para pintar quando me der na telha.

— Use os materiais de Collin. Vão estragar se você não usar. Quando não estiver tão frio aqui em cima, podemos ver todo o resto. Tirar os lençóis e lonas e ver tudo que tem aqui.

— É o que faremos. — Depois de mais uma circulada, Cleo assentiu. — Sabe de uma coisa... acho que nós duas conseguiríamos levar esse pequeno sofá lá para baixo.

Sonya o observou com atenção.

— Só vamos saber se tentarmos.

O móvel era mais pesado do que parecia, mas pequeno o bastante para manobrar pelos degraus e pelo corredor.

Quando, um pouco sem fôlego, elas o colocaram diante de uma das janelas curvas do ateliê, as duas fizeram um toca-aqui.

E a campainha soou.

— Agora eu sei por que essa porcaria é tão alta. Bom, vamos deixar os homens viris entrar e torcer para que estejam bem-dispostos.

Elas desceram e abriram a porta para os dois homens. E dois cachorros.

— Mookie! — Como o grande cachorro de pelagem dourada abanou o rabo, todo feliz, Sonya se agachou. E foi recompensada com mais abanadas e cafungadas. — E quem é este aqui?

— Este é o Jones — disse Owen.

Sonya fez um carinho no cão preto de aparência agressiva, cujo olho esquerdo estava coberto com um tapa-olho.

— O que aconteceu com o olho dele?

— Ele o perdeu em uma briga de bar contra um Dobermann.

Com as mãos ocupadas em acariciar os dois cachorros, Sonya olhou para cima e Owen apenas deu de ombros.

— Foi o que me contaram.

— Aposto que o Dobermann levou a pior. — Cleo recuou e gesticulou para todos. — Vamos entrar. Está frio.

— É mesmo, desculpa. Cleo Fabares... Trey Doyle e Owen Poole.

— Prazer em conh... — Trey se interrompeu. — Mook!

O cachorro, que já seguia para a sala de estar, apenas olhou para trás.

— Ele tem mania de ficar à vontade.

— Não tem problema. Vou guardar os casacos de vocês, ok? — disse Sonya, e então: — Primeiro, nós realmente estamos gratas pela ajuda, e, segundo, vamos jogar limpo: achamos mais um monte de coisas pra carregar.

Owen entregou o casaco a Sonya.

— Tem cerveja?

— Aham.

— Então, estamos de boa.

— Você é um carinha durão, não é? — Cleo se inclinou para fazer um carinho entre as orelhas de Jones e ao longo da mandíbula quadrada. Ele bufou.

— Ele não se considera um "carinha" pequeno.

Jogando o cabelo para o lado, Cleo lançou a Owen um sorriso e um olhar de soslaio.

— O que conta é o tamanho da coragem, né?

— Isso o Jones tem de sobra. De onde é o seu sotaque?

— Louisiana. Lafayette. — Ela fez questão de enfatizar a pronúncia regional.

Sonya olhou de relance para a sala onde Mookie farejava tudo ao redor.

— Ele está caçando tesouros — explicou Trey. — Collin costumava esconder biscoitinhos de cachorro ou um osso mastigável, para que Mookie pudesse... Acho que deixei aquele ali passar batido — disse ele ao ver Mookie enfiar o nariz sob uma almofada da cadeira e sair com um petisco.

— Ah, caramba. — Owen enfiou a mão no bolso do casaco que Sonya ainda segurava, tirou um biscoito canino e jogou para Jones, que o abocanhou com precisão. — Nada mais justo.

— Pronto. Agora vou ter que arranjar um.

— Vamos adotar um cachorro? — A ideia fez com que Cleo batesse palmas. — E precisamos de um gato também, Son. Este lugar foi feito para ter um cão fiel e um gato bacana e elegante.

— Jogando limpo de novo... — Sonya levou os casacos para o armário. — Cleo vai se mudar pra cá. Tudo bem, não é, Trey? Quer dizer, isso não infringe nenhuma cláusula, né?

— Lógico, tudo bem, e, não, não infringe cláusula nenhuma. Que coisa boa. Bem-vinda a bordo.

— Obrigada. — Cleo abriu os braços. — Não sei como alguém poderia resistir a um lugar como este, mas eu não sou esse alguém.

Da biblioteca, Cindy Lauper entoou "Girls Just Want to Have Fun".

— E este — disse ela, com uma risada — é só mais um motivo. Todo mundo sabia que o lugar é mal-assombrado, menos a Sonya?

— A gente jogou limpo em relação ao assunto. — Trey enfiou os polegares nos bolsos da calça jeans. — Só que ela não acreditou.

— Então isso não é incomum? — perguntou Sonya. — Um fantasma escolhendo músicas no tablet?

— Eles gostam de música — disse Trey com simplicidade.

— E você? — Ela apontou para Owen. — Nenhuma reação?

— Sou mais fã de rock do que pop, mas Cindy Lauper é sempre legal.

— Minha amiga é realista. — Cleo passou o braço ao redor de Sonya. — Então, está sendo um pouquinho difícil pra ela. Eu vim pra equilibrar as coisas.

— Não vamos deixar os rapazes e seus cachorros parados no vestíbulo. Temos um monte de coisas pra trazer e pra levar daqui pra lá. Se for demais, tudo bem. Mas tenho cerveja.

Ela os conduziu para o andar superior de forma que começassem pela vitrola.

— Esta peça é bem bonita. — Owen deslizou a mão pelo armário de madeira. — Está em excelente estado também.

— Falei sério, Owen... Se quiser qualquer coisa, pode ficar.

— Menos a sereia.

Interesse cintilou no olhar de Owen quando ele se virou para Cleo.

— Que sereia?

— Ela está em outro cômodo. É uma luminária de chão, mas com ela você não vai poder ficar. Já é minha. Posso até negociar a escrivaninha, se rolar algum valor sentimental. E disputo até pedra, papel e tesoura pelo sofá que já carregamos, mas vou bater o pé pela sereia.

— Qualquer coisa, menos a sereia — especificou Sonya. — Quero levar a vitrola para a sala de música. A menos que você a queira, Owen.

— Estou de boa.

Eles a levaram para o andar de baixo, depois transportaram o armário de partituras enquanto Sonya e Cleo levavam as caixas de discos antigos.

Os cães os seguiam pra cima e pra baixo. Depois, sensatos, foram para a biblioteca dormir ao pé da lareira.

— É ali que quero colocar a pintura de Collin; o retrato de Johanna. Posso encontrar outro lugar para aquela natureza-morta. Se precisarem de uma pausa…

— Sonya — Trey colocou a mão no ombro dela —, nós só carregamos duas peças. Acho que aguentamos bem mais.

— Temos a sereia e a escrivaninha grande. Cleo vai se instalar no ateliê de Collin.

— Você pinta? — perguntou Owen quando subiram de novo.

— De vez em quando. Eu sou ilustradora.

— Qual é a diferença?

— Quanto tempo você tem?

— Explique de forma mais simples.

— Tudo bem, versão resumida. — Ela apontou para uma pintura enquanto caminhavam. — É autossuficiente, do ponto de vista do observador. Uma ilustração é conectada com o texto, serve a um propósito e, com sorte, são partes que se realçam mutuamente.

— Certo.

Eles seguiram o caminho até a sereia.

— Certo — repetiu Owen, com um tom reverente. — Ela é linda mesmo.

— Minha.

Ignorando Cleo, ele passou a mão pela escultura, pelo cabelo comprido e agitado pelo vento, o sorriso perspicaz, os seios polidos.

— Ela é de mogno sólido, Trey. — Ele encarou Cleo. — Qual é o nome dela?

Cleo já dera alguns pontos para ele por ter ajudado Sonya, e mais outros por causa de Jones. Com a pergunta, ela duplicou a soma.

— Circe.

— Combina. Circe não é leve.

— A escrivaninha também não — advertiu Sonya.

— Tudo bem. — Esfregando as mãos, Trey assentiu. — Um desafio pela frente.

— Se alguém trouxe aqui pra cima, alguém pode levar pra baixo. — Owen deu um jeito de se aproximar e se agachou para conferir as gavetas.

— Cerejeira, impecável. A madeira está um pouco ressecada. Isto aqui e a sereia precisam de um bom polimento com cera. Não use nenhuma porcaria de spray de supermercado nestas peças, ok? Em nenhuma delas. Pode até usar óleo de limão ou laranja de vez em quando, mas, pelo menos umas duas vezes por ano, tem que polir com cera em pasta.

— Vamos comprar depois.

— Não é da minha conta — Owen se endireitou e se virou para Sonya —, mas acha que vocês vão conseguir manter conservados todos esses móveis? Livres de poeira, protegidos? Sem falar nessa quantidade absurda de pisos de madeira.

— Não. — Sonya soltou um longo suspiro. — Não, e sei que vou ter que me render a um serviço de limpeza profissional. Está na minha lista de coisas a fazer na próxima semana, ou na outra. Espero que você leve algum item, Owen. Mais do que somente um...

Enquanto ela falava, um lençol deslizou devagar até o chão. Sonya cruzou os braços com força.

— Isso é assustador. Fala sério, isso é assustador demais.

— Um pouquinho. — Mas Owen passou por cima do lençol amontoado aos seus pés e se aproximou do gaveteiro. — Precisa de uma reforma. Tem um puxador faltando. O fundo desta gaveta está rachado. Parece que um cachorro mastigou a perna da frente. Posso ficar com esta cômoda, então.

— Sério?

— Aham, dá pra consertar. E talvez você pare de se sentir tão culpada. — E, com aquela frase, ele ganhou mais pontos no placar de Cleo.

— Olhe só nos fundos, Owen. — Trey fez um sinal com o dedo e sorriu. — Parece que alguém, talvez uma criança, entalhou as iniciais do nome ali embaixo. ODP. Owen David Poole. Suas iniciais também.

— É, bem... Como eu disse, vou ficar com ela. Mas vamos enfrentar a escrivaninha primeiro, porque vai dar um trabalho danado.

Foi preciso um pouco de força, um pouco de noções geométricas e um pouco de palavrões criativos. Sonya abraçava uma das gavetas contra o peito enquanto os homens giravam, apoiavam e enfiavam a mesa no ateliê.

— Vocês merecem muito mais do que uma cerveja.

— Nossa, olha só como a luz incide sobre ela! Vocês podem colocá-la ali? — Cleo correu à frente deles, abriu os braços e os baixou novamente. — Bem aqui, neste ângulo. Olha só como tudo está se encaixando direitinho. O nome do meu primeiro filho vai ser Collin Oliver Owen.

— Você devia colocar uma pintura no cavalete, Cleo, quando não estiver trabalhando nele. Dá todo o charme. Mas — acrescentou Sonya —, Johanna vai lá pra baixo.

Trey se aproximou do retrato pintado.

— Você disse que encontrou isso no armário, certo?

— Aham. Talvez ele tenha ficado triste de olhar o tempo todo, daí decidiu guardar, mas...

— Sonya, eu já estive incontáveis vezes neste ateliê, além de ter revistado este cômodo depois que Collin morreu, e nunca vi este retrato antes. E não tinha pintura nenhuma no armário. Ele só guardava telas em branco lá dentro.

— Mas estava lá.

— Eu acredito em você.

— É a Johanna. — Owen se aproximou e se postou ao lado de Trey. — Já vi algumas fotos. Collin não gostava muito de pintar pessoas, era mais de paisagens e esse tipo de coisa.

— É uma pena — disse Cleo. — Porque ele tinha um talento nato pra isso. Ela é linda. E a maneira como ele usou a iluminação e linhas e movimento... Lindo. — Com um suspiro sonoro, Cleo colocou uma das mãos sobre seu coração. — Ele a amava. Isto é nítido.

— Estava dentro do armário — disse Sonya outra vez.

— Então, eu diria que ele queria que você ficasse com ela. — Trey se virou para Sonya. — Vamos levar o restante dos móveis que vocês querem, depois podemos conversar sobre o assunto enquanto tomamos aquela cerveja.

Sonya pressionou os dedos contra os olhos.

— Você é sempre assim tão calmo?

— Quase sempre — revelou Owen —, mas, se pisar no calo, sai de perto.

Levou mais de uma hora, depois uma pausa ao ar livre para os cachorros, antes que os quatro fossem para a cozinha.

— Demorou um pouco. — Cleo pegou uma garrafa de vinho enquanto Sonya servia a cerveja em copos próprios para isso. — E estamos devendo a vocês mais do que a cerveja. Suponho que ninguém aqui cozinhe.

— O Owen cozinha melhor do que eu — respondeu Trey.

Considerando, Cleo olhou para Owen.

— Verdade? Você cozinha?

— Um pouco acima da média.

— É mais ou menos onde estou, o que já é uma diferença gritante para as habilidades da Sonya. Posso fazer uma massa...

— Eu comeria uma massa.

— Então, beleza. Vou ver o que temos por aqui.

— Eu vou cozinhar... para os Doyle. — *Decisão já tomada*, pensou Sonya. — Que tal na próxima sexta à noite? Ou no sábado?

Trey pegou o celular e conferiu o calendário.

— Sexta-feira está livre. Anna e Seth têm um compromisso no sábado.

— Você tem a agenda de todo mundo aí?

— Ele adora organizar tudo. — Owen puxou uma banqueta para se sentar. — Quer você queira ou não.

— Só quero evitar conflitos de agenda. Vou avisar ao pessoal.

— Me diga se estiver tranquilo para todos. Acho que sete é um bom horário. Owen, você está mais do que convidado.

— Vou deixar esse evento para os Doyle, mas obrigado.

— Haverá uma cadeira à mesa, e, possivelmente, uma refeição comestível, se você mudar de ideia. Agora... — Ela pegou a taça de vinho e se virou para Trey. — Vamos falar sobre o elefante invisível na sala?

— Por que você não conta pra gente o que está acontecendo? Além da playlist.

— Tá bom. — Sonya começou a andar ao longo da ilha central, enquanto Cleo procurava o que queria. — Portas abertas, portas fechadas, tábuas rangendo. Isso eu poderia até relevar, porque a casa é antiga.

— E sólida como a rocha sobre a qual foi construída — salientou Owen. — Os pisos são nivelados com perfeição. É óbvio que rola dilatação, mas não a ponto de ter portas abrindo e fechando sozinhas.

— Entendo, e não estou bancando a agente Scully. Não mais. Mas sabe aquele dia em que você carregou a impressora pra mim, Trey? Eu assisti a um filme no segundo piso da biblioteca, na noite anterior. Quando acordei, estava com uma manta me cobrindo, a TV desligada e o controle remoto guardado dentro da gaveta. E quando nós subimos pra você instalar a impressora… a manta estava dobrada de novo.

Ela parou e bebericou o vinho.

— Preciso começar a documentar tudo. Eu uso a lareira da biblioteca todos os dias, e todo santo dia está limpa e preparada. Eu desço pra fazer o café pela manhã, e, quando subo de novo, minha cama está arrumada. E, à noite, está com os cobertores afastados, como se eu tivesse uma camareira particular.

— Eu ia gostar de ter um fantasma desses — comentou Owen. — Quem não ia gostar?

Fazendo uma pausa em sua procura por itens para cozinhar, Cleo lançou um olhar para ele.

— E não é?

— Achei que eu só estava meio avoada, esquecendo o que fazia. Ah, e tem também as coisas em cima da minha cômoda. Estão sempre em um lugar diferente de onde as coloquei.

— E teve o lance do piano — relembrou Cleo, começando a picar o alho.

— Isso, no meio da noite. Achei que estava sonhando ou imaginando, mas nós duas ouvimos um som no meio da madrugada e descemos para conferir. A sala de música estava meio iluminada, como se estivesse à luz de velas. Mas, quando chegamos lá, não tinha nada, nem luz, nem música.

— Eu não consigo identificar a música. — Fechando os olhos como se estivesse se concentrando, Cleo agitou o dedo no ar. — Da-da-da-da, da-da-da-da.

— *There was a young maid dwelling* — cantarolou Trey, com a voz de tenor nítida. — *And every youth cried well-a-day. Her name was Barbara Allen.*

— É essa aí mesmo! Além de tudo, ele canta.

— É uma canção popular antiga. A letra pode variar, mas a melodia é sempre a mesma.

— Eu já tinha escutado — murmurou Sonya. — É bem triste.

— Ele está morrendo, mas ela se afasta. Ele morre com o coração partido, ela morre de culpa e tristeza. Então... é — concordou Trey. — A música é triste pra caramba.

— Acho que era a Astrid. — Cleo colocou o alho na panela onde a manteiga já derretia. — Assassinada no dia do casamento. Não tem como ser mais triste que isso.

— Eu entrei aqui e todas as portas dos armários estavam abertas, e, um dia, eu fui dar uma volta lá fora e destranquei a porta para sair. Quando voltei, estava trancada. Demorei a conseguir abrir.

— Você não me contou isso.

— Esqueci. E, na noite anterior à chegada de Cleo, eu ouvi alguém batendo à porta da frente. O barulho me acordou. Quando eu me levantei, estava rolando uma nevasca. Eu conseguia ouvir o vento uivando, os flocos de neve voando. Pensei que alguém tivesse sofrido um acidente ou estivesse precisando de ajuda. Mas, quando desci e abri a porta, não tinha ninguém, e a noite estava clara. Nada de ventania, nem de neve. Eu quase saí para conferir, mas lembrei que tinha ficado presa do lado de fora, então desisti.

— Isso não é uma brincadeirinha. Isso é bem maldoso. — Trey trocou um olhar com Owen. — E é algo que nunca ouvi antes.

— Eu também não.

— Talvez eu tenha irritado eles. Não tenho a menor experiência nessa área.

— E, ainda assim, você decidiu ficar — salientou Trey.

— Eu vou ficar. Às vezes, como na noite passada, não entendo o porquê. Mas quero ficar aqui. Ah, outra coisa que esqueci de contar. Um dia eu saí do chuveiro e comecei a limpar o espelho embaçado. Do nada surgiu uma mensagem: o número sete e as palavras "se foram".

— Foram sete noivas — disse Trey a ela.

Enquanto mexia o molho de tomate, Cleo olhou para trás.

— Igual ao musical?

Owen parecia confuso; Trey apenas riu.

— Não. Sete noivas fantasmas. Astrid foi a primeira. Você não leu o livro? — perguntou ele a Sonya.

— Comecei a ler. Li sobre Astrid e Collin, e sobre o irmão gêmeo, Connor, e… Arabelle? E sobre Hester Dobbs. Daí, comecei a ler sobre os filhos de Connor e Arabelle.

— Continue lendo.

— Parece que Connor e Arabelle levaram uma vida longa e boa por aqui. Com um monte de filhos — disse Trey.

— Uma das filhas deles era a segunda noiva. Não amenize as coisas, Trey. Isso aí é vodca? — Franzindo a testa, Owen apontou para o fogão. — Você está colocando vodca na comida?

— É essencial para a massa ao molho de vodca.

Quando Owen se levantou para dar uma olhada, Trey indicou uma banqueta para Sonya.

— Por que você não se senta?

— Eu preciso mesmo? — Ela se sentou e se inclinou para fazer carinho em Mookie quando ele se aproximou.

— O nome dela era Catherine. Ela se casou com William Cabot. Eles passaram a noite de núpcias na mansão, planejando uma viagem de lua de mel para a Europa no início da primavera. Só que ela saiu da casa à noite, ou de manhã bem cedinho, em meio a uma nevasca. E morreu congelada.

— Ela saiu da mansão só de camisola — murmurou Sonya — e descalça. Ela… ela não sentia o frio. Não sentiu de forma alguma. Havia uma mulher vestida de preto perto do quebra-mar. E ela foi caminhando até lá, na neve e com os pés descalços. A mulher segurou a mão dela… pegou um anel? A aliança de casamento? E só então ela começou a sentir o frio. Ela disse alguma coisa… a mulher de vestido preto. Não consegui ouvir. E Catherine tentou voltar, mas estava frio demais, e ela caía o tempo todo durante o trajeto. Até que não se levantou mais. Eu sonhei com isso. — Com uma das mãos sobre o coração acelerado, Sonya massageou a pele. — Como posso ter sonhado com isso, Trey?

— Preciso admitir que isso é assustador, Sonya. — Cleo foi até ela e a abraçou com força. — Que pesadelo horrível. Foi isso mesmo que aconteceu? — perguntou a Trey.

— Ninguém conseguiu explicar por que ela saiu no meio de uma tempestade. Mas, quando a encontraram no dia seguinte, ela não estava mais usando a aliança de casamento. Que também nunca foi encontrada.

— A maldição de Hester Dobbs, de acordo com a lenda local. — Owen mexeu o molho. — A cada geração, uma noiva morre no dia do casamento, ou dentro de um ano. Na mansão. Não tenho muita certeza sobre essa coisa da aliança.

— Johanna teria sido a última? Agora tem eu? — Com um longo suspiro, Sonya pegou seu vinho novamente. — Ainda bem que não estou noiva.

— Eu nunca acreditei nesta lenda. Algumas, como Lillian Crest, morreram ao dar à luz. Infelizmente, isso nem é tão incomum. Ainda mais naquela época, e com gravidez de gêmeos. Não lembro direito — acrescentou Trey —, mas acho que uma, pelo menos, morreu engasgada com comida. Também não era tão incomum nos séculos XIX e início do XX. E havia outros, como Connor e Arabelle, que viveram por muito tempo aqui.

— A não ser as sete, como no espelho.

— Alguém queria que você soubesse — disse Cleo.

Depois de mais um abraço, ela foi pegar uma panela para cozinhar a massa.

— Collin queria você aqui. Ele quis te dar tudo isso. Eu o conheci desde que nasci. Ele jamais faria mal a alguém.

— Ele era um bom homem — concordou Owen. — E se importava com a família. Você é da família.

— Você também.

— Sim. — Recostando-se na bancada ao lado do fogão, Owen encarou Sonya. — E ele me deu o que eu queria, do que eu precisava. E sou grato. Eu não tinha certeza sobre o que pensar de você, uma prima perdida de Boston, mas acredito que Collin tinha seus motivos para querer você aqui. E você vai acabar descobrindo quais eram em algum momento.

— Quanto tempo pra comida ficar pronta?

— Mais uns vinte minutos.

— Vou tomar outra cerveja. Não deixe a bruxa te assustar.

— Minha avó é bruxa… Pelo menos é o que ela diz. Vou pedir uns conselhos pra ela. E vou voltar pra ficar de vez o mais rápido possível.

— Isso me deixa puta da vida.

— Lá vem a teimosinha. — Cleo levou a panela com água para o fogão.

— Eu prefiro "determinada". E não, não vou deixar uma bruxa morta e assassina me assustar. Esta casa não é dela, é minha. Não acredito em maldições, mas e se acreditasse? Se alguém roga uma praga, tem como quebrar.

Cleo pegou sua taça de vinho e brindou.

— É assim que se fala.

— É fácil dizer quando estou sentada aqui com mais três pessoas e dois cachorros, mas mesmo assim falei sério.

A música começou a tocar — "It's Gonna Be Alright".

— Ramones. — Owen voltou com uma cerveja para ele e outra para Trey. — Agora, sim. Você tem o número de telefone do Trey nos seus contatos?

— Tenho.

— Me dá aqui. — Ele estendeu a mão. — Vou colocar o meu. Se estiver apavorada, é só ligar.

Trey colocou a mão sobre a dela.

— Você não está sozinha, Sonya.

Ela olhou na direção de onde vinha a música.

— Com certeza, não.

Capítulo quatorze

Na manhã de segunda-feira, Sonya estava no vestíbulo com Cleo.

— Você tem dois caras muito capazes que virão aqui a qualquer momento se você precisar. Vai ter companhia para jantar na quinta. — Enquanto falava, Cleo segurou a mão de Sonya e olhou ao redor. — Sua mãe vem no próximo final de semana. Depois, estarei de volta.

— Não se preocupe comigo. Mas, se quiser se preocupar com alguma coisa, sugiro os incautos que vão comer minha primeira, e muito provavelmente única, tentativa de fazer uma carne assada.

— Vai dar certo. Quando coloca uma coisa na cabeça, Son, você vai lá e faz. Talvez seja por isso que você está aqui. Casas precisam de pessoas, certo? Caso contrário, são apenas construções. Eu, vendo você aqui, acho que você precisa desta casa e ela de você. — Cleo envolveu a amiga em um abraço. — Tenho que ir para aquela reunião. Vou aproveitar e enviar algumas coisas minhas pela sua mãe, ok? Só coloca num cantinho até eu chegar.

— Ok. Nós nos vemos em algumas semanas.

Sonya observou Cleo caminhar até o carro e colocar as malas no bagageiro. Depois de um último aceno de despedida, ela contemplou o veículo sumir de vista.

Assim que fechou a porta, o tablet começou a tocar "I Think We're Alone Now".

— Não estou achando a menor graça.

Para sua total surpresa, a música parou e recomeçou com outra melodia — "Sorry", de Joel Corry.

Ela apenas balançou a cabeça e subiu. Antes de trabalhar, decidiu que começaria a registrar todos os "incidentes".

Recapitulando o melhor que pôde, Sonya conseguiu encontrar algo substancial e até mesmo lógico ao colocar os eventos em ordem cronológica.

Dando-se por satisfeita, ela se concentrou no projeto gráfico da Arte Prática.

Trabalhou por três horas sem nenhuma interrupção. O fogo crepitava, a casa — e fosse lá o que a habitava também — permaneceu em silêncio, e os testes que Sonya executou funcionaram com perfeição.

— Tudo pronto para ir ao ar — disse ela a si mesma.

Ela mandou uma mensagem para Anna, para avisá-la, e pediu que a mulher enviasse quaisquer mudanças desejadas o mais rápido possível.

Ao se levantar para colocar mais lenha na lareira, pensou em mudar o foco para o projeto da empresa de bufê. Isso daria tempo suficiente para revisar o site.

Ela mal havia se sentado de novo quando a mensagem de Anna chegou.

Está perfeito! Tudo muito perfeito! Vamos em frente!

— Beleza, então, lá vamos nós.

Ela ativou o site e as novas redes sociais, e enviou o anúncio que havia preparado para a lista de contatos de Anna — e para os contatos que ela mesma havia adicionado.

Checou tudo outra vez em seu desktop, celular e tablet. Ergueu os punhos em vitória, e depois enviou outra mensagem.

Você está na internet, e está linda!

"We Are the Champions", do Queen, ressoou alto.

— Vou deixar — decidiu Sonya.

E, cantando junto, ela desceu para tomar uma Coca-Cola em comemoração. Logo depois, voltou a trabalhar.

O dia passou de forma produtiva e tão bem que ela teve que se convencer a fazer uma pausa e dar aquela caminhada diária.

Parada no quebra-mar, torcendo para ver outra baleia, recebeu uma mensagem de Trey.

O site da Anna ficou lindo. Você teria algum tempinho esta semana pra conversar sobre fazer o mesmo com o site do escritório?

— Lógico!

No entanto, respondeu de um jeito bem profissional.

Sim! Posso me ajustar facilmente à sua agenda.

Quarta, às quatro e meia? Tudo bem se eu for até aí?

Sem problema. Contanto que você traga o Mookie.

Ele está contando com isso. Até lá.

— Então, tá. Vou pegar esse trabalho.

Ela se virou e olhou para a casa. E avistou a sombra à janela. Não era uma ilusão de ótica.

Alguém — alguma coisa — estava parado lá, observando-a.

Talvez seu coração quase tenha saído pela boca. Talvez ela tenha ficado toda arrepiada. Mas Cleo estava certa.

Ela precisava da casa. Nada nem ninguém a expulsaria dali.

Sonya voltou para a mansão, mas, em vez de trabalhar, finalmente se rendeu e abriu o arquivo que Trey havia enviado sobre o abrigo de animais.

Vinte minutos depois, tinha um compromisso e estava saindo porta afora outra vez.

— Não significa que vou voltar com um cachorro — disse a si mesma, dirigindo até a cidade. — Apenas que estou dando início ao processo de adotar um cachorro. Em algum momento.

Na cidade, ela fez o retorno para o outro lado da enseada e seguiu as instruções até chegar a um bairro com casas no estilo Cape Cod e Tudor com amplos gramados. Conforme instrução, ela parou na entrada da garagem da terceira casa à direita da Mulberry Lane.

A casa tinha um alpendre coberto, com dois bancos e um tapete de boas-vindas com os dizeres "Limpe as patas".

Uma gatinha tricolor estava sentada na janela da frente. Latidos soaram antes que Sonya erguesse a mão para bater à porta.

A mulher que atendeu usava um moletom tie-dye e legging preta. Um pano de prato estava pendurado em um ombro, e o cabelo loiro-claro estava preso em um rabo de cavalo.

Ela ajeitou os óculos de armação azul enquanto um trio de cachorros fazia festa aos seus pés.

— Sonya?

— Sim.

— Lucy Cabot. — Ela estendeu a mão. — Ninguém morde.

— Bom saber.

— Entra. Fiquem quietos — ordenou ela, mas os cachorros não deram muita bola.

O maior, com pelagem fofa e branca, batia o rabo como um leque quando se sentou. Outro, esguio e marrom, com um focinho comprido, choramingou baixinho e farejou as botas dela.

E o terceiro, cuja foto a havia atraído até ali, dançava no lugar enquanto olhava para ela com os grandes olhos castanhos.

— Solo — disse Lucy, indicando o maior. — Lando. Meus filhos são fãs de Star Wars. E esse fofinho aqui estamos chamando de Yoda. Só estamos com eles há alguns dias.

— Posso?

— Lógico. Lando! Sentado, quieto. Yoda tem cerca de 10 meses — disse Lucy quando Sonya se agachou para acariciá-lo. — E ele é uma gracinha. Ele é adestrado e está com as vacinas em dia. Como você pode ver, ele se dá bem com outros cães, com gatos, já que temos dois, e com pessoas. E é ótimo com crianças... Tenho três.

Sonya ouvia todas as informações de maneira vaga, pois já havia se apaixonado pelo cãozinho assim que ele esfregou o focinho em sua mão e apoiou as patinhas dianteiras em seu joelho.

— Uma Boston Terrier premiada foi seduzida por uma mistura de Dachshund — explicou Lucy. — Logo, ele tem a feição e a pelagem malhada de um Terrier, e as pernas curtas e corpo ligeiramente alongado do pai. Como não tem pedigree, os donos não o quiseram.

— Awn — murmurou Sonya, sentindo o coração derreter.

— Mas pelo menos ficaram com ele até desmamar, então tenho que dar o crédito. Quando ele estava com uns 4 meses, eles o deram para um casal que acabou se divorciando poucos meses depois. Nenhum dos dois quis continuar com o pobrezinho. Ele gostou de você — observou Lucy. — Se bem que ele gosta de todo mundo. Você já teve um cachorro?

— Já. — Sonya se rendeu e se sentou no chão, deixando o cachorrinho subir em seu colo e lamber seu rosto. — Na infância. Quando morava em Boston e trabalhava fora, eu quase não ficava em casa. Não parecia justo ter um cachorro nessas condições. Olha só pra você. Olha essas orelhas...

— Você está morando na Mansão da Noiva Fantasma agora, certo?

— Isso mesmo, e trabalho de casa.

— Está planejando ficar de vez?

Aninhando o cãozinho nos braços, Sonya olhou para cima.

— Aham.

— Estou perguntando porque esse fofinho merece um lar estável. Ele já foi passado adiante duas vezes. Eu até ficaria com ele, porque... bem, ele é um amor. Mas fiz um trato com o meu marido de que não teríamos mais animais do que humanos nesta casa, e nós temos dois cachorros, dois gatos e um porquinho-da-índia.

Sonya acariciou o pelo castanho malhado e macio do cãozinho.

— Estou fixando residência aqui. Posso muito bem dar um lar pra ele. Hoje eu vim com a intenção de dar só uma olhadinha, mas... — Sonya segurou o rosto do cão entre as mãos —... aqui está ele. Yoda é um bom nome.

— É mesmo?

— Qual o nome que o casal divorciado deu pra ele?

— Stubby.

— Ah, bem... achei até fofo, mas não é nada digno, né? Yoda é digno e sábio. Ele parece ser sábio. E o Yoda era pequeno, mas poderoso.

— Meus filhos ficarão felizes de saber que ele está indo embora com alguém que entende de Star Wars.

— Posso adotá-lo?

— Parece que ele já adotou você. Você tem coisas de pet?

— Nadinha — disse ela, toda alegre. — Vamos fazer compras a caminho de casa. Se você me disser que marca de ração ele gosta, e em qual veterinário leva, vou seguir tudinho. Precisamos de um monte de coisas, não é, carinha? — comentou Sonya com Yoda. — Precisamos comprar tigelas e uma caminha. E também brinquedos e petiscos.

Os três cães uivaram.

— Você disse a palavra com "P". — Lucy riu. — Tudo bem, petiscos para todo mundo. E você ganha o pacote de adoção pra começar com tudo logo depois de assinarmos a papelada. Você pode levar a caminha que ele está usando também, porque vai confortá-lo. E porque gostei de você.

— Muito obrigada. Gostei de você também. O que você faz é simplesmente lindo e amoroso.

— Vamos para a cozinha? A gente pega os "Pês" e preenche os documentos. Meu marido trabalha para os seus primos.

— Na empresa de construção naval dos Poole?

— Isso mesmo.

— Conheci o Owen e o Jones este fim de semana. E tem o Mookie também, então o Yoda terá alguns amigos.

— O cachorro do Trey Doyle. — Lucy assentiu enquanto distribuía os petiscos. — Aceita um café?

— Se você tomar junto.

— Lógico, vamos tomar um cafezinho e resolver a documentação. Daí você pode levar seu pequeno pra casa.

Como Lucy a encheu de coisas de pet, Sonya deixou as compras de lado. Se precisasse de qualquer outro suprimento, poderia comprar quando fosse fazer as compras de mercado para o jantar.

No trajeto para casa, Yoda pulou para o banco traseiro e apoiou as patas dianteiras na janela, observando o mundo passar do lado de fora.

— Yodinha, preciso te avisar que acontecem uns lances esquisitos na mansão. Mas nós vamos cuidar um do outro, ok? E olha lá, olha só aquilo. Não é a casa mais legal do mundo? Vou colocar sua coleira de novo e aí vamos dar uma volta. Lucy disse que é melhor a gente já encontrar um lugar pra você fazer suas necessidades, que daí você vai sempre no mesmo lugar.

Ela colocou a coleira e aninhou o cachorro nos braços.

— Vamos passear nos nossos domínios. Acho que lá atrás é o melhor lugar pra você fazer o que precisa.

Ela saiu com Yoda, e, embora tenha considerado que ele talvez puxasse a coleira e tentasse sair correndo, ele apenas trotou ao lado dela.

— Como as pessoas foram capazes de se desfazer de você? Você é tão bonzinho.

Ele farejou — e muito —, trotou e, para a alegria de Sonya, fez o que tinha que fazer.

Depois de voltar para o carro, ela pegou o cesto de adoção, então fez uma segunda viagem para buscar a cama e tirá-lo da coleira.

O iPad tocou "Every Dog Will Have His Day".

Ele perambulou e farejou, mas ficou por perto enquanto ela pendurava o casaco. Então a seguiu quando ela pegou o cesto e o levou para cozinha.

— Vamos levar a sua caminha lá para cima, pra você saber onde vai dormir.

Durante a hora seguinte, ela passeou pela casa com Yoda e tirou fotos para enviar para a mãe e Cleo. Enviou uma para Lucy e, depois de um momento de indecisão, mandou também para Trey, com o comentário:

> Te apresento o novo coleguinha do Mookie, Yoda. A culpa é toda sua. Obrigada.

— Beleza, tem um monte de cômodos nesta casa, mas você não precisa ver tudo de uma vez. Passamos pelos principais cômodos que eu uso, por enquanto. Preciso muito trabalhar mais uma horinha naquele projeto.

Ela segurou o rosto dele e deu um beijo em seu focinho.

— Agora você pode tirar uma soneca perto da lareira.

Para a primeira soneca, Yoda preferiu ficar sob a mesa dela. Sonya conseguiu dedicar a hora necessária ao trabalho, mesmo fazendo pausas para responder as mensagens sobre Yoda.

Já que o cãozinho parecia bastante feliz, ela trabalhou mais uma hora antes de desligar tudo e descer para fazer o jantar para os dois.

Depois de uma caminhada bem-sucedida após o jantar, eles se aconchegaram perto da lareira da biblioteca. Yoda se aninhou ao lado de Sonya enquanto ela lia outra parte da história da família Poole.

— Em 1864, a esposa de Hugh Poole, Marianne, grávida de nove meses, morreu ao dar à luz gêmeos, Owen e Jane. Ele se casou novamente com Carlotta, em 1866, e teve mais três filhos. Um deles morreu ainda bebê. Isso não é horrível?

Ela fechou o livro.

— Pelas minhas contas, isso significa que Marianne é a terceira noiva.

Sonya deu mais uma voltinha com Yoda e subiu para se deitar. Pelo jeito, Yoda achou mais do que aceitável que sua cama fosse perto da lareira. Ela não se levantou às três da manhã quando o relógio soou, sequer se mexeu na cama quando a música ressoou. Mas as orelhas do cachorro se ergueram. Ele saiu do quarto e desceu as escadas.

Abanando o rabinho, foi até o piano na sala à luz de velas e se sentou. Ao receber o convite, apoiou as patas dianteiras no banco e se rendeu à mão que o acariciava.

Pela manhã, Sonya deu início à sua nova rotina. Fez café, trocou de roupa, colocou a coleira em Yoda e saíram para dar uma volta.

Ela torcia para que, com o tempo, ele aprendesse a ir lá fora fazer as necessidades sozinho.

Yoda se alimentou enquanto ela tomava o café da manhã, conferindo os e-mails.

— Tenho que trabalhar — disse ela ao cachorro.

Ele a seguiu escada acima, até que parou diante da porta oculta e abanou o rabo.

— Tem alguma coisa aí? — Ela ignorou o calafrio. — Talvez, mas não vamos entrar aí. Hoje, não.

No quarto, ela soltou um longo suspiro ao ver a cama toda arrumada, com os travesseiros afofados e alinhados. A cama de Yoda havia recebido o mesmo tratamento.

— Tá, tudo bem. Obrigada. Não precisava, mas muito obrigada. Valeu.

Depois de trocar o pijama por um conjunto de moletom, ela e Yoda foram para a biblioteca.

O cachorro assumiu seu posto sob a mesa e Sonya mergulhou no trabalho. Por duas vezes, ouviu o som de portas se fechando. Assim como Yoda, já que o cão ergueu a cabeça.

— Não fui eu — murmurou ela e continuou trabalhando.

Decidiu considerar o momento de dar uma voltinha com o cachorro como uma pausa para refletir. O projeto da empresa de bufê era desafiador. Os pacotes de serviços, os itens *a la carte*, todas as imagens, os preços... E ela queria algo atraente, mas simples, de forma que os clientes em potencial não tivessem que vasculhar o site inteiro.

No fim do dia, rejeitou duas opções de design antes de se decidir por uma que alcançou o patamar de atraente e simplificado.

E, como Yoda sempre parava diante da maldita porta, ela a abriu.

— Você quer ver o que tem aí, então vamos lá. Eu deveria estar me exercitando mesmo.

Ele andava para todo lado, e, de vez em quando, parava e abanava o rabo para o nada. Pelo menos nada que Sonya pudesse ver.

O cãozinho pareceu entretido com o projeto de "exercício físico" que Sonya fazia, antes que ela desse o assunto por encerrado.

Dessa vez, ao passar pelo painel de sinetas, ela ouviu uma delas tocar.

— O Quarto Dourado. Qual é? Acho que é aquele fechado no terceiro andar.

Ela endireitou a postura.

— Vamos subir.

Sonya pegou Yoda no colo, tanto para se reconfortar quanto para poupá-lo de subir tantos degraus com suas patinhas curtas. Ela não tinha certeza de qual quarto era, mas começaria por aquele do qual tinha uma vaga lembrança de ser espaçoso e todo revestido em tons de ouro-escuro. Pelo que parecia, devia ser uma das suítes principais.

Quando chegaram ao terceiro andar, ela colocou Yoda no chão.

— Nossa, está frio aqui em cima. Mais frio do que antes.

Ela abriu as portas, uma de cada vez. Mobília toda coberta, papel de parede floral ou em tons creme.

E, quando Sonya tocou a maçaneta da porta no final do corredor, Yoda começou a rosnar.

Ela olhou para o cão e o viu com a postura rígida, os dentes à mostra.

— Não vou deixar que eles te machuquem. Ou essa coisa aí dentro.

Apesar do estômago embrulhado e do coração martelando, Sonya abriu a porta. E podia jurar que o ar fluía como gelo. Os tecidos que cobriam a mobília se agitaram. E, no limiar da porta, Yoda latia enlouquecido.

— Esta casa é minha. — Ela o pegou no colo. — É nossa!

Mas, como o cachorrinho tremia muito — ou era ela quem tremia? —, Sonya fechou a porta novamente.

— Está tudo bem. — Enquanto se afastava, ela deu um beijo na cabeça de Yoda. — Está tudo bem. Vamos descer, daí você vai ganhar um petisco.

Ele não uivou como esperado, mas soltou um ganido. Ainda assim, ela encarou como um bom sinal.

Na cozinha, todas as cadeiras da mesa pequena estavam tombadas no chão.

— Alguém está tentando nos assustar, mas não vai conseguir. — Ela colocou Yoda no chão e endireitou as cadeiras.

Depois recompensou o cão com um petisco, e a si mesma com uma taça de vinho.

O cachorro trazia conforto, seu corpinho pequeno e cálido compartilhando o mesmo ambiente. Depois da última voltinha noturna, Sonya decidiu deixar de lado a história dos Poole e voltou a ler o romance que havia comprado, com Yoda aninhado em sua caminha perto da lareira.

Sonya adormeceu com o livro deslizando de suas mãos.

Teria sido um sonho o que aconteceu a seguir?

Ela estava diante do espelho, o mesmo com que o pai sonhava. Os predadores emoldurando o vidro pareciam rosnar e grunhir.

Mas, em vez de ver seu reflexo, ela viu um quarto além, movimentos indistintos, como se o vidro fosse uma janela e não um espelho.

As sombras começaram a se mover, e a claridade se tornou mais intensa. Luz do fogo, velas iluminando o quarto.

O quarto dela?

Não, não era a mesma cama, e as paredes estavam revestidas por flores desabrochadas com pétalas de pontas rosadas sobre um material de um tom claríssimo de dourado. Ainda assim, Sonya reconheceu o quarto que havia reivindicado na mansão.

Uma mulher estava deitada na cama, obviamente em trabalho de parto. Apesar de Sonya nunca ter presenciado um parto ao vivo, o que ela via através do espelho era inconfundível.

Duas outras mulheres a ajudavam — parteiras? —, uma passando um pano molhado no rosto da parturiente, e a outra ajoelhada entre suas pernas.

E, pelo vidro, Sonya ouvia vozes, gritos, abafados a princípio, até que se tornaram mais altos e distintos.

Não era agora, Sonya pensou, o que estava acontecendo para além do espelho não era agora. A mulher que estava perto da cabeceira da cama usava um tipo de touca na cabeça, um vestido comprido e cinza com um avental por cima. E ela conseguia ver as botinas com abotoaduras laterais da mulher que estava ajoelhada na cama.

Um sonho, só podia ser um sonho, ela pensou enquanto erguia a mão para tocar o espelho.

Sonya passou por ele como teria passado por uma porta.

As três mulheres não notaram sua presença, todas concentradas no trabalho de trazer uma vida ao mundo.

— O bebê está vindo! Você tem que empurrar! Reúna suas forças, sra. Poole, e empurre!

A mulher sobre a cama se apoiou nos cotovelos. Sua expressão exausta era uma máscara de dor à medida que fazia força. De repente, seu grito, tão primitivo e intenso, trespassou os ossos de Sonya.

— Temos aqui uma cabecinha, e uma muito bonita. Mais um empurrão, querida. Só mais um.

Sob os soluços da mãe, a parteira virou o bebê, liberando os ombros para que o resto do corpinho deslizasse para as suas mãos.

— Você tem um filho, sra. Poole. Um belo rapaz. Pronto, pronto — disse a parteira enquanto limpava o rosto do recém-nascido com um pano.

Ele soltou um choramingo, seguido de um choro indignado, que fez com que Sonya colocasse as mãos unidas sobre o peito.

Tão lindo. Ela não sabia que poderia ser tão lindo.

— Me dê ele. Eu quero o meu filho.

A nova mamãe, com o longo cabelo escuro emaranhado e molhado de suor, estendeu os braços. E, enquanto chorava, ela ria e pegava o bebê no colo.

— O nome dele é Owen. Tenho um filho. Ah, meu Deus! Pegue ele, pegue! A dor!

— Pegue o jovem milorde, Ava. Ainda tem outro por vir. Não empurre ainda, sra. Poole. Faça a respiração intercalada, apenas respire, enquanto cuido disso.

— Deus me ajude…

Então toda a beleza do momento se transformou em agonia, com a parteira suando em bicas e a mãe implorando para que aquilo parasse.

Quanto sangue. Deveria haver tanto sangue assim?

Sonya agora sabia com o que estava sonhando. Marianne Poole, a terceira noiva.

A filha — Jane, de acordo com o que Sonya se lembrava do livro — nasceu em meio ao sangue, seu choro fraco ressoando como se sentisse a dor do luto diante da mãe que jazia morrendo no leito.

— Tenho que conter o sangramento. Busque mais toalhas. E vá buscar o milorde.

Mas nada fazia o sangramento parar, e, conforme os lençóis se empapavam de sangue, Marianne se enchia de uma palidez mortal.

— Jane. Minha filha, Jane. Owen David e Jane Elizabeth. Meus filhos.

Sonya perdeu o fôlego quando o olhar de Marianne, vidrado pelo choque, encontrou o dela através do aposento.

— Meus filhos. Você descende deles.

Ele irrompeu pelo quarto, o homem com os olhos iguais aos do pai de Sonya, com a mesma compleição física, trajando uma camisa branca folgada e caça preta. Ele correu até a cama e segurou a mão flácida da esposa entre as dele.

— Marianne, meu amor. Estou aqui.

— Temos um filho. E uma filha.

— Que precisam da mãe. Fique por eles. — O homem pressionou os lábios contra a mão dela. — Fique por mim.

— Eu ficarei por eles. E ficarei por você. Eu só preciso... descansar agora — disse ela, e se foi.

O homem chorou, a mão da esposa agarrada entre as dele.

Enquanto os soluços o consumiam, a mulher de preto entrou no quarto. Ela caminhou até o outro lado da cama e tirou a aliança do dedo da falecida.

— Não! — Sonya avançou para impedi-la. — Você não pode fazer isso.

Com o olhar insano e autoritário, Hester Dobbs disse:

— Eu posso. Já fiz. E farei. — Ela deslizou a aliança no próprio dedo em que outras duas alianças cintilaram sob a luz das velas. — Você acha que pode me impedir? Impedir o que forjei no fogo e no sangue? Você é o fantasma aqui.

Furiosa, Sonya disparou.

E acordou de pé, ao lado da cama, com o cãozinho choramingando aos seus pés.

Trêmula, ela se sentou na beirada da cama e pegou Yoda no colo para confortar o cachorro e a si mesma.

— Está tudo bem. Só tive um sonho ruim. Foi só um pesadelo.

No entanto, o cheiro de sangue e de cera de vela recendiam no ar.

As vozes ecoavam em sua mente. O leve sotaque escocês da parteira, a voz exausta de Marianne e o tom sofrido de Hugh Poole.

E a voz áspera e maldosa de Hester Dobbs.

Por que Sonya acordou em pé ao lado da cama, em vez de deitada? Tinha adormecido enquanto lia o livro, pelo que se lembrava. Mas a luz estava apagada agora, o livro estava fechado e em cima da mesa de cabeceira. A caneca de chá que havia levado para o quarto não estava em lugar algum.

Ela sabia que a encontraria lavada e guardada na cozinha.

Então, tinha alguém que estava cuidando dela, fazendo pequenas gentilezas e as tarefas domésticas.

E alguém que queria assustá-la.

Quantos mais estavam na mansão com ela? E quem era eles... Ou quem haviam sido?

Sonya olhou para o relógio. 3h22. Nada de música ao piano, nada de batidas à porta.

Pelo visto, os eventos da noite tinham se encerrado.

Mas, por via das dúvidas, ela levou Yoda junto ao se deitar de novo.

— Eu vi com toda a clareza. O espelho, e depois o quarto do outro lado. As pessoas que estavam lá. Acho que eu poderia desenhá-las. Não é a minha maior habilidade, mas acho que poderia desenhar todos. Eu testemunhei o nascimento de dois bebês... O primeiro parto foi tão lindo, o segundo tão trágico... Mas eu vi, e ouvi, e senti. Eu vi uma mulher morrer, uma mulher que lutou tão bravamente para trazer seus bebês ao mundo. E eu a vi... desvanecer.

Ela acariciou o cachorro, agradecida por ter o corpinho adorável e caloroso contra o dela.

— Eu vi Hester Dobbs. Vi aquela vaca arrancar a aliança de Marianne enquanto o marido sofria a perda que tinha acabado de acontecer. E ela me viu. Ela me viu e falou comigo. Marianne também me viu e falou comigo antes de morrer. Mas ninguém mais fez isso. Eu era o fantasma ali. Hester Dobbs estava certa. Do outro lado do espelho, ou o que fosse aquilo, eu era o fantasma.

Capítulo quinze

Se levasse em consideração a noite que teve, Sonya poderia muito bem ter dormido até tarde, mas decidiu sair da cama na marra por causa de Yoda. O passeio ao vento cortante ajudou bastante a desanuviar a mente.

Determinada a manter a rotina, ela se sentou à mesa — um pouco mais tarde e ainda de pijama — e se pôs a trabalhar.

A primeira tarefa do dia: acrescentar o sonho/incidente do espelho aos seus registros.

Assim que terminou de anotar, ela pegou o bloco de desenho e se esforçou ao máximo para desenhar as pessoas naquele sonho/incidente.

Não tinha o talento de Cleo para ilustração, mas achou que havia conseguido recriá-las de um jeito decente.

Então, deixou o desenho de lado.

— Uma garota e seu cachorrinho ainda precisam trabalhar pra comer — disse ela, e voltou às tarefas.

Não foi incomodada. Afinal, ela já não contabilizava mais as saudações musicais de seu iPad, porque já tinha se acostumado. Desligou tudo às três e meia da tarde.

— Não vou me encontrar com Trey Doyle, seja como um homem ou cliente em potencial, usando pijama e sem maquiagem. — Ela cutucou o focinho de Yoda, fazendo-o abanar o rabo. — Tenho que ser profissional. Além disso, ele sempre está todo bonitão. Você ainda não o conheceu — disse ela, enquanto seguiam até o quarto —, mas pode acreditar em mim.

Ela parou de pronto ao ver o vestido vermelho curto e meio atrevido cuidadosamente disposto sobre a cama.

— Ok, isso é novidade... Não o vestido, mas o gesto. E... Hum... Obrigada? Mas essa roupa é mais para uma noite de encontro em vez de uma reunião com um cliente. Embora seja um vestido bem legal.

E, agora, Sonya pensou, ela conversava com fantasmas do mesmo jeito que falava consigo mesma.

Com o vestido em mãos, ela se virou para o espelho.

— E sabe-se lá quando eu vou ter um motivo para usá-lo novamente. Mas, hoje, não.

Ela recolocou a peça no armário.

Não tinha pensado em usar um vestido, mas bem que poderia. Nada muito formal. Mesmo que fosse para uma reunião de trabalho.

Ela escolheu um vestido verde-escuro e justo de malha canelada. Estilo minimalista, com mangas longas, e o comprimento abaixo do joelho que ficava ótimo com botas de cano curto.

— Prontinho.

Depois de se trocar, ela contemplou seu reflexo no espelho outra vez.

— Beleza, ficou ótimo. Passa uma imagem amigável, acessível, mas sem deixar de mostrar que eu levo o trabalho a sério. — Com um sorriso divertido, ela apontou para Yoda. — Não esse tipo de acessível. Se bem que... Meu Deus, que saudade de transar... Ok, ok. Nada de pensar em sexo durante uma reunião com um cliente — disse a mesma, e foi aplicar a maquiagem no banheiro.

As mesmas regras valiam ali. Profissional, mas casual e amigável.

Enquanto considerava a sombra adequada para os olhos, ela se perguntou se estava mesmo disposta a fazer uma viagem de seis horas, ida e volta, só para ir ao cabeleireiro de sempre.

O mais sensato a se fazer era dar ao salão de beleza local uma chance, e, caso eles fizessem besteira com seu cabelo, bastava não voltar ao local.

Ela colocou os brincos — argolas simples — e deu uma última conferida no visual.

— Acho que acertei, e só me levou o triplo do tempo que eu levaria se tivesse colocado apenas uma calça jeans e um suéter, como imaginei. Mas assim está bem melhor.

O iPad soltou o clássico "Oh, Pretty Woman", de Roy Orbison.

— Obrigada. Estou me sentindo super à vontade aqui, apesar de tudo. Não custa nada tirar um tempinho só pra mim. Essa coisa toda de autocuidado. Agora preciso fazer um café.

Ela usaria os aparatos de café da despensa e ajeitaria tudo diante da lareira da biblioteca. Ou deveria arrumar as coisas na cozinha?

Não, na biblioteca.

— Estou pensando demais nisso. E não só porque ele é um cliente em potencial — admitiu para o cãozinho. — O lance é que ele é muito atraente. A aparência física, sim, mas também o jeito dele. Mas como posso saber sobre o jeito dele, se mal o conheço de verdade? Ok, ok. Isso tem que parar.

Ela fez o café, arrumou os utensílios e levou a bandeja para o andar superior.

Profissional, pensou. Uma mulher administrando a própria empresa. Ela ajeitou as almofadas do sofá e colocou mais uma tora na lareira. E decidiu que estava tudo perfeito.

Yoda começou a latir e correu porta afora segundos antes de a campainha tocar.

— Não tem como alguém entrar furtivamente em casa desse jeito.

Ela desceu e apontou para o cão, que dançava diante da porta de entrada.

— Comporte-se. São negócios.

Ela abriu a porta e lá estava Trey, alto, lindo e com seu cachorro gigante e adorável.

— Bem na hora. Entrem. Esse aqui é o Yoda.

— E aí, carinha! — Ao entrar, Trey se agachou e fez um carinho gostoso no cãozinho. — Você tem os olhos do Yoda mesmo. O que você acha, Mookie?

Como resposta, Mookie deu uma bela lambida na cara de Yoda, o que levou o cachorrinho a dançar em círculos.

— Trouxemos um presente de boas-vindas. — Trey tirou uma corda de brinquedo do bolso traseiro. — Mostre como se faz, Mookie.

Em cinco segundos, os cachorros passaram a brincar de cabo de guerra com rosnados fingidos.

— Você sabe que o grandalhão consegue arrastar o pequeno pela casa inteira com aquilo, né?

— Sim. — Trey apenas sorriu diante da cena. — E ele provavelmente vai fazer isso.

— Deixa eu guardar seu casaco.

Quando se afastou para pendurá-lo, Sonya fechou os olhos.

Ele tinha trazido um presente para o cachorrinho. Como ela poderia resistir a algo assim?

— Então, deixei tudo preparado na biblioteca, incluindo o café.

— Fico grato pelo café e por ter me encaixado na sua agenda.

— Dei uma olhada no seu site — disse ela, enquanto subiam as escadas com os cães logo atrás. — É bem funcional.

— Acho que isso é uma indireta.

— De forma alguma. Ou... tá, tudo bem, é mais ou menos. Posso melhorá-lo, mas vamos começar entendendo o que você está buscando.

— Eu acho que, do jeito que está, ele parece ultrapassado. Poole's Bay é uma cidade pequena, mas temos clientes de fora. Também quero destacar que somos uma empresa familiar. Temos funcionários que trabalham conosco há décadas, e oferecemos programas de estágio.

— E tem o escritório em si — disse Sonya. — A casa. Uma propriedade da família, com uma atmosfera de "pode confiar em nós para cuidar dos seus interesses".

— Exatamente isso.

— Sente-se.

Sonya serviu o café enquanto os cachorros brincavam com a corda.

Ela fez anotações à medida que Trey dizia o que ele achava que precisavam. Deu mais informações respondendo às perguntas de Sonya.

Até o momento em que os cães se aquietaram perto da lareira, ela já tinha entendido o essencial.

Dividir uma casa com fantasmas era capaz de fazê-la questionar sua sanidade. O fato de sentir — sem a menor sombra de dúvidas — atração sexual por um cliente em potencial definitivamente a fez ponderar sobre o que fazer, ou não fazer, a respeito.

Mas, quando se tratava de trabalho, a confiança imperava.

— Você quer algo organizado, simples e tradicional, com ênfase na história do escritório. Nada extravagante, sem muito alarde. O Escritório de Advocacia Doyle é uma instituição conceituada em Poole's Bay por uma razão. Eu usaria a foto da fachada do escritório como banner em vez de só o nome. Algo que diga: "Quando entrar em nossa casa, nós iremos ajudar." Acho que torna mais caloroso, sabe? Médicos e advogados são escolhas muito pessoais. Então, faça com que se torne algo pessoal.

— Não posso discordar disso.

— Podemos acrescentar uma seção sobre a equipe, com fotos e biografias breves. E, já que vocês aceitam estagiários, outra aba só pra isso. Contando histórias de sucesso. Julie Smith estudou Direito em Harvard, esse tipo de coisa. E vocês precisam de uma página direcionada para cada um: você, Ace, e Deuce.

— Gosto da ideia, mas não parece algo simples de se fazer.

— O meu trabalho é tornar simples, tanto pra você quanto para um cliente em potencial que procura um advogado. Vejamos os cartões de visita, por exemplo. O que seu pai me deu é um pouco diferente do seu. Só que todos eles deviam ter a mesma identidade visual, algo consistente com a empresa. E, em vez de preto sobre fundo branco, eu sugeriria uma cor mais quente. Ecru, talvez.

— Ecru. — Os lábios dele se curvaram naquele sorriso lento e amigável. — Está aí uma palavra que não se escuta todo dia.

— No meu ramo de trabalho, escuta, sim. Os cartões de visita, o papel timbrado, os contratos, tudo precisa estar alinhado. Um visual coeso para um escritório coeso. Neste momento, o site de vocês apresenta um fundo branco com fonte azul vibrante, além de fundos azuis nas imagens. É muito sisudo.

— Hum...

— E você não é sisudo. Nenhum de vocês é. O site tem que refletir quem vocês são e o que fazem. Seu pai foi até Boston, sentou-se à minha mesa e mudou a minha vida. E ele foi tão gentil, tão paciente. Você veio aqui em um final de semana e me ajudou a mover um monte de mobílias.

— Vizinhos ajudam vizinhos. E Collin era da família. É isso que família faz.

— Sim. — Ela sorriu para Trey. — Isso mesmo. Vocês são o escritório de advocacia da vizinhança. Vocês são as pessoas em quem uma família pode confiar para cuidar delas.

— Você é boa nisso.

— Sou mesmo.

— Acha que pode elaborar uma proposta, então?

— Posso. E se você não gostar, sem problemas. Vai estar cometendo um erro, é óbvio, mas aí é por sua conta e risco.

Ele riu e se recostou.

— Anna está nas nuvens.

— Fico feliz em saber.

— Ela me disse que vendeu mais peças desde que o site novo entrou no ar do que no mês passado inteiro. Meu objetivo aqui não é gerar mais negócios, ou, pelo menos, não é o objetivo principal. O que queremos é nos manter atualizados.

— Vocês não querem algo chamativo. Querem um visual repaginado que reflita a vibe do escritório e das pessoas que trabalham ali.

— Exatamente isso, resumiu tudo. Então, estamos combinados, ok? E por aqui, como estão as coisas? Algum problema?

— Só os de sempre. Comecei a documentar os eventos estranhos, só para ter um registro. Tem o DJ residente, que eu já *quase* acho graça e... Ah, que se dane, é engraçado mesmo — admitiu ela. — Tem o que abre e fecha as portas. E o Yoda escuta a movimentação também, o que é estranhamente reconfortante. Alguma coisa no terceiro andar.

Só de pensar no assunto, Sonya esfregou os braços, que estavam arrepiados.

— Yoda vive parando diante da porta dos criados, no patamar. Eu finalmente resolvi subir lá com ele outro dia. Estou tentando me obrigar a malhar na academia que Collin montou lá. — Para manter as mãos ocupadas, ela serviu mais café. — Você malha?

— Um pouco.

— Eu até tinha uma rotina em Boston, ia para a academia três vezes por semana. Mas... Enfim, depois de uns exercícios mixurucas, Yoda começou a farejar ao redor. E aquelas sinetas, sabe? Aquelas que as pessoas usavam para sinalizar que precisavam de algum dos empregados? Uma delas soou. A do Quarto Dourado, no terceiro andar. Nós subimos para dar uma conferida, mas eu não conseguia me lembrar direito qual quarto era. Então, nós seguimos pelo corredor dos quartos, tudo fechado. Abrimos uma porta, demos uma olhada e fomos adiante. Aí, quando chegamos ao final daquele corredor, o Yoda começou a rosnar para a porta. Sério, rosnando tipo bravo, e juro que os pelos dele estavam todos eriçados. Quando abri a porta... Nossa, isso vai parecer loucura total...

Ele prestava atenção às palavras dela.

— Duvido muito.

— Parece loucura pra mim. Não estava apenas frio porque era uma área fechada, sabe? Estava congelando, e... foi como se um vento estivesse entrando pela janela. Os lençóis que cobrem os móveis se agitaram. Tipo... ondulando. Deu pra ver. E o Yoda latia horrores, grunhindo, rosnando. Eu fiquei com medo de ele entrar correndo no quarto, então fechei a porta. E aí, quando desci com ele para a cozinha, todas as cadeiras estavam tombadas no chão.

— Que tal se eu for lá em cima dar uma olhada?

— Agora?

— Sim. — Ele se levantou. — Vou lá rapidinho.

A ideia deixou Sonya com a boca seca, mas...

— Não, se você vai, eu vou também. — Ela ficou de pé. — Eu tenho que morar aqui. Eu quero morar aqui — corrigiu-se. — E, bom, todos esses quartos esquisitos são meus, então tenho que descobrir o que está rolando.

Ele sorriu para Sonya.

— Acho que Collin sabia direitinho o que estava fazendo quando deixou a mansão pra você. Parece que a tropa vai junto — disse Trey quando os cachorros se levantaram e espreguiçaram. — Você ouviu mais alguma coisa lá em cima desde então? — perguntou enquanto subiam.

— Não. Mas tenho que dizer que, seja lá o que ouvi ou senti naquele dia, não era do bem. Não como o DJ invisível ou a governanta. Acho que... e lá vem a parte insana de novo... Acho que é Hester Dobbs.

— O projeto de bruxa que matou Astrid Poole.

— O projeto de bruxa que matou Astrid Poole e roubou a aliança de casamento dela. E que atraiu Catherine para o lado de fora da casa, a segunda noiva, no meio de uma nevasca na noite de núpcias. E também tirou a aliança do dedo dela. E...

Ela parou de falar assim que eles chegaram ao terceiro andar.

— Você se importa? — Sonya estendeu a mão para que ele a segurasse. — É, assim é bem melhor.

— Dobbs morreu algumas décadas antes de Catherine.

— Sim, eu disse que era loucura, mas eu tenho certeza. Não precisa buscar uma camisa de força, mas eu vi. Eu sonhei... ou acho que sonhei. E foram sonhos *muito* lúcidos. Então, ontem à noite...

— Ontem à noite?

— Vamos fazer uma coisa primeiro — disse ela, quando chegaram à última porta no final do corredor. — Olhe para os cachorros. Eles não estão rosnando, mas estão tensos, não estão? Como se sentissem alguma coisa e não estivessem gostando.

Trey mudou de posição de um jeito sutil, para se colocar entre Sonya e a porta. Quando ele a abriu, os dois cães grunhiram em alerta.

No entanto, do lado de dentro, nada se movia.

— Está mais frio.

Para a aflição de Sonya, ele soltou a mão dela e entrou no quarto. Dando a volta nos móveis cobertos, Trey verificou todas as janelas.

— Não tem nenhuma aberta, mas definitivamente é uma área bem fria. Eu chuto uns dez graus a menos que a temperatura do corredor.

— A gente andou por todos esses cômodos no primeiro dia, e eu fiz o tour com a Cleo também. Nenhum estava frio desse jeito.

— E agora está.

Criando coragem, Sonya fez menção de entrar no quarto.

E, nesse momento, a porta se fechou com força na cara dela.

Os cães enlouqueceram no corredor.

Enquanto os dois latiam e Mookie se jogava contra a porta, Sonya agarrou e girou a maçaneta, e passou a puxar quando a porcaria se recusou a se mexer. Desistindo, ela esmurrou a porta, gritando por Trey.

Dentro do quarto, Trey ficou imóvel quando a temperatura caiu a ponto de sua respiração sair em forma de vapor. Ao seu redor, os tecidos que cobriam a mobília esvoaçavam e se agitavam bruscamente.

Sob um lençol branco, a cama começou a tremer, e em seguida a bater no chão. As gavetas da escrivaninha com tampo se abriram de supetão, fechando com um baque à medida que o vento rugia pela abertura da chaminé.

Trey quis cerrar as mãos em punhos para lutar contra o que ele não podia ver.

Mas, em vez disso, ele as enfiou nos bolsos da calça social preta.

— É só isso que você tem? Um monte de barulho e ar frio? Mesmo morta, você continua sendo um projeto de bruxa.

Com um guincho, o papel de parede em tons claros de dourado se rasgou como feridas abertas.

E sangrou.

— Olha só, eu até poderia ficar aqui o dia todo, mas a dama está me esperando.

Ele caminhou até a porta e parou para olhar para trás.

— Essa casa não é sua. Nunca foi nem nunca será. Se você quer este quarto, pode ficar com ele. Por enquanto.

Assim que ele tocou a maçaneta, o ar se aqueceu e aquietou. E as paredes se curaram.

Quando abriu a porta, Sonya se jogou em seus braços e os dois cachorros saltavam e lambiam.

— Você está bem? — Sonya passou as mãos pelo rosto dele, pelos ombros. — A porta não abria de jeito nenhum. Fechou na minha cara e não abriu mais. Eu não conseguia ouvir nada.

— Você não ouviu nada?

— Quer dizer, sim. Os cachorros estavam latindo e pulando contra a porta. Eu bati e te chamei, mas você não respondeu.

— Eu não ouvi nada disso. — Depois de lançar um último olhar para o quarto, ele fechou a porta. — Isso é interessante.

— Interessante? *Interessante*? Ok, acho que eu preciso me sentar.

Ela se sentou no chão do corredor. Yoda se acomodou em seu colo e Mookie se apoiou em seu ombro.

Trey se agachou de forma que ficassem cara a cara.

— Vamos descer. E acho melhor ficar longe desse quarto até descobrirmos o que está acontecendo.

— Ah, você acha? Tipo, ficar longe desse quarto demoníaco e assustador. Ótima ideia.

— O quarto não é demoníaco, Sonya.

— Aham, aham. — Ela pressionou as palmas contra o rosto. — Pânico total. Eu não sei se alguma vez já cheguei nesse nível de pânico, mas agora sei o que esperar quando acontecer de novo.

Baixando as mãos, ela tornou a segurar as de Trey.

— Eu não sabia o que estava acontecendo lá dentro, se você estava bem e... O que aconteceu?

— Alguém quis dar um showzinho. Nada muito impressionante, mas acho que você pode estar certa sobre Hester Dobbs, então, vamos deixar ela ficar com o quarto, por enquanto. E vamos descobrir o que fazer.

— Que showzinho, Trey? Seja claro.

Ficando de pé, ele a puxou para que se levantasse também. Então mudou de posição para colocar o braço sobre os ombros dela, guiando-a pelo corredor.

— O quarto ficou gelado como um frigorífico. A cama começou a pular, as gavetas abriam e fechavam. O truque melhorzinho foi quando as paredes começaram a sangrar.

Sonya parou de supetão.

— As paredes sangraram?!

— Aham, mas ela não conseguiu sustentar os efeitos — disse ele, empurrando-a para continuar a andar. — Assim que toquei a maçaneta da porta, tudo cessou. Tudo normal.

— Sua definição de normal e a minha são *completamente* diferentes.

— Você está com frio. Vamos voltar para a biblioteca, daí você pode me contar sobre ontem à noite.

— Como você consegue ficar tão calmo? Sério. Como?

— Em geral é minha forma de administrar momentos de crise.

Cedendo e desistindo de argumentar, ela se recostou nele enquanto se esforçava para recuperar o fôlego.

— Meu Deus do céu. Acho que isso é uma coisa boa, apesar de ser extremamente desconcertante.

Na biblioteca, ela desabou no sofá. Trey atiçou o fogo e acrescentou mais lenha.

— A propósito, eles continuam trazendo as toras pra cá. Eu não abasteci o suporte de lenha desde que cheguei aqui.

— Isso não seria obra de Dobbs.

— Não — disse ela, quando Trey se sentou ao seu lado. — E não acredito que quem está arrumando a minha cama, ou lavando minhas xícaras, seja o mesmo fantasma que coloca música no meu iPad; e acho que o pianista também é diferente.

— Ela está em desvantagem. Hester Dobbs.

Sonya não tinha olhado por esse lado, mas, agora que o pensamento se instalara, seus ombros relaxaram um pouco.

— Suponho que isso devia me inspirar a também ser calma em momentos de crise.

— Ontem à noite... — incentivou Trey, segurando a mão dela.

— Ok, ontem à noite. Bom, eu peguei no sono enquanto lia na cama. Daí acordei... ou não. Mas, se tiver sido um sonho, foi incrivelmente cheio de detalhes. Enfim, eu estava na frente de um espelho de corpo inteiro, com predadores esculpidos na moldura. Corujas, raposas, gaviões, ursos... todos à caça. Era o mesmo espelho com que meu pai sonhou. Mas não era eu no reflexo, e sim um quarto do outro lado do vidro. Tão nítido que eu atravessei o espelho como se fosse uma porta.

— Sério? — Com um fascínio genuíno, Trey continuava segurando a mão de Sonya, os olhos azuis não se desviando do rosto dela em momento algum. — Para onde você foi?

— Acho que era o meu quarto, mas as paredes eram revestidas com papel de parede, e a cama era diferente. E havia uma mulher, Marianne Poole. A terceira noiva. Ela estava dando à luz os gêmeos.

Sonya contou todos os detalhes ainda frescos em sua memória.

— Quando ela estava morrendo... Eu nunca vi ninguém morrendo, mas eu sabia, e teria ficado sabendo mesmo se não tivesse lido o livro dos Poole... Enfim, nesse exato momento, ela olhou pra mim. Ela me viu, Trey. Ninguém estava me vendo, mas, em seu leito de morte, Marianne me viu. Ela disse que teve um filho e uma filha, e que eu descendia deles.

Sonya enxugou uma lágrima.

— Ela lutou tanto para dar à luz os filhos, e de repente estava ali, partindo para sempre. Hugh Poole entrou no quarto correndo, e eu vi a tristeza profunda que sentiu ali, no leito da esposa. Ele amava Marianne, de verdade. Meu Deus, eu pude sentir o peso da tristeza dele. E então, de repente, ela entrou no quarto... Hester Dobbs. Hugh não a viu, mas eu, sim. Ela tirou a aliança de Marianne.

Depois de inspirar com calma, Sonya continuou:

— Eu disse: "Não, você não pode fazer isso." Mas ela olhou pra mim e respondeu, e vou dizer palavra por palavra, porque nunca vou me esquecer: "Eu posso. Já fiz. E farei. Você acha que pode me impedir? Impedir o que forjei no fogo e no sangue? Você é o fantasma aqui." E então ela colocou a aliança no dedo, e ali já havia outras duas. Alianças de casamento, tenho certeza. Nesse momento eu acordei, ou voltei, sei lá, e, quando me dei conta, estava parada ao lado da cama, com o coitadinho do Yoda choramingando e se tremendo todo.

Ela riu de leve.

— Acho que eu choraminguei e me tremi toda também.

— Por que você não me ligou?

— Às três e pouco da manhã?

— Sim.

Ela o encarou, aqueles atraentes olhos azuis refletindo preocupação.

— Você falou sério mesmo... Bem, é que a maioria das pessoas que dizem pra ligar a qualquer hora na verdade não está se referindo a uma ligação no meio da madrugada. — Sonya apertou a mão que ainda segurava a dela. — Meu Deus, Trey...

— Não posso dizer que tudo que eu digo é sempre absolutamente verdade, afinal, eu ainda sou um maldito advogado. Mas, se eu disser pra *você* me ligar a qualquer hora, estou falando sério. Você estava com medo, e tinha todo o direito de estar. Porém, não precisa passar por isso sozinha.

— Ter um cachorro ajuda um pouco. Eu sei que é besteira, mas...

— Não, não é besteira.

— Não — concordou Sonya. — Não é mesmo. E ajudou ter te contado tudo isso, e você acreditar. Espera um pouco.

Ela se levantou para pegar o bloco de desenho.

— Eu desenhei eles... a parteira, Marianne, todo mundo que eu vi.

Ele pegou o caderno da mão de Sonya.

— Nossa, o desenho ficou incrível. Não sabia que você desenhava tão bem assim.

— Sou muito melhor em artes gráficas do que em plásticas, mas...

— Não menospreze seu talento — murmurou ele, folheando as páginas de desenhos. — Deve ter algum quadro com o retrato de Hugh Poole no inventário.

— Tem uma foto da pintura no livro, e outra de Marianne Poole, mais jovem. Eu acho que mais nova do que quando morreu. Mas não havia nenhuma de Hester Dobbs.

— E esta aqui é ela.

Ela desenhou o rosto em dois ângulos, e mais um esboço de corpo inteiro mostrando a mão com as três alianças.

— Foi o mais próximo que consegui.

— Não pensei que ela fosse bonita.

— Ela é... era. Bem impressionante, de verdade. O cabelo preto, a pele leitosa, olhos escuros. A voz dela é... rouca. Sensual. Ela tem um olhar perturbado. Acho que não consegui capturar isso direito.

— Acho que ficou bom o suficiente. E este é o espelho?

— Aham. Meu pai o desenhou também. Minha mãe disse que ele sonhou com isso. Sonhou que viu... deve ter sido Collin... refletido no espelho. Desde a infância.

— Não me lembro de nada como este espelho no inventário, e acho que eu me lembraria. Mas vou verificar.

— Eu chequei e não achei nada. Mas eu o vi, e meu pai também. Então... — Ela deu de ombros. — Não consigo explicar.

— Collin nunca mencionou nada disso, ou qualquer coisa esquisita como o quarto do terceiro andar, pelo menos não comigo. Mas vou perguntar ao Ace.

Ele fechou o bloco de desenho.

— Você tem planos para o jantar?

— Jantar? — Ela conferiu o relógio. — Ah, nossa, isso demorou um pouco, né? Eu poderia preparar alguma coisa… Não cozinho bem como a Cleo, mas posso fazer alguma coisa.

— Eu também, mas que tal sairmos para jantar fora?

— Fora?

— Sabe como é, sair para jantar? Onde alguém com muito mais habilidade para cozinhar faz a comida que você escolhe no cardápio? Você saiu pra jantar desde que se mudou?

— Hummm… ainda não.

— Comer fora de casa sozinho é um saco. Não me faça passar por isso, ok? Me deixe te levar para jantar. Você vai poder conhecer a minha amiga que é chef do Lobster Cage. Ela é bastante talentosa.

— Trey, não precisa…

— Me deixe te levar para jantar — repetiu ele. — Você está bonita demais para apenas improvisar alguma coisa na cozinha.

O iPad começou a tocar "Heartbeat", de Childish Gambino.

— Para com isso — murmurou Sonya. — Pra ser sincera, não sei se seria legal deixar o Yoda sozinho em casa.

— Por que não damos o jantar dos dois? Se o Mookie puder ficar junto, lógico. Eu levo os dois lá fora para dar uma voltinha antes de a gente sair, e Mookie pode ficar com o Yoda até voltarmos. Tire uma folguinha.

Por que ser idiota?, Sonya se perguntou. *Por que ser teimosa?*

— É, acho que uma folga cairia bem. Obrigada.

Não é um encontro, ela disse a si mesma enquanto desciam as escadas para dar comida aos cães.

Eram só duas pessoas saindo para jantar depois de vivenciarem uma experiência assustadora, pensou ao pedir licença e subir novamente para conferir a maquiagem e o cabelo.

Sonya supôs que deveria agradecer ao fantasma do vestido vermelho sexy por tê-la inspirado a vestir uma roupa melhor do que calça jeans.

Quando desceu outra vez, Trey enfiou o celular no bolso traseiro da calça enquanto os cães brincavam de cabo de guerra.

— Reservei uma mesa.

— Beleza.

— Vou pegar meu casaco e levar esses dois lá fora.

— Eu vou com você. Estou mantendo o Yoda na coleira durante os passeios, até ter certeza de que ele não vai fugir.

— Parece que ele é um carinha que sabe muito bem que tirou a sorte grande. E ele te ama.

— Ama mesmo. — Saber disso aqueceu o coração dela. — Foi amor à primeira vista, tanto da parte dele quanto da minha.

— Você o pegou da Lucy, não foi? Lucy Cabot — disse Trey, com os cachorros seguindo até a entrada da casa.

— Aham. Ela é fantástica.

Outra noite fria e clara, pensou Sonya quando saíram. Talvez o calendário indicasse que a primavera estava bem próxima, mas não parecia.

— Você não coloca o Mookie na coleira?

— Só na cidade. Ele aceita que tem que seguir a lei dentro dos limites da cidade. Caso contrário, não precisa. Ele é um bom cachorro.

— Você pegou ele com a Lucy também?

— Aham. Eu nem estava pensando em arranjar um cachorro, mas um dia ela apareceu com o Mookie no escritório. Ela tinha acabado de acolhê-lo, e me disse: "Esse é o seu cachorro, Trey." E ele era mesmo.

— Então, ela te conhece muito bem.

— Eu namorei com a sobrinha dela no ensino médio. Você vai conhecê-la hoje à noite. A Bree, que é a chef do Lobster Cage.

— Ah, sim. Então vocês se conhecem há muito tempo.

— Sim.

— E continuaram amigos mesmo depois do namoro na época da escola?

— Aham. Ficamos amigos depois disso, e após o drama do término, do breve reencontro no verão quando estávamos no terceiro ano da faculdade, e da separação muito menos dramática. E depois do casamento dela com um dono de restaurante de Portland, seguido do divórcio.

— Divorciada. Brecha para outro reencontro…

— Não, não. Hoje somos apenas grandes amigos. Do tipo que entendem que não combinam romanticamente de jeito nenhum, sabe? Bem, acho que os cachorros terminaram o que tinham pra fazer aqui fora.

Eles entraram em casa e Sonya soltou Yoda.

— Obedeça ao Mookie e se comporte. Nada de ir ao terceiro andar. Volto logo.

Como o tablet colocou "How Can I Miss You If You Don't Go Away" para tocar, e os cães voltaram a brincar de cabo de guerra, ela concluiu que todos ficariam bem.

— Já agradeço de antemão por ter me convencido a dar uma saída.

Ele abriu a porta do carona de sua caminhonete para que ela entrasse. Lógico que ele faria algo assim.

— Eu até que tenho ido à cidade — continuou Sonya, quando ele se acomodou ao volante —, mas não tanto quanto devia. Prioridades.

— E quais seriam elas?

— A primeira é sempre o trabalho. Fazer tudo perfeito, deixar os clientes satisfeitos e estabelecer uma empresa confiável. Eu gostava de trabalhar fora, com uma equipe, e estava crescendo profissionalmente para liderar uma algum dia. O esquema de *freelancer* é bem diferente. Sou só eu.

— Aposto que você é mais exigente consigo mesma do que sua chefe era.

— Talvez. — Ela se ajeitou no assento. — Você tem a própria empresa. Você, seu pai e seu avô. Vocês têm uma equipe, mas são os três que comandam o negócio. E é óbvio que são bons nisso, ou a equipe não permaneceria.

— Você está pensando em montar uma equipe quando estiver mais estabelecida? Aonde você quer chegar?

— Não sei. Por enquanto é um dia de cada vez, um projeto de cada vez. Estou de boa com isso. E você, sempre quis Direito?

— Tirando os sonhos de ser arremessador do Red Sox ou astro do rock, sim. Sempre foquei na empresa da família.

— Astro do rock, é?

— Owen, alguns amigos e eu tínhamos uma banda de garagem no ensino médio.

— Jura? — E ali estava, ela percebeu, mais um lado fascinante dele. — O que vocês tocavam?

— A maior parte eram covers; Foo Fighters, Green Day, Van Halen, algumas músicas do Bon Jovi, um pouco de Aerosmith. Coisas assim. E uma ou outra composição original bem ruim.

— Você compunha música?

— Não chamaria bem de música.

— E qual instrumento tocava?

— Guitarra de apoio. Nunca consegui dominar total o Sol Maior com nona. Owen era o guitarrista solo. O cara tem um talento nato.

— Nossa, achei essa informação fascinante. Um lado totalmente novo do advogado de cidade pequena com cachorro adotado e uma caminhonete. Você ainda toca?

— Ah, eu brinco de tocar — respondeu ele. — De vez em quando.

— Eu gostaria de te ouvir tocar. Meu Deus, consegui relaxar um pouco. — Ela percebeu enquanto entravam na vila. — Sendo bem sincera, duvidei que isso fosse possível, depois da experiência do Quarto Dourado.

Ele lançou um olhar levemente surpreso para Sonya.

— Você é resiliente. Percebi isso cinco minutos depois que nos conhecemos. É uma qualidade muito atraente.

Trey estacionou a caminhonete.

Resiliente, ela pensou ao descer do veículo.

Ela aceitaria o elogio.

Capítulo dezesseis

A recepcionista, que não devia ter idade suficiente para beber álcool, cumprimentou Trey com um sorriso espontâneo e sedutor.

— Fiquei sabendo que você estava vindo. — Ela lançou um olhar para Sonya que oscilava entre pensativo e invejoso. — Com uma amiga.

— Sonya, esta é a Halley.

— Sonya Poole?

— MacTavish — corrigiu Sonya.

— Tá. É porque você está na mansão. Uau. Bem-vinda ao Lobster Cage. A mesa de vocês está pronta. — Ela pegou dois cardápios e a carta de vinhos, e os conduziu pela área de jantar até uma mesa para dois, no canto. — Ian será o garçom de vocês esta noite — continuou, enquanto Trey ajudava Sonya a tirar o casaco. — Aproveitem o jantar. Ah, Trey, meu pai ficou muito agradecido pela sua ajuda com... você sabe.

— Ah, que bom. Manda um abraço pra ele.

— Pode deixar. Ian logo virá atendê-los.

— Alguém tem uma quedinha por você.

— Alguém tem 20 anos.

— Mesmo assim. Ela é uma garota linda, então você ganhou pontos comigo por não ter retribuído a paquera.

— Ela tem 20 anos — repetiu Trey.

O garçom, baixinho, magro e com o cabelo escuro com uma mecha laranja preso em um coque, chegou com um sorriso jovial.

— Oi, Trey. Bem-vinda, srta. MacTavish. Eu me chamo Ian e vou cuidar de todos os desejos e fantasias culinárias de vocês esta noite.

— Como estão as coisas, Ian?

— Tudo tranquilo. — Sorrindo, Ian fez um joinha. — Mandei bem.

— Eu nunca duvidei disso.

— Você era o único, então. Já escolheram as bebidas? Que tal uma garrafa de água na mesa?

— Vinho? — perguntou Trey a Sonya.

— Com certeza.

Ele passou um olhar pela lista de vinhos.

— Vamos pedir uma garrafa de sauvignon blanc. Se estiver bom pra você...

— Perfeitamente.

Ele pediu uma garrafa de água antes de Ian se afastar.

— Já que você conhece todo mundo, em que o Ian mandou bem?

— Versão resumida: o pai do Ian ficou doente alguns anos atrás, e ele teve que largar a faculdade e voltar pra casa para ajudar com as coisas. Ele conseguiu o diploma on-line e agora está fazendo o mestrado.

— Em que área?

— Engenharia Ambiental. Ian é muito inteligente e dedicado.

— Em nome do planeta Terra, sou grata por isso. E o pai?

— Está em remissão.

— Que bom.

Um ajudante de garçom levou a água e conversou rapidamente com Trey antes de Ian chegar com o vinho.

— A dama vai provar.

— Trey me disse que você está fazendo mestrado em Engenharia Ambiental.

— Sim, senhora.

— Eu fiz alguns projetos gráficos para uma empresa chamada Green Engenharia Sustentável e Ambiental em Boston.

Ian se animou enquanto abria a garrafa.

— Uma das melhores do ramo. Está no topo da minha lista para enviar meu currículo quando eu estiver pronto.

— Então, me avise quando você estiver pronto. Posso te indicar.

Ele ficou boquiaberto.

— Jura?

— Não posso prometer que terei qualquer influência lá, mas não custa tentar.

— Nossa, uau... Isso seria sensacional.

Quando ele serviu o vinho, ela provou a bebida.

— Está perfeito.

Ian informou os pratos especiais da noite e se afastou para que eles decidissem.

— Primeiro de tudo, você fez a noite dele. Capaz que tenha sido o mês inteiro. Segundo, você indicaria um garçom que acabou de conhecer?

— Você disse que ele é inteligente e dedicado, e isso é fato. Ele colocou a família em primeiro lugar, o que mostra lealdade e empatia. Se vamos salvar o planeta, precisamos de gente inteligente, dedicada, leal e com empatia de sobra.

— Nós pensamos igual.

— Agora, vamos às prioridades imediatas. Você vem aqui o tempo todo. O que eu devia pedir?

— Estou pensando no ravióli de lagosta.

— Posso pedir esse prato também.

— Não, você não pode. Como vou beliscar do seu prato se você pedir a mesma coisa? E vice-versa?

— Entendi. — Ponderando, ela analisou o cardápio. — Estou muito tentada pela cauda de lagosta recheada de carne de caranguejo.

— Pode ir com tudo. Você não vai se arrepender. E pede os bolinhos de batata para acompanhar. Se quiser uma entrada...

— Como vou conseguir comer o prato principal, bolinhos de batata e aspargos grelhados com limão se eu comer uma entrada?

— Tudo bem. Mas você precisa escolher os bolinhos de milho verde com pimenta jalapeño. Eu insisto.

— Combinado. — Ela fechou o cardápio. — Meus planos, embora muito vagos, incluíam abrir uma lata de sopa de tomate e fazer um queijo-quente.

— Sabia que eu sou mestre em queijo-quente?

— É mesmo? Nunca conheci um... — Ela se inclinou para a frente. — Me conte mais sobre isso...

— Queijo apimentado, pão com levedura e óleo de pimenta chili. Você vai me agradecer depois.

Após Ian anotar o pedido, Sonya se recostou na cadeira e bebericou seu vinho.

— Então, um advogado, mestre em queijo-quente e roqueiro adolescente. O que mais eu devia saber? Que tal me dizer onde você fez faculdade?

— Em Cambridge.

Com uma risada, ela se inclinou para a frente outra vez.

— Escola de Direito de Harvard?

— Culpado.

— Uma vez, eu saí com um cara que fazia Direito, por uns cinco minutos. Não foi você, foi?

— Tenho certeza de que eu me lembraria.

— É, também acho que não foi você, porque o cara era muito convencido. Por isso que o relacionamento durou cinco minutos. Se você fosse convencido, teria dado um jeito de mencionar que é formado em Harvard assim que nos conhecemos.

— Eu namorei uma artista uma vez. Durou um pouco mais do que dez minutos. Ela tinha uma estranha obsessão por Virginia Woolf e sinopses inexplicáveis.

— Definitivamente não era eu. Prefiro livros de suspense, fantasia e histórias em que os vilões recebem o que merecem, o mundo é salvo e o amor vence no final. Gosto de coisas assustadoras também, mas estou evitando por enquanto, levando os acontecimentos recentes em consideração.

— É bem provável que seja uma boa ideia. Você disse que pegou no sono lendo ontem à noite. O que estava lendo?

— Não foi culpa do livro. Vamos atribuir isso ao dia exaustivo de trabalho e ao Quarto Dourado. É um autor novo para mim, mas o nome da obra é *Rabbit Hole*. Estou no comecinho, mas é muito bom.

— Eu li esse livro na semana passada. A história vai ficar ainda melhor.

Conversaram sobre livros e comeram lagosta, mudando o assunto para filmes enquanto Sonya se tornava uma fã apaixonada do bolinho de milho verde com jalapeño.

Ela não conseguia se lembrar da última vez que havia tido uma conversa tão descomplicada e abrangente com um homem durante uma refeição.

— A comida estava incrível. Agora vou ter que malhar amanhã, e é tudo culpa sua.

— Vai ser tranquilo descer lá para usar a academia?

— A casa é minha, né? Ela está ocupando *um* quarto, e por pouco tempo. Mas a casa ainda é minha. Estava pensando em pedir para a Cleo falar com a avó dela sobre um talismã, um amuleto, ou seja lá o que manda a tradição do sul.

— Isso é sério?

— É sério. A avó da Cleo leva essas coisas muito a sério. Eu a conheci quando passamos um feriado de primavera maravilhoso em Nova Orleans. Ela é fascinante... e assustadora. Assustadoramente fascinante, não de um jeito apavorante. Ela leu a minha mão e abriu um jogo de Tarô.

— O que o seu futuro reservava?

— Acho que o lance do Tarô tem mais a ver com uma interpretação de quem você é e o que está buscando na vida. Ela foi muito precisa, mas acho que isso se deve ao fato de ela entender muito bem as pessoas, e ela também já me conhecia por causa da Cleo. Daí você escuta que vai conhecer um moreno alto ou que vai fazer uma longa viagem marítima. E...

Ela parou de falar quando Ian voltou com os cardápios de sobremesas.

Afastando a lembrança, ela sorriu para o jovem.

— Como vou conseguir comer isso se não tenho mais espaço?

Os dois conseguiram convencê-la a tomar um *cappuccino* e comer o famoso pudim de pão do restaurante.

— E aí? — instigou Trey. — Você pensou em alguma outra coisa antes.

— Sei lá, é estranho. Tem anos que eu não penso nisso. Ela disse que eu enfrentaria uma traição dolorosa, mas que me proporcionaria uma fuga providencial e que me abriria oportunidades. Seria sábio aproveitar as duas coisas. E que eu encontraria meu lar em uma casa histórica e cheia de segredos com vista para o mar.

Ela pegou seu copo de água.

— Parece que ela foi bem precisa nessa parte também. Assustador — repetiu Sonya, e bebeu a água. — Nunca acreditei em nada disso... em toda essa coisa, sei lá, assustadora, antes de vir pra cá.

— E o que você acha disso agora?

— Ainda estou determinada a ficar. — Ela deu de ombros. — Ou pelo menos em parte determinada. Eu amo aquela casa, Trey. Assim como aconteceu com o Yoda, foi amor à primeira vista. Coisa que eu também não acreditava antes de ver a casa ou o Yoda.

— Pragmatismo ou ceticismo?

— Talvez um pouco dos dois. E insisto em manter pelo menos um pouco de ambos.

— Isso e a sua resiliência vão te ajudar a lidar com o que está na casa.

Simplesmente encantada, ela balançou a cabeça.

— Você não é nem um pouquinho... digamos... *cético* em relação à mansão.

— Eu cresci cercado por tudo aquilo e, até certo ponto, lá dentro. Você está aqui há cerca de um mês.

De relance, uma mulher de cabelo ruivo e curto se aproximava da mesa. O dólmã branco denunciava quem era.

— Desculpa a intromissão... Posso? — Ela se aconchegou ao lado de Sonya na mesa. — Bree Marshall.

— Sonya MacTavish. Trey me disse que você é uma chef maravilhosa. Ele só não falou que você é uma deusa na cozinha.

— Gostei de você. Gostei dela — disse ela a Trey.

Ian chegou com o café e a sobremesa.

— Posso trazer alguma coisa pra você, chef?

— Não, é só um intervalo rapidinho. Estamos quase encerrando, graças ao bom Deus e a todos os santos. Só preciso de um minutinho com o Trey. Não é nada particular. Comam — comentou, apontando para as sobremesas. — Manny — disse ela a Trey.

— Manny? O que tem? Tomei uma cerveja com ele há pouco mais de uma semana. Ele está bem, certo?

— Sim. Tudo certo. Manny e eu.

— Manny e você, o quê? Aaaah... — Trey se recostou na cadeira naquele momento. — Quando aconteceu?

— Ainda não rolou. De fato. Só estamos na paquera. Você me conhece, e conhece ele também. — Ela se virou para Sonya. — Nós três nos conhecemos há muito tempo. No colégio. Trey e eu tivemos um namorico na época. Mas não precisa se preocupar.

— Não estava preocupada.

— Que bom. Confiante. Gostei ainda mais de você. Nós, Trey e eu, não tivemos nem o que pode se chamar de namorico anos depois. Não se preocupe com isso também.

— Sem problemas.

— Bree. — Trey tentou infundir tanto frustração e leve constrangimento quanto afeto infinito naquela única palavra.

— Tá, voltando ao assunto… Manny e eu. Uma amiga… Você conhece a Marlie, lembra? Ela me convenceu a ir para Ogunquit umas semanas atrás. A Rock Hard tinha um show. Rock Hard é o nome da banda do Manny. Ele é baterista. Não sei se o nome tem a ver com a faixa costeira do Maine, com o estilo de música ou com ereções, já que é uma banda de homens… Sabe como é… essa coisa de pedra dura e tal…

— Pelo amor de Deus, Bree.

— Desculpa — disse ela.

Trey esfregou o rosto e Bree se virou para Sonya outra vez.

— Isso foi ofensivo?

— De forma alguma. Parece que o nome pode ter a ver com as três coisas.

Bree apontou para ela.

— Aposto que você está certa. Enfim, Manny costumava tocar bateria na banda do Trey na época da escola. O nome era Head Case.

— Head Case? — Com uma risada espontânea, Sonya bebeu seu *cappuccino*. — Adorei.

— Eles não eram ruins. Bom, fui ao tal show do Manny… Eles são excelentes, Trey, e você já ouviu o som deles. Aí, Manny e eu passamos um tempo juntos, e as coisas foram fluindo. Não como você está pensando. Que tipo de mulher você acha que eu sou?

— Eu não disse nada.

— Mas pensou. Enfim, depois ele veio aqui uma noite, ficou até a hora do restaurante fechar, e mais coisas foram fluindo. Ainda não daquele jeito. Mas... Enfim, o que você acha? Sim ou não?

— Se eu disser "sim" e as coisas derem errado, você vai ficar chateada. Se eu disser "não" e for o que você quer, você vai ficar chateada. Então, vou apenas dizer que os dois são meus amigos, os dois são adultos e não precisam da permissão de ninguém para... deixar as coisas fluírem.

— Eu já estraguei tudo no passado.

— Não, Bree, você não estragou. Você saiu de um relacionamento tóxico porque você não é idiota.

— Meu ex-marido era um canalha que acabou me traindo com a minha subchef.

— Eu peguei meu ex-noivo transando com a minha prima na nossa cama, poucos meses antes do casamento.

— Nossa, você ganhou. Eu gosto do Manny. Sempre gostei dele. Não quero estragar esse lance, sabe?

— Você não vai estragar nada — disse Trey.

— É, tem razão. Não vou mesmo. — Ela assentiu em concordância e se levantou. — Preciso voltar ao batente, pessoal. Traga ela de novo — disse Bree para Trey. — Eu gostei dela.

Enquanto Bree se afastava, Sonya pegou uma colherada do pudim.

— Entendo total porque você teve um lance com ela. Duas vezes.

— A segunda vez não foi bem um lance.

— Entendo o porquê. Então, se eu jurar segredo, você me conta o que acha sobre Bree, a chef de cozinha, e Manny, o baterista?

— Estou pensando agora mesmo no motivo pra isso ter demorado tanto. Ele sempre teve uma quedinha por ela.

— Ah, que legal. E mais legal ainda foi você não ter contado pra ela. Deixar rolar e ver o que acontece, né? Agora... — Sonya enfiou mais uma colherada de pudim na boca. — Head Case?

Quase três horas depois de terem saído de casa, ele estacionou ao lado do carro de Sonya.

— Eu mesma não fazia ideia do quanto precisava dessa saidinha. Mas você parece que sim.

— Todo mundo precisa de uma pausa.

— A luz do meu quarto está acesa — disse Sonya assim que desceu do carro.

— Vou subir lá e dar uma olhada.

— Não precisa, de verdade. A minha... camareira? Não sei como me referir a ela. Só acho que seja uma mulher. Ela faz isso toda noite, além de afastar as cobertas na cama e acender o fogo da lareira. E, pelo barulho, os cachorros estão a postos.

Os latidos cessaram assim que ela abriu a porta. Os dois cães os cumprimentaram como se tivessem ficado separados por meses de seus donos.

— Vou dar uma volta com eles.

— Eu vou junto. — Em vez de pegar a coleira, Sonya apontou para Yoda. — Estou confiando que você vai se comportar.

Não demorou muito para perceber que ele não somente se comportaria direitinho, como ficou colado com Mookie, seu novo melhor amigo.

— Obrigada por tudo — disse ela, quando eles voltaram para a porta de entrada. — Por favor, não espere o mesmo nível de culinária desta noite na sexta-feira, tá?

— Estamos ansiosos pelo jantar. Todos nós. E não se esqueça: pode me ligar a qualquer hora, ok? Nada de desculpas, Sonya.

— Recado dado. — Ela sabia quando um homem estava prestes a beijá-la, e ele, definitivamente, não estava. Com isso, ela pegou Yoda no colo e abriu a porta. — Obrigada mais uma vez. Até sexta. Boa noite.

Dentro de casa, ela aninhou o cãozinho contra o peito e se recostou na porta. A escolha musical que a saudou foi "In Your Eyes", de Peter Gabriel.

— Não foi um encontro.

Na tarde seguinte, Sonya colocou Yoda no carro e foi ao mercado providenciar os itens para o jantar, um evento mais temido do que o quarto no terceiro andar.

Entrou com Yoda na floricultura, para total felicidade da florista, e escolheu flores que enviaria, em nome do cachorro, para a família que o resgatara.

Saiu da loja com o buquê e uma cliente em potencial, graças ao trabalho que fez para Anna e a Arte Prática.

Outra parada na livraria rendeu mais algumas velas e um livro que Trey havia recomendado no jantar.

Já que teria que cozinhar — bastante — no dia seguinte, decidiu pedir uma pizza para levar para casa.

Depois de entrar com as flores, a sacola da livraria e a pizza, ela deixou Yoda dar uma voltinha para desestressar do tempo passado no carro, e só então levou as compras para a cozinha.

Quando fechou a porta pela última vez, seu DJ pessoal a saudou com a música "Lovely to See You", de Moody Blues.

— Não posso dizer o mesmo, porque, olha que engraçado... não consigo te ver.

Assim que chegou à cozinha com o restante das comprar, as flores e a pizza tinham sumido de vista, e a sacola da livraria estava cuidadosamente dobrada e com o livro em cima.

— Mas que coisa.

Enquanto guardava as compras, ela viu que a luz de aquecimento do forno estava acesa. E encontrou a pizza lá dentro. Tirando o gorro de tricô com brusquidão, ela se virou. Na grande mesa da sala de jantar, as flores estavam dispostas artisticamente em cima de uma baixela oval, com as novas velas posicionadas — da mesma maneira artística — sobre a cornija da lareira.

— Devo agradecer por talvez estar melhor do que eu teria feito, ou só um pouco irritada?

Sonya optou pelas duas coisas, e foi guardar as compras antes que alguém fizesse isso por ela.

— Eu tinha cogitado — disse ela ao cão, que estava ocupado roendo seu novo osso — contratar uma empresa de serviço de limpeza, mas alguém já mantém tudo limpo e lustrado por aqui...

Ela decidiu trabalhar durante a noite, então comeu a pizza à escrivaninha com a lareira (que não tinha sido ela a acender) crepitando. Sonya concluiu a proposta para os Doyle e elaborou outra para a floricultura.

Como experimento, deixou de propósito o prato e o copo vazio na biblioteca quando decidiu desligar tudo.

Uma neve fina caía enquanto Sonya dava uma volta com Yoda. Ele a divertia ao pular para tentar abocanhar os flocos, todo feliz e correndo em círculos. Quando voltou para a mansão, ela notou o brilho na janela que indicava que o abajur estava aceso.

Sem sombra de dúvida, o fogo estaria bruxuleando e a cama preparada. Não havia nada aceso naquele quarto do terceiro andar, mas ela se perguntou se o vidro da janela parecia mais escuro do que os outros.

Sonya foi direto para a biblioteca ao entrar — o prato e o copo não estavam mais em cima da escrivaninha.

E, em seu quarto, com a cama a postos e o fogo baixo na lareira, uma luz suave indicava o caminho.

Sonya planejou o jantar não como um general se preparando para a batalha, mas como um simples soldado raso diante de uma promoção inesperada.

Primeira etapa — marinar o pedaço gigante de carne, e depois rezar desesperadamente para não ter estragado tudo.

Segunda etapa — trabalhar até o meio-dia e fingir que não tinha outras tarefas.

Terceira etapa — colocar um avental, alinhar todos os ingredientes e encarar a realidade. O tablet decidiu animá-la com "No Worries", do Lil Wayne.

— Pra você é fácil falar.

Vinte minutos depois, ela fez uma videochamada com Cleo.

— Oieee! Pode falar?

— Lógico. Está tudo bem?

— Estou cozinhando e apavorada. Minha mãe disse pra dourar bem a carne, e foi o que eu fiz. Parece certo?

Ela mostrou a carne assada esfriando sobre a travessa.

— Acho que sim. É meio fora da minha alçada. Ninguém me contrataria para ser uma cozinheira e tal, então, é fora da minha área de conhecimento, mas parece bacana. Já acabou? Tão cedo assim?

— Não, não. Estou descascando batatas e cenouras, e tenho que fazer o mesmo com o aipo e as cebolas. Só preciso de apoio moral.

— Estou aqui pra isso.

— Então, vamos conversar. Como está o processo de limpa aí? E o encaixotamento de tudo?

— Fazer a limpa é mais difícil do que pensei. Não em relação aos móveis, mas com as minhas coisinhas fofas. Não quero me desfazer das minhas coisinhas fofas.

— Então não se desfaça. Temos espaço de sobra.

— Estou embalando algumas coisas pra sua mãe levar no próximo fim de semana. E vou fazer uma venda de garagem... Ela me emprestou o jardim da frente para as coisas maiores. Mas, mudando de assunto, você parece meio estressada, Son.

— Eu tô cozinhando! — proferiu ela, como se estivesse atravessando uma selva barulhenta e cheia de cobras. — Tenho que picar todos esses vegetais, depois meio que misturar tudo no molho da carne. Ervas! Preciso de ervas. Supostamente, tenho que raspar toda essa parte marrom. O que isso significa? Olha só o tamanho desse ensopado!

Ela virou a tela de novo e começou a atacar o ensopado com uma colher de pau.

— Aaaah! Essa é a tal coisa marrom. Olha só isso!

— Magia pura. Escuta, está dando tudo certo por aqui. Jess vai ficar com o apartamento.

— A Jess e o Ryan? Seu apartamento é bem menor que o deles.

— Eles terminaram. A coisa foi bem feia, e ela está se mudando.

Jess e Ryan, e tudo em Boston, pareciam estar num mundo distante.

— Nossa, quando foi isso?

— Umas três semanas atrás, e ele já está saindo com outra. Mas o apartamento era dele, né? Então ela precisa sair. Já está até trazendo as coisas dela pra cá. Estou mais do que pronta pra dar o fora. Me deseje sorte com a venda de garagem. Se tudo der certo, consigo embalar o resto em dois ou três dias. Daí sigo direto para o Maine. Cadê o nosso filhotinho?

Sonya apontou a câmera para o chão. Yoda inclinou a cabeça de um lado para o outro enquanto Cleo falava carinhosamente com ele.

— Preciso te contar sobre o quarto no terceiro andar. O Quarto Dourado. Preciso te contar antes de você vender suas coisas e empacotar o resto.

— O que tem o quarto?

Ela contou tudo enquanto fatiava as batatas e picava as ervas.

— Sonya, por que você não me ligou?

— Você falou igualzinho ao Trey agora.

— Você devia ter ligado pra ele, já que ele está mais perto do que eu. Olha... fique longe daquele quarto, ok?

— Pode apostar que não chego nem perto. Mas você precisa estar ciente de que tem alguma coisa lá, Cleo. Não é igual aos outros. Acho que é demoníaco. Só de me ouvir falando isso já tenho vontade de revirar os olhos, mas é verdade. Acho que é demoníaco.

— Então a gente vai se livrar disso. Vamos descobrir um jeito. Estou feliz que Trey estava junto pra, sei lá, vivenciar a coisa toda. Nós estamos em maior número, Sonya.

— Ele disse algo do tipo. Que Dobbs está em desvantagem. O cara é tão... Sei lá, ele parece inabalável. Ele me levou pra jantar logo depois.

— O quê? — Na tela, Cleo ergueu as mãos. — Isso foi há dias e só agora estou sabendo? Você teve um encontro com o advogado sexy!

— Não foi um encontro.

— Quem decide isso sou eu. Me conta tudo.

— Espera aí. Tenho que colocar tudo nesta panela, mexer e deixar cozinhar por alguns minutos.

— Dá pra cozinhar e falar ao mesmo tempo.

— Um segundo. Ai, meu Deus! É muita coisa! É muito, não é? Não consigo pensar direito. Estou só mexendo. Nós fomos jantar no Lobster Cage, eu conheci a ex dele.

— Foi constrangedor?

— Não! Eu gostei dela. Você ia gostar dela. Ela é a chef do Lobster. Espera, estou indo rápido demais. Além disso, esqueci de contar sobre o vestido vermelho.

— Você usou o vestido vermelho! É o vestido de encontros.

— Não usei, mas um dos... habitantes da casa colocou em cima da minha cama antes de eu me arrumar. Eu usei aquele verde abaixo dos joelhos.

— Que fica lindo em você. Conta mais do jantar...

Ela relatou tudo e sentiu a tensão diminuir com as risadas de Cleo diante dos nomes das bandas.

— Já sou fã dessa chef, ainda mais porque ela é inteligente o bastante para gostar de você.

— Seria ótimo tê-la aqui agora. Acho que a aparência está boa, né? Tenho que colocar esse pedaço gigante de carne em cima de tudo. E despejar uma garrafa inteira de vinho tinto.

— A garrafa toda? Nossa, eu bem queria estar aí agora, aposto que isso vai ficar uma delícia. E também porque queria dizer pessoalmente que você, Sonya, teve um encontro com o advogado sexy.

Como precisava admitir que também queria que tivesse sido, ela deu de ombros.

— Ele não fez qualquer avanço.

— E você?

— Também não. Mas ele pode se tornar um cliente, e eu sou uma espécie de cliente. E, além do mais, Trey tem sido um bom amigo. Não quero estragar isso. E, nossa, Cleo, ele é tão atraente, tão cativante, tão... tão... ah, delicioso. Não quero que ele seja um estepe, sabe? Ele merece mais do que ser o estepe de alguém.

— Sonya, você terminou com aquele babaca traidor há mais de seis meses. Sete, mais de sete meses! Você já passou, e muito, da fase dos estepes.

— Você acha?

— Com certeza. E você não amava aquele babaca traidor.

— Eu pensei que amava. E ia me casar com o babaca traidor.

— E teria sido um erro, porque ele é um babaca traidor, e você não o amava. Ele não apenas partiu seu coração, Son... ele destruiu a sua confiança e te insultou, e isso é muito diferente. O lance de ser cliente?

Nenhum dos dois exerce uma posição de poder em relação ao outro, então esqueça isso. Se você quer dar o primeiro passo, dê o passo. Se você quer que ele dê, deixe evidente que está aberta a isso. Você sabe como.

— Talvez. Mas primeiro tenho que passar por esta noite. Está tudo ali dentro agora. Tudo na maior panela do planeta.

— E agora?

— Agora eu coloco a tampa, enfio dentro do forno e, de acordo com Winter MacTavish, esqueço que está ali. Por horas. É pra deixar quieto. Por horas...

— Então, o que você tinha que fazer está feito.

— A maior parte. Mamãe me deu uma receita de pãezinhos, mas desisti e acabei comprando aqueles prontos.

— Não sinta vergonha por isso.

— Que bom, porque eu não teria estrutura para fazer isso também. E a Anna me mandou mensagem no começo da semana, avisando que ia trazer a sobremesa. Graças ao bom Deus. E graças a você também, por estar de mãos dadas comigo durante todo esse processo, mesmo que virtualmente.

— Na próxima vez, estaremos de mãos dadas pessoalmente.

— Nossa, isso é pesado pra caramba. Acho que fiz o suficiente pra alimentar a maior parte da população de Poole's Bay. Agora vai para o forno. Pronto. Não posso espiar. Por horas.

— Aproveita pra dar uma voltinha com o fofinho do Yoda.

— Boa ideia. Enviando vibrações positivas para você vender bastante aí.

— Me manda mensagem depois, para contar como foi o jantar, ok? A gente se vê em duas semanas. Beijos!

Após encerrar a videochamada, Sonya fez menção de abrir a porta do forno.

— Não. Não posso espiar em menos de um minuto. Vamos limpar essa zona, Yoda, e depois dar um passeio.

Quando começou a lidar com a zona de guerra na cozinha, Sonya ouviu um zumbido mecânico.

— O que foi isso? Você ouviu?

Com Yoda em sua cola, ela seguiu a direção do ruído e entrou na cozinha auxiliar.

— O barulho é do monta-cargas, não é? Ai, merda, é do monta-cargas. Eu... eu acho que está de volta agora. Está vindo lá de baixo.

Ela entrelaçou as mãos enquanto o cachorro farejava o armário.

Yoda não rosnou, nem mesmo quando ela ouviu o baque baixo no instante em que o zumbido cessou.

— Tenho que olhar, né? É a minha casa, afinal de contas, e que se dane. E, outra, tenho que lidar com... sei lá o quê, se eu não olhar.

Ela deu um passo adiante e, depois de inspirar profundamente, abriu a porta do armário que ocultava o monta-cargas.

Lá dentro havia uma travessa grande com alças de bronze e as bordas na mesma cor. A pintura de uma dúzia de flores em forma de estrela circundava a borda, com uma única flor no centro.

Com cuidado, como se o objeto fosse se desintegrar ao simples toque, ela o levantou.

— Nossa, é lindo. Tem um brilho meio azulado, não tem? Parece antigo e... — Ela o virou. — Meu Jesus amado, é um Limoges. Isso é pintado à mão, Yoda! Olha aqui, foi um presente de casamento. Está escrito no verso. Para Lisbeth, no dia de seu casamento, 12 de junho de 1916. Era uma das noivas — murmurou Sonya. — Eu me lembro de ter visto o nome dela no livro, aquele da árvore genealógica que Deuce fez. Acho que alguém gostaria que eu usasse isso.

Com a mesma cautela com que o tirou do elevador, ela o colocou na bancada de serviço.

— E acho que eu poderia usar mesmo. É lindo demais para ficar escondido lá embaixo.

Do tablet, David Bowie cantou "Right".

Sonya pressionou os olhos com os dedos e voltou a falar com Yoda.

— Ok, vou ignorar totalmente o aspecto assustador disso tudo. Não sei como, mas vou. Então, vamos só limpar a bagunça da cozinha e dar uma volta, ok? Um passeio longo e tranquilo. E se aquela maldita carne assada for um fiasco total, vamos usar a travessa da Lisbeth.

Capítulo dezessete

Depois de limpar a zona na cozinha, e após o longo passeio com Yoda, Sonya espiou a carne no forno. Ficou verdadeiramente surpresa com o cheiro bom que exalava pela casa toda.

Sentindo-se confiante, seguiu para a próxima etapa: se arrumar.

Escolheu um suéter azul-marinho comprido e de gola drapeada, com meias de inverno e botinhas. Depois, levou um bom tempo fazendo uma trança francesa no cabelo. E mais uma vez lembrou que teria que decidir sobre a ida ao cabeleireiro.

Portas se fechavam com força no terceiro andar, assustando Sonya a todo momento e fazendo com que Yoda latisse e rosnasse.

— Ela só quer nos irritar. Não vamos dar essa satisfação a ela. Agora vamos descer, porque eu preciso preparar a tábua de frios. Nisso eu sou boa.

Pegando o cãozinho no colo, ela acariciou o rosto dele conforme seguia pelo corredor.

— Vamos arrumar uma mesa bem bonita. Outra coisa em que sou boa.

Quando chegou ao patamar da escada, as batidas acima se tornaram pancadas. O ritmo combinava com seus batimentos cardíacos, mas ela continuou a descer.

— É só um chilique, só isso. Um acesso de raiva.

Do lado de fora, o ruído do mar se tornou um rugido, e uma ventania súbita e violenta arremessou chuva e granizo contra as janelas. Em seus braços, o cachorro gania e tremia.

Ela o segurou com firmeza, talvez com força demais, enquanto sua pulsação acelerava.

— É uma ilusão. Igual naquela noite da nevasca que não estava rolando.

Ainda assim, ela sentiu um arrepio percorrer todo o seu corpo.

Não é de verdade, não é de verdade, repetia mentalmente. Nesse momento, algo se chocou contra a porta da frente com tanta força que Sonya teve a impressão de ter visto a madeira empenar.

— Ela está irritada, está com raiva porque estou recebendo pessoas aqui em casa. A casa é minha! — gritou, voltando para a cozinha.

Sobre a bancada, o iPad colocou "Don't Worry Baby" para tocar. Sonya sentiu o cômodo aquecido, como se houvesse uma... presença ali.

Ela se virou, quase esperando se deparar com alguém às suas costas. Yoda parou de tremer, latiu e se contorceu para saltar de seus braços. Ele ficou dançando no lugar, andando em círculos, então se sentou e ergueu a patinha.

Para ninguém que ela pudesse ver.

— Isso devia ser reconfortante. Tranquilizador. Talvez seja quando eu conseguir me acalmar. Meu Deus do céu... Enfim, tenho que arrumar a mesa.

Assim que ela terminou, as pancadas cessaram.

Desistência? Fosse como fosse, o silêncio a acalmou.

Mais confiante, ela ajeitou a tábua de frios e guardou na geladeira. Hora de tirar a carne do forno e executar as últimas recomendações da mãe.

De fato estava com um cheiro maravilhoso e a aparência ficou melhor ainda quando Sonya dispôs a carne assada na travessa de Lisbeth.

No entanto...

Com o maior cuidado, ela cortou a carne ao meio e depois tirou uma fatia fininha.

— Vamos provar — disse a Yoda, que aguardava todo esperançoso aos seus pés. — Metade pra você, metade pra mim.

Ela riu quando ele lambeu os beiços, e só então lhe deu sua metade. Embora ele tivesse comido sem nem respirar direito, lambendo os beiços de novo, ela deu uma mordida cautelosa na parte que lhe cabia.

— Eita, e não é que ficou bom mesmo? Eu acho que está bom. Não, senhor, é só isso — ralhou quando Yoda choramingou por mais um pedaço. — Por enquanto.

Ela organizou alguns legumes picados em volta da carne assada e alguns raminhos de alecrim fresco. Em seguida, pegou o tablet e tirou uma foto. Quase dançando de felicidade, mandou uma mensagem para a mãe e para Cleo antes de levar a travessa para o forno desligado para manter tudo aquecido.

— O objetivo é transformar todo esse caldinho aqui em um molho fino e suave. Eu nem queria ter que fazer isso, mas, se não der certo, podemos jogar fora. Ninguém precisa saber.

Sonya acreditou que tinha dado certo.

Abriu uma garrafa de vinho para deixar respirar, acrescentou uma jarra de água mineral e pratinhos bonitos com guardanapos para os aperitivos que serviria na cozinha.

Acolhedor.

Fez menção de acender as velas na sala de jantar, mas alguém já havia se adiantado.

Ele, ela, eles… estavam apenas tentando ser prestativos, disse a si mesma. E esse tipo de ajuda era mil vezes melhor do que as pancadas no terceiro andar.

Às sete, ela colocou a tábua de frios sobre a mesa e abaixou o volume da música no tablet.

— Música é legal — comentou com quem estivesse por ali ouvindo —, mas vamos deixá-la baixinha, como som ambiente.

Sonya retirou o avental e o pendurou antes de dar uma olhada ao redor.

— Vai dar tudo certo.

Sonya levou um susto quando, segundos antes de a campainha tocar, Yoda saiu latindo e correndo até a porta.

— Chegou a hora — disse, e para Yoda: — Fica calmo, são amigos.

Sonya abriu a porta e se deparou com Anna e um homem bem mais alto que ela segurando uma boleira. Anna foi direto para um abraço.

— A gente quase se esbarrou ontem no mercado. E este é o Yoda. Awn, olá, bonitão. E este bonitão aqui é todo meu. Sonya, Seth; Seth, Sonya.

Com o cabelo castanho-escuro, traços esculpidos e olhos cor de mel, Seth fazia jus ao adjetivo.

— É um prazer finalmente te conhecer. Mesmo que você seja parte responsável pelas longas horas de trabalho da minha esposa.

— As vendas estão bombando! — exclamou Anna.

— Acho que é tudo culpa da arte e da artista. Deixa eu guardar os seus casacos.

— Pelo menos um de nós estava logo atrás. Eu vi os faróis. Ah, olha, é um comboio dos Doyle. Nunca nos atrasamos para um jantar.

Algumas portas se fecharam com brusquidão no andar acima.

— Sinto muito por isso.

Seth olhou de relance quando Anna colocou a mão sobre a barriga.

— Visitei Collin junto a Anna algumas vezes, mas nunca ouvi...

— Espero que consigam ignorar. Estou muito feliz por todos vocês estarem aqui.

Ace e Paula chegaram em seguida, trazendo flores. Os dois formavam um casal deslumbrante — ele com o sorriso galante, e ela com o cabelo branco curto e sedoso, exalando elegância natural. Logo depois, chegaram Deuce e Corrine, com uma garrafa de vinho.

Corrine, com os olhos azul-escuros e o cabelo preto com algumas mechas grisalhas, era quase da mesma altura do marido.

Trey estava logo atrás dos pais — com mais flores em mãos —, e só naquele momento Sonya se deu conta de que deveria ter dito a ele que poderia trazer uma acompanhante.

Mas a verdade é que, no fundo, ela não se arrependia nem um pouco.

Além do mais, ele chegou com Mookie, para alegria e delírio de Yoda. Em poucos minutos, a cozinha estava vibrando com pessoas, vozes, flores e vinho.

Um leve baque se fez ouvir do andar superior.

— Alguém está aprontando de novo — disse Corrine calmamente. — Isso te preocupa?

— Estou aprendendo a conviver.

Corrine assentiu e beliscou uma azeitona.

— Posso dizer que... Bom, vou dizer de todo jeito mesmo... A casa parece diferente com você aqui. Bem diferente da de um viúvo quase sempre sozinho. Mais jovial, mais vibrante. E, me perdoe se o comentário parecer machista, mas o toque feminino é nítido. Então, um brinde a você. A senhora da mansão.

— Obrigada — disse Sonya, as taças erguidas no ar. — Eu adoro este lugar. E vou amar ainda mais quando minha amiga chegar.

— A desenhista. — Paula assentiu e sorriu. — Já ouvimos falar.

— Ficamos sabendo de tudo. — Ace agitou as sobrancelhas. — E eu sei que tem alguma coisa de comer aqui com um cheiro bem gostoso.

— Espero que esteja gostoso mesmo. Não sou muito de cozinhar. — Sonya apontou para que fossem para a sala de jantar. — Ace, por favor, sente-se à cabeceira. Trey, você pode me dar uma ajudinha? É uma travessa enorme.

Quando ele abriu o forno e deu uma olhada no prato, Trey a encarou na sequência.

— Foi você quem fez?

— Apesar do meu pavor, sim. Vou abrir mais um vinho e pegar o molho. E os pãezinhos. Quase me esqueci deles. E pensei em deixar os cachorros na sala de estar com alguns ossinhos.

— Já cuidei disso. Os dois estão quietinhos lá.

Ela lançou um olhar ao redor, reparando que os cães não estavam por perto.

Quando Trey levou a travessa, ela ouviu a voz de Ace em alto e bom som:

— Aaah, isso, sim, é um assado de respeito!

Ela entrou na sala com o restante.

— Parece magnífico — disse Paula a ela.

— Espero que esteja gostoso o bastante. Como a travessa é bem grande, eu gostaria de servir a todos, tudo bem?

Sonya gesticulou para Paula.

— Um pouquinho de tudo, obrigada.

— Não precisa economizar comigo. Pode encher o prato — disse Ace.

— Agora que já está aqui há algum tempo — começou a dizer Deuce, quando ela deu a volta na mesa —, está gostando de Poole's Bay? Não falo só da casa, mas da vila, da região.

— Muito! Nunca imaginei que me mudaria da cidade grande, ou para um lugar distante. Foi uma mudança e tanto, mas veio em boa hora. Estou amando tudo.

Ela se sentou, então ergueu o olhar quando outro baque ecoou nos andares superiores.

— Ou quase tudo.

Seth também olhou para o teto.

— Não sei se eu conseguiria me acostumar.

— Eu também não tenho certeza. No momento, estou tentando descobrir como minha mãe vai reagir quando estiver aqui no próximo final de semana.

Como ninguém pareceu ter ânsia de vômito ao provar a carne assada, Sonya concluiu que devia estar boa o bastante.

— Tenho certeza de que ela vai ficar feliz em ver você. — Corrine bebericou sua água. — E o lugar onde está formando o seu lar. Ela sabe sobre a história da mansão?

— Contei uma coisa ou outra. Andei lendo o livro — disse Sonya a Deuce. — O da família Poole. E comecei a documentar os... incidentes.

— Uma mulher pragmática — comentou Corrine, comendo mais um pedaço da carne. — O que é bem útil, em uma mudança como essa. Poole's Bay e a mansão são bem distantes de Boston. Ser pragmática também é uma qualidade excelente para uma empresária autônoma. E acho que honestidade seria outro aspecto crucial, concorda?

— Se você não é honesto com o cliente, acaba perdendo-o.

Corrine assentiu enquanto comia.

— Acredito que a honestidade é essencial para construir relacionamentos tanto nos negócios quanto na vida pessoal. E, mesmo assim, você não foi honesta com a gente.

— Humm... Desculpa, c-como é?

— Você disse que não era muito de cozinhar, e estou me sentindo um pouco irritada, porque a sua carne assada é muito melhor do que a minha. Está mais gostosa, não está, Deuce?

— Prefiro não comentar.

— E todo mundo sabe o que isso significa. — Com sua taça de vinho em mãos, os olhos azuis de Corrine se fixaram em Sonya. — Acho que falsa modéstia é apenas uma tática para arrancar elogios.

— Acho que você acabou de me dar um — disse Sonya, com Anna nem ao menos se esforçando para esconder o riso. — E justo na minha primeira tentativa de fazer uma carne assada de panela.

— Essa é a primeira vez? Jura? E pensar que eu estava inclinada a gostar de você. Pois bem, eu quero a receita.

— Na verdade, a receita é da minha mãe, mas…

— Veja com ela, então. Ela pode não querer compartilhar com alguém de fora da família. Mas, se ela quiser, posso trocar minha receita de bolo inglês por essa, e olha que não sou de oferecer isso com facilidade.

— Não mesmo — confirmou Deuce.

— Você vai provar na hora da sobremesa, se alguém ainda tiver espaço no estômago depois desta refeição. Anna que fez para trazer hoje. Você gosta de fazer bolo?

— Geralmente eu só uso o forno para pizza congelada. É o meu auge de habilidade culinária. Um segundo, vou buscar os pãezinhos. Esquentei sem nem queimar.

Corrine sorriu.

— Espero que, morando aqui no alto do penhasco, você aprenda o suficiente para se virar.

— Estou torcendo para a Cleo cuidar de quase toda essa parte.

— Uma ilustradora — disse Paula. — É tão bom somar mais artistas à nossa comunidade.

Eles conversaram sobre arte e comida, eventos locais e percepções. E com a conversa, o fogo crepitando, segundas porções e mais uma garrafa de vinho, Sonya considerou seu primeiro jantar na mansão como um sucesso.

— Pensei em irmos para a sala de música para tomar um café e comer a sobremesa.

— Excelente ideia. É uma das minhas salas favoritas — disse Paula.

— Você tocaria alguma coisa para a gente, vovó?

Paula sorriu para Anna.

— Eu poderia ser persuadida a fazer isso.

— Por que não deixamos os mais jovens aprontarem tudo? — disse Corrine, e se levantou. — Enquanto isso, vou começando o processo de persuasão. Nós sabemos onde a sala fica — disse ela a Sonya.

Os mais velhos saíram da sala.

— Fiquei nervosa à toa. Sua família é sensacional — disse Sonya para Anna e Trey.

— É mesmo, mas a comida também estava excelente. Bem melhor que a da mamãe, e, se você disser isso pra ela — disse Trey —, vou te processar por difamação.

— Minha boca é um túmulo. Ai, meu Deus, Anna, este bolo está surreal.

— O sabor é mais surreal ainda — comentou Seth. — Você quer que eu comece a lavar a louça? Sou especialista.

— Posso aceitar essa oferta antes de terminarmos. Mas depois a gente resolve isso. Vamos continuar nossa festa.

Ao ouvir a música ao piano ressoando, ela olhou em direção à porta.

— Ela sabe tocar mesmo. É a primeira vez que ouço o piano, sabendo que tem alguém *realmente* o tocando.

— O piano toca sozinho?

Ela deu de ombros para Seth.

— Às vezes, tarde da noite.

Uma forte voz de barítono se juntou à melodia do piano.

— Este aí é o Ace. — Obviamente familiarizada com a cozinha auxiliar, Anna pegou os pratos de sobremesa, xícaras e pires. — Os dois formam uma dupla e tanto.

Juntos, eles colocaram as coisas sobre o carrinho de serviço — novidade total para Sonya. Quando seguiram para a sala de música, ela avistou os cães esparramados aos pés de Deuce. Ace estava de pé ao lado da esposa, com a mão em seu ombro, cantando "One for My Baby".

Quando acabaram, ela aplaudiu.

— Estão contratados!

— Você toca, Sonya?

Ela fez que não enquanto Paula dedilhava uma espécie de acorde.

— Minha mãe toca, não assim, mas ela toca um pouquinho. Quando ela tentou me ensinar, nós duas chegamos à conclusão de que meus talentos se concentravam em outra área.

— Toca mais uma antes da sobremesa — insistiu Anna. — Que tal "Embraceable You"?

— Está pronta para um dueto, querida?

Paula olhou para o marido por cima do ombro.

— Eu posso ser persuadida.

— Eu pedi que eles cantassem essa no meu casamento. Para a nossa primeira dança.

— Eu não perdi o jeito. — Seth girou Anna em um passo de dança.

— Foi um momento muito especial para eles terem cantado no casamento da Anna — murmurou Corrine.

— As vozes deles harmonizam mesmo, não é?

— Sim. Deuce cresceu em uma família musical. Ele também toca e tem uma voz fabulosa. Eu não tenho talento nenhum.

— O seu talento está em outra área. Na sua fotografia, sua família.

— É verdade. Johanna tocava.

Sonya viu de relance Corrine observar a pintura em retrato.

— Vocês eram amigas.

— Sim. Trey me disse que você encontrou o retrato dela. Vê-lo assim... É como se o tempo tivesse parado. Eles gostariam da sua decisão de colocá-lo aqui. Este era um dos aposentos favoritos de Johanna.

— Pareceu o lugar certo.

— Porque é. — Ela surpreendeu Sonya ao entrelaçar suas mãos por um instante. — Ela nunca te machucaria.

— Você... Você acha que ela está aqui?

— A gente pode conversar sobre isso em algum momento. Vou ajudar a servir o café. Sei o gosto de cada um.

Já que sentiu que teria que deixar o assunto de lado, Sonya cortou o bolo.

E considerou a ideia de terem ido para a sala de música após o jantar como uma escolha perfeita, ainda mais quando Anna se sentou para tocar e arrastou um nitidamente relutante Trey para cantar junto.

Anna parou de repente, e, com os olhos arregalados, pressionou a mão contra o ventre.

Seth já estava se levantando de pronto da cadeira quando o rosto dela se iluminou de felicidade.

— Eu senti mexer! Senti o bebê se mexer! — Embora tenha agarrado as mãos de Seth, ela olhou para a mãe. — Mãe!

— Você está bem? — Seth colocou a mão sobre a dela. — Não estou sentindo nada.

— É muito cedo para você sentir também — disse Corrine ao genro, com os olhos azuis marejados. — Mas já estava na hora de a Anna sentir.

— É normal? — Trey segurou a mão livre da irmã. — É uma coisa boa?

— É uma coisa normal e muito maravilhosa.

— Quando eu vou conseguir sentir também?

— Em algumas semanas, papai.

Como aquele parecia ser um momento íntimo, Sonya saiu de fininho da sala. Ela daria aos Doyle alguns minutos de privacidade enquanto começava a lavar a louça.

Mas a cozinha já estava impecável. A lava-louças estava funcionando, a pia brilhava, e, quando conferiu a geladeira, encontrou as sobras da refeição — bem poucas em comparação ao que estava com medo de acontecer — devidamente guardadas.

— Muito... ai, meu Deus... muito obrigada. Vocês não precisavam ter feito tudo isso.

Ainda estava imóvel e perdida em pensamentos quando Trey entrou.

— Não tem como você ser tão ninja assim.

— Não fui eu.

— Ah, entendo. Acho que todo mundo está indo embora. Eu ia me oferecer para ficar e te ajudar a arrumar tudo, mas acho que não precisa mais, né?

Na deixa, o tablet tocou "Stay".

Ela riu de nervoso.

— Parece que alguém gosta da sua companhia.

Yoda entrou na cozinha, dançou e choramingou.

— Ah, você quer dar uma voltinha, né? Lógico que quer. A gente já vai.

— Deixa comigo. Mookie queria passear com ele mesmo. E quando falei que o pessoal estava pronto para ir embora, pode esperar que leva um bom tempo até isso de fato acontecer.

Ele não estava errado.

— Seth, seja um bom menino e leve o carrinho de serviço de volta para a cozinha. Ace e eu temos que descansar esses ossos velhos em casa. Como a Corrine disse, vamos deixar a cozinha para os mais novos.

— Sinto informar que foi alguém de uma geração bem mais velha que cuidou disso.

— Tá brincando?

Anna deu um tapa na bunda do marido.

— Vamos, eu vou com você. Vou te proteger e buscar minha boleira.

— Eu não tenho medo de fantasmas — afirmou ele, empurrando o carrinho de serviço.

— Eu, particularmente, não me importaria em ter uma empregada invisível. Mas… — acrescentou Corrine — deve ser perturbador.

— Poupa tempo e energia, mas, sim, perturbador define direitinho. Eu tenho, de acordo com a contagem atual, uma camareira, um DJ particular, um carregador de lenha, o que bate portas, e o pianista. Pelo menos um deles gosta de cachorros, porque ensinaram o Yoda a dar a patinha. Preciso anotar tudo isso também.

— Depois posso dar uma olhada? Nas anotações? Com tudo que sei sobre a família e a história da mansão — disse Deuce a ela —, pode ser que eu consiga te ajudar a identificar alguns dos… moradores.

— Lógico. Assim que organizar tudo eu te mando.

— Você é uma jovem inabalável. — Paula estendeu a mão e apertou a de Sonya com firmeza. — E tivemos uma noite simplesmente maravilhosa. Muito obrigada.

Sonya pegou todos os casacos enquanto Trey voltava com Yoda.

— Já coloquei o Mook no carro. Os dois deram cansaço um ao outro.

Ele se demorou um pouco mais no vestíbulo enquanto todos saíam.

— Você está bem?

— Estou.

— E se não estiver?

— Vou te ligar.

— A noite foi ótima, e acho que você é exatamente do que a casa precisa. Espero que ela seja o mesmo pra você.

Ela sentiu o coração vibrar, apenas um pouco, quando ele se aproximou com o olhar fixo no dela.

— Parece que sim.

— Que bom. Até mais, então.

Ela fechou a porta assim que ele saiu.

— Ele considerou. Eu sei que sim. Com certeza ele estava pensando nisso. — Ela olhou para o cachorro aos seus pés. — Será que eu devia ter dado o primeiro passo? É que estou meio hesitante, sei lá. Sei que preciso superar isso. Mas por hoje já deu, estou exausta. Vamos dormir, Yoda.

Sonya sonhou que alguém tocava o piano, mas não na sala de música. Na sala de estar principal, Astrid tocava uma melodia animada e agitada. Uma mulher mais velha estava sentada perto da lareira, com uma agulha e um bastidor de bordado enquanto tamborilava o pé no ritmo da canção.

Na lareira, uma lenha estalou e as faíscas voaram para todo lado.

Collin Poole estava parado ao lado de Astrid, virando a página da partitura.

Alguém havia afastado os móveis, e três casais se postavam em filas um diante do outro, ziguezagueando entre si conforme dançavam.

Ela reconheceu o gêmeo de Collin, Connor. E, pela maneira como ele olhava para sua parceira de dança, aquela só poderia ser Arabelle, a mulher com quem ele se casaria. A mãe da segunda noiva condenada — Catherine.

Todos eram jovens, com exceção da mulher sentada ao fogo, e ela viu outro homem sentado por perto, sorrindo, degustando seu uísque enquanto observava os casais dançando.

Os pais de Astrid, ela pensou, sem saber por que tinha tanta certeza do fato.

Ela se movia pela sala, um fantasma entre os fantasmas.

Sonya sentia o perfume das rosas da estufa. A cera da vela confeccionada por uma família do vilarejo, a fumaça da lenha queimada que um dos empregados, chamado John, rachava e empilhava.

Era início de abril — Sonya sabia —, e faltavam apenas algumas semanas para o casamento de Astrid Grandville e Collin Poole. A primeira noiva a se casar na mansão.

A primeira a morrer ali.

Quando a dança acabou, Collin segurou a mão de Astrid e a levou aos lábios.

E tudo congelou.

Astrid virou a cabeça e olhou para Sonya.

— Estávamos felizes nesta noite. Um prelúdio, como Collin disse, de todas as festas que daríamos, com amigos e parentes. Tínhamos o futuro à nossa frente.

— Sinto muito.

— Encontre as alianças. Você é a última que pode fazer isso.

— Mas eu não…

— Toque um pouco mais, Astrid.

— Lógico.

Os seis dançarinos se posicionaram em linha novamente. Collin permaneceu de pé ao lado de Astrid no piano.

Ela tocou a mesma canção, como antes. Tudo se moveu, exatamente como antes.

A mulher mais velha manuseava a agulha e tamborilava o pé. O homem mais velho sorria e bebericava o uísque. Collin virava a página da partitura à medida que os dançarinos ziguezagueavam.

Na lareira, uma lenha caiu com uma chuva de brasas. E Sonya acordou de pé, ao lado da cama.

Yoda continuava dormindo, sinal de que ela não o havia perturbado. Sonya saiu silenciosamente do quarto, desceu as escadas e entrou na sala de estar.

Os móveis estavam no exato lugar em que deveriam estar. Porém, não era a mesma mobília do sonho. Nem a mesma cena que vivenciara.

A lareira não ardia, não havia velas tremeluzindo, nem lamparinas cintilando.

Ela vagou pela sala, mas o único perfume que sentiu no ar provinha dos lírios asiáticos que havia comprado dias antes. Ao piano, ela arrastou o dedo suavemente por sobre as teclas.

Então voltou para o vestíbulo e encarou o retrato de Astrid acima.

— Entendi seu recado. Não sei o que significa ou o que fazer a respeito, mas eu entendi.

Porém, a casa, e o que quer que a habitasse, permaneceu em silêncio. E, em silêncio, Sonya subiu novamente.

Na cama, ela fechou os olhos e esperou pelo sono.

Capítulo dezoito

De manhã, Sonya registrou todos os detalhes dos quais se lembrava. Depois, limitou-se a trabalhar apenas meio período — em sua cabeça, era mais ou menos para compensar o tempo que tinha dedicado para resolver questões pessoais durante a semana.

Passou mais uma hora compilando a lista de companheiros invisíveis. Considerando a experiência da noite anterior, Sonya incluiu Astrid como a segunda noiva que a havia visto e falado com ela.

Isso a deixou livre para lidar com os poucos afazeres domésticos que sua faxineira invisível deixou para ela. Como o sol brilhava, e com a máquina de lavar roupas cheia com ciclo da semana, ela resolveu fazer uma longa caminhada com Yoda. O chão coberto pela neve fina a atraiu, com o seu cachorro, até os limites da floresta.

E deu mais uns passos adiante.

Ela não pôde negar o encanto ao redor, o mistério que cercava as árvores com seus galhos despidos, o tom verde-escuro dos pinheiros. A brisa suave balançava as agulhas dos pinheiros de uma forma quase sussurrante, e, das profundezas da floresta, ecoavam os sons de pássaros chilreando.

Yoda inspirou fundo da mesma forma que ela, mas a neve estava mais espessa onde o sol não incidia por completo.

Sonya tinha quase certeza de que avistara pegadas, de cascos ou patas, ou algum tipo de animal. Embora fosse adorar dar de cara com um cervo — para vê-lo bem de perto —, ela duvidava que se sentiria da mesma maneira com alguma criatura menos simpática.

Melhor deixar a floresta para seus habitantes, fossem quais fossem.

— Eu sou uma garota da cidade, Yoda, isso é fato.

Caminharam de volta até chegar ao quebra-mar. O vento frio agitava o cabelo de Sonya e o soprava contra o rosto. Com ele, veio o perfume refrescante e intrépido da maresia.

E, sob o céu límpido, o mar se mantinha audaciosamente azul até o horizonte.

As ondas quebravam abaixo, e, ao longe, na imensidão azul, barcos deslizavam.

Para seu total encantamento, Sonya avistou uma baleia, e pegou Yoda no colo para dividir o momento emocionante.

No entanto, ele só abanou o rabo e lambeu o queixo de Sonya.

— É isso aí — murmurou ela. — Isto aqui foi feito pra mim. É óbvio que coisas como a que aconteceu ontem à noite me deixam um pouco abalada, mas é isso. Água e florestas e baleias. Quem diria, né?

Quando entrou de novo em casa com Yoda, ela jurou ter sentido aroma de óleo de laranja fresco.

— Ela é bem atarefada — murmurou Sonya, e pendurou o casaco.

Muito atarefada, concluiu Sonya, quando se deparou com suas peças íntimas penduradas no varal da lavanderia. Bastou uma conferida na secadora para ver que estava vazia, então ela não tinha dúvidas de que encontraria tudo devidamente dobrado e guardado.

Assim como havia encontrado a lava-louças vazia e com todos os pratos no armário quando averiguou pela manhã.

Como devia ser, ela se perguntou, passar o resto da sua vida após a morte — se era esse o caso — sendo faxineira de alguém?

Mesmo achando ridículo, ela respirou fundo e disse:

— Muito obrigada, de verdade. Por favor, não se sinta na obrigação de fazer isso.

O iPad começou a tocar "God Bless Saturday", de Kid Rock.

— Tudo bem, então. — Ela não conseguiu segurar o riso. — Já entendi.

* * *

O céu claro deu lugar a nuvens pesadas e escuras, e cerca de quinze centímetros de neve se acumularam com a nevasca que caiu naquela noite. Sonya usou isso como desculpa para curtir a preguiça durante a tarde. Levou café e um pedaço generoso de bolo inglês para John Dee. Depois, ela se aconchegou em casa pelo restante do dia.

As brincadeiras de cabo de guerra com Yoda deixaram os dois entretidos. Aninhada no sofá do segundo piso da biblioteca, ela assistiu ao que mais lhe interessava.

Ela fez uma videochamada com a mãe e depois com Cleo. Observou o cachorro se divertir na neve fresca.

Um final de semana tão normal, supôs ela, quanto poderia desejar. Para finalizar, ela e Yoda se sentaram perto da lareira na biblioteca — ele com um osso para roer, ela com o livro que Trey havia recomendado.

Ele não estava nem um pouco errado quanto ao livro, pois Sonya leu metade de uma vez só.

Sonya passeou com Yoda sob a imensa esfera branca da lua que derramava uma pálida luz azulada sobre a neve fresca. E se sentiu muito feliz, e totalmente em casa.

1892

Estou parecendo uma rainha. Não uma princesa, pois já sou uma mulher adulta. Meu amante, meu noivo, meu marido é um homem de prestígio. De pé na capela, diante de todos que testemunham nossa união, eu me sinto orgulhosa, majestosa com meu vestido confeccionado pela Worth.

Eu não aceitaria nada menos do que tudo do bom e do melhor neste dia.

Sou abençoada com um corpo sinuoso, que se exibe com perfeição vestido de cetim branco e pesado com uma cauda comprida e graciosa. A fluidez do tecido realça minha cintura — tão fina que Owen é capaz de envolvê-la com as mãos.

E ele já fez isso.

O corpete rendado adere aos meus seios e é sobreposto por um tecido diáfano que forma uma gola alta enganosamente modesta. Dispensei as populares mangas bufantes — que não me favoreceriam em nada — por mangas justas e franzidas.

Meu véu — com o mesmo comprimento da cauda do vestido — ostenta uma tiara de diamantes que cintila sob a luz que incide pelas janelas da capela.

Sob o ornamento, meu cabelo, preto como carvão, foi modelado em um coque alto e alinhado, como dita a moda. O penteado combina, de acordo com o que me dizem sempre, com as características do meu rosto, ao qual acrescentei — discretamente — um pouco de blush nas bochechas e batom nos lábios.

Owen segura minha mão enquanto proferimos nossos votos. Ele é o homem mais lindo do mundo em seu fraque, com o colarinho alto e engomado.

Seus olhos, intensos e verde-escuros, sorriem para os meus ao deslizar a aliança em meu dedo. De ouro, com cinco diamantes incrustados que ele encomendou especialmente para mim na Cartier.

O voto, o beijo — suave e meigo, apesar de já termos compartilhado beijos mais apaixonados em privado — e, por fim, estamos casados.

Agora sou Agatha Winward Poole. A sra. Owen Poole. Nós somos os Poole de Poole's Bay.

E eu sei, à medida que saímos da capela e as pessoas aplaudem e jogam arroz, como a tradição manda, que formamos um casal esplêndido.

Somos do mesmo patamar social e unimos nossos sobrenomes e fortunas respeitáveis. Nossa beleza física se complementa, então espero dar a ele filhos lindos e filhas encantadoras.

Viajaremos muito. Nisso, eu insisti com veemência. Por mais que nosso lar venha a ser estabelecido na mansão costeira, não viveremos acorrentados a ela. Uma propriedade ocasional em Nova York será essencial para firmarmos nosso lugar na sociedade daquele estado.

E é lógico que faremos uma travessia para a Europa em nossa lua de mel, onde passaremos três meses nos melhores hotéis de Paris, Roma e Londres.

Eu serei a esposa da qual ele precisa, assim como ele é o marido que mereço.

Os moradores da vila tiram seus chapéus e boinas e jogam flores quando a carruagem passa.

Owen, generoso como é, joga moedas para aqueles que se amontoam à beira da estrada.

Eu também serei generosa. Ergo minha mão para cumprimentar aqueles que labutam ao mar, nos campos, nas lojas e cafeterias. E, claro, para aqueles que trabalham para o meu marido e sua família.

Nós faremos uma generosa doação para a escola em Poole's Bay, como uma espécie de comemoração pelo nosso matrimônio.

Mas, hoje, é um dia de festa e celebração. Apesar de não poder incluir Jane, a irmã gêmea do meu marido, no meu grupo de madrinhas, já que ela está grávida de seu quarto filho (e também porque a acho muito sem graça e simplória), eu a abraço assim que chegamos à mansão.

Afinal de contas, agora somos cunhadas.

Obviamente, os criados estão prontos e já servindo champanhe aos nossos convidados. Em breve, teremos dança no salão de festas.

Teremos música e vinho, e a comida servida de acordo com o cardápio que organizei. A mansão está repleta de flores selecionadas e aprovadas por mim.

Estou radiante de alegria quando abraço minha querida mãe e beijo o rosto de meu amado pai. Tudo se passa em um magnífico borrão.

Subo a bela escadaria de braços dados com meu marido.

A comida está graciosamente disposta na sala de jantar para aqueles que sentem fome após alguns passos de dança. Também organizei duas pequenas mesas de bufê perto do salão de festas.

E vinho, champanhe e música.

Eu danço com meu marido, com meu pai, com meu sogro, com meus irmãos, primos e amigos.

Estamos animados. Bebo champanhe.

Como meu marido me pede, e eu sou obediente, eu me sento por um tempo com a tediosa Jane. Ela fala sobre seus filhos, é óbvio, como se o mundo girasse ao redor deles mesmo neste dia, o *meu* dia.

Alguém coloca um prato à minha frente — que pessoa atenciosa. Eu belisco um pouco da comida e atesto que a cozinheira e a equipe se superaram.

Sei que estou radiante enquanto contemplo os casais dançando a valsa, e avisto Owen, sempre tão gentil, conduzir a sobrinha — de apenas 7 anos — pelo salão.

Algo se entala na minha garganta, e tento pegar minha taça. De repente, estou com falta de ar, zonza. Muito champanhe, penso, mas agora tenho certeza que minha garganta está obstruída. Não consigo respirar.

Meu coração... meu coração está acelerado. Não consigo respirar!

O prato cai no chão, assim como eu. Meu corpo parece em chamas, e eu luto para respirar enquanto o mundo gira.

Ouço vozes. De quem são? De quem?

Vejo Owen. Estou em seus braços? Não consigo falar. Tento tocá-lo, mas não tenho força nos braços.

Tenho noção do medo, um pânico terrível que se apodera de mim enquanto sinto a vida se esvair, no chão do salão de festas, usando meu vestido de noiva da Worth.

É como se eu estivesse distante, fora do meu corpo, assistindo à cena e apavorada com Owen me segurando. Vejo a mulher de preto se aproximar. Por que ninguém mais a vê? Eu avisaria, mas não consigo falar.

Ela tira a aliança de casamento do meu dedo, a linda aliança que foi desenhada especialmente para mim.

Em seguida, ela a coloca em seu dedo, onde outras três alianças se encontram.

Nossos olhares se encontram e sinto um medo indescritível. Ela olha para mim e dá um sorriso pavoroso, e sinto o mais absoluto terror.

Então, ela se vai, assim como eu.

Sonya passou o início de sua semana de trabalho ignorando as pancadas e batidas ocasionais, a sineta tocando quando ela se obrigava a ir na academia.

Enviou orçamentos para os Doyle e para a floricultura, e fez o que considerou um ótimo progresso no projeto do fornecedor de bufê.

No meio da semana, ela recebeu uma ligação de sua antiga chefe.

— Esperei até o meio-dia — disse Laine —, na esperança de te pegar no horário do almoço.

Almoço que, normalmente, consistia de meio sanduíche ou torradas com requeijão, talvez uma laranja, à sua mesa de trabalho.

— Que bom ouvir sua voz, Laine.

— Como estão as coisas, querida?

— Muito bem, obrigada.

O iPad disparou a música "R. O. C. K. in the USA", e ela o desligou.

— E como você está? E o Matt, o pessoal?

— Estamos todos bem. Do jeito de sempre, então, sabe como é, caos controlado. Estou te ligando porque o Burt Springer, da Ryder Sports, ligou pra gente.

— Eu me lembro dele.

— Pois é. A Ryder está abrindo uma filial em Portland, no Maine. Eles ainda vão continuar com as três lojas em Boston, incluindo a principal.

Confusa e sem saber por que Laine ligaria para ela para falar sobre um cliente, Sonya respondeu com cautela:

— Os negócios devem estar indo bem.

— Provavelmente. Eles querem repaginar tudo com uma grande campanha, já que é uma expansão considerável. Querem manter, mas atualizar a logomarca. Burt pediu especificamente por você.

— Aah… — Dividida entre o prazer e o arrependimento, Sonya pegou sua Coca-Cola da mesa. — Isso é legal de ouvir.

— Você fez um bom trabalho para a Ryder, ele sabe disso.

— Eu tinha uma equipe comigo.

— Tinha mesmo. E vou ser bem honesta com você. Eu disse a ele que você não estava mais com a gente, e que, sem dúvida, poderíamos cuidar do projeto. Também passei seu contato pra ele. Matt concordou totalmente.

Após o choque inicial, Sonya tentou manter a voz calma.

— Poxa, Laine. Isso é mais do que generoso da parte de vocês.

— É o justo a se fazer. Ele deve entrar em contato com você. Enquanto isso, nós vamos montar uma proposta para apresentar.

— Lógico.

— Gostamos demais de você, Sonya, então vou te dar um conselho: agarre a oportunidade apenas se você tiver certeza de que consegue dar conta.

— Esse é um conselho dos bons, obrigada. E pode deixar.

Depois da ligação, Sonya bebeu um pouco do refrigerante e tentou pensar com clareza. Ela se levantou e andou de um lado para outro, tentando refletir enquanto Yoda pensava que aquilo significava a hora do passeio.

Foram lá fora. Ele fez suas necessidades e brincou um pouco na neve. Enquanto isso, Sonya pensou.

Ela poderia dar conta se tivesse a chance. Sim, na época ela contava com uma equipe trabalhando nos elementos, nos anúncios, na parte mais aprimorada do site... Mas foi ela quem coordenou tudo.

E uma repaginada, uma atualização, não era uma reestruturação completa como Burt e a Ryder queriam quatro, não, cinco anos antes. Quase seis, pelo que se lembrava. A primeira vez que ela havia liderado uma equipe em um projeto de grande importância.

Ela estava muito melhor atualmente, disse a si mesma.

Sim, com toda a certeza. Se ela tivesse a oportunidade, ela a aproveitaria.

Sonya chamou Yoda, e em seguida ouviu o som que indicava que alguém se aproximava pela estrada. Reconheceu a caminhonete de Trey assim que ele virou a última curva.

Que surpresa.

Lógico que ela não estava maquiada. Quando aprenderia a lição?

E ainda estava usando um casaco antigo por cima do moletom mais velho ainda.

Ele parecia a pura perfeição quando parou e desceu do veículo. Uma jaqueta de couro em vez da parca, já que o clima tinha esquentado um pouco. Calça jeans, botas e suéter. O cabelo bagunçado do jeito certo. Ele era muito cheiroso também. Sempre perfumado. Um perfume que remetia a um... homem descomplicado. Nada específico, nada ostensivo, apenas... hummm... delicioso.

— Parece que não estou interrompendo.

— Não. Estamos só dando a voltinha da tarde. Cadê o Mookie?

— Está com o Owen e o Jones. Tive que passar lá para resolver um assunto e ele me abandonou. — Ele se abaixou e fez um carinho em Yoda, que o deixou extasiado. — Na próxima vez eu trago ele, amigão. Agora estou a caminho de uma reunião com um cliente, e só tenho alguns minutinhos.

— Vamos entrar.

— Não, sério, só tenho uns minutos mesmo. — Enquanto acariciava o cachorro, ele franziu o cenho ao olhar para ela. — Está tudo bem? Você parece um pouco estressada.

Sem um pingo de maquiagem, com um moletom velho, um cara lindo de quem ela estava a fim, um possível trabalho de grande importância...

— Não. Quer dizer, é só uma coisa do trabalho, um cliente em potencial. Ah, sim, conheci Astrid uma noite dessas.

— Conheceu? Astrid? A mesma Astrid da pintura?

— Acho que sim.

— Quero saber tudo sobre isso, e imagino que vai levar mais do que os minutinhos que tenho no momento. Se não tiver planos mais tarde, que tal se eu passar por aqui de novo? Posso trazer uma pizza.

— Eu... Ah, lógico. Se você não tiver planos.

Ela se perguntou por que ele tinha que ter aqueles olhos. Aqueles olhos azuis magníficos.

— Agora eu tenho. — Ele endireitou a postura. — Quais são os sabores que você gosta?

— Pode escolher, só não como de anchovas, pelo amor de Deus. Até aceito cogumelos, se você quiser muito.

— Entendi. Mas agora meus minutos estão acabando. Eu quis passar pessoalmente pra dizer que você está contratada.

— Oba! — Triunfante, ela deu um soquinho de leve no peito dele. — Você não vai se arrepender.

— Decisão unânime. Você ganhou até o voto da Sadie, e ela é osso duro de roer. Agora vou nessa. Mookie e eu apareceremos umas seis, seis e meia, se não for muito cedo.

— Você vai trazer pizza. Não existe isso de muito cedo ou tarde demais quando o assunto é pizza. Se você ainda tiver mais trinta segundos, posso perguntar uma coisa? Você acha que a Bree me daria uma receita de algo gostoso e fácil de fazer?

— Vou trazer pizza.

— Não é pra você, é pra minha mãe. Ela vai chegar na sexta-feira à noite. Não quero pedir comida depois de ela ter passado o dia todo trabalhando e mais o tempo dirigindo até aqui.

— Nunca pedi uma receita pra Bree, então não tenho certeza se ela pode dar ou não. Mas não custa tentar.

Sonya aproveitaria aquela oportunidade também, e pegou o celular.

— Você pode mandar meu contato pra ela? Se ela estiver a fim, ela mesma pode me mandar uma mensagem. E lembre à sua amiga de que ela gosta de mim.

— Sem problemas. Te vejo mais tarde.

E isso, com base em interesse pessoal, ela consideraria como um encontro, Sonya pensou ao vê-lo se distanciar.

— Mas, no momento, o escritório de advocacia dele é um cliente, então não posso dar um passo adiante, a menos que tenha certeza total. Vamos voltar ao trabalho, Yoda, pra eu ter tempo de me arrumar. Só de um jeito casualmente atraente, lógico — acrescentou ela, enquanto os dois seguiam até a casa. — Esse é o objetivo.

Ela planejava encerrar o expediente às cinco em ponto.

Mas recebeu a aprovação para o projeto da floricultura.

E teve uma longa conversa com Burt Springer.

Felicíssima pela conversa não ter sido por videochamada, de forma que ele não teria como ver o nervosismo dela, Sonya anotou as informações detalhadamente. No final, combinaram que ela faria uma apresentação e um orçamento.

Quando encerrou a chamada, ficou sentada por um tempo, imóvel.

— Não posso estragar essa chance. E se eu estragar tudo? Não posso perder essa oportunidade.

O iPad começou a tocar o tema do filme *Rocky*, e seu ataque de pânico foi interrompido com uma risada.

— Tá, tudo bem. Tenho algumas ideias. Só preciso escolher a melhor e caprichar, que... Puta merda! Já são quase cinco e meia! Que bosta!

Sonya desligou tudo e correu para o quarto. O vestido vermelho estava sobre a cama.

— Não, não. É só uma pizza na cozinha! Deixa eu dar um jeito no rosto primeiro. — Ela disparou para o banheiro e respirou fundo. — Nada de mais.

Mas até "nada de mais" dava trabalho, considerando que ela não conseguia nem se decidir entre fazer uma dancinha feliz para comemorar ou enfiar a cabeça entre os joelhos para evitar um desmaio.

Ela tinha três novos projetos — e um deles era enorme. Ela ainda tinha outro para finalizar, um cliente para satisfazer.

— Estamos progredindo. Estamos ocupados, produtivos e muito, muito nervosos. — Quando voltou para o quarto, o vestido vermelho havia sido substituído por uma calça jeans cinza-chumbo e um suéter vermelho. — Ok, ok. Essa escolha foi ótima. Vou usar, até porque não tenho tempo para pensar em outra coisa.

Ela trocou de roupa e concluiu que sua assistente pessoal tinha mesmo feito a escolha perfeita. Assim que jogou o moletom usado no cesto de roupa suja, Yoda latiu e saiu correndo do quarto.

E a campainha tocou.

— Tá, aqui vamos nós.

Yoda dançava diante da porta, e, quando Sonya a abriu, os dois cães na mesma hora se cumprimentaram com a típica alegria canina.

— Um homem, um cachorro e uma pizza. Tirei a sorte grande.

— O preço é contar uma boa história de fantasma.

— Isso é o que não falta por aqui. Me deixa guardar o seu casaco.

— Deixa comigo.

Ele entregou a pizza antes de se dirigir ao armário. Da biblioteca, o iPad tocou "Welcome to the Party".

— O DJ nunca desiste — disse Sonya. — Vamos, garotos. E você aí, homem.

— Pelo que ouvi, seu DJ tem gostos ecléticos.

— É, varia entre rock e pop de várias épocas. E… — Sonya olhou por cima do ombro enquanto seguiam para a cozinha. — Como foi com o cliente?

— Sem quebrar o sigilo, posso dizer que foi bom o bastante. E também vou dizer que só isso — ele apontou para o ar, indicando a música do DJ fantasma — seria o bastante para fazer um monte de gente voltar correndo para Boston.

— Sorte que eu gosto de música. — Após colocar a caixa de pizza no balcão, ela deu uma espiada. — Pepperoni e azeitonas pretas.

— Fiquei sabendo que é a sua preferida.

— Não existem segredos em Poole's Bay.

— Ah, existem, sim.

— Suponho que um advogado saberia quais são. Quer uma cerveja?

— Obrigado. — Ele arqueou uma sobrancelha quando ela tirou a garrafa da geladeira. — Sam Adams.

— Fiquei sabendo que é a sua preferida.

— E é mesmo. Pode ser na garrafa mesmo, não precisa de copo.

Ela entregou a garrafa para ele e se serviu de vinho.

— Mookie já comeu?

— Peguei ele cedo demais, daí ele não teve tempo de mendigar a comida do Jones.

— Então ele pode mendigar a do Yoda.

Sonya alimentou dois cães famintos, e pegou os pratos antes de se sentarem à pequena mesa. Trey serviu uma fatia em cada prato antes de tocar a garrafa de cerveja à taça dela, em um brinde.

— Conseguiu mandar mensagem para a Bree?

— Consegui, e ela me interrogou de leve. Perguntou sobre alergias alimentares e essas coisas. Falei que você não tinha mencionado nada. Ela queria saber seu nível de habilidade culinária.

— Você disse que era nulo?

Com o sorriso lento característico, ele negou com um aceno de cabeça.

— Desculpa, lindinha, mas a carne assada desmente isso.

— Aquilo foi um caso isolado.

— Espero que não. De qualquer forma, ela disse que ia te enviar alguma coisa. Ela é bem apegada à mãe, então você ganhou pontos só por querer fazer o jantar pra sua.

Sonya sorriu e mordeu mais um pedaço da pizza.

— E o Manny? Ela também está apegada a ele agora?

— Não sei dizer e nem perguntei. Na verdade, não quero nem pensar nisso. Agora é hora de você pagar sua dívida. — Ele apontou para Sonya com sua garrafa de cerveja. — Me fala sobre o lance da Astrid.

— Astrid. Bom, acho que atravessei o espelho outra vez.

— O espelho dos esboços do seu pai.

Ela assentiu e bebeu mais um gole do vinho.

— Não me lembro dessa parte especificamente, mas acho que atravessei. O que é impossível de explicar.

— Tudo bem, não precisa ter explicação.

— Não sei se foi um sonho ou se foi de verdade, mas pareceu bem real. Só que o Yoda continuou dormindo, talvez porque não era nada assustador desta vez, não do jeito assustador e trágico como foi assistir Marianne Poole morrer... Mas Astrid me viu, Trey. E olhou pra mim, falou comigo. Ninguém mais naquela sala fez isso. Acho que ela é a pianista. Ela não toca mais na sala principal, e fico imaginando se é porque a deixa triste. E, na noite que presenciei no espelho, todos estavam felizes.

— Você não me ligou — salientou ele.

— Não foi nada assustador, não como o outro. Eu admito que me sentiria bem melhor se tivesse certeza de que foi só uma alucinação. Mas não foi.

— E se a gente vasculhar a casa atrás do espelho?

— Acho que não vamos conseguir encontrá-lo. Para ser sincera, acho que ninguém vai conseguir até que ele queira ser encontrado.

— Você está dizendo que um espelho pode ter vontade própria.

Ela colocou uma segunda fatia de pizza em cada prato.

— E *essa* é a coisa mais estranha nesta história toda?

— É, agora me pegou.

— Pensei muito sobre tudo isso. Acho que esses... vou chamar de sonhos... são positivos. Estou vendo, ouvindo e aprendendo. Não é o mesmo que apenas ver nomes e fotos em um livro. E não é como se fosse um filme, porque estou nele, de alguma forma. É como se eu entrasse naquela época, naquele momento.

Com as sobrancelhas arqueadas, Trey a observava com atenção.

— E agora você está acrescentando viagem no tempo a uma história de assombrações?

Diante da constatação, ela só pôde dar de ombros.

— Se eu tivesse pensado ou falado qualquer uma dessas coisas há um ano, teria ido na mesma hora a um psiquiatra.

— Você não é maluca — disse Trey, quase para si mesmo.

— Eu também sempre achei que não fosse. Sempre achei os cristais e a sálvia branca da Cleo, além da aceitação tranquila dela para coisas... digamos, sobrenaturais... inofensivos e até bonitinhos. Agora confesso que vou ficar bem feliz quando ela estiver aqui e puder ver com os próprios olhos.

— Quando ela chega?

— Ela está fazendo de tudo para chegar no máximo daqui a uma semana, dez dias. Ela fez uma venda de garagem lá na casa da minha mãe esse fim de semana e me disse que vendeu bastante, e mamãe vai trazer o que sobrar e der no carro. Também já tem uma amiga que vai ficar com o apartamento. O lance todo é que não sinto medo de ficar aqui.

Ele a encarou com intensidade.

— Nunca?

— Ok, às vezes. O sonho com Marianne, o negócio que aconteceu no Quarto Dourado, as pancadas e a nevasca que não aconteceu... Mas agora eu tenho o Yoda.

Ao ouvir seu nome, Yoda trotou até ela, Mookie em seu encalço.

— É isso aí, carinha, agora eu tenho você. E você também, quando está por perto. — Ela acariciou Mookie também, dando carinho aos dois cachorros. — E acho que seria legal deixá-los sair um pouco.

— Eu cuido disso. Você confia nele indo sozinho?

— Eu deixei ele sem coleira algumas vezes. Fiquei vigiando como um falcão, mas ele ficou perto.

— Agora ele vai ficar grudado com o Mook. Daí, ele não se afasta.

Trey abriu a porta, mas ficou observando os cães brincando na neve.

— O Yoda vê eles, sabia? Ou alguém, sei lá... de vez em quando.

Trey olhou para ela por cima do ombro.

— Mookie também, sempre que eu o trazia junto para visitar Collin. Jones também.

— Você disse que viu uma mulher no mirante da viúva. Uma mulher de branco. Eu não acreditei muito na época, mas agora...

— Pois é, mas não era Astrid — disse Trey. — Astrid era loira, e a mulher que eu vi tinha o cabelo escuro. Não consegui ver o rosto direito. Meu pai disse que eu costumava balbuciar para os fantasmas quando vinha aqui, na infância. Eu não lembro.

Como ela esperava que Trey ficasse mais um pouco, serviu mais vinho para si e pegou outra cerveja para ele.

— Algo mais?

— Eu tinha uns 5 anos. Sei disso porque tinha acabado de começar o jardim de infância. Eu me lembro... sei lá, é uma imagem meio vaga, mas me lembro de ver um cara no escritório de Collin. Usando smoking. Eu sabia que era um smoking porque o Owen... quer dizer, os pais do Owen... tinham um cachorro preto com o pelo manchado de branco no peito, que se parecia com um smoking. Por isso o nome dele era Smokie. Enfim, ele estava sentado lá com um copo e um charuto. Eu me lembro até do cheiro da fumaça do charuto. Ele baforou uns anéis enormes e riu. Jovem Oliver, foi assim que ele me chamou. Ele disse que eu era um bom menino por visitar um homem solitário. E me mandou tomar cuidado com a bruxa, ou ela ia me engolir. — Trey olhou de relance por cima do ombro. — Eu disse que bruxas só existiam no Halloween, e ele respondeu: "Não por aqui." Eu me lembro bem disso porque saí correndo pra contar para o meu pai. E foi isso.

— E seu pai foi conferir?

— Ao que parece, eu enchi o saco pra isso. Mas não tinha ninguém lá. Vou deixar os cachorros na área de serviço. Tem uma toalha velha por aí?

— Tem uma lá.

Ela se levantou e foi com ele, e pegou outra toalha para que os dois secassem a pelagem dos cães cobertos de neve.

— Crianças e cães, então.

— Acho que sim. Teve uma outra vez, e desta eu me lembro bem. — Ele endireitou a postura e pendurou a toalha no varal. — Eu tinha uns

12 anos, e estava aprendendo a tocar violão. Meu pai e Collin estavam no salão de jogos, aquele que fica bem depois da biblioteca, jogando xadrez. Nunca me interessei por xadrez, nem na época e nem agora.

— Ele deixou o tabuleiro e todas as peças para o seu pai.

— Aham.

Os cães os seguiram de volta para a cozinha, onde ela os agradou com petiscos.

— Enfim, nesse dia eu estava morrendo de tédio, então fui para a sala de música. Collin disse que eu podia praticar com o violão sempre que quisesse. Eu sabia dedilhar algumas músicas. Não dominava a posição dos dedos nem nada, mas sabia tirar um sonzinho. — Ele pegou a cerveja. — Eu estava lá, tentando tocar "Free Falling", do Tom Petty. Os acordes são bem básicos. Eu estava me achando o tal, e, quando levantei a cabeça, lá estava ela. Extremamente linda.

Ele tomou um gole da garrafa.

— No auge dos meus 12 anos, eu fiquei muito mais chocado com uma gata daquelas parada na sala, sorrindo para mim, do que preocupado pensando de onde diabos ela tinha saído.

— Você a reconheceu?

— Na época, não. — Ele balançou a cabeça. — Cabelo loiro comprido, caindo como uma cascata, todo liso. Ela estava usando uma daquelas calças jeans de cintura bem baixa, justa nos quadris e mais folgada abaixo dos joelhos, e usava uma regatinha branca, tão curta que eu conseguia ver um monte de pele.

Ele sorriu e gesticulou diante do abdome.

— Tinha umas flores bordadas aqui em cima, e com um decote baixo, e, minha nossa, tinha peitinhos bem ali por baixo. Ela tinha uma porrada de miçangas penduradas no local pra onde eu estava tentando não olhar. Os lábios eram de um tom rosa-claro, e os olhos tinham aquela coisa toda lá... acho que se chama delineado de gatinho. Só sei que era um visual que fez horrores com a libido de um garoto.

— Nossa, você se lembra de tantos detalhes dessa ocasião, hein?

— Ficou gravado nas duas cabeças, a de cima e a de baixo — disse ele, rindo. — "Meu chapa", disse ela, e pode ser que eu tenha babado um pouco, "você sabe mesmo como tocar esse bagulho". Aos 12 anos, eu não fazia ideia de que o tal bagulho era o violão, daí eu disse: "Oi?" Ela falou que Petty era genial, mas que eu tinha que aprender a tocar "Satisfaction", porque os Stones eram irados. Depois ela fez o símbolo da paz com os dedos e colocou sobre os lábios rosados, soprando um beijo que me deixou tremendo igual uma gelatina cheia de hormônios.

Ele ergueu a garrafa de cerveja em um brinde.

— E aí sumiu.

— Essa é uma história e tanto.

— Eu nunca mais a vi, e olha que Owen e eu procuramos. Isto é, até que eu vi uma foto dela no livro de Collin. Minha primeira paixonite de verdade foi pelo fantasma de Lilian Crest, que chamava a si mesma de Clover.

A informação atingiu Sonya como um raio.

— É a mãe biológica do meu pai.

— Não me culpe. Tudo que eu vi foi uma gata, e ela devia ter uns 18 anos. Na verdade, com exceção da cor rosa bem clarinha, o formato da sua boca é igual ao dela.

— Aaah… — Por instinto, ela pressionou os dedos contra os lábios. — É tão esquisito ouvir isso.

— É uma boca muito bonita. Então, essas são as minhas experiências com assombrações e tal, pelo menos das quais eu me lembro.

— E você aprendeu a tocar "Satisfaction"?

— Lógico. Gosto de pensar que ela me ouvia quando eu mandava ver na sala de música.

— Não sou entendida em história da música, mas acho que Tom Petty não estava em cena ainda nos anos 1960.

— Não, ele só fez sucesso lá pra… — Com a testa franzida, Trey se interrompeu. — Por que será que só agora me dei conta disso?

— Culpa dos seus hormônios aos 12 anos.

Era impossível, Sonya admitiu, ignorar o fato de que o homem que naquele exato momento estava mexendo com seus hormônios já tinha tido uma paixonite pela avó biológica dela.

Corrigindo: pelo espírito da avó.

— Parece que ela se manteve atualizada.

— É bem possível. Collin gostava de música. Você já viu a coleção de discos de vinil que ele tem.

E como se tivesse sido atingida por um segundo raio, Sonya levantou a mão.

— Trey, talvez seja ela a DJ da casa.

— Pensei a mesma coisa.

Sobre a bancada, o celular de Sonya tocou "That's Me", do ABBA.

— Puta merda. — Ela pegou a taça de vinho e tomou um gole. — Me dá só um segundo, porque isso é bom demais. Um pouquinho perturbador, mas bom.

— É a sua avó biológica.

— Tudo bem, bastante perturbador, mas continua sendo bom. Nós já sabemos a identidade dela, e isso é algo bom. Não vou chamá-la de vovó. Quer dizer, se pensar direito no assunto, ela é mais nova do que eu. Eu me pergunto se Collin chegou a conhecer, em algum momento... a mãe dele.

— Acho que ele nunca mencionou isso para o meu pai. Eu não contei para nenhum dos dois que a vi. Contei só para o Owen, porque era uma gata.

— É estranho o fato de que vou me sentir mais tranquila só de saber quem ela é?

— Estranho seria se você não se sentisse. Ela não quer te assustar. E não estava tentando me assustar também. Ela estava, e ainda está, tentando fazer contato.

— Ela morreu aqui. — O coração de Sonya se condoía só de pensar. — E devia estar com medo, sofrendo, mas ainda assim ela toca música pra mim. Hoje eu tive uma reunião, com chance de conquistar uma baita cliente, e ela tocou uma música alegre pra me animar.

— Baita cliente?

— Ah. — Distraída, ela passou a mão pelo cabelo. — Você conhece a Ryder Sports?

— Lógico. Com sede em Boston. Comprei muita coisa deles pela internet.

Ela sorriu.

— O que você achou do site?

— Aquele negócio te envolve de um jeito... É fácil de navegar. É obra sua?

— Eu liderei a equipe que fez todo o projeto. Mas agora eles estão expandindo, vão montar outra loja em Portland, e querem atualizar a identidade. Vou competir pelo trabalho com a agência pra quem trabalhei. O que nos leva de volta ao lance... perturbador.

— Não por muito tempo — disse ele, de uma maneira tão direta, que deu a Sonya a descarga de energia de que ela nem sabia que precisava. — Você tem motivos para confiar na qualidade do seu trabalho.

— Eles são uma empresa estável, inovadora. Mas pretendo aproveitar bem a oportunidade. E, como você é um cliente, pode ficar tranquilo que, de forma alguma, isso me impedirá de entregar tudo de que vocês precisam e querem.

— Nunca tive a menor dúvida. E, por falar em clientes, ainda preciso trabalhar um pouco. No projeto do baita cliente.

— Ainda temos pizza.

— Boa. Pizza fria no café da manhã é a melhor coisa que existe.

— Concordo totalmente. Vamos repartir.

Capítulo dezenove

Seria de grande ajuda, Sonya pensou enquanto colocava duas fatias em um prato, se ela não gostasse tanto de Trey. A aparência, o comportamento, aquele jeito tranquilo.

Ela nunca fora do tipo refém dos hormônios, mas definitivamente sentia o coração acelerar perto de Trey.

Das duas uma: ou ela superava a paixonite, ou dava o primeiro passo para ver.

Um beijo casual de despedida na porta, ela decidiu. Bastaria para saber se eles eram apenas amigos que apreciavam a companhia um do outro, ou se havia potencial para algo mais.

Ele estendeu a mão para pegar a caixa de pizza logo que ela se virou. Os corpos se chocaram.

Por um segundo eletrizante, os olhares se mantiveram fixos.

— Desculpa. — Ele recuou um passo.

Nada de beijo casual, então. Mas...

— Você está pedindo desculpa porque acha que deve ou porque realmente devia pedir? Se for a primeira opção, vou parar de pensar no assunto. Se for a segunda, eu gostaria de saber por quê.

— Eu só achei que devia me desculpar.

— Então, tudo bem. Mas não responde o motivo.

— Em primeiro lugar, o escritório representa o patrimônio de Collin.

— É o seu pai quem representa o patrimônio e os meus interesses.

— O escritório é da família.

— Tá, mas... eu meio que andei pesquisando.

Um leve indício de divertimento cintilou nos olhos dele, e logo após ele curvou seus lábios em um sorriso.

— É mesmo?

— Achei que poderia se tornar um problema. Na minha opinião, eu não sou de fato sua cliente, e, mesmo se fosse, você continuaria me representando de maneira competente. E, seguindo o conselho do seu pai, eu contratei um advogado em Boston. Não vou sair com ele.

— É uma boa regra.

— Ainda mais porque ele é chefe da minha mãe. Mas você disse "em primeiro lugar". Se você não está interessado, tudo be...

— Você não é uma mulher estúpida, de forma alguma. Mas essa sua frase se inicia de maneira estúpida. — Ele enfiou as mãos nos bolsos. — Até onde eu sei, você enfrentou um monte de mudanças importantes em menos de um ano. Você cancelou seu casamento.

— De fato. Mas acho que essa é a coisa mais sensata a se fazer quando você flagra seu noivo na cama com a sua prima, concorda?

— Sensatez não significa que você não tenha saído magoada.

— Magoada? Eu fiquei com raiva, isso sim. Chocada, e essa porcaria ainda me incomoda porque me faz parecer uma imbecil. E com mais raiva ainda, o que é melhor. Mas me envergonho um pouco de admitir que não fiquei tão magoada quanto devia. Ou como teria ficado se realmente tivesse amado ele do jeito que pensei que amava. Do jeito que eu devia ter amado o homem com quem ia me casar. Porém, ele não era o homem que pensei que fosse, e isso faz de mim uma tola.

— Você não é t...

Um olhar flamejante despontou nos olhos dela quando apontou o dedo e o interrompeu.

— Eu sabia que tinha alguma coisa errada. Eu sabia, mas continuei tentando me convencer de que era nervosismo antes do casamento. Não costumo ficar nervosa, mas, bem, eu nunca tinha planejado um casamento antes. Ele queria exatamente o oposto de tudo que eu queria. Eu queria uma cerimônia bonita, íntima e romântica, e ele insistiu em... — Ela agitou os braços. — Uma festa enorme e sofisticada em um hotel enorme e sofisticado, com algumas centenas de amigos nem tão chegados, com bebida de primeira qualidade liberada, e por aí vai. Nós procuramos casas para comprar, e eu queria algo parecido com esta casa. Não muito grande, um lugar que tivesse uma história por trás, personalidade, e foi por isso que me apaixonei à primeira vista por este lugar. Já ele queria algo elegante, moderno e novo, em um bairro chique. Eu continuei cedendo, o que também não é do meu feitio. Por que continuei cedendo? Porque eu tinha dito "sim", e pensei que o amava. Que droga!

Depois de pegar a taça de vinho, ela começou a andar em círculos pela cozinha, enquanto, quieto, Trey a observava. Os cães se sentaram e fizeram o mesmo.

— Estou gastando rios de dinheiro com os depósitos da festa porque disse "sim". Porque parecia que tínhamos muito em comum, e o sexo era bom. Então, não me diga que não sou estúpida, não me diga que não fui tola, quando eu fui, sim. Naquele fatídico dia em que o peguei com a minha prima Tracie, eu cancelei um compromisso marcado com a florista absurdamente cara porque já não aguentava mais. Eu precisava de um descanso, embora o tempo todo tentasse me convencer de que era só nervosismo.

Ela tomou outro gole.

— O caralho que era! E lá estavam eles, as roupas dos dois jogadas no chão até o quarto. E se eu o amava mesmo, tudo acabou num piscar de olhos! — Ela estalou os dedos. — Eu só sentia raiva e nojo. Expulsei os dois da minha casa, praticamente pelados. Foi bem satisfatório.

Sonya bebeu mais do vinho.

— E ele alegando que não tinha significado nada, que ela deu em cima dele, que ele só cometeu um deslize. E, pra mim, a coisa tinha acabado ali, mas ele não deixou por menos. Ele foi falar com nossos chefes e inventou um monte de mentiras sobre eu estar surtando com o casamento, sendo que nunca tive a intenção de contar a verdade sobre a traição. Mas daí a deixar ele colocar toda a culpa em mim? Ah, não, de jeito nenhum. Então contei tudo pra eles, e até pensamos que estava tudo resolvido. Eu adorava trabalhar lá, e eles dariam um jeito para que nós nunca ficássemos com os mesmos projetos. Era óbvio que ele não me amava, que logo superaria e nós dois seguiríamos em frente...

Só que não foi o que rolou. Ele encontrou um jeito de me irritar com coisas pequenas, e eu ignorei. Daí, ele passou para as coisas maiores. Ele riscou o meu carro e esvaziou os pneus, a ponto de eu ter que chamar um Uber à meia-noite. E eu só saí tão tarde porque ele sabotou um dos meus projetos, apagando tudo do meu computador, inclusive o backup. Tive que ficar na agência até altas horas e refazer tudo. Eu não tinha como provar, mas qual é? Quem mais poderia ter sido? Eles não podiam demiti-lo sem que tivessem um motivo comprovado, então, eu pedi demissão.

Ela apontou um dedo para Trey.

— Você não é um estepe, eu não sou de fazer esse tipo de coisa. Acho que falei um monte, né? Nossa, ainda estou com ódio disso tudo.

— Acabou?

— Sim. Desculpa. — Mais do que um pouco horrorizada consigo mesma, ela passou a mão pelo cabelo. — Isso foi bem além do que eu pretendia dizer.

— Vamos voltar um pouco. — Ele pegou a cerveja que havia deixado pela metade. — Por que você pagou os depósitos?

— Ele ia pagar uma parte do montante, e por quase todos os gastos com a lua de mel. De acordo com a tradição, é a família da noiva que paga... Porque eu sou uma idiota.

— Para com isso. Você não é idiota.

Ele não apontou o dedo para ela — não era seu estilo —, mas ergueu uma das mãos para que, de maneira eficaz, interrompesse a resposta que Sonya daria.

— Ele te manipulou, e parece que ele é muito bom nisso.

— Acho que sim. Eu recuperei uma parte da grana, mais do que o esperado, principalmente graças à Cleo. Ela assumiu parte disso, com aquele jeitinho único de falar, toda calma e razoável. — Ao se dar conta, ela tomou um longo gole de vinho. — Muito parecida com você.

— Bom. Agora vamos falar sobre ele ter riscado o seu carro e esvaziado os pneus. Você fez um boletim de ocorrência?

— Fiz. Mas o que a polícia ia fazer? Não teve flagrante. O que os chefes podiam fazer? E se tivessem demitido ele, acho que teria sido pior.

Eu fiz o que considerei certo pra mim, e descobri que gosto de trabalhar como *freelancer*. Gosto de estar no comando de tudo.

— Ele voltou a te incomodar desde então?

— Não. Logo depois, eu me mudei pra cá. E só pensei nele agora, desde que cheguei.

— Me fala se ele te incomodar de alguma forma, ok?

Ela o encarou com o cenho franzido.

— Você está bravo — comentou Sonya. — Quase não dá pra notar, mas parece um pouquinho bravo.

— É lógico que estou bravo. Vamos deixar de lado a transa com a sua prima. Isso é só mais uma atitude de um babaca que acha que trair não é grande coisa. Ele te manipulou para gastar dinheiro em uma coisa que você não queria, e, se você não o tivesse flagrado, estaria, provavelmente, morando em uma casa chique que você não queria. Este teria sido o seu erro.

Ela abriu a boca, mas a fechou logo em seguida. Porque era a mais pura verdade. O erro era dela.

Ele colocou a garrafa de cerveja sobre a bancada novamente.

— Mas o resto é vingativo, mesquinho, desprezível, criminoso e perigoso. Então, sim, estou bravo e quero saber se ele vier atrás de você, de qualquer forma.

— Tudo bem. — O fato de ter detectado a irritação dele não somente a acalmou, como também deu a ela o impulso do qual precisava. — Você vai dar um soco na cara dele?

— No calor do momento, isso é sempre satisfatório. Mas dá pra prolongar o momento fazendo com que ele dê o soco primeiro, diante de testemunhas. Aí ele terá que enfrentar uma acusação de agressão.

— Aposto que você seria capaz de fazer isso. — Ela suspirou. — Agora, o ponto principal daquele desabafo descontrolado foi dizer que, sim, eu tive uma reviravolta, mas isso desencadeou um grande ódio, bem óbvio, e não me deixou de coração partido, chorando e devorando um pote de sorvete enquanto assistia a filmes tristes.

— Você já provou seu argumento. Pensei que você tinha pedido demissão porque era constrangedor demais trabalhar no mesmo lugar.

Mas, depois disso, ainda tiveram mais reviravoltas. Ficar sabendo que o seu pai tinha um gêmeo, o testamento de Collin, encaixotar todas as suas coisas e abrir mão da sua vida em Boston para vir pra cá. Some a isso o que você está enfrentando aqui.

— Eu amo este lugar. E me surpreende o tanto. Ainda assim, entendo que você talvez não queira se envolver, em um nível pessoal, com uma mulher que faz um desabafo descontrolado sobre um homem com quem ela terminou há meses.

— Você não fez isso.

— Não?

— Você fez um desabafo sobre uma situação e a forma como reagiu a isso. E que, na minha opinião, você está assumindo toda a culpa. Mas você vai superar.

— Vou?

Porque você não é estúpida, Sonya. Mas ele te magoou. Mesmo que tenha sido somente o seu orgulho que ficou ferido, seu ego, seu senso de confiança, ele te magoou.

— Cleo disse quase a mesma coisa. Talvez eu devesse tentar juntar você e a Cleo.

— Eu gosto dela, mas estou interessado em outra pessoa.

— Depois de tudo isso?

— Na verdade, bem mais depois de tudo isso.

Ele deu um passo em direção a Sonya. O celular colocou "Let's Do It Tonight" para tocar.

Quando ela riu, Trey a puxou contra o seu corpo. Bem devagar. De um jeito que fez o coração dela disparar e quase sair pela boca e cair esparramado aos seus pés.

Ele a observava à medida que as mãos deslizavam dos ombros delicados para os braços. Observava-a enquanto a puxava para mais perto. Ainda observava quando os lábios roçaram os dela, em um toque suave.

Sonya perdeu a noção do tempo e espaço assim que ele aprofundou o beijo. Devagar, deliciosamente devagar e profundo.

Os joelhos de Sonya não só fraquejaram: ela achou que poderiam ter se liquefeito, mas as mãos firmes em seus quadris a mantiveram de pé enquanto a boca de Trey despertava cada terminação nervosa de seu corpo.

— Ah, uau… — Ela conseguiu dizer. — Eu tinha esperança de que seria bom.

— Se você quiser ir mais devagar, por mim tudo bem.

— Eu não quero, de verdade.

Com uma das mãos na nuca de Trey, ela o puxou contra si de novo.

— Se continuarmos assim, vamos acabar no chão da cozinha. — Ele mordiscou de leve o pescoço dela, enviando uma descarga elétrica para as terminações nervosas recém-despertadas. — E os cachorros vão fazer a festa em cima da gente. Posso deixá-los sair um pouco ou podemos subir.

— Eu voto pela cama. — Desejando-o, querendo tocar cada pedacinho seu, ela o puxou para fora da cozinha. — É uma cama bem bacana. Os dois ali podem dividir a cama do Yoda.

Trey parou umas duas vezes, quase a levando à loucura a cada momento. Os cães trotaram à frente.

— Você disse que o sexo com o imbecil era bom.

— Eu disse?

— Sim. Você quer reconsiderar ou corrigir essa declaração?

— Bem que eu queria não ter dito isso, mas, não. É verdade.

Ele a conduziu em direção ao quarto.

— Eu posso ser melhor do que bom.

— Você já é. Posso estar um pouco enferrujada, mas tenho certeza de que vou lembrar direitinho.

Sonya enlaçou o pescoço de Trey e pressionou o corpo contra o dele.

— Já estou lembrando.

À luz bruxuleante do fogo, sob a claridade suave do abajur, ele deslizou as mãos por baixo do suéter dela, subindo pelas costas. Sem pressa, foi conhecendo cada pedacinho do corpo que havia imaginado inúmeras vezes nas últimas semanas.

Ela era diferente. De alguma forma.

Um gemido rouco ecoou dela enquanto as mãos de Trey a percorriam. E ele sentia a pele de Sonya se aquecer sob o rastro de seus dedos.

— Bonito suéter.

Ela estremeceu, apenas um pouco, à medida que o tecido subia.

— O seu também. — Ao erguer o suéter pelo corpo dele, ela suspirou.

As mãos de Trey se moviam, deslizando pelas costas dela, para cima e para baixo.

— Acho que seria melhor a gente se sentar.

— Sentar?

— Pra tirar os sapatos.

— Ah, é mesmo.

Os dois se sentaram, lado a lado, na beirada da cama.

— Estou um pouco enferrujada — disse ela.

— Não daqui de onde estou vendo.

Ela afastou o cabelo do rosto.

— Talvez um pouquinho nervosa.

— Vamos resolver isso.

E, sentados, lado a lado, ele segurou o rosto dela entre as mãos e a beijou.

O anseio sufocou o nervosismo. Ao se virar para Trey, tudo ganhou foco, clareza. A sensação da pele dele contra a dela, o sabor daquela boca maravilhosamente relaxada, a palma das mãos grandes e firmes em seu rosto, o cheiro das flores e dele.

Os lençóis macios e limpos quando ele a deitou de costas eram um contraste excitante ao peso do corpo dele contra o dela.

Trey não interrompeu o beijo em momento algum, pelo contrário, aprofundou ainda mais. Bem devagarinho, enquanto as mãos se moviam novamente. Sob aquelas mãos, o coração de Sonya acelerou; sob aquelas mãos, ela se deliciava de estar sendo tocada.

E passou a usar as próprias mãos em seguida.

Músculos definidos, superfícies firmes, ombros fortes. Quanto tempo fazia, ela pensou, desde que havia explorado o corpo de um homem, sentindo-o responder ao seu toque?

Os dois exploravam o corpo um do outro naquele instante, mensurando as reações.

Do que você gosta? O que te motiva? O que te excita?

Quando ele soltou o fecho do sutiã dela, a pulsação de Sonya disparou; a expectativa a inundou como vinho.

Quando seus lábios tomaram o seio, ela arqueou a coluna, instigando-o a tomar mais.

Com o corpo arqueado outra vez, as mãos segurando firme o cabelo curto dele, ela *exigiu* mais.

Enquanto isso, Sonya desafivelou o cinto dele. Tudo dentro dela se tornou urgente. Ele murmurou alguma coisa enquanto puxava a calça jeans de Sonya pra baixo, mas ela não conseguiu ouvir devido às batidas ensurdecedoras de seu coração.

Em que momento, ela se perguntou, o desejo ardente se transformou em fogo avassalador?

Devagar, pensava Trey, ao menos nessa primeira vez. Mas Sonya tremia, a pele pegando fogo. Com um gemido baixo, os lábios dele pressionados contra a pulsação acelerada do pescoço delgado, ele levou a mão ao meio das coxas dela.

Quando sentiu os dedos dele dentro dela, todo o seu corpo se desfez em uma onda longa e avassaladora. Ela ergueu o corpo contra o dele, estremeceu, e então desabou. A mão que o agarrava pelo ombro se tornou flácida.

Trey poderia ter suavizado as coisas, ou se descontrolado e a devorado. Mas, antes que pudesse fazer um ou outro, ela inverteu as posições e o dominou.

Primeiro, tomou a boca de Trey em um beijo selvagem e ávido que se alastrou por ele como um fio desencapado. Depois, tomou o corpo dele, montando em seu colo e sentindo todo ele dentro de si. Bem fundo.

Trey via Sonya contra a luz suave do fogo da lareira, movendo-se acima dele, a pele brilhando, os braços erguidos enquanto cavalgava outra onda de prazer. Então, ela agarrou as mãos de Trey e fez com que ele espalmasse seus seios.

O pensamento de manter a calma se desfez. Trey cavalgou a onda seguinte com ela.

Lânguida, saciada e realizada, ela se derreteu sobre ele. E se perguntou se seu suspiro soou como uma prece de gratidão. A cada vez que a mão dele acariciava seu cabelo, deslizando pelas costas, ela suspirava novamente.

— Muito melhor do que bom. Tipo... — Ela conseguiu erguer um braço com muito esforço. — Láááá em cima, bem melhor que bom.

— Fico feliz em ouvir isso. — Sonya sentiu os lábios de Trey se curvando de leve em um sorriso contra seu pescoço. — Eu tinha planejado ir mais devagar.

Ela levantou a cabeça e afastou o cabelo enquanto o encarava.

— Fui intensa demais pra você?

— Na medida certa. Mas sinto que não dei atenção a algumas partes. — Ele deslizou o dedo pela bochecha de Sonya. — Vou cuidar delas da próxima vez.

Ela encostou a testa na dele.

— Preciso te contar uma coisa.

— Que momento melhor pra se dizer alguma coisa do que na cama, pelados?

— Na verdade, tem exatamente a ver com esse lance de ficar pelado na cama depois de transar. Tenho uma regra pessoal de, no mínimo, quatro encontros antes de chegar nos finalmentes. Quatro, porque a regra dos três já ficou muito batida, clichê. E não gosto de seguir regras clichês.

— E quanto a regras gerais?

— Pra dizer a verdade, sou bastante razoável sobre regras gerais.

— Então, você quebrou sua regra comigo. Estou lisonjeado.

— Não exatamente. Olha só, decidi considerar o dia em que você e Owen vieram ajudar com os móveis, e ficaram para jantar, como uma espécie de encontro.

— Interessante. — Preguiçosamente, ele enrolou com o dedo uma mecha do cabelo de Sonya. — Eu costumo saber quando estou em um encontro.

— Os padrões são meus, ok? Daí, teve aquele incidente no Quarto Dourado, seguido do jantar no Lobster Cage. Considerei aquela saída como o segundo encontro.

— Aquilo foi mesmo um encontro.

— Então concordamos nisso. Depois de pensar em um monte de justificativas, considerei o jantar aqui em casa como o terceiro encontro.

— Parece que todos os nossos encontros envolvem comida.

— Isso é comum em encontros, não é? E, hoje à noite, você trouxe pizza, logo...

— Quarto encontro. Você não quebrou sua regra por mim.

— Não. Eu só dei um jeitinho de adiantar as coisas. Então, de certa forma, estamos saindo há quatro semanas.

— Acho que preciso recuperar o atraso, então.

— Eu diria que sim. — Ela deu um beijinho nele e se sentou. — Sabe de uma coisa? Eu não acendi a lareira, nem as velas sobre a cornija, e não preparei a cama. — De repente, ela agarrou a mão dele. — E acabei de pensar em uma coisa inquietante. Você acha que... hummm... acha que eles ficam assistindo? Tipo, o tempo todo? Como quando estávamos comemorando o nosso quarto encontro?

O olhar dele se desviou para a lareira e para as velas acesas.

— Isso, sim, é um pensamento inquietante.

— Mais ainda se considerarmos que um deles é a minha avó biológica.

— Prefiro não pensar nisso. Não vou pensar de jeito nenhum. Vamos dar a ela, e a eles, o benefício da dúvida de que respeitam nossa privacidade.

— Posso fazer isso. Acho que *realmente* preciso fazer isso.

— Já que você pode, e vai — ele se sentou, e depois a derrubou na cama novamente —, vamos resolver esse lance sobre as partes que não dei devida atenção?

Ela se esqueceu por completo dos fantasmas voyeurs.

E Trey passou a noite ali.

Às três, o relógio badalou e acordou Trey. Ao seu lado, Sonya se agitou, mas não despertou. Ele saiu da cama e vestiu a calça jeans. Com os dois cães o observando com atenção e com as caudas abanando, ele balançou a cabeça em negativa.

— Fiquem — sussurrou. — Fiquem com a Sonya.

Para se assegurar de que o obedeceriam, ele fechou a porta ao sair.

Havia um relógio de mesa na sala de estar principal que sempre indicava as horas, ele se lembrou. Mas era um badalar suave, musical. Não como o que ele tinha ouvido.

O antigo relógio de pêndulo, pensou, na segunda sala de visitas. Aquele que Collin nunca dava corda para que não badalasse as horas, pois ele achava o som irritante. Ainda mais à noite.

Sonya poderia ter começado a dar corda, mas isso não explicava por que Trey não o tinha ouvido em nenhum outro momento desde que ela se mudou.

Ele seguiu escada abaixo e entrou na sala que Collin deu o nome de Lugar Silencioso, por causa da posição que ela ocupava na casa. Só havia uma janela, voltada para o norte. O barulho das ondas ou do vento agitando os pinheiros não chegava até lá.

Trey acendeu a luz e examinou o relógio antigo, com sua estrutura de madeira entalhada e o mostrador que indicava as fases da lua. O pêndulo de bronze estava imóvel, e a sala permanecia silenciosa como sempre.

No entanto, os ponteiros no mostrador marcavam três horas.

Será que sempre esteve nessa posição?, perguntou-se ele. Trey não conseguia se lembrar, mas ele nitidamente tinha ouvido as três badaladas — em ritmo lento e quase fúnebre.

À medida que se aproximava, uma onda de ar gélido o atingiu. Ele já havia sentido aquilo antes, no Quarto Dourado.

— Então, isso é obra sua — murmurou ele. — Bom saber. Sabe o que mais quero saber? Por que às três da manhã?

Ele ouviu a melodia ao piano na sala de música, e recuou um passo.

— Supostamente, a hora das bruxas seria à meia-noite, não é?

— Sim. Eu achei...

Ele se virou, esperando se deparar com Sonya.

Mas deu de cara com a avó dela.

— Minha nossa! Tudo bem... — O coração dele acelerou de leve antes de voltar a se acalmar. — É você. Eu já te vi uma vez.

— Eu mesma. Você era um garotinho tão fofo. E sabia tocar bem aquele violão. Você cresceu.

— É. — *E você nunca teve essa chance.* — Foi você quem fez o relógio badalar?

— Eu não, querido. Mas você tem razão, isso é obra daquela bruxa. Toda santa noite. *Ding-dong, ding-dong, ding-dong.*

— Por que estou te vendo agora?

Ela sorriu, a bela adolescente que nunca envelheceria.

— Porque você está aqui, e ela também... a Sonya. E vocês fizeram... aquilo. — Ela deu de ombros. — Eu tô de boa. Amor livre e tal. Mas sabia que eu não vivenciei a maior parte disso? As coisas estavam só começando quando eu, sabe, morri. Chato. Mas eu amava o Charlie. A gente tinha tudo. E eu teria amado os meus bebês.

— Tenho certeza disso.

— A gente ia morar aqui, começar uma comunidade. Arte, música, poesia. — Ela fez uma pirueta. — Um monte de bagulhos espirituais também. Mas...

Ela deu de ombros.

— Eu tinha uma aliança também.

— Sinto muito.

Com a mão erguida, ela tocou o dedo anelar.

— Aquela bruxa maldita pegou, então, tenha cuidado com ela, entendeu? Daí, depois, aquela outra bruxa velha, mãe do Charlie, ficou com o resto. Ele não devia ter feito o que fez, não devia ter tirado a própria vida daquele jeito. Quer dizer, caramba, eu não tive escolha, mas ele, sim. E foi assim que aquela vaca pegou meus bebês, meus garotinhos. Eu fiquei com ódio dele por um tempo. Mas... Ah, que merda, eu amo o Charlie.

— Ele... ele está aqui também?

Até que para um fantasma, Trey pensou, o sorriso dela era caloroso como o sol de verão.

— Ué, lógico, tá pensando o quê? Tem muitos de nós aqui. É por causa da maldição. Então, é isso, por enquanto. Tenho uma neta. Quer dizer, que legal, né! Mas você precisa ajudar ela a recuperar aquelas alianças.

Ela sorriu outra vez, um sorriso doce como mel.

— Você foi muito bom para o meu garoto. É estranho chamá-lo de garoto, porque ele envelheceu. Mas, enfim, aparecer desse jeito me deixa meio esgotada. Melhor você voltar pra cama.

— Espera. Eu tenho algumas perguntas.

Mas ela tinha sumido, assim como a música ao piano.

Deliberadamente, ele abriu o tampo de vidro do mostrador do relógio e posicionou os ponteiros, ao acaso, para quatro e vinte.

Em seguida, deu uma conferida na sala de música, e averiguou com cuidado os cômodos do andar térreo e do segundo piso, antes de voltar para o quarto de Sonya.

Ela continuava dormindo. Os dois cachorros abriram os olhos e o observaram caminhar até a cama. Ele tirou a calça jeans e se aninhou a ela.

Durante o sono, Sonya se virou para ele. Como ela estava tremendo, Trey a puxou para perto.

Ele acordou cedo e a viu vestindo um moletom.

— Alguém acordou com o cantar do galo.

— Ah. — Ela se virou e riu. — Eu acordo cedo, desculpa. Achei que estava sendo silenciosa.

— Você estava. Eu tenho que aprender a acordar mais cedo também. Tenho que ir para o tribunal.

— Você usa gravata com camisa de flanela mesmo? Ou usa terno?

— Terno. É tribunal, né?

— Aposto que você fica um arraso. Vou levar os cachorros para dar uma volta, e depois vou fazer café.

— E, com isso, você conquistou minha eterna gratidão.

— Disponha. Tem escovas de dente extras no banheiro. Não sei se foram vocês que deixaram lá ou se era da época de Collin. Fique à vontade.

— Pode deixar. Tudo bem se eu tomar um banho rápido? Vai me economizar tempo.

— O chuveiro é todo seu. Vamos lá, meninos, vamos lá fora.

Bastou dizer "lá fora" e os dois se levantaram aos tropeços e saíram correndo, com Sonya apressando os passos para alcançá-los.

Ela era linda de manhã, Trey pensou. Mas, aos olhos dele, ela sempre foi. Uma pena não ter tempo de convidá-la para tomar banho junto. Porém, além do compromisso no tribunal, ele precisava de tempo para contar sobre o ocorrido às três da manhã.

Trey poderia ter ficado uma eternidade no banho, e o mérito era todo de Collin pela reforma do banheiro.

Quando ele se vestiu e desceu, encontrou uma caneca de café à espera enquanto Sonya servia duas fatias de pizza nos pratos.

— Quer que eu esquente?

— E estragar a melhor parte? — Ele pegou o café primeiro.

— Eu falo a mesma coisa. Qual é o nosso problema?

— Tenho um tempinho ainda pra comer aqui. Você tem tempo?

— Lógico. — Ela se sentou à bancada com ele. — Quando eu for lá em cima, a cama já estará perfeitamente arrumada, como em um hotel cinco estrelas. Já superei a esquisitice disso, e sou grata por me economizarem tempo.

Ele foi direto ao ponto.

— Você já viu o relógio antigo de pêndulo na segunda sala de visitas?

— Segunda sala de visitas... Ah, sim, sei qual é. E já vi o relógio gigante. Eu nunca usei aquela sala, para ser sincera.

— Você já deu corda naquele relógio?

— Não. Era pra fazer isso? Eu nem pensei a respeito.

— Não mexa nele. Estou fazendo um experimento. Você já ouviu o estrondo que ele faz? Porque aquilo lá é mais do que uma simples badalada. No horário em ponto, ele segue o ritmo: uma badalada para uma, duas para duas e por aí vai. Um estrondo na metade de uma hora.

— Não, eu... talvez. — Ela franziu o cenho. — Talvez.

— Três badaladas às três da manhã.

— Eu não sonhei ou imaginei aquilo?

— Não, a não ser que eu também tenha sonhado ou imaginado. E isso não aconteceu. Você estava apagada quando rolou. Collin nunca deu corda no relógio, por que quem ia conseguir dormir com aquela coisa badalando de hora em hora? O estrondo me acordou, então eu desci pra dar uma olhada.

Ela parou por um instante e abocanhou um pedaço da pizza.

— Vou trocar suas palavras "me ligue a qualquer hora" por um "por que você não me acordou?".

— Talvez você tivesse dado corda, e pareceu errado te acordar de madrugada só pra perguntar isso.

— Se eu tivesse dado corda, teríamos ouvido enquanto estávamos comendo, enquanto estávamos transando...

— Faz sentido. Coloque a culpa no horário e na cabeça meio confusa.

Ela bebericou o café e o encarou com atenção.

— Você deve ser muito bom no tribunal.

— Por isso me pagam bem. Voltando ao relógio... Ninguém deu corda nele, e os ponteiros marcavam três horas em ponto. Se você nunca usou a sala, provavelmente não reparou em que horário ele estava parado.

— Não, mas a partir de agora vou prestar atenção.

— Eu reposicionei os ponteiros... Um teste. Mas, antes de eu fazer isso, a música ao piano começou a tocar; aquela que fala sobre Barbara Allen. Eu estava prestes a conferir quando me virei e... lá estava a gata.

Sonya quase engasgou com um pedaço de pizza.

— Você viu a Lilian Crest?

— Eu diria *em carne e osso*, mas não estaria correto.

Trey relatou toda a conversa que tiveram.

— Muitos deles — repetiu Sonya. — Achei que já tinha aceitado a ideia, mas... agora temos que considerar como uma afirmação. Ela usava uma aliança. Imaginei que usasse mesmo, já que o número sete sempre vem à tona. Mas, caramba, se ela sabe que Hester Dobbs está com os anéis, por que não simplesmente te contar como fazer para recuperar tudo?

— Não é nada concreto, mas pode ser que ela, eles, simplesmente não saibam. Estou encucado com o relógio marcando três horas. Tudo bem se eu voltar depois do trabalho? Eu poderia trazer alguma coisa para o jantar.

— Eu vou ficar feliz se você voltar, com jantar ou não. Mas comida é sempre bom.

— O que acha de comida chinesa?

— Adoro.

— Dá uma olhada no cardápio on-line do China Kitchen e me manda uma mensagem falando o que quer. Agora preciso ir. Juízes não gostam de advogados que se atrasam para audiências. Posso deixar o Mookie lá no escritório. Ou posso deixar ele com você.

— Ah, deixa ele aqui. Nós vamos adorar.

— Ele também vai amar. — Trey segurou o rosto de Sonya entre as mãos e a beijou antes de se levantar. — A menos que você não queira, vou colocar uma muda de roupa numa bolsa antes de voltar. E vou ficar.

— Não tem como não querer.

— Ótimo. Te vejo lá por umas seis de novo, dependendo de como vá ser hoje.

— Boa sorte no tribunal.

Sozinha, ela apoiou o queixo no punho e pensou o quanto sua vida, seu mundo havia mudado. Como parte da mudança, ela se levantou para chamar os cachorros e dar o café da manhã para eles.

Capítulo vinte

Já que Yoda tinha companhia, ela pegou outro osso para Mookie e deixou os dois ocupados enquanto ela trabalhava.

Assim que todos começaram, o iPad a saudou com "Lovesong", da Adele.

— Tem mais a ver com paixão e afeição no momento, obrigada, Lilian.

A música mudou na mesma hora para "Crimson and Clover".

— Tá, tudo bem. Clover.

Yoda e Mookie levaram seus ossos para perto da lareira crepitante — que ela não tinha acendido.

— Tenho que dar um gás aqui pra terminar um trabalho. Ainda tenho mais dois para começar e aquele maior para criar a proposta de apresentação. E minha mãe vem passar o fim de semana aqui, então, não vai dar pra compensar o tempo.

Ela pressionou os olhos com os dedos e respirou fundo. Em seguida, ligou o computador.

Uma hora depois, viu que conseguiria entrar na fase de testes da empresa de bufê até o meio-dia. O celular sinalizou uma mensagem recebida.

O que fez com que se lembrasse de que ainda tinha que dar uma olhada no cardápio on-line e enviar a mensagem para Trey. Era Bree.

> Esse macarrão com vieiras é rápido, simples e delicioso. Se (PRESTE ATENÇÃO!) você não cozinhar demais a massa ou as vieiras. Entendeu? Preste atenção.

— Entendi, entendi! — Ela examinou a receita. — Não parece tão simples, e você não precisava usar caixa alta. É intimidador.

> O tempo de cozimento é de cerca de dez minutos, então não comece até a sua mãe já estar aí e prestes a comer. Em algum momento do dia, você faz um pão de levedura, bem fácil e rápido também.

— Eu? Fazer pão? Minha nossa, isso é loucura. Eu não vou fazer pão. — No entanto, ela leu as instruções. — Tá, parece bem fácil mesmo. Acho que dou conta.

> Suponho que você saiba fazer uma salada. Se não souber, me manda mensagem, e depois que eu terminar de te sacanear e criticar vou te mandar as dicas. Finalize a refeição com um sorvete de framboesa. Eu poderia até te passar uma receita (bem basiquinha), mas melhor comprar no mercado, pra não se sentir tão sobrecarregada. *Bon appétit!*

Ela precisou respirar fundo para se acalmar.

> **Obrigada, Bree. Minha mãe vai ficar em choque, mas valeu mesmo. Sei fazer uma salada ótima — especialidade da casa —, então, nada de me sacanear ou criticar. Juro por tudo que é mais sagrado que não vou cozinhar demais as coisas, porque sinto o alcance da sua ira. Muito obrigada mesmo!**

Bree encerrou a conversa com um emoji de carinha sorridente usando um chapéu de chef de cozinha.

Sonya deixou o celular de lado. Ela o levaria quando fosse à vila para fazer compras. E não pensaria no assunto até que o momento chegasse.

Ao meio-dia, o site da empresa de bufê estava pronto para os testes. E os cachorros, doidos pra dar uma voltinha. Assim como ela, percebeu.

Os cães corriam e se engalfinhavam na neve. Ela pensou, se olhasse com bastante atenção, que era capaz de ver pequenos tufos anêmicos de grama no lado sul da propriedade.

A brincadeira de Yoda e Mookie significava que ela teria que enxugar o pelo de ambos. Eles ganharam um petisco, e ela pegou uma Coca--Cola, uma tigela de pretzels e uma tangerina.

Perto das quatro, ela se levantou de supetão. Praguejou quando o teste apresentou um erro. Após alguns ajustes, ela o colocou para rodar.

E algo que estava matutando no fundo da mente, sobre o trabalho da Ryder, veio à tona.

— Isso é bom. Pode ficar maravilhoso. Ousado. Divertido. Dinâmico.

Ela se levantou, pegou seu material e começou a trabalhar no novo painel semântico.

Em sua mesa, ela fez alguns esboços rápidos apenas para visualizar de outro ângulo.

Absorta, ela alternou entre testar o site e aperfeiçoar sua perspectiva.

E pulou de susto quando os cachorros a ladearam, abanando os rabos.

— Meu Deus, já são quase seis. Eu não pretendia trabalhar até tão tarde. Desculpa, meninos, sinto muito mesmo. Vamos desligar tudo aqui e ir lá... não vou dizer a palavra mágica ainda.

Depois de salvar todo o progresso e desligar, ela desceu correndo as escadas com os dois cães. Como eles dispararam para a porta, ela os seguiu. Ela os deixaria sair e voltaria para pegar um casaco.

Sonya abriu a porta no instante em que Trey ia tocar a campainha.

— Ah! Eles nem latiram.

— Mookie sabe quando sou eu. Acho que esse rapazinho agora sabe também. — Ele entregou a Sonya a embalagem de comida antes de dar atenção aos cachorros. — Ei, garotos. O dia foi bom?

— Era pra eles terem saído uma hora atrás, mas perdi a noção do tempo no trabalho. Eu acabei de desligar o computador. Você ainda está de terno.

Um terno cinza-escuro com uma camisa social cinza-claro e uma gravata marrom com azul-marinho.

A boca de Sonya quase encheu d'água.

— Você fica bem de terno. Bem como imaginei.

Como os cães dispararam para fora, correndo em volta da casa, ela recuou um passo para deixar Trey entrar.

— Dei uma volta com os dois lá pelo meio-dia, mas depois perdi noção do tempo total.

— Eles estão bem. Você parece um pouco abalada. Está tudo bem?

— Sim. O trabalho começou a fluir. Nossa, que cheiro bom.

— Você escolheu bem.

Ele pendurou o casaco.

— Eu tento, né?

Foi agradável, bastante agradável, caminhar ao lado dele para a cozinha.

— Por que você não se senta um pouco? Vou servir um vinho para você. — Ele a beijou, em uma escala bem acima de um simples cumprimento. — Você trabalhou demais hoje.

— Você também, mas aceito o vinho. Como foi a audiência?

Como ela havia escolhido camarão, ele pegou uma garrafa de vinho branco da adega portátil.

— Divórcio, nem um pouco bonito. O ex-marido, agora oficialmente, fez uma cena horrorosa, no meio do tribunal.

— Aposto que os juízes detestam mais esse tipo de coisa do que advogados que se atrasam.

— Apostou certo. Depois de duas advertências, ele foi citado por desacato. E teve sorte de ter recebido apenas uma multa, porque ele estava prestes a passar uma noite na cadeia; o advogado dele o fez calar a boca a tempo. Posso pegar uma cerveja?

— Você não precisa pedir, Trey.

— Então vou pegar uma e buscar a ração dos cães. Comprei mais e dcixci na caminhonete.

— Não precisava. Eu vou fazer compras amanhã.

— Pode tirar isso da lista. Mookie come muito mais do que o Yoda. — Ele serviu a ração nas tigelas e se levantou ao ouvir o latido à porta. — Falando naqueles dois... Vou secá-los.

— Com esse terno? De jeito nenhum. — Ela o afastou.

— Então vou ajeitar a comida dos humanos.

E achou agradável, novamente, ela pensou, compartilhar comida chinesa na cozinha e conversar sobre coisas normais.

— Eu gostaria de ver o painel semântico e os esboços da Ryder.

— Lógico. Mas é só a preliminar. — Ela sorriu quando Trey afrouxou a gravata e abriu o primeiro botão da camisa. — E é por isso que as mulheres adoram homens de gravata.

— Porque elas gostam de ver os homens na forca?

— Não, porque, quando eles fazem isso aí que você fez, é muito sexy. Não sei por quê, mas é.

— Vou ter que usar de novo no sábado. Para o casamento de uma prima, em Kennebunkport. Pena que sua mãe vai estar aqui neste fim de semana, senão eu te convenceria a ir comigo.

— Achei que você já tinha acompanhante.

Balançando a cabeça, ele pegou um camarão do prato dela.

— Casamentos são complicados. Tem sempre um parente, como a tia-avó Marilyn, dando aquela olhadinha sugestiva para a sua acompanhante, dizendo que vocês formam um lindo casal, antes de sorrir e perguntar "Quando será o seu casamento, Trey?".

Com outro aceno de cabeça, ele voltou a se concentrar em seu prato com carne de porco.

— É só o cara fazer 30 anos que ele vai passar metade do tempo nas festas de casamento da família tentando fugir da fatídica pergunta.

— Para as mulheres, isso começa aos 25. Você tem mesmo uma tia-avó chamada Marilyn?

— Tenho. Casada com meu tio-avô Lloyd, única pessoa que conheço que ri alto enquanto seca a minha acompanhante com o olhar, no maior descaramento, fazendo questão de dizer que tenho que agarrar a moça logo, que ela é um bom partido.

— Poxa, agora estou triste por perder isso. Do meu lado, é a minha avó materna que vai me lançar aquele olhar demorado e penetrante, dizendo que eu tenho que me lembrar de que ter uma carreira é bom, mas um emprego não esquenta minha cama à noite e não coloca um bebê nos meus braços.

— Nossa.

— Pois é. Minha avó sempre dá um jeito de jogar as duas coisas na cara: casamento e filhos. Sabe qual foi a primeira coisa que ela disse quando fiquei noiva? *Já era hora.*

— E quando você terminou o noivado?

— Tenho que agradecer à minha mãe, com o total apoio da irmã, por contar toda a história para a minha avó. Pelo visto, a Tracie recebeu um belo sermão, enquanto eu recebi uma ligação afetuosa, me apoiando.

— A sua avó é legal.

— Ela é mesmo. Mas, se eu te levasse para um casamento, seria alvo daquele olhar penetrante.

Deixaram os cachorros brincarem um pouco lá fora enquanto lavavam a louça. Bastou Sonya se perguntar quanto tempo a normalidade duraria, e ela notou que todas as portas dos armários da cozinha auxiliar estavam abertas.

— Haja paciência.

Ela foi até lá para fechar tudo.

— Aconteceu alguma coisa hoje?

— Nada novo ou que merecesse atenção. Conferi o relógio toda vez que desci, e estava na posição que você colocou: quatro e vinte. Por outro lado, Casper, nosso faxineiro camarada, estava de plantão.

— Casper?

— Pensei em um nome unissex, mas tenho quase certeza de que é uma mulher. Ela arrumou a minha cama, acendeu a lareira da biblioteca, e lavou e dobrou as toalhas dos cachorros. E Clover manteve o esquema musical do meu escritório.

O sorriso no rosto de Trey se alargou.

— Você está chamando ela de Clover.

— Ela me pediu para fazer isso... através da música. *Crimson and Clover* — cantarolou Sonya —, *over and over.*

Em vez de lançar o famoso sorriso despreocupado e enviesado, ele deu uma risada espontânea tão atraente quanto.

— Entendi. E você ainda canta.

— Cantar afinado não é o mesmo que cantar, né.

— Você canta — repetiu ele. — Mais um segredinho além da carne de panela. Você não vai se safar dessa de novo. Então, não rolou nada no terceiro andar?

— Hoje, não. E cada dia que passa sem uma ocorrência é considerado um bom dia. O que acha de assistir a um filme?

— Pode ser. Na sala multimídia?

— Na verdade, acho que ainda não estou pronta para me aventurar por lá à noite. Eu assisto na biblioteca.

— Por mim, tudo bem. Mas depende... Você gosta de qual tipo de filme?

— Eu até curto uma comédia romântica de vez em quando, mas também adoro filmes de ação e suspense. Só estou fugindo de filmes de terror por enquanto.

— Mas você gosta de terror?

— Gosto demais, mas, assim como o lance da sala lá embaixo, também não estou pronta para assistir um por aqui. Também sou fã do universo Marvel.

— Sério?

— Vou confessar — disse ela. — O Homem de Ferro é meu crush eterno. Antes era o Homem-Aranha, mas eu cresci e não pegava bem cobiçar um garoto do ensino médio.

— Não diga mais nada.

— Tudo bem, outro fã de Stan Lee. Entre um e outro, ainda não assisti *As Marvels*.

— Então, será esse. Tem pipoca?

— Dããã.

— Vou buscar minha bolsa no carro e trocar de roupa.

Natural, ela pensou, até mesmo o comum podia se tornar simplesmente adorável. Jantar e um filme em casa, pipoca e uma coquinha gelada? Por enquanto, naquele instante? Perfeito.

Com os cachorros novamente secos, eles a seguiram até a biblioteca. Trey, assim como ela, estava de moletom e se encontrava de pé analisando o painel semântico.

Ele pegou a bandeja que ela carregava com pipoca, refrigerantes e petiscos para os cachorros e a colocou sobre a mesa.

— Gostei. As cores vão chamar atenção. São bem dinâmicas. Até aquele cara que se apronta todo para jogar um futebolzinho depois do jantar de Ação de Graças gosta de pensar que é alguém dinâmico. A fonte que você usou para "Sports", que compõe o nome da empresa, também captou esse movimento.

— Eu só aprimorei o que já tínhamos feito antes. Dei uma intensificada, daí tem essa aparência mais... ágil.

— Esse esboço está muito bom. — Ele apontou para um. — Gosto desse jeito como você agrupou e organizou os equipamentos esportivos no campo. Pode ser qualquer tipo de campo de jogo. Capacete de futebol americano, taco de beisebol, chuteiras, tênis de corrida. Você ainda tem o bastão de lacrosse, basquete, óculos de natação, uma parte da moto de off-road, um disco de hóquei, um taco de golfe. Uma corda de escalada, certo?

— Aham. Talvez esteja muito poluído.

— Não está. Não sei como você fez, mas está bem equilibrado. Acho que isso aqui é uma etiqueta, não é? Escrito *Game On*... Valendo! Acho que a pessoa se sente desafiada. *Você tem habilidade? Venha para a Ryder Sports.*

Cada pedacinho do lado profissional dela relaxou e se aqueceu.

— É exatamente o que eu tinha em mente, então, se você está vendo isso, já é um bom começo.

— No que mais você pensou?

— Não quero mudar a infraestrutura do site. É intuitiva, mas eu gostaria de adicionar uma galeria. Fotos de pessoas comuns usando peças da Ryder, como roupas, materiais esportivos. Tipo, uma mulher pedalando uma bicicleta, um homem usando um taco de golfe, crianças brincando de basquete, esse tipo de coisa. Tenho que pensar direito, mas poderia criar impacto e funcionar como anúncios, já que eles querem uma campanha inteira. Marketing digital, para TV, pôsteres em lojas. Algo como: *Qualquer que seja a sua habilidade, a Ryder Sports te coloca em vantagem.* Se eu mantiver essa etiqueta.

— Você me convenceu.

Os cachorros os seguiram pela escada em espiral, e logo depois se acomodaram para degustar seus petiscos. Com a pipoca, Sonya e Trey se sentaram no sofá de couro, com os pés apoiados na mesinha de centro.

Quando o filme acabou, o sofá pareceu o lugar ideal para que os dois se enroscassem enquanto os cães dormiam.

Mais tarde, já na cama, enroscaram-se novamente.

Sonya pegou no sono pensando que a energia sexual livre e desimpedida do início dos relacionamentos era mesmo muito boa.

Na sala de visitas, pouco antes das três, o pêndulo do relógio antigo começou a se mover.

De um lado para outro, pra lá e pra cá, enquanto os ponteiros no mostrador de fases lunares giravam.

E, às três em ponto, o relógio badalou.

O primeiro gongo acordou a ambos; os cães se levantaram em um pulo, rosnando.

— Está mais alto. — Sonya agarrou o braço de Trey. — Não está?

— Mais alto do que ontem à noite. — Ele saiu da cama e vestiu a calça de moletom. — Vou dar uma olhada. Mookie e Yoda vão ficar com você.

— Ah, para. — Ela encontrou suas roupas sob a claridade suave da lareira. — Vamos juntos.

— Ok, vamos todos.

Quando eles chegaram à porta da sala de visitas, a música ao piano ressoou ao longe.

— Só mais uma madrugada normal na mansão — murmurou Sonya.

— Tem que significar alguma coisa. O horário. É consistente demais para não significar. — Ao descerem as escadas, ele olhou para o retrato. — E a música. Ela sempre toca a mesma música.

Porém, quando chegaram à sala de música, a melodia havia silenciado.

— Você viu a Clover, mas, seja lá quem está tocando, e ainda acho que é Astrid, ou não está pronta para ser vista ou não consegue… se materializar.

— Também não faço ideia.

Os dois continuaram a seguir pelo saguão. Os cães pararam diante da porta da segunda sala de estar e rosnaram novamente.

Sonya perdeu o fôlego por um instante, até suspirar.

— Os ponteiros se moveram. — Ela entrou, pois ele já avançava na sala. — E está frio, Trey.

Enquanto falava, as teclas do piano soltaram acordes desafinados e enlouquecidos. O pêndulo do relógio começou a balançar outra vez, e cada segundo marcado era como um tiro disparado. Com os pelos arrepiados, os cães latiram em advertência.

Portas se abriram; outras foram fechadas com um baque. A luz da sala, que Trey havia acendido quando entrou, piscou e se apagou.

No escuro, Sonya sentiu algo roçar seu braço. Algo tão frio que a queimou.

— Tem alguma coisa aqui. — Sem fôlego, ela procurou pela mão de Trey. — Eu senti. E me tocou.

— Da próxima vez, vamos trazer uma lanterna.

Algo se chocou contra a porta de entrada como se fosse um aríete.

Com seus latidos ferozes, os cães saíram em disparada em direção ao barulho.

— Vamos. — Trey a puxou para sair da sala.

— Você não vai abrir a porta. Meu Deus do céu... Está ouvindo o vento, as ondas? Olha, olha ali! É gelo batendo nas janelas.

— Tá, e daí? Ela consegue invocar uma tempestade. — Quando ele abriu a porta, ambos se depararam com uma noite tranquila e uma lua brilhante. — Mas é uma ilusão. Muito boa, por sinal.

— Ah, não... Os cachorros.

— Tá tudo bem, ela não está aqui. Acho que já acabou por hoje. Isso deve ser tudo que ela é capaz de fazer.

— Já foi o suficiente.

Como Sonya tremia, Trey se aproximou e a abraçou.

— Podemos ir para o meu apartamento, se você quiser dar o fora daqui.

— Não. De jeito nenhum. Ela não vai sair ganhando, não vai me expulsar da minha própria casa. Mas tinha alguma coisa naquela sala, Trey. Eu juro que a coisa me tocou, roçou o meu braço. — Ela levantou a manga do moletom. — Olha, tem até a marca.

A mancha rosada, menor do que a palma da mão dela, se encontrava logo acima do cotovelo esquerdo.

— É uma queimadura de gelo, bem leve.

— Queimadura de gelo?

— Deixa eu colocar os cachorros pra dentro. Vamos aplicar uma compressa aí, ver como fica. Está com uma marca bem clarinha, e a pele não está com fissuras e nem com feridas. Espera um pouquinho.

Enquanto ele chamava os cachorros e trancava a porta, ela encarava a marca deixada em seu braço.

— Essa coisa me tocou. — Alguma coisa... ou alguém que havia morrido, a tocou. — Parecia uma queimadura, só que fria.

— Vamos ver isso direitinho na cozinha. Está doendo?

— Não. Quer dizer, está um pouco dolorido. Mas... Trey, o importante é que... a coisa, ela, me tocou, e eu senti. Eu a senti. Só por um segundo. Mas... olha. Já está sumindo.

Ele parou o que fazia e olhou mais de perto.

— Beleza, está sumindo mesmo. Vamos fazer a compressa por via das dúvidas. Mas parece que ela não tem tanta força quanto gostaria.

— Olha, eu achei força suficiente. — Sonya sentou-se em uma banqueta na cozinha. — Quer dizer, puta merda!

— A casa está sossegada agora. A coisa toda não durou mais do que cinco minutos.

Ele colocou uma vasilha com água para esquentar no micro-ondas. Em seguida, serviu um copo de água para Sonya. Ela aceitou e tomou um gole.

— Uma pergunta importante: você nunca se abala?

— Eu fiquei um pouco abalado, sim. Mas é bem interessante, não acha? Que ela tenha usado tantos recursos para nos assustar.

— Interessante. — Ela ingeriu a água novamente. — É uma palavra significativa.

— O lance todo é que não funcionou.

Ela o encarou.

— Não?! Eu fiquei apavorada.

— Mas você ainda está sentada aqui. — Depois de testar a temperatura da água, ele umedeceu um pano limpo e torceu para tirar o excesso. — Mal dá pra ver a marca agora, mas é melhor prevenir do que remediar. Vamos só pressionar aqui por um tempinho.

— Não gosto de me sentir apavorada — murmurou Sonya. — Fiquei irritada.

— Falou a mulher que gosta de filmes de terror.

— E romances também. Mas é um tipo diferente de medo. Eu quero essa bruxa fora da minha casa. Se for preciso encontrar as malditas alianças para tirá-la daqui, é o que vou fazer. De algum jeito. Quanto ao resto? Vou admitir que é bem interessante.

Mantendo a compressa pressionada no braço de Sonya, Trey afastou o cabelo do rosto dela com a mão livre.

— Para encontrar alguma coisa, só precisamos procurar no lugar certo.

— Ah, jura?

Trey pressionou os lábios contra a testa dela.

— Não vamos deixar ela vencer essa parada.

Quando o pano esfriou, ele deu mais uma olhada.

— É como se a marca nunca tivesse existido. E não está nem dolorido, nada — disse Sonya.

— Não foi muito forte. — Erguendo o braço de Sonya, ele depositou um beijo onde a marca estivera. — Você vai conseguir dormir?

— Espero que sim. E também espero que ela tenha dado um tempo. Não quero que minha mãe passe por isso. Ela vai tentar me levar de volta para Boston na marra.

— Aposto que um pouco da sua determinação você herdou dela.

Quando os dois voltaram à segunda sala de visitas, onde a luz brilhava novamente, ele entrou e abriu o mostrador de vidro do relógio.

— Vamos pelo menos dar trabalho para ela. — Ele optou em colocar os ponteiros marcando sete e dez. — Owen e eu podemos tirar o relógio de dentro da casa.

— Não acho que isso impediria qualquer coisa, e ele acaba servindo como uma espécie de aviso quando as badaladas soam. Fico me perguntando se Collin ouvia. Ele não dava corda no relógio, mas o mantinha aqui em vez de guardado em qualquer um dos cômodos usados para depósito.

— Se mudar de ideia, a gente tira ele daqui, ok?

Ele abraçou Sonya pela cintura enquanto seguiam até a escadaria.

— Ela estava lá com a gente, Trey. Eu já senti frio antes, mas nada como aquilo, e não foi como no Quarto Dourado. É um frio intenso demais quando é ela. Acho que isso também é uma advertência.

— Talvez você fique abalada no momento, mas você consegue superar com facilidade. Nesse duelo com a bruxa, eu aposto minhas fichas em você.

Na cama, ela se aconchegou ao corpo dele.

— Estou feliz de verdade por você estar aqui.

— Eu também.

Fechando os olhos, Sonya deixou que o ritmo constante do coração de Trey a embalasse até adormecer.

PARTE TRÊS

Espíritos

"Vamos ter um momento de paz,
vamos brindar com a morte."

— Alfred, Lord Tennyson, "A concepção do pecado"

Capítulo vinte e um

Na sexta-feira, depois que Yoda parou de resmungar pela ausência de Mookie, Sonya o animou com um passeio pela vila para comprar as vieiras, o macarrão cabelo de anjo e uma coisa chamada farinha não branqueada.

Ela nem sabia que as pessoas clareavam a farinha.

A ida rápida deixou tempo de sobra para fazer o arranjo com as tulipas que havia comprado para o quarto da mãe. E tempo para começar sua primeira tentativa de fazer pão.

— Não estamos com medo, estamos, Yoda? Não temos medo de um pouco de farinha e cerveja e manteiga e sei lá mais o quê. Não quando a gente mora em uma mansão mal-assombrada. Talvez só com um pouquinho de medo, mas, se for um fracasso total, podemos jogar fora e ela nem vai ficar sabendo.

Depois de seguir à risca as instruções de Bree, Sonya encarou a massa crua na forma de pão.

— Acho que está parecida com uma massa de pão. Mas como vou saber? — Com os dedos cruzados mentalmente, Sonya enfiou a forma no forno e ajustou o temporizador.

E concluiu que ficar por ali, pela cozinha, não significava que ela era obsessiva. Em vez disso, ela reorganizou a fruteira algumas vezes, andou de um lado para outro e brincou um pouco de cabo de guerra com Yoda.

— Olha só! E não é que está começando a crescer? É por causa da cerveja; eu li sobre o assunto. E está ficando douradinho também. Tá sentindo o cheiro? Eu tô.

Quando o temporizador — finalmente — disparou, ela se lembrou de que deveria dar um tapinha para ver se o som era oco. Não fazia o menor sentido para ela, mas Sonya obedeceu.

— Acho que está oco. De qualquer forma, não consigo aguentar.

Após retirar o pão com sua mão enluvada, ela o colocou sobre a grade de resfriamento. E recuou.

— Agora, vou te perguntar, Yoda, este é ou não o pãozinho mais fofo que você já viu? E feito por estas mãos aqui.

O iPad soltou a música de John Lee Hooker, "Don't Be Messing With My Bread".

— É isso aí.

Enquanto o pão esfriava, Sonya levou as flores, um pano limpo e um lustra-móveis para o segundo piso com Yoda em seu encalço. Ela voltaria ao roupeiro para buscar lençóis e toalhas limpas.

Quando chegou ao quarto escolhido, Sonya sentiu o cheiro do produto de limpeza usado nos móveis que brilhavam. Toalhas macias e limpas estavam penduradas no banheiro da suíte — que também brilhava de tão limpo —, e mais toalhas de reserva se encontravam cuidadosamente enroladas em uma cesta.

— Uau, muito obrigada. Está tudo perfeito. — Ela colocou as flores no lugar. — Ela vai amar. E vai adorar a vista para o bosque.

Sonya reparou a tigela roxa belíssima que combinava com as violetas estampadas no papel de parede acima do lambril, além do pequeno relógio de cristal — marcando a hora certa — ao lado.

Ela não podia garantir que tudo aquilo já estava ali, mas, de qualquer forma...

— Deu um toque bem legal. Muito atencioso.

Ao andar pela casa impecável, ela chegou à conclusão de que fosse quem fosse a pessoa que a mantinha arrumada daquele jeito, devia amar aquela casa tanto quanto ela.

E como tudo parecia perfeito, ela voltou ao trabalho.

— Ela vai me mandar uma mensagem quando faltar trinta minutos para chegar, então, enquanto isso, vamos trabalhar um pouco.

Sem a presença do Mookie, Yoda se contentou em ficar encolhido embaixo da mesa de Sonya.

Assim que recebeu a mensagem da mãe, ela desligou tudo e correu para a cozinha para fazer a salada. Ficou chocada quando não viu nem o pão nem a grade sobre a qual ele estava.

— Ah, não, eu...

Então ela avistou o pão envolto em um pano de prato branco.

— Acho que eu me esqueci dessa etapa.

Ela considerou o momento ideal quando guardou a salada na geladeira, e Yoda correu até a porta, latindo. Correndo logo atrás, Sonya abriu a porta e envolveu a mãe em um abraço de urso.

Da cozinha, o tablet colocou Taylor Swift para tocar, com a música "The Best Day".

— Mãe, que saudade!

— Também estava com saudade, meu amor. Meu Deus, Sonya, que casa é essa?! Ai, e esse rapazinho lindo aqui?! Olha só essa carinha fofa!

Na mesma hora, Yoda se esparramou no chão, de barriga pra cima, e olhou para Winter com amor genuíno.

Obediente, Winter se agachou, acariciou e conversou carinhosamente com ele.

— Você veio direto do trabalho.

Elegante em seu terninho escuro, Winter deu à barriga de Yoda um último afago.

— Saí mais cedo, como planejado, e já tinha colocado a mala no carro pela manhã. As coisas da Cleo estão no porta-malas também. — Ela se levantou e deu mais um abraço apertado em Sonya. — Não queria perder tempo para chegar logo aqui. Você está linda! Videochamadas não são a mesma coisa que ver ao vivo e em cores. E isso vale pra casa também. Minha nossa, Sonya. Estou de queixo caído. É tão a sua cara!

— É?

— É o que você sempre quis. Bom... — ela se corrigiu, lançando um olhar ao redor do hall de entrada — talvez um pouco além do que você imaginou... Ou eu imaginei. Olha só aquela escadaria!

Winter seguiu adiante, então parou.

— As salas. Um piano.

— Um de dois. Por que não subimos, pra você ver se gosta do quarto que escolhi? Depois podemos fazer um tour rápido, porque o completo demoraria horrores. Ah, não, deixa que eu levo a mala.

— Obrigada, meu bem. Você me disse que sentiu como se o lugar realmente te pertencesse. — Elas caminharam até a escadaria e subiram devagar. — Agora posso ver o porquê. Mas tem tanta coisa. O que você faz com todo esse espaço?

— Tenho meus cantinhos preferidos. — Sonya apontou para a biblioteca. — Como aquele ali.

— Ah, uau... Como você sequer consegue sair dali de dentro? Parece um cenário de filme. E olha a Xena bem ali, toda florida.

Girando em um círculo, Winter observou os painéis semânticos da filha.

— Você anda fazendo uns trabalhos bem interessantes desde que chegou.

— Também acho, mas vou te contar tudo depois.

E todo o resto, Sonya pensou.

— Collin Poole deve ter amado esta casa para cuidar dela com tanto afinco. Eu estava um pouco preocupada sobre a manutenção, com você aqui, para ser sincera. Mas acho que agora já posso relaxar um pouco. Está nitidamente impecável, meu bem. Você deve ter encontrado uma equipe de faxina das boas.

Sonya decidiu dizer:

— É um lance meio milagroso. Mas vamos falar sobre isso também. Essa é a ala norte.

— Olha que chique. — Com uma risada, Winter deu uma cotovelada de leve na filha. — Tem alas.

Com Yoda dançando entre as duas, Sonya conduziu a mãe até os quartos.

— O meu quarto fica no final do corredor.

— Você sabe que tenho que dar uma olhada lá. E, sério, é tudo muito lindo. Simplesmente lindo. A senhora da mansão. Você assiste ao nascer do sol do terraço?

— Aham. Eu escolhi um quarto com uma vista diferente para você, mas pode escolher outro se quiser. Você adora natureza, né?

— Adoro mesmo.

— Por isso coloquei você mais para o final do corredor, e do lado virado para o oeste. É bem mais silencioso também. Eu acho... — Ela abriu uma porta. — Vamos ver se te agrada.

— Meu Deus, que coisa linda! É como ter minha suíte particular na pousada mais chique do mundo. Olha só para o papel de parede! É tão delicado. E tenho minha própria lareira. Vou me sentir uma celebridade dormindo nessa cama.

Winter roçou os dedos nas tulipas.

— Obrigada, querida, por me conhecer tão bem. Vou adorar ficar admirando os bosques.

— Se quiser desfazer as malas, posso ajudar. Ou, depois de trabalhar o dia todo e ainda vir dirigindo de Boston, podemos só relaxar e tomar uma tacinha de vinho.

— Está vendo? Conhece a mãe que tem. Vamos tomar um vinhozinho.

Voltando pelo corredor, ela mostrou a Winter qual era o quarto de Cleo, e depois apontou para a porta secreta.

— E é seguro? — Com a testa franzida, Winter espiou escada abaixo. — Você entra aí?

— É o caminho mais certeiro para a academia que fica embaixo, e para o sótão que fica em cima. Estou tentando malhar pela manhã, umas três ou quatro vezes por semana. Vou te mostrar essa parte da casa amanhã, se você quiser.

— Pode ser. Você ouviu isso? Pensei ter ouvido sinos.

Sonya repetiu as palavras que Trey dissera no primeiro dia dela ali.

— Vai se acostumando.

Ela fechou a porta.

— Sala de música — disse Sonya ao continuarem.

— Aquilo é uma viela de roda? Nunca vi uma sem ser em museus. A pintura... Nossa, é encantadora.

— Johanna, a esposa de Collin. Foi ele quem pintou.

— Talentosíssimo. Igual ao seu pai.

— Sim. Ela... morreu há muito tempo. Ele montou o escritório dele aqui, onde pendurou a pintura do papai.

— Você me contou, mas... Ah, sim, é obra do Drew. — Entrando na sala, Winter examinou a pintura. — Será que ele esteve aqui em algum momento, ou realmente veio dos sonhos dele? Algum tipo de elo entre gêmeos?

— Achei que você poderia querer ficar com ela.

— Ah... — Ainda olhando para o quadro, Winter estendeu a mão para segurar a de Sonya. — Obrigada, querida, mas acho que o lugar dela é aqui. Queria muito saber como e quando Collin comprou isso, mas me deixa muito feliz saber que alguma coisa de Drew, além de você, é óbvio, tem um lugar aqui.

Ao distinto som de uma porta se fechando, Winter olhou ao redor.

— Tem mais alguém aqui?

— Depende da sua definição de "alguém". — Para conduzi-la para fora da sala, Sonya enlaçou a cintura da mãe. — Eu te contei que a casa é mal-assombrada.

— Sim, mas...

Da cozinha, Billy Joel cantou "Bottle of white, bottle of red".

— Vamos de vinho branco, porque estou fazendo vieiras.

— Minha filha sempre racional me dizendo, toda séria, que a casa dela é mal-assombrada, e, ainda por cima, cozinha vieiras? Quanto choque você acha que aguento?

— Por isso, vamos de vinho primeiro.

— Então, esta é a cozinha — disse Winter, assim que entraram. — Esta linda cozinha gourmet, gigante, e com uma vista maravilhosa. O projeto é incrível. Os espaços abertos deixam menos com cara de labirinto, mas ainda assim deram um jeito de manter a casa íntegra. Agora estou com inveja desta cozinha.

Passando a mão pela bancada central, Winter balançou a cabeça.

— Eu fracassei em fazer você se interessar por cozinhar, e só consegui te ensinar o básico.

— Fiz uma carne assada de panela para um jantar para oito pessoas — lembrou-a Sonya, ao escolher uma garrafa de vinho.

— E a foto que você enviou estava digna de um livro de receitas. Filha minha, você acha mesmo que tem fantasmas nesta casa?

— Eu não *acho*, mãe. Eu tenho certeza.

Sonya tirou a rolha da garrafa, e o iPad começou a tocar "Mother and Child Reunion", do Paul Simon.

— Tipo isso. — Ela serviu a bebida. — Preciso de uma pausa agora, beleza? — Quando a música silenciou, Sonya entregou a taça para a mãe. — Sente-se, mãe. Nossa DJ é a Clover. Ela morreu em 1965, depois do parto de Collin e do papai.

— Estou sentada.

— Tem mais. Eu te contei sobre ela, as coisas que descobri através do livro de genealogia e do que Deuce, Oliver Doyle II, me contou. Em algum momento, vou tentar falar com Gretta Poole, a mulher que Collin pensava que era a mãe, mas que na verdade era a tia. Ela tem demência.

— Sim, você me falou. Então você está me dizendo que a mãe biológica do Drew está aqui, nesta casa. Você a viu?

— Não. Ela só se apresentou para mim através das músicas. Trey a viu antes. Duas vezes agora.

— Trey Doyle, o terceiro Oliver.

— Esse mesmo. Estamos meio que namorando.

— Mais surpresas. — Winter desfrutou da taça de vinho por um instante. — Por que não vou conhecê-lo hoje à noite?

— Isso é coisa de mãe mesmo, viu... mudar de assunto quando estamos conversando sobre o fantasma da sogra.

Winter brindou a taça à de Sonya.

— Prioridades.

— Primeiro, porque ele não queria se intrometer. Mas também porque ele tem um casamento de alguém da família amanhã. Você vai gostar dele.

— Cleo gostou. Ela comentou sobre ele, e disse que ele estava de olho em você e vice-versa. Logo, não estou surpresa.

— Ela não mentiu. Você vai gostar dele — repetiu Sonya. — Ele é tão estável e descomplicado.

— Se você gosta dele, é isso que vale. Estou feliz por ter encontrado alguém de quem gosta. Estou feliz porque você parece e soa feliz.

— Estou feliz mesmo. Tem sido meio estranho? Sim, tem sido. Primeiro a coisa toda da mudança, e fora a coisa toda dos fantasmas. Quando subirmos depois do jantar, que vou começar a fazer em um minuto, nós encontraremos a sua cama preparada para dormir e sua lareira acesa. Só que, mãe, eu não contratei ninguém para limpar a casa, porque, pelo visto, eu herdei uma equipe de limpeza.

— Entendo.

— Entende?

Winter bebeu o vinho e acariciou Yoda quando ele apoiou as patinhas dianteiras na banqueta.

— Quando finalmente consegui te colocar para dormir na noite do dia horrível da morte do seu pai, eu não sabia como suportar a dor. Como superaria a hora seguinte, muito menos o dia seguinte, a semana seguinte, o ano seguinte. E eu o vi. Entrei no nosso quarto, e ele estava lá. Ele me disse que nós ficaríamos bem, que me amou todos os minutos de cada dia desde que nos conhecemos.

— Você nunca me contou isso.

— Não, nunca contei. Pensei que tinha acontecido por causa do luto. Mas não foi só por isso. Às vezes, eu sentia a mão dele no meu rosto enquanto adormecia. Ainda sinto de vez em quando. Ou ouço a voz dele dentro da cabeça quando estou com dificuldade para tomar uma decisão ou resolver um problema. Confie nos seus instintos, meu bem, depois pergunte ao seu coração.

Com um sorriso, ela colocou a taça sobre o balcão e apoiou a mão sobre a da filha.

— Se eu acredito em vida após morte, e acredito *mesmo*, por que não acreditar que seja lá o que há na essência da pessoa não poderia permanecer neste plano?

— Por isso você nunca quis se casar de novo? Você sentia que ele ainda estava aqui?

— Isso até pode ter influenciado de alguma forma, mas, não. O que seu pai e eu tivemos... era... magia pura. — Com um suspiro que exalava amor, Winter colocou a mão livre sobre o próprio peito, logo acima do coração. — E foi assim desde o primeiro momento. Nunca senti aquilo com outra pessoa. Então por que me contentaria com menos?

Ela acariciou a mão de Sonya.

— Mesmo assim, você está tão sozinha aqui. Tirando você, bonitinho — disse ela para Yoda. — Você não fica com medo?

— Às vezes. Estou feliz com a mudança de Cleo pra cá. Porque, sabe como é, né? É a Cleo, e também porque é legal ter alguém por perto. Além disso, vamos aproveitar mais o espaço da casa... porque é a Cleo. Tenho que me lembrar de não ficar enfiada só na biblioteca. Tem muito mais coisa. Vou te contar enquanto faço o jantar. E sem a sua ajuda.

— Vou me servir mais vinho e ficar sentadinha bem aqui, como uma espectadora fascinada.

Como Sonya conhecia a mãe que tinha, ela começou a relatar os incidentes mais assustadores. Talvez até mesmo os tenha atenuado um pouco.

Quando a água começou a ferver, ela colocou o macarrão na panela. E ajustou o temporizador antes de seguir para a etapa em que preparava as vieiras.

Ali também ajustou o timer.

— Você viu o espelho. O do sonho do seu pai.

— Não posso dizer com toda a certeza, mas acredito que sim. E sei que testemunhei o assassinato de Astrid Poole, e vi Catherine morrer em meio a uma nevasca. Vi Marianne dar à luz gêmeos e morrer em seguida. E, em todas as vezes, eu vi Hester Dobbs.

— Já que você parece estar com o jantar milagrosamente sob controle, vou arrumar a mesa.

— A menor ali. A sala de jantar é grandiosa e um espetáculo, mas é bem intimidante... a não ser quando se tem um grupo grande de convidados.

Enquanto faziam as coisas juntas, ela contou a Winter sobre a noite em que Trey viu Clover novamente. Assim que começou o relato, o tablet tocou "Whatta Man", o que a fez rir.

— Ela não consegue resistir.

— E isso não te dá arrepios?

— Não mais. Estou te contando tudo isso porque não quero que você surte se alguma coisa acontecer enquanto estiver aqui. E porque quero que saiba que tenho tudo sob controle. Tem uma salada na geladeira. Tomara que isso dê certo.

Sonya aqueceu a frigideira em fogo baixo, despejou o suco de limão com o maior cuidado e adicionou sal e pimenta — sem qualquer quantidade especificada —, e depois espalhou o macarrão devidamente escorrido em uma travessa bonita.

— O cheiro está sensacional, Sonya.

— Está mesmo, e, em menos de um minuto, vamos descobrir se deu mesmo certo. Já te agradeci por ter me deixado dar a receita da carne assada de panela para a Corrine Doyle?

— Já, e ela me enviou um cartão de agradecimento escrito à mão bem simpático.

— Jura? Isso é bem a cara dela. Só a encontrei uma vez, mas ela parece ser assim mesmo. E aqui está.

Com o cuidado que um lapidador de diamantes teria ao esculpir uma joia rara, Sonya colocou as vieiras e o molho sobre o macarrão. Acrescentou queijo parmesão e uma pitada de salsa e manjericão picados.

— Olhar artístico. A apresentação nunca foi problema pra você. Minha filha é capaz de fazer uma refeição de delivery parecer um jantar digno de restaurante cinco estrelas. Pois fique sabendo que amei que você tenha feito o jantar pra mim.

À mesa, Winter serviu um pouco de salada, seguido do prato principal.

— E vou começar pelas vieiras, porque estão irresistíveis.

Depois de cortar uma ao meio, e cortar a metade novamente, ela enrolou o macarrão cabelo de anjo e provou.

E se recostou na cadeira.

— Sonya, isso está maravilhoso!

— Sério? — Ignorando a salada, Sonya provou a própria comida. — Uau, está bom mesmo. E não cozinhei demais. Bree me passou um medo absurdo por causa disso.

— Mas... quem é Bree?

— Ah, é a ex do Trey; ex da época do colégio, hoje em dia amiga. Ela é chef de cozinha do Lobster Cage, um restaurante bom demais na vila. A receita é dela.

— Já vou querer. Vou cozinhar na próxima vez que convidar amigas para jantar. Agora me conte o resto. Todo o negócio fantasmagórico.

— É o relógio, um bem grande de pêndulo que fica na segunda sala — disse Sonya à mãe.

— Meu amor, isso é aterrorizante. Tipo do nível dos livros de terror da Shirley Jackson. E ela queimou o seu braço. Deixa eu ver.

— Não ficou marca nenhuma. — Para tranquilizar Winter, Sonya ergueu a manga do suéter. — Não vou fingir que não foi assustador, quase morri de susto algumas vezes, mas...

— Você é determinada. Conheço essa sua carinha.

— É a minha casa, mãe. Era pra ter sido do papai. Era pra ele ter crescido aqui com o irmão.

— Se ele tivesse feito isso, talvez nós nunca tivéssemos nos conhecido. E talvez você não existisse.

Com um sorriso, Sonya negou com um aceno de cabeça.

— Magia — lembrou-a. — Vocês tinham magia. Vocês teriam se encontrado, e essa ainda seria a minha casa. Vou comer mais um pouquinho dessa vieira, mãe. Está muito gostoso. E vou encontrar essas alianças. Não me pergunte como, porque não faço a menor ideia. Mas vou encontrar.

— Eu poderia solicitar uma licença do trabalho e passar uns meses aqui.

— Você não vai fazer nada disso. Não porque não quero você aqui, eu adoraria isso, mas porque sua vida é lá em Boston. Você tem a sua casa, a sua carreira. Não vou deixar uma bruxa morta me derrotar.

— Olha a carinha determinada aí — murmurou Winter. — É sempre uma noiva, uma esposa recém-casada ou uma mãe novinha. Você e Trey não estão pensando em casamento, né?

— Mãe, a gente começou a namorar agora.

— E eu sei muito bem o que um *namoro* significa para um casal de adultos solteiros e desimpedidos. Talvez ele comece a passar as noites aqui com mais frequência.

— Eu tenho o meu fiel Yoda e, em breve, a corajosa Cleo.

— O que já me deixa mais tranquila. Pelo menos um pouco.

— Você está encarando tudo isso melhor do que imaginei.

— Lembro dos sonhos do seu pai, de como pareciam reais pra ele. Acho que eu já estava meio predisposta a isso.

— O que você acha que o papai teria feito, se ele tivesse ficado sabendo da história da família como aconteceu com Collin?

— Ele teria vindo pra cá — disse Winter, sem a menor hesitação. — Ele teria feito exatamente o que você está fazendo. Seu pai também era bem determinado. Então, vou fazer o que sempre fiz por ele, o que sempre tentei fazer por você. Vou apoiar essa determinação.

— Eu te amo, mãe.

— Sonya, você é a coisa mais importante da minha vida. Seja lá o que tem aqui, você está feliz. Dá pra ver nitidamente. E está toda energizada. Minha garota de bateria sempre carregada tinha perdido um pouco dessa energia em Boston.

— Não foi culpa de Boston.

— Eu sei, e sei que você se recuperou. Além disso, para o meu verdadeiro espanto, você cozinhou duas refeições impressionantes, então, sei que não vai depender de pizza ou comida chinesa. Amanhã, vou te mostrar como preparar outro tipo de comida.

Antes que Sonya pudesse protestar, Winter levantou a mão. E a expressão que se formou em seu rosto colocou a da filha no chinelo.

— Você já se saiu bem com carne e frutos do mar. Vou te mostrar como fazer uma comidinha simples de frango… mesmo que eu tenha fracassado em te ensinar antes. Mas, por ora, vamos lavar essa louça. Podemos nos servir de mais vinho e fazer um rápido tour pela casa.

— Yoda precisa dar uma saidinha antes. O que acha de a gente dar uma caminhada lá fora, daí voltamos para arrumar a cozinha e fazer o tour?

— Sua casa, suas regras.

Elas desfrutaram da caminhada em meio à brisa fresca e com as luzes externas do jardim acesas, as estrelas cintilando. Quando voltaram, a cozinha estava impecavelmente limpa.

— Nossa, meu Deus do céu!

— Eu queria que você visse. Se não limpo a cozinha na hora, alguém faz isso por mim. Agora, me deixa te mostrar o solário do lado de dentro.

O final de semana passou voando, e com direito a tudo aquilo que Sonya já passara a achar normal na mansão. Lareiras acolhedoras acesas e portas dos armários da cozinha abertas.

Embora os ponteiros do relógio marcassem novamente o horário das três, ela não ouviu nada à noite, nem mesmo as perturbações no terceiro andar.

Ela aprendeu — talvez — a fazer um fricassê de frango com batata, e isso satisfez Winter.

E já que todo o processo, do início ao fim, levou menos de uma hora, ela imaginou que poderia se virar com essa refeição em caso de necessidade.

Parada à porta, no domingo à tarde, com a malinha aos pés, Winter abraçou a filha.

— Cleo vai chegar daqui a alguns dias. Da próxima vez que eu vier, aposto que a mãe dela vai fazer questão de vir junto.

— Espero que sim.

— Sua tia está sentindo a sua falta. Tudo bem se eu trouxer ela comigo um dia?

— Eu amo a tia Summer, e você sabe disso. É óbvio que ela pode vir.

— Que bom. Não tenho a menor consideração pela Tracie, mas acho até que ela te fez um favor, Sonya. Porque você está feliz.

Com as mãos nos ombros da filha, Winter massageou de leve.

— Feliz de um jeito como não te vejo há muito tempo. E você já estava ficando sem bateria bem antes de ter dado um pé na bunda do Brandon.

"Don't Bother", da Shakira, uma música sobre infidelidade, tocou no celular que estava no bolso de Sonya.

— Ah, eu concordo. — Winter caiu na risada. — Minha menina vai ficar bem.

— Acho que você e Clover teriam se dado muito bem.

— Sim, e, por mais estranho que seja, gosto de saber que ela está cuidando de você. Se cuide, viu? Você é minha filha favorita.

— Dirija com cuidado e me mande mensagem assim que chegar em casa. — As duas trocaram um abraço apertado. — Você é minha mãe favorita.

— Tchau, cachorrinho fofo. — Inclinando-se, ela fez carinho e deu beijos em Yoda. — E diga ao seu namorado que quero conhecê-lo na próxima vez.

— Pode deixar. Ah, mãe... Adoro saber que você e o papai tiveram magia.

— Você foi feita através dessa magia. Continue feliz assim.

Sonya observou a mãe sair, com Yoda dançando e choramingando ao batente.

— Eu sei, eu sei. Mas ela vai voltar. E, quando eu for visitar a mamãe, vou te levar comigo. Mas ficaremos bem aqui.

Ela olhou para o cãozinho aos seus pés; ambos ainda parados à porta aberta.

Uma brisa primaveril soprava.

— Eu ia te dar uma canseira com um cabo de guerra, embora, com essa energia toda, isso demore um tempo para acontecer. Depois, eu ia trabalhar até a hora do jantar, no qual comeria o que sobrou do frango de ontem à noite. Mas quer saber de uma coisa?

Com um fascínio genuíno, ele inclinou a cabeça e a encarou.

— Dane-se o trabalho. É uma tarde de domingo. Vou pegar um casaquinho... Hoje nem preciso me agasalhar tanto... E vou buscar aquela bola que comprei da última vez que fui ao vilarejo. Vamos dar uma volta e brincar de bola, tá bom? Quando a gente acabar, podemos entrar e nos aconchegar na biblioteca com um livro... A menos que a vontade de assistir a um filme seja maior.

Sonya se abaixou na direção de Yoda.

— O que me diz?

Como ele corria em círculos, ela concluiu que o cachorrinho estava de acordo.

— Espera só um minutinho.

Sonya pegou um casaco leve e a bolinha vermelha.

Os dois brincaram de lançar e buscar a bola — ele resistia em trazer a bola de volta — na neve lamacenta.

Enquanto jogavam, uma sombra se movia atrás da janela. Observando.

Olhando para cima, Sonya protegeu os olhos contra a claridade. Em um impulso, ergueu a outra mão e acenou.

E viu a sombra se mover.

Naquele instante, não teve a menor dúvida de que a sombra retribuiu o aceno.

— Tá bom — disse ela. — Ok.

Ela ouviu um estrondo e viu quando as janelas do Quarto Dourado se abriram de supetão, fechando com força.

Yoda soltou três latidos estridentes.

— Concordo — disse Sonya ao cãozinho, e, em seguida, mostrou o dedo do meio para a bruxa.

Deliberadamente, ela virou as costas para as janelas e jogou a bola para Yoda buscar.

— Olha só como não damos a mínima para você.

Quando acabaram de brincar, as janelas pararam de se abrir e fechar, e ela não só havia conseguido que Yoda trouxesse a bola de volta, como também que entregasse na palma de sua mão.

— Bom garoto, menino esperto. Você merece um petisquinho.

Em pleno acordo, ele girou em círculos antes de correr para a mansão.

Clover a cumprimentou com "Wicked Old Witch", de John Fogerty.

— Aposto que ela é uma velha bruxa malvada mesmo.

E, ainda assim, pensou Sonya enquanto ia à cozinha em busca do petisco para Yoda — tirando as sinetas tocando e os ponteiros do relógio se movimentando —, a casa permaneceu sossegada pela maior parte do tempo durante a estadia da mãe.

Depois de fazer um chá, ela se acomodou na biblioteca com seu livro enquanto Yoda tirava um cochilo.

Clover colocou um mix de músicas de artistas e épocas variadas, e Sonya leu sobre a caçada a um assassino em série que colecionava os globos oculares de suas vítimas.

— Macabro — disse ela ao fechar o livro. — Adorei.

Enquanto divagava sobre ideias aleatórias para o jantar e um filme, Trey mandou mensagem.

Por que casamentos têm que durar um final de semana inteiro? Brunch de casamento hoje de manhã, depois fui arrastado para um jantar regado a bebidas pós-casamento, onde estou limitado a apenas uma cerveja, já que sou o motorista da vez e vou levar meus avós para casa. Isso se conseguirmos ir embora daqui.

Espero que seu fim de semana com sua mãe tenha sido menos desgastante. Posso te levar pra jantar amanhã?

Casamentos são um evento único na vida. Pelo menos é o que todo mundo espera. Tive um fim de semana bem legal com a minha mãe, e a surpreendi com meu sucesso total reproduzindo a receita da Bree. Estou devendo agradecimentos à chef. E, sim, com toda a certeza você pode me levar para jantar amanhã.

Parabéns. Devo chegar por volta das sete, ok?

E como estavam a tia-avó Marilyn e o tio-avô Lloyd?

Marilyn e Lloyd estavam, e estão, do jeito de sempre. Só mais atacados porque a Anna e a Gwen, esposa do meu primo Liam, estão grávidas ao mesmo tempo. Tenho que voltar pra minha mesa. Te vejo amanhã à noite.

Era cedo demais para encerrar a conversa enviando um emoji de coração, ela decidiu. Depois de um breve instante de reflexão, optou pelo lado descontraído e enviou um emoji sorridente com a boquinha vermelha e cílios compridos.

Sonya concluiu que, a partir do momento em que tinha que se preocupar com emojis, significava que as habilidades na arte do namoro precisavam ser aprimoradas.

De volta à cozinha, ela deu a ração para Yoda e esquentou o que sobrara do frango. Quando recebeu uma mensagem da mãe avisando que havia chegado em casa, não precisou se preocupar com emojis.

A princípio resolveu se mimar um pouco com uma máscara facial, mas depois optou por ir além com um banho de creme no cabelo, e, por fim, se entregou a um banho demorado.

Às nove, de pijama, ela se aninhou no segundo piso da biblioteca com Yoda. Após o assassino em série, ela decidiu por algo mais leve para relaxar.

Com certo arrependimento, passou por vários filmes de terror e escolheu uma comédia.

E, às dez, já tinha caído no sono. Pouco depois, estava imersa no mundo dos sonhos.

Capítulo vinte e dois

O espelho cintilava. O vidro embaçado com cores e movimento. Ao redor da moldura, os olhos dos predadores pareciam brilhar.

Vagamente, Sonya ouvia música, vozes e risadas descontraídas. Ela atravessou o espelho.

E se viu em um salão de festas sob a luz resplandecente de um trio de lustres.

Em vez de móveis cobertos e amontoados pelo ambiente, divãs e poltronas de cores escuras se alinhavam às paredes, e o piso reluzia sob a luz tremeluzente.

Uma orquestra tocava. Harpa, violino, flauta e o que ela imaginou que poderia ser um flautim. E, sim, ela reconheceu o piano da sala de música. Homens usando coletes e colarinhos altos dançavam com mulheres em vestidos longos, muitos com mangas elaboradas e saia em forma de sino. Algumas ostentavam penas em seus cabelos, ou presilhas sofisticadas.

Joias cintilavam enquanto os dançarinos giravam pelo salão numa valsa.

Outras pessoas estavam sentadas nas poltronas, bem junto às paredes. Algumas outras se mantinham de pé, com bebidas em mãos, próximas das mesas repletas de comida.

Taças de cristal com champanhe brilhavam sob a luz que emanava dos lustres.

Sonya viu a noiva, majestosa em seu vestido branco, o cetim, a renda, a tiara coroando o cabelo preto.

Um homem — alto, de cabelo loiro-escuro, mandíbula definida e olhos verdes como os do Poole — segurou a mão da jovem e beijou os nós de seus dedos.

Ela entregou a taça de champanhe para um criado, então se dirigiu para a pista de dança com o noivo.

Os dois formavam um casal impressionante ali, rodopiando. Ele, com um sorriso satisfeito, olhava para o rosto dela. Mas ela, Sonya reparou, desviava o olhar para observar o salão.

Para ver quem os observava, para ver quem os admirava.

Em vez do sorriso radiante de uma noiva, o dela parecia arrogante, presunçoso.

Quando a valsa acabou, ele beijou a mão dela novamente.

— Posso acompanhá-la para o jantar, sra. Poole?

— Ainda não, de forma alguma, sr. Poole. Teremos um baile quando as festas de fim de ano chegarem, não é? Talvez um baile de máscaras na virada do ano. Como tudo aqui está lindo.

— Tudo empalidece diante da beleza da minha noiva. Você se sentaria por um tempinho com minha irmã? Significaria muito para ela, e para mim.

— Lógico. Não prometi obedecer ao meu marido?

— E eu, a adorar minha esposa.

Ele a acompanhou até o sofá vermelho e dourado onde uma mulher, com uma enorme barriga de grávida, estava sentada. Ela usava um vestido longo rosa-claro, com o cabelo loiro-escuro, igual ao do irmão, preso no alto da cabeça.

— Posso me sentar com você por um momento, Jane?

— Ah, por favor, Agatha. Que dia tão feliz.

— Vou buscar champanhe, Agatha — disse Owen. — Devo trazer algo para você, Jane?

— Não, mas obrigada, Owen — disse ela, e, quando o irmão se afastou, voltou-se para Agatha: — Estou tão feliz. O bebê gosta de música. Ele está dançando. — O semblante dela resplandeceu ao dizer aquilo. — George foi ver como estão as crianças. Foi muita gentileza sua, minha querida, abrir o berçário para elas.

— Não convém ter crianças entediadas por perto. Elas têm a babá que vocês contrataram para cuidar delas.

— Sim, sim. Mas eu queria só dar uma olhadinha, e George quis me poupar.

A música mudou para uma dança folclórica enquanto Sonya observava Hester Dobbs se esgueirar no salão. Em seu vestido preto e com o cabelo solto, ela caminhou até a mesa onde uma criada arrumava alguns bolinhos em uma bandeja.

Nesse momento, Hester acrescentou outro bolinho ao prato, coberto de glacê vermelho-escuro e com uma coroa dourada no topo.

Virando-se, ela sorriu para Sonya à medida que a criada seguia até onde Agatha estava e lhe servia os bolinhos.

— Você não pode impedir o que já foi, nem o que é.

Talvez não, mas ela poderia tentar.

Apesar de Sonya se apressar pelo salão — por que ela tinha a sensação de que estava nadando em um rio de chumbo? —, Agatha levou o bolo vermelho à boca.

Sonya lutou para passar por entre os convidados dançando. Sentiu o calor de seus corpos, captou o cheiro de perfume. Uma das mulheres tropeçou de leve quando Sonya esbarrou ao passar.

Mas Agatha já estava de pé, a mão agarrando a garganta como se estivesse lutando para respirar.

Ao lado dela, Jane se levantou e gritou para que alguém trouxesse água.

Água não a ajudaria, Sonya pensou. Agatha caiu no chão, os olhos arregalados. O corpo tremendo em espasmos, os saltos de seus sapatos batendo no chão.

Owen correu para a esposa e abaixou-se para segurá-la em seus braços.

Não, ela não poderia impedir, Sonya pensou enquanto observava a vida sendo drenada dos olhos da noiva.

Mulheres gritaram; uma desmaiou.

Na confusão, Hester Dobbs arrancou a aliança de casamento do dedo de Agatha e deslizou em seu próprio.

— Com minha lâmina tomei a primeira, então com meu sangue esta casa foi amaldiçoada. Casal por casal, eles se casam e morrem, porque almejam o que é meu. E, com a aliança de ouro de cada noiva, meu feitiço se manterá e durará.

Mais uma vez, ela sorriu para Sonya. Então, ergueu as mãos, estalou os dedos e desapareceu.

Sonya acordou de pé ao lado do sofá. Ela tremia — não de medo, mas de raiva.

Tinha testemunhado a morte de outra mulher, impossibilitada de impedir.

Ela poderia mudar o que já havia acontecido? Agatha Poole morreu em... Como diabos conseguiria se lembrar da data? Mas a quarta noiva estava morta havia mais de um século.

E, ainda assim, Sonya esteve lá, no salão de festas, naquela época, naquele lugar. Ela testemunhou mais um assassinato.

Yoda choramingou, tremendo. Ela se sentou e o deixou pular para o seu colo.

— Como será que isso funciona? Será que é um espelho de verdade ou alguma coisa presente no sonho? Talvez algum tipo de... dispositivo subconsciente, em vez de um espelho de verdade.

Mas estava tarde demais para se preocupar com isso naquele momento.

— Me perdoe, querido. Peguei no sono e você nem deu uma voltinha. Está tudo bem. Vamos resolver isso agora mesmo.

Ela o deixou sair de casa pela área de serviço, e ficou ali parada bebendo um copo de água enquanto esperava que ele voltasse. Embora tentada a escrever tudo ali mesmo, ela sabia que não se esqueceria dos detalhes.

Pela manhã seria melhor, ainda mais porque amanheceria em breve.

Ela e Yoda subiram as escadas. No quarto, cada um foi para sua cama.

Sob a claridade suave do fogo, Sonya ficou ali deitada refletindo.

Não, ela não estava com medo. Se a mãe dela estivesse ali, Winter teria reconhecido a expressão determinada no rosto da filha.

Durante o café da manhã, anotou tudo, fez uma série de esboços e focou em outras coisas.

Com o serviço de bufê concluído, focou no projeto gráfico dos Doyle. Como queria fotografias, entrou em contato com Corrine Doyle.

Pensar nela para ser a fotógrafa foi tão simples quanto perguntar se ela toparia.

— Feito.

Seguiu trabalhando na estrutura pelo resto da manhã.

E seguiu agradavelmente a rotina. Trabalho, caminhada, trabalho.

Como não queria se aprofundar muito antes de ter as fotos, decidiu passar para o projeto da floricultura.

Havia fotos novas ali também, que a florista já tinha enviado — de acordo com a orientação de Sonya. Serviriam, ela pensou enquanto analisava cada uma. E ainda economizaria o custo de um fotógrafo.

Clover quase estourou seus tímpanos com "Devil with a Blue Dress On".

— Ei, abaixa um pouco! — Sonya fez menção de fazer isso, mas reparou no horário. — Tá, entendi. São quase seis. Hora de encerrar tudo e me trocar.

Ela encontrou o vestido vermelho sobre a cama.

— Ainda não. Em algum momento, será a escolha perfeita, mas, hoje à noite…

Ela conferiu o armário e pegou um vestido azul-marinho com cintura marcada e saia lápis.

— Esse combina mais com um jantar na vila.

Como continuava procrastinando a respeito do cabeleireiro, optou por simplesmente prender o cabelo na altura da nuca com uma presilha.

Yoda desceu as escadas correndo, segundos antes da campainha tocar. Sonya deu uma última olhada em seu reflexo no espelho.

Os cachorros se cumprimentaram como se não se vissem havia anos. E Trey, geralmente tranquilo, a puxou para um longo beijo que fez o corpo todo dela pegar fogo.

— Senti falta disso. E senti saudade de você.

— É realmente bom ouvir isso. — Um pouco zonza, Sonya se afastou para deixá-lo entrar. — Tenho que pegar meu casaco.

— Vou deixar os dois darem uma corridinha lá fora. Só por precaução.

Ela foi para o armário e tirou um tempinho para respirar fundo. Quando voltou, Trey se virou e sorriu para ela.

— Bonito casaco.

Ela olhou para baixo, conferindo o casaco de couro preto cujo comprimento ia até o meio das coxas.

— Eu me dei de presente quando decidi que seria mesmo *freelancer*, como uma forma de incentivo, do tipo "Você consegue".

— Parece que deu certo. Vou lá chamar os cachorros e enxugar os dois na área de serviço, ok?

— Boa ideia. — Ela respirou fundo novamente. — Trey? — Ele olhou para ela por cima do ombro. — Também senti saudade de você.

— Torci por isso.

Enquanto Sonya esperava, ali de pé, Clover tocou "If I Fell", dos Beatles.

— Vai com calma. Ainda não estou pronta.

— O relógio voltou a marcar três horas — comentou ele, com os cães correndo adiante.

— Todo dia de manhã. Quero te contar uma coisa, mas no caminho. Ei, garotos, comportem-se, ok? Fiquem longe das bebidas e não passem trote pra ninguém.

— Agora você deu ideias pra eles.

Quando saíram, ela avistou o sedã cinza-chumbo perto do carro dela.

— Essa não é a sua caminhonete.

— Não, mas é o meu carro.

Ela se acomodou.

— Bem bonito. Então, já se recuperou do casamento?

— Uns 90%. Mas hoje minha mãe me emboscou para tirar umas fotos. Nada de foto do rosto, nem fazendo pose. Imagino que isso seja coisa sua.

— É. Seu trabalho está no topo da lista agora.

— Mas e o projeto da Ryder? Podemos esperar, Sonya, se você quiser focar nele.

— Eu dedico uma hora do dia pra ele. — Porque ela tinha um plano e um cronograma. — Que já é mais do que suficiente até eu organizar as coisas.

— Mas, só pra você saber, se quiser mais prazo para o nosso, não estamos com pressa, ok? Agora, e a tal da história?

— Passei pelo espelho novamente. Espera. — Ela ergueu a mão quando ele fez menção de falar. — Não te liguei porque não fiquei com medo. No final, eu estava puta da vida, mas não assustada.

— Tudo bem.

— Estou sentindo que você não se convenceu, então vou contar do começo.

Quando ela terminou de falar, ele lançou um olhar em sua direção.

— Ela finalizou a coisa com uma poesia?

— Sim, mas era mais como se fosse um feitiço ou encantamento, eu acho. Preciso perguntar a Cleo. Mas o fato é que alguém tropeçou quando eu esbarrei, e eu senti. Como senti Dobbs naquela noite. Isso foi interessante, se é que podemos usar esta palavra. E, quando tentei correr para impedir Agatha de comer aquele maldito *petit four*, a sensação era de estar andando no meio da lama.

— A morte dela está registrada como asfixia, mas parece mais com envenenamento.

— Foi choque anafilático, tenho quase certeza. Conheci um garoto na faculdade que tinha alergia a amendoim. A gente saiu uma noite, e ele comeu alguma coisa. Foi assustador, mesmo ele tendo uma EpiPen, sabe? Aquela caneta de epinefrina. O que aconteceu com Agatha foi parecido, mas foi muito rápido, talvez tivesse algum veneno junto. Hester Dobbs colocou algo naquele bolinho que causou a reação que presenciei.

Enquanto toda a cena se reproduzia com nitidez em sua mente, Sonya se ajeitou no assento para olhar para Trey.

— Ela não conseguia respirar, Trey. Hester sabia que eu não podia impedir; ela *sabia* disso. E aquilo me deixou furiosa. Daí, eu comecei a pensar.

Ele estacionou diante do Lobster Cage.

— Aqui está bom para jantar?

— Ah, sim. Quero agradecer a Bree pessoalmente pela receita.

— Guarde aí o que você começou a pensar.

A mesma recepcionista apaixonada os conduziu para que se sentassem na mesma mesa ao canto.

Ele pediu vinho, então acenou para Sonya.

— Você estava pensando...

— Não é ela. Quer dizer, acho que não é coisa da Hester Dobbs eu simplesmente cair de paraquedas nesses sonhos ou experiências.

— Por quê?

— Por que ela ia querer que eu visse tudo, que soubesse os detalhes? Isso não dá nenhuma vantagem a ela, dá pra *mim*.

Ele gesticulou quando uma garçonete trouxe o vinho e conversou com ela — uma mulher mais velha dessa vez — sobre a nova netinha.

— Pode nos dar mais alguns minutinhos, Dana?

— Lógico, mas aceite o meu conselho: o risoto de lagosta está sensacional hoje.

Quando ela se afastou deles, Trey perguntou na lata:

— Você desenhou todo mundo?

— Aham.

— Quero ver. E você tem um bom argumento. Não vejo que benefício ela teria em deixar você ver o que ela fez, ou como ela fez.

— Que enigmático — disse Sonya, mas Trey balançou a cabeça.

— Você está sendo uma testemunha ocular, e você vê e se lembra dos detalhes. Você tem toda razão. Por que ela iria querer uma testemunha? Você quer o risoto?

— Quero.

— Maravilha. Eu quero bolinhos de caranguejo.

Dana voltou para anotar o pedido. Quando ela se foi, eles retomaram o assunto.

— Acho que pode ser Astrid.

— Por que ela?

— Ela foi a primeira. Ela estava lá, obviamente, desde o início. E, já que aceitamos que ela tem estado na mansão desde então, ela teria visto tudo mais que aconteceu. Ela também é uma testemunha.

— Faz sentido nessa situação sem sentido.

E ajudava demais ter alguém que pudesse pensar com sensatez, alguém em quem ela confiava, para conversar a respeito de tudo isso.

— Quer saber um detalhe? Acho que Agatha não estava apaixonada por Owen Poole. Não de um jeito intenso e profundo. E ela me pareceu... Não acho que ela era do tipo agradável. Era mais uma esnobe. Acho que ele se importava com ela, mas o mesmo se aplica... só que não no quesito esnobe. Ele parecia de alguma forma mais acolhedor. Mas acho que os dois formavam o que se poderia chamar de "bom casamento", se é que me entende.

— Ele se casou de novo, menos de dois anos depois. Tenho quase certeza de que foi em menos de dois.

— Cerca de um ano e meio depois; eu conferi. E ele e a esposa, Moira, tiveram seis filhos, e passaram quase cinquenta anos juntos. Não sei se isso tem importância, mas parece que as segundas noivas não estão na zona de perigo.

— Uma por geração.

— O que significa: eu. Ou acho que qualquer noiva da minha geração que se casar e for morar na mansão. Tem que ser lá, porque Dobbs está presa lá também. Depois que a minha mãe foi embora no domingo, eu saí pra brincar de jogar a bolinha para o Yoda. Ele está pegando o jeito. Sabe a sombra que vi, na janela da biblioteca? Eu dei um tchauzinho e ela acenou de volta.

Trey riu.

— E logo depois Hester começou a bater as janelas do Quarto Dourado. Tipo, como se estivesse com muita raiva. Eu a cumprimentei com o dedo do meio.

O jeito como ele olhou para ela, naquele momento, fez o coração dela errar um compasso.

— Você é extraordinária, lindinha.

— Não sei, não, hein? Mas sei ficar com raiva também.

Quando Dana serviu a refeição principal, Sonya olhou para o prato dela e depois para a garçonete.

— Posso dizer que você acertou em cheio.

— Eu nunca erro. — Ela deu uma piscadela e os deixou a sós.

— Agora me conta sobre o casamento. Aquele que não terminou com uma noiva morta.

— Por favor, não me obrigue. Me conta sobre seu final de semana.

— Me conta pelo menos uma coisa... não, duas — emendou Sonya. — Duas coisas importantes, daí encerramos a conversa sobre a sua aventura de final de semana e passamos a falar da minha.

— O tio da noiva, Jerry, ficou muito bêbado, pulou no palco com a banda e cantou "You Shook Me All Night Long", do AC/DC.

Ele esperou um instante.

— Enquanto se despia. Mas conseguiram impedi-lo antes que tirasse a calça... afinal, tinha crianças no recinto, mas foi por pouco.

Enquanto ela ria, ele experimentou um pouco do risoto dela.

— E a segunda coisa: flagrei o padrinho e o irmão da noiva numa situação bem comprometedora no banheiro masculino.

— Você deu de cara com eles?

— Aham! Podiam ao menos ter trancado a porta, né? — Ele pressionou os dedos nos olhos. — Podiam ter entrado em um dos reservados, ido para um motel, sei lá... Antes que eu conseguisse sair, me disseram para dar os parabéns aos dois. Estão noivos.

— Awn... E você fez isso?

— Dar os parabéns? Sim, enquanto minhas retinas sangravam, porque vi coisa demais de ambos, coisas que não consigo "desver". Eu disse "parabéns" e saí correndo.

— Espero que os jovens pombinhos deem certo. Sua família tem casamentos emocionantes. Eu queria ter ido.

Ele a observou enquanto tomava um gole de vinho.

— Você está falando sério mesmo. Eu me preocupo com você.

— Gosto de casamentos. São cheios de cores e drama e alegria.

— E parentes bêbados.

— Que são os melhores.

— Sua vez agora.

— Meu final de semana nem se compara ao seu. Mas teve a reação da minha mãe com o lance dos fantasmas, que foi surpreendentemente equilibrada.

Ela contou a ele.

— Parece que eu estava certo, então. Você herdou toda a estabilidade da sua mãe.

— Nem percebi o quanto ela teve que suportar quando meu pai morreu. Você não pensa nessas coisas aos 12 anos. E, quando cresci o suficiente para perceber, já tinha passado muito tempo. De fato, minha mãe me deu estabilidade.

— Diz muita coisa o fato de ela sentir a presença do seu pai até hoje.

— Como assim?

— Dizem que o amor verdadeiro perdura. Que te dá forças.

— Você deve estar certo, porque não conheço ninguém mais forte que Winter MacTavish. A propósito, já que ela interpretou muito rápido e corretamente o termo que usei ao dizer que estou namorando — ela gesticulou entre os dois —, ela exige te conhecer da próxima vez em que estiver aqui.

— Mal posso esperar. — Ele olhou para o lado. — Olha aí a Bree.

Dessa vez, Bree foi direto até Sonya.

— Não tenho como olhar nos seus olhos através de mensagem, então me fala de novo que não cozinhou além da conta as vieiras ou o macarrão.

— Com o terror absurdo que você colocou? De forma alguma. Eu cronometrei tudo. Minha mãe ficou tão chocada que me obrigou a cozinhar de novo no sábado e deu o passo a passo de uma receita com frango. Então, meu agradecimento é qualificado pelo medo e irritação, já que ela disse que vai me ensinar um prato diferente a cada visita.

— Ela não te ensinou a cozinhar quando você era mais nova?

— Ela tentou. Eu cortava e mexia as coisas se não tivesse escolha. Mas eu fugia bastante disso, e me considero um dos poucos fracassos dela.

Bree assentiu, ponderando.

— Ainda gosto de você. A Rock Hard vai tocar de novo em Ogunquit na semana que vem — disse ela a Trey. — Eu vou na segunda. Você devia ir, Trey. Leva ela junto. Tenho que voltar.

Ela se levantou e foi embora.

— Então... — Sonya pegou sua taça de vinho. — Parece que o lance com Manny fluiu...

— Parece que sim. Mas e aí, anima um showzinho na semana que vem?

— Animo, sim. Rock Hard e Manny ocupam uma boa parte da minha imaginação. Mas o problema é que a Cleo chega em alguns dias. Não quero abandoná-la para sair de noite assim tão cedo.

— Ela gosta de música?

— Gosta.

— Acho que o Owen toparia ir. Podemos ir todos juntos.

— Parece divertido. Vou perguntar a ela. Mas ainda tem o Yoda.

— Meus pais ficam com o Mookie quando tenho que me ausentar por mais de duas horas. Eles podem cuidar do Yoda também. Pensa e pergunta a Cleo.

Sonya perguntaria, e ficou pensando no assunto durante todo o percurso de volta para casa.

— Eu devia comprar uma casinha de cachorro para o Yoda. O tempo está melhorando, e ele teria um lugar para relaxar quando estiver do lado de fora.

— Pede ao Owen para construir uma.

— Owen constrói casinhas de cachorro?

— Não para todo mundo, mas ele constrói qualquer coisa. Você tinha que ver a que construímos para o Jones. É um palácio canino. Tem até Wi-Fi.

— Mentira.

— Tem aquecimento, ventilador para resfriar no verão e dois beliches, caso ele receba um amigo como o Mookie, no último final de semana. Tem até uma varanda e janelas com telas.

— Você disse "nós construímos".

— Eu sou apenas mão de obra não remunerada. O gênio é ele.

Isso explicava as mãos cheias de calo de Owen, Sonya pensou.

— O Mookie tem uma?

— A do Mookie é mais como uma casa de brinquedo. Ele ainda é um bebê, não tem o gosto refinado do Jones.

— Ele tem Wi-Fi?

— Não tem. — Trey parou o carro em frente à mansão. — Mookie também não tem o intelecto superior do Jones. Não me arrependo disso. Mas a casa dele tem suas comodidades.

— Yoda quer uma.

— Conversa com o Owen — disse Trey, os dois seguindo para a porta. — Ele aceita permutas.

Depois que os cães os cumprimentaram, e todo mundo saiu para dar uma volta, Trey segurou a mão dela à porta.

— Eu gostaria de ficar.

A resposta dela foi puxá-lo para dentro da casa.

— Você achou que ia a algum lugar?

Ele acordou às três e sentiu Sonya agitada. Puxando-a para perto, ele pressionou os lábios contra a cabeça dela.

— Hoje, não. Dorme.

Se chegou a sonhar, Sonya acordou sem lembranças.

De volta ao prazer da rotina, até o meio do dia Sonya se ocupou com a seleção de fotos para o projeto Doyle. Pedir a Corrine, ela decidiu, foi a melhor escolha. Não só por causa das fotos boas, mas a mulher entendia do assunto e isso era evidente.

Ela não pensou duas vezes sobre qual foto de Trey usaria.

Ele recostado na mesa, falando ao telefone. A camisa para fora da calça jeans escura, as botas gastas cruzadas nos tornozelos.

A imagem capturou a tranquilidade dele. O que, sendo advogado, era uma contradição, ela pensou, mas aquele era Trey Doyle.

Assim como ela registrou o sogro, em seu terno de três peças, óculos na ponta do nariz enquanto pegava um livro de direito da estante.

— Essas estão boas pra caramba. Espero que dê certo.

Ela passou o restante do dia naquilo e, a seu ver, tinha dado muito certo.

Na expectativa da chegada de Cleo no dia seguinte, Sonya levou Yoda para a vila para comprar comida e flores.

Quando já estava a caminho de casa, o celular tocou. Ela clicou no botão do volante para atender.

— Alô?

— Oi, Sonya, é a Anna. Estou logo atrás de você.

Sonya lançou um olhar pelo retrovisor.

— Ah, nossa, oi!

— Será que consigo te convencer a voltar? Posso te convidar para um café? Eu ia te mandar uma mensagem. Queria conversar com você sobre algumas coisas.

— Eu até voltaria, mas estou com o Yoda no carro. Por que você não vai lá em casa? Posso te oferecer a bebida descafeinada de sua preferência.

— Perfeito, obrigada. A gente se vê em alguns minutos.

Enquanto Sonya estava na floricultura escolhendo narcisos para o quarto de Cleo, Cleo parou diante da mansão.

Como não avistou o carro de Sonya, ficou pensando o quão esperta tinha sido em chegar de surpresa um dia antes. Dando de ombros, decidiu carregar algumas de suas tralhas para a porta da frente, e depois mandou uma mensagem para a amiga.

Ela tirou a mala com dificuldade do carro, satisfeita pelo inverno congelante estar dando lugar ao início da primavera. Se Sonya planejava voltar logo, ela poderia esperar. Senão, bem, ela dirigiria até a vila e exploraria um pouco o lugar.

Depois de Cleo arrastar a mala até a entrada, a porta se abriu sozinha.

— Ei… Achei que não tinha ninguém em casa, eu…

Mas de fato Sonya não estava ali. Não havia ninguém.

Cleo hesitou, então endireitou os ombros. Ela moraria ali, então era melhor se acostumar com isso. Quando entrou, a música a saudou. "Welcome Back", de Neil Young e Crazy Horse.

— Vou tomar isso como um bom sinal.

Por precaução, ela encostou a mala na porta, para impedi-la de fechar. Cleo tinha uma tonelada de roupas, fato do qual não se arrependia nem um pouco.

Ela arrastou a segunda mala, depois a mala de mão e as últimas duas caixas antes de fechar a porta.

Cleo olhou para a escadaria e para suas malas. Suspirou. Ela ainda não se arrependia.

Ela tinha puxado, arrastado e carregado a primeira até o patamar quando a bateção começou.

E a porta de acesso dos criados se abriu com um rangido.

Ela ouviu a sineta, ao longe e bem fraco, mas insistente. E deu um passo na direção da passagem.

Capítulo vinte e três

Sonya avistou o carro de Cleo assim que fez a curva, e tudo dentro dela se iluminou.

Ela parou e desceu correndo. Esperava ver as malas e caixas de mudança quando espiou dentro do veículo da amiga.

— Ou você comprou outro carro, ou já tem companhia.

Anna foi até onde Sonya estava.

— É o carro da Cleo. Ela ia chegar só amanhã.

— Ah, a amiga que vai morar com você. Que surpresa bacana. Escuta, vou embora, então. Vou deixar vocês duas se ajeitarem. Podemos fazer isso outra hora.

— Não, para com isso. — Do carro, Sonya pegou as flores e as sacolas de compras do mercado. — Você tem que conhecê-la. Seja lá onde ela estiver. Ela deve ter entrado. Não sei como, porque sempre tranco antes de sair.

As duas foram em direção à entrada da mansão.

— Está vendo? — Diante da porta trancada, Sonya pegou sua chave.

Yoda correu e começou a cheirar as malas.

— As coisas dela. Cleo! — A voz ecoou pelo saguão. — Cacete. — Com o celular em mãos, enviou uma mensagem.

Onde você está?

A resposta chegou em um minuto.

Já volto.

— Já volto de onde? — murmurou Sonya. — Ali em cima é outra das malas dela. Talvez ela...

Sonya se interrompeu quando a porta de passagem dos criados se abriu.

— Surpresa!

— Minha nossa, Cleo! Que susto!

— Desculpa. Consegui finalizar tudo e pensei: por que tenho que esperar até amanhã? Então, aqui estou eu — continuou ela, descendo as escadas.

— Como você entrou?

— A porta abriu. Assim como aquela bem ali. — Apontou. — Mas primeiro as boas maneiras, como minha mãe diz. Oi, sou Cleo Fabares — disse ela, cumprimentando Anna.

— Anna Doyle.

— Eu sei. Reconheci você do site. Aliás, que trabalho maravilhoso. O site e a cerâmica. E olha só! Já são 17h02. Já posso tomar um vinho, Son. Tive minha primeira aventura sozinha!

— Lógico. Vai sentar lá na sala com a Anna.

— Anna não precisa se sentar na sala — disse Anna. — A cozinha está ótima. Quero ouvir mais sobre essa aventura sozinha. Você não parece preocupada.

— Tive alguns calafrios, literalmente, mas... não, não estou preocupada. Temos esse feroz cão de guarda aqui. — Ela fez carinho em Yoda, que adorou. — Você é mais adorável ainda pessoalmente.

Ela se endireitou e continuou a falar quando prosseguiram:

— E eu também vim com um dos amuletos da minha avó no bolso.

— A avó dela é do sul, e talvez seja bruxa. Talvez.

— Estou prestando total atenção.

— Você pega as bebidas, Sonya. Eu guardo as compras.

— O que você gostaria de beber, Anna?

Ainda observando Cleo, fascinada, Anna disse:

— Refrigerante de gengibre, se tiver.

— Certo. Para começar — disse Cleo a Anna —, uma amiga minha foi morar no apartamento onde eu morava. Uma amiga de quem gosto muito, mas que passei a gostar cada vez menos durante os dias até minha mudança. Ela não é nada fácil. Sonya, sim. Daí, eu percebi que já estava com tudo pronto, e saí fugida. Já que adoro uma surpresa, não avisei. Fiz por minha conta e risco.

— Eu teria estado aqui.

— Sim, mas aí eu não teria tido minha primeira aventura sozinha. Você comprou torradinhas! Ela sabe que tenho uma fraqueza, Anna. Daí, quando não vi o carro da Sonya, percebi que minha surpresa podia ter sido um pouco mal concebida, mas, sem problemas. Ela voltaria em algum momento. Arrastei uma das minhas malas ridiculamente pesadas até a porta... que se abriu.

Ela pegou a taça de vinho que Sonya havia colocado diante dela.

— Eu entrei.

— Não me considero uma covarde — disse Anna, bebericando seu refrigerante —, mas acho que não teria feito isso.

— Ela faria — disse Sonya.

— E fiz. E a casa tocou "Welcome Back". Ou eu devia dizer que Clover tocou para que eu entrasse.

— Clover?

— Você ainda não contou para ela, Sonya?

— Acho que não.

— Então passo a bola para você.

Sonya pegou seu vinho.

— Vamos nos sentar à mesa.

Ela forneceu algumas informações.

— Você sabia disso e, mesmo assim, entrou? — perguntou Anna a Cleo.

— Acho que Clover e eu vamos nos dar bem. Quanto ao resto, veremos. Então arrastei uma das malas por aquela escadaria incrível... São muitas. Malas, digo. Eu amo roupas.

— Eu também!

— Vamos sair para fazer compras qualquer dia, então. Consegui arrastar a mala escada acima e a porta secreta se abriu.

— E você entrou?

— Pensei no assunto por um segundo depois que ouvi as sinetas. Sabe as sinetas que tocam lá embaixo?

— Eu me lembro delas, lógico. Elas estavam tocando mesmo?

— Uma. Então comecei a descer e a porta se fechou com um baque assim que entrei.

Ela jogou o cabelo para trás, erguendo a taça.

— Admito que levei um susto do cacete. Mas as luzes acenderam quando tateei pelo interruptor, então fiquei de boa. Quando desci, a sineta para o Quarto Dourado começou a chacoalhar, as portas batendo. A TV na sala multimídia ligou do nada, no volume máximo. E nisso veio um monte de gritos, já que estava passando o último filme da franquia Halloween. Adoro a Jamie Lee Curtis.

— Minha nossa, Cleo.

Dando de ombros, Cleo encheu mais sua taça.

— Pode-se dizer que eu não estava, digamos, tranquila na hora. Mas aí tudo parou. A bateção de portas, os gritos. E aí senti um frio absurdo, tipo uma rajada de vento. Você viu meu cabelo quando saí? O vento bagunçou tudo. Aí sua mensagem chegou. E aí o amuleto da vovó ou a sua chegada, ou talvez as duas coisas, fizeram o frio parar.

— Bem que eu queria poder tomar um vinho — murmurou Anna.

— Dedico esta taça a você e ao seu adorável barrigão. Vou fazer uma defumação com sálvia branca lá embaixo — decidiu Cleo. — Acho que não vai ser suficiente, mas vou fazer do mesmo jeito. — Já se sentindo em casa, ela colocou os pés na cadeira vazia à frente e se virou para Anna. — Com quantas semanas você está?

— Quase vinte.

— Metade do caminho. — Cleo ergueu a taça em um brinde. — Já sabe o gênero?

Com uma risada, Anna acariciou a barriga.

— Descobrimos ontem. Menina!

Fácil assim, Sonya pensou, mudaram o assunto de assombrações para bebês. Envolver as pessoas era uma das principais habilidades de Cleo.

— *Who run the world? Girls!* — cantou Cleo. — Já tem nome?

— O nome do meio é fácil. O primeiro nome da minha sogra e o nome do meio da minha mãe é Kate. Para o primeiro, estamos reduzindo a lista para... hummm... cerca de uma dúzia. Esperamos diminuir ainda mais antes de ela entrar na pré-escola. Mas, agora que sabemos o gênero, decorar o quarto do bebê está no topo da lista de prioridades. E, já que conheço uma ou duas artistas, talvez eu peça alguns conselhos e tal.

— Opa, tô dentro.

Sonya começou a rir.

— Cleo é um ímã de bebês, ou bebês são um ímã para a Cleo. Era ajuda com a decoração o assunto sobre o qual você queria falar?

— Ah, não, isso só me ocorreu agora. Era sobre outras coisas. Uma era sobre trabalho. Mas pode esperar.

— Agora é um bom momento. Você quer alguma mudança no site?

— Não uma mudança propriamente dita. A Bay Arts vai abrir o espaço em maio e eu sou uma das artistas de destaque. Como é daqui a algumas semanas, queria saber se podemos fazer alguma coisa para promover o evento no site.

— Não só podemos, como devemos. — Sonya pegou o celular para anotar os tópicos. — Datas e horários?

— Segunda semana de maio, das dez às oito no sábado, e do meio-dia às seis no domingo.

— É anual?

— Eles fazem um final de semana todo ano, no segundo final de semana de maio, e, para as festas de fim de ano, fazem no segundo final de semana de dezembro. Artistas em destaque, algumas demonstrações, promoções, pratos do dia, refrescos e brindes para os participantes.

Assentindo, Sonya anotou tudo.

— Vão fazer a própria divulgação, mas podemos fazer um banner de destaque nas suas redes sociais, sim. Eles incluem vendas on-line?

— Lógico.

— Beleza, vamos fazer um cartão para incluir as vendas do seu site, ampliando a divulgação.

— Isso é bom. Eu nem teria pensado nisso.

— Esse é o meu trabalho. Amanhã eu encaminho algumas opções para você. — Ela largou o celular. — E o que mais você queria falar?

— O outro assunto era... bem, é algo pessoal.

— Vou subir com uma das minhas malas e já volto — disse Cleo.

— Não, não vá — disse Anna assim que Cleo se levantou. — É nítido que vocês duas são próximas, então você sabe que Sonya e Trey estão saindo.

Cautelosa, Sonya traçou a borda da taça com a ponta do dedo.

— Ele te contou.

— Não, e ele não contaria a menos que eu perguntasse na lata. Mas vocês jantaram juntos algumas vezes no Lobster Cage, e ele tem estado por estas bandas com certa frequência.

Ela sorriu, então deu de ombros.

— As fofocas não correm em Poole's Bay, elas voam.

— Você tem alguma ressalva? Por nós dois estarmos saindo?

— Ai, meu Deus, não. — Recuando de leve, Anna ergueu as mãos. — É o oposto disso! Eu amo meu irmão, mesmo quando minha vontade é dar uma surra nele. Ele é tão sensato. Não se pode ganhar uma discussão com sua sensatez inabalável. É frustrante. Mas eu amo meu irmão mesmo assim.

— Sensato — concordou Sonya. — E aquela calma toda. A calma absoluta. É tão irritante quanto admirável. É irritantemente admirável.

— Tá vendo? Você o entende total.

Sobre a mesa, o celular de Sonya tocou "Whatta Man".

Recostando-se, Anna cruzou os braços sobre seu barrigão de grávida.

— Você já se acostumou com isso?

— De certa forma, sim.

— Não tenho certeza se eu me acostumaria, e isso faz com que eu realmente sinta saudade de um vinhozinho. Mas, enfim, estou feliz por Trey estar com alguém que o entende. Captei a faísca cuidadosamente contida entre vocês quando jantamos aqui, mas estou surpresa que ele tenha tomado uma atitude antes do Natal.

— Pode ser que eu tenha dado uma antecipada no cronograma.

— E, mais uma vez, olha aí. — Inclinando-se para a frente, Anna acariciou a mão de Sonya. — Não é como se qualquer um dos dois precisasse da minha aprovação, mas vocês têm de todo jeito. E agora tenho que ir. Não pretendia ficar tanto tempo. Foi bem legal — acrescentou ao se levantar. — Minha melhor amiga se mudou para Montana no último verão. Sinto falta dela ainda mais do que de vinho, margaritas e uma segunda xícara de café.

— E sua amiga já está em busca de um vaqueiro? — perguntou Cleo, enquanto seguiam até a porta.

— No caso de Lena, seria uma vaqueira. Mas, como ela está trabalhando em um rancho, um sonho de infância, aposto que ela vai encontrar uma.

— Volte mais vezes — disse Sonya a Anna. — Não precisa ter motivo para isso, ok?

— Pode deixar. — A música "You've Got a Friend", de Carole King, tocou do tablet na biblioteca. — Apesar disso. Bem-vinda a Poole's Bay e à Mansão da Noiva Fantasma, Cleo.

Depois de Anna seguir até o carro, Sonya fechou a porta.

— E aqui estamos nós.

Com um "Uhuuu", Cleo abraçou a amiga.

— Estou oficialmente morando na casa mal-assombrada. A realização de um sonho!

— Não é oficial até que você desfaça as malas.

— Então vamos lá.

Sonya pegou a bolsa de viagem e uma das caixas enquanto Cleo arrastava a segunda mala escada acima.

— Considerando a quantidade de coisas que você tem, acho que o armário no seu quarto... Você ainda quer o mesmo quarto?

— Aquele quarto é meu e ninguém tira. A caixa vai para o ateliê. Só coloca ela ali.

— Não vai ter espaço suficiente no armário do seu quarto, então pensei que você poderia usar o closet do outro lado do corredor para guardar os excessos. Talvez separar as roupas por ocasião ou estação do ano.

— Você tem ideias geniais. Vou começar pelo esquema de ocasião. Não é como se eu fosse usar um monte de vestidos de festa ou para encontros românticos, pelo menos por enquanto. E aqui está o meu quarto! Meu quarto maravilhoso.

— Na verdade, Trey tem um amigo que é baterista. Ele tocava na banda de Trey e Owen, mas hoje está em outra banda.

— O quê? Espera aí! Trey tinha uma banda?

— Esqueci de te contar? — Juntas, arrastaram a primeira mala pesada e colocaram sobre o suporte de bagagem que Sonya encontrou em um armário. — Estou tão feliz por você estar aqui! Assim não tenho como me esquecer de te contar tudo. Banda de garagem, no ensino médio, mas esse amigo, Manny, continuou tocando.

— Você tá me juntando com um baterista antes mesmo de eu desfazer as malas? Você é a deusa da amizade mesmo!

— Bem que eu queria esse título aí, mas não. Manny e a ex do Trey... Eu te contei sobre ela...

— A chef de cozinha.

— Isso. Eles têm um lance rolando. Só que a Rock Hard vai tocar em Ogunquit na próxima semana.

— Rock Hard é o nome da banda? Estou ainda mais triste por não ter uma chance com o Manny.

— Bree, a chef, vai na segunda-feira, e perguntou se queremos ir junto. Vai ser divertido.

— Parece que vai ser mesmo — concordou Cleo enquanto abria a mala. — Mas não vou de vela de jeito nenhum.

— Trey disse que Owen provavelmente iria, então iríamos todos juntos. O Yoda pode ficar com o Mookie na casa dos pais de Trey.

Cleo olhou para baixo, para Yoda, enquanto organizava suas roupas.

— Agora você está usando este cachorrinho fofo como argumento. Tudo bem, se todo mundo está dentro, eu também estou.

— Maravilha. Sabe de uma coisa? Acho que dois armários não serão suficientes.

— Vou dar um jeito.

* * *

Passaram uma hora na primeira rodada de desfazer malas antes de descerem para dar comida a Yoda e colocar uma pizza congelada no forno.

— E a partir de amanhã eu começo a cozinhar o jantar. E sempre que Trey quiser aparecer, é só me avisar. O mesmo vale para quando os dois quiserem sair para comer fora.

Quando deixaram Yoda entrar depois de sua saidinha após o jantar, Cleo olhou ao redor da cozinha e assentiu.

— Beleza. O que acha de pegarmos mais meia horinha para terminar de desfazer as malas? Não vai parecer oficial enquanto a gente não terminar. Depois poderíamos levar as coisas para o ateliê. Vou arrumar tudo de manhã.

— Gostei do plano.

Elas carregaram a última das caixas para o segundo andar e colocaram tudo empilhado antes de voltar para os quartos.

— É uma diferença gritante do primeiro apartamento que alugamos no nosso último ano de faculdade, né?

— Aham. O apartamento com o menor boxe de banheiro do mundo — relembrou Sonya, com a nostalgia longínqua. — E o ralo da banheira que fazia "glub, glub, glub".

— Bons tempos.

Elas entraram no quarto de Cleo. Não havia roupas meticulosamente dobradas sobre a cama. Nem malas largadas no chão.

— Tudo bem. Uau. Beleza, vai levar um tempo para eu me acostumar. — Cleo abriu o armário. — Não somente estão penduradas aqui, como estão separadas por tipo e cor.

— Ela faz isso no meu também. Só pode ser uma mulher.

Assentindo, Cleo foi até a cômoda e conferiu as gavetas. Assentindo novamente, foi até o banheiro.

— Xampu, condicionador, sabonete líquido, minha esponja, tudo lá. Os produtos de limpeza de pele estão na gaveta superior esquerda — reparou. — Os de cuidados estão na de baixo. Maquiagens na direita, organizadas por categoria, e as coisas de cabelo estão na gaveta do meio. Quanta eficiência.

Ela recuou um passo.

— Fico muito grata, de verdade. — Então, ela se virou para Sonya. — Vou dar uma olhada naquele outro guarda-roupas.

No armário do segundo quarto, as malas estavam empilhadas no chão, abaixo das roupas.

— Acho que ela gosta de ser útil — disse Sonya. — E, sim, tem que ser uma mulher.

— Queria saber o nome dela.

— Eu também. Acho que ela deve ter sido empregada aqui. Comecei a inventar um nome para ela, mas pareceu errado.

O celular tocou o clássico "Good Golly Miss Molly", de Little Richard.

— Molly! — disseram juntas.

— Sabe o que isso significa? — disse Cleo.

— As duas se conhecem. Ou Clover conheceu Molly quando estavam vivas ou...

— Elas se tornaram conhecidas depois. Obrigada, Molly, por me poupar tanto tempo. Não vejo meus casacos de primavera e inverno aqui.

— Aposto que encontraremos tudo no armário de casacos lá embaixo. Eficiente. A Molly gosta de brincar com as coisas. Perfumes, coisas bonitas.

— Ela pode brincar com as minhas coisas à vontade. Você está pronta para levar o resto para o ateliê?

— Esse é o plano, a Molly nos economizou uma hora de trabalho.

Elas carregaram a primeira leva. Assim que entraram no ateliê, Cleo colocou a caixa em suas mãos sobre a mesa, e deu uma voltinha.

— Ai, meu Deus! Eu adoro este lugar. É perfeito demais. Olha, ali está a lua, acima da água.

Veio um estrondo do Quarto Dourado.

— Ah, vai se ferrar! — exclamou Cleo. — Não estou acreditando que você vai estragar minha experiência.

Depois de colocar sua caixa ao lado da de Cleo, Sonya olhou ao redor.

— É perfeito e a vista é de morrer, mas você tem certeza de que vai ficar bem aqui em cima?

— Pode apostar. Vou buscar a última caixa.

— Trey colocou no armário aquela que você marcou "ateliê", que a mamãe trouxe. O que diabos tem naquela caixa enorme? Pesava uma tonelada.

— A maioria são telas, tintas e ferramentas. Vou dar um jeito de arranjar tempo entre os trabalhos. Tipo, bastante tempo para pintar. Por mim. Já volto.

Quando Cleo saiu, Sonya deu uma voltinha pelo lugar. Os barulhos acima haviam diminuído para pancadas raivosas ocasionais.

Sonya tinha que admitir que o ambiente já tinha a cara de Cleo. Ela entrou no armário para arrastar a caixa que estava ali dentro.

E viu a pintura apoiada em cima dela.

A noiva usava uma coroa de flores sobre o cabelo loiro liso que cascateava até abaixo dos ombros. O vestido, branco e simples, ia até os tornozelos de pés finos e descalços. O elástico da cintura ia logo abaixo dos seios empinados e cheios. O vestido cobria a barriga protuberante.

Ela segurava um pequeno buquê na mão direita e usava uma aliança de ouro com dois corações entrelaçados no terceiro dedo da mão esquerda.

Sonya já tinha visto fotos. Mas, mesmo se não tivesse, com todos os detalhes amorosos do retrato ela teria reconhecido Clover. A mãe biológica do pai. Sua avó.

O filho havia herdado o formato de seu nariz e o arco bem marcado da boca. E a neta também.

Uma emoção inesperada e pungente a inundou.

— A última e derradeira — disse Cleo, entrando no ateliê. — Então, agora é oficial... O que é isso?

Sonya apontou.

Quando Cleo se postou ao lado de Sonya, colocou a mão no ombro da amiga.

— Vou dar um chute: isso não estava aí antes.

— Não. O armário estava vazio quando o Trey colocou suas coisas ali. Essa é a Clover. A mãe biológica do meu pai. E, Cleo, foi o meu pai que pintou esse quadro. Eu conheço o trabalho dele, e, mesmo se não conhecesse, olha a assinatura.

Erguendo a mão, ela a colocou sobre a de Cleo em seu ombro.

— Como ele pintou a mulher que morreu no parto dele? Como isso veio parar aqui, na mansão? Ele sonhou com ela do mesmo jeito que sonhou com a mansão, com o espelho, com o irmão? Acho que deve ter sido isso.

— Tira uma foto e manda para a sua mãe. Pergunta se ela já tinha visto. Mas, em todo caso, eu aposto que você está certa sobre os sonhos. Coisa de gêmeos de novo?

— Como a pintura da mansão. Collin viu em algum lugar, de alguma forma, e comprou.

— Faz sentido, né?

— Preciso me sentar um pouco.

Quando ela se sentou no chão, Yoda subiu em seu colo e Cleo se agachou ao lado.

— Vou buscar um copo de água para você.

— Não, não precisa. Estou bem. Só fiquei um pouco zonza. Isso me satisfaz e consome ao mesmo tempo. Meu pai pintou esse quadro; Collin trouxe o quadro pra cá. Eles se conectaram.

— Agora você tem a presença dela, e isso conecta você. Sonya, é um trabalho lindo. Ela… bem, ela é adorável. A gente tem que levar ela lá pra baixo. A Clover não pode ficar em um armário!

Com uma das mãos acariciando Yoda, Sonya recostou a cabeça na de Cleo.

— Você está certa. Vamos colocar a Clover na sala de música, com a Johanna.

— Eu pego. E voto que levemos lá pra baixo, você tire uma foto e mande mensagem para Winter, e eu sirva uma última taça de vinho para nós duas.

— Estou de acordo.

Na sala de música, elas apoiaram a pintura contra a parede, abaixo do retrato pintado de Johanna.

— Eu adoro as naturezas-mortas daqui — começou Cleo —, mas que tal trocarmos aquela para pendurar a Clover lá?

— Sim. Ela veio antes de Johanna.

— Manda mensagem para a sua mãe. Vou buscar o vinho. Daí, nós colocamos a Clover no lugar aonde ela pertence.

Dando um passo para trás, Sonya observou a pintura novamente. Tão, tão jovem, ela pensou. E aquele rosto juvenil simplesmente brilhava de felicidade. E, apesar da barriga proeminente, uma inocência tocava seu coração.

Sonya tirou a foto com o maior cuidado, depois enviou mensagem para a mãe.

Encontrei esta pintura. É do papai. Você já tinha visto antes?

A resposta chegou em menos de um minuto.

Não. É a mãe biológica dele? Consigo ver seu pai no rosto dela. A Cleo está aí? Está tudo bem?

Sim, é ela mesma, Clover. Cleo está aqui, e está tudo bem. Passamos a maior parte da noite carregando as malas dela, que pesavam meia tonelada, e desempacotando o imenso guarda-roupas dela. Mas, quando encontramos o quadro, pensamos em te perguntar. Acho que o papai deve ter sonhado com ela, daí a pintou. Como uma noiva.

Ele pintava os sonhos com frequência. Ela é adorável, e tem toda uma doçura. Parece ter sido uma mulher gentil.

Sim, parece mesmo. Eu sei que ela era e é gentil, então, não se preocupe. Cleo e eu vamos beber uma taça de vinho, depois vamos dormir. Estamos todos bem por aqui.

Continue assim. Beijos para Cleo e para você. Te amo. Boa noite.

Depois de encerrar a conversa com um emoji de coração, Sonya se virou assim que Cleo entrou na sala.

— Ela nunca viu esse quadro antes.

— Ele pode ter pintado antes de eles terem se casado. Ou talvez simplesmente tenha tido seus motivos para não mostrar a ela. Vamos colocá-la no lugar, Sonya, e depois tomar nosso vinho.

Elas trocaram as pinturas, e então recuaram, abraçando-se.

— Parece o lugar certo para ela.

— Verdade. E, sabe de uma coisa, Sonya? Seu pai está ali também. Seu pai e o irmão dele estão naquela pintura. Isso é muito especial.

O celular de Sonya tocou no bolso — "Mother and Child Reunion".

Com uma risada, Cleo pegou as taças e entregou uma a Sonya, brindando em seguida.

— À Clover, nossa mestre musical.

— À Clover.

— Sabe o que mais? Johanna teria sido nora dela, e cunhada da sua mãe. Sua tia.

— Isso é meio esquisito.

— Eu acho maravilhoso. À Johanna.

— À Johanna. Que dia estranho. Só mais um dia comum na mansão.

— E oficialmente meu primeiro dia.

— Então, vamos beber a isso. Yoda precisa ir lá fora.

— Vamos resolver isso. Depois, não me importo de encerrar a noite. Quero acordar cedo para organizar o meu ateliê. Você disse que o Yoda foi criado com gatos.

— Sim. Você realmente quer um?

— Quando eu encontrar o certo. O que eu mais detestava no meu apartamento era a cláusula de não permitir animais de estimação.

Elas pegaram seus casacos — e os de Cleo estavam, de fato, dentro do armário de casacos.

— Meu Deus. Que vista linda. Este lugar é tudo de bom. Por favor, me diga que você não se cansou disso.

— Não — respondeu Sonya. Após terminarem o vinho, as duas foram passear com o cachorro. — Ainda me surpreende toda vez. E me faz pensar em como consegui viver em outro lugar. E já estou me perguntando como consegui morar aqui por todas essas semanas sem você comigo.

— Agora você não tem que se perguntar mais.

Mais tarde, quando se deitou, Sonya pensou outra vez: que dia estranho. Mas um estranho dos bons. Yoda estava aninhado em sua cama, Cleo dormia no quarto do outro lado do corredor, e o som das ondas se quebrando contra as rochas a embalava como uma canção de ninar.

Ainda mais tarde, quando o relógio bateu às três, ela murmurou em seu sono.

Mas não se agitou, sequer se levantou.

Capítulo vinte e quatro

A manhã trouxe um bônus quando Sonya entrou na cozinha e sentiu o cheiro de café e de Cleo. Uma Cleo usando calça jeans, suéter e tênis. Ela tinha prendido os cachos cor de mel com mechas douradas em um rabo de cavalo e feito sua maquiagem de ficar em casa.

— Você acordou cedo. Isso não é comum.

— É que eu mal posso esperar para começar a ajeitar o ateliê. — Seu rápido rebolado demonstrou a animação. — Preparei seu café. Vou comer um pastel assado de micro-ondas. Quer um?

Balançando a cabeça em negativa, Sonya pegou a metade restante do bagel que comera no dia anterior antes de deixar Yoda sair pela área de serviço.

— Achei isso bem triste. Coloquei água fresca e comidinha para o nosso menino.

— Nós dois agradecemos muito.

Cleo se apoiou em uma banqueta enquanto Sonya colocava seu bagel na torradeira.

— Escuta, se você quiser, quando fizer um intervalo, pode subir e dar uma olhada em como ajeitei as coisas. Você tem o olho muito bom, e é eficiente nisso.

— Pode deixar. A rotina mais básica que estou tentando é a seguinte: malhar três vezes por semana, geralmente pela manhã. Que não será hoje. Trabalho até Yoda me avisar que precisa sair, ou eu perceber que tenho que me levantar e arejar a cabeça. Daí dou uma volta. Volto para o trabalho. Preparo alguma besteira para o jantar, ou, se Trey aparecer, ele traz comida. Tento ir ao vilarejo pelo menos uma vez na semana. Floricultura, talvez livraria, e mercado.

— Compras de mercado são por minha conta agora.

— Fico muito feliz em passar essa tarefa para você.

— Sei como é o seu ritmo, Son, e você sabe como é o meu. Vamos acabar criando uma rotina nossa. Sempre que eu sair e você estiver trabalhando, mando mensagem avisando, só para você saber. Eu realmente quero dar uma volta e explorar a vila, ver o farol, e encontrar alguns lugares para pintar ao ar livre.

— Farei o mesmo.

— E é isso. — Ao ouvir o latido de Yoda pedindo para entrar, Cleo se levantou. — Deixa comigo. Olha só esse cachorrinho, que garoto bonzinho. O café da manhã está pronto.

Sim, Sonya pensou, elas criariam uma rotina delas.

Ela trabalhou sem parar até o meio-dia, fazendo progresso no projeto dos Doyle, criando três opções para o que Anna precisava. Depois, ela deixou um Yoda muito ansioso sair pela porta da frente, e foi atrás de uma Coca-Cola. Antes que pudesse pegar um casaco para se juntar a ele, o cãozinho já estava latindo à porta da área de serviço, pedindo para entrar.

— Tudo bem, podemos caminhar mais tarde. Mas, já que estamos no nosso intervalo, vamos ver a Cleo.

Ao que parecia, o seu cachorro muito inteligente já reconhecia o nome da amiga, e correu escada acima.

Antes de chegar ao ateliê, ela ouviu a voz de Cleo:

— Você veio me ver? Você veio aqui para ver a Cleo? Sim, você veio!

— Nós dois viemos. Uau, Cleo!

Tintas — acrílicas, óleos e aquarelas — se alinhavam nas prateleiras, junto a pincéis, espátulas de paletas e todos os objetos de um artista cuidadosamente organizados.

Cadernos de esboços extras, lápis de desenho, lápis de cor, carvão e giz em tons pastel juntavam-se a eles. E telas empilhadas, de vários tamanhos, estavam ao lado do velho e manchado estojo de artes de Cleo.

Havia uma tela em branco em cima do cavalete, ao lado de uma mesa antiga que ela devia ter desenterrado de algum lugar. E acima uma única paleta com um único pincel sobre ela.

Sobre a mesa, ela havia colocado o monitor do computador, um estojo de lápis aberto, um caderno grande de desenhos, alguns cristais e um pequeno dragão laranja de vidro.

— O que achou?

— Ainda estou admirando.

Sonya vagou pelo ambiente. Um prato bonito estava no centro da mesinha do sofá com um par de velas brancas em castiçais azul-escuros. Um móbile apanhador de sol cintilava com a luz que incidia da janela voltada para o lado sul da propriedade. Almofadas fofas de cor creme enfeitavam o sofá com a luminária em pedestal de sereia ao lado.

— Eu vi um baú quando achei aquela mesinha. Parece que veio de um navio pirata. Não tem nada dentro, mas é pesado. Talvez o seu namorado forte possa trazê-lo para mim.

— Com certeza. Assim como tenho certeza de que você não precisa da minha ajuda aqui. Este lugar ficou a sua cara.

— Não vai continuar tão organizado, mas é legal começar assim. Estava pensando em arranjar um frigobar pra cá.

— Excelente ideia.

— A melhor escolha, pensei eu, já que não gosto de cárdio mesmo, seria usar as escadas quando tiver sede. Graças a Deus tem um banheiro ali no corredor. Coloquei papel higiênico, sabonete e toalhas lá. Vou dar um trato nele, mas é bom ter aquilo por perto.

— Algum problema com você-sabe-quem?

— Ah, ela batucou e encheu o saco por um tempo. — Cleo deu de ombros como se fosse uma nuvem encobrindo o sol de verão. — Tenho minha labradorita e minha turmalina preta aqui, e Clarence. — Ela deu um tapinha no dragão.

— Clarence é novidade para mim.

— Encontrei ele semana passada. Um dragão de cornalina. Coragem e criatividade. Além disso, é um dragão.

Sonya se aproximou para olhar mais de perto.

— Cleo! Esse é o livro da sereia?

— Aham. Estou trabalhando com tinta acrílica. Queria desenhar à mão em vez de usar um software para esses. Digitalizei alguns, mas não estou pronta para enviar ainda.

Sonya avaliou o trabalho em progresso.

— Posso ver o que você já fez?

Uma sereia nadando, de comprimento longo, a cabeça erguida e os olhos fechados. O cabelo dourado fluía às costas, e a cauda era uma sinfonia brilhante de cores.

Em outro, duas delas sentavam-se nas rochas, encarando-se, com o mar agitado sob uma lua cheia. Outra emergia da água, as mãos em concha com a água espirrando ao redor.

Cor e movimento, Sonya pensou. E magia.

— Você sabe que eu sou a maior fã do seu trabalho.

— Eu sei, e estou ouvindo um "mas" a seguir.

— Você está certa. Mas nunca vi nada melhor do que esses desenhos, Cleo. Você captou algo extraordinário aqui, de verdade.

— Graças a Deus. — Sentando-se, Cleo pressionou as mãos no rosto. — Porque também pensei isso, e realmente respeito seu olhar crítico. Eu amo esse trabalho. — Ela suspirou. — Não quero errar.

— Manda esses aqui para o editor, só para eles saberem que estão com um tesouro em mãos. Ah, e amei esta aqui, nas brumas, e esta embalando o bebê-sereia. São tão poderosamente femininas.

— Você tem que vir aqui com mais frequência, ok? Estou obcecada com este trabalho, mas sou suspeita para falar.

— Bem, estar obcecada está fazendo você produzir seu melhor resultado até aqui. Mas agora vou deixar você trabalhar.

— Definitivamente, você tem que vir aqui com mais frequência. Vou aceitar seu conselho e enviar para o meu editor. — Erguendo as mãos, Cleo cruzou os dedos. — Estou pensando em fazer uma sopa de batata e presunto para o jantar. Você vai chamar Trey?

— Vou ver com ele. Como assim nunca fiquei sabendo que você sabe fazer sopa de batata e presunto?

— Porque eu não sabia até algumas semanas atrás. Mas é mais fácil do que você imagina.

— E eu sei fazer pão.

— Sabe nada.

— Sei, sim. E posso te ensinar, para a gente sempre ter pão caseiro. Vamos nos encontrar na cozinha por volta das cinco e meia?

— Marcado.

A caminho de volta para o trabalho, ela mandou uma mensagem para Trey. Ele respondeu que tinha marcado uma noite dos caras com Owen. Hambúrgueres. Perguntou se sexta-feira à noite seria bom e mandou um oi para Cleo.

— Também já saquei o seu ritmo. Você está me dando espaço para ajeitar as coisas aqui com a Cleo e eu acho isso muito legal da sua parte. Legal, adorável e intuitivo pra caramba.

Pouco depois das cinco, Cleo estava do lado de fora da biblioteca.

— Posso voltar depois, a menos que você esteja quase terminando aí.

— Já estou quase encerrando o expediente. Seremos só você e eu hoje. Trey vai comer hambúrgueres com Owen.

— Ele poderia ter trazido o Owen.

— Acho que ele quis nos dar um tempinho só para nós. Amanhã ele vem.

— Então, tá. Eu te mostrei o meu trabalho atual, agora vamos ver o seu.

— Estou trabalhando em um projeto para o escritório de advocacia dos Doyle. Eu te contei que a mãe do Trey é fotógrafa. Consegui umas fotos maravilhosas para trabalhar.

Enquanto Sonya voltava para a página inicial do projeto para o site, Cleo deu a volta na mesa.

— Esse é o escritório deles? Você disse que a casa era em estilo vitoriano, mas, caramba, é linda demais! Nem parece com um escritório de advogados engomadinhos. Gostei da paleta de cores, pegando os tons da casa e sem sobrecarregar. Fonte limpa para o texto, informações claras. Esse só pode ser o Ace! Gente, que fofo! Estiloso! Esta é a palavra certa, e olha que é bem rara de usar. — Assentindo, ela leu a biografia.

— Impressionante. Um advogado de Harvard, poderia ter se aposentado há quinze, vinte anos, mas ali está ele todo estiloso em seu terno de três peças e com seus livros de direito. E o próximo?

— Deuce.

— Hummm. Bonito, olhar meigo e gravata solta. Por que isso é tão sexy?

Em total acordo, Sonya deu um tapinha no braço de Cleo.

— Não é?

— Gostei de como ela fotografou ele fazendo anotações. Homem bonitão, de olhos amáveis, trabalhando. Ah, agora vamos ao sr. Terceira Geração. Todo longilíneo e magro e delicioso. É uma ótima foto. Ele está relaxado, mas, ainda assim, atento.

Ela conferiu o restante da equipe.

— A senhora Deuce é muito boa no que faz, assim como a minha melhor amiga. Eu amei de verdade o jeito que você colocou isso aqui, fluido com dinamismo e... ai, meu Deus, Sonya!

Ela gargalhou com vontade.

— Mookie Doyle, Consultor Jurídico.

— Não sei se eles vão topar, mas não resisti quando vi que ela tinha tirado foto dele também. E o jeito que ele está todo pomposo, com um brilho no olhar.

— Uma carinha de "Estou aqui para servir, podem confiar". Nossa, eles têm que usar. É genial. Se eu precisasse de um advogado, estaria batendo na porta deles neste segundo.

— Vamos ver. Estou quase chegando na fase em que vou poder mostrar o layout. Vou desligar tudo agora. Expediente encerrado.

Na cozinha, Sonya observou com certo espanto enquanto Cleo picava o alho, e descascava e cortava batatas e uma cenoura.

— Isso é o que eu chamo de cozinhar pra valer.

— Tenho praticado — disse Cleo. — Como estou realizando meu sonho, minha contribuição não será ruim. Vamos comer refeições razoavelmente decentes sob minha tutela. Vou só preparar isso, e então quero aprender a fazer pão. Leva horas, né?

— Este pão, não. — Depois de entrar na despensa, Sonya voltou com uma garrafa. — O segredo está na cerveja.

E enquanto passavam a noite na cozinha, à mesa, Sonya percebeu que Trey estava certo. Um pouco de tempo com a amiga fez a diferença.

De vez em quando, Clover se juntava a elas com um interlúdio musical. E, de vez em quando, portas se abriam ou fechavam.

Quando voltaram do passeio com Yoda, todos os armários da cozinha estavam abertos, e as banquetas do balcão central estavam empilhadas umas sobre as outras.

— Será que alguma criança morreu aqui? — Cleo começou a fechar as portas. — Isso é coisa de criança, essas travessuras.

— Pelo que li até agora, nem todas as crianças chegaram à idade adulta. Você pode estar certa. — Sonya recolocou os bancos no lugar. — Yoda às vezes brinca com alguém.

Enquanto falava, a bola que ela guardava na lavanderia rolou para a cozinha, e Yoda imediatamente correu atrás dela.

— Tipo isso?

— Isso é novo, mas, sim. E acabei de perceber o quanto você é parecida com Trey.

— Ah, fala sério! — Cleo jogou o cabelo com arrogância. — Eu sou inigualável.

— É essa calma de vocês. Você nem pestanejou.

Cleo seguiu Yoda quando ele correu para a lavanderia, largou a bola e abanou o rabo, mas nada aconteceu.

— Ainda não está pronto para nos deixar observar — concluiu Cleo, e puxou Sonya de volta para a cozinha. A bola rolou para fora novamente. — Viu?

— Acho que a gente devia deixar os dois brincarem, então.

— Por que não? Quer assistir a um filme?

— Hummm, acho que topo.

— E, depois, posso pegar o livro dos Poole para ler durante a noite? Gostaria de ler um pouco do que tem ali.

— Lógico.

Poucos minutos após o início do filme, Yoda se juntou a elas e adormeceu quase que de imediato. Exausto de brincar com seu amigo fantasma, Sonya pensou.

Quando ela o deixou sair pela última vez, a bola estava na prateleira acima da lavadora. Pelo visto, o amigo invisível de Yoda queria mantê-la acessível.

Enquanto se preparava para dormir, Sonya pensou que não era possível ter medo ou se irritar com um espírito que gostava de brincar de bolinha com o cachorro.

Quando o relógio despertou Cleo, ela se levantou depressa. Não precisava acordar Sonya, pensou, mas pegou o celular por precaução. Ela só desceria para dar uma olhada. Talvez, dessa vez, ela visse algo.

O que ela viu foi Sonya passando pelo seu quarto.

— Te acordou também, né? Eu estava indo... Ei, me espera. — Ela alcançou a amiga e pegou seu braço.

Por um momento, Sonya ficou parada, com o semblante inexpressivo, olhando para a frente. No segundo seguinte, levou um susto.

— Oi? O quê? — Sonya estremeceu. Depois, virou a cabeça e perdeu o fôlego. — O que está acontecendo?

— Amiga, acho que você é sonâmbula, ou estava sonhando, sei lá. O relógio... Eu ouvi o relógio, levantei, e você estava passando pelo meu quarto.

— Não me lembro de ter me levantado. Não me lembro de ouvir nada. Meu Deus, pra onde diabos eu estava indo?

— Não sei. Não percebi que você não estava... acordada até pegar seu braço. — Para acalmar Sonya, Cleo esfregou suas costas. — Você está bem?

— Sim. Estou bem. Mas estou com a sensação de que... Como se tivesse acabado de acordar, sabe? Como a gente faz quando meio que desperta, depois vira e volta a dormir? Tá escutando? A música?

— Estou. Vou descer para dar uma olhada.

— Eu vou também. Estou bem — insistiu ela. — Só um pouco grogue.

Yoda, despertado por suas vozes, desceu com elas.

Ele corria à frente, e a música parou.

— Droga sempre tarde demais.

Ainda assim, Cleo liderou o caminho até a sala de música.

— Tudo exatamente como deixamos.

— As pinturas. As alianças de casamento não estão lá.

Cleo virou a cabeça.

— Sim, estão. Você não está vendo?

— Eu... sim. Mas... estou grogue — disse Sonya, novamente. — Não vi por um segundo. Já que estamos aqui embaixo, vamos dar uma olhada no relógio.

Os ponteiros marcavam três horas.

— Nem adianta mudar — decidiu Sonya. — Algo aconteceu às três da manhã. Por que mais só tocaria nesse horário? Mas não acho que tenha sido Hester Dobbs, Cleo. Ao menos não acho que seja ela que está me fazendo andar como uma sonâmbula, me levando até o espelho para atravessá-lo. Eu conversei com Trey sobre isso. Pensa comigo, por que ela iria querer que eu visse tudo? Por que ia querer que eu soubesse dos detalhes?

— Faz sentido. Mas ainda não gosto de você andando por aí atordoada, no escuro.

— Eu também não.

— Vamos voltar lá pra cima. Eu vou te acomodar na cama. Posso ficar com você.

— Estou bem, de verdade. — Se não contasse a tontura e o peso que sentia nos membros. — Apenas bastante cansada. E já perdemos o timing desta noite.

— Verdade, a casa está quieta.

No entanto, quando chegaram ao andar de cima, Cleo sentou-se na beirada da cama.

— Nada de andar por aí sem mim.

— Está fora de cogitação.

— Te vejo de manhã.

Mas ela ficou na sala de estar da amiga por mais dez minutos, depois voltou para o quarto na ponta dos pés. Quando viu Sonya dormindo, relaxou o suficiente para voltar para a cama.

Uma casa tranquila recebeu Sonya na manhã seguinte. Grata, seguiu a rotina do café da manhã — dela e de Yoda. Clover a cumprimentou com "Good Morning Starshine".

— Bom dia para você também.

Ela se perguntou se, quando chegasse à vida após a morte — dali a muito, muito tempo —, conseguiria manter o perpétuo bom humor, como parecia ser o caso de Clover.

Às oito e meia, ela se acomodou em sua mesa com Yoda embaixo dela.

Uma hora depois, ela ouviu Cleo se arrastando em direção às escadas.

— Ei!

Ainda de pijama, o cabelo arrepiado, Cleo apareceu com olhos sonolentos. E resmungou.

— Só queria agradecer por ter me socorrido ontem à noite.

— Eu cuido de você, você cuida de mim. — Bocejando, Cleo se abaixou para fazer carinho em Yoda quando ele saiu correndo para cumprimentá-la. — Quem pode ser rabugento de manhã com essa carinha feliz? Mas preciso de café. Com urgência.

Yoda a observou ir embora, depois decidiu se esparramar perto da lareira.

Depois de bons progressos no trabalho dos Doyle e alguns ajustes no design básico para a floricultura, Sonya começou a mexer na apresentação da Ryder. Uma hora apenas, ela se lembrou. Depois fez um intervalo e voltou a mexer no projeto dos Doyle.

No final da hora estabelecida, ela se deu mais dez minutos. Satisfeita, começou a chamar Yoda.

— Vamos lá fora.

Mas ele não estava perto da lareira, nem debaixo de sua mesa. Pensando que ele tinha ido procurar por Cleo, ela desligou a música.

E ouviu os sons distintos da bola quicando no andar de baixo e o cachorro correndo logo atrás.

— Acho que Cleo também está fazendo uma pausa. Talvez todos nós devêssemos passear.

Ela começou a descer enquanto a bola voltava quicando com Yoda a perseguindo.

— Ei, Cleo, que tal jogarmos uma bolinha para o Yoda lá fora, já que sincronizamos nossas pausas?

Mas Cleo não estava no longo corredor. Ninguém estava.

Yoda largou a bola e olhou de um lado para o outro. Depois pegou novamente e correu até Sonya.

— Cleo não fez uma pausinha pra brincar, né? Desculpe interromper o jogo.

Ela pegou a bola e fez Yoda correr em círculos enquanto começava a caminhar pelo corredor.

Na cozinha, encontrou as portas dos armários abertas e a embalagem de petiscos em cima da ilha. Aberta.

— Já te deram alguns desses, ou é minha deixa para fazer isso? Não dá para ficar assustada com um fantasma que gosta de cachorros, né? Só um — disse ela a Yoda. — Depois vamos lá fora.

Quando ela pegou um dos petiscos em forma de quadradinho, Yoda sentou, os olhos brilhando. Então ele se levantou sobre as patas traseiras curtas e acenou com as patas dianteiras.

Depois de uma risada surpresa, ela recompensou o cachorro.

— Ele te ensinou isso? Estou supondo que seja um menino, um jovenzinho. Não sei se você pode ir lá fora ou não — disse ela, enquanto fechava as portas dos armários —, mas, se puder, você é bem-vindo para se juntar a nós.

Ela pegou o velho casaco que deixou na área de serviço e saiu para o ar fresco de abril.

O calor e o ar abafado ainda estavam a semanas de distância, mas ela viu mais terreno descoberto. Decidiu que havia sobrevivido ao seu primeiro inverno no Maine.

Para sua total alegria, avistou alguns pontinhos roxos de açafrão crocus brotando ao lado da casa. E, enquanto caminhava, notou caules verdes surgindo do solo, valentes.

Narcisos, talvez. Ela descobriria em breve.

— Vai ser tão bonito — disse ela ao cachorro, então jogou a bola para ele. — Estou pronta para dizer adeus à melancolia do inverno e oi à alegria da primavera.

Caminhando ao redor da casa, ela procurava por outros sinais de que a primavera estava chegando enquanto o incansável Yoda perseguia a bola.

Ela decidiu que o vento vindo do mar não estava tão cortante quanto estava até uma semana atrás enquanto caminhava até o muro de pedra.

— Ah, olha só! Acho que são golfinhos! — Empolgada, ela observou um... não, dois... não, três... enquanto eles pulavam e mergulhavam. Fascinada, ela pegou o cachorro no colo e apontou. — Está vendo? Você consegue ver? Acho que eles estão brincando.

Aparentemente mais interessado nela, ele lambeu o queixo de sua dona.

— Vou colocar algumas cadeiras no mirante da viúva quando estiver quente o suficiente. Investir em um par de bons binóculos. Talvez até já tenha um em algum lugar da casa. Ou um telescópio. Nossa, eu definitivamente quero um telescópio.

Depois de colocar o cachorro no chão novamente, ela levantou o rosto e respirou fundo.

E, ao ouvir um grito, virou-se depressa. A janela do terceiro andar estava aberta, e alguma coisa voou para fora.

O pássaro, escuro como o céu noturno, garras longas e curvas, gritou mais uma vez e mergulhou.

O instinto fez com que Sonya agarrasse Yoda outra vez, curvando-se sobre ele. Seu corpo se preparou para o golpe daquelas garras enquanto ela ordenava suas pernas para que corressem.

Mas, quando ela arriscou olhar para cima, viu nada além do céu azul e algumas nuvens cinzentas ao longe que ameaçavam chuva.

Enquanto Sonya recuperava o fôlego, uma janela no estúdio de Cleo se abriu.

— Você ouviu aquilo? O que era?

— Um pássaro — respondeu Sonya. — Não sei se era real, mas já foi embora. Estamos entrando.

— Estou descendo.

Correndo em direção à casa, com as pernas trêmulas, Sonya olhou para a janela já fechada do Quarto Dourado.

— Você se assustou? — Ela fez carinho no cachorro. — Eu levei um susto.

Ainda carregando Yoda, ela entrou.

— Vou para a cozinha! Vamos te secar, isso mesmo, cachorrinho. Está tudo bem. Eu estou com você.

Cleo a encontrou enquanto ela secava Yoda na área de serviço.

— Nunca ouvi um pássaro soar assim — começou Cleo. — Era quase humano.

— Ele voou pela janela dela. Um pássaro preto, grande demais, eu acho, para ser um corvo. Muito grande. Ele simplesmente mergulhou em nossa direção.

— Não vi nada. Não até pular de susto e correr até a janela. Mas... no momento em que parei para abrir a janela e te chamar, eu pensei ter sentido um cheiro. Algo como enxofre.

— Ela queria nos assustar, e conseguiu. Mas, se ela quisesse nos machucar, não acredito que conseguiria.

— Ela não tem poder suficiente fora da casa, talvez. Sério, aquele grito gelou meu sangue.

— Eu estava vendo os golfinhos.

— Golfinhos? Jura? Nossa, eu quero um refrigerante. Você quer? Vou pegar para a gente.

— Juro. Eu estava admirando, pensando como era maravilhoso. Acho que ela não poderia deixar isso passar. E, antes de eu sair, Yoda estava brincando de buscar a bola com quem gosta de abrir os armários.

— Você viu eles!

— Não, mas Yoda viu... ou vê a pessoa. Pensei que fosse você, jogando a bola corredor afora para o Yoda. Mas, quando desci, só tinha o cachorro e a bola. Então... espera, vou te mostrar.

Ela suspeitava que Molly, e não o garoto, tinha guardado novamente a embalagem de petiscos, então ela a pegou.

Yoda se sentou.

— Fica olhando.

Quando ela levantou o petisco, o cachorro se ergueu e acenou com as patas.

— Meu Deus, essa fofura toda devia ser crime.

— Não fui eu quem ensinei isso a ele.

— Isso só prova que há mais bondade aqui do que maldade. Estamos bem, Son, e vamos continuar assim.

— Ok, mas não chegue perto daquele quarto, por enquanto. Por favor. — Insistente, Sonya segurou o braço de Cleo. — Me promete.

— Prometo, porém, mais cedo ou mais tarde, teremos que ir lá.

— Eu voto por mais tarde, depois do trabalho.

— Depois do trabalho você vai me encontrar aqui, fazendo o jantar. Trey vem, certo?

— Até onde sei, sim.

— Vamos ter frango com *dumplings*.

— Sério? Você sabe fazer *dumplings*?

Cleo deu um gole determinado na Coca-Cola.

— Vamos descobrir.

Quando Sonya voltou ao trabalho, Clover a recebeu com "Don't Worry Baby".

— Estou tentando não me preocupar. Pensando no garoto que joga bola, não no pássaro grande e feio. — Ela documentou ambos os episódios, e então voltou ao trabalho com o projeto Doyle.

Ao final do dia, ela entrou em contato com Corrine Doyle.

— Queria falar com você sobre outro trabalho, talvez pedir seu conselho, e contratar você e sua câmera. Podemos marcar uma reunião?

— Estou livre amanhã de manhã. Como vou sair de qualquer forma, posso ir até você. Que tal às dez e meia?

— Seria perfeito.

— Por que você não me dá uma ideia geral?

— Estou trabalhando numa apresentação. Ryder Sports.

— Conheço a Ryder.

— Quero fazer algumas fotos esportivas, mas não quero usar modelos profissionais. Quero pessoas reais.

Um tempo depois, quando Sonya desceu, Cleo estava de fato na cozinha.

— Acho que mandei bem. Espero que sim. Frango e *dumplings*, ervilhas e cenouras. Comidinha caseira, não tem erro, né?

— Não me pergunte. — Sonya olhou para o frango na frigideira. — Mas está com uma cara boa e o cheiro também. Vou comprar uma roupa de ioga bem linda para você.

— Por fazer o jantar?

— Não, para você usar enquanto a Corrine Doyle tira uma foto sua para a minha apresentação. Você gosta de ioga, então vai parecer que você faz ioga.

— Ah, para o negócio da Ryder? Tenho uma roupa de ioga deles. Fico incrível nela.

— Isso facilita. Tenho que convencer o Trey a fazer isso também; se exercitar ou jogar bola. Preciso de alguém que tenha uma bicicleta. E o estagiário do Doyle... ele é lindo; quero convencê-lo a fazer uma das fotos. Quero idades diferentes. Pelo menos uma criança, pelo menos uma pessoa acima de 50 anos. Quero só uma amostra. Se eu conseguir o trabalho, farei mais.

— Diga *quando*, não *se*. A intenção conta. Como eu pretendo fazer esses *dumplings* e abalar seu mundo. Fique fora do meu caminho. Vá se maquiar.

— Ele já me viu sem maquiagem.

Cleo apenas lhe lançou um olhar demorado.

— Tá bom, tá bom.

Sonya estava prestes a obedecer quando a campainha tocou.

Trey tinha chegado com flores, lindos botões de rosas cor-de-rosa.

— As flores são para a Cleo — disse ele para Sonya, com Mookie ao seu lado. — Você disse que ela estava cozinhando.

— Nada mais justo — respondeu Sonya enquanto Mookie e Yoda se reuniam. — Que tal se eu roubar um desses?

Com a mão em seu ombro, ela se inclinou para um beijo.

— Pode roubar quantos quiser.

— Talvez só mais um, por agora. — Então ela esperou enquanto ele pendurava o casaco.

Jogando bola, ela decidiu. Trey estendendo a mão para pegar uma bola de beisebol. Ela já conseguia visualizar.

Ela enlaçou seu braço no dele.

— Tenho uma proposta para você.

— Que tipo de proposta? Pessoal, profissional, sexual ou política?

— Você realmente é um advogado, né? Vou chegar lá, e, depois do jantar, quero te mostrar o que estou fazendo no seu site. Durante o jantar, vamos contar sobre nossos últimos incidentes domésticos.

A voz de Cleo ecoou da cozinha:

— Vocês podem comer as sobras quando terminarmos.

Com os cachorros olhando para ela esperançosamente, Cleo olhou para cima, massa de *dumplings* nas mãos.

— Um homem que traz presentes. Meu tipo favorito.

— São suas, mas vou colocar em um vaso para você, ok? — disse Sonya. — São esses os bolinhos?

— Serão.

— Está cheirando bem aqui — disse Trey.

— Tudo mérito da Cleo. Vou me encontrar com sua mãe amanhã cedo.

— Ah, é?

— Aham. — Sonya escolheu um vaso na despensa. — Vou conversar com ela sobre tirar umas fotos para o trabalho da Ryder. Já te contei o que tinha em mente. Fotos dinâmicas diferentes, pessoas reais. Cleo já está dentro. Você é o próximo.

— Ah, bem, eu...

— Você tem uma luva de beisebol e um boné?

— Sim, mas...

— Acho que vamos precisar de calçados também. Um pé na base, talvez esticando para pegar a bola. Vou ver o que a sua mãe acha. Você tem uma bicicleta?

— Não desde que aprendi a dirigir.

— Eu quero muito uma foto com bicicleta.

— Eddie é ciclista profissional.

Sonya sorriu.

— Bom saber. Quero uma foto na academia também, eu acho. Um cara, talvez um pouco suado, fazendo exercício de bíceps.

Sem hesitar, Trey jogou seu amigo mais próximo aos lobos.

— Os pesos que Owen usa são da Ryder.

— Perfeito. Alguns garotos jogando basquete, uma menina e um menino; uma mulher mais velha correndo, ou um casal correndo junto. Uma foto com futebol americano.

— John Dee. Ele jogou no ensino médio e na faculdade.

— Ótimo. Eu vou convencê-lo. É um bom começo.

— Beleza, mas esquece o trabalho agora — disse Cleo. — Sirva um pouco de vinho, arrume a mesa. Estou arrasando nessa coisa de *dumplings*.

Cleo não mentiu. Quando eles se sentaram e provaram a primeira mordida, Sonya apenas balançou a cabeça.

— Onde estava esse talento esse tempo todo?

— Ah, eu fazia algumas refeições decentes.

— Poucas e espaçadas.

— Agora é meu trabalho. Estou começando a gostar disso. O que você acha, Trey?

— Desculpa, você disse algo? Estou bem ocupado aqui.

Ela sorriu para ele.

— Considere isso um pagamento por me levar para ver a Rock Hard. Vai ser divertido sair um pouco de casa.

— Você praticamente acabou de chegar.

Cleo deu um tapinha distraído na mão de Sonya.

— Estava pensando mais em você, Son. Minha garota tende a se enfiar em casa.

— Eu faço isso. Não posso negar.

— Você contou para o Trey sobre a noite passada?

— Ainda não.

Isso desviou a atenção dele dos bolinhos.

— O que aconteceu na noite passada?

— Acho que vamos começar por isso.

Capítulo vinte e cinco

Ela contou a ele sobre Cleo a encontrando andando às três da manhã, depois voltou ao assunto da pintura achada dentro do armário, mencionou o amiguinho fantasma de Yoda e terminou com o pássaro.

— Você esqueceu da Molly. Clover nos contou, musicalmente, o nome da nossa governanta.

Sem pedir, Cleo serviu uma segunda porção para Trey.

— Obrigado. Bem, isso é muita coisa para alguns dias.

— Antes de vir morar aqui, eu diria que é mais do que suficiente para uma vida inteira. — Sonya deu de ombros. — Não é que a gente se acostume, mas passa a esperar isso.

— Queria ver a pintura.

— É linda. Já que você é o único que a viu, suponho que pessoalmente, você pode me dizer se meu pai fez um bom retrato.

— Ele fez um bom retrato da mansão. Eu me pergunto por que Collin nunca disse nada a respeito dessa compra. Sequer está no inventário.

— O que nos leva a perguntar: onde diabos ela estava?

— Eu tenho uma teoria.

Sonya olhou para Cleo.

— Ah, não…

— Não acho que seja tão absurdo, baseando-se, vamos dizer, nas regras específicas da mansão. Você disse que é como se você passasse pelo espelho e entrasse em outro tempo, certo? Bem, há uma teoria de que assombrações são apenas pessoas fora de seu próprio tempo. Como uma dobra temporal. Talvez isso que acontece aqui seja uma mistura dos dois.

E talvez os dois retratos, de Johanna e Clover, estivessem, basicamente, do outro lado do espelho.

— Isso é interessante.

Sonya revirou os olhos para Trey.

— Não dá corda, Trey.

— Mas é interessante — repetiu ele. — Uma dobra no tempo? Aquelas pinturas não estavam na casa, a menos que haja um lugar aqui que eu não conheça, que meu pai não conheça. E, ainda assim, as duas acabaram indo parar no estúdio. E, agora, as duas últimas noivas fantasmas estão na sala de música. Collin, o gêmeo do seu pai, pintou uma, seu pai a outra. — Ele pegou mais frango e *dumplings*. — É interessante. O pássaro voando para fora do Quarto Dourado é outra questão. Você poderia desenhá-lo?

— Não consegui ver muito bem. Foi rápido. Eu só peguei o Yoda e me abaixei. E então ele não estava mais lá.

— Eu não vi, mas ouvi também. E, quando abri a janela para chamar a Sonya, senti cheiro de enxofre.

— Eu conheço a teoria da Cleo sobre isso, e acho que faz sentido, considerando as regras desta mansão esquisita.

— Qual é a teoria? — perguntou Trey.

— Ela conjurou o pássaro. Hester Dobbs. Mas, uma vez que a criação passou mais de alguns segundos fora da casa, *puft*, desapareceu. Porque ela é limitada, esse poder é limitado. E, ainda assim... Eu sei que ela atraiu Catherine, a segunda noiva, para fora naquela nevasca.

— Ela a enfeitiçou — disse Cleo, de pronto. — Catherine saiu sob um feitiço, e, quando ele se quebrou, já era tarde demais.

— Talvez.

— Ou... ela tinha mais poder naquela época. Já se passaram alguns séculos.

— Ela tentou me atrair para fora, naquela noite. Ouvi as batidas na porta da frente e vi uma nevasca pela janela.

— Mas, quando você abriu a porta — apontou Cleo —, não tinha nevasca nenhuma.

— Entendo seu ponto de vista — disse Trey. — Ainda assim, se a Sonya tivesse saído, e não conseguisse abrir a porta… teria sido uma noite longa e fria.

— Acho que Dobbs teria gostado disso. Mas eu não tinha Yoda ou Cleo na época. Ou você. E agora vou parecer a Cleo falando, mas acho que Clover também está cuidando de nós, o melhor que pode.

Na mesma hora o telefone tocou "I'll Be There for You".

— Viu só?

— Posso ir ver o retrato?

— Lógico. Quero saber a sua opinião.

Os três caminharam juntos até a sala de música.

— Esse rosto — murmurou Trey. — Essa é a Clover. É lindo. Ela parece feliz, mas… serena.

— Você a viu duas vezes. Mas não grávida, certo?

— Não, não como neste retrato.

— Eu pensei sobre isso.

Sonya olhou para Cleo.

— Outra teoria?

— Clover morreu, e nunca teve a chance de segurar seus bebês, amamentá-los, aconchegá-los, cantar para eles. — Cleo suspirou. — Se eu pudesse escolher, não ia querer um lembrete constante do que tanto queria e nunca tive.

Dessa vez, Sonya não revirou os olhos, mas pegou a mão de Cleo.

— E, ainda assim, ela toca música, e parece feliz. Pelo menos contente. Acho que ela teria sido uma mãe maravilhosa.

Quando seu telefone tocou "Let It Be", Sonya colocou a mão sobre ele no bolso.

— Eles ficam bem ali, juntos — comentou Trey. — Eu fico me perguntando se… se você vai encontrar os outros, os que vieram depois de Astrid e antes de Clover.

— Eu procurei esta manhã. — Cleo deu de ombros. — Eu meio que esperava achar alguma coisa, mas, como a Sonya encontrou os dois, acho que isso é para ela. Se e quando rolar.

— E eu fico me perguntando... Se eu tivesse continuado andando naquela noite, teria acabado... em outro lugar por um tempo. Acho que, na próxima vez, seria melhor não me acordar.

— Ah, Sonya.

— Não é Hester Dobbs que está fazendo isso. Eu tenho certeza disso como de tudo mais. Quebrar a maldição, e mal posso acreditar que estou dizendo "maldição", significa encontrar as alianças. Quanto mais eu vejo, ouço e sinto... Parece fazer diferença.

— Se acontecer quando eu não estiver aqui, me liga — disse Trey para Cleo. — E fique com ela o tempo todo. Eu preciso de uma chave. Eu preciso poder entrar na casa.

— Ah.

Como sua reação imediata foi de se lembrar de ter feito exatamente isso com Brandon, ela afastou o pensamento.

Trey não era Brandon. Ele não era nem um pouco como Brandon.

— Aham. Sim, isso também faz sentido. Eu preferiria não ficar vagando às três da manhã por dentro de um... lapso no tempo. Mas me sinto melhor sabendo que vocês dois estariam aqui. — Sonya balançou a cabeça. — E eu tenho que pensar em outra coisa. Como lavar a louça e levar os cachorros lá fora.

A cozinha, como esperado, estava brilhando quando eles voltaram.

— Devia ter imaginado. Molly é rápida. Me sentiria melhor levando Yoda para passear até ter certeza de que aquele pássaro não vai voltar.

— Vou pegar meu casaco.

— E — disse Cleo quando Trey se afastou — eu vou dar um sumiço.

— Você não precisa fazer isso.

— Ah, fala sério! Vou tirar uma hora para pintar, depois talvez assistir algo no meu tablet ou ler. E tentar não ficar com inveja por você ter um homem em quem se aconchegar. Até amanhã.

— O jantar estava maravilhoso, Cleo.

— Estava mesmo.

* * *

Os humanos caminharam; os cachorros brincaram.

Enquanto davam a volta na casa, Sonya olhou para as luzes no ateliê de Cleo.

— É tão bom saber que ela está lá em cima. Ela mal se afeta com o que acontece na casa.

— É bom você ter alguém estável por perto.

Ela inclinou a cabeça para olhar para ele.

— Muitas pessoas, a maioria, na verdade, pelo menos no começo, não pensam na Cleo como uma pessoa estável. Mas ela é. Ela tem a mente muito aberta, para tudo, o que faz uma combinação interessante com a estabilidade. Eu tive sorte de ser designada como sua colega de quarto na faculdade.

— Na minha opinião, vocês duas tiveram sorte.

— Concordo. Quando entrei, no primeiro dia, ela já tinha arrumado o lado dela do nosso quarto minúsculo. Algumas das suas obras de arte na parede, uma pequena prateleira com cristais, fotos e livros, e uma almofada sobre um edredom vermelho fofo que dizia: IMAGINE. Eu nunca tinha compartilhado um quarto antes — acrescentou, enquanto conduzia os cachorros para dentro da casa. — Então eu estava nervosa com isso, pensando se nos daríamos bem. Ambas éramos estudantes de arte, então eu sabia que teríamos isso em comum. Mas eu cresci em Boston e ela veio da Louisiana. Quem diria? Até que um dia eu vi os desenhos dela e soube que definitivamente nos daríamos muito bem.

Após limpar as patas dos cães, Sonya se endireitou.

— Foi ela que me deu a Xena.

— A planta na biblioteca.

— Ela era uma mudinha na época. A avó de Cleo tinha implantado ela a partir de outra violeta-africana e disse para Cleo dar para a colega de quarto. Que traria sorte. E para ter certeza de que eu lhe desse um nome. Quando eu disse Xena, Cleo se iluminou na hora. Até o tempo de eu desfazer as malas, era como se a gente se conhecesse há anos.

Os cachorros correram escada acima na frente deles.

— Você teve sorte mesmo. Meu primeiro colega de quarto na faculdade era... Deixa eu pensar na palavra certa para ele. Ah, sim, um imbecil. Um imbecil moralista metido a besta.

— Nossa, fico surpresa. Você parece o tipo de pessoa que consegue se dar bem com todo mundo.

— Eu era branco, hétero, de uma família unida e pagava impostos. Daí ele deduziu que eu era um bom cristão. Ele achou que eu era um dos dele, ou seja, que era contra qualquer um que não fosse tudo que foi mencionado. Após várias semanas tentando ignorar, discutir ou deixar para lá as bobagens dele, eu disse que era bissexual, ateu, que meu bisavô era descendente dos indígenas Paiute e que meus pais tinham um casamento aberto. Ele se mudou, e foi assim que eu me dei bem com ele.

Fascinada, Sonya parou na porta da biblioteca.

— Você mentiu para ele!

— Era isso ou dar um murro na cara dele. Ver o choque na cara do infeliz foi quase tão satisfatório quanto um soco, na real. Enfim, eu acabei conseguindo outro colega de quarto com quem me dei bem.

— Você sabe onde ele foi parar? O imbecil moralista metido a besta?

— Nunca mais pensei nele.

— Faz sentido. Acredito que você tem esse poder. Beleza, agora vem ver o que acha da montagem do seu site. Ainda não está pronto para ir ao ar — disse Sonya. — Ainda tenho alguns acréscimos e ajustes, depois os testes, mas você vai ter uma ideia.

Ela abriu na tela dela e deu um passo para o lado.

— Já é um grande avanço, e uma mudança significativa no visual. Você estava certa sobre usar o escritório, a casa. E as cores, a fonte. Não é rebuscado, mas também não é sem graça. Gostei de você ter colocado o ano de fundação da firma bem na frente.

— Quando se tem meio século de empresa, tem que ostentar. Clica na aba de advogados.

Quando ele clicou, abriu um sorriso.

— Olha o Ace.

— Sua mãe está correndo o risco de se tornar minha fotógrafa oficial. Eu tinha outras fotos para escolher, mas esta foi a minha favorita. Se precisar de alguma alteração no texto da página principal ou em alguma das biografias, é só me enviar.

— Não vi nada até agora. E aqui está Deuce. Deu muito certo as fotos casuais. Você estava certa mais uma vez. Acho que isso me inclui — disse ele ao rolar a página para baixo.

— Todos os três parecem acessíveis. Os fundos, os livros de direito, a mesa, e assim por diante dizem "profissional". Corrine é realmente boa.

— Sempre achei isso.

— Dá uma olhada na equipe.

Ele clicou e abriu um sorriso.

— Minha nossa, Sadie parece que poderia ficar em um pé só e fazer malabarismos. O que ela faz todos os dias. Ficaram ótimas. E apenas os detalhes pessoais necessários nas biografias. Eddie parece tão absurdamente sério, o que ele é. E...

Ele parou e gargalhou alto o suficiente para que os cachorros corressem até ele.

— Você colocou o Mookie! Olha isso, Mook, você é Consultor Jurídico.

— Pensei que dava um ar, sei lá, bem familiar, sabe? Mas se for demais... Desculpa, Mookie. Você precisará ver como Ace e Deuce se sentem sobre isso.

— Os votos sobre isso vão ser unânimes. É adorável, engraçado, e genial. Você até escreveu uma biografia para ele.

A reação dele a motivou tanto em nível pessoal quanto profissional.

— Peguei os detalhes com Lucy, já que queria que você visse em primeira mão.

— Isso é o que eu chamo de repaginada, meu Deus!

— Agora tem uma aba para o programa de estagiários. Não terminei ainda, mas já montei a estrutura.

— Humm. Temos uma dúzia de estagiários passados, com o status atual de cada um.

— Estou esperando por mais alguns. Não sabia que você tinha o programa há quase vinte anos.

— Começou antes de mim. Isso está excelente, Sonya. Sério, superou minhas expectativas.

— É isso que eu gosto de ouvir.

Ela mostrou a ele o design da parte gráfica: papéis timbrados e cartões de visita.

— Consistente, como você prometeu.

— A entrega vai levar de mais uma ou duas semanas, mas, se conseguirmos aprovação dos outros Olivers a respeito do papel timbrado e dos cartões, Sadie poderia encomendá-los. E isso conclui a consulta desta noite.

Ela desligou o computador, depois deslizou os braços ao redor da cintura dele.

— Espero que você planeje ficar.

— Tem uma mochila no carro, só por precaução.

— Por que você não busca? Mais tarde?

— Mais tarde está ótimo.

E, quando ele a beijou, o dia se desvaneceu.

Um tempo depois, Trey saiu para buscar a mochila, se despiu novamente e voltou para a cama com Sonya.

— Cleo tem razão em estar com inveja.

— Como é?

Sonya entrelaçou as pernas com as dele.

— Ela não tem alguém com quem se aconchegar assim.

— Ninguém em Boston?

— Ninguém especial. A avó dela disse que amantes viriam e iriam embora, mas que ela terá apenas um amor, e ele será sua âncora em todas as tempestades. Isso é a cara da Cleo.

— A luz dela ainda está acesa.

— Ela é uma pessoa noturna. É raro vê-la de pé antes das nove da manhã. Dez é mais provável.

— Então não vou vê-la antes de ir embora.

— Provavelmente não. Trey, se eu fizer menção de levantar esta noite, sabe, como antes... Você promete que não deixa? Não quero tudo aquilo hoje à noite.

— Prometo. Vou te manter aqui. — Ele deu um beijo no topo de sua cabeça. — Você não fez nada disso antes, quando eu estive aqui. Mas você fala durante o sono.

Isso a fez levantar a cabeça.

— Falo? O que eu digo?

— Não consigo entender, não até agora.

— Eu nunca fiz isso antes.

— Como você sabe? Você está dormindo.

Rindo, ela se aconchegou mais perto, começando a adormecer.

— O quarto que Cleo e eu compartilhamos no primeiro ano não era um palácio, Trey. Ela teria me ouvido, e teria me dito. Além disso, como uma mulher quase chegando aos trinta, preciso confessar que já compartilhei a cama com outros. Ninguém nunca disse que eu falava dormindo.

— Novidade, então. Pode estar conectado aos acontecimentos nesta casa.

— Eu só não quero passar pelo espelho esta noite.

— Estou aqui — murmurou ele, e ficou acordado enquanto ela adormecia.

Quando o relógio o acordou, ela suspirou e se virou. Ele a ouviu dizer:

— Tudo bem. Sim. Estou indo.

Antes que ela pudesse se levantar, ele a puxou para perto.

— Fica comigo esta noite.

Ela tentou se afastar novamente, mas ele a abraçou.

— Só fica comigo.

Trey achou ter ouvido Sonya dizer Lizzy ou Lissy, antes de voltar a ficar quieta.

— Ela está à espera.

— Ela vai esperar um pouco mais.

No silêncio, a música ao piano ressoava. Trey ouviu uma mulher chorando, e, em algum lugar, uma porta se fechou.

De manhã, enquanto se vestia, Trey contou a Sonya.

— Lissy — disse ela. — Deve ser. Owen Poole se casou novamente pouco menos de dois anos após Agatha morrer, e sua filha mais velha era Lisbeth. Então, acho que é a Lissy. Ela se casou e morreu no mesmo dia. Está listado no livro como múltiplas picadas de uma viúva-negra, em 1916.

— Você se lembra de tudo isso?

Ela deu uma batidinha na própria têmpora.

— Agora sei o nome de todas as sete noivas mortas, além de como e quando morreram. Ainda tenho que ler mais, mas disso eu sei. Vou pegar o livro de volta com Cleo, mas tenho certeza desse nome. Lisbeth Anne Poole. Porém, não consigo lembrar o nome do cara com quem ela se casou.

— Vamos levantando, Mook — disse Trey, de repente. — Eu preciso sair, tenho uma reunião, mas volto. Quero vasculhar os cômodos de depósito de novo.

— Sim, acho que devemos fazer isso.

— Posso chamar Owen para ajudar. Mais olhos.

— Eu agradeceria, Trey, de verdade. Ao mesmo tempo, não acho que vamos encontrar o espelho até que ele queira ser encontrado.

— Seja o que for, é um objeto inanimado.

— Será? Estou começando a duvidar. Você tem tempo para um café antes de ir?

— Com toda a certeza.

Ele tomou o café e comeu metade de um bagel, enquanto os cachorros saíam e voltavam. Mookie devorou seu café da manhã, e Trey estava na porta às nove.

Vinte minutos depois, Cleo entrou, vestida, maquiagem e cabelo prontos para um dia em casa.

— Oi. Esqueceu que hoje é sábado? — perguntou Sonya.

— Não, e, embora eu costume me opor a acordar antes das dez em qualquer sábado, eu comecei uma pintura ontem à noite. Gosto do rumo que está tomando, então quero me dar a manhã para ver até onde consigo ir. Onde estão Trey e seu fiel escudeiro?

— Reunião agora na parte da manhã, mas ele vai voltar, talvez com Owen. Ele quer dar uma olhada nos depósitos de novo.

— Excelente. — Cleo pegou um café. — Não só porque eu quero fazer o mesmo, mas eles podem levar aquele baú para o estúdio para mim. Como passou a noite?

— Pedi ao Trey para me impedir se eu tentasse me levantar na hora de costume. Eu tentei, e ele me segurou. Além disso, ele disse que eu falo durante o sono.

— Não, você não fala. Eu teria ouvido.

— Parece que agora eu falo. E, na noite passada, eu disse a alguém que estava indo. E disse Lissy.

— Lissy, apelido de Lisbeth?

— Acho que deve ser. Ela é a próxima noiva na linha do tempo.

— Ela morreu de que mesmo? — Mas Cleo fechou os olhos e levantou a mão antes que Sonya pudesse responder. — Espera, eu sei. Picadas de aranha! — Ela parou e estremeceu. — Por que aranhas têm que ter aquele tanto de pernas?

— Porque são aranhas?

— Qualquer coisa acima de quatro pernas é simplesmente assustador.

— Em oposição a uma casa habitada por numerosos fantasmas e uma bruxa morta e malvada?

— Exatamente. Prefiro fantasmas a aranhas todos os dias, o dia todo. Múltiplas picadas. Eu me lembro disso agora.

— Como uma dúzia? Acho que isso está correto. Eu só me lembro de que ela morreu de picadas de viúva-negra.

— Treze picadas. Eles contaram todas quando tiraram o vestido de noiva e tudo mais. A aranha ou as aranhas já tinham fugido com suas muitas pernas. Parece que de alguma forma tinham entrado em seu vestido ou nas roupas de baixo. Quer dizer, hoje haveria um antídoto. Ela provavelmente teria ficado doente, mas provavelmente não teria morrido. Embora, talvez, com aquele tanto... Mas, no início do século XX, muitas pessoas morreram por causa de picadas de aranhas venenosas. Eu pesquisei.

Cleo tomou o café.

— Ela estava dançando. Era quase hora de ela descer e se trocar para colocar uma roupa de viagem, mas nem chegou a fazer isso. O noivo ficou desolado, mas eu li um pouco sobre ele, e acho que ele estava mais desolado porque ela era herdeira.

— Cínico.

— Pensei o mesmo.

Inquieta, com as mãos nos bolsos, Sonya andou até a janela e voltou.

— Devia ter feito o Trey me seguir em vez de me impedir. Eu só não queria passar por aquilo ontem à noite, sabe?

— Sonya, você tem direito a não querer. Eu teria dificuldade em saber que ia assistir a outra mulher morrer no que era pra ter sido o dia mais feliz da vida dela. Se você quer uma pausa, você faz a pausa e pronto.

— Acho que fiz essa pausa mesmo. Pensei que você queria explorar a vila hoje.

— Era o plano, mas a pintura me pegou. Talvez amanhã. Vou subir logo para ver se estou no caminho que acho que é o certo. Você está bem?

— Estou. Tenho um monte de coisas para resolver. Começando com um treino. Não, esquece isso. Corrine está vindo. — Ela verificou o horário. — Em breve. E eu não sei que horas o Trey vai voltar.

— Estou de frente para a entrada da propriedade, então vou vê-lo. Talvez. Ou ouvi-lo. Provavelmente. Se não, mande alguém me chamar. Eu realmente quero aquele baú, e vasculhar as coisas novamente.

Sonya colocou algumas roupas na máquina de lavar e se arrumou um pouco.

Não era apenas uma fotógrafa que ela esperava contratar para um projeto, ela pensou, mas a mãe de Trey.

Às dez e meia em ponto, Corrine tocou a campainha.

Tal mãe, tal filha, Sonya pensou, enquanto Corrine aparecia estilosa na manhã de sábado usando uma calça preta com um colete listrado de comprimento até o quadril sobre uma camisa branca fluida.

— Corrine, bom dia. Obrigada por ter vindo.

— Olá, Sonya. Imagine. Você me deixou intrigada.

— Me dá aqui seu casaco. Quero explicar tudo pra você lá em cima para que você possa ver um pouco do que tenho em mente.

— Lógico, vamos. Mas me permita dizer que Collin adoraria a forma como você está vivendo, fazendo bom uso da mansão. Trey disse que sua amiga já se mudou.

— Já. Cleo está no ateliê. É o espaço perfeito para ela, e espero que Collin aprecie que ela não está apenas fazendo bom uso, ela está amando.

— Agora você tem este bom rapazinho aqui, e sua boa amiga. E... Trey.

— É.

— Ele é dono de si. — Depois de dar um último afago em Yoda, Corrine se endireitou. E olhou Sonya nos olhos. — Mas acho que o criei para fazer boas escolhas. Como mãe dele, certamente penso que você fez uma boa escolha, digamos, em *passar um tempo* com ele. Vamos deixar assim.

— Ele é muito gentil.

As sobrancelhas de Corrine se levantaram.

— Assim como este filhotinho aqui.

Sonya riu.

— Trey tem outros atributos, mas, como você disse, vamos deixar por isso mesmo. Vamos subir.

— Olha só, que esperta — disse Corrine, assim que entraram na biblioteca. — Collin... e me desculpe por trazê-lo à tona novamente, mas ele era um amigo muito querido... ele apreciaria isso. A criatividade, e a praticidade.

Ela se virou e olhou para o painel semântico.

— Ryder Sports. Sim, sim, sim, entendi o que você quer.

— Eu separei algumas fotos. Lógico, algumas são de modelos, com pose e tal, mas peguei algumas de matérias. A competição de atletismo da escola secundária, a aula de ioga, e assim por diante. Na verdade, esta é a Cleo fazendo a postura do guerreiro. O estúdio onde ela praticava em Boston tirou a foto para o site deles.

— Ela é linda, não é? E flexível.

— Ela é as duas coisas. Quero movimento, quero que o esforço ou a satisfação ou o suor, dependendo, apareçam. Deixe-me compartilhar com você o design básico que comecei.

Elas se sentaram juntas à mesa enquanto Sonya mostrava.

— Como eu disse, você é esperta.

— Espero ser esperta o suficiente. Tenho uma lista de nomes, e os esportes ou equipamentos que acho que funcionam melhor para cada um. Já tenho Cleo e Trey a bordo até agora.

Virando-se, Corrine deu uma piscadela lenta.

— Você conseguiu que o Trey concordasse com isso?

— Ele gosta de beisebol, então eu o coloquei apanhando uma bola. E ele disse que Owen faz academia, então pensei que poderia colocá-lo levantando pesos.

Em vez do sorriso lento do filho, Corrine deu um sorriso rápido como um relâmpago.

— Mal posso esperar. Quem mais?

À medida que Sonya contava o resto, Corrine adicionava sugestões. Pessoas que ela conhecia, moradores locais.

— Eu tinha certeza de que você somaria com as suas ideias.

— Ah, ideias são comigo mesmo. Posso chamar uns conhecidos? Eu consigo ser bastante persuasiva.

— Trey mencionou isso. Já que você está aqui, quer ver como incorporei seu trabalho no site do escritório?

Assim como Trey, ela rolou a tela e assentiu.

— Confesso que não pensei que precisávamos disso. Mas, vendo assim… precisávamos mesmo. Esse site reflete a firma e as pessoas nela. E acho que trabalhamos bem juntas.

— Eu concordo. Agora, vamos conversar. Você não aceitou ser paga pelo trabalho da Anna ou do escritório, mas isso aqui é diferente.

— Com certeza. Essa eu vou cobrar.

— Vamos descer, tomar um café, chá, o que você preferir, e conversar um pouco sobre os termos, que tal?

— Eu vi do que você é capaz — disse Corrine enquanto começavam a descer. — E sei da minha capacidade. Se a Ryder não fechar, não será por culpa sua nem minha, disso eu tenho certeza. Será porque eles não têm bom senso.

— Assim espero.

— Ah. — Corrine parou fora da sala de música. — Outra noiva. É essa…

— Lilian Crest. Mais conhecida como Clover. Eu encontrei no mesmo lugar onde Johanna estava. Meu pai que pintou.

— Entendo. Mentira, não entendo nada. Essa pintura é do seu pai, e você encontrou ela aqui… Essa é a mãe biológica dele e de Collin. Eu vi a foto dela, o livro que Deuce fez, mas as fotos não eram muito boas. Isso é… é maravilhoso. Eu costumava brincar que Collin tinha a boca mais sexy do mundo. Agora vejo de quem ele herdou. E você.

Ela colocou a mão no braço de Sonya.

— E também é maravilhoso que os irmãos que nunca se conheceram tenham suas pinturas lado a lado.

O telefone de Sonya tocou "He Ain't Heavy, He's My Brother".

— Parece que ela concorda. Bem… — Corrine deu um rápido tapinha no ombro de Sonya. — Agora vou aceitar o chá.

Capítulo vinte e seis

Uma vez que chegaram a termos que satisfizeram ambas, Corrine se recostou e olhou ao redor da cozinha e da sala grande.

— Mais acréscimos sutis... O jarro de cobre na prateleira e... Aquilo é quartzo rosa? Drusas? Alguns vasinhos de ervas na janela. Eu gosto especialmente da bola azul pendurada na janela. Acho que chamam elas de bolas de bruxa.

— Tudo coisa da Cleo. Ela que fez essa bola.

— Sério? — Fascinada, Corrine se levantou para dar uma olhada mais de perto. — Vidro soprado à mão? Eu não sabia que ela fazia isso.

— Ela conhece alguém que faz, e abre algumas vezes por ano para dar aulas. Ela fez uma aula, e criou aquilo.

— Pelo visto, vocês duas são espertas.

— Eu garanto que, se Anna der aulas, Cleo estaria na primeira fila.

— Olha, ideia interessante.

— Corrine... posso te perguntar um pouco sobre a Johanna?

— Éramos amigas, amigas próximas. Mais do que isso — disse ela enquanto voltava à mesa para se sentar. — Ela era uma irmã para mim. Acho que nossa ligação era como a que você tem com Cleo, então você entende o que quero dizer.

— Entendo.

— Eu apresentei os dois, Johanna e Collin, e presenciei a paixão deles florescer. Nossa, éramos todos tão jovens. — Com um sorriso nostálgico, ela fechou os olhos. — Posso nos ver nitidamente. Jo me ajudando a comprar meu vestido de noiva, e, alguns anos depois, eu ajudando ela a encontrar o dela.

Ela olhou para Sonya.

— Boas lembranças, você deve sempre guardar essas boas memórias. Ela era professora, e, ah, amava crianças. Ela e Collin falavam em encher a mansão de crianças.

— Tudo que Trey me contou dá sinais de que eles teriam sido pais maravilhosos.

— Tenho certeza disso. — Perdida em lembranças, Corrine girou sua xícara no pires. — Ela era inteligente, engraçada, muito, muito independente, e mais do que inflexível em certas questões. Direitos das mulheres, segurança física e emocional para crianças como papel de destaque. Ela e Collin se apaixonaram aos poucos, uma dança lenta, e ambos estavam contentes em permanecer solteiros. Com Deuce e eu foi *bang,* lá estávamos nós juntos. — Rindo, ela balançou a cabeça e bebeu um pouco de chá. — Mas, quando eles se apaixonaram, foi algo firme e forte. O casamento foi no final de junho, nos jardins. Tudo florescendo e lindo. Não percebi que ela tinha entrado, que tinha subido as escadas. Nunca saberei por que ela fez isso. Se eu tivesse ido com ela…

— Não. — Sonya estendeu a mão e colocou-a sobre a de Corrine. — Você não tinha como saber.

— Nós não acreditávamos em maldições. E achávamos as assombrações, sei lá… Elas apenas estavam aqui, e, em grande parte, eram fascinantes. Ninguém viu ela cair. Ela simplesmente… desapareceu.

— Sinto muito por isso.

— Isso quebrou algo nele, em Collin. Em mim também, por um tempo. Até o dia em que eu a vi.

— Aqui, na mansão?

— Sim. Na sala de música, onde você colocou o retrato dela. Eu tinha vindo trazer comida para Collin, uma semana ou mais após o funeral dela. Eu entrei na sala de música; tivemos bons momentos lá. Sentei e chorei por ela, por Collin, por mim mesma. E lá estava ela, no vestido de noiva que eu a ajudei a escolher.

— Ela disse: "Não chore mais, Corry." Ela e Deuce são os únicos que já me chamaram assim. "Eu fui amada, e ainda sou. Não o deixe parar de viver. Esteja aqui para ele." Eu disse o nome dela, e me levantei para ir até ela, mas ela tinha desaparecido.

— Você a viu novamente?

— Não, mas, às vezes, sinto o cheiro do perfume que ela gostava de usar, ou apenas tenho a sensação. Mas eu sei que ela está aqui. — Corrine se recostou e levantou as mãos. — Não sou uma mulher impressionável, mas sei que ela está aqui. Saber disso ajudou a curar um pouco o meu coração. Você encontrar o retrato dela, e colocá-lo naquela sala, naquele lugar? Eu só posso crer que foi o destino.

— Sinto o mesmo. Sobre ambos os retratos. E agora você me ajudou a realmente vê-la.

— Acho que vocês teriam gostado uma da outra. — Corrine apontou para a bola de vidro e o vaso de flores. — Sei que ela teria gostado dos pequenos toques que você e sua amiga deram à mansão.

— Eu amo esta casa. Cleo também.

— É visível.

— Aceita um pouco mais de chá?

— Não, obrigada. Fico feliz por você ter me perguntado sobre a Johanna, porque você devia saber mais sobre ela. Agora, tenho tarefas antes de voltar para casa — disse ela enquanto se levantava, e acrescentou: — Algumas ligações para fazer, alguns clientes a convencer, e algum planejamento para executar.

— Se... Cleo diz para dizer *quando*... Quando eu conseguir esse trabalho — disse Sonya, levantando-se para acompanhar Corrine até a porta —, será em grande parte graças às suas fotos.

— O conceito e o design são seus, mas não vou discordar que as fotos vão ter relevância. — Ela esperou enquanto Sonya pegava seu casaco. — Então vou caprichar. Entrarei em contato.

Depois de fechar a porta, Sonya fez uma dança da felicidade rápida que inspirou Yoda a correr em círculos.

— Não vou azarar isso, mas acho que nossas chances acabaram de aumentar.

Enquanto Clover tocava uma melodia alegre da biblioteca, Sonya pegou um colete e um cachecol para levar Yoda para passear.

Nenhuma sombra naquele dia, ela notou, e se perguntou quem costumava ficar ali olhando para o lado de fora.

Johanna? Uma das outras noivas? Molly?

Ela podia ver Johanna agora, além do retrato. Ela via uma mulher que acreditava em si mesma, que cuidava dos outros. Ela via uma mulher que consolava uma amiga e que queria que o amado continuasse a viver.

Mais coisas boas do que ruins, ela pensou novamente.

Olhando para o lado, Sonya podia ver a parte de trás do cavalete na janela diante de Cleo. Ela manteve Yoda por perto enquanto olhava em direção ao Quarto Dourado. Nada naquele momento, ela pensou, mas sem dúvida a bruxa planejava alguma coisa.

Quando ouviu um carro chegando, Sonya disse a Yoda para se sentar.

— Não corra em direção ao carro. Senta, senta, Yoda — insistiu ela. Quando ambos avistaram a caminhonete de Trey, Yoda pulou. — Espera. Espera! Agora vai!

Enquanto os cães se cumprimentavam, a janela do Quarto Dourado bateu três vezes. Nada saiu voando, mas Sonya manteve um olho nela.

— Sua mãe saiu daqui agorinha.

— Passei por ela no caminho para cá. Então quer dizer que ela topou?

— Topou — respondeu Sonya.

O olhar de Trey tinha um brilho diferente, a mandíbula se encontrava contraída.

— Está tudo bem? — perguntou ela.

— Sim, sim. Só trabalho. Não posso falar sobre isso, na verdade.

Mas nitidamente aquilo o perturbava, ela pensou. Algo em seus olhos, algo entre irritado e triste.

— Se você quiser adiar…

— Não. Não, eu preciso de uma pausa. — Ele acenou com a cabeça em direção à janela. — Ela tem se comportado mal?

— Só agora. Nada de mais.

Virando as costas para a janela, eles caminharam pela lateral da mansão e seguiram em direção à área de serviço.

— Sua mãe me deu algumas ideias muito boas.

— Sim, sobre isso, o negócio do beisebol... Eu estava pensando que você poderia querer usar uma criança.

Ela lançou um sorriso inocente.

— Você está preocupado de não conseguir pegar uma rebatida rápida?

— Eu posso pegar uma rebatida, ok? Joguei como segunda base da liga júnior até o ensino médio.

— Segunda. — Mantendo-se inocente, ela abriu a porta da área de serviço. — Eu teria pensado em primeira base, levando em conta esses braços e pernas longos.

— Manny jogou na primeira, Owen como interbase. Mas...

— Ah, então era Poole para Doyle para...

— Garcia. Nós fizemos nossa parte de jogadas duplas. Mas uma criança...

— Eu quero usar crianças para basquete, e sua mãe sugeriu usar outra, com uma mãe ou um pai segurando na parte de trás de uma bicicleta. Tipo, uma criança que acabou de aprender a andar sem rodinhas. Falando em Owen, ele vem hoje?

— Deve estar chegando.

— Vamos fazer um acordo. — Ela terminou de limpar as patas dos cachorros, depois segurou o rosto de Trey. — Se, depois que sua mãe tirar as fotos, você não gostar das suas, eu penso em algo diferente.

— Eu odeio admitir que isso seria justo.

— Ótimo. Agora, por onde você gostaria de começar?

— Que tal subirmos, pra depois descer?

Ela pendurou o colete e o cachecol nos ganchos da área.

— Vamos esperar o Owen... — Ambos os cães latiram e correram para a frente da casa. — E acho que a espera acabou.

No minuto em que Sonya abriu a porta, Jones entrou com uma pose de autoridade. Ele aceitou as saudações, cheirou os sapatos de Sonya e pareceu aprovar.

— Obrigada por fazer isso, Owen.

— Ei, quem não gosta de uma caça ao tesouro?

— Sem jaqueta?

— Tem uma na caminhonete. — Ele estava de calça jeans com uma camisa de flanela aberta sobre uma camiseta preta. — É abril.

— Vamos subir, e depois descer — disse Trey. Quando começaram a subir, os cães dispararam na frente.

— Parece que temos uma equipe completa — comentou Sonya. — Onde está Lafayette?

— No ateliê dela. Vou chamá-la.

Owen olhou à frente.

— Eu faço isso. Sótão primeiro?

— Te encontro lá — disse Trey enquanto Owen se afastava.

Owen caminhou pelo corredor até a pequena torre, e então parou na entrada.

Cleo estava de costas para ele, de frente para o cavalete, com um pincel em uma das mãos e uma paleta de madeira na outra.

Tinha arrumado o lugar do jeitinho que ele havia imaginado, pensou. Não tão cheio de frufrus, mas definitivamente com um toque feminino.

Ela tinha amarrado o cabelo no alto da cabeça e usava uma camisa desbotada e grande — como um avental, ele presumiu.

Do seu computador, ecoava o canto das baleias.

Então ela deu um passo para trás e inclinou a cabeça. E ele viu a pintura.

Ele podia ver que não estava concluída, mas o que estava feito atingiu-o profundamente.

A sereia estava sentada numa costa rochosa, meio virada para o mar, meio virada para a terra. Sua cauda — não era verde, azul, ouro ou vermelha, mas tudo isso e mais — balançava na água.

Ele podia vê-la se mover em sua mente, deslizando pela água azul revolta e pela espuma branca.

Seu cabelo, não exatamente castanho, não exatamente ruivo, mostrava mechas de um loiro-claro conforme caía pelas costas desnudas.

Ele viu algo sereno em seu rosto, embora a artista não tivesse terminado. No entanto, havia serenidade enquanto ela contemplava o que ele pensava que poderia ser uma baleia azul quando finalizado, nadando na luz sinfônica do sol poente.

Owen disse "oi" e ela se virou, o pincel erguido como um punhal.

— Meu Deus, homem! Você me deu um susto danado!

— Você parece mais armada do que assustada — disse ele. — Eles estão começando no sótão. — Mas, enquanto Owen falava, foi se aproximando da pintura. — Eu pensei que você fazia desenhos e coisas do tipo. Livros infantis e tal.

— Eu faço, além de outras coisas. Estou trabalhando em um livro de sereias, um livro decorativo de mesinha de centro.

— Ah, é, você disse isso. Você pinta primeiro?

— Sim, às vezes, mas não. Não, não como isso. Eu tenho tempo para pintar aqui, e ela, bem, veio até mim.

— Baleia azul?

— Eventualmente. Eu só vou limpar e...

— O que ela está segurando? Do jeito que você posicionou as mãos dela, ela está segurando algo.

— Ainda não tenho certeza. Acho que uma concha. Talvez uma joia. Provavelmente uma concha.

— Quanto custa?

— Quanto custa o quê?

— Quanto você quer por ela?

— Não pensei sobre o assunto.

Cleo deu de ombros enquanto limpava os pincéis.

— Eu quero comprá-la, então, quanto custa?

Surpresa, Cleo olhou para ele.

— Você está falando sério? Eu nem terminei ainda.

Ele lançou a ela um olhar que oscilava entre impaciência e diversão.

— Você já vendeu uma pintura?

De repente, ela sentiu que ele invadia seu espaço.

— Sim, mas...

— Então, quanto?

Para afastá-lo, ela tirou um número aleatório da cabeça.

— Cinco mil.

— Ok.

— Ok? Não, pelo amor de Deus. Eu inventei esse valor agora. Esse é o preço de galeria... inflacionado por ser de galeria.

— Qual é a diferença? Do preço normal para o de galeria?

— Se você expõe e vende em uma galeria, eles pegam uma parte. Cerca de 60%.

— Então a venda direta seria algo em torno de dois mil? Vamos colocar uns dois mil e quinhentos.

Quando Cleo apenas o encarou, Owen retribuiu o olhar.

— Eu quero ela. Tenho um lugar para ela. Vamos fechar, Rainha do Nilo.

Cleo olhou de volta para a tela. Ela conhecia a tristeza instantânea da venda. Ela já tinha sentido isso antes, e sabia que passaria.

— Fechado. Quanto você cobra para construir um veleiro *sunfish* para mim?

Um tipo diferente de interesse brilhou em seus olhos.

— Você veleja?

— Eu nunca tive o meu próprio, mas alugava um pequeno *sunfish* algumas vezes no verão em Boston. Eu pensei que faria o mesmo aqui, mas gostaria de ter o meu próprio.

— Você poderia comprar um pronto ou usado mais barato.

— Mas aí não seria um barco de madeira construído pelos Poole para eu velejar em Poole's Bay, seria?

Considerando, ele olhou de volta para a pintura. Em sua mente, a sereia já era dele.

— Podemos fazer uma troca. Mas eu só vou poder começar daqui a algumas semanas.

— Você não me perguntou quanto tempo ainda falta para eu terminar a pintura...

— Você terminaria mais rápido se eu te perturbasse a respeito?

— De jeito nenhum. Na verdade, eu demoraria mais só para te irritar. Tenho a impressão de que você funciona do mesmo jeito. — Ela estendeu a mão. — Quando a pintura estiver pronta, pode vir buscar. Quando o barco estiver pronto, é meu.

— Feito. — Ele apertou sua mão, concordando. — É uma boa troca.

* * *

No sótão, Trey e Sonya removeram todas as coberturas das mobílias do local.

— Você acha que eles se perderam?

Ela olhou para Trey.

— Cleo estava pintando, então pode levar alguns minutos para ela sair. Mas talvez eu devesse dar uma olhada. Já faz um tempo mesmo.

— Vamos dar mais um tempinho. Está tudo quieto. Os cachorros estão tranquilos.

— Você também acha que não vamos encontrar o espelho aqui em cima...

— Ainda temos que procurar. — Quando ele chegou à parede lateral, bateu ao longo dela. — Talvez tenha algo aqui.

— Como uma porta oculta. Como a porta da passagem dos criados. Eu fiz a mesma coisa na sala de música.

Disposta a tentar novamente, ela foi para o lado oposto para bater.

— Você disse que se lembra de estar na frente dele. Mais nada?

— Não do local. Eu podia ver através dele, através do vidro. Movimento, parecendo sombras no início, depois mais nítido. Mas o resto está em branco, e é frustrante. Porque eu noto detalhes, sabe? É parte do meu trabalho. Parece um som oco isso aqui?

— Não.

— Foi o que eu pensei.

Sonya alcançou outra cobertura. As cabeças dos cachorros se levantaram ao mesmo tempo. E ela ouviu passos, depois a voz de Cleo.

— Estamos há tempos aqui — gritou Trey.

— Desculpa. — Cleo afastou o cabelo enquanto ela e Owen entravam no sótão. — Estávamos fazendo um acordo. Ao que parece, Owen é um colecionador de arte.

Trey franziu a testa.

— Desde quando?

— Eu tenho algumas obras. Cleo quer um barco.

— Você quer? — Surpresa, Sonya colocou a cobertura de lado.

— Eu quero um *sunfish* fofinho para velejar em Poole's Bay nos domingos de verão. O baú que eu quero está naquela área bem ali, aliás. É impossível não ver. É o baú do Davy Jones. Davy Jones!

Rindo, ela se abaixou para acariciar Jones.

— Agora eu entendi.

— É, bem, às vezes você apenas tem que ser óbvio.

— Por que vocês dois não ficam com aquela área? — Trey apontou. — Se nos espalharmos, cobriremos mais terreno.

Cleo lançou a Trey um olhar triste.

— Assim disse todo personagem prestes a ser esquartejado em um filme de terror.

— Não estamos em um filme — disse Owen, e foi para a esquerda.

— Ah, bem. — Cleo o seguiu.

Eles investigaram minuciosamente o cômodo. Cleo conseguiu seu baú, e Sonya encontrou um par de cadeiras de teca que ela queria para o mirante da viúva.

Eles encontraram espelhos — espelhos de parede, espelhos de mão, espelhos de corpo inteiro —, mas não encontraram *o* espelho.

Na seção do salão de festas, Cleo começou a coletar uma pilha de itens para levar para baixo.

— Isso aqui é, tipo, a melhor loja de antiguidades do mundo. Olha só essa luminariazinha.

Uma deusa nua em bronze formava a base. A cúpula rígida rosa-claro gotejava com cristais.

— Parece que saiu de um bordel — comentou Owen.

— Eu sei! Eu amo isso. Ela vai ficar em uma mesa na minha sala de estar. A menos que você queira, Sonya.

— É toda sua. Loja de antiguidades, bordel, cassino. Juro, toda vez que venho aqui, vejo algo que não vi antes. Eu devia ter tirado todos os lençóis na primeira rodada. Quem sabe algum dia eu não levo algumas dessas coisas para alguns dos quartos do terceiro andar. Não estão todos mobiliados, e me parece um desperdício ter tanta coisa guardada aqui em cima. Algum dia. Porque eu não pretendo usar nenhum desses quartos no futuro próximo.

— Você vai desistir de toda essa ala por causa de uma maldita bruxa morta?

— Owen, você nunca está aqui quando ela se manifesta.

Com a cabeça baixa enquanto ela puxava outro lençol, ela não viu o olhar que Trey e Owen trocaram.

— Os cachorros precisam sair. Por que você e Cleo não fazem esse favor, Sonya? — sugeriu Trey. — Owen e eu podemos pegar o baú.

— Eu não me importaria com uma gelada.

— Coca-Cola agora, álcool depois. — Cleo bateu palmas para os cachorros. — Tá bom, pessoal, hora de uma pequena pausa.

Trey esperou até os sons de latidos, passos e vozes se afastarem.

— E então?

— Vamos lá. Eu não me lembro dos quartos naquela ala. Nunca tive motivo para passar tempo lá.

— Eu sei onde é.

Trey liderou o caminho.

— Cara, eu confesso que tem mesmo algo assustador nesta ala. A luz está apagada — comentou Owen. — Não exatamente desligada, apenas não parece certa, sei lá. O ar está mais frio.

— Não estava, pelo menos não que eu tenha notado. É notável agora.

— Você acha que é para cá que ela vem quando entra no espelho.

— Eu tive alguns momentos aqui. Mas ela tem um bom argumento quando diz que não é a Dobbs com o lance espelho. Bem mais frio aqui. Bem aqui.

Eles pararam diante da porta do Quarto Dourado, e podiam ver o vapor de suas respirações como se fossem nuvens de neblina.

Owen tocou na maçaneta da porta, mas tirou a mão rapidamente.

— Me deu choque, e não foi leve.

Algo se chocou contra a porta.

— A porra da madeira se curvou para fora! Você viu isso?

Trey assentiu. E a batida aconteceu novamente.

— Ela está tentando sair, ou tentando nos manter fora?

Trey cobriu a mão com a manga do suéter.

— Talvez ambos. Bata na porta.

Quando Owen bateu com o punho, Trey agarrou a maçaneta da porta e girou. A porta se abriu violentamente. O vento que a fez se chocar contra a parede soprou como um vendaval. No entanto, nada se moveu. Até as cortinas nas janelas pendiam e imóveis.

As janelas atrás deles se abriram e chacoalharam. Na lareira, um fogo se acendeu e brilhou, sem madeira para alimentá-lo.

Mais uma vez, as paredes sangraram.

— Olha, eu confesso que isso é meio legal — disse Owen.

Mas Trey sentiu o sangue ferver quando pensou em Sonya abrindo a porta.

— É uma palhaçada, isso sim.

Trey avançou. Assim que seu pé cruzou o limiar, algo o atingiu com força suficiente para levantá-lo do chão e lançá-lo de volta até ele se chocar contra a parede.

A porta se fechou com um estrondo.

— Ei, ei! — Owen se agachou ao lado dele. — Calma, calma. Você bateu com força.

— Puta merda! Perdi o fôlego. Puta merda! — repetiu Trey ao ouvir passos apressados.

— Cara, você acabou de ser jogado no ar por uma mulher morta. Acho que você consegue lidar com sua namorada. Só fique deitado um segun…

— Meu Deus, o que você está fazendo? No que você estava pensando?

Nesse momento, Trey se viu afastando um trio de cachorros e duas mulheres.

— Você está machucado. Tem sangue! Cleo, liga para a emergência.

— Para, para. — Quando sentiu o sangue escorrer do seu nariz, ele o enxugou. — Não preciso de ambulância nenhuma. Vamos, Mook, chega pra lá.

— Ele está bem.

Os dois homens se agarraram pelos antebraços, e Owen puxou Trey para se levantar.

— Você bateu a cabeça? Está tonto?

— Sim, bati um pouco, e não, não estou tonto.

— Você disse para a gente sair só pra poder fazer isso. Isso é ultrapassar os limites, vocês dois. Completamente fora dos limites.

Assustado e irritado, Trey refletiu e pegou as mãos de Sonya.

— Você está certa, foi mesmo. Desculpa.

— Olha, Trey provavelmente precisa de uma compressa de gelo. Que tal você ficar brava com a gente lá embaixo?

— Tudo bem, acho que terminamos a busca por hoje, e eu posso ficar brava em qualquer lugar.

— Eu realmente sinto muito. — Embora Sonya tenha tentado afastar a mão, Trey manteve a pegada firme. — Eu devia ter dito que queria dar outra olhada. Pareceu mais sensato você estar fora da casa para fazer isso, mas não é desculpa para não ter sido sincero sobre as minhas intenções.

— Agora eu entendi exatamente o que Anna quis dizer.

— Sobre o quê?

Sonya balançou a cabeça.

— Vou pegar uma compressa de gelo e uma cerveja para você, e você pode explicar tudo isso.

Porque ele sentiu Cleo hesitante, Owen diminuiu o passo para acompanhar o dela.

— Você também está irritada?

— Por Sonya, sim. O problema é que eu estava me preparando para fazer exatamente o que você fez, então estou tentando dizer o mínimo possível.

— Boa jogada. Mas não tente sozinha. De jeito nenhum.

— Tenho algumas coisas que podem ajudar, se eu conseguir entrar lá.

— Acabei de ver Trey ser atingido por uma coisa invisível, com força suficiente para jogá-lo cerca de três metros até ele bater na parede como se tivesse sido lançado pelo Hulk. Não tente isso sozinha. É sério. Agora eu realmente quero aquela cerveja.

Na cozinha, Sonya, em um silêncio frio, pegou uma compressa de gelo e umedeceu um pano.

— Segura isso no nariz.

— Parou de sangrar.

— Isso eu estou vendo. — Apesar da raiva, ela passou os dedos gentilmente pela parte de trás da cabeça de Trey. — Tem um galo pequeno, mas não está sangrando.

Ela lhe entregou a compressa de gelo.

— Segura isso aí.

— Entendi. Obrigado. Sonya, olha só... Você não pode deixar o quarto fechado para sempre.

— Será? Estou pensando em instalar uma porta de aço por cima da que já existe.

Ela pegou duas cervejas e as abriu. Então colocou as bandejas na frente dele e ofereceu a outra para Owen quando ele entrou com Cleo.

— Você se machucou, e poderia ter sido muito pior.

— Poderia, mas não foi.

Cleo deu um tapinha no braço de Sonya.

— Vou pegar um vinho pra gente. As janelas daquele quarto começaram a bater. Com tanta força que não sei como o vidro não quebrou. Os cachorros ficaram malucos.

Ela retirou a rolha de uma garrafa aberta e serviu duas taças.

— Os cachorros ficaram malucos e nós corremos para a casa. Eles estavam latindo e rosnando e correndo escada acima. Ouvimos estrondos e batidas. Você estava gritando.

Owen deu outro longo gole na cerveja.

— Estava?

Ela assentiu.

— Sua vez.

— Foi culpa minha. Eu fiquei sabendo tudo sobre aquele quarto e Hester Dobbs de segunda mão. Então falei pra gente dar uma olhada.

— Nobre da sua parte. — Já mais calma, Sonya tomou um gole do seu vinho. — Mas Trey é bem grandinho, e, obviamente, capaz de sustentar suas besteiras.

— Enfim, a luz está apagada naquela ala... Tem uma aparência sombria, e o ar está frio. Você notou?

— Não. — Ao olhar para Cleo, Sonya recebeu uma negativa com a cabeça. — Mas estávamos um pouco distraídas vendo Trey caído no chão.

— Eu não diria caído — argumentou Trey.

Ele retomou a história com cuidado para não deixar nenhum detalhe de fora. Não seria justo com ela, e ele tinha que admitir — ele não tinha sido justo com ela.

— Muito parecido com antes, então. — A raiva desapareceu, deixando apenas um resquício de ressentimento.

— Muito — disse Trey. — Mas não completamente. Dessa vez eu a vi.

— Você a viu. — Imediatamente Cleo se sentou ao lado dele. — E você não começou logo com isso?

— Só por um segundo, eu vi uma mulher de vestido e cabelo preto, e uma que parecia muito mais irritada do que qualquer uma de vocês. — Ele olhou para Owen. — Você não viu?

— Eu estava ocupado te vendo ser lançado no ar. E a porta se fechou com um estrondo.

— Sonya fez alguns desenhos dela. Como eu disse, só tive um vislumbre, enquanto voava, mas a reconheci na hora. E não foi difícil perceber que a maior parte do que vimos lá era pura palhaçada.

— Como você disse antes de voar — lembrou-o Owen.

— As cortinas não estavam se mexendo. Tinha uma ventania dentro do quarto, mas as cortinas não se moviam?

Franzindo a testa, Owen se sentou.

— Isso é verdade. É mesmo.

— Ilusões. Truques.

— O nariz sangrando e o galo na sua cabeça não são ilusões.

— Não. — Porque ele achou que ambos poderiam estar precisando, ele se levantou e envolveu o corpo de Sonya com os braços. — Mas ela não pôde, ou não quis, passar pela porta. Como o pássaro que desapareceu a poucos metros da janela.

Ele beijou a testa dela.

— Vamos descobrir.

— Tem alguma maneira de descobrirmos com comida? — perguntou Owen.

— Putz! Esqueci de fazer alguma coisa para o jantar.

— Não dá pra fazer aquela coisa da última vez? Com a vodca e o macarrão. Quero ver como é o processo.

— Dá, sim.

— Estamos quase terminando lá em cima. Podemos mexer no porão amanhã. Você consegue? — perguntou Trey a Owen.

— Depois do que acabou de acontecer? Não perco por nada.

— Sem mais desvios enquanto as garotas estiverem fora.

Ele deu a Sonya um aceno solene.

— Não, senhora.

— Você é bem-vindo para ficar, se quiser, Owen. Deus sabe que temos quartos de sobra, com exceção daquela ala.

— Eu não trouxe mochila, mas… nunca passei a noite aqui. Tenho algumas roupas de trabalho na caminhonete. Tem uma escova de dentes extra?

— Um monte. É só escolher um quarto.

— Pode deixar. E quanto ao café da manhã?

— É cada um por si — disse Cleo firmemente.

— Mesmo no domingo?

— Mesmo no domingo. E estou na minha última tortinha assada, então nem pense nisso.

— As de maçã com aquela cobertura branca por cima?

— Nem pense nisso.

Com um encolher de ombros, ele abriu a geladeira e checou alguns armários.

— Eu faço o café da manhã.

— Enquanto estamos nisso, Trey me disse que você malha, levanta peso, essas coisas.

Owen deu de ombros para Sonya.

— Sim. Vocês têm aquela academia aqui embaixo, né? Posso usar?

— Fique à vontade. E isso me leva a um projeto em que estou trabalhando, um possível trabalho, para a Ryder Sports.

— Tudo bem.

— Preciso de fotos, que a mãe do Trey vai providenciar.

— Ela é boa nisso.

— É mesmo. Eu quero uma foto sua, talvez fazendo o clássico exercício de bíceps.

— Minha? Por quê?

Para ajudar na causa, Cleo estendeu a mão e testou o bíceps dele.

— Uuuuh. — Ela piscou de um jeito exagerado. — É por isso, gatão.

Quando ele riu, Sonya aproveitou a deixa.

— É um trabalho grande e eu só tenho uma chance para acertar. Quero mostrar pessoas comuns, não modelos profissionais, usando o equipamento da Ryder no dia a dia. Você faz exercícios de bíceps, então, é você. Cleo vai representar o ioga. Trey, o beisebol.

Owen riu novamente.

— Ela te pegou? Primeiro a foto do advogado, agora isso? Ele odeia que tirem foto dele.

— Odiar é uma palavra forte — disse Trey.

— Mas... — Piscando outra vez, Cleo passou a mão pela bochecha de Trey. — Tão bonito.

— Sim, ela te pegou. Eu estou de boa com isso. Vem, Jones, vamos escolher nosso cafofo para a noite. Não comece a coisa da vodca sem mim — disse ele a Cleo. — Quero ver.

— Um homem interessante, seu amigo.

Trey ofereceu a Cleo seu sorriso lento.

— Ele é complexo. Como o Shrek.

Capítulo vinte e sete

Trey caminhou em direção à cozinha pela manhã, sentindo cheiro de bacon e café. O dueto de chamados irresistíveis.

Owen, com as mangas de uma camisa jeans antiga arregaçadas, a parte da frente aberta sobre uma camiseta igualmente velha, batia algo em uma tigela.

— Os cachorros desceram antes de você. Estão tendo uma reunião lá fora.

Acenando, Trey foi direto para o café.

— Ouvi o relógio — comentou Owen. — Às três da manhã.

— É. Sonya dormiu durante o badalar. E depois teve a música.

— Ouvi alguém chorando, parecia que era no corredor da biblioteca. Eu andei até lá, depois desci. Nada e ninguém lá. Exceto... Você sabe que minha visão é perfeita, mas, quando entrei na sala de música, só por um segundo, eu não vi alianças em nenhum dos retratos. Alianças de casamento. Só depois.

Com os olhos semicerrados, Trey se recostou no balcão.

— Isso aconteceu com a Sonya. Ela mencionou isso ontem à noite.

— É? Talvez seja uma coisa dos Poole.

— Talvez. E talvez signifique que ela não é a única que pode encontrar as alianças. Onde quer que estejam.

— Ou, talvez, a única a dar uma volta naquele espelho mágico. Onde quer que ele esteja.

— Você falou com algum dos primos sobre isso?

— Eles não estão interessados. Collin não deixou a mansão para eles por uma boa razão. Eles teriam vendido em um piscar de olhos.

— Mas você, não.

— Não. Eu não sei o que diabos faria com ela, e aí está outro motivo pelo qual ele deixou para a Sonya. Mas esta casa está na família há mais de dois séculos. Esta merda importa. A empresa importa, pela mesma razão, e eles entendem isso. Mesmo que seja só, ou ao menos principalmente, pelo dinheiro.

— Mas você, não — repetiu Trey.

— Ei, eu não tenho nada contra ganhar dinheiro. Usamos nossas habilidades ao máximo, e isso funciona. Clarice pode não saber como construir um veleiro *dingue*, mas ela tem um olho de águia para o cerne do negócio. Connor poderia vender areia para um homem vagando pelo deserto. Mike poderia construir se ele quisesse, mas ele é melhor no design. Cathy e Cole estão estabelecidos na Europa, têm família lá, e cuidam das coisas por lá. E Hugh — acrescentou Owen, falando de seu irmão mais novo — é grato pela parte que Collin deixou para ele, e faria o que eu pedisse. Mas o que ele quer é viver em Nova York, usar ternos elegantes e trabalhar com finanças. Ele é bom nisso.

— As mulheres vão descer antes do almoço?

— Sonya está acordada. Ela queria verificar algo no escritório primeiro. Não sei sobre a Cleo. — Trey olhou na tigela. — Rabanada?

— É domingo. — Owen pegou duas frigideiras. — Outra pessoa vai lavar a louça. Quantas fatias você quer?

— Estou sentindo o cheiro de bacon. Você vai fazer ovos também?

— É domingo.

— Então, duas.

Quando Sonya entrou, Owen adicionou mais fatias de pão embebidas na frigideira. Depois, despejou ovos batidos na outra.

— Você quis um café da manhã de verdade.

— É domingo. Quantas você quer?

— Só uma, obrigada.

— Que triste, mas você quem manda.

Até o momento em que ele tinha empilhado tudo em um grande prato, Cleo se juntou a eles. Owen lançou um olhar a ela.

— Você acorda com essa aparência?

Ela apenas sorriu.

— Nossa, isso que é um café da manhã de domingo.

— Eu fiz extra, caso você decidisse aparecer.

— É domingo — disse ela, fazendo Trey rir.

Enquanto comiam, Sonya se virou para Owen.

— Então, Trey me disse que você constrói casas para cachorros.

— Na verdade, não. Só fiz duas.

— Você fez aquele duplex para Lucy.

— Algumas — corrigiu Owen.

— Yoda realmente precisa ter uma casa própria. Por exemplo, neste momento ele está recebendo convidados. Talvez eles queiram se reunir, assistir um pouco de ESPN. Ou *Patrulha Canina*.

Owen pegou um pouco de ovos, observando-a enquanto ela sorria para ele.

— Do que você precisa?

— Não sei. Não pensei sobre isso. De cara, você precisa de um design, dimensões...

— Acontece que... — Sonya se levantou e pegou o caderno de esboços que trouxe consigo — eu tenho tudo isso.

— Foi você que começou isso? — perguntou ele a Trey.

— Sem querer.

Owen continuou comendo enquanto analisava os esboços de Sonya. Esboços que ela havia cuidadosamente desenhado em escala.

— Telhado em mansarda, uma torre, janelas arqueadas.

— É necessário honrar o estilo vitoriano da mansão. É a mansão do Yoda.

— Aham. Interior, teto bandeja, com um ventilador e piso aquecido. Uma cama enorme.

— Para convidados.

— Uma lareira elétrica.

— Considerando isso, encontrei uma bem pequena, e, com os pisos aquecidos, seria quente no inverno. O que você acha?

— Ela quer um barco. — Ele apontou o garfo para Cleo. — E nós já fechamos o acordo. Mas posso pensar a respeito. Se eu fizer, você vai ser mão de obra não remunerada, ok, senhor? — disse ele a Trey.

— Sem problema. Falando em cachorros, vou deixar os carinhas entrarem e dar comida a eles.

— Eu cuido da louça. — Cleo se levantou. — Suponho que precisamos começar. Por que não pegamos o andar de baixo?

Dentro de uma hora, eles estavam mergulhados na tarefa, removendo mais lençóis empoeirados e vasculhando o labirinto de quartos. Quando ela descobriu uma grande escrivaninha com tampo retrátil, Sonya vasculhou gavetas e nichos.

— Precisa de óleo. — Owen passou a mão sobre ela. — Mogno sólido, tem a frente de tambor em forma de S e alças originais esculpidas. Provavelmente do final da era vitoriana.

Sonya pensou que o conhecia bem o suficiente para reconhecer aquele tom.

— É sua.

— Não, de jeito nenhum. Essa peça deve valer...

— Uma casinha de cachorro sob medida?

— Droga. Caramba. Feito.

Ela o surpreendeu abraçando-o e dando-lhe um beijo estalado.

Ele lançou a Trey um olhar divertido.

— Você está ferrado agora, amigo. Você sabe o que acontece quando eu beijo uma mulher.

— Ela que te beijou — corrigiu Trey.

— Eu posso corrigir isso. — Mas ele voltou sua atenção para a escrivaninha. — Vai ser interessante tirar isso daqui.

À medida que prosseguiam, a sineta tocou.

— Começou — murmurou Sonya.

Trey caminhou até lá, colocou a mão na sineta e a silenciou. Sob sua mão, ela começou a vibrar.

— Você só vai irritá-la ainda mais — disse Cleo, mas colocou a mão sobre a dele. — Insistente. E frio, certo?

— Sim, ficando mais frio.

Ele removeu a mão e a sineta sacudiu violentamente.

— Podemos tirá-la do suporte do painel.

— Eu pensei nisso. — Juntando-se a eles, Sonya balançou a cabeça. — Mas é meio que um sistema de alerta antecipado. Além disso, ignorá-la é como mostrar à vaca o dedo do meio.

— Algum dos outros faz isso? — perguntou Owen.

— Não que eu tenha notado. Cleo, olha essa escrivaninha. O tampo inclinado. Isso também é mogno, não é? Por que você não pega?

— Eu já tenho uma escrivaninha.

— Pra desenhar. Você devia montar um escritório. Temos todos esses quartos. E quanto mais deles realmente usarmos, mais vai parecer que estamos enfiando um dedo no olho dela.

— Vendo por esse lado...

— Parece que somos apenas músculos — comentou Owen, então apontou. — E que tal lá embaixo?

Sonya olhou para a porta do porão.

— Eu nunca desço lá. Nunca.

— Não podemos pular o porão.

Ele foi até a porta, e ela rangeu exatamente como Sonya imaginava que faria quando ele a abriu. Ele acionou o interruptor.

— As luzes funcionam — disse ele, e começou a descer as escadas estreitas e íngremes.

— Faremos uma varredura rápida — afirmou Trey. — Vocês podem ficar aqui.

— Eu não vou ficar aqui. — Cleo olhou para Sonya quando Trey desceu. — Vamos ficar aqui como donzelas indefesas, Sonya?

— Meu Deus do Céu... Vai você primeiro.

As luzes fortes realçavam ainda mais os cantos sombrios. O piso de concreto mostrava um cinza desbotado e opaco. Havia outro labirinto de cômodos, de teto baixo e paredes nuas.

Deveria haver teias de aranha, Sonya pensou. Mas o porão estava tão limpo quanto o resto da casa.

— Molly trabalha pesado. — Sonya ficou perto de Cleo.

— Se você não assistisse a tantos filmes de terror, não estaria pensando em Freddie ou Jason ou… como é o nome daquele? Michael Myers.

— Não diga os nomes!

Ela ouviu os homens falando sobre aquecedores de água sem tanque, fornalhas e vigas de suporte. E seguiu naquela direção.

No topo das escadas, a porta bateu. E as luzes se apagaram.

— Puta merda. Ai, meu Deus. Jesus amado. Cleo? — Ela tateou em busca da amiga e a segurou.

— Estou aqui. Onde…

Como a voz de Cleo veio da esquerda, e a mão que ela segurava estava à sua direita, Sonya nem pensou em conter o grito.

Girando, ela esbarrou em alguém — algo — e gritou novamente.

— Sou eu! Sou eu! — Cleo segurou firme, e elas ouviram passos apressados.

De repente, viram uma luz fraca tremulando.

— Sonya!

— Tem algo aqui.

Quando Trey a alcançou, ele a envolveu com um braço, segurando seu celular com a lanterna acesa na outra mão. Atrás da porta, os cachorros latiam como loucos.

— Você se machucou?

— Não, não, mas…

— Seu celular está aí?

— Sim… Desculpa… Sim. A porta. As luzes.

Ela tirou o celular do bolso enquanto Owen passava por ela em direção às escadas.

— Trancada pelo lado de fora.

— Havia ferramentas no fundo.

— Por que você não pega lá? Vamos tirar do trinco.

— Estamos bem — disse Trey a Cleo. — Só um minuto.

— Espera. — Cleo levantou uma das mãos enquanto as luzes piscavam. — Tente a porta de novo.

— Eu já tentei.

— De novo — insistiu ela. — Olha as luzes. Ela acabou o showzinho ou não consegue manter. Tenta.

Quando a maçaneta girou em sua mão, ele olhou para ela.

— Você estava certa.

As luzes se acenderam completamente quando ele abriu a porta. Os cachorros pularam e abanaram o rabo. Estavam trêmulos. Como se considerava orgulhosa, Sonya subiu dois degraus por vez.

— Gente, desculpa, mas eu estou em pânico. Por mim, ela pode ficar com o Quarto Dourado e o porão. Quando as luzes se apagaram, eu segurei a mão de alguém, e não era a de Cleo, porque ela estava do meu outro lado. Gente, eu vou lá pra cima — disse. — Não era a de Cleo ou de nenhum de vocês. Eu segurei a mão de alguém. *Eu segurei.*

Suas mãos ainda tremiam quando ela chegou à cozinha e pegou um copo de água.

— Eu estou em pânico.

— Quem não estaria? — perguntou Owen.

— Como era a sensação?

— Era uma mão, Trey.

— Quer dizer, de homem, de mulher...?

— Ah. Eu... — Ela bebeu mais água e tentou pensar. — Eu realmente pensei que era a da Cleo, mas é que eu estava esperando que fosse dela.

Fechando os olhos, ela se transportou de volta ao momento.

— De uma mulher, ou garota. Meu Deus, provavelmente era dela. Hester Dobbs.

— Acho que não. — Cleo acariciou o cabelo de Sonya. — Você não disse que a mão era fria.

— Eu não reparei.

— Você teria percebido, tenho certeza disso. A sineta, Trey, o ar... tudo ficou gelado.

— É verdade.

— Você disse que alcançou a minha mão, e segurou outra mão. Ficou frio quando a porta bateu, mas não como a sineta, e as luzes se apagaram. Acho que foi uma das outras. E ela deixou você segurar a mão dela para te tranquilizar.

— Não funcionou. Eu gritei.

— Mais uma vez — comentou Owen —, quem não gritaria?

Ela lhe ofereceu um sorriso débil.

— Obrigada por isso.

— Só estou falando a verdade. Vamos tentar de novo — disse ele a Trey.

— Ah, vocês precisam mesmo fazer isso?

— A gente vai lá rapidinho — disse Trey, que se abaixou e beijou o topo da cabeça de Sonya.

— Eu não vou voltar lá embaixo, Cleo.

— Por que voltaria? Vamos deixar os dois checarem. Eles vão se sentir melhor. E não acho que ela possa fazer aquele truque novamente tão cedo.

O celular de Sonya tocou "Take It Easy", dos Eagles.

— Estou tentando.

— Pode ter sido Clover, ou até Molly. — Cleo andava sem rumo enquanto falava. — Mas com certeza era alguém que se importava o suficiente para deixar você segurar a mão dela. Uma força oposta. Eu sei que te assustou. Teria me assustado pra caralho também. Mas acho que não foi essa a intenção.

— Você está certa. Você está certa. Quando encostei na Dobbs, eu senti uma queimadura de gelo. Com a mão não foi assim. De jeito nenhum. Mas não vou voltar lá embaixo.

Quando os homens voltaram, Trey se sentou ao lado dela e segurou suas mãos.

— Não tem nada de estranho lá embaixo agora.

— Ótimo. Mas isso entrou para a minha lista de coisas para nunca mais fazer.

— Que tal isso? Vamos ver o que é necessário para subir as escrivaninhas, e qualquer outra coisa que você queira, e depois encerramos. Vamos sair e jantar fora.

— Por que não fazemos exatamente isso?

Tudo voltou ao normal. Até Clover diminuiu seus interlúdios musicais como se entendesse que Sonya precisava de um pouco de silêncio. Ela trabalhou até segunda-feira de manhã sem interrupções até Cleo aparecer na porta.

— Desculpa atrapalhar, só vim avisar que vou ao mercado. A menos que você queira que eu te espere.

— Não precisa, pode ir. Estou bem aqui.

— Não demoro. Rock Hard hoje à noite.

— Como eu poderia esquecer? Conversei com Bree. Ela disse que é para usar roupas sexy de balada.

— E tem outro tipo? Te vejo mais tarde.

— Vou sair com você. Está na hora do Yoda dar uma volta.

O silêncio e a normalidade prevaleceram durante a caminhada e de volta ao trabalho. Isso, ela pensou, era o que ela queria. A grande e bela casa ao seu redor, o mar inquieto lá fora e o cachorro cochilando perto do fogo.

E o trabalho dela.

Ela tentava não se preocupar que, se não conseguisse o trabalho com a Ryder, teria uma agenda vazia em breve.

Algo viria, ela se dizia. *Faça um bom trabalho, e algo vai aparecer.*

Quando Yoda latiu e correu para cumprimentar Cleo, Sonya percebeu que tinha trabalhado mais de três horas. E Cleo tinha dito que não demoraria!

Ela desligou tudo e encontrou Cleo na cozinha, guardando as compras.

— Eu amo este lugar. Imaginei que você mandaria uma mensagem se precisasse de mim, então, assim que cheguei lá, tive que passear pela vila. As lojinhas! Todas tão fofas.

Sonya olhou para as sacolas de compras.

— Você se divertiu.

— Aham. E, quando Gigi da Gigi's, aquela loja divertida de roupas e sabonetes e loções, feitos localmente, descobriu que eu era sua amiga, ela disse que estava pensando em te procurar. Ela viu o site da Anna.

— Sério?

— Naturalmente, eu disse a ela que você era a melhor de todos os tempos, e que, com todas as coisas lindas dela, você faria algo fantástico. Ela deve te ligar esta semana.

— Eu adoraria receber uma ligação da Gigi.

— A filha da Gigi já namorou seu primo.

— Owen?

— Não, um dos outros. Cole.

— Ah, ele mora em Londres, eu acho.

— E a filha da Gigi mora em Bangor com o marido e duas filhas. E um São Bernardo chamado Milly.

— Você está sempre por dentro de tudo.

— Sim, estou. De qualquer forma, eu me diverti muito. A menos que algo irresistível apareça, eu posso tirar algumas semanas de folga neste verão. Pintar e velejar, e velejar e pintar, e ficar à toa.

Ela guardou as sacolas de mercado de pano.

— Que tal uma salada com frango grelhado antes de colocarmos nossas roupas sexy de balada?

— Perfeito.

Não surpreendeu Sonya, quando ela foi se trocar, se deparar com o vestido vermelho mais uma vez estendido na cama.

— Sabe de uma coisa? Hoje eu posso fazer isso funcionar. A menos que... — Ela caminhou até o corredor e gritou: — Cleo, você vai de vermelho?

— Não. O vestido preto com prateado.

— Ah, esse é bom. Beleza.

Naquele momento, Cleo saiu.

— Você vai usar aquele vermelho deslumbrante.

— Acho que essa é a terceira ou quarta vez que Molly o escolhe pra mim.

— Ela escolheu o preto para mim. Então, vamos deixá-la feliz.

Talvez não fosse normal na maior parte do mundo, Sonya decidiu, mas era normal o suficiente para a mansão.

Pela primeira vez desde que se mudou, ela pegou o modelador de cachos. Estava determinada.

Levou uma hora inteira, mas, quando se olhou no espelho, pensou: *Sim. Valeu cada minuto.*

Ela caminhou pelo corredor com saltos que não usava há meses, e entrou no quarto de Cleo.

Sua amiga tinha deixado o cabelo solto e usava o vestido preto e saltos prateados que realçavam as linhas finas e brilhantes da roupa.

Cleo se virou, e seus lábios, com batom vermelho vivo, se curvaram.

— Estamos gatíssimas, meu Deus. Vamos descer.

— Trey está deixando o Mookie na casa dos pais, depois vem nos buscar, daí leva o Yoda, e depois busca o Owen. É muita coisa.

— E o Jones?

— Jones tem Wi-Fi na casinha dele.

— Ah, é. Esqueci.

Yoda anunciou Trey antes de ele tocar a campainha.

Quando elas atenderam, ele piscou lenta e satisfatoriamente.

— Uau. Só consigo dizer uau.

— Nós aceitamos o elogio. — Cleo saiu da casa.

— Um uau bem grande.

Sonya fechou a porta atrás de si.

Na vila, Yoda se reuniu com Mookie, e, minutos depois, Trey parou diante de uma casa em estilo rústico perto da baía com uma garagem enorme.

Uma buzinada fez Owen sair.

— Bela casa — disse Cleo.

— Precisa de uma mexida, mas está progredindo.

— Uma família de quatro pessoas poderia morar na garagem.

— Não é uma garagem. É uma oficina. Você está bonita — disse ele. — As duas estão. Manny me disse que a Bree avisou que estávamos indo para o show. Ele conseguiu uma mesa. Pelos velhos tempos.

Ninguém mencionou fantasmas ou sinetas tocando, então a viagem para Ogunquit continuou no tom normal do dia. Talvez fosse apenas uma calmaria, Sonya pensou, mas, como Cleo com o "uau", ela aceitaria.

Quando entraram no local, ela percebeu que sentia falta disso. A agitação, o calor dos corpos em movimento, o bar lotado, a música alta.

Quando olhou para o palco e para o baterista, ela percebeu que não imaginava Bree com Manny, com seus óculos de armação escura e grossa, sorriso bobo e cabelo castanho e desgrenhado.

Mas Bree estava ao lado de uma mesa, mexendo a bunda no ritmo da música. E Sonya viu que o sorriso bobo era direcionado para ela.

— Bree está guardando a mesa — gritou Owen. — Eu pego a primeira rodada. Quer sua primeira e única cerveja?

— Sim. Eu sou o motorista da rodada, perdi no cara ou coroa.

— Como é o vinho daqui? — perguntou Sonya.

— Não faço ideia.

— Eu vou com ele. E cuido disso.

Cleo saiu com Owen enquanto Trey levava Sonya para a mesa.

— Uau! Você conseguiu. Eles estão arrasando hoje.

A chef usava calça de couro justa e uma regata que mostrava um pouco do abdômen e o piercing no umbigo. Tinha uma tatuagem de libélula subindo do cotovelo até o ombro.

— Você está linda, Sonya.

— Tenho que dizer o mesmo de você.

— Só vocês dois?

— Owen foi ao bar — Trey a informou. — Cleo foi com ele. Ninguém confia no Owen para pedir vinho.

— Com toda razão. Eu tenho que dançar.

Bree correu para a pista de dança e se juntou a um quarteto que parecia não se importar com isso.

— Quer dançar?

— Observar primeiro, dançar depois. — Depois de sentar, Sonya se virou para Trey. — Ou eles são realmente bons ou não ouço música ao vivo há tempo demais.

— Pode ser ambos. — Ele passou a mão pelo cabelo dela. — Isso é novidade.

— Dá trabalho, acredite.

Ele se inclinou para beijá-la.

— Obrigado pelo esforço.

Cleo colocou um copo na frente de Sonya.

— Eles realmente têm uma carta de vinhos muito boa.

— Uma única cerveja para o Trey.

Assim que Owen colocou a cerveja na mesa, Cleo agarrou a mão dele.

— Nós vamos dançar.

Com um riso, Sonya deu um gole rápido, e então agarrou a mão de Trey.

— Vamos dançar.

Ela dançou com Trey, com Owen, com Cleo, com Bree e com completos estranhos. E esqueceu tudo, exceto o movimento e a música.

Quando a banda fez uma pausa, ela foi apresentada a Manny, que se revelou tanto nerd quanto meigo. E, quando ele se espremeu em uma cadeira com Bree, o nerd e a chef tatuada pareciam perfeitos juntos.

Quando a Rock Hard começou o próximo set, Sonya se virou para Bree.

— Tudo bem, o Manny é um querido.

— Ele é mesmo. E é um monstro na cama.

— Bree, pelo amor de Deus.

Bree fez um gesto displicente com a mão para Trey.

— Ah, cala a boca. Você era bom de cama. Ele também é — disse ela para Sonya enquanto Cleo ria como uma lunática.

— Ele é bom de cama mesmo — concordou Sonya.

Para encerrar o assunto, Trey agarrou a mão de Sonya.

— Vamos dançar.

* * *

Depois da meia-noite, Trey parou o carro novamente na porta da mansão. Mookie e Yoda estavam aninhados juntos no banco traseiro da caminhonete com Cleo.

— Que noite. Eu poderia me tornar uma groupie da Rock Hard. Você vai entrar, Trey?

Ele olhou para trás, para Cleo, e então para Sonya.

— Eu tenho um compromisso às oito. Mas...

— Você vai pra casa. — Antes que Sonya pudesse se inclinar para beijá-lo, Cleo tocou seus dedos nos lábios dela, e depois na bochecha dele. — Yoda e eu vamos dizer boa-noite e obrigado. Amei cada minuto.

— Boa noite, Cleo.

— Eu amei cada minuto também. — Sonya então se inclinou para beijá-lo. — Eu gosto dos seus amigos.

— E eu gosto dos seus.

— Isso é um bônus legal, não é? Vai pra casa, descansa.

— Você tem certeza de que está bem por esta noite?

— Estamos todos bem. Está uma calmaria agradável. — Mas ela o beijou novamente, demorando-se. — Não saia do carro.

— Dormir não importa tanto assim.

Rindo, ela o empurrou.

— Vai dormir um pouco — disse ela, e abriu a porta. — Você também, Mookie.

Ele esperou enquanto ela entrava na casa.

Cleo voltou pelo saguão.

— Todas as portas dos armários na cozinha e na cozinha auxiliar estão abertas. E, desta vez, as portas do bufê e do aparador na sala de jantar também. Acho que alguém não ficou feliz por termos levado o cachorro por tanto tempo. Alguém — adicionou Cleo — que Yoda saudou correndo em círculos, para logo em seguida começar a dançar nas patas traseiras. Acho que está perdoado.

— Que bom. Porque eu dancei tanto que quero a minha cama.

— Estou com você nessa. Na minha própria cama. Foi tão divertido — comentou Cleo enquanto subiam as escadas, de braços dados.

— Eu quase esqueci como é simplesmente se soltar e dançar daquele jeito. — Sonya parou do lado de fora do quarto de Cleo. — Você é a melhor amiga que alguém poderia ter.

— Quem saberia disso melhor do que você?

— Eu tô falando sério. Você não gostava mesmo do Brandon. — Ela recuou, encontrando o olhar de Cleo. — Eu sei que não, porque dá pra ver que você gosta de verdade do Trey.

— Eu gosto de verdade do Trey.

— Eu também. Boa noite, Cleo.

Em seu quarto, Sonya tirou a maquiagem e aplicou um hidratante. Enfiou o vestido vermelho na sacola de lavagem a seco, depois vestiu calça de pijama e uma camiseta.

Yoda já ressonava em sua caminha. Sonya também se deitou.

— Por favor, gente, só mais uma noite tranquila. Apenas 24 horas de silêncio. Eu só quero dormir. Se tiver mais coisa para acontecer, guardem para amanhã.

E, fechando os olhos, ela imediatamente caiu no sono e assim permaneceu.

O que quer que tenha passado pelo quarto, o que quer que tenha vagado pelos corredores, fez isso silenciosamente. Após tantos anos, uma noite não era muito tempo para esperar.

Capítulo vinte e oito

A calmaria estendeu-se pelos dois dias seguintes, embora Sonya soubesse que não duraria. Ela trabalhou enquanto uma leve neve de primavera espalhava flocos minúsculos lá fora, que derretiam no segundo em que tocavam o chão.

E, no meio da manhã, ela aceitou uma oferta para fazer outra capa de livro. Isso pedia uma Coca-Cola e uma tigela de pretzels para comemorar.

Enquanto ela realizava os testes finais no projeto dos Doyle, pensava em seus anos na By Design. Àquela altura de um projeto, ela teria outros olhos sobre seu trabalho, e nesse momento ela só tinha os dela.

Teriam sido colegas de trabalho ou chefes para trocar ideias ou discutir soluções.

Nesse momento, ela só tinha a si mesma.

Ela supôs que uma parte dela sempre sentiria falta da camaradagem do escritório, mas a compensação... confiar em si mesma, em seus olhos, seus instintos...

Isso equilibrava tudo.

— Estou enviando isso para os três Olivers, Yoda. Depois vamos dar uma caminhada antes de eu voltar e fazer mais um round no site da floricultura.

Ela redigiu o e-mail, anexou os arquivos e enviou. E recostou-se.

— É incrível o que a gente consegue fazer sem distrações. De colegas de trabalho a fantasmas.

Ela começou a desligar a música — tinha passado o comando das músicas para Clover —, levantando-se enquanto fazia isso.

Yoda não estava cochilando perto do fogo, nem enrolado debaixo de sua mesa.

Com a música desligada, ela ouviu o som da bola quicando no andar de baixo, e a corrida desajeitada de Yoda sobre o piso de madeira.

Ela saiu do quarto em silêncio e seguiu para as escadas, descendo-as sorrateiramente.

Yoda correu atrás da bola e pegou-a na porta da frente. Ele correu em dois círculos antes de trotar de volta pelo corredor.

Ela ouviu, fraco, mas nítido. Risadas, a risada de um menino jovem.

A bola veio quicando de volta em sua direção quando ela se aproximava do fim das escadas.

E um degrau rangeu sob seus pés.

Com um palavrão silencioso, ela desceu o resto das escadas correndo e vislumbrou uma figura. Um menino! Sim, um menino que disparou velozmente por outro corredor.

Bola presa em suas mandíbulas, olhos animados com a brincadeira, Yoda o perseguiu. Sonya fez o mesmo.

— Espera aí! Por favor! Eu não vou te machucar. Como diabos eu te machucaria?

Ela seguiu o som do cachorro, passando por salas de estar, em direção ao solar, e mais além, para a sala matinal. Quando se aproximou da sala de jantar formal, ela ouviu as portas dos armários batendo e desacelerou.

— Tudo bem, tudo bem.

Ofegante, ela entrou na cozinha, onde Yoda estava sentado, a cabeça inclinada, a bola a seus pés.

— Não precisa ficar bravo. — De forma rápida, voz firme, ela foi fechando as portas dos armários. — Estou feliz que você esteja brincando com ele. Ele é um cachorrinho muito legal, não é?

Falando com um fantasma, ela pensou, mas como ela falava com Clover rotineiramente agora, isso não parecia tão estranho.

— Às vezes, eu me afundo no trabalho e esqueço que ele precisa brincar. Sei que ele se diverte com você. Honestamente, só queria agradecer.

— Com quem você está falando? — perguntou Cleo.

Sonya se assustou de tal forma que quase tropeçou e caiu de bunda.

— Minha nossa! Não chega assim, de fininho! Eu vi ele.

— Viu quem?

— O menino. Eu sabia que era um menino. Brincando com Yoda, abrindo os armários. Eu vi ele, Cleo.

— Aqui? — Cleo olhou ao redor. — Ainda está vendo?

— Não, e não foi aqui. Foi no vestíbulo. Eu ouvi a bola quicando e Yoda correndo atrás, então tentei descer sem fazer barulho. Mas ele me ouviu e fugiu. Só que eu tive um breve vislumbre dele.

Ela pegou um papel-toalha e um lápis, e começou a esboçar.

— Eu diria que ele tem 8, 9, talvez 10 anos. Por aí. Cabelo castanho meio curto. Da minha cor, eu diria. Não vi o rosto direito, só de perfil, bem rápido. Ele estava usando o que chamam de... calçola, eu acho. Tipo, calçola marrom que ia até abaixo do joelho e uma camisa branca.

Ela largou o lápis.

— Isso é tudo que eu consegui ver.

— Mas você realmente viu ele, Son. Quando estava acordada. Isso é um grande progresso.

— É? Ele fugiu. Eu vim atrás dele, mas não tenho ideia do que pretendia fazer se o alcançasse.

— Ter uma conversa, como você estava tentando fazer quando eu entrei.

— Ele é tão fofo com Yoda, eu só queria... Ah, bem. Por que você entrou?

— Preciso do meu estimulante do meio-dia. — Virando-se para a geladeira, Cleo pegou um pote de iogurte.

— Não entendo a correlação entre iogurte e estimulante. Me pergunto quem ele era — murmurou Sonya. — E o que aconteceu com ele. Era um garotinho...

— Em que época as crianças usavam calçolas? Isso poderia ajudar a descobrir mais ou menos quando ele residiu aqui. Ele deve ter morado aqui.

— Ele certamente morreu aqui. Vou levar Yoda para passear. Faço o convite para se juntar a nós.

— Você está falando comigo ou com o garoto fantasma?

— Com os dois.

— Estou aqui só pelo estimulante, depois volto para o trabalho. Sério. Vejo você no jantar.

Sonya não soube dizer se o menino se juntou a eles, mas ele não se manifestou. A caminhada a convenceu, apesar da nevasca, que abril estava vindo com tudo. Os bulbos corajosos estavam cada vez maiores; o sol estava um pouco mais quente.

Os dias, ela pensou, estavam ficando visivelmente mais longos.

E ela já tinha passado da metade do que considerava seu teste de três meses.

— Não vou a lugar algum. — Ela olhou para o terceiro andar enquanto falava. — Eu vou ficar.

Quando ela entrou pela área de serviço, a caixa de petiscos do Yoda estava sobre a ilha da cozinha.

— Você devia dar um para ele. Vou voltar ao trabalho, e aí você faz isso, está bem?

Como Yoda não a seguiu, ela concluiu que o garotinho estava por ali, pelo menos. Quando ela retornou ao trabalho, ouviu a bola quicando.

— Qual é o nome dele, Clover? Você sabe?

"Jumpin' Jack Flash" começou a tocar no tablet dela.

— Jack. Bem, se você tiver como, diga ao Jack que estou feliz em compartilhar o Yoda com ele, e a Cleo e eu estamos felizes em compartilhar a casa.

Não que ela tivesse escolha, Sonya pensou, mas fazia sentido manter a paz sempre que possível.

Ela trabalhou até às cinco. Em algum momento durante o trabalho, Yoda voltou para o andar de cima e, nitidamente exausto pela brincadeira, cochilou perto do fogo.

Quando ela se levantou, olhou para ele e viu o livro da família Poole sobre a mesa, aberto.

Yoda piscou e abanou o rabo quando ela se aproximou. Ela viu a página listando os filhos de Owen Poole — o que se casou com Agatha — e sua segunda esposa, Moira.

Michael e Connor, gêmeos. Charles, nascido um ano depois.

Lisbeth, nascida no ano seguinte. Morreu aos 18 anos, no dia do seu casamento.

Alice, nascida três anos após Lisbeth, casou-se e mudou-se para Virgínia, onde viveu até os 69 anos.

E John (Jack), nascido um ano e meio depois de Alice, que morreu aos 9 anos. Escarlatina.

Pobre criança, ela pensou.

Yoda correu para fora; a campainha soou.

Enquanto descia, ela pensava no menino, sofrendo, talvez delirante. Seus pais desesperados, seus irmãos assustados. Por mais de cem anos ele viveu isso... Poderia ser chamado de meia-vida?

E agora ele brincava com o cachorro dela.

Ela abriu a porta para outro cachorro e Trey.

— Oi, Mookie. Seu amigo chegou, Yoda. E você não tem sua chave, rapaz? — disse ela a Trey.

— Para emergências, não visitas casuais.

Nem um pouco, ela pensou, nem um pouquinho mesmo parecido com Brandon. E, envolvendo-o com os braços, ela segurou-o firmemente.

— Está tudo bem? — perguntou ele.

— Aham, só estou um pouco pra baixo, eu acho. Li sobre Jack Poole, o menino que brinca com Yoda e abre os armários. Eu o vi esta tarde.

— Você viu ele? — Trey a afastou para encará-la.

— Está mais para um rápido vislumbre. Vamos, você pode tomar uma cerveja enquanto eu te conto.

Cleo, já na cozinha, sorriu para Trey.

— Excelente, outra vítima. Estou fazendo esta carne de porco e tentando uma nova receita com batatas gratinadas. É hora do vinho, Son?

— Pode ser. Você deixou o livro dos Poole na biblioteca hoje?

— Não.

— Alguém levou pra lá. O nome do menino é Jack. Morreu de escarlatina aos 9 anos.

— Poxa. — Os olhos de Cleo se encheram de lágrimas. — Pobrezinho.

— Preciso contar para o Trey.

Assim que ela terminou, Trey falou:

— Tenho quase certeza de que foi Michael Poole quem se casou com Patricia, sua bisavó biológica. Ela é a que se recusou a viver aqui. Michael era o gêmeo mais velho. Ela basicamente fechou o lugar.

— E o filho dela, Charlie, abriu novamente, mudando-se para cá com Clover e amigos?

— Essa é a história que eu conheço — concordou Trey. — Charlie queria o lugar, seus pais não, então o pai o passou para ele. Em fideicomisso, se bem me lembro, até ele fazer 18 anos. Como filho mais velho de Michael Poole, ele teria herdado de qualquer maneira, mas eu acho que Michael Poole morreu antes de Charles fazer 18 anos. Ou logo depois. Isso também deve estar no livro.

— Então Jack seria meu tio-bisavô? É confuso. Eu acabei não lendo mais sobre a história e a linhagem da família. Preciso voltar a essa tarefa.

Ela olhou para Cleo.

— Posso ajudar em alguma coisa?

— Não, meu bem. Vamos todos torcer para eu conseguir fazer isso.

— Parece que cheguei na hora certa para uma visita. Eu queria te informar que todos nós revisamos os arquivos, e está perfeito.

— Você está satisfeito?

— Mais do que satisfeito. Sadie até grunhiu duas vezes, o que é um elogio efusivo.

— Que ótimo. Posso colocar no ar de manhã. Estou feliz, sabia? Toda vez que penso que sinto falta do ambiente do escritório, percebo o quanto gosto mais do meu próprio ambiente.

A bola veio quicando para a cozinha. Os dois cachorros a perseguiram freneticamente.

— Mesmo com *isso*, gosto de trabalhar em casa. E acho que devia comprar outra bola.

Após o jantar, Sonya apontou para Cleo.

— Parece que você conseguiu.

— Consegui. Estou meio que gostando. Que tal eu levar os cachorros lá fora e vocês arrumarem a cozinha?

— É um bom acordo — concordou Trey.

— Estou pensando em assistir a um filminho. Vou usar a biblioteca, se vocês não estiverem interessados. Mas, se estiverem, parece o momento certo para inaugurar a sala multimídia.

— Ah. — Seu estômago se contraiu. Por puro reflexo, Sonya pensou. Hora de seguir em frente. — É, você tem razão. Qual o sentido de ter uma sala multimídia se você nunca a usa? — Ela se virou para Trey. — Topa um filme?

— Pode ter violência, talvez nudez e linguagem pesada?

— Estamos dentro. — Sonya se levantou para limpar a mesa. — Nada de comédias sofisticadas, dramas ou romances. Estamos no espírito de ação. Insisto em uma protagonista feminina forte e potencialmente durona. Agora, vamos definir: clássico ou lançado nos últimos dois anos?

— Eu amo os clássicos — disse Cleo. — Sabe o que nunca vi, a não ser em comerciais e em uma tela maior que o monitor do meu computador? *O Exterminador do Futuro* original.

— Esse preenche todos os requisitos. — Sonya bateu o quadril no de Trey, de brincadeira, enquanto lidavam com a louça. — Você tem um voto.

— Eu voto que na próxima vez continuemos com a sequência. Collin tem o conjunto completo de DVDs.

— Vamos, rapazes. — Cleo pegou uma jaqueta no armário da entrada, depois enfiou a cabeça pela porta da cozinha. Com seu melhor sotaque de Schwarzenegger, ela disse: — Eu voltarei.

Foi divertido. Divertido, Sonya pensou, se acomodar em poltronas grandes e confortáveis com pipoca. Sim, a sineta tocou — ou mais precisamente bateu — enquanto eles faziam isso. Ela gostava de pensar que ignorá-la ao mesmo tempo que a música tenebrosa preenchia a sala era um dedo do meio para Hester Dobbs.

Quando Kyle Reese disse a Sarah Connor para ir com ele se ela quisesse viver, as luzes piscaram como um estroboscópio.

— Ela não gosta que estejamos nos divertindo — disse Cleo.

Não, não, Sonya concordou, ela realmente não gostava. Quando as luzes pararam de piscar, as batucadas começaram. Ecoaram pelo cômodo enquanto as paredes tremiam, e o coração de Sonya batia forte na garganta.

— Isso está irritando ela — murmurou Trey. Ele segurou a mão de Sonya. — Só o fato de estarmos sentados aqui.

Inquietos, os cães se agruparam perto das poltronas.

Quando as portas se abriram com um estrondo, os pelos dos cães se eriçaram e os dois começaram a latir em alerta. Elas se fecharam novamente com um estalo tão alto quanto um tiro.

— Vamos deixar rolar — falou Trey, baixinho, quando Sonya fez menção de se levantar. — Vamos ver até onde vai.

Pôsteres emoldurados caíram das paredes. Sob seus pés, Sonya sentiu os assoalhos tremerem. O estrondo atingiu um nível que ela queria cobrir as orelhas e gritar para que parasse. Apenas parasse.

Quando ela estava quase surtando, tudo parou. Do nada.

Ela percebeu que segurava a mão de Trey de um lado e a de Cleo do outro. A mão de Cleo tremia na dela; a de Trey estava firme como uma rocha. E, por algum motivo, ambos a ajudaram a se acalmar.

Na tela, os heróis fugiam da máquina cujo único propósito era matar.

Como a mão dela, a voz de Cleo tremia.

— Acho que foi tudo que ela tinha para hoje à noite.

Talvez, Sonya pensou. Talvez. Mas, como o exterminador, ela voltaria.

No entanto, todos se mantiveram firmes, ela concluiu, ao terminarem de assistir ao filme. E pendurarem novamente os pôsteres. Eles lavaram as tigelas de pipoca e deixaram os cachorros irem um pouquinho lá fora. Todas as coisas normais que as pessoas faziam em suas vidas comuns.

Cleo subiu primeiro. Depois que trouxeram os cães para dentro, ela e Trey também decidiram se recolher.

— Você disse que já assistiu a filmes lá embaixo antes.

— Aham. E, não, nunca vi nada como isso. Duvido que ela não tenha incomodado Collin, pelo menos de vez em quando, mas ele nunca falou nada.

— Eu acho que o problema é comigo. Afinal, ela já tinha terminado com Collin, não é? Se ela conseguiu encontrar uma maneira de matar a esposa dele e pegar a aliança dela, Collin realmente não tinha mais relevância. Eu seria a próxima. Ou Owen, ou qualquer um dos primos Poole, se Collin tivesse deixado a casa para eles.

— Você não está noiva.

— Não, e talvez seja por isso que ela não gosta do fato de que estou aqui. Por outro lado — disse ela, enquanto caminhavam pelo longo corredor —, sabemos da presença de pelo menos outros dois: Molly e Jack. Não, três, com o homem que fuma charuto. Não são noivas, e ainda assim estão aqui. Provavelmente há mais.

— Em uma casa tão antiga assim? Com certeza. Ela já abrigou muita vida e morte. Passei muito tempo aqui, e, lógico, houve coisas, eu te contei sobre algumas; mas nada como o show de hoje à noite, ou o do porão e o do Quarto Dourado.

— E o que mudou? — Enquanto seguiam para o quarto dela, Sonya se virou para ele. — Eu estou aqui. Morando e trabalhando aqui, determinada a ficar. Não sou o que ela quer.

— Talvez não, mas eu acho que é mais do que isso. Você é o que os *outros* querem e precisam.

— Para encontrar as alianças.

— Esse é o tema recorrente. Encontrá-las, quebrar a maldição, se livrar da Dobbs. E interromper o ciclo de noivas mortas.

— Mas, quando eu a vi, do outro lado do espelho, ela estava usando as alianças.

— Todas as sete?

— Não. — Sonya fez uma pausa para refletir. — Vi tudo na ordem cronológica. Astrid, Catherine, Marianne e Agatha. Quatro alianças no total, até agora. Você acha que algo irá mudar quando eu a vir com todas as sete?

— Bem que eu queria saber. — Ele passou as mãos pelos braços dela, depois de volta aos ombros delicados. — Eu queria que houvesse mais coisas a fazer para ajudar você a passar por isso.

— Você já ajudou muito. — Ela se recostou nele. — Assim você já ajuda. É bom saber que, quando eu realmente preciso, tenho alguém para me apoiar.

— A qualquer hora.

— Você me impediu de pular e gritar durante o filme.

— Por que dar a ela essa satisfação?

— Exatamente, eu estava muito perto de dar isso a ela. — Inclinando a cabeça para trás, Sonya se ergueu na ponta dos pés para beijá-lo. — Mas prefiro dar bastante disso aqui pra você.

— Que tal dar e receber?

Quando ele passou as mãos por baixo da blusa dela, pelas costas, ela pulou e enlaçou a cintura dele com as pernas.

— Você tem as melhores ideias.

Sonya estava no clima para isso. As mãos dele em seu corpo e os lábios dele em sua pele, prolongando-se até tudo nela arder de prazer.

Mais. Ainda mais.

Com fome e ganância, ela rolou com ele, instigando-o a querer mais, ainda mais, mesmo enquanto ela fazia o mesmo.

Sonya se movia como um incêndio rasteiro sob ele, sobre ele, ao redor dele. Quente e rápido e perigoso. Ele dizia a si mesmo que a deixaria definir o tom, o ritmo, mas não sabia se tinha escolha. Naquela noite, ela consumia. Urgência provocava urgência. Trey perdeu o fôlego enquanto ela tremia sob ele, segurando as mãos delicadas com firmeza. Enquanto se movia dentro dela, Trey observava o rosto dela, via a surpresa do prazer iluminá-lo. Viu os olhos dela ficarem desfocados enquanto o fôlego estacava e, então, se soltava em um gemido.

Sonya estremecia, mas não deixou de se mover com ele, impulso a impulso, em uma escalada rápida e imprudente. No ápice, seus dedos entrelaçados se apertaram juntos e se mantiveram firmes.

Às três, o relógio soou, e Sonya continuou dormindo. Trey ficou acordado ao lado dela, ouvindo a música que subia pelas escadas.

E, de algum lugar nas profundezas da casa, ouviu-se o choro de uma mulher.

Ela se surpreendeu quando Cleo parou na porta da biblioteca antes das nove da manhã seguinte.

— Acordou cedo, hein?

— Pois é. Pensei em seguir com a pintura hoje, então preciso começar. Trey já foi embora?

— O primeiro compromisso do dia é logo, logo. E o site de Advocacia Doyle está indo ao ar em cinco, quatro, três, dois, um...

— E a multidão aplaude — brincou Cleo, reprimindo um bocejo. — Preciso de café.

Ela voltou em dez minutos com uma caneca.

— Acabei de trocar mensagens com Corrine Doyle. Ela me parece uma mulher que organiza direitinho as coisas.

— Sim, eu diria que essa descrição é certeira.

— Parece que essa garota aqui vai posar com sua roupa de ioga da Ryder amanhã.

— Amanhã? Ela é rápida. Está bom pra você?

— É conveniente para nós duas. Ela organizou para usar o pequeno estúdio de ioga na vila, e eu posso fazer algumas coisas por lá depois.

— Devo ir com você? Eu com certeza devia ir com você...

— Nada disso, porque aí você ficaria o tempo todo: por que você não faz isso? Por que não faz aquilo? Olha mais pra cá, olha mais pra lá.

— De fato. Não poderia evitar, mas...

— Ela vai te mandar as melhores fotos. Volte ao trabalho.

— Vamos falar sobre o que você vai fazer com seu cabelo?

— Não, não vamos — respondeu Cleo, continuando a andar.

Sonya considerou diferentes argumentos para fazer a amiga mudar de ideia. Ela até ponderou as chances de insistir — e afastou esse pensamento imediatamente.

Ainda assim, ela se preocupou com aquilo até que, logo após sua caminhada ao meio-dia, recebeu por e-mail arquivos de Corrine Doyle.

No primeiro, ela encontrou uma dúzia de fotos de Eddie em uma bicicleta. Ele usava terno, gravata e mochila. Ela desfocou o fundo o suficiente para que parecesse se tratar de qualquer rua.

Jovem indo para o trabalho, Sonya pensou.

O segundo arquivo continha outra dúzia, dessa vez de Owen. Suado e sexy, ela pensou, camiseta preta sem mangas, levantando um peso enorme em direção ao ombro, bíceps definidos, rosto sério e olhos focados.

Ela estudou as fotos dele em pé, mas pensou: não, o close do levantamento de peso dizia tudo.

— Essa funciona.

Imediatamente, ela escolheu suas duas fotografias favoritas e começou a brincar com o layout.

Ao final do dia, ela correu para a cozinha.

— Estou fazendo uma salada — disse Cleo. — Temos carne de porco e batatas suficientes para outra refeição se for só a gente, além de salada.

— Ótimo. Olha isso.

Ela mostrou a Cleo o layout evolutivo em seu tablet.

— Uuuuh, um ciclista muito bonito... Adoro a ideia do terno e gravata. E bíceps. Hummmmmm...

— Eu sei, né? Sexy.

— Você já tem um homem.

— Ainda posso apreciar outros, não estou morta.

— Verdade. Eu tenho pena da mulher que está.

— Imagina você em uma postura de ioga, algumas crianças jogando basquete, Trey dando ou pegando uma rebatida no beisebol, e assim por diante. Acho que, quando eu tiver todas, vou fazer um pôster. Tipo: *Nos esportes, na vida, Ryder.*

— Nossa, tá arrasando, Son.

— Vou trabalhar mais uma ou duas horas depois do jantar para continuar com isso.

— Por mim, tudo bem. Vou dar mais um pouco de tempo para minha sereia... Quer dizer, a sereia do Owen. — Parando, Cleo soltou um suspiro. — Caramba, Son, quando ficamos tão chatas?

— Chatas, nada. Somos mulheres criativas, profissionais e determinadas. Traçamos nosso próprio caminho.

— Exatamente.

— Além disso, nós saímos para dançar há pouco tempo.

— Fizemos isso. Fizemos isso, mas, sabe, talvez devêssemos pensar em dar uma festa. Fazer encontro. Uma reunião.

— Um sarau?

— Um sarau. Sabe, algo com comida e bebida e conversa. A gente aproveita pra conhecer melhor as pessoas. Tem os Doyle, e Owen; você poderia convidar os outros primos. Tem a Bree e o Manny.

— John Dee, talvez o pessoal da Rock Hard.

— Talvez incluir seus clientes de Poole's Bay, as senhorinhas donas da floricultura, a Gigi.

Quando uma ideia surgiu, Sonya pegou um *croûton* da saladeira e o colocou na boca.

— Não tanto um sarau, porém mais como uma casa de portas abertas. Você tem os comerciantes da High Street, o prefeito, e por aí vai.

— Uma coisa bem informal. As pessoas podem ir e vir durante o quê... umas três horas?

— Estou gostando disso. Acho que as pessoas virão. Elas estão curiosas. Além dos Doyle, quase ninguém entrou na mansão por anos, se é que algum dia entraram.

— Vai precisar de algum planejamento.

— Somos boas nisso.

— Não tem ninguém melhor do que a gente — concordou Cleo. — Eu posso fazer uma ilustração da mansão.

— Que eu posso usar para criar os convites.

— Vou me encontrar com a Corrine amanhã. Aposto que ela saberá quem deve estar na lista de convidados.

Depois de preparar a refeição, elas se sentaram ao balcão da cozinha, trabalhando nos detalhes.

— Final de maio — decidiu Sonya. — Início de junho. Teríamos um pouco de verde, algumas flores. Faremos alguns vasos. As pessoas poderiam usar o deque e os jardins.

— Se isso tomar a forma que parece que vai tomar, não tem como nossos humildes talentos darem conta da comida.

— Então, usamos todos os restaurantes da vila. Distribuímos a demanda. Algo do Lobster Cage, da pizzaria, da cozinha do hotel, da padaria, do restaurante chinês e do Village Pub. Um pouco de todos.

— Um banquete e excelentes relações com a comunidade. Nossa, é genial. Vamos precisar de garçons.

— A gente fala com a Bree, com o marido da Anna e pedimos ajuda para resolver essa parte.

— Parece que isso vai além de um sarau, Son. Vamos fazer Um Evento.

Empolgada, Sonya pulou na cadeira.

— Quem disse que somos chatas?

— Eu não.

As duas voltaram ao trabalho, ambas cheias de ideias e entusiasmo. Antes de se concentrar, Sonya mandou uma mensagem para Trey.

Novidades! Cleo e eu vamos organizar Um Evento, fim de maio/início de junho. Um dia de portas abertas na mansão, com convites para amigos, parentes, personalidades locais, políticos e comerciantes. Vou precisar de ajuda para montar a lista de convidados.

Uau, empreendimento grande. Tem certeza de que está pronta para isso? A resposta deve ser sim. Posso ajudar, mas minha mãe ou Seth estão mais ligados nesse tipo de coisa. Aviso logo que você não verá muitas recusas ou arrependimentos.

Temos semanas para planejar, então estaremos prontas. Cleo vai ver sua mãe amanhã, e vai recrutá-la. Nós duas vamos dedicar um pouco mais de tempo ao trabalho esta noite. E você?

O mesmo. Mookie acha que sou chato e sente falta do Yoda. Estou com saudade.

Cleo acha que Yoda e eu somos chatos. Estou com saudade de vocês.

Se eu conseguir uma folga amanhã, que tal eu levar você e Cleo para jantar? Podemos tentar a Taverna, no hotel.

Vou conferir com Cleo, mas eu diria que sim. Um sim definitivo da minha parte se isso incluir você ficar para o café da manhã.

Te pego às sete. Não preciso sair até talvez oito e meia da manhã seguinte, então a gente divide um bagel. Não trabalhe até tarde.

Te digo o mesmo. Mas tem estado bastante tranquilo por aqui, então estou aproveitando. Vejo você amanhã.

Ele encerrou a conversa com um emoji de coração, o que a fez tentar decifrar o significado pelos minutos seguintes.

— Ah, para. O que é isso, ensino médio? — Deixando o assunto de lado, ela abriu seu arquivo sobre a florista.

No ateliê, Cleo estava posicionada na frente da tela. Ela agora sabia o que sua sereia segurava nas mãos. Não uma joia, não uma concha. Ela seguraria uma bola de vidro clara. Dentro da bola, outra sereia sentada numa rocha, olhando para o mar, uma baleia ao fundo, com uma bola de vidro na mão, na qual teria outra sereia segurando uma bola de vidro.

O truque começaria com a escala, os pequenos detalhes, e então a maneira como a luz deveria atingir o vidro, e o vidro dentro do vidro.

Ela trabalhou ao som de flautas e cordas, um som calmante enquanto criava a esfera principal. Ela queria que a luz do pôr do sol brilhante iluminasse a bola, e, por sua vez, a luz da bola interna iluminasse o interior.

Um toque de ouro, um toque de vermelho, um rubor de roxo.

Ela misturou tintas e trabalhou com pequenos toques, pinceladas minuciosas para construir lentamente aquela luz.

Quando seus dedos começaram a doer, ela colocou o pincel de lado e deu um passo para trás.

Estalando os dedos das mãos, ela avaliou o resultado.

Bom, ela pensou. Muito bom mesmo.

Ainda flexionando os dedos, Cleo seguiu para o banheiro. Ela voltaria, daria outra olhada. Talvez dedicasse mais um pouco de tempo. Seu trabalho contratado estava em dia, então, se ela gastasse uma hora ou mais na pintura, ela poderia dormir até mais tarde na manhã seguinte.

Pena que o mundo não era feito para notívagos, pensou ela enquanto fazia xixi.

Cantando para si mesma, ela lavou as mãos e olhou no espelho acima da pia.

Hester Dobbs estava atrás dela.

Erguendo as mãos em defesa, Cleo girou. Embora o ar tivesse esfriado, não havia ninguém lá. Com uma das mãos sobre o coração palpitante, ela pressionou as costas contra a parede.

— Eu vi você!

O esboço de Sonya estava correto: a bruxa tinha cabelo preto, olhos escuros ferozes, queixo afiado e lábios volumosos.

— Eu vi você!

Talvez sua voz estivesse trêmula, apenas um pouco, mas Cleo se empertigou.

— E pode ir se foder.

Água explodiu da torneira da banheira. Com os olhos arregalados, ela viu o botão de água quente na pia girar, e a água encher a cuba. Quando tentou desligá-la, teve que afastar os dedos rapidamente, pois o metal queimava.

Ela pegou uma toalha para proteger a mão, mas a torneira não se mexia. Enquanto o vapor enchia o cômodo, algo batia na porta.

Procurando freneticamente por uma arma, Cleo viu algo escrito no espelho embaçado.

Vá embora ou morra

E, de repente, mesmo no banheiro cheio de vapor, o ar se tornou gelado.

Em sua mesa, Sonya não ouviu nada enquanto se preparava para desligar o computador e encerrar o expediente. Enquanto salvava o trabalho da noite, Yoda se mexeu debaixo da mesa.

E rosnou.

Deslizando para trás, ela o alcançou.

— O que foi, querido?

Na lareira, o fogo baixo e crepitante subiu em um rugido. No piso acima, a TV fixada na parede ligou sozinha e uma mulher gritou.

As portas corrediças da biblioteca se fecharam; as luzes se apagaram.

A luz do fogo brilhou vermelha e sinistra, ardendo contra o vidro das janelas até que o cômodo que Sonya amava se tornasse uma paisagem infernal.

Entre os gritos e os latidos alucinados do cachorro, ela ouviu batidas que faziam o lustre balançar como um pêndulo.

Terceiro andar, ela pensou. Cleo.

Ela correu até as portas e tentou abri-las, mas só conseguiu abrir um palmo antes que elas se fechassem novamente.

— Vamos, vamos!

Forçando, ela as abriu mais uma vez. Yoda se esgueirou antes que se fechasse novamente.

— Não, não! Yoda, espera! Droga, não encosta no meu cachorro, sua vadia! — Reunindo cada gota de força, medo e fúria que tinha dentro de si, ela puxou a porta o suficiente para se espremer e passar. Gritando por Cleo, ela correu para o terceiro andar.

Cleo, com Yoda nos braços, corria pelo corredor.

— Eu não conseguia sair. Não conseguia sair. — Tremendo, Cleo se aninhou contra Sonya enquanto o cachorro lambia o rosto de ambas. — O banheiro. Ela estava lá comigo. Eu a vi.

— Dobbs?

— Ela estava lá, depois não estava. Mas estava. Depois ela ligou toda a água quente, e eu não conseguia abrir a porta. E eu entrei em pânico. Surtei. Eu perdi completamente a compostura.

— Ela te tocou? Ela te machucou?

— Não, não. Puta merda, Sonya. Ela deixou uma mensagem no espelho. *Vá embora ou morra*. Vai se foder, Hester! Desculpa, Son. — Recuando, Cleo enxugou os olhos. — Eu sempre pensei que lidaria com isso numa boa se acontecesse comigo. Estou muito puta comigo mesma.

— Mas você lidou numa boa. Desde o início. É por isso que ela foi tão dura com você.

— Você acha? É, pode ser. Merda. Ok, ela venceu essa rodada, mas tudo bem.

— Ela atacou a biblioteca também. Aumentou o fogo, ligou a TV no volume máximo, desligou as luzes e bateu as portas. Depois ouvi os barulhos daqui de cima. Vamos descer. Yoda precisa sair, e seria bom nós duas tomarmos um ar fresco.

— Eu preciso lavar meus pincéis. Eu ia continuar a pintar. Não vou mais, porém preciso limpar tudo. — Depois de soltar três longos suspiros, Cleo recuou. — Não vou deixar que essa imbecil me expulse do meu ateliê. Sem mais vitórias para ela.

— Vamos fazer isso, e depois levar o cachorro para dar uma voltinha. — Sonya a abraçou novamente e murmurou no ouvido de Cleo: — E conversar lá fora.

Com um aceno, Cleo liderou o caminho de volta ao ateliê.

— Nossa, Cleo! Ela está espetacular!

— Não terminei ainda.

— Mas é gloriosa. Nossa, o globo. Saquei a ideia. É mágico!

— Espero que sim. E é melhor o Owen ter um lugar realmente bom para ela, porque ela vai merecer.

Depois de Cleo arrumar o ateliê, elas foram até o banheiro.

— Como se nada tivesse acontecido. Mas aconteceu.

— Aconteceu — concordou Sonya e apertou a mão de Cleo. — E ainda estamos aqui.

A casa estava silenciosa. Na biblioteca, o fogo ardia baixo.

Sonya puxou o casaco mais para perto quando saíram na noite fria.

— Eu acho que ela guardou o showzinho para hoje. Você sabe como tem estado quieto nos últimos dias. Eu acho que ela precisava, tipo, armazenar forças para poder fazer tudo isso hoje à noite.

— Recarregando as baterias. É energia de um tipo ou de outro, então, sim, faz sentido. O feroz e corajoso Yoda me salvou. Eu o ouvi latindo, e alcancei a porta novamente. A que eu não conseguia abrir antes. E abriu. Lá estava ele. Eu o peguei e corri.

— Ele passou pelas portas quando consegui abri-las alguns centímetros. O que me assustou ainda mais porque, de repente, eu tinha que me preocupar com vocês dois. Não acredito que vou dizer isso, mas você acha que sua avó tem algo que possa bloquear um pouco disso? Ou afastar? Sei lá.

— Vou perguntar para ela. Enquanto isso, o que você acha de uma festa do pijama?

— Eu gosto da ideia de uma festinha. Pode ser no meu quarto, já que a cama do Yoda está lá.

— Combinado.

— Cleo, se eu me levantar, começar a andar, não me impeça. Me siga.

— Tem certeza? Depois de tudo isso?

— Tenho. Especialmente depois de tudo isso. Me siga. Ligue para o Trey. Deve haver alguma resposta no lugar para onde eu vou nessas ocasiões. Até agora só temos perguntas.

— Você não vai estar sozinha. — Cleo segurou sua mão. — Eu prometo.

Capítulo vinte e nove

1916

No dia mais feliz da minha vida, me torno Lisbeth Anne Poole Whitmore. Hoje me caso com meu querido e amado Edward. Ah, a adorável igrejinha da vila mal pode conter todos os que vieram nos ver prestar nossos votos e nos tornarmos um.

Minha querida amiga Dina, minha dama de honra, está tão linda em seu vestido. O azul-celeste lhe cai tão bem. Eu realmente espero que ela e meu primo Hugh formem um casal! E é tão divertido ter a pequena sobrinha de Edward jogando pétalas de rosas pelo corredor em seu vestido de organza rosa.

Meu coração bate tão rápido enquanto enlaço o braço ao do meu querido pai. Sonhei com este momento durante toda a minha vida, e finalmente chegou. Em minha cabeça, ouço anjos cantando enquanto começo esta caminhada final como uma donzela pelo corredor repleto de pétalas de rosas.

Quero ser uma noiva linda. Sei que o vestido é um espetáculo, a seda acetinada branca, os detalhes em renda no corpete e nas mangas, as dezenas e dezenas de pérolas artificiais. Confio que a silhueta esguia, realçada pelo cinto de cetim trançado, é lisonjeira, como Dina, mamãe e a costureira me garantiram.

Meu cabelo está preso em um penteado no alto da cabeça sob meu véu, com cachos caindo até quase o ombro do lado direito. Demorou muito para deixá-lo perfeito, mas eu desejo tanto estar na moda para meu querido e amado Edward.

O frio na barriga me domina assim que o vejo à minha espera. Mamãe está com lágrimas nos olhos, mas sei que são de felicidade. Então só vejo Edward.

Papai levanta meu véu. Então, ele beija minha bochecha e diz, muito suavemente:

— Eu te amo, Lissy. — Então ele coloca minha mão na de Edward.

Sei que sou uma noiva linda pelo modo como os olhos de Edward se fixam nos meus. O sonho que nutri por tanto tempo se torna realidade na adorável igrejinha da vila.

Mal consigo ver através da névoa de minhas próprias lágrimas de felicidade enquanto voltamos pelo corredor, como marido e mulher. E, ah, todos estão tão felizes enquanto jogam arroz.

Vamos para a mansão no Ford Model T de papai com todo o povo da vila nos aplaudindo ao longo do caminho. Ao virarmos na estrada da mansão, Edward me puxa para um beijo, e o frio na barriga se intensifica quando penso na noite de núpcias que virá.

Mamãe teve uma conversa particular e muito franca comigo. Lógico, eu sabia o que o leito conjugal implica. Afinal, tenho 18 anos. Porém, estou um tanto ansiosa e espero que Edward seja gentil e paciente ao me tornar verdadeiramente sua esposa.

Mas agora é hora de celebração! Embora o calor seja intenso, não me importo. A mansão está decorada com flores e os corredores ressoam com risadas. A comida é farta. O champanhe brilha.

Edward e eu, nossos pais, o cortejo nupcial, todos nos sentamos para tirar fotos oficiais do momento. Acho difícil ficar tão parada quando meu coração está alegre e meus pés querem dançar sem parar. Mas esse é o dever, e, como mamãe diz, vou valorizar as fotos nos anos que virão.

A orquestra toca no salão de baile. Valsas, óbvio, mas temos também o animado foxtrote, o *turkey trot* e o *grizzly bear*.

É tudo tão alegre e colorido, e me pego desejando que este dia nunca termine.

Sinto uma pontada rápida e dolorosa perto do coração, como se uma agulha me espetasse. A ansiedade de novo, eu acho, e pressiono a mão ali como se para me acalmar. No entanto, sinto outra pontada, e outra, e solto um grito quando noto que algo rasteja sobre minha pele.

De repente, o calor fica insuportável, como se eu estivesse em chamas. Meu estômago se contrai, meu peito está apertado. E, ah, elas estão rastejando, rastejando, picando, espetando por todo o meu corpo!

Acho que desmaio, pois parece que estou fora de mim, observando meu corpo no chão do salão de festas, tremendo, convulsionando.

Eu a vejo, uma mulher de preto, um sorriso engessado no rosto, caminhando em minha direção. Ela paira sobre mim, de algum modo sozinha, enquanto meu Edward me segura.

Ninguém a vê enquanto ela olha para mim.

Ela diz:

— Logo vai acabar. — Então tira minha aliança de casamento do dedo, e o que está em mim e fora de mim desaparece.

De manhã, Cleo se virou quando Sonya se levantou.

— Eu quase esqueci que você dorme feito um morto. Embora talvez esse não seja o termo correto para usar nesta casa. — Cleo se aconchegou no travesseiro. — Mas não esqueci que você acorda muito cedo. Vou dormir mais uma hora.

— Fique à vontade. Talvez você tenha ficado dormindo, se eu tiver levantado… se é que me levantei, mas não me lembro se aconteceu ou não.

— Porque você não se levantou. Eu ouvi o badalar do relógio às três da manhã, mas você não.

— Talvez o problema com o espelho tenha acabado. Não sei o que sentir sobre isso. Ah, e, com toda a confusão de ontem, eu esqueci de contar. Trey vai passar aqui por volta das sete para nos levar para jantar.

Cleo virou-se novamente.

— Preciso arranjar um homem para parar de invadir seus encontros.

— Você não está invadindo nada, para com isso. E planejamos terminar nosso encontro sem você.

— Neste caso, eu adoraria sair para jantar. Boa noite.

Sonya desceu, fez café e soltou o cachorro.

O que havia, ela pensou, na luz do dia que fazia todo o terror da noite parecer distante?

Era tolice pensar isso, porque muitas coisas também aconteciam na mansão à luz do dia. Mas, por enquanto, Sonya aceitaria essa distância tola.

Ela voltou ao trabalho no projeto da floricultura e fez anotações pessoais para o que chamava de O Evento sobre onde queria os arranjos de flores.

Ela olhou para cima quando Cleo bateu com os nós dos dedos no umbral da porta.

— Estou indo para a sessão de fotos.

— Meu Deus, você está linda.

— Estou mesmo, né? — Ela havia vestido uma camisa branca aberta sobre um top esportivo vermelho vivo e calça de ioga com um padrão confuso em preto e vermelho.

Ela arrumou o cabelo em uma trança grossa e usava brincos.

— Eu devia mesmo.

— Não mesmo. Te vejo mais tarde.

— Peça à Corrine para me enviar fotos durante a sessão. — Saltando, Sonya correu para o alto das escadas enquanto Cleo descia. — Não olhe diretamente para a câmera. Você está fazendo posturas de ioga, mas não está posando.

Cleo apenas acenou enquanto virava para pegar um casaco do armário. E continuou se afastando.

— Não se esqueça de…

Cleo fechou a porta atrás de si, encerrando de vez a conversa.

Clover respondeu ao palavrão murmurado de Sonya com "Take It Easy", dos Eagles.

— Tudo bem. Tudo bem. Beleza.

Irritada, ela voltou para sua mesa e se sentou. Então levantou em um pulo quando ouviu a porta da frente abrir.

— Ei! Eu só queria dizer que você devia…

Ela parou nas escadas. A porta estava aberta, mas não havia ninguém lá. E ela ouviu o carro de Cleo descendo a estrada.

Enquanto observava, a porta se fechou novamente. A campainha tocou.

Yoda apareceu correndo, seus latidos ecoando.

— Não tem ninguém. Volte para cima.

Portas bateram ao longo dos corredores, em estalos rápidos. A porta da passagem dos criados tremeu e rangeu. Embora seu coração disparasse, Sonya desceu correndo para pegar o cachorro.

— Vamos ignorá-la, certo?

Enquanto passava, a porta dos criados se abriu para que ela ouvisse o toque distante da sineta de chamada. Num arroubo de raiva, Sonya fechou a porta com força antes de voltar para a biblioteca.

Seu tablet tocou "Evil Woman".

— Pois é.

Quando a campainha tocou novamente, ela considerou fechar as portas da biblioteca, mas decidiu que isso seria o mesmo que se esconder.

Em vez disso, ela se sentou, acalmando Yoda em seu colo.

— Pode continuar o quanto quiser! — gritou ela. — Gaste seu tempo e energia. Eu não vou a lugar nenhum. Esta casa é minha. Você é apenas uma praga que precisa ser exterminada.

O vento soprou pelo cômodo, gelado e feroz. A força tombou os painéis semânticos, e os cadernos de desenhos esvoaçaram. Acima, os lustres balançavam como barcos em um mar tempestuoso. Ela segurou Yoda com um braço e agarrou a borda da mesa com a outra mão enquanto sua cadeira começava a levantar do chão.

Ela tremia a alguns centímetros acima do chão enquanto seus músculos gritavam e se esforçavam para mantê-la no lugar.

Então, a cadeira caiu com um estrondo, e o ar se acalmou. Abraçando o cachorro ainda mais, Sonya balançou de um lado para o outro para acalmar os dois.

— Isso a irritou, e eu estou de boa com isso.

Talvez ela não conseguisse respirar direito, talvez o frio em sua pele parecesse penetrar em seus ossos, mas não ia se abalar.

Acariciando o cachorro, ela se recostou e fechou os olhos.

— Eu sou louca? Estou enlouquecendo por aguentar tudo isso? Uma pessoa sã não devia simplesmente recuar e voltar para Boston?

Clover respondeu de pronto com uma música de Helen Reddy, "I Am Woman". A risada de Sonya saiu meio trêmula, mas era uma risada.

— Tá bom. Vamos arrumar essa bagunça e voltar ao trabalho.

A perturbação a distraiu tanto que ela se esqueceu da sessão de fotos. Quando o primeiro arquivo chegou, foi uma surpresa. Especialmente quando ela o abriu.

Cleo estava sentada em um tapete de ioga azul-marinho, corpo torcido como um pretzel e um sorriso bobo e os olhos vesgos.

— Engraçadinha. Rá, rá. Você não acharia tão engraçado se eu usasse esta foto. — Mas a brincadeira lhe mostrava que Corrine e Cleo tinham se aliado de forma eficiente.

Uma hora depois, Sonya começou a primeira rodada de testes no projeto da floricultura. Yoda se esgueirou de debaixo da mesa dela e correu escada abaixo.

— Agora? Me dê dez minutos. Vamos sair em dez, ok?

Então ela ouviu o som da bola quicando pelo corredor. Melhor ainda, ela decidiu. Ela tinha uma babá de cachorro.

Ela levou cinquenta minutos em vez de dez, então, lembrando como o menino tinha fugido dela, anunciou-se.

— Vou levar Yoda para passear agora.

Ela encontrou Yoda sentado como se a esperasse. Então ele se ergueu sobre as patas traseiras e deu vários passos para a frente.

— Olha só pra você, cachorrinho! Vocês formam uma dupla incrível. Obrigada, Jack.

Não, eu não sou louca, ela pensou enquanto caminhava para fora com seu cachorro. Ela aceitaria "teimosa", mas achava que "determinada" se encaixava melhor. E agora que realmente conseguia sentir a primavera se sobrepondo ao inverno, sua determinação aumentou. Havia narcisos esperando para florescer, e o salgueiro-chorão na lateral da casa mantinha seus botões ainda fechados. Mas eles iriam eclodir em breve.

A neve que ainda restava dormitava nas sombras.

Sonya ouviu uma janela se abrir e virou-se, esperando algo ruim do Quarto Dourado.

Em vez disso, viu a janela de Cleo aberta, e as de seu próprio quarto também.

Molly estava arejando-os, ela percebeu. Deixando os primeiros ares da primavera entrarem. *Não, eu não sou louca*, ela pensou novamente, e sentiu seu coração se aquecer enquanto observava uma baleia esguichar água. Ela tinha precisado ajustar toda a sua percepção de como o mundo funcionava, mas isso não a tornava louca.

Ela ouviu o carro chegando. Yoda correu para a entrada, então girou em dois círculos quando o carro de Cleo fez a curva.

Cleo havia abotoado sua camisa, mas trazia o casaco pendurado no braço.

— Nossa, o dia tá lindo! Está ainda mais quente na vila. Vi narcisos e alguns jacintos florescendo.

— Como foi?

— Foi maravilhoso, sério, superlegal. — Cleo se abaixou para acariciar Yoda. — Terminamos quase uma hora atrás, então fomos almoçar para que Corrine pudesse começar a me ajudar na nossa lista de convidados.

— Uma hora atrás?

— Ela é boa; eu também. Luz natural incrível no estúdio. Eu poderia tentar fazer aulas lá. E como foi seu dia?

— Animado. Nossa residente irritante deu a louca assim que você saiu. Ficou batendo as portas e tocando a campainha. Nada muito criativo até que ela soprou um vendaval pela biblioteca. Na verdade, levantou minha cadeira do chão, comigo sentada nela.

— Meu Deus, Sonya.

— Foi a resposta dela por eu chamá-la de praga. Mas está quieta desde então. Clover ficou comigo, e Jack brincou com Yoda. Em suma, um dia típico na mansão. Ah, e Molly está arejando nossos quartos.

Cleo olhou para cima.

— Boa ideia. Um dia perfeito para isso.

— Agora me diga por que ainda não recebi os arquivos da sessão.

— Porque decidimos que ela esperaria para enviá-los até eu chegar em casa, para que pudéssemos olhá-los juntas. E estou mandando uma mensagem para ela agora avisando que estou em casa, daí vamos fazer isso.

— Você tem certeza de que tiraram fotos o suficiente? Vocês mal passaram uma hora fotografando.

— Quase uma hora e meia — corrigiu Cleo. — E, sim, tiramos fotos o suficiente. Revisamos no estúdio. Eu sei o que você quer, e Corrine também. Profissional, mas com um toque casual, como-se-estivesse-apenas-vivendo-sua-vida.

— Hum, sim.

— Vamos ver se conseguimos o que você queria.

— Vou pegar uma Cola-Cola — disse Sonya, conforme entravam.

— Boa ideia. Eu também quero uma.

Na cozinha, a caixa de petiscos estava no balcão. Mas dessa vez havia um bilhete ao lado. Em uma caligrafia muito formal e cuidadosa, estava escrito:

Jogue para ele.

— Cleo. — Sonya encostou o dedo no bilhete.

— Uau. Mensagens do além? Jogue um petisco e veja.

Yoda sentou, abanando o rabinho. Depois de pegar um petisco, Sonya jogou-o no ar. Yoda pulou, agarrou-o e pousou.

— Ah, muito bem, Yoda. — Cleo aplaudiu. — Muito bom mesmo, Jack. Deixa eu jogar um. Você é um cãozinho maravilhoso, Yoda.

— Ele escreveu um bilhete — murmurou Sonya. — Eu estava com medo de ter assustado ele, mas ele escreveu um bilhete.

Cleo colocou um braço em volta dos ombros da amiga.

— Tem muita energia boa nesta casa. Vamos subir.

Yoda se acomodou perto da lareira enquanto Cleo puxava uma cadeira para se juntar a Sonya na mesa.

Sonya abriu o arquivo.

— Nossa, vocês tiraram várias, e já posso ver que você estava certa sobre a iluminação. Está perfeita.

Ela começou a clicar, ampliando quando uma chamou sua atenção.

— Você provavelmente pode perceber que comecei com um *Vinyāsa* básico, para aquecer.

— A postura da árvore, que é perfeita, e realmente linda. Mas, acho, muito típica.

Sonya continuou a olhar.

— Ah, olha só esta! Guerreiro reverso... As curvas, a luz... Esta é a principal candidata.

Ela marcou a foto. Depois marcou outra, guerreiro III, antes de passar para as posturas no chão.

— Exibida — disse ela enquanto viam Cleo em uma flexão com as pernas abertas e o torso no chão. — Mas esta aqui, esta ponte, as curvas novamente, e esta iluminação fantástica. Esta aqui supera tudo. Ponte com uma perna, a outra estendida para cima. Curvas e ângulos. Meu Deus, como você consegue parecer relaxada fazendo essa postura?

— Porque eu realmente estou relaxada.

Sonya olhou todas as fotos até chegar à final: pernas cruzadas, mãos em prece e olhos fechados.

Namastê.

— Estas estão perfeitas. Vou revisá-las mais, ah, umas cinquenta vezes, mas vai ficar entre o guerreiro reverso, guerreiro III e essa ponte com uma perna. Tenho várias fotos de cada postura. Obrigada, Cleo. Muito, muito obrigada.

— Foi divertido, e gostei da Corrine. Ela é elegante sem ser esnobe. Agora vou colocar a mão na massa. Maquiagem e cabelo estão prontos, então provavelmente vou trabalhar até as seis. Se você terminar mais cedo, venha me arrastar para fora.

Sonya enviou uma mensagem de agradecimento para Corrine e informou a ela as três principais escolhas atuais, depois se acomodou para trabalhar, com Yoda tirando uma soneca e Clover tocando rock clássico tranquilo com um pouco de pop misturado.

Pouco antes das cinco, ela recebeu outro arquivo de Corrine.

Um dia perfeito demais para deixar de fazer algumas fotos ao ar livre. Precisou de persistência — da qual tenho uma fonte profunda —, mas acho que consegui o que você queria. Owen se ofereceu para rebater alguns lances, o que despertou aquele senso de competição que eu queria. Me diz o que acha.

Ela abriu o arquivo e disse: "Aaaah!" Então pulou da cadeira e dançou.

Lá estava Trey, com calça jeans desbotada, camiseta azul e boné de beisebol, esticando-se para pegar uma rebatida rápida com a bola a centímetros do ponto ideal de uma luva de beisebol da Ryder.

Sonya girou em uma pirueta, depois outra antes de conseguir se sentar novamente.

Trey mergulhando para pegar uma bola rasteira, aquela longa linha de movimento, olhos focados, e outro arremesso rápido em direção — ela supôs — à base principal.

E, inesperadamente, uma foto dele quase paralelo ao chão, a bola presa em sua luva.

Ela revisou todas e marcou as favoritas. E respondeu Corrine.

Estou emocionada. Estou sem palavras. Não estou te pagando o suficiente. Ok, esquece essa parte. Mas estas aqui estão além da perfeição. Obrigada pela persistência, pelo talento e pelo filho incrivelmente bonito.

Ela desligou, pegou seu tablet e correu direto para o ateliê de Cleo.

— Vim te arrastar daqui. Você pode parar? Você precisa ver uma coisa.

— Quase pronta. — Cleo estava sentada na bancada com um cavalete de mesa, terminando uma ilustração em acrílico.

Sabendo como funcionava, Sonya foi até o sofá, sentou-se e revisou o arquivo que havia copiado para seu tablet.

Quando Cleo se recostou, Sonya se levantou.

— O que você acha? — perguntou Cleo.

Voltando, Sonya estudou a pintura.

— Amantes se encontram, sob o mar.

— Sereias precisam de tritões.

— E é encantador, o movimento deles um em direção ao outro, braços estendidos, dedos quase se tocando. O anseio.

— É isso que eu queria. Não apenas sexo, mas emoção, anseio. É humano. Agora, o que eu tenho que ver?

— Outra versão da poesia em movimento.

— Ah, ela disse que ia tentar, mas me pediu para não comentar, caso a agenda do Trey não permitisse. E posso dizer novamente: hummmmm.

— Sim.

— Sei que você tinha essa aqui como foco principal, mas esta… em que ele está pairando acima do chão? É incrível.

— E vou emoldurar pra ele, mas acho que, assim como a sua postura com a perna erguida, é boa demais. Intimidante para pessoas comuns. E, na primeira, dá pra ver nitidamente o logo da Ryder na luva. O cliente vai gostar disso.

— Bom argumento. Acho que devemos nos trocar para que o sr. Beisebol possa nos levar para jantar.

— Preciso correr, tomar um banho. — Ela olhou para o relógio. — Por que sempre está mais tarde do que eu acho que devia estar?

Sonya correu de volta para o andar de baixo e entrou no chuveiro. Envolta em uma toalha, decidiu fazer um rabo de cavalo, prendê-lo e considerar seu cabelo pronto. Ansiosa por uma noite com o sr. Beisebol, ela começou a fazer sua típica maquiagem de quinze minutos para sair à noite enquanto tentava decidir o que vestir.

E, ao sair do banheiro, deu de cara com a escolha já feita.

Sonya examinou a longa blusa branca esvoaçante, a calça cinza tipo reta e o suéter vermelho de mangas curtas e trama aberta.

— Acho que a Molly adora vermelho, Yoda. Mas sabe de uma coisa? Ótima escolha.

Depois de se vestir e considerar as opções de joias, o celular tocou. Era Trey.

Ela decidiu que não contaria por telefone tudo que havia acontecido. Ela e Cleo poderiam detalhar tudo mais tarde, durante o jantar.

Isso certamente manteria as coisas animadas.

— Ora se não é nosso astro do beisebol.

Ele soltou uma risada fraca.

— Eu mesmo. Sonya, então, surgiu algo. Não vou conseguir ir hoje à noite.

— Ah, sinto muito. Você está bem? Parece chateado, dá pra ouvir na sua voz.

— Estou bem. Sinto muito por avisar tão em cima da hora.

Ela ouviu vozes ao fundo, o que soava como um chamado por um alto-falante. Seu coração disparou.

— Você está no hospital? Está machucado? O quê...

— Não aconteceu nada comigo. Estou bem.

— Sua família...

— Não, não, estão todos bem. É uma cliente. Ela... Meu Deus do céu, ele a espancou. Eu cuidei do divórcio faz poucas semanas. O cara ficou bêbado, nenhuma novidade nisso, mas invadiu a casa e partiu pra cima dela. A medida protetiva não adiantou de nada.

Ele não estava apenas chateado, ela percebeu. Estava furioso e dilacerado.

— Meu Deus, sinto muito. Sinto muito mesmo. Você quer que eu vá para aí? Eu posso ir. Posso ajudar?

— Não. Não, obrigado, mas... Estão cuidando dela agora, e disseram que ela vai ficar bem. As crianças correram para a casa de um vizinho e ele chamou a polícia, foi até lá e conseguiu parar o ex-marido antes que piorasse. Droga, eu conheço essas pessoas há dez anos.

Naquele momento, ela só queria envolvê-lo em seus braços.

— As crianças estão bem? Ele está preso?

— As crianças estão bastante abaladas, mas estão bem. Elas ficarão bem. Podem ficar com os vizinhos. E, sim, ele está preso. Preciso ficar com ela. Não quero que ela fique sozinha quando acordar. A mãe e a irmã dela estão vindo, mas só chegarão por volta de dez ou onze.

— Se houver algo que possamos fazer... ficar com as crianças, buscar o Mookie... é só ligar.

— Obrigado. Owen passou aqui para pegar o cachorro. Eu só preciso ficar aqui até a família dela chegar, e quero falar com Hal novamente.

Chefe de polícia, Sonya lembrou.

— Eu te retorno amanhã.

— Tudo bem. Nós nos falamos depois, então.

Quando ela desligou, Cleo falou da porta:

— Ouvi o suficiente para saber que algo ruim aconteceu.

— Uma das clientes do Trey está no hospital. O ex-marido dela invadiu a casa e a atacou. Ele a espancou, Cleo. Parece horrível.

— Nossa, parece não... *é* horrível. Ela está em estado grave?

— Não sei exatamente, mas Trey vai ficar com ela até a família chegar. — Angustiada, Sonya pressionou a mão no estômago. — Algumas horas, para que ela não fique sozinha.

— Trey Doyle não é só um rostinho bonito. Ele é um homem realmente bom.

— Ele estava tão chateado. É tão raro isso acontecer. Ele não fica chateado, pelo menos não com facilidade.

— Eu percebi.

— Mas ele estava chateado e preocupado e frustrado. E muito irritado, muito mesmo. Nunca vi ele assim.

— Vamos descer, preparar algo para comer. Vamos acender uma vela pra ela.

— Sim, isso é melhor do que ficar aqui se sentindo impotente. Acho que sei quem é... Não sei o nome... — explicou ela enquanto desciam. — Mas Trey cuidou de um divórcio e mencionou que o marido surtou na audiência e foi repreendido pelo juiz. Depois ele teve aquela reunião cedo no fim de semana, lembra? E ele estava nitidamente preocupado quando voltou. Ele disse algo sobre uma medida protetiva ao telefone. Aposto que é a mesma pessoa.

— Poole's Bay parece idílico, e na maior parte do tempo até é, eu acho. Mas pessoas ruins também vivem em lugares bons. — Cleo olhou para o teto enquanto falava: — Nós, com certeza, sabemos disso. Sinto muito que isso tenha acontecido com ela, sinto muito que o ex-marido dela seja um desgraçado. E vou dizer que ela tem sorte de ter alguém como o Trey cuidando dela, estando ao lado dela quando mais precisa.

Ao entrarem na cozinha, Sonya concordou:

— Você tem razão.

Mas ela não conseguia tirar da cabeça o tom furioso e devastado da voz dele.

— Se ele estiver livre amanhã, vamos fazer algo diferente — sugeriu Sonya. — Podemos fazer o jantar. Eu posso fazer aquela carne assada. Ele realmente gostou. E ele parecia tão abatido.

— Você faria pra ele?

— Ah, eu já fiz uma vez, acho que da segunda deve ser mais fácil. Quem sabe? Que sorriso é esse?

— Esse sorriso, enquanto eu pego um vinho para nós, é porque estou vendo minha melhor amiga passar de um simples gostar bastante para a próxima fase.

— Talvez — admitiu Sonya. — Ah, droga, não posso evitar. Ele tem um jeito... Ele simplesmente é. Mas quero ir com calma. Há um ano, eu estava noiva de um idiota.

— Um ano atrás foi em outra vida. Sirva este vinho enquanto acendo uma vela. Depois vamos ver o que temos aqui que seja fácil de preparar.

— Minha mãe me disse que o que ela tinha com meu pai era mágico.

Cleo olhou para trás.

— E você quer isso?

— Sim. E você?

— Lógico que sim. Acho que todo mundo quer isso, e os sortudos conseguem. Porque a gente não encontra a magia, Son, a gente cria.

— A gente cria. Gosto dessa ideia.

— Não é uma ideia, é um fato.

Após acender a vela, Cleo a colocou no centro da ilha.

— Uma luz para que a cliente dele se recupere, de todas as formas possíveis. E saiba que não está sozinha.

O nó no estômago de Sonya se desfez novamente.

— Você faz mágica, Cleo, apenas sendo você.

— A luz sempre vence. Às vezes, demora muito, mas sempre vence.

— Vou acreditar nisso. Não contei ao Trey sobre nada do que aconteceu nos últimos dias. Pensei que faríamos isso no jantar de hoje à noite.

— Boa escolha. Ele já está com problemas demais para lidar. E a gente já resolveu, já passou. Bem, depois de eu perder a cabeça momentaneamente, mas já resolvemos. Outra hora você conta.

— Foi o que pensei. Não quero que ele se preocupe conosco. Especialmente agora.

Cleo deu outro sorriso compreensivo.

— Então você pode se preocupar com ele agora. — Levantando um dedo, ela pegou outra vela. — Esta é para o Trey — disse ela enquanto a acendia.

— Funciona. Não sei por quê, mas funciona.

— Que tal fazermos misto-quente, jogarmos algumas dessas batatas congeladas no forno e esquecermos os legumes hoje à noite?

— Eu topo. — Já se sentindo reconfortada, Sonya se levantou para preparar as batatas. — Vou dar comida para o Yoda, e vamos comer na frente da TV.

— E assistir a uma comédia romântica que faz chorar, mas tem final feliz.

— Você leu os meus pensamentos. Mas isso pede um pijaminha.

— Sim! Então, dar a ração para o nosso garoto? Depois fazer uma troca rápida de roupa?

— Esse é o plano. Yoda pode dar uma saidinha enquanto preparamos tudo, e depois todos nós nos aconchegamos.

— Trabalho em equipe — disse Cleo enquanto faziam um toca-aqui.

Capítulo trinta

Porque precisavam da emoção com o brilho romântico no final, Sonya e Cleo assistiram a uma sessão dupla. Incluiu mais da metade de uma caixa de lenços e uma bacia enorme de pipoca. Quando os créditos do segundo filme começaram a subir, ambas suspiraram com total satisfação.

— Foi ótimo. Foi tudo e muito mais. — Cleo enxugou os olhos mais uma vez. — Sinceramente, você esquece como é catártico um bom choro até chorar.

— Ainda mais quando as lágrimas finais são depois que o amor vence. E não dá pra assistir e verdadeiramente apreciar filmes assim sem a companhia de uma amiga.

— Os homens não entendem. — Cleo deu outro suspiro satisfeito. — Quer dizer, no final, quando ela está caminhando em direção ao lago, e lá está ele, segurando uma única margarida...

— Aquilo me matou! — Sonya pegou outro lenço para cada uma delas. — Ah, foi tão perfeito. E o beijo, o longo e lento beijo com o sol se pondo sobre o lago...

— Você está me fazendo chorar de novo. Vamos fazer um combinado: uma vez por mês, noite de filmes só para garotas na mansão. Meninos não são permitidos. Exceto por Yoda.

— Estou dentro. Tudo bem, Yoda, última saída da noite.

— Você leva o cachorro, e eu levo a louça — dizendo isso, Cleo apagou as velas que haviam trazido da cozinha.

— Espero que a cliente do Trey esteja bem, e que a família dela já esteja com ela.

— Por mais horrível que seja, Son, talvez seja o começo de uma nova vida pra ela. Ela e as crianças vão se afastar dele. Estarão seguras.

— Espero que sim.

Elas lidaram com a louça e o cachorro, depois começaram a subir, apagando as luzes pelo caminho.

— Você vai ficar de boa em dormir sozinha esta noite?

Sonya assentiu.

— E você?

— Espero estar apagada como essas luzes em um minuto. Depois do que ela fez ontem à noite e hoje, enquanto eu estava fora, acho que ela precisa de um tempo para recarregar.

— Vamos torcer, porque realmente não quero perder este clima de filmes românticos. Mas você sabe onde me encontrar.

— Você sabe onde me encontrar também. Boa noite — disse Cleo enquanto seguia para o seu quarto.

— Noite.

Sonya demorou pouco mais de um minuto para adormecer.

Pouco depois da meia-noite, Trey parou em frente à casa de Owen.

Completamente exausto, ele ficou sentado no carro por um momento e esfregou o rosto com as mãos.

Poole's Bay se estendia tranquila, serena e segura ao seu redor. Mas o que era implacável e cruel, ele pensou, conseguia se infiltrar até mesmo ali.

Ele sabia que Marlo não poderia estar em melhores mãos, sabia que a mãe e a irmã dela se revezariam ao lado dela durante a noite. Mas nunca tiraria da cabeça a imagem do rosto machucado e espancado dela. Poderia ter feito algo diferente? Algo mais, algo menos, para de alguma forma evitar o que acontecera? Apenas uma maldita coisa para impedir que aquilo acontecesse?

Agora uma mulher estava na cama de um hospital, um homem estava atrás das grades, e os filhos deles… carregariam as cicatrizes.

Trey analisou tudo inúmeras vezes nas últimas horas, procurando por aquela maldita coisa. E não encontrou nada. Ainda.

Ele saiu da caminhonete, seguiu para o alpendre e entrou na casa de Owen.

A TV exibia um filme antigo em preto e branco onde os homens usavam chapéus Fedora e as mulheres tinham respostas afiadas. Sem dúvida, Owen já tinha visto pelo menos uma dúzia de vezes antes.

Já que ele não estava esparramado no sofá, Trey sabia que Owen havia deixado a TV ligada para se entreter com os diálogos que ele poderia, provavelmente, recitar de cor.

Em vez de no sofá, Owen estava sentado à mesa da cozinha que ele usava frequentemente como prancheta. Trey havia ajudado Owen a demolir a parede, de forma que a cozinha se abria para o restante da casa.

Owen gostava de espaços amplos.

Quando Trey entrou, os cães aninhados perto da lareira sequer levantaram a cabeça.

— Você não tinha que ter ficado esperando.

— Estou trabalhando em um negócio.

Mas Owen enrolou o desenho e o enfiou em um dos inúmeros compartimentos que ele possuía para este fim, ao lado da geladeira. Em seguida, desligou a TV com o controle remoto.

— Como está a Marlo?

—Minha nossa, Owen. — Com um gesto de frustração, Trey se livrou do casaco e o jogou no encosto do sofá.

Bastou um olhar para o rosto do amigo para que Owen se levantasse.

— Espera um pouco. Eu ia dizer pra você pegar uma cerveja, mas, pela sua cara, acho que você precisa de um uísque e uma cama pra passar a noite. Senta aí.

— Obrigado. Por tudo.

— Agora tenho que fazer papel de mãe. Você comeu alguma coisa?

— Algo bastante nojento de uma máquina de vendas.

— Eu tenho Hot Pockets.

— Não. Ver uma mulher que apanhou até ficar desfigurada tira o apetite. O uísque é suficiente.

Owen serviu um copo pequeno para ambos e deixou a garrafa na mesa.

— E então?

— Ela deu depoimento. Hal passou tudo pra mim para eu não ter que pedir para ela repetir. O cara forçou a entrada na casa, derrubou o menino mais velho, o de 8 anos, quando o garoto abriu a porta. Marlo veio correndo, e ele deu um soco no rosto dela. Ela caiu, mas gritou para os meninos fugirem. E aí ele continuou espancando ela.

— Ter as crianças ali torna tudo ainda pior. O Zane está machucado?

— Está com alguns hematomas. — Procurando manter a calma, Trey tomou um gole de uísque. — O garoto tem 8 anos, e teve que pegar o irmãozinho e correr enquanto o pai chamava a mãe dele de puta e batia nela.

— Filho da puta. Ela está muito machucada?

— Três costelas quebradas, um ombro deslocado e uma concussão. Ela está com os dois olhos roxos. A equipe médica estava preocupada com uma retina deslocada no esquerdo, mas parece que está tranquilo. Quebrou o nariz e fraturou o osso da bochecha. Também foi muito atingida no estômago, mas descartaram lesões internas.

Mais calmo, ele tomou outro gole, mais devagar.

— Ele rasgou as roupas que ela estava vestindo e agarrou os seios e a virilha dela. Se as crianças não tivessem saído e buscado o Bob Bailey, ele, com certeza, a teria estuprado. E acho que poderia ter matado ela, Owen. Sério. Eu sabia que era grave. Foi por isso que eu a convenci a pegar a medida protetiva, mas eu não via isso nele. Eu não via.

— O que diabos você supostamente devia ter feito que não fez?

— Não sei. Mas eu não imaginei que as coisas chegariam a esse ponto e…

— Ninguém imaginaria, Trey. Que merda, cara. Vou passar lá pra vê-la amanhã, se você achar que está de boa. Se ela estiver disposta.

— Sim. — Trey tomou um gole de uísque. — Acho que todo apoio possível será bom pra ela.

— Wes fazia um bom trabalho quando estava sóbrio — falou Owen cuidadosamente. — Não posso dizer que ele era do tipo sorridente, mas fazia um bom trabalho, era introvertido e na dele, recebia seu pagamento. Nos últimos anos, ele não aparecia mais sóbrio por lá. Fazia um trabalho desleixado, provocava brigas e aparecia quando bem entendia.

Balançando a cabeça, Owen observou o uísque em seu copo.

— Ele se tornou agressivo quando tentei falar com ele. Eu tive que demiti-lo.

Notando o tom de voz do amigo, Trey o encarou.

— Não é culpa sua. Nada disso.

— Não, não é culpa minha, nem sua. A culpa é dele. Mas demiti-lo acelerou o processo, eu diria. Quanto tempo de cadeia você acha que vão dar a ele?

Trey fechou os olhos. Ele tinha tomado uma cerveja com Wes Mooney no Village Pub ao longo dos anos, desfrutado de um churrasco comunitário no quintal deles, e assistido ao menino mais velho jogar uma partida ou duas da liga júnior.

E agora?

— Agressão grave, e o fato de ser doméstica piora a situação. Acrescente a invasão. Vão acusá-lo de, no mínimo, importunação sexual, se não tentativa de estupro. A gravidade das lesões dela piora a situação. Ter acontecido na frente das crianças piora ainda mais, e a porta bateu com força no rosto do menino quando o pai a empurrou para abrir. A criança ficou com o nariz sangrando. Tínhamos uma medida protetiva contra ele, porque ele apareceu bêbado para pegar as crianças e ameaçou Marlo quando ela não deixou ele levá-las. Deu uns socos no Bob, então isso é outra acusação.

— Bêbado e burro, considerando que o Bob tem o dobro do tamanho dele.

— O que ele sentiu na pele. Dano à propriedade. Resistência à prisão. Ele vai levar de dez a vinte anos.

— Ele mereceu.

— Sim, mereceu. A família da Marlo quer que ela volte para New Hampshire com eles quando ela puder. Acho que ela vai. — Depois de beber o resto do uísque, Trey serviu mais um pouco para ambos. — Ela quer a guarda unilateral das crianças, então vou trabalhar nisso. Ela vai conseguir.

— Porra, com certeza.

— Nem sempre é garantido.

— Mas devia.

— Concordo, mas não é assim que funciona. No entanto, ele machucou o nariz do menino e colocou Marlo no hospital. Vou garantir que ela consiga a guarda unilateral e autorização para se mudar de estado. No que você estava trabalhando?

— Na barcaça da Cleópatra. O pequeno veleiro *sunfish*. — Owen deu de ombros. — Tive um tempinho e uma ideia.

— Como assim?

— Ela gosta de sereias, não é? — Levantando-se, Owen puxou o desenho do compartimento e o abriu. — Que tal um par de sereias nadando pelos lados de bombordo e estibordo em direção à proa? E vou esculpir algumas coisas. Vai ser divertido trabalhar nisso.

Trey ajustou sua cadeira para enxergar de um ângulo melhor.

— Minha nossa, vai ficar muito legal. Você está trocando isso por uma pintura dela?

— Você viu a pintura?

— Dei uma olhada quando carregamos aquele baú pra lá. É uma beleza. A artista também.

— Sim, ambas são bonitas. E é uma troca justa. De qualquer forma, ela pode não querer o trabalho detalhado. Seria bobagem não querer — considerou ele —, e ela não parece ser boba, mas vamos ver. Estou apenas brincando com isso, no tempo livre.

— Vou pegar meu tempo livre e capotar. Obrigado pelo drinque e pelo abrigo.

— Sempre à disposição.

O quarto de hóspedes de Owen funcionava antes como um escritório, mas ele achou que era muito fechado. Sem espaço para se mexer direito.

Ele preferia a mesa da cozinha ou uma das bancadas de trabalho na sua oficina.

Então, no atual estado em que se encontrava, havia uma cama, uma mesa de cabeceira que ele mesmo construiu e uma cômoda que ninguém usava e que ele tinha reformado.

As paredes, de um bege opaco, tinham algumas faixas de tinta que Owen testou e ainda não havia decidido qual usar.

Trey ficou de cueca, deitou-se na cama e adormeceu quase antes de puxar as cobertas.

Na mansão, Cleo mal se mexeu quando o relógio soou. Virando-se para o lado, ela se aninhou em seus travesseiros e flutuou naquele limbo entre o acordar e o dormir.

A música do piano fluía andar acima, e, acostumada àquilo, ela voltou a dormir.

Em algum lugar, nas profundezas da casa, uma mulher chorava. Em outro lugar, ainda mais nas profundezas, uma gritava de dor.

— Silêncio, gente — murmurou ela.

Então ela se sentou abruptamente quando sentiu uma mão em seu ombro, quando ouviu uma voz sussurrar, com urgência:

Sonya.

Com o coração acelerado, ela procurou pela luz. Sozinha em seu quarto, esfregou a mão entre os seios para que seu coração não saltasse pela boca. *Sem pânico*, ordenou a si mesma. Não podia se entregar ao medo de novo.

Provavelmente tinha sido só um sonho, ela pensou, provavelmente, mas...

Completamente acordada agora, ela correu para a porta. Sonya estava saindo do seu quarto e começou a andar pelo longo corredor. Deixando de lado seu instinto de disparar até ela, Cleo voltou correndo para pegar seu telefone.

— Por favor, que isso seja a coisa certa a se fazer.

O toque do celular arrancou Trey de um sono profundo. Por um momento terrível, ele só conseguia pensar que Marlo tinha piorado.

— Alô?

— Oi, Trey. Sou eu, Cleo. A Sonya está andando enquanto dorme. Ela disse que, se isso acontecesse, eu devia segui-la e ligar pra você. Estou fazendo exatamente isso.

— Estou a caminho.

— Estou logo atrás dela, mas... talvez seja melhor você se apressar.

Ele pegou a calça e a vestiu enquanto corria para bater na porta do quarto de Owen.

— Que porra é essa?

— Sonya está sonâmbula ou sei lá o quê. Cleo está atrás dela. Estou indo.

— Puta merda, vou colocar minha calça.

Eles saíram da casa com os cachorros em dois minutos.

Na mansão, Sonya se aproximou da escadaria. E ficou imóvel como se estivesse indecisa, oscilando um pouco, enquanto a música do piano cessava, e a casa fazia ruídos e se acalmava.

Então ela virou e passou pela biblioteca, seguindo em direção às escadas para o terceiro andar.

— Estou com você — murmurou Cleo. — Estou bem aqui.

Ela ouvia a mulher chorando, e parou, assim como Sonya, do lado de fora da porta do que antes era o berçário.

Quando Sonya abriu a porta, o choro se tornou mais distinto, e lágrimas se acumularam nos olhos dela.

O que você vê que eu não vejo?, Cleo se perguntava. *O que você vê no escuro?*

Ela segurou seu celular para usar a luz da tela, e avistou as sombras do berço antigo, o berço com balanço, a cômoda, a cadeira de balanço da qual se lembrava.

Então ela ouviu, sob o lamento do choro. O rangido rítmico de uma cadeira de balanço. E, enquanto observava, viu-a se mover, lentamente, para a frente e para trás, para a frente e para trás.

— Noite após noite — murmurou Sonya —, ano após ano, Carlotta chora pelo filho, tão pequeno, que veio ao mundo cedo demais e o deixou poucas horas depois.

Silenciosamente, Sonya fechou a porta e seguiu em frente.

Ao se aproximarem das escadas, Cleo enviou outra mensagem.

Indo para o terceiro andar.

A resposta foi rápida e breve.

Cinco minutos.

— Ok, daqui a pouquinho. Trey está vindo, Sonya, e eu estou bem aqui.

Cleo se preparou enquanto as paredes e o chão tremiam. No patamar do terceiro andar, Sonya parou novamente. No corredor à direita, o contorno da porta do Quarto Dourado brilhava em vermelho. Aos olhos de Cleo, parecia pulsar como um coração. Gavinhas de fumaça saíam por debaixo da porta para rastejar pelo corredor.

O cheiro fétido deixava o ar carregado.

— Não vai por aí, Son. Não estamos prontas para seguir por aí.

O pulsar ganhou som, o batucar, o tum-tum-tum de um coração.

— Ela existe para se alimentar — disse Sonya —, e seu alimento é o medo e a tristeza. Noite após noite, ano após ano, ela devora o choro, ela bebe as lágrimas. Ela se banqueteia com cada tremor e arrepio dos vivos pelos mortos.

— Você está acordada? — Enquanto Cleo começava a estender a mão, Sonya virou à esquerda em direção aos quartos dos criados.

Ela ouvia aquele grito de dor novamente, e os gemidos e soluços que se seguiram. O local era um breu, e, embora Sonya simplesmente continuasse, Cleo ligou a lanterna do telefone para ajudá-la a enxergar melhor.

Elas subiram um pequeno lance de escadas e passaram pela porta que mantinha a ala separada. Cleo se arrepiou com o ar mais gélido, mas Sonya parecia não estar sendo afetada enquanto andava, descalça, em direção à outra porta.

Quando ela a abriu, Cleo sentiu cheiro de doença — febre e suor e vômito. Ela ouviu o rangido de uma cama, como se alguém em cima dela se virasse inquietamente.

— Não posso ajudar. — Sonya suspirou. — O que foi e o que é. Não posso ajudar a pobre Molly O'Brian. Ela veio de Cobh, para longe da família e de casa, mas encontrou um lar aqui. Ela se orgulhava de polir a madeira e o vidro. A ajuda chegou tarde demais para salvá-la.

Uma lágrima escorreu pela bochecha de Sonya enquanto ela fechava a porta.

— Não posso ajudar a jovem Molly. Apenas testemunhar.

Quando Sonya se virou e voltou pelo caminho que tinham percorrido, o coração de Cleo se apertou. Mas Sonya seguiu em direção ao salão de festas.

Cleo foi atrás e enviou outra mensagem.

Acho que estamos indo para o salão de festas.

Na estrada da mansão, quase aí.

Com a escuridão tão intensa que seu telefone não ajudava em nada, Cleo arriscou e tateou ao longo da parede em busca de um interruptor. Se Sonya acordasse, paciência, mas ela não arriscaria que uma ou ambas caíssem no escuro.

Ela encontrou um interruptor fora de uma das antessalas e, quando o acionou, Sonya simplesmente continuou em direção às portas maciças do salão de festas.

Quando ela as abriu e entrou em meio às sombras, Cleo ligou o primeiro dos lustres.

E com isso a luz imediatamente se derramou sobre o espelho que se encontrava entre os móveis que haviam sido descobertos, vasculhados, movidos. O vidro lançou de volta aquela luz enquanto os predadores ao redor pareciam rosnar, como se guardassem o que estava no centro.

— O que eu faço? Não sei o que fazer. O que você está vendo lá dentro? Tudo que vejo somos nós. Mas... Meu Deus, se for algum tipo de portal, não vou deixar você ir sozinha.

O frio congelante doía nos ossos, e ela podia ouvir o tum-tum-tum daquele coração vindo do Quarto Dourado. Além do espelho, as sombras dançavam, mas ela temia recuar o suficiente para acender outra luz.

Então ouviu o latido de Yoda. E a resposta mais rouca de outro cachorro. *Trey, finalmente.* Ela quase o chamou, mas já podia ouvir os passos apressados.

— Por favor, espere, Sonya. Espere um pouquinho.

Eles chegaram fazendo um alvoroço que acalmou seu nervosismo. Arriscando um olhar para trás, ela viu que Trey não havia trazido apenas seu cachorro.

— Graças a Deus. Ele está aqui. O espelho. Não estava, mas agora está. Ela fez algumas paradas ao longo do caminho. Foi uma jornada. — Tremendo, Cleo se abraçou para se aquecer.

— Está um frigorífico aqui dentro. — Owen tirou seu casaco e entregou-o a ela enquanto Trey fazia o mesmo.

— Obrigada. Acha que a gente deve acordá-la, Trey? Não sei se devemos. Ela viu e disse coisas.

Assim que Trey começou a colocar o casaco sobre os ombros de Sonya, ela disse:

— Estou acordada.

Em vez do casaco apenas, Trey a aninhou entre os braços.

— Você está congelando, querida.

— Não estava. Eu acho.

— Você estava acordada esse tempo todo? — Cleo exigiu saber.

— Acordei agorinha. Aqui de pé. Eu estava sonhando. E eu… não sei. Não me lembro. Estou me sentindo meio fora de mim. Vocês estão vendo o espelho? É real?

— É real.

Com uma mão em Trey, Sonya estendeu a mão para tocar a moldura.

— Não estou sonhando, e todo mundo está vendo.

— Talvez… — Cleo esfregou as costas de Sonya com uma das mãos — você tenha acordado porque nós estamos vendo o espelho.

— Vocês veem o que há nele?

— Vidro espelhado — respondeu Trey. — E o reflexo de todos nós.

— Não. Não. Eu vejo…

— Cores, movimento. Luz, sombras.

Com um tipo de alívio desesperado, Sonya virou-se para Owen.

— Isso! Você vê?

— Aham. — Ele olhou para Trey e Cleo. — Vocês não?

— Vocês dois são Poole, nós não. — Cleo levantou as mãos. — Deve ser por isso.

— Meu pai viu, Collin viu. Talvez outros também. Há pessoas dançando. Eu ouço música.

— Bem antiga — confirmou Owen. — Acústica ruim, como se viesse de um túnel. Está ficando mais brilhante — comentou ele. — E a música está mais alta.

— Está aqui, o salão de festas, mas está cheio de flores e pessoas. Tudo brilha e reluz. — Encantada, Sonya colocou uma das mãos sobre o vidro. Seus dedos atravessaram a superfície. — Meu Deus. Está quente do outro lado.

— Sonya. — Trey segurou seu pulso e puxou sua mão.

— Eu devia ir. É como se me puxasse. Eu preciso ver. Faz parte da minha herança. Você sente isso, Owen, o puxão?

— Não, mas eu vejo, e ouço. Então — quando ele colocou a mão no vidro, ela entrou até o pulso. — Meu Deus, que loucura é essa...

Após puxar sua mão para fora, ele a virou e avaliou.

— Ainda intacta, e, sim, está mais quente lá.

Sonya segurou a mão de Trey e a de Cleo.

— Estou acordada. Estou consciente. Eu preciso ir. Não consigo explicar, mas eu quero ir. Prefiro ir quando sei o que estou fazendo, quando a decisão é minha e quando vocês todos estão aqui.

Trey pressionou sua mão contra o espelho e sentiu apenas vidro. Acima da cabeça de Sonya, ele desviou o olhar para Owen.

— Sim, eu entendi.

Compreendendo a troca de olhares, Sonya virou-se para ele.

— Você não precisa fazer isso. Não está te puxando.

— Não seja boba. — Owen pegou sua mão da de Cleo e entrelaçou os dedos. — Eu vou primeiro.

Com uma das mãos no ombro de Owen, Trey se inclinou para beijar Sonya.

— Não me faça esperar muito.

— Espera. Espera! Leva o meu saquinho de amuletos. — Mexendo no bolso do pijama, Cleo o tirou e enfiou na mão de Sonya. — Espera! — disse ela, novamente, quando Owen começou a avançar.

— O que foi agora? Bala de prata? Estaca de madeira?

Ela agarrou seu rosto e o beijou.

— Voltem sãos e salvos.

— Com a mais absoluta certeza. — Com um firme aperto na mão de Sonya, ele esperou seu aceno de concordância.

Quando ele passou pelo vidro, ela olhou para trás, então o seguiu. O espelho os engoliu.

— Ai, meu Deus. Ai, meu Deus.

Cleo pressionou as mãos contra o vidro enquanto Yoda choramingava e o arranhava.

— Eles desapareceram, Trey! O que diabos a gente faz agora?

Trey encarou o espelho como se tentasse ver o outro lado.

— A gente espera.

A pulsação vinda do Quarto Dourado cessou, e o silêncio recaiu sobre a mansão.

Descubra o destino de Sonya e Owen em...

O espelho

Nora Roberts

Volume 2 da

Trilogia
A maldição das sete noivas

BERTRAND BRASIL

Este livro foi composto na tipografia Adobe Garamond Pro, em corpo 12/15,7, e impresso em papel off-white no Sistema Cameron da Divisão Gráfica da Distribuidora Record.